Arquipélago

Leslie Cadero

Arquipélago

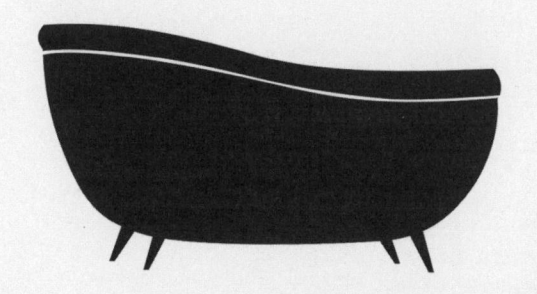

Editora
Labrador

Copyright © 2023 de Leslie Cadero
Todos os direitos desta edição reservados à Editora Labrador.

Coordenação editorial
Pamela Oliveira

Assistência editorial
Leticia Oliveira

Projeto gráfico, diagramação e capa
Amanda Chagas

Preparação de texto
Laila Guilherme

Revisão
Carla Sacrato

Imagens da capa
Amanda Chagas; Unsplash.

Dados Internacionais de Catalogação na Publicação (CIP)
Jéssica de Oliveira Molinari - CRB-8/9852

Cadero, Leslie
  Arquipélago / Leslie Cadero. — São Paulo : Labrador, 2023.
  496 p.

ISBN 978-65-5625-319-0

1. Ficção brasileira 2. Literatura fantástica I. Título.

23-0931   CDD B869.3

Índice para catálogo sistemático:
1. Ficção brasileira

EDITORA Labrador

Editora Labrador
Diretor editorial: Daniel Pinsky
Rua Dr. José Elias, 520 — Alto da Lapa
05083-030 — São Paulo — SP
+55 (11) 3641-7446
contato@editoralabrador.com.br
www.editoralabrador.com.br
facebook.com/editoralabrador
instagram.com/editoralabrador

A reprodução de qualquer parte desta obra é ilegal e configura uma apropriação indevida dos direitos intelectuais e patrimoniais do autor. A editora não é responsável pelo conteúdo deste livro. Esta é uma obra de ficção. Qualquer semelhança com nomes, pessoas, fatos ou situações da vida real será mera coincidência.

Àqueles que nos ergueram
para que pudéssemos ver.

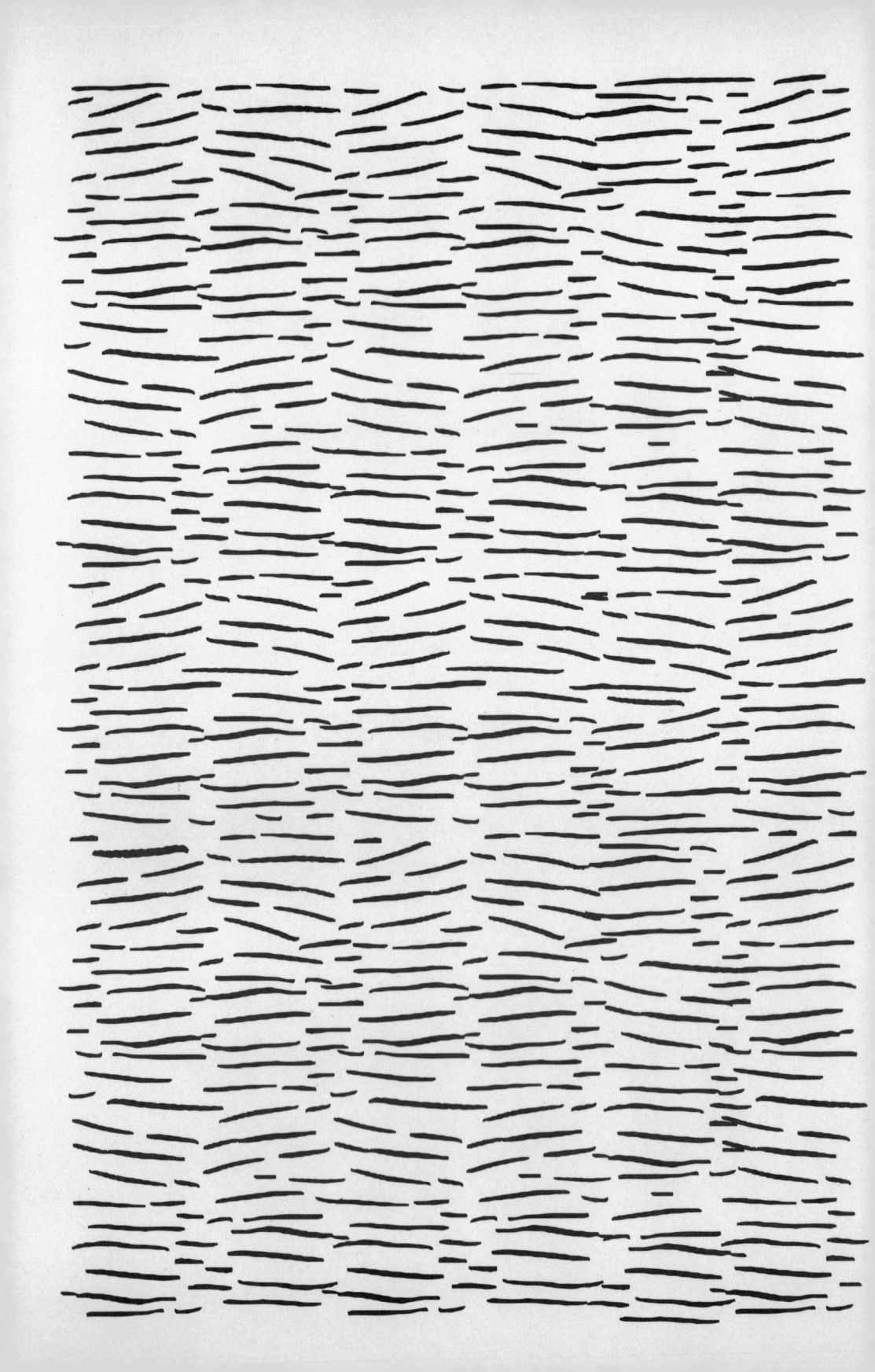

Sumário

Prólogo
— 9 —

PARTE I
Rio de Janeiro
— 11 —

PARTE II
Arquipélago
— 123 —

PARTE III
Madri
— 289 —

PARTE IV
Buenos Aires
— 395 —

Epílogo
— 491 —

Apêndice
— 495 —

Prólogo

$$1 + 2 + 3 + 4 + 5 + 6 + 7 + \ldots = -\frac{1}{12}$$

$$\sum_{n=1}^{\infty} n \to -\frac{1}{12}$$

"A soma de todos os números naturais, tendendo ao infinito, é igual a $-\frac{1}{12}$"

"Uma equação não significa nada para mim a não ser que expresse um pensamento de Deus"
Srinivasa Ramanujan

"É no infinito, imune ao tempo, que se encontra o reinício"
Daniel Santoro

RIO DE JANEIRO

PARTE I

Meu Deus! Preciso rever essa coisa de super-herói..., pensou.

Com a mão esquerda, pressionava a camisa amarrotada contra os cortes que ainda vertiam sangue.

Agora, mais calmo, podia examinar melhor o estrago.

— Droga! Aiii... — murmurou entre dentes, com um gemido de dor. Tratava-se de quatro cortes: dois superficiais no antebraço, próximos entre si; outro no ombro (esse, sim, mais profundo e do qual brotava a maior quantidade de sangue); e o mais dolorido deles, na palma da mão. Todos do lado direito.

Lembrou-se uma vez mais do que ocorrera, havia uma hora, e sentiu raiva de si mesmo. Uma raiva misturada ao latejar e às agulhadas dos cortes. Sentiu também desapontamento e humilhação.

Revirou o armário do banheiro atrás de algo para desinfetar os ferimentos. Manchou de sangue o espelho e a pia branca.

— Ei, você aí, solte a garota! — gritou para o ruivo longilíneo que arrastava sua vítima pelos cabelos na entrada do Morro do Jereba.

— Não te mete que o negócio não é contigo! — rosnou o agressor, de chinelos e vestindo apenas uma bermuda. Estava visivelmente alterado. Havia bebido, o cheiro de cachaça o denunciava. — Fica na tua, tô te avisando. O cemitério tá cheio de heróis.

— Solta ela, agora! — voltou a ordenar, mirando fixamente aqueles olhos injetados e ameaçadores. O dono dos olhos, enfurecido, afundou a mão na cabeleira da moça, como que para sinalizar que não soltaria a presa. Ela chorava, esperneava e repetia com uma voz fina e suplicante: "Amor, amor... Calma...". Não devia ter mais de 16 anos.

Covarde! Vou paralisá-lo, pensou, franzindo o cenho para tentar "congelar mentalmente" o troglodita. Alguns testes feitos nos últimos dias tinham sido encorajadores. E surpreendentes.

— Que cara é essa, *mermão*? Tá com dor de barriga? — zombou o ruivo alcoolizado, ao mesmo tempo que desferia uma violenta bofetada no rosto da garota.

— Cala a boca! Pra casa, mulher! — ele bravejou em seguida.

A mulher-menina bambeou as pernas devido ao golpe recebido, e ele a ergueu novamente. Pelos cabelos. "Amor... amor...", ela repetiu baixinho.

Acho que essa água oxigenada serve, por ora, avaliou pesaroso, irritado com as lembranças ainda tão claras em sua mente.

Sentou-se no vaso sanitário e começou a limpeza, cuidadosa e vagarosamente. Precisava ir a um hospital ou a um pronto-socorro, passar por um atendimento de urgência. Seguramente necessitaria tomar alguns pontos.

Arre! Sempre odiei tomar pontos. Desde criança.

A violência e a covardia do ato o transtornaram, e ele não conseguira se segurar.

— Desgraçado, infeliz! — gritou, partindo para cima do bárbaro. Chegou a atingi-lo no queixo com seu punho, de raspão; o ruivo desviara-se a tempo. Havia bebido, mas não estava completamente embriagado. Não apenas isso, mas, de algum bolso misterioso, puxou um cintilante canivete *butterfly* e o abriu com destreza, deixando-o já em posição de ataque.

— Quer morrer, *playboy*? — vociferou o ruivo (*era mesmo ruivo, ou tinha os cabelos tingidos?*), ao mesmo tempo que avançava a lâmina afiada com uma agilidade inesperada.

A estocada atingiu-lhe o ombro, ainda que o alvo pretendido fosse seguramente o seu peito.

Primeiro golpe.

Um providencial giro de corpo o salvou. Puro reflexo, pois ele não tinha nenhum treinamento para a luta. Franziu novamente o cenho, dessa vez por causa da dor, e recuou dois passos. Não podia deixar de fazer uma nova tentativa de imobilizar mentalmente o seu atacante, mas não teve mais tempo. Dois movimentos de cima para baixo tocaram no seu antebraço direito, com o qual ele tentava se defender de maneira desajeitada.

Segundo e terceiro golpes.

A confusão beneficiara a moça, que, momentaneamente esquecida, desprendeu-se de seu verdugo e desatou a correr.

O espancador de mulheres, com um olho em seu oponente ferido e o outro na garota que se distanciava, girava a cabeça freneticamente, para a frente e para trás.

— Volta aqui! — urrou ele, a cara contorcida de ódio. Ordem pretensiosa e inútil, pois ela já alcançava a primeira viela e virava à esquerda, prestes a desaparecer da vista de ambos.

— Corra, fuja! — gritou o jovem ferido para a menina.

A lâmina em riste ainda o ameaçava, mas já não lhe dedicava toda a atenção.

Parecia ser a oportunidade ideal para desarmar o ruivo, e ele decidiu arriscar: esticando o braço, tentou agarrar o canivete. Fora uma descomunal estupidez. Um simples puxão, e a lâmina correu pela palma de sua mão.

Quarto golpe.

Horrorizado e comprimindo o pulso direito, ele olhou a carne ensanguentada como a conferir se ali estavam todos os dedos. Estavam. Mas dessa vez sucumbiu à dor e quedou, ele próprio, paralisado. Rendido. Incapaz de seguir na luta.

Tivesse efetivamente o desejo de matá-lo, seu adversário o teria feito naquele momento. Mas ele tinha já outra prioridade.

— Vai embora, mulher, vai. Tu ainda vai querer voltar! — berrou o ruivo aos céus, iniciando uma acelerada e desequilibrada carreira. Em breve, sumiria na escuridão da ladeira que dava acesso à labiríntica comunidade.

Não antes de, no meio do caminho, dar uma última espiada — com um sorriso de incredulidade e escárnio — no ensanguentado herói intrometido. O pobre-diabo, ferido na carne e no orgulho, estava imóvel e indefeso. Apertava a camisa contra a mão e, tentando estancar o sangue e a dor, fazia uma careta medonha. O ruivo descamisado, de longe, ainda gritou com uma voz pastosa e em tom de deboche:

— Vai no banheiro, *playboy*! Ou te alivia aí no mato mesmo... Tá na cara que tu tá precisando.

Vai no banheiro ou te alivia aí no mato mesmo, pensou, desacorçoado. *Humpf, que vergonha! Que suprema humilhação! Que super-herói de gibi passaria por isso?*

Perguntava-se se a garota teria escapado de seu "amor" e se deveria chamar a polícia para denunciar a agressão. Mas quem? Onde? A comunidade do Morro do Jereba era enorme. E não pacificada.

Investigar um caso de violência doméstica? Ah, a polícia não vai subir morros em guerra, ainda mais de madrugada.

Rememorou com amargura toda a cena, agora já no seu apartamento, na Barra da Tijuca. De todo modo, aquela desastrada tentativa de socorro havia permitido à menina desvencilhar-se de seu algoz, concedendo-lhe um tempo precioso para a fuga.

Não volte para ele, menina. Nunca mais!

Era duro admitir, mas o incomodava, também, o medo visceral que sentira ao descobrir-se privado de qualquer *poder* diante do perturbado agressor e de sua lâmina afiada. Vulnerável. Poderia ter morrido naquela madrugada. Seria apenas um assassinato a mais, noticiado nas páginas de *O Globo*. Um capítulo menor, somado à triste história de violência cotidiana da cidade maravilhosa.

O que pensariam as pessoas, sua família, Jaime e Adriana, os seus colegas de faculdade? *O que estaria fazendo o seu amigo, tão pacato e 'meio-nerd', àquelas horas no Morro do Jereba?*

Levantou-se. Os cortes, desinfetados e protegidos por gazes e esparadrapos, já quase não sangravam. Mas os curativos, precariamente aplicados com uma mão apenas, eram rudimentares. Ele evidentemente necessitava de suturas e de atendimento médico.

Mais uma cicatriz para a mão direita, ruminou. Tinha já uma lembrança no dedo anular, trazida de um acidente de infância. *Não é hora de buscar culpados*, pensou o culpado da vez.

Trocou de roupa com dificuldade, vestindo uma camisa bem escura e de manga longa para disfarçar os ferimentos. Tomou um analgésico e chamou um serviço de táxi por meio de um aplicativo. Não voltaria a dirigir até ser devidamente atendido. Doíam-lhe a mão e o ombro, e o seu carro estava empapado de sangue.

Tivera de deixar seu Fiat Uno vermelho (limpara-o porcamente com uma jaqueta que tinha no porta-malas) trancado na garagem, para evitar que outros moradores o manobrassem. Desrespeito às normas do condomínio chique: enfrentaria uma série de olhares tortos de reprimenda e, talvez, uma multa do síndico. Mas depois cuidaria disso. Não queria ter problemas com os pais de Jaime, que lhe emprestaram generosamente o apartamento da família. Uma verdadeira fortuna de frente para o mar. Um luxo, muitíssimo além de suas posses.

O apartamento não estava totalmente mobiliado, com exceção da cozinha completa — com eletrodomésticos de última geração — e dos armários embutidos. Mas os amplos espaços vazios conferiam um ar moderno e minimalista aos ambientes. Aqui e ali, viam-se diversos pufes baratos e desestruturados, fáceis de ser reacomodados em caso de necessidade, e dois sofás despojados sobre o porcelanato fino. Uma cama de solteiro na suíte principal e, no banheiro anexo, uma *jacuzzi*. Que ele nunca usava. Na sala, uma estante e uma mesa simples, sobre a qual repousavam muitos livros empilhados, gibis e um notebook barato. E no chão, contra a parede, a única extravagância a que ele se permitira: uma *smart TV* de cinquenta polegadas. Gostava de documentários e, através da internet, tinha acesso a eles.

Enquanto aguardava o táxi, saiu para a sacada da sala, respirou fundo e contemplou o infinito escuro à sua frente. Desfrutava o cheiro da maresia e o perfume das flores, abundantes no prédio e na cobertura acima. Olhou para baixo e viu alguns poucos transeuntes caminhando pela bem iluminada Avenida Lúcio Costa.

Parem!, pensou, tentando paralisá-los apenas com o poder de sua mente.

O vendedor de frutas continuava em sua faina, organizando mesas e cadeiras, indiferente a qualquer mensagem telepática que o impedisse de preparar o quiosque para ser aberto ao nascer do sol, aproximadamente dentro de uma hora. O corredor, insone e solitário (provavelmente um executivo buscando relaxar ou atrás de melhor condicionamento físico), praticava o seu jogging no calçadão à beira-mar. Parecia alheio a tudo, exceto aos seus fones de ouvido. Talvez ouvisse uma música hipnótica ou mensagens de autoajuda.

Do alto do prédio, o jovem dedicou muitos e intensos minutos ao exercício extrassensorial. Nada... Nenhuma conexão. E no entanto, nos últimos dias, tantos e tão surpreendentes exemplos de controle mental, uma descoberta que ainda o confundia e fascinava. Sentira-se especial, único. Um super-herói pinçado da imensa massa humana, com grandes possibilidades — e consequentes responsabilidades.

Será que precisarei de uma identidade secreta?, chegara a pensar. Obviamente não se referia a uma capa e máscara. Seria ridículo!

Não... mesmo?

Mas e se tudo não tivesse passado de uma enorme coincidência? E se os eventos recentes fossem apenas ilusões (que naquela noite o haviam conduzido a um real perigo de morte)? Talvez não tivesse descoberto poder nenhum, afinal. Menos mau que não dividira aquilo com ninguém. Passaria vergonha. E estivera a ponto de fazê-lo com Adriana.

Velhos hábitos são difíceis de mudar, pensou e respirou fundo.

Seu olhar melancólico localizou outro transeunte perdido naquele final de madrugada de domingo. Devia tratar-se de um infeliz morador de rua, pois vagava a esmo e remexia os cestos de lixo, um a um. Perambulara de um lado para o outro e depois, aparentemente desapontado, decidiu ampliar sua busca cruzando a avenida deserta.

Pare!, mentalizou da janela do décimo andar, quando o andarilho alcançava já a metade da travessia.

Ele parou.

Estático, no meio da via, não avançava nem recuava. Levantou o rosto e deteve a mirada na direção da varanda iluminada, de onde era espreitado. A cabeça imóvel e os braços caídos, juntos ao corpo. Da sacada, seu observador começou a contar mentalmente os segundos:

Um, dois, três, quatro...

Olhou para os dois lados da avenida, para assegurar-se de que nenhum veículo se aproximava. *Nada, está vazia.* Cerca de quarenta intermináveis segundos depois, o pobre homem seguia lá no asfalto. Paralisado e olhando para cima.

Ande!, ordenou, em silêncio. Estava preocupado. *Não é um bom lugar para ficar parado.*

O homem, como um zumbi, baixou a cabeça e retomou vagarosamente sua caminhada, atingindo a calçada oposta da avenida.

Impressionante!, pensou o espectador do alto do edifício, levando as mãos à testa. *Mas hoje não me serviu pra nada. Nem me permitiu ajudar aquela menina. Não da maneira como eu pretendia.*

O interfone do apartamento tocou, e a voz familiar e estridente de Edmundo, o roliço e bem-humorado porteiro noturno, evangélico e torcedor fanático do Flamengo, anunciou:

— Daniel, o carro do aplicativo tá aqui embaixo. Ah... e o meu Mengo hoje, hein? Amassou o teu Tricolor... — ele disse e gargalhou.

— Eu vi, Edmundo, mas vai ter troco. Estou descendo.

Apanhou rapidamente a carteira e o celular, bateu a porta do apartamento e tomou o elevador de serviço, por onde subira.

Na entrada do prédio, um Renault Duster preto e seu condutor o aguardavam debaixo de uma garoa que começava a engrossar. A cerca de vinte metros, o homem a quem ele observara, momentos antes, seguia caminhando. Aparentemente sem rumo. Uma pequena corrida e Daniel o alcançou, estendendo-lhe algo embaraçado, uma nota de cinquenta reais. O indigente, surpreendido, pegou o dinheiro, acenou com a cabeça em sinal de agradecimento e se afastou rapidamente. Era todo o dinheiro em espécie que Daniel carregava na carteira, mas felizmente quase tudo podia ser pago através do celular. Ele não esperava ter problemas no pronto-socorro.

Gostaria de poder fazer mais, meu amigo, pensou.

Voltou ao Renault, identificou-se e embarcou no carro.

A caminho do hospital, no banco de trás, fechou os olhos. Começara a chover e ele, exausto, passou a divagar. A repassar sua vida, subitamente alvoroçada pelas agruras de um poder intermitente.

Daniel Santoro sempre tivera uma queda pelas ciências exatas e, não por outro motivo, fazia o curso de Matemática na UFRJ, a Universidade Federal do Rio de Janeiro. Entrara no instituto havia poucos meses e agora, aos 19 anos, terminava o primeiro semestre. Mas honestamente estava um tanto decepcionado. Viciado em livros, tornara-se um autodidata, e as aulas de cálculo integral e diferencial da faculdade lhe pareceram, desde o início, demasiadamente superficiais. O lado bom fora constatar que ele poderia seguir dando aulas particulares àqueles que, carentes de uma maior capacidade de abstração, sofriam com a matemática avançada. E que essas aulas garantiriam o seu sustento. Desde que não esbanjasse, teria sempre o suficiente para viver.

Nada diferente do que ele já vinha fazendo desde o ensino médio. Ao longo dos anos, suas aulas particulares e notas impecáveis — não se lembrava de quando obtivera menos do que a nota máxima em Matemática — acabaram por lhe conferir a reputação de *gênio* (corroborada por um quociente de inteligência medido de 162; segundo diziam, o mesmo QI de Einstein). *E 20 abaixo de Srinivasa Ramanujan, o fenomenal matemático indiano*, lembrava com modéstia. O dinheiro dessas aulas era bem-vindo, mas a reputação de "gênio" arrastava consigo uma imagem de nerd, que destoava de como ele mesmo se via. Ou desejava se ver. Mas, principalmente, de como desejava ser visto.

Introvertido? Sim! Socialmente desajeitado? Um pouco..., refletia Daniel. *É verdade que não sou de socializar e de papos superficiais. Antes de falar, uma pessoa deveria pensar em coisas interessantes para dizer. E a minha vida, até agora, tem sido bastante monótona. Tímido? Não! Bem, talvez nas relações amorosas eu pudesse ser mais... confiante. Mas um nerd? Só porque eu gosto de matemática e de xadrez? De livros e das histórias em quadrinhos do Intelecto e do Voador Negro?*

Com o dinheiro das aulas, havia comprado seu primeiro carro: um Fiat Uno usado. Pequeno, mas muito útil para se deslocar numa cidade como o Rio de Janeiro, onde o transporte público era complicado. E, sorte das sortes, sua questão de moradia estava temporiamente resolvida; em grande estilo. Os pais de Jaime Sanchez (seu amigo de infância, meio espanhol, meio brasileiro) possuíam um apartamento na Barra da Tijuca, vazio após uma locação infeliz que lhes trouxera inúmeros dissabores. Por amizade e pela confiança que tinham em Daniel, propuseram emprestar-lhe o imóvel — em troca de sua manutenção — até que conseguissem vendê-lo. Com a derrocada imobiliária no Brasil, em plena crise econômica, a abastada família Arroyo Sanchez não tinha pressa em se desfazer do imóvel por um preço abaixo de seu real valor. Felizmente para ele.

Assim, Daniel Santoro mudara-se, com seus poucos pertences, de um quarto alugado no bairro de Madureira para a Barra da Tijuca, passando a viver na emergente "Miami carioca", na Zona Oeste. Uma região de gente endinheirada e, segundo a turma da Zona Sul, de gosto duvidoso. *Os cariocas defendem os bairros onde moram como se fossem times de futebol*, divertia-se Daniel.

Seus pais, Francesco e Assumpta, pessoas de vida simples e filhos de imigrantes italianos, residiam fazia três anos em uma chácara em Goiânia. Em sua última viagem ao Rio de Janeiro, sua mãe se encantara com o apartamento.

— Olha essa vista para o mar, Francesco! Eu poderia viver aqui, nesta varanda. Fácil, fácil. Daniel, estou tão feliz por você! Bem diferente da época em que morávamos na Zona Norte, hein?

— E de Goiânia também, Assumpta. Bem diferente! Bonito, mas não troco as pessoas de lá pela gente metida a besta daqui. E é onde está meu trabalho, meu *lavoro* — emendara Francesco, um técnico de manutenção que precisara se mudar para o centro do país, na troca de um emprego. Era previsível, ele não se renderia facilmente.

— E lembre-se — continuara —, isto aqui não é do Daniel, é dos espanhóis... Hoje eles emprestam o apartamentão, amanhã querem vendê-lo e o pedem de volta. É preciso manter os pés no chão!

O que a mãe tinha de ternura, possuía o pai de franqueza, o que frequentemente se confundia com rispidez. Não que fosse uma pessoa ruim, mas sua aspereza tinha o DNA de quem começara a trabalhar aos 12 anos e, sem redes de proteção, forjara o próprio destino: modesto, mas honrado. Homem grande, sanguíneo e dono de uma voz poderosa, não foram poucas as vezes que magoara o filho — sem dar-se conta disso. *Seu Francesco* não escolhia palavras, e Daniel, embora reconhecesse como justas algumas das críticas do pai, ressentia-se de sua exagerada dureza.

Principalmente durante a adolescência.

Esse menino vive debruçado sobre livros. Não sai de casa! Só tem um amigo. É inseguro, tem ciúme até da sombra da namorada (também, Deus é justo, mas a calça dela é mais!). Toda hora brigando... É melhor que arrume logo um emprego. É um sonhador! Que merda!

Sua *mamma*, uma descendente de sicilianos, miúda, mas leonina na defesa do filho, colocava-se na frente de Daniel como um intransponível escudo protetor.

Ele gosta de estudar, tem um QI de 162. Não é de ir em festas! Amigos de verdade são poucos. Ele gosta da namorada, e quem gosta, cuida. São jovens, brigam e fazem as pazes... Ele trabalha dando aulas. Nem todos são como você, Francesco! Ah, e ele não fala palavrão!

Suas piores lembranças relacionavam-se a duas ocasiões em que chegara em casa machucado e com as roupas rasgadas, por conta de brigas com dois irmãos gêmeos da escola pública para onde ele se transferira. Os valentões, os *bullies*, eram da sua idade, mas tinham gosto pela provocação e pelas lutas. E sabiam lutar.

Lembrava-se mais dolorosamente da segunda vez.

Seu pai fora carinhoso de início, depois manifestara a intenção de ir à casa dos agressores pessoalmente "para lhes dar uma lição" (do que fora demovido, a muito custo, pela esposa), para terminar recriminando o próprio filho. Ficara exageradamente nervoso ao saber que a briga havia sido individual — um contra um — e que Daniel não reagira à altura.

— Vieram os dois juntos contra você, Daniel? — perguntara irritadíssimo. — Mas que covardes, patifes! *Mascalzoni!*

Afivelava a calça, preparando-se para fazer uma "visitinha" aos gêmeos. Ou ao pai deles.

— Para com isso, Fran! — dissera Assumpta com firmeza, colocando-se na frente do homenzarrão e barrando seus passos. O marido tentara forçar a passagem, mas a pequenina siciliana não se intimidara nem arredara pé. Francesco bufava.

— Não, *babbo*, foi só um, o outro não estava — explicara seu filho, que, fazia pouco tempo, tinha sido agredido também pelo outro gêmeo, idêntico, mas reconhecível por uma pequena mancha na testa. Daniel não chorava, porém tinha os olhos marejados; uma lágrima ameaçava desprender-se e rolar por sua face suja e machucada.

— Deixa pra lá, Francesco — intercedera a mãe de Daniel, gesticulando muito e balançando a cabeça. — São dois *schifosi*, dois nojentos. Conheço os pais deles. Um casal de ciganos que quase não para em casa e deixa aqueles capetas todo o tempo sozinhos. Infernizando os outros meninos. A vida vai ensiná-los.

— Não deixo, Assumpta — replicara o pai. — Isso é *conversa de homem*.

Francesco acercara-se de Daniel e, com o rosto crispado, agarrara seus braços delgados, dando-lhe um forte chacoalhão.

— Meu filho, *figlio mio*, escuta o que eu vou te dizer — falara com sua tonitruante voz de barítono (Daniel se lembraria, por muitos anos, da pressão daquelas mãos calejadas e das palavras de seu pai; ele achava que iria apanhar de novo, dessa vez em casa). — Se você não aprender a se defender, filho, ninguém o respeitará. Ninguém respeita um covarde, mesmo um superdotado. Exija *rispetto*. Sempre! Assim é a nossa família. Assim somos os Santoros!

Daniel Santoro não apanhara do pai, mas vira nos olhos de seu *babbo*, o *Seu Francesco*, um enorme desapontamento que, em sua pouca idade, ele traduzira como decepção.

Assim é a nossa família. Não sou forte como ele, e ninguém respeita um covarde. Não sou o filho que meu pai gostaria de ter.

Sentira vergonha e mágoa. E, com o tempo, passara a duvidar do amor do pai. Como não voltaram a tocar no assunto (graças a Deus e a ele, Daniel, que se esquivava de conversas sérias com seu *babbo*), sofrera e calara-se, como nunca. E, como sempre, refugiara-se em seus livros de Matemática. A matemática lógica, racional e compreensiva. Que tinha respostas para tudo. Um período difícil, mas que fora, pouco a pouco, ficando para trás após a mudança dos pais para Goiânia e o seu posterior ingresso na faculdade. Sem cursinho, passara em segundo lugar no duro vestibular. "Meu *figlio* é muito inteligente; vai ser mesmo professor", admitira Francesco. "Sempre foi o meu orgulho!", enfatizara Assumpta. "Sempre! Ao contrário de certas pessoas..."

Sou o filho único predileto de meu pai, pensou Daniel.

A oportunidade de morar sozinho, de administrar o dia a dia, representara um ponto de inflexão em sua vida, alterando o rumo das coisas. *Como na geometria analítica, quando uma parábola muda de direção*, traduzira ele para o seu querido universo matemático. Amadurecera substancialmente e tivera namoricos com duas garotas depois de Adriana — coisa que antes lhe parecia impossível. E, com suas aulas, tornara-se financeiramente independente: não necessitava mais do dinheiro suado de seus pais. Desfrutava o inebriante sentimento de emancipação e não precisara recorrer uma única vez a seus velhos (bem velhos!) tios, seus únicos parentes vivendo ainda no Estado do Rio de Janeiro. Na cidade de Piraí.

Como ansiava, ia ganhando autoconfiança.

Talvez em excesso. Uma coisa é ganhar autoconfiança social, outra, bem diferente, é querer dar uma de super-herói. E morrer.

Abriu os olhos pesados por causa da noite tumultuada e não dormida. As dores dos cortes tinham voltado a incomodá-lo. Pediria um analgésico mais forte no hospital e algo que o apagasse para valer. Precisava de, pelo menos, umas oito horas de sono ininterrupto. Ou dez.

Seguiam pela Avenida das Américas, vazia àquelas horas, no sentido Recreio dos Bandeirantes. Amanhecera, e a chuva havia passado. Desorientado, custou um pouco a Daniel Santoro reconhecer em que altura do trajeto se encontravam, embora conhecesse bem a região.

— Parou de chover?

— Sim, foi uma chuva forte e curta. Já firmou o tempo. Bem, serviu para lavar meu carro — respondeu o motorista do aplicativo. Ele ia rápido, talvez rápido demais para uma pista molhada. Mas a avenida estava deserta e os semáforos, liberados. Eles eram os únicos por ali.

— Falta muito?

— Não, estamos quase chegando.

Falta pouco, aguente firme, pensou Daniel com seus botões.

Nesse momento, vindo de uma transversal à direita, um Mercedes-Benz conversível, com dois casais de adolescentes a bordo, ignorou o amarelo intermitente do semáforo e começou a atravessar a via principal. Vagarosamente. Os quatro jovens, alheios ao mundo exterior e com latas de cerveja nas mãos, sacudiam a cabeça ao ritmo de uma música estridente. O motorista do Mercedes, entretido com a garota ao seu lado, olhava à direita; não à esquerda, como deveria, para escrutinar a avenida antes de cruzá-la. Não via assim o veículo que se aproximava em alta velocidade — e que se chocaria frontalmente contra a lateral de seu carro, baixo e sem capota. A Morte afiava a sua foice.

Minha nossa! — gritou o condutor do Renault, metendo o pé no freio com toda a força. O veículo deu um tranco e derrapou, deslizando em linha reta mas sem controle, em direção ao conversível. Não havia tempo e espaço suficientes para a frenagem, e a colisão seria inevitável. Em questão de segundos.

Em pânico, desperto pela descarga de adrenalina e com os sentidos em alerta máximo, Daniel focou o olhar no desatento motorista do conversível. O maluco seguia com a cabeça virada para o outro lado e se deslocava sem a menor pressa, quase parando.

Ele não vai olhar pra cá...

Como no zoom rápido de uma câmera, a imagem do Mercedes-Benz atravessado na pista se agigantava, inclemente, diante deles.

Acelere! Acelere!, ordenou Daniel, mentalmente. *Aceleeere!*

E o Mercedes acelerou, como se um pé invisível houvesse se sobreposto ao de seu condutor. O potente motor reagiu imediatamente, elevando suas rotações e aumentando bruscamente a velocidade do carro, à semelhança de um foguete decolando.

Daniel, no banco traseiro do Renault e agarrado à alça de teto, apoiou o joelho direito no assento da frente para se proteger, enquanto seu motorista cerrava as mãos em torno do volante e enrijecia os braços, preparando-se para o impacto.

Que não ocorreu: o Mercedes conversível cruzou a avenida, décimos de segundo à frente deles.

Daniel teve tempo apenas de olhar para trás e ver como aqueles jovens irresponsáveis seguiam felizes e inocentes em seu mundinho particular. Entre risadas e bebidas, não haviam visto o Renault passar raspando por eles, nem se dado conta do que acabara de acontecer.

E o luxuoso conversível alemão, misteriosamente, voltava a se arrastar em câmera lenta.

Jaime Arroyo Sanchez considerava-se o melhor amigo de Daniel Santoro, e a recíproca era mais que verdadeira. Conheceram-se na infância, quando seu pai, Don Miguel, então alto executivo de uma empresa espanhola do setor de telecomunicações, mudou-se com a família para o Brasil e apaixonou-se pelo seu novo projeto profissional e pelas praias cariocas. Foi assim alternando temporadas entre o Rio de Janeiro e Madri, mas, evitando que os filhos o seguissem nesse constante vaivém (os calendários escolares eram distintos), preferiu que a família fixasse residência no país recém-descoberto.

Doña Yolanda Arroyo Sanchez e os filhos — Jaime, com 9 anos, e Rosa, com 14 — desembarcaram no Brasil sem falar uma única palavra de português, exceto aquelas comuns aos dois idiomas. O problema era que não sabiam diferenciá-las, e Don Miguel matriculou as crianças em uma escola bilíngue na zona sul da cidade: a Montserrat Riovega.

A Montserrat Riovega era uma escola cara, bastante frequentada por filhos de expatriados hispânicos e pela elite local, e suas amplas instalações ocupavam uma belíssima área arborizada. Ademais, dispunha de serviços de transporte e refeições aos alunos, além de oferecer diversas modalidades de esporte, como natação, padel, esgrima, futebol e vôlei. Tinha até mesmo alojamento, na opção de internato.

O diretor, Don Hidalgo, um granadino rechonchudo, professor consciencioso e há muitos anos no Brasil, esforçava-se para que os estudantes, educados em português e espanhol, não se transformassem em *pijos*, crianças mimadas e esnobes, alheias à realidade do mundo ao seu redor. Estabeleceu assim, e à frente do seu tempo, palestras sobre diversidade e consciência social no currículo escolar. Também convenceu o conselho escolar a permitir a concessão de bolsas de estudos a alunos menos favorecidos, particularmente a filhos de professores e funcionários. Argumentara tratar-se de um atraente benefício empregatício e de uma ação social importante e inclusiva. A vaidade era desencorajada na escola em favor do conhecimento, e a busca de vagas na Montserrat Riovega crescia *pari passu* com sua reputação.

"Aqui não formamos *pijos*", apregoava Don Hidalgo. "O mundo já está cheio de *bucéfalos afectados*."

Foi nesse ambiente que Rosa e Jaime Sanchez, devidamente uniformizados, adentraram, pela primeira vez, suas respectivas salas de aula em uma segunda-feira úmida e calorenta. Inseguros, mas ansiosos por conhecer seus novos colegas. Embora se tratasse de um espaço bilíngue, o idioma predominante entre os estudantes era o português, e Jaime, em especial, sentiu-se bastante perdido. Particularmente na compreensão daquelas matérias ministradas no estranho idioma local e na interação com as outras crianças.

Na parte da manhã, mais observou do que falou, mas percebeu que o garoto da carteira ao lado, pequeno e de cabelos claros, o olhava curioso com o rabo dos olhos. Timidamente e sem mover a cabeça. No intervalo, no pátio da escola, tomou a iniciativa e se apresentou:

— ¡Hola! ¿Qué tal? ¡Mi nombre es Jaime! ¿Y el tuyo?

— Oi, eu me chamo Daniel. Meu pai trabalha aqui na oficina da escola. Ele conserta as coisas — respondeu o menino franzino. O espanhol era bem maior que ele e, com os olhos arregalados, esforçava-se para entender o que acabara de ouvir.

Jaime Arroyo Sanchez era um ano mais velho que Daniel Santoro, e eles iniciavam, naquele dia, uma amizade que atravessaria — com algumas turbulências — a infância e a adolescência de ambos.

Podia-se dizer que Daniel foi para Jaime seu primeiro professor de língua portuguesa. Seu amigo, "mais esperto que a fome", aprendeu rapidamente o novo idioma, embora nunca tivesse perdido totalmente o sotaque, um *acento español* que lhe conferia um certo charme que ele parecia querer manter. Daniel, em contrapartida, adquiriu uma boa fluência em espanhol, mas preferia comunicar-se em português — achava estranho falar em outro idioma, estando no Brasil.

Conviveram na mesma escola durante quatro anos, quando Francesco Santoro trocou de emprego ("não posso perder essa oportunidade", resumira ele), e Daniel precisou se transferir para um colégio público. Um golpe para ambos: Jaime seguiria na Montserrat Riovega. Mas a amizade sobreviveu, principalmente devido ao apoio de Doña Yolanda e Don Miguel, que viam Daniel como um segundo filho, um outro *hijo varón*, e incentivavam a fraterna ligação com Jaime.

Ao longo do tempo, os meninos foram descobrindo as poucas semelhanças e as muitas diferenças entre eles, motivo de brincadeiras (e frequentes troças de Rosa) e, às vezes, de acaloradas discussões. Para começar, pairava no ar a gritante diferença de classes sociais entre as famílias. Não era algo a que dessem importância, mas, claro, ambos sabiam que ela existia. Os Arroyo Sanchez eram ricos e tradicionais na Espanha, donos de uma afamada pedreira de ardósia preta em Badajoz; já a família Santoro, desde que Daniel podia se lembrar, lutava com dificuldades por sua subsistência no Brasil.

Qual a importância disso?, pensavam os dois.

No Leblon, com Doña Yolanda e Don Miguel, ou em Madureira, com Dona Assumpta e Seu Francesco, sentiam-se igualmente bem na companhia um do outro — e das duas famílias. Adoravam a *paella* espanhola, a lasanha italiana e, claro, a feijoada brasileira.

Jaime era moreno, grande para a idade, emocional e extrovertido; Daniel era loiro, franzino, cerebral e introvertido. Jaime gostava de games e do *Brazilian Jiu Jitsu*; Daniel, de livros e de xadrez. Na Espanha, Jaime torcia para o Real Madrid e Daniel, de propósito, para o Barcelona. No Brasil, um, para o Flamengo, o outro, para o Fluminense; no Carnaval, Mangueira e Portela. Parecia que, por pilhéria, escolhiam deliberadamente posições antagônicas: uma premeditada provocação, embora com permanente espírito de camaradagem.

Daniel logo manifestou seu talento para as ciências exatas, em particular para a Matemática, o que foi providencial para Jaime (ele odiava essa disciplina e encontrara em seu pequeno amigo um professor particular). Curiosamente, apesar de não gostar de álgebra e trigonometria, o espanhol se interessava por computadores e programação, coisas que não despertavam especial interesse no brasileiro. Uma complementaridade de conhecimentos que se mostrou bastante útil.

Os amigos, inseparáveis, eram também cúmplices.

Lembravam-se com particular carinho de uma situação que viveram, quando crianças, no Clube de Regatas do Flamengo, agremiação poliesportiva do famoso time de futebol, localizado na Lagoa. Dada a fascinação de Jaime pela esquadra rubro-negra, Don Miguel comprara um título e se associara ao clube, o que permitia à família visitar a sede da Gávea e utilizar seu complexo esportivo. Também podiam levar convidados sob condições estritas. Jaime e Rosa não gostavam de piscinas — como bons *novos cariocas* preferiam a praia —, mas começavam a demonstrar interesse pelo tênis ("excelente, o clube tem sete ótimas quadras de tênis", constatara Don Miguel com entusiasmo). Do Flamengo, os dois amigos traziam uma lembrança de cumplicidade que carregariam por toda a vida.

Estavam no final do mês de dezembro, e, após a virada do ano, a família Arroyo Sanchez viajaria para Madri, para uma temporada de dois meses na Europa. Os companheiros antecipavam as saudades que inevitavelmente sentiriam um do outro durante o período das férias escolares *brasileñas*.

— Daniel, no final de semana já vamos viajar. Mas que droga! ¡*Hostia*! Que tal um joguinho de tênis lá no Flamengo hoje? Para fechar o ano — convidou Jaime, cabisbaixo. — Tenho ainda um convite aqui comigo. Vamos?

Não passariam o Réveillon juntos, e essa seria certamente a última vez que se veriam no ano. Daniel também estava abatido pelo distanciamento forçado que se aproximava, mas tentou animar o amigo.

— Jaime, no Flamengo eu não piso! Lá só tem bocó e perna de pau. Não pode ser no Fluminense? — brincou Daniel. — E você quer *molezinha*, né? Eu sou ruim no tênis, você sabe.

Era verdade. Mais atlético e sendo um associado do clube, com livre acesso às quadras, Jaime desenvolvera seu tênis de uma forma assimétrica à de Daniel. As partidas entre eles acabavam sendo invariavelmente uma brincadeira. Jamais uma disputa.

— Vamos jogar xadrez! — provocou Daniel. — Você sai com as brancas!

— Não seja *pesado*, seu chato. Vamos pro Flamengo! — insistiu Jaime, amuado. — Minha mãe deixa a gente lá.

— Tá bom, mas eu vou com a camisa do Fluminense! — mentiu Daniel. *Vou não... Eu não sou louco*, pensou.

Ao chegarem às quadras de saibro do clube, encontraram cinco delas vazias (muitos sócios já haviam saído de férias) e escolheram a que lhes parecia em melhores condições. O jogo foi, como sempre, um passeio para Jaime, que rebatia sem força e na direção de Daniel para evitar que ele errasse. Passado um certo tempo, desistiram de contar os pontos, os games e os sets. Apenas riam e conversavam, gritando, enquanto trocavam bola.

Brincaram por aproximadamente uma hora, quando interromperam a diversão ao ver um colega da Montserrat Riovega, chamado Victor Cavalcante, aproximando-se da quadra.

— Oi, Victor! Tudo bem aí? — berrou Jaime.

— Oi, Victor — repetiu Daniel, que tinha uma certa cisma com aquele menino. *Esse cara adora "aparecer", tem brincadeiras meio estranhas. É o "bucéfalo afectado" de Don Hidalgo.* — Quer jogar?

— Oi, Jaime; oi, Daniel. Não, só estava vendo vocês. Que *jogo de compadres*, hein? — disse o garoto, reproduzindo uma expressão antiga que ouvira em sua casa, uma das maiores mansões da cidade.

Jaime e Daniel deram de ombros e riram, caminhando em direção ao colega. Chegaram ao portão do alambrado que cercava a quadra e cumprimentaram-se com soquinhos, tocando seus punhos fechados. Conversaram sobre os planos de férias e sobre as aulas de *krav magá* que Victor começara recentemente. Estava empolgado. Por fim, falaram sobre uma menina que Victor vinha tentando, fazia tempo, impressionar. Até então sem sucesso, apesar de segui-la todo o tempo nas redes sociais.

— Você não vai *conseguiiir*... Você não vai *conseguiiir*... — caçoou Jaime, cantarolando.

Os amigos permaneciam na quadra, com as mãos apoiadas sobre a cerca baixa, de aproximadamente um metro de altura. O colega de escola, do outro lado do portão.

— Quer apostar? — desafiou Victor, fechando a cara.

Daniel, ao lado de Jaime, percebeu a mudança no tom de voz do menino e resolveu intervir.

— Calma, Victor! Entra aí, vamos jogar — disse. — Jaime, abre o portão pra ele.

Jaime soltou o trinco e com o pé, de maneira suave, empurrou o portão aramado, que se abriu para fora da quadra, na direção de Victor. Ao mesmo tempo convidou-o, zombeteiro:

— Entra aí, *capachão*.

Do outro lado da cerca, sem a mesma delicadeza e também com o pé, Victor inverteu a trajetória do portão, mandando-o de volta para os dois. Aparentemente brincava ou queria se mostrar. Jaime insistiu e, com um empurrão um pouco mais forte, devolveu o portão (que agora seguia em um vaivém) para fora da quadra. Victor dobrou a aposta, reenviando o portão aos tenistas com um vigoroso chute. Uma ação hostil e perigosa. Sim, era uma provocação, e o espanhol, maior que o colega, não se conteve. Com a sola do pé e com toda a força que tinha, impulsionou o portão de volta, no sentido contrário. O portão metálico voou na direção de Victor, enquanto Daniel ria tola e nervosamente.

Pega essa agora, se conseguir!, Jaime pensou. E Daniel também.

Mas Victor tirou o pé.

Sem um freio que o parasse, o portão se abriu totalmente em cento e oitenta graus, forçou as dobradiças para trás e bateu violentamente o costado contra a própria cerca que o sustentava. Jaime e Daniel, lado a lado, tinham, cada um deles, uma mão apoiada sobre a parte superior da grade. Ambas foram colhidas pelo impacto. Os dois gritaram de dor e de susto ao se darem conta do que lhes acontecera: cada um tivera a ponta de um dedo prensada pelo portão contra a cerca. A mão esquerda de Jaime e a mão direita de Daniel estavam encharcadas de sangue, e seus dedos anulares, caprichosa e simetricamente feridos, formigavam. Ondas de dor misturavam-se à falta de sensibilidade das extremidades esmagadas.

Os amigos, em choque, entraram em pânico.

— ¡Dios mio! — Jaime gritou.

— Meu Deus! — grunhiu Daniel, como se traduzisse o espanhol.

Victor, também assustado — e sentindo-se responsável pelo acidente —, entrou na quadra afinal. Era o único ali que conseguia pensar.

— Calma, gente, calma! Não é hora de procurar culpados — disse o culpado. — Aperta o dedo embaixo do machucado. Assim, ó... Minha mãe me ensinou. Para diminuir o sangue.

Tô ferrado, ruminava, enquanto lhes mostrava o que fazer.

— O clube tem uma enfermaria, vamos pra lá, agora! — continuou Victor, arrastando consigo os dois amigos. Pálidos e atônitos, eles apenas obedeciam.

Na enfermaria do clube, Jaime foi o primeiro a ser atendido. O médico de plantão estava inconformado com a história. *Os dois! Um na mão esquerda, o outro na direita, ambos com o dedo anular prensado. Os pestinhas andaram aprontando.* Mas ele já vira de tudo na vida.

Os três meninos falavam ao mesmo tempo e contaram sobre o acidente na quadra de tênis, omitindo a ridícula guerra de empurrões no portão. — Foi o vento. O vento empurrou o portão — mentiram os dois feridos. — Ninguém teve culpa! — reforçou o menino com o dedo bom.

Incrédulo, o doutor sacudiu a cabeça. Entrara cedo na enfermaria e não havia percebido ventania nenhuma na região. Não importava. Como médico do clube, mas principalmente como *médico*, era seu dever atender àquelas crianças e minimizar a dor.

— Vou lhe aplicar uma anestesia local e, depois, dar uns pontos nesse dedo. Está bem, Jaime? Você é valente! É só uma picada, não vai doer muito — disse o médico com delicadeza.

— Tá bem — respondeu o garoto, tremendo.

Daniel assistia agoniado ao procedimento a que o amigo se submetia e se agarrava ao próprio dedo com mais força. Tal qual Victor lhe ensinara e o pessoal da enfermaria confirmara, após fazerem a limpeza de seu ferimento. "Isso mesmo, continue apertando!"

— Pronto, Jaime. Mantenha seco e só lave quando for trocar o curativo, diariamente — orientou o médico. — Depois, vou lhe passar alguns remédios. Pode ser que a unha tenha problemas para crescer. Vamos ver...

Virou-se para o outro garoto.

— Agora você, campeão, o do dedo direito, vamos lá? Você se chama Daniel, não?

— Si... sim — respondeu o menino, ainda pálido.

Mais pela dor e pelo susto que pela perda de sangue. Ele está muito assustado, pensou o médico.

— Do... doutor — gaguejou Daniel, os olhos suplicantes de medo. — Posso pedir para não tomar a injeção de anestesia nem tomar pontos? Só limpar e enfaixar? Olha, não está tão ruim.

O médico tomou nas mãos o dedo do menino e o examinou.

— É, nesse dedo o ferimento foi menor — concordou, balançando a cabeça compassivamente.

Você não é tão valente quanto o seu amigo, não é?, pensou ele. *Tudo bem, menino. Desta vez. Cada um cresce a seu tempo.*

Jaime e Daniel deixaram a enfermaria tratados, medicados e mais tranquilos, cada um com seu "brinde" no dedo anular, feito de gazes e esparadrapos. E uma lista de remédios para tomar.

Daniel saiu sem seus pontos, como queria.

E Victor saiu perdoado.

Foi uma brincadeira idiota, uma burrice! Ainda bem que Victor ajudou... depois! A partir de hoje, o Flamengo é o meu segundo time, mas bem atrás do Fluminense, pensou Daniel, sentindo gratidão pelo clube e pelo médico maneiro que o tratara.

Entre os três, estabeleceu-se o acordo de manterem a versão do vendaval e do acidente, evitando assim sermões, castigos e novos aborrecimentos.

Jaime viajou e voltou, as férias acabaram e os dedos esmagados — o dele e o de Daniel — se recuperaram. Para o alívio de ambos, as unhas voltaram a crescer. Ainda que um pouco tortas.

Doña Yolanda, Don Miguel, Dona Assumpta e Seu Francesco nunca souberam da história, cada família imaginando que apenas o próprio filho se ferira em um acidente no clube. Restaram cicatrizes engraçadas nos dois amigos, particularmente no dedo de Daniel. Sem os pontos, seu dedo anular ficara levemente bojudo na ponta, a cicatriz traçando um vinco no meio. "Parece uma bundinha", divertiam-se os colegas. Daniel ria e, todo orgulhoso, exibia o *dedo-bundinha* para quem quisesse ver (era um dos raros momentos em que se sentia especial). "Esse dedo tem história!", dizia. Mas não contava a história.

Por algum tempo, tornou-se um hábito entre os amigos tocar seus dedos anulares quando se encontravam. Em vez de um *High Five* espalmado, um Toca Aqui, inventaram um *"High One"*. Como uma saudação secreta entre os dois. Uma homenagem às marcas de guerra trazidas da infância — e ao involuntário pacto de sangue que os unira ainda mais.

Até o ano seguinte, quando Adriana e Milena entraram em suas vidas.

— Jaime, acho que conheci a mulher da minha vida. Estou apaixonado! — contara Daniel, eufórico, ao amigo. — Uma nova vizinha, a Milena, foi ontem em casa para uma aula de Geometria e levou a prima. Aconteceu que acabei dando aula para as duas, e depois conversei um tempão com a prima. Acabamos *ficando*.

— E como se chama a prima, a paixão da sua vida?

— Adriana.

— Ela é bonita? — perguntou Jaime.

— É a menina mais linda que eu já vi! — respondeu Daniel.

— *¡Guay, tío!* Que legal! E essa Milena, a sua nova vizinha? Ela também é bonita? Está solteira? — interrogou o amigo. — Você sabe que estou sozinho. Poderíamos levá-las para passear no Leblon, pegar uma praia...

— É muito gata, mas não tanto quanto a Adriana. Tira o olho, hein? — avisou Daniel em tom de brincadeira, mas claramente marcando o território. — Você vai gostar da Milena!

Adriana Vidal acabara de vestir o biquíni e de amarrar a saída de banho em torno da cintura. Agora, em frente ao espelho do quarto, ajeitava os longos cabelos negros que emolduravam o rosto suave e um faiscante par de olhos verdes. Aos 18 anos, admitia ser bonita, mas buscava imperfeições que talvez passassem despercebidas aos outros.

As pessoas podem não ver, mas eu vejo. Olha essa pele! Tsc, tsc...

Tinha pressa. Depois de vários dias carrancudos, naquele final de semana o sol resolvera aparecer. Seria uma pena perderem a oportunidade, estando em Itacoatiara e tendo já pago a estada da pousada. A Região Oceânica tinha as melhores praias de Niterói.

— Milena, vamos logo! Os meninos chegaram de Icaraí e disseram que já estão na praia — disse à prima, que, esbaforida, saíra da ducha e se enxugava rapidamente.

— Já vou, calma. Quero chegar na praia como uma princesa, é preciso uma certa produção — riu-se Milena.

— Eles estão esperando no Costão — disse Adriana. — Eu vou descendo, tá? Te espero na porta. Vê se não demora, senão, quando chegarmos lá, eles já estarão velhos, gordos e carecas.

A pousada assobradada na qual estavam hospedadas ficava em uma rua de areia, e Adriana sentiu nos pés o calor do solo granuloso que começava a esquentar. Encostou na cerca branca que rodeava a casa e pôs-se a admirar o mar. Subitamente sem pressa, resolveu aproveitar o momento solitário. Lembrou-se que sonhara com Daniel, um sonho confuso e ruim, mas que agora já se apagava de sua mente. Suspirou. Adorava a Praia de Itacoatiara, suas águas cristalinas e ondas fortes. Depois de uma semana agitada, tudo o que ela queria era relaxar.

Tivera outra discussão acalorada com a mãe, uma mulher religiosa ao extremo e com valores morais excessivamente rígidos. Fervorosa e combativa, suas opiniões eram carregadas de certezas inquestionáveis. Quaisquer desentendimentos eram encerrados com uma profecia apocalíptica, seguida de uma ameaça.

— O mundo está acabando! Espera pra ver... — dizia a "Beata Jerusa", como era conhecida no bairro de Charitas, em Niterói.

Adriana Vidal crescera, desde seus 10 anos, sem a presença do pai, um ex-oficial da Polícia Militar que trocara tiros com dois bandidos em uma tentativa de assalto nas proximidades das Barcas. Embora portasse seu revólver, ele estava à paisana e, ao deparar-se com o crime, gritara, já com a arma em punho: "POLÍCIA!". Os meliantes reagiram e foram mortos no tiroteio. Mas levaram junto a vida do Tenente Vidal.

Adriana era uma criança quando ocorreu a tragédia, mas ainda se lembrava do jeito carinhoso, bonachão e festeiro do pai, que contrastava com o asceticismo de sua mãe. *Ou talvez ela não fosse assim antes e tenha mudado com a viuvez, com a solidão*, pensava Adriana. Já não tinha tanta certeza dos marcos no tempo. *Isso aconteceu antes ou depois?* As memórias se esvaneciam aos poucos, mas ela se esforçava para mantê-las vivas, revirando os cartões e presentes recebidos, cuidadosamente guardados, e as fotos antigas. *Ele era tão bonito, estava sempre sorrindo.* Gostava de imaginar que seu pai a amava no passado e continuava a amá-la no presente, onde quer que estivesse.

Como familiares de um ex-policial militar morto em serviço (assim foi considerado, embora estivesse sem a farda no momento), sua mãe e ela tinham direito a uma pensão especial: todos os meses, Adriana recebia uma pequena quantia que guardava como um tesouro.

É meu pai me protegendo, cuidando de mim, se confortava.

Além dos olhos verdes, Adriana herdara do pai a personalidade alegre e extrovertida.

— Teu pai era gaiato e não era temente a Deus, Adriana. Eu tentava arrastá-lo pra igreja, mas ele só pensava em festas, nos amigos e em se divertir — lamentava sua mãe, quando contrariada. — Infelizmente, você se parece com ele. Muito!

Ô bênção!, pensava Adriana secretamente, orgulhosa, mas mantendo um prudente ar de circunspecção diante da crítica.

Que bom, meu Deus! Eu me pareço com meu pai...

Quando entrou em uma faculdade no Rio, Adriana e sua mãe tiveram uma briga a respeito.

— Nã-nã-ni-nã-não, você não vai, Adriana! Espere entrar em uma faculdade aqui em Niterói. Você não pode ficar indo e voltando o tempo todo. Vai pegar a Ponte ou as *Barcas* todos os dias? — disse, enfatizando cruelmente a palavra "Barcas", como que para lembrar a tragédia ocorrida.

— Mãe, eu vou! Esse é o curso que eu quero fazer. Eu vou dividir um apartamento alugado com Milena e uma amiga dela, lá no Rio. No Centro, pertinho da faculdade. Eu tenho minhas economias, a pensão do pai. E posso trabalhar durante o dia.

E é a minha oportunidade de fugir deste regime talibã.

— Morar no Rio com Milena, aquela maluca sem Deus no coração? Três meninas morando sozinhas? Adriana, põe o joelho no chão! Eu sei no que isso vai dar: farras, bebidas e homens.

— Mãe, eu tenho namorado! — respondeu Adriana, ofendida.

— *Namoro*, se deitando com o rapaz? Isso é coisa de mulher casada. Você precisa é de um marido! — predicou a mãe com rispidez.

E a Beata Jerusa ainda complementou:

— O mundo está acabando! Espera pra ver...

Cerca de vinte minutos depois, na Praia de Itacoatiara, Adriana ouviu o grito ofegante de Milena:

— Tô pronta! E aí, *Drizoca*, vamos? Hoje eu caso!

Queria ter a cabeça fria da Milena, pensou Adriana, sorrindo. A prima fora reprovada pela terceira vez (isso porque estudava na escola de sua tia e madrinha) e vivia eufórica. Como se não houvesse amanhã.

No extremo esquerdo da praia, ao lado da Pedra do Costão, encontraram os rapazes, que já haviam esticado as toalhas na areia.

— Adriana, Milena... Esse é o Lucca, o meu amigo paulista.

— Prazer.

Bonitinho, pensou Milena. *Mas branco como um saco de leite.*

— E com você, tudo bem, meu amor?

— Tudo! — respondeu Adriana, sorridente.

E Jaime e Adriana se beijaram apaixonadamente.

Fora cinco anos antes que Jaime, Milena e Adriana se encontraram pela primeira vez — devidamente apresentados por Daniel.

— Jaime, essa é Milena, minha vizinha. Milena, esse é Jaime, meu melhor amigo. Embora seja flamenguista.

— Oi, *guapa*.

— Guapa? — perguntou Milena.

— Linda. *Guapa* quer dizer linda, em espanhol — explicou Daniel, meio sem jeito.

Milena derreteu-se. "Guapa, eu?" Jaime acenou que sim.

Eles gostaram um do outro. Vai dar namoro!, pensou Daniel.

— E essa, meu amigo, é Adriana — complementou, abraçado à menina magra, alta e com olhos de gato; sorrindo, tinha a cabeça debruçada em seu ombro. Jaime cumprimentou-a rapidamente e voltou sua atenção para Milena. O interesse entre ambos era evidente e recíproco.

Vai dar certo! Eu e Jaime vamos namorar as duas primas.

E deu. Daniel e Adriana começaram a se encontrar frequentemente. De início, por causa das aulas particulares de Matemática, depois, sem necessidade de um motivo específico e, por fim, tornaram-se inseparáveis. *Ah, o primeiro amor...*

Juntos exploraram as emoções, os conflitos e os impulsos inéditos do amor adolescente e, claro, o desejo físico. Juntos descobriram seus corpos e aprenderam como fusioná-los, a amalgamá-los até que se tornassem um só.

Jaime e Milena começaram igualmente uma relação, mas entre eles não houve encantamento. Dois meses depois, tinham novos interesses e pretendentes a se conhecer melhor.

— ¡Esa chica es loca! Essa garota é maluca! Não dá... — reclamou Jaime a Daniel, que ouvira de Milena a mesma crítica espelhada contra seu amigo espanhol.

Uma pena, não vai rolar, é melhor não insistir. Nem todos têm a sintonia que tenho com a Adriana, pensou Daniel. *E para sempre!*

Três anos de idas e vindas com a namorada mostraram que ele estava errado. Brigas e ciúmes, decorrentes da imaturidade de Adriana e da insegurança de Daniel, levaram-nos a intercalar períodos de afastamento, cada vez mais longos e frequentes, com reconciliações, cada vez mais curtas e escassas. Até que ela decretou: "Acabou".

Não para mim, pensava Daniel secretamente.

Em sua tristeza, Adriana foi buscar refúgio na amizade de Jaime, mais velho e experiente, a quem procurava frequentemente para conversar. O amigo, de forma honesta, aconselhava os dois e tentava promover uma reaproximação do antigo casal. Mas o inevitável aconteceu.

— Jaime, eu estou apaixonada por você! — declarou-se Adriana, um dia, ao espanhol atônito. Assustado, ele não respondeu. Mas identificou sentimentos, muito parecidos com os dela, que começavam a brotar dentro de si mesmo.

Eu não posso, Daniel é "meu irmão", "mi hermano", e, portanto, Adriana é apenas a "minha cunhadinha" (ou foi, mas ele não desistiu de reconquistá-la).

Mas "fugir à paixão é como tentar apagar o fogo abanando-o", dissera-lhe sua irmã, Rosa, depois de ler a frase em algum romance açucarado. Tinha razão. Jaime viajou, buscando um afastamento, e sofreu ao descobrir que a distância piorara a situação: "sua amiga" enviava-lhe mensagens de amor diariamente pelo celular, e ele se sentia cada vez mais enfeitiçado. E fraco.

"Fale com ele, com a mais absoluta sinceridade. Com ele! Antes de falar com ela", aconselhara Rosa.

Jaime tomou coragem e decidiu se abrir com Daniel. Dividiu sua angústia com o amigo: nada acontecera ainda, mas ele não sabia quanto tempo mais poderia aguentar. Adriana insistia, e ele fraquejava. Os "irmãos de coração" sofreram, antevendo o provável desfecho da tragédia. Foram semanas de emoções contraditórias entre eles, de uma luta entre a amizade e o amor, a lealdade e a atração. Até que Adriana procurou o ex-namorado e lhe explicou pessoalmente o que sentia.

— Eu estou *gostando* dele, Daniel — dissera ela com firmeza (delicadamente, evitara a palavra "apaixonada"). — E acho que o Jaime também gosta de mim, mas não vai admitir isso jamais. Por sua causa! Você e eu *não estamos mais juntos*. Isso não é justo!

Fora a gota final para ele, e Daniel, com o coração partido, liberou Jaime e Adriana.

— Ela gosta de você, Jaime, não de mim. Não adianta eu insistir. Se você também gosta dela, quero que sejam felizes — dissera Daniel, arrancando do peito dilacerado as palavras que alforriavam o casal.

Apesar do gesto nobre, um novo sentimento — a mágoa — se instalara entre os dois (ou entre os três), e Daniel se afastou.

Isso não vai durar, eles não vão ficar juntos, pensou.

Novamente, a hipótese se provou incorreta: Adriana e Jaime ficaram juntos; não era uma aventura. Um ano depois, Daniel se rendeu.

Não posso perder meus amigos por egoísmo. É irracional!

Reaproximou-se do casal, buscando retomar a vida. Talvez conseguisse conhecer outras garotas. Mas, enquanto isso, *namoraria a matemática e os livros;* como sempre. Muito felizes, Jaime e Adriana o acolheram carinhosamente, como um irmão querido que retornava.

Um irmão...

E Daniel guardou para si seus mais recônditos sentimentos.

— Bom dia — cumprimentou Daniel Santoro, entrando no elevador e deparando-se com a vizinha da cobertura acima, a quem encontrara um par de vezes na última semana. Nunca haviam conversado, e Daniel sequer sabia seu nome.

— Bom dia — respondeu educadamente a mulher de cabelos loiros e olhos bem claros. *Azuis ou verdes, como os de Adriana?* Não conseguia definir. *Mas ela é muito, muito bonita!*

Posicionaram-se nos extremos opostos do elevador — ela, mais à frente — e mantiveram-se em silêncio durante a descida, o silêncio protocolar desse tipo de encontro. *Melhor que conversas casuais e bobas sobre o tempo,* ele pensou. Curioso, Daniel aproveitou a viagem e, olhando de soslaio, reuniu mais informações sobre a atraente vizinha.

Ela focava a atenção em seu celular e olhava fotos ampliadas do que aparentava ser o Sol, em tons avermelhados.

Será que ela é uma fotógrafa?

Devia ter entre 25 e 28 anos, cabelos longos amarrados em um rabo de cavalo e parecia que acabara de sair do banho. Exalava um perfume leve e agradável que lhe recordou o óleo de Tiaré que Doña Yolanda gostava de usar (chegara a presentear sua mãe com um frasco que trouxera do Taiti). Obtido a partir da maceração, em óleo de coco, da *Gardenia tahitensis*, a chamada flor de Tiaré, cultivada nas ilhas da Polinésia Francesa. Não era igual, mas tinha semelhança.

A mulher era alta, atlética, e tinha um porte elegante. Embora trajasse roupas informais — usava uma saia jeans curta e uma blusa de seda branca —, estava impecavelmente vestida. Seu pai, com aquele jeitão despachado, resumiria: "Foi criada com leitinho no pires".

Ela levantou a cabeça, e Daniel, envergonhado, desviou o olhar para a porta do elevador, que já chegava à garagem do prédio. *Droga!*

— Até logo — disse ela polidamente.

— Até logo — respondeu Daniel, embaraçado.

Ela caminhou em direção a um Porsche Cayenne branco, estacionado sob uma claraboia do edifício, envidraçada e iluminada.

Então é dela esse Porsche...

Ele seguiu atrás, caminhando até seu pequeno Fiat vermelho, duas vagas à direita. Seu carro havia sido recém-devolvido, após uma lavagem completa e higienização.

Ufa, ainda bem que já está limpo!, pensou.

Nesse momento foram abordados por Edmundo, que, ofegante, levava papel e caneta na mão. Deixara a portaria apressadamente, antes de encerrar seu turno, para emboscar os moradores na garagem.

— Daniel, Dona Lara, bom dia. Desculpem a cobrança, mas não vão esquecer da rifa para ajudar o Seu Paulo, da limpeza. São 100 números, cem reais cada um. Vocês falaram que iam comprar dois números... Corre hoje! Podem pagar depois, mas precisam escolher agora.

É verdade, a rifa de uma TV, doada pela igreja para o Seu Paulo.

— Dona Lara, pode escolher os dois números aqui na cartela, é só escrever o seu nome em cima deles — disse Edmundo, estendendo o papel e a caneta para a mulher.

— Claro, passe aqui — disse ela. Pensou um pouco, escolheu dois números, assinou sobre eles e, em silêncio, devolveu o material ao porteiro. Começou a revirar a bolsa de grife atrás da chave.

— Daniel? — cobrou Edmundo. — Ou quer ficar com o restolho?

Debruçado sobre o estofamento de seu Fiat, Daniel procurava por vestígios de sangue. O carro, por fora, estava limpíssimo; queria se assegurar de que por dentro também estava assim.

Tomara que ninguém tenha notado as manchas de sangue.

Saiu do carro e, com um sorriso amarelo, mostrou a mão direita enfaixada, levantando-a à altura do rosto.

— Não posso escrever, Edmundo. Escolhe dois números para mim, por favor.

— Ah não, é muita responsabilidade — gracejou o funcionário. — É você quem vai pagar. Escolhe dois números aí, Daniel, e eu anoto pra você. Só não podem ser os mesmos números que os da Dona Lara aqui, porque é ela quem vai ganhar. Tô profetizando.

Daniel olhou para Edmundo e para a jovem "Dona Lara", que, de costas, balançava a cabeça e ria baixo. *Que números ela escolheu?*

— Okay, humm... 43 e 87.

— Caraca, Daniel! Não, esses não podem, nenhum deles — respondeu o porteiro, espantado e boquiaberto. — Foram exatamente *esses dois números* que a Dona Lara acabou de escolher.

A mulher interrompeu a entrada em seu carro, que tinha já a porta entreaberta. Surpreendida, virou a cabeça para trás e fitou Daniel com curiosidade; então sorriu. E ele identificou, afinal. Seus olhos eram azul-translúcidos. Da cor dos mares supercristalinos. Ou da cor do céu.

A matemática era o território de Daniel, e ele fizera a conta mentalmente. A probabilidade de coincidência de *um número* em 100 seria, obviamente, de 1%. *Dois números* em 100, e a situação mudava completamente. Ao escolher dois números, seu primeiro palpite tinha a probabilidade de 2/100 de ser coincidente com um dos números do par anotado pela mulher. *Seu nome é Lara, o que ela terá achado disso? Apenas uma casualidade, espero.* Já o segundo número escolhido tinha a probabilidade de coincidência reduzida para 1/99 — um número apenas, sobre as 99 opções restantes; assumido o acerto do primeiro. A probabilidade dos *dois acertos* em sequência, portanto, era a multiplicação de ambas as probabilidades, isoladamente:

$$\frac{2}{100} \times \frac{1}{99} = \frac{2}{9.900} = \frac{1}{4.950}$$

Combinação simples: probabilidade de coincidência de cerca de 0,02%, uma chance em quase 5 mil tentativas!

Eu tenho de dividir essas coisas com Jaime e Adriana, não dá mais para segurar... O pobre Edmundo ficou assustado. Ele é evangélico e tem medo de coisas sobrenaturais. E a tal de Lara? Me olhou de um jeito estranho, não deve ter entendido nada. Será que ela percebeu que eu a observava no elevador?, perguntou-se Daniel.

Imaginou também se ela dividiria com o marido, entre os assuntos do dia ("como foi o seu dia, querida?"), o episódio que representava um prodígio estatístico. Algo raríssimo. Altamente improvável.

Mas um não matemático reconheceria isso?

Daniel Santoro sabia que Lara era casada — *ou apenas vivia junto?* — com um homem atarracado, de nariz achatado, olhos escuros e sobrancelhas grossas. Era mais velho que ela; devia ter uns quarenta e poucos anos e estava bem fora de forma. O que Daniel tinha certeza é que devia tratar-se de alguém muito rico. O condomínio tinha dois apartamentos por andar, e eles eram donos das duas coberturas duplex que, anexadas, foram transformadas em uma única residência.

Deve ser espetacular...

Talvez fosse alguém importante, que ele desconhecia. Chegara a ver, havia mais ou menos um mês, um motorista apanhá-lo com um carrão de luxo e um político famoso aboletado no banco de trás. Na maior parte das vezes, entretanto, dirigia ele mesmo seu Range Rover blindado. Preto e com película escura nos vidros.

Mas o que mais chamava a atenção no marido de Lara eram os seus modos. Ou a falta deles. Ao contrário da esposa, jamais o cumprimentara nem retribuíra qualquer cumprimento. Não importava quantas pessoas estivessem no elevador, o neandertal entrava e saía como se fossem todos invisíveis. Ou inexistentes.

Depois da terceira vez, Daniel desistiu de saudar o homem, que tampouco era simpático com os funcionários do prédio. Todos o evitavam, tanto quanto possível. Presenciou, certa feita, a descompostura passada em um pintor porque ele estava "obstruindo" o seu caminho — o rapaz, em meio às latas de tinta, não demorara mais de dez segundos para lhe dar passagem. Daniel não voltou a vê-lo.

Deve ter sido transferido ou foi mandado embora.

No mais, os vizinhos eram discretos. Com exceção de duas festas em finais de semana consecutivos, quando ele ouvira música alta e conversas indistintas vindas da cobertura acima. Naquelas noites, diversos convidados chegaram com motoristas, e as ruas na cercania do condomínio foram dominadas por carros luxuosos, seguranças e manobristas de *valet parking*. Lembrava-se que as festas tinham avançado madrugada adentro, mas ele não se importara. Não era um abuso frequente, e nas duas ocasiões se distraíra lendo um novo livro sobre a resolução do Teorema de Fermat-Wiles e ouvindo música clássica — ao mesmo tempo. Como ele gostava de fazer, sempre que estudava.

Daniel lembrou-se novamente dos eventos na garagem e dos olhos translúcidos da mulher que o fitara longamente e sorrira para ele.

Caramba, como ela pode ficar com um cara desse?

E notou que, mais uma vez, pensava demasiadamente em Lara.

Daniel acabara de fazer o relato — talvez excessivamente detalhado — dos acontecimentos da última semana. Jaime e Adriana, que retornavam de Niterói, ouviram-no com atenção. A história era carregada de dados, impressões pessoais e estatísticas, e Daniel, agitado e claramente ansioso, repetia pela quarta vez:

— Uma chance em 5 mil!

Os amigos haviam deixado Daniel falar livremente, como ele pedira, sem interrupções. Queria compartilhar a situação através de uma análise completa e, como um bom matemático, provar peremptoriamente sua teoria: *CQD,* "Como queríamos demonstrar"; ou, em latim, *"Quod erat demonstrandum".*

No enorme e bonito apartamento dos Arroyo Sanchez, na Avenida Delfim Moreira, pairava um silêncio pesado. O imóvel era antigo como quase todos os prédios da orla do Leblon, mas havia sido totalmente reformado e tinha uma sacada com vista para o mar de tirar o fôlego. A decoração trazia uma interessante mistura de elementos brasileiros e espanhóis, inclusive um quadro envidraçado com os *trajes de luzes* de um toureiro (um *matador*, amigo de Don Miguel), desafortunadamente morto por um touro Miúra que não se rendera. Daniel sabia que Jaime Arroyo Sanchez não trocaria o apartamento do Leblon pelo da Barra da Tijuca, jamais. O espanhol aprendera com os cariocas a ser leal ao seu bairro. Ele simplesmente amava o Leblon.

Os pais de Jaime, Doña Yolanda e Don Miguel, haviam viajado para a Espanha para ajudar nos preparativos do casamento de Rosa com um catalão, que ela conhecera na Montserrat Riovega. Jaime e Adriana viajariam dentro de algumas semanas. Jordi Sanz — esse era o nome do noivo — voltara a viver na Europa fazia alguns anos. Sua família era produtora de um ótimo cava, o vinho espumante da Catalunha, rival direto do champanhe francês, e desejava aumentar a penetração da marca na União Europeia, particularmente na Alemanha.

"Vou morar com o Jordi em Barcelona", decidira Rosa. Desejava apoiar os negócios do futuro marido e que os filhos que viessem a ter (viriam logo, ela não retardaria a maternidade) aprendessem o catalão e o espanhol simultaneamente na escola. Além do português em casa, com a mãe.

A questão de idiomas era um tema sensível na Catalunha, e não menos importante para a família independentista de Jordi. Rosa, uma madrilenha de origem conservadora, sabiamente evitava problemas futuros com os sogros.

"*Gràcies, amor meu*", agradecera Jordi à amada, em catalão.

Os pais de Rosa e de Jaime já estavam com uma idade avançada (Don Miguel, tristemente, vinha acumulando problemas de saúde) e aceitaram de bom grado passar uma longa temporada em seu país natal. Ficariam, assim, próximos à filha e cogitavam alternar períodos de pelo menos seis meses entre o Brasil e a Espanha. Ou talvez mudassem em definitivo para o país ibérico.

— Daniel, você está bem? Olha essa mão... É para combinar com o dedo-bundinha, é isso? Briga de faca? Francamente! — falou Adriana afinal, preocupada e sacudindo a cabeça. — Eu estava com um pressentimento ruim, tive um sonho estrambólico com você.

— *¡Vaya!* Uau! — complementou Jaime. — Uma história e tanto. Se eu não soubesse que você não bebia, acharia que passou a semana *de juerga*, em uma festa de despedida de solteiro. Bêbado ou pior...

— Vocês não estão acreditando — protestou Daniel. — É verdade! As dezenas de pessoas que pararam e olharam para mim ao meu comando. Algumas simplesmente paralisaram... Tive de ordenar, mentalmente, que descongelassem. O *quase acidente* de carro; não morremos por pouco. E agora essa fantástica coincidência. Uma chance em cinco mil!

Quinta vez.

— Gente, eu não sei o que é — continuou Daniel —, mas alguma coisa estranha *está acontecendo*! Vocês acham que eu inventaria uma coisa dessas? Eu sou uma pessoa de dados, de números, de fatos. Se eu fosse tentar de novo... se eu tivesse...

— *Se* o teu pai fosse mulher, você teria duas mães — interrompeu Adriana, irônica. Estava zangada e franzia a boca e as sobrancelhas. — O cara do Morro do Jereba não te obedeceu. *Taí* a tua prova. Você teve sorte! Tem uma guerra entre traficantes e milicianos por lá... Se ele tivesse um revólver, você estaria morto! Por que desceu do carro?

Daniel suspirou desalentado. Antecipara que não seria fácil convencê-los. Principalmente Adriana.

— Eu voltava para a Barra e vi a menina correndo, descendo a ladeira em direção à avenida. Tentava fugir do cara e gritava desesperada. Não podia deixá-la lá para ser atacada. Não sabendo que eu poderia paralisar o agressor.

— Não paralisou, amigo — replicou Jaime. — Você disse que se baseia em fatos. Como explica então o que aconteceu no Morro do Jereba? E o tal "superpoder"?

— Escutem — insistiu Daniel. Sabia que agora vinha a parte mais difícil, mas tinha de prosseguir. — O problema é que esses superpoderes são... *intermitentes*.

— Intermitentes? — perguntaram juntos os incrédulos ouvintes.

Daniel respirou fundo, como que para reunir coragem.

— É que eles acontecem, mas não sempre. E não sei o porquê. Parece que eles vêm em *pacotes* e, quando somem, somem de todo. Ou em dias e horários, eu não sei dizer. Na mesma manhã da improvável coincidência dos números da rifa, adivinhei exatamente quais alunos me chamariam no celular, e com que dúvidas. Na parte da tarde, errei todas as vezes. É de enlouquecer.

Pobre Daniel. Nosso amigo está à beira de um ataque de nervos, pensou Jaime, penalizado. *Precisamos ajudá-lo.*

Tentaria convencê-lo, falando sua língua.

— Daniel, você conhece o universo dos números como ninguém. Acontecimentos aleatórios, que podem ou não ocorrer, são estudados como probabilidades, não é isso? E uma chance em cinco mil é bem diferente de você ganhar na Mega-Sena, que é...

— Uma chance em cinquenta milhões, se jogados apenas seis números em sessenta possibilidades — completou Daniel, amuado.

— Até hoje eu não entendi bem. Como se calcula esse número? — provocou Adriana, que tivera aulas de análise combinatória com o antigo namorado. A matéria era elementar, mas, por algum motivo, ela sempre se confundia na resolução dos problemas, não sabendo quando usar combinações, arranjos ou permutações.

Daniel lembrou-se, em um lampejo, das muitas horas em que estiveram sentados, lado a lado, e de como ele a guiava através dos enunciados e, depois, no desenvolvimento lógico das soluções. Tempos que ficaram para trás. Agora Adriana iniciara seu curso de Marketing em uma faculdade particular na região central do Rio e não voltaria a precisar dos seus ensinamentos. Jaime, tampouco, necessitaria desse tipo de ajuda. Melhor em matemática que Adriana, mas longe de ser "um craque", como ele mesmo dizia, Jaime entrara na PUC, a Pontifícia Universidade Católica, e cursava Ciências da Computação. Alimentava assim uma outra paixão, além do jiu-jítsu e dos games: o *hacking recreativo*. "Nada de crimes", ele garantia. "Apenas desafios e diversão!"

Como se calcula esse número?, pensou Daniel. *Poxa, a Adriana realmente não tem problemas em falar do passado!*

Jaime resolveu desanuviar o ambiente, propondo ao amigo uma brincadeira. Agarrou uma *National Geographic* do revisteiro ao lado do sofá de couro macio e arrancou dela meia página de um anúncio sem importância. Incontinente, fez uma bolinha de papel e escondeu ambas as mãos atrás das costas. Depois, voltou com os braços esticados e os punhos fechados na direção de Daniel.

— Em qual mão está? Vinte tentativas — desafiou. — Dri, *mi amor*, você pode anotar?

Adriana, animada, correu para pegar uma caneta e um bloco de papel.

"Mi amor...", reparou Daniel.

— Jaime, eu expliquei que a coisa não funciona assim. É intermitente — ele ressalvou. — Mas vamos lá. Esquerda.

— Certo! Um a zero para o *superpoder* — disse o espanhol, mostrando a mão aberta. Voltou a esconder as mãos e as reapresentou.

— Esquerda — repetiu Daniel.

— Certo! *Superpoder*, dois, *coincidência* zero.

"U-hu!", comemorou Adriana.

— Direita.

— Humm, errado. Primeiro ponto para a *coincidência* — disse Adriana, atualizando suas anotações.

Errado, certo, errado, errado, certo...

Chegaram à vigésima rodada, com os acertos em pequena desvantagem para os erros, e decidiram estender o teste por mais dez jogadas.

Ao final do trigésimo lance, fecharam o experimento e o placar: 16 acertos e 14 erros. Ou seja, 53% para *superpoder* versus 47% para *coincidência*. Quase um empate.

Nada excepcional, pensou o super-herói mentalista.

— Daniel, eu estou achando é que você se encantou com essa mulher lá da cobertura da Barra, essa tal de Lara... Ela é bonita? — atiçou Adriana, gaiata. — Ela é velha demais para você e é casada. E você disse que o marido dela é importante e um grosseirão. Metido com políticos. Não vai complicar tua vida, toma cuidado!

Bem, nada disso é mentira, pensou Daniel. *Mas aqueles olhos azuis, na falta desses olhos verdes...*

— *Hombre*, fica triste não! Nós gostamos de você do mesmo jeito — disse Jaime, de maneira divertida.

Adriana se juntou a ele, e ambos começaram a bulir com Daniel, empurrando-o e despenteando o cabelo dele.

— Paralisa a gente! Paralisa a gente!

E Daniel, entre frustrado e arrependido, se questionou se deveria ter contado tudo (*tudo o quê?*) aos amigos e se, de fato, não estava imaginando coisas.

Daniel voltou tarde da noite ao seu apartamento na Barra.

Meu, não! Da família de Jaime, ponderou (ele pagava umas poucas despesas, mas não o aluguel). *O apartamento é do Jaime, como a Adriana.*

Lembre-se, Daniel, das palavras de Seu Francesco: "É preciso manter os pés no chão! Um dia, você perde o que pensa que é seu...".

Sentia ainda algumas dores relacionadas aos ferimentos recebidos, mas melhorava dia a dia. Fora bem atendido na unidade de pronto-socorro e aconselhado a fazer um boletim de ocorrência na delegacia mais próxima. Descartara o conselho, com algum sentimento de culpa, devido à sua absoluta falta de fé nos resultados que tal providência traria. Estava sob efeito de um analgésico leve e, embora a mão enfaixada o incomodasse, conseguia dirigir bem o carro.

Pequeno, mas limpinho, Dona Lara! Quer dizer, agora *está limpo.*

Pensava em como era feliz, apesar de tudo, por ter amigos como Jaime e Adriana. Haviam passado o dia juntos e, no final, se divertiram à beça e riram às gargalhadas. Jaime imitara com perfeição diversos professores da Montserrat Riovega, e Adriana contara as *últimas da Milena* (ela dispensara Lucca, o paulista, e ficara com um congolês, recém-chegado da África, que dividia seu tempo como modelo e barista). Jogaram videogames e assistiram juntos ao noticiário que repassava a semana: política, crimes, um novo vírus descoberto na China e problemas nos satélites, possivelmente relacionados a uma maior atividade solar. Quando tiveram fome e acabaram os biscoitos, decidiram fazer cookies. Ficaram duros e ruins — os piores que já haviam provado —, o que foi motivo para novas brincadeiras. Como quando eram crianças.

Daniel era sinceramente agradecido por essa amizade e adorava os dois, cada um a seu modo.

Pensou nos *olhos de mar* de Lara e perguntou-se se ela também teria sido, dez anos antes, a "Adriana de alguém". Talvez de um adolescente tolo como ele. Antes de casar com o ogro poderoso.

Terá deixado para trás algum coração partido?

Viera pelo túnel, passara defronte do Morro do Jereba (*tudo calmo, senão minha versão super-herói teria de agir novamente,* pensou com ironia) e agora, na altura do Posto 4 da antiga Avenida Sernambetiba, olhava para o seu prédio, lá na frente, com todas as luzes apagadas.

Lara deve estar dormindo faz tempo, pensou. *A bela Lara...*

O prédio estava envolto em escuridão, mas, naquele exato instante, um cômodo da cobertura acabava de se iluminar.

Lara Brun acordara cedo no dia seguinte e, precisamente às 7h00, já estava na academia praticando spinning. Poderia fazê-lo na sala de ginástica envidraçada de sua cobertura, de cara para o mar. Uma vista certamente mais agradável do que aquela à sua frente no momento: as costas suadas de gente ofegante, em bikes demasiado próximas entre si. Seu equipamento particular tinha inclusive melhores recursos que os da academia, mas nem isso a convencia a deixar de frequentar a Barra17, uma academia butique, colada ao Barra Shopping. Apesar de se autodenominar "butique", estava lotada, o que a agradava. Era uma oportunidade de sair de casa e ver rostos novos — ela não a perderia por nada neste mundo.

Cadê o Nicolas? Não estou vendo ele... Será que não veio hoje?, pensou Lara sobre o instrutor, que se tornara seu personal trainer. A possibilidade de não o encontrar naquela manhã a chateou um pouco, e ela resolveu aumentar o ritmo do exercício para se animar.

Vamos, coragem!

A ficha de inscrição de Lara na Barrà17 registrava 30 anos de idade, mas ela passaria facilmente por 25. Era magra (mas bem atlética, sarada) e alta. Seu corpo escultural, que nunca passava despercebido na praia — ela sabia disso —, era encimado por um rosto retangular e harmônico, olhos azul-claros, quase translúcidos, e cabelos loiros, longos e lisos. O que mais confundia a quem tentasse adivinhar sua idade era o tônus jovem de sua pele. As marcas do tempo pareciam ter desistido dela, e, por esse critério, ela se encaixaria com folga na casa dos 20 anos. Sua singular beleza não vinha mais de graça. Já fora assim, literalmente de graça, num passado que lhe parecia remotíssimo. Agora, porém, exigia cuidados e dedicação.

Os últimos três anos haviam sido complicados. Ela sentia que se aproximava de um ponto de ruptura e precisava de ajuda, de pilares de sustentação. Por isso, mergulhava ainda mais na ginástica e em seus trabalhos como intérprete e tradutora português-alemão. Assim como a beleza, o domínio do idioma alemão viera fácil para ela; aprendera-o na infância, em casa e de forma natural. No momento, traduzia para o alemão duzentas páginas de documentos, originalmente escritos em português, para uma companhia de Frankfurt, um cliente usual. Passaria à tarde na filial brasileira da empresa para entregar as primeiras cem páginas e receber metade do pagamento. Gostava do trabalho de tradução, dava-lhe liberdade e paz nos períodos da tarde.

Quando Karl não está, pensou. *Somos tão iguais... e tão diferentes. Mas está chegando o "Dia K"!*

Lara seguia no spinning, e seus pensamentos voavam soltos. Ao imaginar o "Dia K", ficara agitada e com medo. Não queria sentir-se assim e procurou afastar a imagem. Era seu momento de relaxamento, e ela *iria* relaxar — era importante para seu corpo e sua mente. Pensaria naquilo depois; e, depois, agiria. Quase não suava, o que já chamara a atenção de seus colegas e monitores:

"Batimento cardíaco baixo, como uma maratonista. Um exemplo de condicionamento físico!"

Uma mulher ao seu lado, aparentando cerca de 45 anos e com cabelos volumosos, loiros e ondulados (lembrava o icônico penteado de uma atriz dos anos 1970, que interpretava uma detetive supersexy na TV), acabara de completar seus primeiros vinte quilômetros de exercício e fez uma pausa para se enxugar e se hidratar. Era ainda bonita e vistosa, mas já perdera, quinze personal trainers atrás, o frescor da juventude, o que procurava compensar com roupas de ginástica e acessórios quase adolescentes. Sentada em sua bike e molhada de suor, olhou para Lara e perguntou, com um misto de cumplicidade e galhofa:

— Ué, cadê o *personal*, o Nick, aquele deus grego? Se ele não vier mais, cancelo a minha matrícula nesta joça — disse ela, rindo de maneira espalhafatosa. Presumivelmente, não esperava qualquer resposta, pois virou a cabeça para o lado e repetiu a pergunta para outra aluna, mais ou menos da idade de Lara. Uma negra lindíssima, com uma exótica tatuagem no ombro; era modelo e bastante conhecida.

— Eu não sei — respondeu a modelo. — Mas, mesmo que eu soubesse, não contava pra você.

A gargalhada geral beirou a algazarra.

— Gente! Cadê o Nick, aquele *pedaço de mau caminho*? — continuava a perguntar a mulher, para o divertimento de toda a turma no salão.

Lara deu de ombros e sorriu para si mesma, sem se preocupar em responder. Não precisava de uma conversa fútil naquele momento. Seguia com o exercício em ritmo acelerado, tentando controlar sua ansiedade. Tinha seus próprios problemas para resolver.

O "Dia K"... Para isso ela vinha se preparando. *Mas nunca se está preparada o suficiente; nunca se sabe o que pode acontecer.*

Resolveu dar uma guinada em seus pensamentos.

E aquele rapaz, o vizinho do andar de baixo? Bonitinho, mas supertímido. Ficou me olhando no elevador, pensou, esboçando um sorriso. *Daniel... Será que tem namorada?* Tinha visto uma ruivinha sardenta e de óculos grossos, tão jovem quanto ele, descer no décimo andar com livros a tiracolo. Na semana anterior.

Sei não... Uma colega de estudos, talvez. E o que foi aquilo na garagem, os dois números da rifa? Que tremenda coincidência! Coitado, ficou todo sem jeito.

— E aí, galera? BOM DIA! — gritou Nicolas, entrando no salão de spinning e batendo palmas para animar a turma. Sorria de lado a lado da orelha, exibindo os dentes branquíssimos e esbanjando entusiasmo e simpatia. — Desculpem o atraso — continuou. — Fiz um teste para uma novela e acabei dormindo em Jacarepaguá. Uma ponta apenas, mas quem sabe? Agora de manhã, voltando para a Barra, quis fugir do trânsito e usei o GPS. Vocês acreditam? Meu GPS ficou maluco e me perdi!

— *Bom diiiaaa*, Nick! — derreteu-se a loira da juba. — *Uma noveeeela?* Que chique! Achei que você não viesse hoje, *honey*.

"Bom dia, Nicolas"; "oi, Nick"; "bom dia, querido"; "fala aí, *brother*", responderam os demais alunos, de forma variada e carinhosa. Muitos deles viam Nicolas, verdadeiramente, como um amigo. Daqueles com quem frequentar bares e curtir a praia.

Para diversas alunas — e alguns alunos —, entretanto, a coisa ia além. "Sim, ele é um deus grego!", suspiravam. Nicolas, aos 26 anos, era um portento de um metro e noventa e cinco de altura, com a musculatura perfeitamente definida em anos de fisiculturismo. Seus braços eram longos e fortes como troncos, enquanto o rosto era estranhamente angelical: nariz afilado, olhos e cabelos castanhos — cacheados naturalmente. Uma ode à perfeição física, combinada com uma personalidade cativante. Tinha boa conversa, senso de humor e era um ótimo ouvinte, características que se somavam a outras nas fantasias de suas alunas. A caixa de sugestões da Barra17 frequentemente se transformava em um correio sentimental. Um depositório de declarações apaixonadas, a maior parte delas anônimas, para o divertimento do dono e dos funcionários da academia. Entre eles, corria a gozação de que o "Efeito Nick" seria responsável por 90% das renovações de matrículas das alunas entre 15 e 80 anos. E sabia-se lá de quantos alunos.

Mas Nicolas tornara-se um mestre da esquiva. O tempo e as conturbadas experiências passadas encarregaram-se de ensinar-lhe que envolver-se afetivamente com mulheres da academia era um péssimo negócio. E ele se desenvolveu na arte de desviar-se de encrencas, de fugir das cantadas, de não se comprometer.

Num primeiro momento, adotou, em suas palavras, o "Pego, mas não me apego". Não funcionou: muitas mágoas, rostos virados e até queixas na administração que lhe custaram um emprego. Então optou, definitivamente, pelo "Me apego, mas não pego", preferindo as amizades aos romances no seu local de trabalho.

Eu, Nicolas Carvalho, prometo solenemente não voltar a me envolver com nenhuma garota ou mulher, na academia ou em qualquer outro local relacionado ao meu trabalho!, jurara a si mesmo.

Funcionou às mil maravilhas. Até que ele e Lara se conheceram.

— Você se atrasou, "achei que você não viesse hoje, *honey*" — disse Lara Brun, com dengo e fazendo troça da loira oferecida da sala de spinning.

Nicolas riu.

Era meio-dia, e aproveitavam a hora do almoço para se encontrar em um motel discreto, na Avenida Ayrton Senna. Haviam chegado uma hora antes e, ainda carregados pela adrenalina da academia, banharam-se e deram continuidade a outras atividades físicas: exercícios corporais bastante especiais. E prazerosos.

O quarto onde estavam era espaçoso e tinha um ofurô, revestido de madeira e encravado em meio a um minijardim de inverno. Não era espalhafatoso e a decoração era simples e de bom gosto. O melhor do motel, porém, era a localização. A entrada se situava em uma ruazinha lateral, disfarçada por árvores frondosas e escondida de possíveis olhares curiosos.

— Fala sério, você acha mesmo que eu perderia a chance de te ver? — respondeu Nicolas, com um olhar apaixonado e beijando a boca entreaberta e excessivamente avermelhada (*culpa dele!*) de sua melhor aluna.

Meu Deus, onde estão os meus princípios? Estou me apaixonando por essa mulher. Eu... com uma mulher casada. Esposa de um cara poderoso. Vai dar ruim!

Nicolas não se recordava de ter vivido situação parecida em sua vida como personal trainer (*na adolescência, sim, já me apaixonei, mas quem não?*). Nas academias, como instrutor ou monitor, era *ele* quem estava no comando e administrava as paixões de suas alunas; fato que se tornara, praticamente, uma das rotinas de seu trabalho. Mas não daquela vez. Lara e ele estavam juntos naquele relacionamento secreto havia quatro meses — e ele não estava no controle. Absolutamente. Tampouco podia dizer que a conhecia. Sabia pouquíssimo de sua vida. Lara evitava conversas íntimas, que desnudassem igualmente sua alma, que revelassem quem ela era e o que sentia. Verdadeiramente. E muito menos falara de paixão ou de amor.

"Eu gosto de estar com você", foi tudo o que ele conseguira ouvir, depois de uma tarde inteira juntos, naquele mesmo quarto. Na semana anterior, no entanto, *ele* soltara, intempestivamente, um "eu te amo". Inequívoco, alto e bom som. Com todas as sílabas claramente pronunciadas. Em resposta, recebera um sorriso encantador — *de agradecimento?* —, um beijo e um silêncio constrangedor.

Ela tem problemas com o marido ricaço e talvez precise de mais tempo. Para tomar decisões, ajeitar a vida. Mantenha a calma, cara. Vai devagar. Acho que ela já está fraquejando.

Agora na cama, Nicolas admirava-a, embevecido. Lara cobrira-se parcialmente com os lençóis e, em silêncio, fitava o teto com seus exóticos olhos azuis, quase transparentes. Sua mirada, na realidade, parecia atravessar o quarto, como se ela estivesse em outro lugar. Ele resolveu puxar assunto, para trazê-la de volta. Queria sua atenção.

— Não acredito que me perdi no Rio. Eu, um carioca da gema. Aquele GPS fuleiro quase me fez entrar na Cidade de Deus.

— Você não ouviu, Nick, que as tempestades geomagnéticas estão mais fortes e afetando os satélites e as antenas? Talvez isso tenha desorientado o GPS — disse Lara.

O quê? Tempestades geomagnéticas? Problemas nas antenas? De TV?? Tomara que não afete a minha futura novela, pensou Nicolas.

— Ouvi não — respondeu o rapaz. — Você entende disso?

Lara sorriu, deu de ombros e sussurrou, meneando a cabeça:

— Um pouquinho.

Essa mulher é uma charada. Queria saber mais dela, conhecer o seu dia a dia, como vive, seu trabalho, sua família alemã... Calma, Nick, até parece que você está querendo se casar com ela!

Então, de súbito, Lara falou:

— Ontem na garagem do meu prédio, aconteceu uma coisa bem estranha com um vizinho meu, um rapaz bonitinho, do andar de baixo. Mais novo que você. Fizeram uma rifa de 100 números, e precisávamos escolher dois números cada um. Sabe que ele escolheu *exatamente* os mesmos números que eu? Isso é muito, muito difícil de acontecer!

Nicolas ouvira toda a história, mas o que efetivamente registrou foi "o rapaz bonitinho do andar de baixo". Sentiu uma inédita e incômoda pontada de ciúme.

Caraca, mais um sentimento que eu desconhecia! E isso dói.

— Coincidência, ué — disse ele, sem grande interesse em todo o resto. — Coincidências acontecem.

— É, pode ser.

Lara virou o rosto para Nicolas e abriu um sorriso capaz de derreter até mesmo os corações não apaixonados — e o dele estava.

— Nick, você gostaria de conhecer o meu apartamento, ver onde eu moro?

Pô, você tá tirando onda. É evidente que sim! Eu quero tudo que venha de você, minha deusa, pensou o personal trainer consigo mesmo.

— Claro, é claro que eu quero, linda. Eu te a... adoro! — corrigiu ele a tempo. Dessa vez.

Lara pegou a ponta do lençol macio, limpou o suor do peito de Nicolas (ela não suava) e o abraçou carinhosamente.

— Meu menino...

— Governador, meu querido. Você vai adorar tanto a estratégia de indução do seu nome como as ações táticas da campanha digital. Claro, claro... Quando chegar o momento, pode ficar tranquilo — garantiu Karl Meier, com um sorriso forçado nos lábios. Tentava suavizar a voz cavernosa. — Sem dúvida... Também falaremos sobre isso... Eu o espero em casa, hein? Sim, neste sábado. Abração.

Karl desligou o celular e imediatamente contraiu o rosto, sem nenhum sinal de satisfação residual pela conversa com o político.

Sacana, sem-vergonha!, pensou. *Mas potencialmente útil.*

O homem era ligado a órgãos de segurança do Rio de Janeiro, e, através dele, Karl conhecera pessoas sérias e influentes; assim como alguns criminosos da milícia carioca. Armados e dispostos a tudo.

Não existe nada melhor para "serviços especiais" do que gente da milícia. Essa turma é pau pra toda obra!

Karl referira-se a ele como "governador", mas acabara de falar com um deputado federal. Fazê-lo assumir o Palácio Guanabara era parte de um projeto de dois anos, mas não custava tratá-lo, desde já, pelo cargo que almejava. Lembrou-se de uma fala de Al Pacino no filme *Advogado do Diabo*, no papel do diabo:

"A vaidade é definitivamente o meu pecado favorito".

O meu também, Karl pensou.

Karl Meier não era um homem que desperdiçasse tempo ou simpatia com pessoas desimportantes. *O tempo é, de fato, o único recurso finito neste mundo,* repetia para si mesmo. E ele tinha metas a cumprir, muitas metas. Enriquecera em pouquíssimo tempo — precisamente em três anos —, após abrir uma agência de propaganda e comunicação tremendamente bem-sucedida: a KMCom. Mas considerava-se ainda no início de sua jornada. De sua missão.

A KMCom havia começado suas operações focada em campanhas publicitárias para grandes empresas, principalmente na área de produtos de consumo. Mas, com a necessidade de aumentar o faturamento, acabou aceitando fazer alguma propaganda institucional para o governo. Daí para o marketing político foi um pulo. Um negócio pequeno para o grupo, mas sensível e importante para seus ambiciosos planos futuros. Nessa área, Karl não delegava: fazia os contatos e desenvolvia as estratégias pessoalmente. No Brasil e, mais recentemente, também na Argentina.

Karl era um homem baixo, com olhos pretos e sobrancelhas espessas. Seu nariz, achatado e torto, reforçava o aspecto geral de um lutador de boxe aposentado e com sobrepeso; e seus dedos grossos faziam antever um aperto de mão poderoso. O que sua tosca figura não revelava, porém, em um primeiro momento, era a sagacidade. Entre as competências de Karl, a mais reconhecida, aquela que lhe trouxera sucesso e fortuna, era a capacidade de persuasão.

No mercado publicitário, inúmeras agências disputavam, a tapas, grandes contas e suas verbas milionárias. Karl era considerado o vendedor mais efetivo do setor; dificilmente saía de uma reunião de mãos vazias, desde que tivesse acesso a quem realmente decidia (o que, nas megacorporações, nem sempre era fácil identificar). Assim, mirava diretamente nos donos ou nos presidentes de empresas, caçando-os em clubes de golfe, associações comerciais ou organizações fraternas.

"Fala, presidente; vamos almoçar?" "Seu Oliveira, já pensou na minha proposta?" "Mr. Johnson, a KMCom vai ser a sua agência!"

Karl era um trator: incansável, obstinado e implacável.

Precisaria ter mais tempo para a Lara, mas isso pode esperar. Em breve, teremos todo o tempo do mundo.

— Karl, eu sinto muito — desculpou-se César Torres, o diretor de marketing da imensa empresa mexicana de bebidas recém-chegada ao Brasil. — Eu queria manter a KMCom como nossa agência de propaganda, mas o novo diretor-geral está inflexível. Quer trazer a sua própria agência. O comitê diretivo estava comigo, mas, no fim, resolveu apoiar o desejo dele; como um gesto de boas-vindas. Fui voto vencido.

Alejandro Hernández, o expatriado mexicano que veio substituir o antigo presidente... Pendejo, *estúpido!*, pensou Karl enraivecido.

— Me deixe falar com ele, César. Ponha-me frente a frente com o tal Alejandro e me permita apresentar a nossa empresa, o nosso trabalho. É tudo o que eu peço.

— Ele não quer, Karl. Foi absolutamente claro. Disse: "não quero falar com fornecedores!" — explicou César, reproduzindo a ordem do novo chefe. — Ele está enrolado, tratando de encontrar um apartamento para a família, próximo ao hospital-maternidade, e se apresentando aos nossos principais clientes. A esposa, Ramona, está grávida de quatro meses. Chega amanhã de manhã. E ele nem estará no Rio para recebê-la; só voltará à noite. Vamos mandar nosso motorista apanhá-la. Ela ficará com o marido no hotel, por enquanto.

— Entendo, ele está mesmo enrolado, hein? Quando vocês assinam com a outra agência?

— Na próxima semana — César respondeu, com um muxoxo. —Não há o que fazer. Eu lamento.

Era o momento de uma retirada estratégica, e Karl sabia disso.

— Tudo bem, amigo, não se pode ganhar todas. Obrigado pela força! Ainda voltaremos a trabalhar juntos.

Na manhã seguinte, o Aeroporto Internacional do Galeão, rebatizado de Aeroporto Antônio Carlos Jobim, estava bem cheio. Voos chegando de diversas localidades nacionais e países. Da companhia Aeroméxico, apenas um.

Na área internacional, a costumeira aglomeração de familiares e amigos debruçados sobre a cerca de aço escovado em frente ao portão de desembarque. Poucos metros atrás, respeitosamente, uma segunda linha de olhos expectantes: motoristas corporativos segurando plaquetas de identificação com os nomes dos viajantes a serem transportados. E, na retaguarda, uma profusão desordenada de carregadores, taxistas independentes, guias turísticos e curiosos. Todos ansiosos, aguardando a chegada dos passageiros que — uma vez ultrapassadas a imigração, a retirada das bagagens e a alfândega (ufa!) — sairiam pelas portas envidraçadas, empurrando seus carrinhos transbordantes de malas, maletas e sacolas.

Ela está nesse voo, AM 024, pensou Helton Silva. O homem comparava, pela décima vez, as suas anotações com o painel eletrônico de chegadas do terminal.

O horário de chegada previsto era 7h20, mas o voo sofrera um atraso significativo devido às péssimas condições climáticas na Cidade do México. O avião aterrizara às 10h25; os primeiros passageiros do AM 024, contudo, começaram a despontar no portão apenas cinquenta e cinco minutos depois.

Finalmente! Daqui a pouco ela vai aparecer. Como será que ela é?, pensou o homem de cabelos totalmente brancos.

Helton Silva, 72 anos, motorista de confiança da empresa brasileira adquirida pela multinacional mexicana, tinha a missão de levá-la em segurança até o Othon Palace Copacabana. E ele iria cumpri-la. Estava acostumado a esse tipo de trabalho, e sua atenção e condução segura eram elogiadas por todos que já haviam utilizado seus serviços.

Levantou a plaqueta com o logo da empresa e o nome "Señora Ramona Hernández", deixando-a à altura do peito.

Já se encontravam quase no final da manhã, e o aeroporto estava lotado e abafado. Os motoristas pareciam estressados pelo atraso.

Quem cobra por corrida, perdeu meio dia de trabalho. Já eu, se preciso, posso esperar aqui o dia todo. Eu adoro essa empresa! Espero que os mexicanos nunca me aposentem.

Com a saída dos passageiros, em meio a malas e abraços, a aparente disciplina se desfez. Alguns motoristas se adiantaram e se misturaram aos familiares próximos à cerca do portão de desembarque, desrespeitando o tácito protocolo. Um deles, um cabeludo grandão, se colocara na frente de Helton Silva, segurando uma placa enorme, proporcional ao seu tamanho, e suas costas estavam molhadas de suor. Na verdade, todo o ambiente transpirava pressa e agitação.

Calma, pessoal, os passageiros não vão fugir, pensou Helton.

Lentamente, os passageiros foram saindo: famílias, casais, amigos, pessoas desacompanhadas, adolescentes. Encaminhavam-se para os braços de seus entes queridos e seguiam seus motoristas, conhecidos ou identificados. Outros, ainda, buscavam o serviço de táxi dos quiosques ou dos diversos condutores independentes. Então, o fluxo de pessoas que passavam pelo portão do desembarque começou a diminuir, e as portas voltaram a se fechar. Passaram a se abrir apenas ocasionalmente, quando surgia um retardatário — cada vez mais raro. Logo começaram a sair passageiros de outro voo. Pelas etiquetas da companhia aérea nas malas, aquele vinha de Londres.

Cadê a Dona Ramona?, perguntou-se Helton, olhando preocupado em torno de si para ver se localizava alguma mexicana, grávida e perdida, no saguão do aeroporto.

Nada. Será que a mulher não embarcou? Ou está retida lá dentro, na imigração? Algum problema médico, talvez? É melhor eu ligar para o escritório.

No estacionamento do aeroporto, Ramona Hernández acompanhava o homenzarrão simpático. O grandão usava óculos de armação grossa, tinha a cabeleira despenteada de um roqueiro e empurrava o carrinho de malas com espantosa facilidade — usava um braço apenas, enquanto, com o outro, carregava a bagagem de mão da mexicana. Ela praticamente não falava português, nem ele o espanhol, mas estavam se entendendo através de gestos e palavras soltas, desgarradas de frases. Para compensar os problemas de comunicação, sorriam muito.

Ramona era jovem, miúda, e usava um vestido folgado e leve. Sua gravidez, de dezesseis semanas, passava facilmente despercebida.

Seu acompanhante se abanava, como a dizer: "Que calor!". Ela assentia e sorria de volta. *"¡Sí!"*

— Primeira vez no Rio? — perguntou ele.

Ramona franziu a testa e apurou os ouvidos, tentando entender.

— Primeira... vez... no Rio? — ele repetiu devagar, fazendo o número um com o dedo indicador.

— *¡Sí, sí, primera vez en Río!*

Chegaram a um Nissan Versa preto, e o homem acomodou as malas no espaçoso bagageiro. Abriu a porta de trás, apontou o assento e a convidou a entrar.

— ¡*Muchas gracias!*

O motorista sorriu, travou as portas do carro e ganhou as vias da Ilha do Governador.

— Othon Palace Copaca... Copacabana... Pela... or... pela orla, por favor — pediu Ramona, do banco de trás, lendo um pedaço de papel em sua mão. Tinha um sotaque fortíssimo e falava pausadamente para se fazer compreender.

— Claro! Já, já estaremos em Copacabana — disse o homem.

E adentrou a Linha Vermelha em direção à Baixada Fluminense. No sentido oposto ao de Copacabana.

Depois de alguns minutos, o condutor do Nissan Versa calou-se e parou de sorrir. Aparentemente concentrava-se em dirigir.

Menos mau, pensou Ramona. *Assim posso aproveitar a paisagem e descansar. Dizem que a orla do Rio é belíssima. Olha esse mar! Acho que eu vou gostar daqui. NÓS vamos gostar daqui, não é, bebê? Seu papai precisará muito de nossa ajuda.*

O homem fez uma ligação no celular e falou alguma coisa rapidamente; pareceu a Ramona tratar-se de uma pergunta, mas ela não conseguira captar absolutamente nada.

— Nos conformes... Sim, mamão com açúcar. Nem foi preciso dar um *sacode* no velho... Já tá no pedaço, patrão?

Ele desligou o telefone.

O "motorista" recapitulava seus últimos movimentos para certificar-se de que não havia deixado rastros. Não tinha sido difícil interceptar a mulher no aeroporto. Colocara-se na frente do chofer velhinho e, de costas para ele, abrira sua própria placa dobrável com a inscrição "Ramona Hernández", apontando-a para a saída de passageiros. A mexicana o vira de imediato — não tinha como não o ver — e se voltara diretamente para ele. Dobrada a placa, os dois saíram tranquilamente, lado a lado, do aeroporto. O motorista da empresa ficara lá esperando.

O cabeça branca deve estar lá até agora... Otário!

O Nissan Versa era roubado e estava com placas falsas, o que era apenas um problema temporário. Dentro de alguns minutos trocariam de carro, em uma rua sem câmeras. Ele conhecia todas na região, assim como a central de monitoramento.

Olhou pelo retrovisor. Viu que suava na testa e que seus óculos, sem grau, começavam a embaçar. A peruca que usava era enorme e insuportavelmente quente — ele não via a hora de tirá-la. Viu também que a mexicana, no assento traseiro, começava a se inquietar.

Haviam deixado a ponte, e a paisagem se transformava rapidamente. Não era bonita, e ela não via mais o mar.

Talvez mais à frente, pensou Ramona. Ela não sabia, mas eles chegavam a Duque de Caxias, na Baixada Fluminense. Saíram da via expressa e entraram em uma rua lateral, sem movimento.

Por que estamos entrando aqui?, questionou-se Ramona.

— Or... orla? — ela perguntou, gaguejando.

— O carro, o *coche*. Está quebrado — respondeu o motorista. — Temos de trocar.

Coche quebrado? O carro não está quebrado, ela pensou. E seu corpo franzino sentiu uma súbita descarga de adrenalina.

Adiante, um Honda City, preto e com uma película escuríssima nos vidros, piscou seus faróis. O homenzarrão parou de frente para o outro carro, e tudo aconteceu rapidamente. Ele desceu e transferiu a bagagem de Ramona para o Honda. Depois, abriu a porta de trás do Nissan e conduziu a mulher pelo braço, sem nenhuma delicadeza, até o novo veículo.

— Entra! — ordenou ele rispidamente, de um modo completamente distinto de tudo o que ela ouvira até então.

Um homem mascarado — o condutor do Honda — deixou o volante e sentou-se à esquerda de Ramona, no banco traseiro. Era atarracado, muito mais baixo que o outro e não falava nada. Apenas a mirava fixamente. Através dos furos na máscara, ela podia ver seus olhos negros e suas sobrancelhas espessas. Identificou-os como "os olhos do mal".

Eu estou sendo sequestrada.

— ¡Por favor! ¡Estoy embarazada! — implorou Ramona. Um pânico visceral e paralisante se apoderou dela.

Sim, moça, você está grávida. Nós sabemos, pensou o mascarado ao seu lado.

— Quieta, espera aí! — disse o brutamontes de óculos. Pegou uma flanela no porta-luvas e foi até o Nissan, para eliminar as digitais de tudo o que ele havia tocado. Dentro e fora do carro.

Meu Deus, isso não está acontecendo, pensou a mulher. Procurava desesperadamente controlar-se, pois sabia que seu pânico colocaria em risco a vida do filho.

O "motorista" voltou e assumiu a direção do Honda. Arrancaram. Seguiriam por dentro das ruas secundárias e só retornariam à via principal mais à frente.

No banco de trás, o homem de máscara pegou um capuz grosso e o vestiu na cabeça de Ramona. Pronto, agora, além de tudo, ela também estava às cegas!

— *¡No, no! ¡Por favor! ¡Por favooor! ¿Por qué he venido a este país?* — lamuriou-se a mexicana em voz alta.

O mascarado, ao seu lado, olhava-a em silêncio e pensou:

Sim, por que você veio, sua idiota? Volte com o cocô do seu marido para o México e não retornem jamais ao Brasil. Ele nunca dirigirá qualquer porcaria neste país. Eu não permitirei!

O Honda City deixou Duque de Caxias, passou por Belford Roxo e, depois, Nova Iguaçu. Quando chegou a Queimados, parou. A mulher já se urinara, vomitara e tivera uma síncope nervosa, desfalecendo por alguns segundos. Estavam agora parados na entrada de uma favela, a cerca de trezentos metros de um ponto de táxi.

Ramona ouviu a porta se abrir e sentiu o homem grande sentar-se à sua direita. Estava prensada entre os seus dois captores.

Meu Deus, eles vão me matar!

Sentiu também que passavam, lentamente, alguma coisa afiada e pontiaguda sobre a sua barriga. *Sobre o seu bebê...*

— *Dios te salve, María, llena eres de gracia, el Señor es contigo. Bendita tú eres entre todas las mujeres, y bendito es el fruto de tu vientre, Jesús. Santa María, Madre de Dios, ruega por nosotros...* — rezava ela, em voz baixa.

Tiraram seu capuz, e Ramona viu uma faca enorme na mão do homem mascarado. Ele seguia em silêncio absoluto, o que o tornava ainda mais aterrador. O grandalhão cabeludo lhe mostrou o dinheiro e os documentos que eles haviam encontrado em sua bolsa.

Falou bem devagar para se fazer entender:

— Vamos ficar com tudo, menos o passaporte, o celular e esses duzentos dólares. Tome, pegue!

Ramona tinha o rosto molhado pelo suor, pelo suco gástrico regurgitado e pelas lágrimas. Esticou os dedos. Trêmula, mal conseguia segurar seus pertences.

— Vá para o teu hotel em Copacabana — continuou o homem. — Se você for à polícia, NÓS VAMOS TE MATAR! E o teu filho, teu *hijo* aqui, também. Temos os teus documentos e do teu marido (agitava-os diante do rosto dela). Vai ser fácil te encontrar. Já encontramos uma vez... *Entendeu?*

A pressão da faca... A faca voltara a pressioná-la.

Ramona assentiu automaticamente e mordeu os lábios. Estava com ânsias de vomitar de novo e virou a cabeça para o mascarado.

Sim, eu entendi, eu juro, nada de "polícia", de "matar meu filho". Eu só quero ir embora deste país, pensou Ramona, fitando apavorada os olhos escuros como o breu por trás da máscara.

Não era preciso ouvir a voz daquele homem sem rosto. Ela sentira em sua alma: aquele homem era o diabo.

"Karl, aqui é o César Torres, tudo bem?", dizia a mensagem de voz na caixa postal do celular.

"Cara, uma reviravolta total aqui na empresa, me liga. Mas só te adiantando: o Alejandro decidiu voltar para o México com a esposa, ninguém sabe direito por quê. Acho que ele vai deixar a empresa. A matriz está louca da vida e pediu para o antigo diretor-geral voltar. E o presidente da área internacional está vindo para o Brasil. Não posso falar mais agora porque estou entrando num táxi; nosso motorista, o Seu Helton, se aposentou. Mas o mais importante é que a KMCom continua a ser a nossa agência!"

Eram duas horas da tarde quando Daniel desceu à garagem e viu que seu Fiat Uno estava bloqueado. Para sair, precisaria movimentar o carro da frente.

O Porsche Cayenne de Lara. Bom, é minha chance de dirigir um Porsche, ainda que por alguns metros, pensou; e se divertiu com o pensamento. *Cadê a chave? No contato, talvez?*

Não, portas trancadas. A chave tampouco estava no para-brisa ou sobre os pneus, onde os manobristas costumavam colocar.

Claro, quem vai deixar qualquer um pegar o seu Porsche?

Olhou para os lados. A garagem estava vazia, nenhum funcionário. Ele bufou. Estava atrasado para uma aula particular. A aluna não tinha carro, e ele se prontificara a ir até seu apartamento, em São Conrado. Mandaria uma mensagem avisando sobre o atraso; ela tinha a tarde livre, provavelmente não haveria problemas.

Também já deixei meu carrinho trancado aqui na garagem, "Dona Lara". Mas estava meio ensanguentado, é verdade.

Foi até o interfone e discou o número 111. Também poderia ser o 112, considerou. *Tanto faz, eles são donos das duas coberturas.*

Uma voz feminina atendeu: "Sim?".

Ainda bem que não foi o ogro quem atendeu.

— Lara? — perguntou (não a chamaria de "Dona Lara" por nada neste mundo). — Aqui é o Daniel, seu vizinho do andar de baixo, do 102.

— Daniel? Ah, sim... Ai, já sei — ela disse. — Deixei meu carro trancado na frente do seu, não foi? Mil desculpas!

— Err... sim, não... não tem problema — balbuciou Daniel. — É que eu tenho de dar uma aula de Matemática em São Conrado.

Aula de matemática em São Conrado? Por que raios eu estou me explicando pra ela?

— Claro, perdão! Eu subi para resolver uma coisa, achava que ia ser rápido e voltaria a descer, mas apareceu uma emergência aqui — explicou Lara, atrapalhada. — Mas espere... eu vou... eu vou...

— Você quer que eu suba, pegue a chave com você e deixe com o manobrista? — ofereceu o vizinho.

— Você *faria* isso? Que amor... Poxa, muito obrigada! De verdade. Pode subir — ela disse.

"Que amor... pode subir." Um certo nervosismo invadiu Daniel. Um nervosismo gostoso.

Lara abriu a porta do décimo primeiro andar e descalça, de shortinho e camiseta, estava mais deslumbrante que nunca. O corpo, o rosto, os cabelos soltos, os olhos azul-translúcidos. Uma perfeição, rematada por um provocante toque de simplicidade.

— Entra, Daniel — convidou Lara, cumprimentando-o com dois beijinhos.

— Oi.

O perfume. Parece sempre que acabou de sair do banho.

— Eu já vou pegar a chave — disse Lara, caminhando para outro ambiente. — Senta aí. Você entende de computador?

— Um pouco. Você precisa de ajuda? — Daniel perguntou, elevando a voz. Lara já se encontrava fora de sua vista.

— Sim! — gritou ela de algum lugar.

Jaime poderia te ajudar bem mais nessa área, mas vou pensar dez vezes antes de te apresentar a ele, disse a si mesmo; e arrependeu-se imediatamente da piada. *Amigo, como comediante você é um ótimo matemático.*

Daniel aproveitou a ausência momentânea de Lara e passeou os olhos pela enorme sala da cobertura. Era ainda maior do que ele imaginava e fora, seguramente, projetada por profissionais sofisticados. O pé-direito alto, com um pergolado de concreto no canto, trazia iluminação natural ao ambiente; na sacada, o teto de vidro transparente mostrava a água azul e cristalina do fundo da piscina do andar superior. Lustres grandes pendurados em longas correntes, quadros abstratos no estilo Pollock e lindas esculturas de parede. Ao lado, uma estante de aço e livros de arte. E, claro, móveis confortáveis e certamente caríssimos.

Tudo de muito bom gosto. Combina com ela, mas combinará com o marido?

Lara voltou com as chaves do Porsche. Trazia um notebook debaixo do braço.

— O que aconteceu com a sua mão?

— Um pequeno acidente — ele mentiu. — Já está ficando boa.

Ela sentou-se ao lado dele.

— Daniel, eu sou tradutora de português-alemão e estou com medo de ter perdido umas cinquenta páginas de trabalho. Tenho de enviar ainda hoje. Por isso esqueci o carro trancado na garagem.

— Alemão? Nossa! Não entendo uma palavra. Além de fazer traduções, você também *fala* alemão?

— *Jawohl!* Sim, senhor! Fluentemente — respondeu Lara, emendando um gesto nervoso. — Acho que fiz uma bobagem, não salvei o arquivo ou salvei em outro lugar. Eu não sei... Estou muito ferrada!

— Calma, Lara, eu vou te ajudar. Vamos procurar juntos — disse ele. Eu vou avisar minha aluna e transfiro nosso horário para o final da tarde. Ou para amanhã cedo. Ela é bem tranquila.

— Tem certeza? Eu não quero te atrapalhar mais do que já atrapalhei.

— Para que servem os vizinhos, Lara? — respondeu ele com um sorriso tímido.

Estou melhorando com as mulheres, disse a si mesmo.

Lara sorriu de volta e, agradecida, pousou a mão no joelho de Daniel.

Estavam sentados, lado a lado, e ele sentia fortemente a presença da vizinha. Com o notebook no colo, Daniel vasculhava documentos na unidade SSD de armazenamento do computador; escrutinava também os serviços de *cloud storage* sincronizados, a lixeira e as opções de salvamento automático e recuperação de arquivos recentes.

Nada, não tem nenhum arquivo recuperável aqui.

A tarefa se mostrava ainda mais complicada porque todos os documentos traduzidos — e havia centenas deles — tinham sido nomeados em alemão. *Muitos com a mesma data.*

— Quando você mexeu nesse arquivo? — perguntou Daniel.

— Eu não lembro, já faz tempo. Achei que estava salvo e ia mandar junto com outros hoje — justificou Lara.

Embora de alta definição, a tela do notebook tinha apenas treze polegadas, e Lara precisava ficar próxima a Daniel para traduzir os nomes dos arquivos e dar pistas sobre onde ela poderia, ou não, ter salvo a bendita tradução.

Não está ajudando muito. Isso aqui está uma confusão, pensou Daniel. *Lara precisaria de algumas aulas sobre organização e administração de arquivos.*

Teve um *déjà-vu* ao ver-se refletido no espelho da sala com sua bela vizinha. Lembrou-se das aulas para Adriana, quando a teve igualmente sentada ao seu lado.

— O que é isso, Lara? — indagou Daniel, apontando a seta do mouse para alguns nomes de arquivos. Estava perdido em meio a uma sopa de letras.

— *Sicherheitshinweise; Umweltschutz; Gerät kennen lernen; Aufstellen und anschließen.* São capítulos de um manual de instruções. Salvo ao mesmo tempo vários trabalhos, aplicando tradutores de internet em cima dos textos originais mais longos. Por isso, tantos arquivos no mesmo dia. Depois vou fazendo as correções, uma a uma. Usar só o tradutor não funciona, a tradução fica péssima. Mas facilita a digitação. Não vai estar nessa pasta, Daniel. Estamos buscando um estudo sobre comércio exterior, *Außenhandel* — explicou Lara, escrevendo a palavra em um bloco de notas e passando o papel ao vizinho.

— Então *"Außenhandel"* quer dizer "comércio exterior". Muito prazer! — disse ele sorrindo.

Nenhum arquivo com esse nome. E dezenas, dezenas de documentos com nomes indecifráveis e modificados nas mesmas datas. Que dureza!

Depois de meia hora de buscas, ela demonstrou cansaço. Levantou-se e ajeitou os cabelos, prendendo-os com um elástico.

— Daniel, você quer uma limonada suíça gelada?

— Humm, aceito, obrigado. Vou continuar buscando aqui.

Lara se ausentou por alguns minutos. Voltou com dois copos grandes, cheios de gelo até a boca. Cada um, com uma rodela de limão.

Colocou os copos sobre apoios na mesa de centro.

— Deixa o computador de lado por um instante, Daniel — pediu Lara, com um sorriso encantador. — Vamos descansar um pouco. Eu tenho uma curiosidade. Queria te perguntar.

Uma curiosidade sobre mim? Eu também tenho algumas sobre você, ele pensou.

— Claro, pode falar — concordou Daniel, tirando o notebook dos joelhos e colocando-o sobre o pufe acetinado, ao lado do sofá.

— Aquilo que aconteceu naquela manhã na garagem, os dois números da rifa. Você ter escolhido os mesmos números que eu. Foi uma enorme coincidência, não foi?

— Foi, sim, uma chance em 5 mil — concordou Daniel, absorto.

— É mesmo, você é professor de Matemática! — exclamou Lara, rindo e batendo as mãos nas coxas. — Mas o que você pensou na hora, como vieram os números?

— Não sei. Só pensei: *que números ela escolheu?*. Porque o Edmundo me provocou, dizendo que eles seriam os vencedores. Mas a minha escolha foi totalmente aleatória. Pura coincidência.

Lara franziu levemente os lábios. E então emendou:

— Incrível, não, Daniel? Ainda que aqueles não tenham sido os números vencedores, sorteados pela loteria.

Finalmente alguém concorda comigo. Jaime e Adriana não se impressionaram. Ah, Lara, se eu pudesse te contar sobre meus superpoderes. Mas eles são intermitentes. E talvez nem existam.

Conversaram mais um pouco e trocaram informações sobre a vida de cada um. Lara falou de Karl Meier, um empresário importante da área publicitária; eles estavam juntos fazia três anos. Daniel contou como fora parar na Barra; falou de seu melhor amigo, Jaime (que, por acaso, tinha uma namorada chamada Adriana — sem muitos detalhes).

Caminharam até a sacada e viram o Sol. Ainda brilhava, mas em breve iniciaria seu descenso. Os pores do sol naqueles dias vinham sendo espetaculares, e Daniel notou um telescópio no meio do terraço.

— Um telescópio? Espero que não seja para olhar o Sol. Minha mãe me ensinou que não pode — disse Daniel, brincando.

Lara riu gostosamente e o puxou pela mão.

— É para olhar o Sol, sim. É meu hobby. Venha ver. Esse não é um telescópio comum, é um telescópio solar. Ele tem dois filtros *H-Alfa*. Hidrogênio-Alfa. Bloqueiam toda a luz do Sol, exceto aquela de um comprimento de onda específico: a luz vermelha. Mas dá para ver a cromosfera, as erupções, as regiões brilhantes, as manchas solares... É muito interessante e faz fotos lindas. E vermelhas! — completou ela, rindo.

As fotos avermelhadas do Sol, que vi no elevador, ele lembrou.

Lara ajeitou o telescópio e chamou o vizinho para olhar.

— Aqui, no ocular, Daniel. Fique tranquilo, os filtros protegerão seus olhos. Veja, estamos em um momento de intensa atividade solar.

Daniel estava encantado. Viu uma esfera enrugada, vermelha e com fendas, como se rachada. Viu também manchas no meio da esfera, algumas brilhantes e outras escuras, e, em sua borda, o que mais lhe chamou a atenção: "pequenos" e belos chafarizes de fogo.

Aparentemente "pequenos". Nada é pequeno, em se tratando do Sol, ele pensou. *Bem o contrário.*

— Esse seu hobby é muito legal, Lara.

— Sim, mas lembre-se do que ensinou a sua mãe, Daniel. Jamais olhe diretamente para o Sol — ela disse. E de repente ficou séria.

Daniel tinha novamente o notebook em seu colo. Precisara de Lara para sair da tela de bloqueio (a imagem do papel de parede era uma foto do Sol, parecida com o que ele acabara de ver, mas com muito melhor definição). Chamou a vizinha para sentar-se ao seu lado. "Preciso de ajuda", dissera. Ela assentiu com um "vamos lá!" e, agora, estava a centímetros de seu rosto; em alguns momentos chegavam a encostar a cabeça. Daniel identificava seu hálito fresco de limão e o perfume floral exótico (*óleo de Tiaré?*), que ele já conhecia. Apreciava a proximidade de Lara. Queria muito encontrar o arquivo perdido — *para ajudá-la ou para impressioná-la?* —, mas sentia-se bastante estranho. Tonto.

Pressão baixa, talvez? Ou um sentimento de despersonalização? De estar fora do próprio corpo, fora da realidade? Lera sobre o fenômeno psicológico, fazia alguns anos.

Bem, estar assim tão próximo dessa mulher, linda e casada, que eu mal conheço... é, sim, estar fora da minha realidade!

Lara já não opinava sobre a possível localização do arquivo perdido. Parecia ter desistido e se conformado com a situação: precisaria explicar o atraso ao seu cliente alemão e refazer a tradução. Com o olhar perdido sobre o computador, apenas observava o vizinho abrindo e fechando documentos, seguidamente.

Aparentemente, de forma aleatória.

De repente, Daniel abandonou a busca e voltou à tela inicial do explorador de arquivos. Tirou as mãos do notebook e respirou fundo.

Eu sei que você está aí. Você pode fugir, mas não se esconder.

Mirou os diretórios, com sua longa lista de pastas, por meio minuto. Fechou os olhos e voltou a abri-los. Depois, decidido, clicou em uma pasta quase no final da lista: *Waschmaschine*. Dezenas de nomes de arquivos, em alemão, perfilaram-se diante dos seus olhos. Todos, com a mesma data, tamanhos aproximados e o nome de sua autora: Lara Brun. Daniel apontou o dedo para um documento, ainda fechado, no meio da tela. E disse confiante:

— É esse!

— Como é esse? — duvidou Lara. — Esse arquivo não tem nada a ver. "*Gerät bedienen*", se refere a "operar o dispositivo".

Ele clicou no arquivo, e um longo texto se espalhou na tela.

Lara puxou o computador para si e passou os olhos pelo documento aberto e sem título, mas bastante completo. Completíssimo.

— Sim, sim, é esse! — confirmou a tradutora, perplexa. — Mas como... como você o achou?

De novo, eu apenas sabia.

— Daniel, nós vamos dar uma festa aqui na cobertura no próximo sábado à noite — disse Lara. — Você não quer vir? Precisamos de gente jovem para agitar a coisa, senão vamos ter só um monte de convidados importantes e chatos. Pode trazer seus amigos. Aí eu te apresento Karl e conheço Jaime e Adriana. É o mínimo que eu posso fazer para te agradecer.

— Eu vou falar com eles. Se eles vierem, eu também venho. Senão vou me sentir deslocado. Sou meio ruim em socializar.

— Sim, eu entendo, mas tente convencê-los. Por favor! Vai ser legal tê-los aqui — Lara insistiu, olhando-o de perto.

Ela está com a pupila dilatada, ele notou. Era fácil de ver em olhos tão claros. O ambiente estava iluminado, e não havia motivo aparente para isso.

Dizem que pode ser sinal de interesse ou de atração. Será? Então eu também devo estar.

— Eu vou descer com você, para tirar o carro — disse Lara.

Tomaram o elevador social, e Daniel ainda se sentia estranho.

"Fora do corpo. Com dificuldade para distinguir o real do quimérico, dos sonhos", lembrou-se das palavras do artigo que lera.

— Lara, eu não vou sair de carro. Estou me sentindo esquisito, meio zonzo. Não quero dirigir agora, vou descer no térreo.

— Não é melhor você descansar hoje? Você disse que poderia ir amanhã. Que a sua aluna é tranquila.

— Não, não. Eu estou bem. Só um tanto aéreo. Acho melhor não dirigir. Vou pedir um carro pelo celular.

Deixaram juntos o elevador e foram para a frente do prédio. Do outro lado da avenida, ainda ensolarada, o mar se mostrava revolto e o calçadão, apinhado de gente. A praia estava bem cheia para um dia de semana. Daniel chamou um carro pelo celular. *Por que me sinto assim?*

— Eu vou esperar com você —, disse Lara.

Papearam sobre a festa e os amigos de Karl, enquanto esperavam o motorista; depois esticaram a conversa para outros assuntos. Sem que se dessem conta, pelas costas de ambos, aproximava-se um homem. Muito alto e extremamente forte. Com o torso nu e todo suado, viera correndo pelo calçadão, atravessara a avenida e, diminuindo suas passadas, acercara-se do casal. Silenciosamente. Estava agora parado atrás deles, próximo o suficiente para ouvi-los conversando. Prestava atenção no que falavam.

— Lara! — chamou ele, afinal.

Lara virou-se para trás, surpreendida. Daniel também, um pouco assustado. *Quem é esse gigante?*

— Oi, Nick! — exclamou Lara, abrindo um sorriso. — Nossa, você está todo suado...

— Eu te vi do calçadão e só vim dar um "oi" — respondeu o hercúleo rapaz —, mas preciso voltar a correr. Estou mega-atrasado.

Ele alternava o olhar para Lara e para o jovem ao seu lado.

— Fez bem, Nick, espera um minutinho. Daniel, este é Nicolas, meu personal trainer e amigo; Nick, este é Daniel, meu vizinho e... *novo amigo*. Além disso, é o meu *santo protetor dos arquivos perdidos*. Ah, e ele também *lê mentes* — acrescentou Lara, rindo. — Nicolas vai estar na festa, Daniel! Dá um jeito de ir também.

Os rapazes cumprimentaram-se sem se tocar.

O carro de Daniel chegou, e ele se despediu da vizinha: "Tchau, Lara". *Com dois beijinhos*, notou Nicolas. Ligeiramente incomodado, o rapagão aproveitou a deixa e disse: "Valeu, também vou nessa".

— Tchau, rapazes. Tenho de mandar meu arquivo agora, antes que o perca de novo. Vejo vocês na festa — disse Lara jovialmente, dirigindo-se para a portaria do prédio. E enfatizou: — *Os dois!*

Nicolas e Daniel viram-na afastar-se e olharam um para o outro. Não se sentiam propriamente confortáveis.

O "bonitinho" do andar de baixo. O cara da rifa, pensou Nicolas.

— Então, Daniel, você é vizinho da Lara... Você é alemão?

— Alemão, eu? Não, não sou. Por quê?

— Ué, vocês conversavam em alemão quando eu cheguei.

Adriana resistira um pouco, mas, diante do entusiasmo de Jaime e dos pedidos insistentes de Daniel, começava a ceder.

— Humm, sei não. Festa da *perua* neste sábado? Gente metida, lá na Barra? — ponderou, franzindo o nariz.

— Vamos lá, Adriana, a Lara é legal. Você vai gostar dela.

— Ô Adriana, nessa eu estou com o Daniel! — disse Jaime. — Daqui a algumas semanas vamos para a Espanha, para o casamento da Rosa. Vamos conhecer essa mulher, antes disso! Você não viu como ele está animado? Eu estou curioso para ver quem é a *tía* que mexeu tanto com nosso amigo. Precisamos aprovar essa nova paixonite. Ou salvá-lo dela, não deixar que ele se meta em apuros.

Eu também estou curioso, pensou Daniel. *Para ver como vocês reagirão diante de fenômenos inexplicáveis, como, por exemplo, eu conversar com ela — em alemão! Não vou me desgastar novamente tentando convencê-los. Vocês testemunharão, com seus olhos e ouvidos.*

A informação que Nicolas, o corpulento amigo de Lara, lhe dera, havia dois dias, atormentava-o como uma ideia fixa.

— Estávamos conversando em alemão? — perguntara Daniel ao personal trainer. — *Eu?* Tem certeza?

— Você não percebeu? Então deve ser tão fluente quanto ela. Para Lara é indiferente, ela muda de um idioma para o outro sem se dar conta. Olha, eu não falo alemão, mas sou perfeitamente capaz de reconhecer a língua. Eu a ouvi falando muitas vezes. Vocês conversavam em alemão. E bem alto. Falaram por um bom tempo, você mais do que ela — confirmara Nicolas, antes de lhe lançar um olhar de desconfiança, fazer um aceno com a cabeça e retomar sua corrida.

Daniel lembrava-se perfeitamente de tudo o que ocorrera dentro do apartamento de Lara, embora, no final, tivesse começado a sentir-se estranho. Com sensações de despersonalização e de irrealidade. Mas, depois que entraram no elevador, a coisa piorou. Recordava-se de ter-lhe dito que não queria dirigir, de ter chamado o serviço de táxi pelo celular e de estarem na rua, juntos, aguardando o carro. Mas não se lembrava de absolutamente nada do que haviam conversado naquele período. O hiato durara talvez uns cinco minutos (verificara no aplicativo), e o inédito apagão de memória só terminara com a chegada do amigo de Lara. Sua amnésia havia sido curta, passageira e fabulosa.

Considerando o realismo fantástico que vinha permeando sua vida nas últimas semanas, Daniel não conseguia descartar totalmente a versão do personal trainer. Embora ela não fizesse nenhum sentido de um ponto de vista lógico. Ou quem sabe fizesse!?

Será que eu me sincronizei com a mente de Lara, apenas para conversar com ela, em sua segunda língua? Talvez isso explique o fato de eu não ter registrado a nossa conversa. Eu não falo alemão.

Uma preocupação menor o afligia (*deveria* ser menor, mas Daniel incomodou-se ao constatar que efetivamente não era — ele já se importava com o que sua estonteante vizinha achava dele):

Se de fato esse fenômeno ocorreu, o que Lara estará pensando de mim? Certamente que eu menti, que lhe escondi o "meu domínio do idioma alemão". Mais um ótimo motivo para ir à festa; vou confirmar o assunto diretamente com ela. Se for verdade, terei de lhe contar, afinal, alguns segredos. Ou não, e começar a usar capa e máscara.

— Tá bom, vocês me convenceram! Jaime, vamos nessa festa de bacanas. Vamos conhecer a nova namorada velha do Daniel. E o seu marido — disse Adriana de forma provocativa, dando uma risadinha.

— Valeu! Mas vejam, ela *não é minha namorada*. Ainda, né? — replicou Daniel, entrando na brincadeira. E continuou: — Jaime, posso ir no banheiro dos seus pais, um minutinho?

— Claro, mas está bagunçado. Tomei banho lá hoje.

Daniel foi e voltou com um frasco plástico de óleo perfumado, igual ao que Doña Yolanda trouxera para sua mãe. Abriu o frasco na frente dos amigos e cheirou o óleo cosmético feito da Flor de Tiaré, a "Gardênia do Taiti". Balançou a cabeça.

— Sim, esse é o perfume da Lara. Quer dizer, é *beem* parecido. Tem uma pequena diferença, que eu não sei explicar.

— Ah, é a *pele dela!* — atiçou Adriana. — A pele interfere no perfume. Como estamos, hein?

— O pior é que não — disse Daniel, sorrindo. — Eu senti esse mesmo cheiro no apartamento dela e no elevador, com o *marido*!

— Com o marido? Credo! — esconjurou Jaime, rindo em seguida. — Não vá se confundir. Foi bom você avisar. Toca aqui!

E Jaime e Daniel fizeram o *"High One"*, tocando seus dedos anulares reconstruídos. Como nos velhos tempos.

Nicolas ficara igualmente perturbado por causa do encontro com Lara e o jovem vizinho. Arrependeu-se por ter intempestivamente atravessado a avenida para receber uma saudação tão breve e banal: "Oi, Nick". *Tudo isso?*

Devagar, cara! Calma! Assim você vai acabar estragando tudo.

Não gostara também de vê-la com aquele garoto — o seu "novo amigo". Não se sentira particularmente ameaçado por ele (*é um menino!*), mas não simpatizou com a cara de nerd do rapaz e achou absurdamente pedante ele declarar que não havia percebido se falava em português ou em alemão com Lara. Por alguma razão ele mentira.

Sobre o que estariam conversando? Já estão de segredinhos?

Também o incomodava o fato de alguém tão jovem, recém-saído da adolescência, desfrutar um apartamento daquela categoria, de frente para o mar e a dois lances de escada de *sua* amada. Imaginava que a proximidade fazia com que eles se encontrassem com frequência.

Posso estar cismado por nada; na festa vou ver... Deve ser um herdeiro mimado, que não teve de brigar por nada nesta vida. Mas se quiser a Lara... por ela, ele terá de brigar. E terá de brigar comigo!

Karl Meier estava agitado. Acabara de voltar de Buenos Aires, onde tivera reuniões com o comodoro Agustín e alguns dos homens mais importantes da Argentina. Importantes e discretos. Com lucros crescentes, a KMCom tinha um enorme caixa disponível, e Karl desejava investir em países com moeda depreciada — Brasil e Argentina, em particular. O comodoro, homem rico e influente, era o sócio ideal para atuar no país platino. Parte das discussões girou em torno do tema; o senso de urgência os unia. E havia ainda outra coisa: o ex-militar da reserva, convertido à política, era obcecado por segurança em geral e também por bisbilhotice eletrônica (sabia como proteger-se de grampos, escutas e gravadores). Era cuidadoso, e isso era inestimável.

Mas agora Karl precisava se dedicar ao Brasil. E à festa do próximo sábado em sua cobertura. Descobrira que esses eventos eram uma excelente oportunidade para juntar pessoas e catalisar resultados.

Não tenho tempo para atuar no varejo, *prefiro operar no* atacado, pensava. *Falo com várias pessoas ao mesmo tempo.*

A lista de convidados era extensa: empresários, políticos e algumas presenças VIP (majoritariamente modelos, atrizes e jogadores de futebol). De última hora, convidou também um cientista, especializado em química fina. Estava ansioso para conversar com ele sobre suas últimas experiências com a cromatografia e a espectrometria.

Para o seu projeto na Argentina, o *"Creador"*.

Lara falou em convidar alguns jovens. Seria bom, ela precisa relaxar! E pensou no que ela dizia frequentemente (mas só pela metade): *"Somos tão iguais"*.

Lara não estava relaxada. Ao contrário, estava ansiosa; o que devia explicar o frio que sentia na barriga. Na noite seguinte teriam a festa na cobertura, e havia ainda tanto por organizar. E para decidir. Seria a maior festa que Karl já promovera e, portanto — ele a recordara —, seria um evento especial.

Para mim também, espero, Lara pensou.

A meteorologia previa que a temperatura iria cair (uma frente fria vinda do Sul), embora não devesse chover.

Bem, o frio no Rio de Janeiro é relativo. O clima, entretanto, seria um fator crítico para o êxito da noite. Ela estava de olho no céu.

— Estamos cada vez mais perto de nossos objetivos, Lara. Eu preciso de você! — dissera Karl, fitando a mulher nos olhos.

—Estou aqui para ajudá-lo em tudo o que estiver ao meu alcance, você sabe disso — respondera ela, pegando sua mão.

Lara repassou o extenso checklist que fizera, ticando mentalmente os pontos, um a um:

Convidados confirmados; presenças VIP; bufê (garçons e barmen extras); câmara frigorífica da cobertura abastecida; som e iluminação; valet parking; segurança de rua; síndico; vizinhos e funcionários do prédio avisados. Sem fotógrafos, nem imprensa — como sempre. Tudo sob controle. Será mesmo? Ah, e, claro, Nicolas, Daniel e os amigos.

Lembrou-se da tarde que passara com Daniel. Ficara impressionada com sua disposição para ajudar e seus múltiplos talentos.

Pobrezinho, deve estar com a cabeça cheia de minhocas. E eu também. Preciso falar com ele de novo.

Saiu de seu luxuoso quarto com vista para o mar, e foi até a sala. Na estante de aço, buscou um pequeno frasco, escondido atrás dos livros do alto. Guardou-o na mão. Caminhou pelo terraço da sacada e reclinou-se em uma *chaise longue Le Corbusier,* próxima ao telescópio. Através do teto de vidro sobre sua cabeça, mirou demoradamente a água azul da piscina da cobertura.

A piscina. Preciso mandar limpá-la!

Lara Brun tentava projetar como seria a noite seguinte, e reconfortou-a lembrar-se que, dessa vez, ela não estaria sozinha.

Nicolas estará aqui, e Daniel também! Músculos e mente.

Leu as três letras na etiqueta do pequeno frasco que tinha na palma da mão e pensou:

Boa Noite, Cinderela... Amanhã vai ser o Dia K!

A cobertura estava iluminada e em festa. A música era de bom gosto e não atrapalhava as conversas; saía de pequenas caixas de som invisíveis, espalhadas e embutidas em diversos pontos da cobertura.

— *Lounge music!* Fino, hein? — disse Adriana, que chegara ao segundo andar do apartamento subindo uma escada larga, retorcida e com aparência de escultura. Na frente de Jaime e Daniel.

Os amigos se entreolharam. A área de lazer da cobertura era deslumbrante. Um espaço enorme e aberto, com mesas, sofás e espreguiçadeiras de grife; ao lado de um ofurô, um moderno bar americano projetava sua grossa bancada de granito negro para fora da cobertura, em direção ao Atlântico. À esquerda, uma piscina com águas cristalinas era iluminada por dentro, e sua borda infinita se confundia com o horizonte, àquelas horas escuro, do mar. Através do fundo da piscina (na verdade, policarbonato transparente), podia-se ver o andar de baixo da cobertura. A área era toda cercada, nas partes baixas, por placas de vidro blindado e ostentava um paisagismo refinado, repleto de palmeiras imperiais. O espaço contava ainda com uma sala de ginástica envidraçada, banheiros e uma cozinha gourmet com câmara fria, para evitar o sobe e desce do pessoal de serviço entre os dois andares.

Daniel, Jaime e Adriana aportaram no rega-bofe às 22h, já com uma boa quantidade de convidados presentes — segurando copos e taças, beliscando canapés e entrosando-se em pequenas rodinhas que se recombinavam de tempos em tempos. Um bufê generoso, quente e frio, estava servido em uma mesa comprida sob o pergolado. Sobre a mesa, porcelana fina, cristais e talheres de prata. Os amigos dedicaram seus primeiros minutos na festa ao exercício de tentar reconhecer algumas personalidades que circulavam por lá: um ex-jogador do Flamengo e da seleção brasileira que jogara também na Europa, duas modelos, participantes de um reality show recente, e uma famosa atriz de cinema e TV, Inês Duarte, bastante assediada. Inclusive pelos garçons.

O tempo estava firme, seco e sem vento. Mas um pouco frio para o padrão carioca — em torno de dezoito graus —, o que levara alguns convidados a envergar roupas mais pesadas, blazers grossos ou casacos. Outros consideraram a temperatura suportável e levavam trajes medianamente leves. Confiavam no poder calórico da excelente bebida francesa servida; em caso de emergência, apelariam para a escocesa. Daniel ficara no meio-termo: não vestia, mas carregava nos ombros, à moda colegial, uma grossa blusa de lã — para uma eventual necessidade. E Jaime e Adriana deixaram as jaquetas no carro.

— ¡*Hombre, qué fiesta genial!* — disse Jaime, animado.

Daniel já avistara Lara, que estava de amarelo-claro, combinando com a cor do seu cabelo. O vestido, estilo camisão e cingido por um cinto largo, era levemente decotado e muito curto, o que valorizava suas pernas bem torneadas. Usava salto alto e encontrava-se envolvida em uma conversa animada com duas mulheres de meia-idade e um homem de costas. O homem de costas definitivamente era Nicolas: o porte físico o denunciava.

Lara viu o vizinho e acenou de longe. Parecia estar entre aquelas pessoas que não sentiam frio. Pediu licença às mulheres — que a contragosto se despediram do personal trainer — e carregou Nicolas, pelo braço, até o grupo de amigos recém-chegados.

— Você veio, Daniel. Que bom! Você deve ser o Jaime, e você, a Adriana. Nossa, como você é bonita! — elogiou Lara sinceramente, acelerando as apresentações com dois beijinhos em cada um. — Jaime, Adriana, este é o Nick. Daniel, você já conhece o Nick.

O *perfume de Tiaré,* pensou o mais novo amigo da anfitriã. Já o sentira ao adentrar a cobertura; agora, entretanto, ele se destacava claramente acima de todos os outros aromas. Para ele, pessoalmente, era como se fosse o único cheiro presente. Para os amigos, pelo jeito, não; nenhum dos dois fez qualquer comentário a respeito.

Ela só usa esse perfume? São as flores daqui ou será que borrifam isso no apartamento, como um aromatizador de ambientes?

Nicolas apertou a mão de Jaime sem grande entusiasmo e trocou beijinhos protocolares com Adriana: "Prazer". Depois, olhou para Daniel (fizera sua lição de casa, pesquisando como se falava "boa noite" em alemão) e jocosamente, com a voz propositalmente empostada e o sotaque mais caricato possível, disparou:

— *Guten Abend*, Daniel!

Daniel fez cara de surpresa, no que foi acompanhado por Adriana e Jaime.

— Co... como? — perguntou Daniel, mas entendendo de imediato a provocação.

O mistério vai se desvendar antes do que eu imaginava, pensou Daniel. *E na frente da Adriana e do Jaime. Como dizem os espanhóis: é hora de "abrir o melão". E ver o que tem dentro dele!*

Lara riu e pareceu nervosa. Olhou para os lados e interrompeu o diálogo que se iniciava:

— Gente, um minutinho. Mal acabo de lhes apresentar o Nick e já vou roubá-lo de vocês — desculpou-se Lara. — Tão vendo aquele homem falando com a Inês Duarte? É um produtor de cinema importante, e eu quero que ele conheça o Nicolas. O Nick está tentando a carreira de ator, né, querido? Mas eu o trago de volta, prometo!

Antes de arrastar o amigo para o grupo de famosos, Lara fixou o olhar em Daniel e lhe disse: "Depois eu falo com você".

Ela está fugindo ou foi impressão minha?, pensou Daniel.

— Humm, bonita a Lara! Mas..."querido"? Definitivamente ela e esse Nick têm um caso — garantiu Adriana. — Um homão desses...

Jaime sentiu-se ligeiramente enciumado. Daniel também, mas em dose dupla: sentira um ciúme irracional das *duas* mulheres.

— Pega leve, Dri — disse Jaime. — Ela não desfilaria com o cara na festa, na frente do marido, se ele não fosse apenas um amigo.

— Homens... humpf. Vocês são tão tolinhos... — rebateu Adriana. — Dá até uma certa peninha.

— Você acha *mesmo* que eles têm um caso? — perguntou Jaime.

— Se já não têm, vão ter. É batata! Cadê o marido dela?

Daniel encontrou um canto livre próximo à escada e sentou-se, bebericando uma taça de champanhe. Lembrou-se de Rosa e pensou que ela e Jordi, o futuro marido, ficariam injuriados por não estarem servindo um cava catalão na festa. Jaime e Adriana conversavam com as participantes do reality show que fizera sucesso na TV. Os dois acompanharam o programa por algum tempo; depois seguiram pela internet os *affairs* e as brigas entre os participantes. Estavam curiosos.

Onde estará Lara? Queria falar com ela, pensou Daniel.

Começava a reconhecer novamente aquela incômoda sensação de despersonalização, a mesma que o acometera quando ele visitara o apartamento de Lara pela primeira vez, dias antes. A descarga de adrenalina que experimentou antecipava uma possível e inédita crise de pânico, e ele considerou seriamente ir embora.

O perfume chegara antes, mas logo depois uma mão delicada pousou em seu ombro, e ele ouviu:

— Calma, você está bem!

Era Lara. Ela sentou-se ao seu lado e o encarava de perto. As pupilas muito dilatadas.

— Daniel, não sei se conseguirei te explicar tudo nesta noite, mas, a partir de amanhã, espero, poderemos conversar. E as coisas ficarão mais claras para você. Hoje, eu *preciso* da sua ajuda!

"Explicar tudo..." "Poderemos conversar..." "Ajuda..." O que está acontecendo?, pensou Daniel.

— São muitas perguntas — disse Lara, inclinando-se frontalmente em sua direção, como se fosse beijá-lo na boca.

Encantado e meio grogue, Daniel preparou-se para o beijo, irresponsavelmente alheio às pessoas ao seu redor — elas já não existiam. Mas, em vez de tocar-lhe nos lábios, Lara encostou sua testa na dele. Manteve os olhos fechados por cinco segundos e depois falou:

— *Entrelaçados!* Por favor, Daniel, confie em mim.

Levantou-se, tocou-lhe novamente o ombro e desceu para o andar de baixo do apartamento, onde estavam os convidados mais importantes. Onde estava Karl Meier.

Nicolas, de longe, acompanhara tudo. *Lara e o garoto.*

Todos os superpoderes que Daniel experimentara até então pareceram-lhe, subitamente, habilidades primárias e pueris. Ocorrências intuitivas, estímulos sugestivos, telepatia de salão. Coisa de "super-herói classe aprendiz". O que ele vivenciava agora era completamente diferente: suas capacidades haviam sido expandidas. Encontrava-se *totalmente conectado* com Lara. Sabia onde ela estava e com quem estava. O que ela via e ouvia. E, desde que ela o permitisse, o que pensava.

Será que essa... conexão... é espelhada? Ela também tem acesso aos meus sentidos, aos meus pensamentos?

"*Sim, tanto quanto você permitir; estamos entrelaçados*", ecoou a "voz" de Lara em sua mente. "*Calma... observe e escute.*"

O torpor que sentira, havia poucos minutos, desaparecera, e Daniel tinha no momento os sentidos aguçados. Todos os cinco, além de outros novos que desconhecia.

Daniel "viu", como uma projeção fantasmagórica de cenas sobrepostas ao mundo real (a escada da cobertura, para onde olhava, servia como tela de fundo), as imagens geradas pela visão de Lara no andar de baixo. Assistia a tudo através dos olhos de Lara, como se câmeras transmitissem os acontecimentos em tempo real. Como se ele estivesse no corpo de Lara. Bem como em sua mente.

"Viu" que Lara se aproximava de um ambiente sofisticado (*um escritório?*), do qual Karl Meier saía sorridente e acompanhado de um político conhecido.

É aquele *que veio apanhá-lo de carrão, faz alguns meses.*

O rosto de Karl aparecia em *close* na "tela projetada" por Lara, um pouco abaixo da linha de seus olhos azuis. *Ele é mais baixo que ela.*

"*Karl, você precisa subir para a piscina, interagir com as outras pessoas, já está aqui há muito tempo*", disse Lara amuada. "*Estão perguntando por você; e também quero te apresentar aos meus amigos. Chega de trabalho, né?"* A imagem se afastou e encampou também o homem ao lado do marido.

"Você tem razão, querida. Acho que terminamos aqui, não é mesmo, deputado Sarmento? Quero dizer... 'governador'", disse Karl para o seu convidado, que assentiu com um largo sorriso. Gostava de exibir a dentição perfeita, recém-revestida por lentes odontológicas caríssimas. Brancas como as teclas de um piano.

"Vamos, meu amor", concordou o marido, aproximando-se.

Argh! Ele a beijou — "sentiu" Daniel, que teve a impressão de ter sido, ele próprio, beijado na boca pelo ogro. *Que nojo! Que asco!*

Eles vão subir.

Subiram de fato. O "deputado-governador" desviara-se do encontro com o jovem solitário e seguiu em frente. Localizara um grupo de empresários, próximo à piscina, e não perderia a chance de fazer política. Lara, entretanto, puxou Karl pelo braço e o apresentou a Daniel.

— Karl, esse é Daniel, nosso vizinho do andar de baixo. Ele salvou a minha vida encontrando uma tradução perdida no computador. Ele é *brilhante*! Tem um QI de 162. Talvez vocês já tenham se encontrado.

— Sim, algumas vezes — disse Daniel, estendendo a mão.

— Realmente não me lembro — respondeu Karl com sua voz rouca e profunda, retribuindo de má vontade o cumprimento. — Mas aproveite a festa, rapaz! Com licença.

E se afastou, levando Lara pelo braço até um homem mais velho, com jeito de professor ou cientista, que se apresentou: *"Dr. Rudson"*.

Karl não é diferente do que eu esperava, pensou Daniel. *Exceto pelo aperto de mão fortíssimo; espero que não tenha estourado meus pontos! E pelo perfume de Tiaré, que combina bem mais com Lara. (Tomara que ela não tenha "ouvido" isso!) Como ela soube do meu QI?*

Adriana e Jaime voltaram animados da conversa com as duas modelos, repentinamente transformadas em celebridades.

— A Naya e a Andréa são superdivertidas — disse Adriana, empolgada. — E lindas! É uma pena, Daniel, que você não goste de reality shows. Gente, esse cheiro não é aquele do perfume da Doña Yolanda?

Daniel deu de ombros e minimizou: — Lembra um pouco.

Impossível explicar, agora, o que está acontecendo aqui.

— Você ficou aqui sozinho, *tío*? — perguntou Jaime, sentindo-se subitamente culpado.

— Não, conversei um pouco com Lara e o marido dela, Karl. E também conheci o deputado Sarmento — exagerou Daniel. Muitíssimo.

— Deputado Sarmento, da Segurança Pública? Era o chefão de onde meu pai trabalhava — disse Adriana. — Minha mãe sempre falava que ele chegaria longe na política. Mas depois mandava um "eu não sei... o coração do homem é terra que ninguém pisa".

— Uau, Daniel! Gente importante, hein? E repara naquele grupo — apontou Jaime com a cabeça. — A Lara tá lá no meio, com o marido, acho. Mas olhando para cá. E o tal Nicolas, de longe, olhando para ela.

Jaime não precisava dizê-lo. Daniel sabia. "Via-se" a si mesmo e aos amigos, através dos olhos de Lara.

Jaime e Adriana deixaram Daniel novamente sozinho — por insistência dele. Ele assegurara aos amigos que estava tendo uma "noite emocionante" e queria voltar a ter a oportunidade de falar com Lara. Estando ambos, necessariamente, desacompanhados.

— Eu preciso falar com ela. Coisas *raras*, como você diz, Jaime, estão acontecendo por aqui.

— Bom, qualquer coisa, dá um toque pra gente — pediu Adriana, que aproveitou para olhar o celular. — Saco! Estamos sem sinal, ainda. Há mais de meia hora. No topo de uma cobertura na Barra da Tijuca! Dá para acreditar nisso? Estão falando por aí que é um problema com as torres de transmissão.

Jaime não perderia a oportunidade de *tietar* seu ídolo do Flamengo por nada no mundo e foi atrás do jogador. Antes de partir, com a namorada a tiracolo, dissera apenas: "Cuidado, Daniel, não vá se meter em encrencas".

Daniel vivia um estado de realidade aumentada e tinha uma visão privilegiada da festa. De fato, tinha duas visões: a sua própria e a de sua *entrelaçada*. Cobrindo uma posição distante e oposta à dele, a visão de Lara complementava o alcance da sua. E as duas, combinadas, abrangiam quase toda a área superior da cobertura.

Estranho, mas... fascinante! Por que a Lara está fazendo isso? Por que eu? E o mais importante: quem é a minha vizinha?

Lara caminhava, lado a lado, com Karl e localizara Nicolas, que acabara de se desvencilhar de uma das mulheres mais jovens da festa, visivelmente impressionada com a musculatura do rapaz. A anfitriã puxou o braço do marido e resolveu fazer a apresentação.

— Karl, este é Nicolas, meu personal trainer na Barra17. E um *grande amigo grande*, ela brincou. — E, Nick, este é Karl, meu marido.

O anfitrião esticou o braço para cumprimentar o amigo da esposa e pensou: *Vou esmagar a mão do garotão!*

As mãos se ajustaram, e Nicolas, surpreendido, sentiu como se tivesse metido a mão em uma morsa, que a espremia sem dó. Tomou-lhe uma fração de segundo perceber a intenção do homem atarracado, mas teve condições de reagir. Contraiu os dedos grossos e potentes (forjados em anos de fisiculturismo) e adicionou, do mesmo modo, pressão ao cumprimento. Uma pressão intensa e crescente, muito mais forte do que Karl esperaria. Ou aguentaria. As mãos arrochadas permaneceram coladas por mais tempo que o normal, até o marido de Lara se render e insistir no desencaixe: derrotado, precisou puxar a mão.

Mas Karl conseguira fazer uma leitura de Nicolas.

Ele está apaixonado por Lara, estão se relacionando fisicamente.

A descoberta o surpreendeu, mas não como a maior parte das pessoas imaginaria. Karl Meier tinha uma missão transcendente a cumprir, e Lara era a sua cúmplice. Sua parceira mais importante e, de certo modo, a única que podia compreendê-lo. Ele não se sentia propriamente traído, mas desapontado por ela não ter lhe contado.

Eu e a Lara não somos como a maioria dos casais. Relacionar-se fisicamente é interagir, tão somente, com os cinco sentidos primários. Uma diversão superficial, aquém de nós. A verdadeira e única traição está no emaranhamento de mentes. No seu entrelaçamento.

Isso, se acontecesse, ele não perdoaria jamais!

Daniel "assistira" ao momento em que Nicolas e Karl estavam sendo apresentados, e preocupara-o uma possível reação de ciúme do marido de Lara (ele desconhecia totalmente a mente daquele homem). Aliviado, "viu" que o encontro havia sido igualmente breve e que o dono da cobertura, após o longo e estranho aperto de mão, desviara sua atenção para dois novos convidados que se aproximavam.

"Ouvira-o", através de Lara, saudar o primeiro homem: magro e de cabelos precocemente grisalhos. Atrás vinha um sujeito gorducho, baixo, meio calvo e com os bigodes grossos de um mariachi.

"*César, você veio! E trouxe o presidente da área internacional... Que bom que vocês vieram. Sejam bem-vindos! Também estamos servindo bebidas da sua empresa*", dissera Karl, afastando-se da esposa.

Lara e Nicolas estavam sozinhos.
Através dos olhos de sua conexão entrelaçada, Daniel viu Nicolas aproximar o rosto e cochichar ao ouvido de Lara: "*Você está tão linda... eu tenho vonta...*". Bloqueio.
Como? Não consigo ouvir o resto..., pensou Daniel.
"*Só o permitido, Daniel. Melhor focarmos nas coisas importantes*", ecoou, em resposta, a "voz" de Lara em sua cabeça.
Daqui praí também, presumiu ele, torcendo para que fosse verdade.
A audição da conversa foi retomada.
"*Nick, eu vou precisar de você! Por favor não vá embora.*"
Nicolas começou a falar com a voz melosa. "*Lara... eu...*"
Bloqueio.
Lara afastou-se de Nicolas, deixando-o para trás. Da bandeja de um garçom, pegou duas taças de champanhe gelado e caminhou em direção à sala de ginástica envidraçada. Vazia e escura. Entrou discretamente, como se estivesse procurando alguém. Na sala, escondeu-se atrás da carenagem da estação de musculação e apoiou as taças com champanhe na bancada de pesos. Por debaixo da fivela do cinto de seu vestido, retirou um pequeno frasco de vidro.
Daniel "assistia" à cena em baixa qualidade, como em um cinema antigo, quando o fundo das telas de pano interferia na projeção. Cerrou os olhos.
As imagens ficam mais claras dessa maneira, constatou.
Ela despejou o conteúdo do frasco na taça à sua esquerda, voltou a escondê-lo no vestido e saiu.
"*É um sonífero. Fique comigo, Daniel!*", pensou Lara, enquanto caminhava até o marido, reunido com os dois convidados. Ambos seguravam taças, e Karl estava com as mãos vazias. "*Ótimo!*"
— Boa noite, cavalheiros, vejo que já estão servidos. Me emprestam meu marido por um minuto? — disse ela em um tom sedutor.
— Senhores, minha esposa, Lara — apresentou Karl.

Os homens, embasbacados com a estonteante figura feminina, curvaram a cabeça e, acenando com as taças, confirmaram: "Mas claro! *¡Por supuesto que sí!*"

Lara esticou o braço esquerdo e entregou uma taça de champanhe a Karl.

— Lembrei-me, querido, que faz um ano que nos mudamos para esta cobertura. Foi um presente seu! E hoje estamos entre amigos. Eu queria propor um brinde, se os cavalheiros nos acompanharem...

"Tim Tim! ¡Salud!". Todos levaram o champanhe à boca.

Os convidados, entusiasmados, quase esvaziaram as taças. Lara bebeu metade. E Karl tomou um pequeno gole.

— Obrigada pelo presente, querido! — disse Lara, beijando de leve o marido.

— Ora, meu amor, é muito menos do que você merece. Mas, querida, agora eu tenho assuntos...

Lara o interrompeu:

— Claro, claro, eu entendo. Vou deixá-los, cavalheiros. Sei que vocês têm muito o que conversar.

"Daniel, seja os meus olhos, por favor. Veja se ele tomará todo o champanhe. É vital que Karl durma profundamente esta noite."

Vital?, pensou Daniel.

Mas ele não estava em condições de julgar com sua própria mente entrelaçada. Não seria difícil vigiar Karl. Estava em uma posição próxima e o via bem, lateralmente. Ainda que, sem Lara presente, não conseguisse ouvir o que falavam. Sem saber por que, torcia ardentemente para que o anfitrião da festa esvaziasse logo a sua taça.

O presidente da empresa mexicana de bebidas estava animado e queria seguir brindando. Cochichou alguma coisa ao ouvido de seu subordinado. César Torres chamou um garçom discretamente e pediu-lhe um favor especial. O rapaz assentiu e voltou com uma bandeja com três copinhos, grossos e vazios. O homem bigodudo sacou do bolso interno de seu paletó uma garrafa de vidro pequena e levemente curva. Levantou-a como se fosse um troféu e bradou:

— *¡Tequila! ¡El mejor... el nuestro!*

A intenção era evidente, mas o diretor de marketing explicou:

— Ele quer brindar com a nossa melhor tequila. Na forma pura, sem sal ou limão, para não alterar o sabor.

Karl deu um sorriso forçado e concordou, devolvendo sua taça, quase cheia de champanhe, à bandeja ao seu lado. Pegou um dos copos vazios, apropriados para o *shot* com a bebida destilada.

Um dia não precisarei mais perder meu tempo com essas coisas.

O mexicano recusou a ajuda do garçom e encheu, ele mesmo, os copinhos com sua preciosa tequila. E brindou:

— *¡Arriba, abajo, al centro y adentro!* — disse, levantando e baixando o copo, colocando-o à altura da boca e bebendo todo o conteúdo, de um único gole.

Karl e César repetiram os movimentos, sincronizados com as palavras do ritual, e entornaram a bebida de alto teor alcoólico.

De longe, Daniel acompanhava as ações daquele grupo. Não podia ouvi-los, mas as coisas, claramente, não tinham ocorrido como Lara havia planejado: Karl não bebera nem beberia o champanhe com o sonífero. O garçom levara embora a bandeja, com as taças sobre ela.

Preocupado com o insucesso do plano (que ele desconhecia, bem como suas implicações), lamentou-se: *Não deu certo.*

"Escutou" a voz de Lara: "*Eu vi tudo, Daniel. Merda!* Scheiße! *Eu tenho de tentar de novo. E precisa ser hoje!*"

Nicolas também havia bebido além da conta. Adepto de um estilo de vida saudável, evitava o álcool tanto quanto possível. Mas aquele era um dia especial, e ele ansiava por liberar as emoções reprimidas. Ver Lara em seu hábitat não estava sendo a experiência que almejava. Sentia a necessidade de sua presença. De sua atenção exclusiva.

Como quando ficamos juntos por horas, sem ver o tempo passar. Mas aqui ela não pode, é claro, está com o marido e com todos esses convidados importantes... E com seu novo amigo!

Apesar de entender, sentia-se magoado, emocionalmente abalado. Tinha vontade de declarar-se. Incomodara-o muito ver a atenção que Lara dispensara a Daniel.

O que foi aquilo? Encostou sua testa na dele, como se confortasse o garoto. Como se dividissem alguma cumplicidade.

Lembrou-se que uma ex-aluna australiana lhe explicara, certa feita, que encostar a testa era um cumprimento típico da Oceania e que era conhecido como "o respiro da vida" — algo que vinha dos deuses (na verdade, o *hongi*, era mais utilizado na Nova Zelândia e seguia as tradições maori).

Nicolas estava próximo à sala de ginástica envidraçada, quando Lara passou por ele, sozinha e meio atarantada. Caminhava rápido e já ia se afastando. Ele a chamou: "Lara!". Aparentemente ela não ouvira.

— LARA! — ele repetiu mais alto.

Ela parou e o olhou, aturdida.

— Lara, me mostra a tua sala de ginástica? Eu queria conhecer.

— Nick, querido, desculpe. Agora eu não posso — respondeu ela, aproximando-se do rapaz. — Tenho uma coisa urgente para resolver. Depois eu te mostro.

— É só um minuto. Eu gostaria de ver, AGORA! — respondeu o rapaz, segurando o braço da anfitriã e elevando ainda mais o tom de voz (perigosamente, algumas pessoas viraram a cabeça).

Lara olhou discretamente para os lados e achou melhor concordar: entrou com Nicolas na sala de ginástica envidraçada. Acendeu apenas parte das luzes para que, caso alguém entrasse, não fossem encontrados no escuro.

O personal trainer, encorajado pela bebida, começou seu longamente ensaiado discurso.

— Lara, faz tempo que eu preciso falar com você...

BLOQUEIO.

Na área externa da cobertura, perto da piscina, e sem a visão física da sala de ginástica, Daniel pensou:

Okay, eu já estou me acostumando com esses blecautes.

Nicolas continuava sem freios.

— A verdade, Lara, é que eu estou apaixonado por você... Eu te amo! E acho que é a primeira vez que eu sinto isso na vida. Eu... queria... eu preciso...

— Nick — interrompeu Lara, falando da forma mais delicada que podia. — Desculpe, eu não posso. Você não me conhece, minha vida é muito complicada. Eu não posso me permitir... me envolver, ter algo mais que um afeto.

Um afeto.

Nicolas baixou a cabeça, desolado. Equivocara-se. Pensara, erroneamente, que o álcool em *seu* sangue teria o efeito de dar coragem *também* a Lara. O efeito de fazer desabrochar um sentimento mais profundo que ela estivesse representando. Do qual ela estivesse fugindo — em vão. Afinal, ela era casada. Mas não, a coisa não acontecera assim.

Estavam no meio da sala de vidro, pobremente iluminada, e conversavam a uma distância socialmente segura. Então, uma onda de ciúmes invadiu o rapagão fragilizado. Ciúmes dos outros "afetos" de Lara.

— E que relação é essa... com esse garoto, Daniel? — perguntou Nicolas, exaltado. — Também é um *afeto*?

— Não seja bobo! Ele é apenas meu amigo.

— Um amigo que faz assim? — provocou o rapaz transtornado, agarrando-a pelos ombros e colando sua testa na dela.

Dada a enorme diferença de altura entre ambos, Nicolas curvara-se muito para a frente e praticamente a erguera no ar.

Lara foi pega de surpresa, e tomou-lhe alguns segundos desvencilhar-se do gigante — ele a segurava com firmeza.

— Pare com isso, Nick! — disse ela, soltando-se afinal. — Você bebeu demais. Vá esfriar a cabeça e daqui a pouco conversamos.

Da área externa da cobertura, entre o bar americano e o ofurô, Karl vira, através da parede de vidro, Lara e seu "grande amigo grande" colarem as testas dentro da sala de ginástica semiescurecida.

Eles estão entrelaçados, concluiu. E as pupilas dos seus olhos negros se dilataram. Ainda que ninguém pudesse perceber.

Lara dirigiu-se para a escada e encontrou Daniel no caminho.

— As coisas estão se complicando — disse a vizinha, aflita. — Acredite em mim, muita coisa depende disso.

É bom voltar a ouvir sua voz através de ondas sonoras convencionais, Lara. Você pode contar comigo, pensou Daniel, olhando-a, preocupado, no fundo dos olhos. Propositalmente permanecia em silêncio; queria testar, de perto, a conexão telepática.

— Quando estamos entrelaçados, não faz muita diferença, *mein Liebling* — respondeu ela, falando em alemão. — Eu preciso descer para consertar as coisas. Em seguida, complementou em silêncio: *"Obrigada, meu querido! Sim, eu conto com você"*.

Lara desceu para o primeiro andar do apartamento (vazio naquele momento, pois estavam todos na área de lazer da cobertura). Dirigia-se para a estante de livros, mas não chegou até ela.

Karl foi atrás da esposa e a alcançou no final da escada caracol.

— Está se divertindo, Lara? — perguntou ele, com um olhar glacial. — Para mim, é importante que você se divirta.

Ela quedou paralisada, seu marido estava estranho — *ele está sendo irônico?* —, assustadoramente formal.

— Sim, Karl... Quero dizer, eu entendo que estas festas são necessárias para os nossos objetivos. Não se trata apenas de diversão.

— Que bom, querida. Fico feliz que você entenda. Sabe, eu gostei muito do seu amigo...

— Que amigo? — perguntou Lara, tentando demonstrar naturalidade.

— O seu entrelaçado... que deve estar nos *vendo* neste instante.

— Co... como? — perguntou ela. — Não, eu não...

Karl estava a dois metros de distância, mas levantou o braço e *arremessou* Lara contra a parede. Pega de surpresa, ela tropeçou para trás, como se atingida por uma fortíssima rajada de vento. Colou na parede e subiu devagar. Uma força, invisível e intensa, a mantinha agora presa contra o concreto, como um magneto agarrado a uma placa de ferro — a mais de um metro do chão. Karl Meier contraiu lentamente seus dedos poderosos, e a garganta de Lara começou a se fechar. Desesperada, ela levou as mãos ao pescoço, buscando ar.

Do andar superior, Daniel assistia a tudo em pânico. Ele próprio, com dificuldade para respirar.

Meu Deus! Eu vou descer, pensou. *Lara, aguente firme, estou descendo!* "NÃO, DANIEL, não faça isso!", ecoou, trêmula, a "voz" de Lara em sua mente. *"Se você descer, será uma confissão de culpa... Ele matará nós dois! Os poderes dele são muito superiores aos meus ou aos seus, combinados. ESPERE!"*

Lara não conseguia descolar as costas da parede — continuava grudada contra o concreto, bem acima do piso. Mas fora bem-sucedida em afrouxar o garrote mental que Karl exercia em torno de seu pescoço. O suficiente para balbuciar algumas palavras.

— Karl, você vai fazer uma tremenda besteira... *Cof! Cof!* Vai estragar três anos de trabalho... *Cof! Cof!* E os infindáveis benefícios futuros. Você está só e precisa de mim.

As palavras de Lara faziam certo sentido e tiveram sobre ele o efeito de um disjuntor acionado: interromperam, momentaneamente, seu ataque de fúria. Temporariamente. E apenas contra ela.

— Talvez... talvez eu ainda precise de você — disse Karl. — Mas não do seu entrelaçado.

Recolheu o braço, e ela caiu no chão, aturdida. Depois deu-lhe as costas e caminhou para a escada. Subiria para confrontar aquele que ousara imiscuir-se na mente de sua esposa. E nos seus negócios.

"Daniel, ele está subindo e vai matá-lo. Não existe maior intimidade do que o entrelaçamento e, para ele, essa traição é imperdoável. Corra, esconda-se! Eu criei barreiras de proteção para ele não entrar em nossas mentes — mas não sei por quanto tempo elas resistirão."

Daniel "ouvira" as palavras de Karl, antes do aviso de Lara; com o coração acelerado, já buscava rotas de fuga. Pegou uma faca de prata do bufê e guardou-a no bolso. Mas não conseguia pensar em mais nada.

Procuro Jaime e Adriana? Não posso... Vou colocá-los em risco!

A única alternativa seria descer a escada da cobertura para o primeiro andar e desaparecer por uma das portas de saída. Karl, entretanto, estava postado na frente da escada, perscrutando a área externa à procura do cúmplice da traição mental de sua esposa. Esquadrinhava a região alcançável por seus olhos e, para ampliar seu campo de visão, subira em um vaso grande e pesado, apoiando-se na palmeira-real que estava ao seu lado.

Daniel movera-se para o lado oposto ao da escada e buscava esconder-se atrás de uma coluna do pergolado. Tentando controlar-se, espiava o ogro poderoso. Apesar da fria noite carioca, tinha a testa molhada de suor e sentia a camisa umedecida debaixo dos braços.

Viu que Lara chegava por atrás do marido, o que lhe permitiu "ouvir" e "ver" o seu perseguidor, de outro ângulo.

— Karl, pare! Por favor — implorou Lara.

— Não, depois eu cuido de você... Já o encontrei. SALTE! — falou, sem hesitar.

NÃO, DANIEL, NÃO FAÇA ISSO!, pensou Lara.

No meio da cobertura, Nicolas acabara de esvaziar outra taça de champanhe e conversava com uma garçonete bonitinha. Gilma. Estava em dúvida se convidava a moça para sair ou não.

Um pouco de ciúme da parte de Lara não seria mau. Eu também poderia colecionar alguns... "afetos".

De repente, o personal trainer ficou com os olhos vidrados e baixou os braços, largando-os junto ao corpo.

"Amanhã à noite não posso, já estou escalada para outro trabalho. Mas estarei de folga durante o dia. Se você quiser...", dizia Gilma.

Nicolas não respondeu. Com passadas largas e resolutas, dirigiu-se ao ofurô, subiu seus dois degraus e ficou em pé sobre a beirada de madeira. De lá, esticou a perna comprida e passou para a bancada do bar americano ao lado, que se projetava em balanço para fora da cobertura. No caminho derrubou espalhafatosamente taças, copos e pratos que estavam sobre o grosso granito negro.

As pessoas próximas, sentadas em bancos altos, gritaram de susto ao ver aquele homem enorme andando em cima da bancada, voltada para o mar e à beira do vazio. Ali já não havia nenhuma proteção.

Destituído de qualquer expressão, Nicolas Carvalho virou a cabeça na direção de Karl Meier. E, de costas, lançou-se para a morte.

Lara e Daniel gritaram juntos, o que gerou uma sensação de eco: "NÃÃÃO!!!".

Daniel sentiu a dor imensa de Lara, que reverberou com a sua própria. *O que aconteceu? Por quê?*, pensou.

Lara tinha os olhos marejados (*chorava?*) como não ocorrera nos últimos três anos. *"Karl pensou que Nicolas fosse o meu entrelaçado."*

Diante do bar americano, uma enorme confusão havia se instalado e, como uma onda, propagava-se por toda a cobertura. Homens e mulheres gritavam por socorro e providências, e cada vez mais pessoas se aglomeravam em busca de informações, que corriam de boca em boca. Uma parte dos convidados desceu para acionar a segurança e chamar uma ambulância (os telefones celulares seguiam com problemas de comunicação), e o deputado Sarmento assumira o comando da operação. Ele tinha experiência nessas coisas.

Jaime e Adriana juntaram-se ao grupo (o ex-jogador do Flamengo descera para socorrer o rapaz que caíra do prédio) e, atônitos, localizaram Daniel.

— Você viu o que aconteceu? É aquele amigo da Lara? O personal trainer? — perguntou Jaime.

— Meu Deus! Ele caiu? Mas como? Isto aqui é tudo cercado por placas de vidro blindado — disse Adriana, olhando à sua volta.

Daniel suspirou e puxou-os de lado.

— Amigos, tem *coisas* acontecendo aqui... — começou e foi interrompido pela "voz" de Lara em sua cabeça.

"Não, Daniel, você não deve contar para eles! Karl não pode — ainda — entrar em minha mente ou na sua. Mas pode facilmente ler a mente deles. E, através deles, chegar até você."

— O que você estava dizendo, Daniel? Que tem *coisas* acontecendo aqui? — perguntou Jaime.

— Eu não... não sei... Só sei que Lara vai precisar de mim. Vou ficar mais um pouco. Podem ir, amigos. A festa acabou, é claro. Isto aqui vai virar um caos.

Em meio à confusão, Karl virou-se para Lara e agarrou-a pelo pulso. Assustada e com raiva, tinha a face crispada e as pupilas muito dilatadas. Ele também.

— Um a menos, querida — disse ele. — Depois conversaremos. Para descobrirmos se existem mais infidelidades. Mais entrelaçados... Você sabe que não conseguirá se esconder de mim.

Karl foi conversar com o deputado Sarmento. *O homem certo, no lugar certo, no momento certo*, pensou. Ele resolveria seu problema imediato: desembaraçar-se daquele... inconveniente.

Lara aproveitou para "se comunicar" com seu real entrelaçado.

"Daniel, é melhor que você vá embora. Desapareça por uns tempos. Eu preciso encerrar nosso entrelaçamento, porque Karl vai escrutinar a minha mente. Se estivermos entrelaçados, ele vai te descobrir; por outro lado, sem o entrelaçamento, você ficará vulnerável aos poderes dele. Você não sabe como criar barreiras, não tem como se defender neste ambiente, e eu não sei o que vai acontecer comigo."

Neste ambiente? Como assim, Lara?, pensou Daniel.

"O perfume, o cheiro adocicado que você sentiu... Não é um perfume. É o meio por onde se propagam, se amplificam e se 'transformam' nossas ondas cerebrais. Sem isso, Karl não tem poderes. Nem eu. Nem você. Vá embora!"

Mas, Lara, e você? O que acontecerá com você, se ele invadir a sua mente? Ele tentou matá-la!, pensou Daniel. *Eu não vou deixá-la sozinha e...*

Lara desconectou-se. Ele estava só.

A festa de fato havia acabado — abrupta e tragicamente —, e os convidados e funcionários começavam a se retirar.

O deputado Sarmento assegurara a Karl que cuidaria de tudo. Da polícia, dos serviços médicos e, o mais importante de tudo, da versão para a imprensa. Essa já estava pronta: depressão, mistura de álcool com medicamentos controlados e suicídio. Discretamente e sem escândalos. A ambulância não tardara a aparecer, e o rapaz fora levado às pressas para o hospital, onde chegara sem vida. Infelizmente.

Felizmente, entretanto, não era uma figura conhecida na sociedade, pensou o político. Bastaria uma boa conversa com o delegado.

Daniel relutava em ir embora (Jaime e Adriana haviam se despedido fazia trinta minutos). O ambiente seguia impregnado pelo perfume de Tiaré, e, de longe, ele voltara a avistar Lara, que pareceu ter lhe enviado um sorriso triste. Mas nenhuma conexão.

Sei que estou exposto, mas não posso ir embora. Se ele descobrir sobre o sonífero, vai *te matar*, pensou Daniel. Não obteve resposta.

O apartamento ia ficando perigosamente vazio, e ele precisava urgentemente decidir o que fazer.

Estava na área de serviço da cobertura, naquele momento totalmente vazia. Próximo à cozinha gourmet e ao lado da câmara fria.

Viu a cabeçorra de Karl, de costas, fazendo uma ronda em torno da piscina para despedir-se de algum convidado desgarrado. Estava a segundos de virar-se e vê-lo ali. Parado e inexplicavelmente sozinho.

Se ele ler *a minha mente... O que fez com Nicolas e com Lara...*

Então ele tomou sua decisão. Abriu a câmara fria, entrou rapidamente e fechou a porta por dentro, as borrachas vedando completamente a entrada do ar externo.

Agora não tem volta, pensou.

Ligou a lanterna de seu celular. A área era grande para uma câmara fria. Tinha, mais ou menos, dois metros de largura e iguais medidas de altura e profundidade (*oito metros cúbicos,* calculou). Não estava totalmente cheia, e ele cabia com facilidade naquele espaço. O mais importante era que o perfume de Tiaré não entrava no recinto; sentia apenas o cheiro de carne fresca e aromas de outras comidas.

Acho que não estou localizável para Karl.

O problema: o termômetro marcava oito graus. *Eu odeio o frio!* Vestiu a grossa blusa de lã que levava às costas, e subiu ao máximo a temperatura do termostato — para quinze graus. Cruzou os braços e se esfregou, tentando se aquecer. Não era possível desligar a câmara fria por dentro, e a ventoinha embutida continuava jogando um ar gelado sobre ele. *Quanto tempo alguém aguenta isto, antes de uma hipotermia? Não muito*, imaginou.

Olhou o relógio no celular: três horas da manhã. Lembrou-se da faca no seu bolso e a introduziu pela grade da ventoinha.

Craack! Ela deu um estalo forte e parou. *Será que ouviram o barulho do lado de fora?*

Passaram-se mais vinte minutos, e a área externa da cobertura já estava vazia. No andar de baixo, os últimos convidados haviam acabado de sair, e Karl confrontava a esposa.

— Estamos sozinhos, fiz uma varredura mental do apartamento, *minha querida* — disse ele, com ironia. — Agora podemos conversar.

Lara estava decidida a não facilitar para Karl. Se precisasse, lutaria — e, dessa vez, não seria pega de surpresa.

— Você matou um rapaz inocente. Desnecessariamente. O que você fez foi uma crueldade e uma burrice — disse ela. — Logo você... Você me decepciona!

— Eu vi, Lara! Eu vi vocês tocando as testas na sala de ginástica.

— Sim, e o que isso significa, hein? Eu não me entrelacei com ninguém! *Ele* me segurou e só encostou a cabeça na minha. Estava apaixonado por mim. E eu administrava a situação. Desde quando isso se tornou um problema?

Karl a olhou com desconfiança.

— Desde o momento em que nos aproximamos de nosso objetivo. Aí já não há espaço para bisbilhoteiros. Para intrometidos. Se você não tem nada a esconder, poderíamos, nós mesmos, nos entrelaçar. Agora!

— É verdade, *poderíamos* — Lara respondeu. — Só que eu não quero! Você matou um inocente e tentou me matar!

— Sabe, querida, estou apenas tentando ser gentil com você — rosnou Karl. — De um jeito ou de outro, isso *vai* acontecer.

— De outro jeito, então!

Dentro da câmara fria, Daniel controlava o relógio do seu celular e decidira que era hora de sair. Passara trinta minutos insuportáveis e estava congelando. Também não adiantaria esperar muito mais.

Se Lara estiver com problemas, posso não chegar a tempo.

Imaginava que todos os convidados já tivessem se retirado e que Karl estivesse no andar de baixo, com a esposa. Desceria devagar, procurando identificar vozes. Se tudo estivesse bem — o que ele esperava vivamente —, iria embora. Do contrário... ainda não sabia o que fazer.

Daniel empurrou o êmbolo de segurança na parte interna da porta; ele se deslocou para fora e abriu o trinco da câmara fria.

Retirou a faca da ventoinha (que tornou a girar) e saiu devagar, olhando para os lados. Voltou a guardar a faca no bolso e fechou a porta delicadamente. A área externa estava silenciosa e escura, com todas as luzes apagadas. Desceu dois degraus e procurou escutar, agachado, os ruídos do andar inferior. Nada. Mais dois degraus. Começou a ouvir o que parecia ser um casal conversando (*ou discutindo?*), mas ao longe. Não estavam na sala, e ele decidiu descer de uma vez. Aparentemente estavam na suíte. Ele se aproximou, pé ante pé, escondendo-se na antessala da suíte, em seu banheiro. Sim, discutiam, de forma acalorada. Uma briga! De lá, não podia ver, mas ouvia com perfeição todos os sons vindos do quarto. O banheiro em que se refugiara tinha uma jacuzzi grande — estava cheia —, uma champanheira de chão, com gelo meio derretido (uma garrafa boiava) e dois reservados, com vasos sanitários e portas individuais. Estava com as luzes apagadas, iluminado apenas pela luz indireta que vinha do quarto. Escutava a voz do assassino.

— Lara, se não for o entrelaçamento, será o apoderamento — trovejou Karl. — Se resistir, você vai morrer.

Daniel ouviu o barulho de móveis sendo arrastados e vidros se estilhaçando. As luzes do quarto piscavam incessantemente.

— Pois tente, Karl. Você me perderá das duas formas: se me matar ou não — disse Lara, com a voz pausada e firme. — Como vai ser?

Karl urrou de ódio e os ruídos estranhos recomeçaram, mais fortes. Lara gritou "PARE" e soltou um gemido de dor. "Aiii..."

Ele vai matá-la!, pensou Daniel, apalpando a faca chique e sem ponta que tinha no bolso. *O que vou fazer com isso?* Aflito, mentalizou: *Para trás, Karl, pare! Pare! Polícia! Deputado Sarmento... Ligue, ligue!*

Os ruídos cessaram, momentaneamente. E o interfone tocou.

Trim trim. Trim trim. Trim trim, insistia a chamada.

Karl praguejou e atendeu o telefone no quarto. "ALÔ!"

Era o "deputado-governador".

— Karl, estou aqui embaixo com o delegado Celso Marini, um velho amigo meu, e o convenci da não necessidade de ir aí em cima e incomodá-los a esta hora. Ele só precisa que você desça para um rápido depoimento, e já estará tudo resolvido! Dez minutinhos, pode ser?

— Claro, "governador", estou descendo. Muito obrigado!

Enraivecido, Karl olhou para a esposa e disparou:

— Nosso assunto ainda não acabou, Lara. E respondendo à sua pergunta: Sim, eu prefiro te matar! E quem mais estiver no caminho.

Karl passou fumegando pelo banheiro e não viu Daniel, que se metera dentro de um dos reservados e espiava pela fresta da porta, minimamente entreaberta.

Silêncio.

Então, apressadamente, Lara entrou no banheiro, trazendo um frasco na mão esquerda e um... snorkel, na direita. Não acendera a luz. Mas parecia bem, não estava ferida.

Daniel ficou tentado a avisá-la de que estava ali, mas temia que Karl ainda não tivesse deixado o apartamento e pudesse voltar, por algum motivo. Se os encontrasse juntos... Resolveu esperar um pouco. Lara colocou o snorkel — *um snorkel, para quê?* — e mexeu na água da banheira, como que para testar a temperatura. Não pareceu satisfeita: levantou a enorme champanheira e despejou todo o gelo liquefeito na jacuzzi. Em seguida, pegou o frasco de vidro que trouxera e pingou cuidadosamente uma gota do seu conteúdo na água.

O perfume de Tiaré, seu observador sentiu de imediato.

No meio do banheiro, Lara prendeu os cabelos para trás e despiu-se na penumbra, completamente. Daniel arregalou os olhos.

Caramba! Uma deusa nua... de snorkel, pensou, constrangido.

Lara entrou na jacuzzi, de costas para ele, e afundou. Seu corpo estava totalmente submerso. De fora, apenas o tubo de respiração.

Ela está tomando um banho de "Tiaré". É para reforçar seus poderes? Um minuto... dois..., ele contava. *Karl já deve ter descido.*

Daniel sentiu que era o momento de interromper a imersão da vizinha, apesar de sua nudez. Precisava muito falar com ela, antes que seu marido assassino voltasse. Claro, primeiro lhe passaria uma toalha.

De todo modo, já estivemos entrelaçados. E, pelo que aprendi, não há maior intimidade que essa.

Silenciosamente, saiu de trás da porta do reservado e agarrou o roupão felpudo que estava pendurado na parede. Depois, foi até a banheira e olhou dentro dela.

O snorkel boiava na água.

E Lara havia desaparecido.

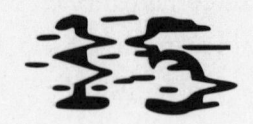

Diante das circunstâncias, Daniel avaliou que seria uma boa ideia deixar o apartamento da Barra por algum tempo. Perguntara a Jaime se poderia passar uns dias com ele no Leblon; deu como desculpa as reformas que a prefeitura fazia simultaneamente na Cidade das Artes e na ciclovia da Avenida Niemeyer, derrubada pelas ondas do mar. O trânsito estava caótico na região (o que era uma verdade absoluta).

— ¡*Por supuesto!* Claro, venha, sim, Daniel! O apartamento é grande, e meus pais estão viajando. E em breve vamos para a Espanha, para o casamento de Rosa. Vai ser bom passarmos um tempo juntos. Tem certeza que não quer ir com a gente? Você é nosso convidado!

Jaime se referia ao fato de a família Arroyo Sanchez desejar bancar todas as despesas de viagem e hospedagem de Daniel na Europa, como faria para Adriana. Mas ele não se sentia à vontade com isso. Ademais, os acontecimentos dos últimos dias haviam reforçado a decisão de priorizar seus interesses mais urgentes. Que não estavam na Europa, mas dentro dele. E dentro de outras pessoas.

Daniel estava determinado a não envolver os amigos nas histórias do entrelaçamento, do "suicídio" de Nicolas, dos poderes maléficos do vizinho e do desaparecimento de Lara. De momento, não contaria nada; não os colocaria em perigo expondo-os à mente de Karl. Estava confuso e sabia que pisava em um terreno perigoso, minado e desconhecido. Mas, acima de tudo, estava curioso.

A curiosidade matou o gato, pensou. *Mas ele morreu sabendo...*

— Não, Jaime, obrigado, vou ficar no Brasil — respondeu.

Jaime fora para a faculdade, depois sairia com Adriana e passaria a noite no apartamento que ela dividia com Milena. No dia seguinte, resolveria alguns assuntos para Don Miguel, em Petrópolis, e só retornaria ao Leblon no final da tarde.

Daniel trabalharia no apartamento de Jaime o dia todo — tinha exercícios de alunos para corrigir. Mas, com dificuldades para se concentrar, desligou o notebook e ficou olhando o mar por muito tempo.

Como seguir normalmente com a vida depois de tudo isso? Basta um dia e teu mundo vira de ponta-cabeça. Pobre Nicolas! Esse monstro, Karl Meier, vai mesmo *ficar impune? E Lara? Onde Lara estará?*

Repassou os eventos da antevéspera: a festa, o entrelaçamento, a fúria de Karl, o assassinato de Nicolas e o sumiço de Lara. Foi até o quarto de hóspedes e vasculhou as coisas que ele conseguira trazer para o Leblon. Achou o snorkel e o frasco que sua vizinha largara para trás antes de desaparecer. *Nua...* Daniel decidira roubá-los ao deixar finalmente a cobertura. Depois de tudo, Lara não se importaria.

Melhor comigo do que com Karl. Se pudesse, roubaria todo o estoque que ele tem, pensou. Mas infelizmente não achara nada mais.

Abriu o frasco, que estava quase no fim, e o cheirou.

Parece mesmo o "Tiaré", mas não é exatamente *igual* (acabara de compará-lo, novamente, com o óleo de Doña Yolanda). *Então é daqui que vêm esses superpoderes...*

Molhou o dedo e o passou na nuca, como se aplicasse um perfume. A fragrância agradável e adocicada se espalhou no ambiente. Embora não fosse excessivamente forte, era duradoura, persistente. E, por algum motivo, facilmente identificável por ele. O que, geralmente, não acontecia com outras pessoas. *Mas Adriana também sentiu*. Daniel entendera, afinal, o motivo da intermitência dos seus superpoderes.

Deviam ser emanações residuais do perfume, vindas da cobertura ou do elevador, quando um deles o usava. Leves e passageiras, mas o suficiente para causar as intermitências.

Sentia uma ligeira dor de cabeça e procurou, no armário e nas gavetas do banheiro, algum analgésico que o aliviasse do incômodo.

Não encontrou.

Vou descer e comprar alguma coisa. Assim aproveito e estico as pernas. Desceu e ganhou as ruas transversais à Avenida Delfim Moreira.

As ruas com nomes de generais, pensou, pela enésima vez. *Isso é o melhor do Leblon, carro aqui é absolutamente dispensável. Tudo perto, ao alcance de uma caminhada. Em cada esquina, uma farmácia. Às vezes duas na mesma quadra.*

Entrou na primeira que encontrou vazia, na General Artigas, foi direto até o atendente atrás do balcão e queixou-se da dor de cabeça.

— Humm, temos várias opções aqui — disse o balconista.

Daniel o encarou. *Paracetamol, dipirona, ibuprofeno ou ácido acetilsalicílico. É isso que ele vai falar. Nessa ordem.*

— Paracetamol, dipirona, ibuprofeno ou ácido acetilsalicílico — elencou o atendente.

— O que você recomenda? — perguntou Daniel. Não entendia de remédios e só queria se livrar do desconforto. — Algo bom e barato.

O rapaz levantou o dedo indicador como a pedir um minuto e disse: "Vou consultar o sistema".

Tylenol 500 miligramas, dezesseis reais e vinte e dois centavos, antecipou Daniel para si mesmo.

— Temos aqui o Tylenol 500 miligramas, dezesseis reais e vinte e dois centavos.

— Está bem, vou levar.

A caminhada ajudara Daniel a aclarar um pouco as ideias. Tomara de imediato um dos comprimidos e sentia-se melhor. Tentava controlar-se para não usar seus superpoderes, agora consistentes, de forma gratuita; como um brinquedo novo na mão de uma criança. Ainda assim, os pequenos testes foram inevitáveis: leituras de pensamento, antecipações, paralisações e outros (e inofensivos) comandos mentais.

Sem falhas! Queria encontrar, agora, o agressor daquela menina do Morro do Jereba. O ruivo que me feriu com o canivete e sugeriu que eu "me aliviasse no mato". Calma, Daniel, controle-se!

Uma preocupação, entretanto, começava a martelar seu cérebro. E ameaçava trazer de volta a dor de cabeça, algo raro para ele:

Será que Karl está tentando invadir a minha mente? Meus próprios pensamentos sobre ele podem levá-lo a me buscar? Invocá-lo, como uma criatura do mal? Mas é impossível não pensar. E essa dor de cabeça... é natural ou sintoma de algum ataque?

Sentia-se perdido e sabia que apenas uma pessoa poderia ajudá-lo com as respostas. Mas ela se fora.

Daniel passara a tarde trabalhando em aulas a distância, mas envolto em pensamentos, teorias e conjecturas. E a noite não se mostrava melhor: virava-se sob os lençóis e não conseguia conciliar o sono.

De madrugada, pulou da cama. Decidido.

A água onde Lara entrou não estava absolutamente gelada, mas estava bem fria!, recordou. *Que bom que não tem ninguém aqui.*

Foi ao banheiro da suíte principal (Jaime a ocupara na ausência dos pais) e olhou a banheira vazia. Era a única existente no imóvel. *Desculpem-me, Don Miguel e Doña Yolanda.* Tapou o ralo da banheira e girou a torneira; apenas a de água fria. Deixou a água correr.

Não está suficientemente fria. E vai levar um tempo para encher.

Voltou à sala, pegou uma folha de papel e uma caneta. Sentou-se à mesa e começou a escrever um bilhete:

"Querido Jaime, precisei fazer uma viagem inesperada — mas curta — para um projeto confidencial do Instituto de Matemática. Estou bem, não se preocupe. Devo estar de volta dentro de alguns dias e aí te explico melhor. Desculpe a bagunça e a banheira cheia (um estudo prático sobre o Princípio de Arquimedes e o empuxo). Quando voltar, prometo cozinhar por uma semana! Obrigado, irmão, e um abraço. Daniel".

Daniel não se sentia bem em mentir, mas a alternativa da verdade, no momento, era bem pior. E ele não queria deixar o amigo preocupado com seu sumiço. Passou na cozinha e pegou as bandejas de cubos de gelo do congelador. Achou também um saco de gelo pronto, daqueles vendidos no comércio, e arrastou tudo até a banheira, que já se encontrava cheia. Jogou o gelo na água e provou a temperatura: estava *bem fria* — parecida com aquela que ele sentira na antevéspera.

Ô desgraça! Odeio o frio!, pensou.

Voltou à cozinha, encheu as bandejas de gelo com água filtrada e as recolocou no congelador; sumiu com a embalagem do saco de gelo industrializado. Passou no quarto, pegou o snorkel e o frasco do "Tiaré de Lara" e foi para o banheiro.

E começou a reproduzir a cena a que assistira, passo a passo.

Certificou-se de que continuava só. Colocou o snorkel e pingou uma gota do frasco do "Tiaré" na água. Em seguida, despiu-se completamente. *Sem a mesma elegância*, pensou. Ele era magro, não tinha um corpo torneado como o de Lara. Ou musculoso, como o de Nicolas.

Encostou o pé na água fria e sentiu um arrepio apavorante.

Como ela conseguiu entrar na água nessa temperatura?

De repente, deu-se conta de que não deveria deixar as roupas no banheiro, tampouco o frasco. Seriam encontrados. Nu, correu até o seu quarto para guardar as roupas (caprichosamente dobradas) e o frasco em sua bolsa de viagem. A bolsa, com todos os seus pertences, celular desligado e documentos, foi para a parte superior do armário, escondida atrás dos cobertores. Não conseguiu evitar ver-se refletido no espelho de corpo inteiro, preso à parede do corredor: pelado e com um snorkel na cabeça. Um frangote.

Definitivamente sem o mesmo glamour.

Estava tudo pronto. Voltou correndo ao banheiro e, com profundo desgosto, encarou a água fria.

Se eu pensar muito, não entro. Ajustou a máscara e o bocal do snorkel entre os lábios e os dentes. *Os lábios de Lara já estiveram aqui.* Entrou e afundou. Para assegurar-se de estar todo encoberto pela água, apoiava braços e pernas nas paredes internas da banheira.

"Brrrr! Que frio insuportável! O que eu faço agora?" Fechou os olhos e começou a contar os segundos. "Um, dois, três, quatro..."

"Noventa e nove, cem, cento e um, cento e dois..."

Daniel contava devagar e, com certeza, já estava ali havia mais de dois minutos. Abriu os olhos dentro da máscara e, para seu desapontamento, confirmou que continuava dentro da banheira de Doña Yolanda. O choque térmico inicial havia diminuído um pouco, mas a sensação era de grande desconforto; por causa do frio, começava a sentir alguns espasmos musculares e dormência nas extremidades do corpo. Era um aviso de hipotermia, precisava sair dali com urgência.

Não vai funcionar, pensou. *Por que falhou? Fiz tudo igual!*

Tremendo muito, saiu da água e secou-se o mais rápido que pôde. Estava nu no apartamento e precisava reverter tudo o que havia feito. Destapou a banheira para esvaziá-la, correu até o quarto, retirou sua bolsa de viagem do armário, vestiu-se e destruiu o bilhete que havia deixado ao amigo. Guardou o snorkel estranho.

Foi para a cama e meteu-se debaixo de dois cobertores. Estava decepcionado, mas tinha certeza de que algo lhe escapava.

Daniel custou a dormir, e quando acordou já passava do meio-dia. Estava com fome. *Devo ter pegado no sono lá pelas seis da manhã*, pensou. Sentiu que ainda exalava o "Tiaré", mesmo depois do banho de imersão na madrugada. Ou talvez por causa dele.

Essa coisa fica impregnada na gente.

Teve vontade de fazer alguma coisa especial, gostosa, que servisse para o almoço e o jantar. Seria uma maneira de agradecer ao seu amigo, Jaime. E também a Adriana, que viria com ele no final do dia.

Olhou o refrigerador: deserto. Nenhum alimento, apenas uma garrafa de água e um pote de requeijão.

Isso aqui podia ser usado pra outra coisa. Como uma sapateira, talvez, pensou com ironia, lembrando-se, depois, que no apartamento da Barra a situação era ainda pior. Ele não comprara requeijão.

Vou descer e comprar mantimentos. Hoje o menu vai ficar por conta do "chef Daniel"; vou surpreender os dois.

E lembrou-se, com alguma nostalgia, que Adriana já fora surpreendida, no passado, por seus dotes culinários.

Em outra vida.

Daniel fez as compras, retornou e agora terminava a preparação de sua lasanha à bolonhesa, com batatas gratinadas (era um tiro certeiro: Adriana e Jaime adoravam o prato). Já havia montado as camadas da lasanha com massa, presunto, muçarela e molho à bolonhesa. Tudo salpicado com queijo parmesão. Inclusive as batatas cozidas, recobertas de requeijão, bacon picado e orégano. Agora iriam para o forno preaquecido, e ele aproveitaria para checar as mensagens no computador.

Os resultados da faculdade, de final de semestre, haviam saído. Ele obtivera a nota máxima em todas as matérias. Estava de férias.

Bom!, pensou, com uma emoção que quase o fizera bocejar.

Ouviu o barulho de chave na porta. Era Adriana que chegava. Mais cedo do que ele imaginava. E sozinha.

— Oi, Daniel, tudo bem? — perguntou Adriana, de longe. — O Jaime não chegou ainda? Humm, que cheiro delicioso é esse?

— Oi, Adriana. Ele me disse que chegaria no final da tarde. Deve estar em Petrópolis ainda. Achei que vocês viessem juntos. E o cheiro é de lasanha; tá no forno. Fiz bastante. Deve estar pronta daqui a pouco.

— Lasanha? Oba! Tô morrendo de fome.

Adriana deu dois beijinhos em Daniel e franziu o nariz, como se tivesse reconhecido o "perfume de Tiaré", mas não comentou nada. Sentou-se na sala e ligou a TV. Gostava dos noticiários.

— Qual é mesmo aquele canal, o do jornal? — ela perguntou.

Canal 77, pensou Daniel, tomando o cuidado de não lhe enviar uma mensagem telepática. Apenas visualizara o número e o deixara guardado em sua mente. Ela que tentasse resgatá-lo.

— Leia aqui na minha cabeça, Dri — disse Daniel, em tom de brincadeira e apontando a própria testa. Na verdade, queria testar se o "Tiaré" conferia, igualmente, algum *superpoder* a Adriana.

Ela olhou para ele, se concentrou e riu, debochada.

— Ah, Daniel, esses "poderes" são com você! Eu não posso, não. Ô, se eu pudesse... Mas Deus não dá asa a cobra. Qual é, 52, 66?

Ela não consegue. Por que funciona para algumas pessoas e para outras não?

— Canal 77 — ele respondeu e riu. Depois foi verificar se a lasanha estava pronta. — E aí, Adriana, animada para ir pra Espanha?

Na cozinha, ouviu Adriana gritar da sala:

— Claro! Daqui a duas semanas. Daniel, você viu isso? A NASA acaba de detectar outra *EMC* anormal no Sol, uma *Ejeção de Massa Coronal* gigantesca, como a que tivemos no sábado. Dizem que novos problemas nas comunicações são esperados entre hoje e amanhã. Resumindo: os celulares podem pifar. De novo, menino!

— A-hã... — fez Daniel, desatento, abrindo a porta do forno.

O *"chef di cucina italiana"* voltou com as assadeiras, da lasanha e das batatas gratinadas, e as colocou sobre apoios na mesa da sala. Adriana o ajudava, arrumando os pratos.

— Lasanha e batatas gratinadas... Seu bandido! E a minha dieta? Eu estou meio inchada. Preciso emagrecer antes da viagem — disse ela, rindo. Adriana sempre ria com os olhos.

Daniel a mirou em silêncio.

Você não precisa de nada. Nunca precisou. Continua linda, como sempre! Como nos tempos em que você era a minha namorada. Como eu gostaria que ainda fosse, pensou Daniel inadvertidamente.

Estavam próximos. Adriana olhou o ex-namorado demoradamente. Depois deu um passo à frente e tentou beijá-lo na boca.

Daniel levou um susto enorme e recuou, aturdido. Entendera imediatamente o que acabara de acontecer. Adriana insistiu e chegou a colar seus lábios entreabertos nos dele. *Ah, essa boca...*

Ele recuou mais, segurando-a com as mãos. Sentimentos conflitantes o invadiam. E o castigavam.

— N... não, pare, Adriana.

— Eu te amo, Daniel! — declarou-se ela de um jeito estranho.

— Não, você não me ama! Você ama o Jaime. *Acorde, Adriana!* — falou Daniel, sentindo-se subitamente muito culpado. Ainda que não tivesse tido qualquer intenção maliciosa.

Adriana pareceu sair de um transe e, desorientada, o encarou.

— Desculpe, Daniel... Eu... eu não sei o que deu em mim — disse, com os olhos marejados. Você tem razão, eu amo mesmo o Jaime.

E saiu pela porta, sem almoçar nem olhar para trás.

Na TV ligada, ainda se falava da mais recente EMC do Sol.

E Daniel teve duas certezas: que descobrira o que faltara à primeira experiência de reprodução da "viagem de Lara", e que não poderia continuar naquele apartamento com Jaime e Adriana.

Dessa vez, ele teria tempo para se planejar melhor.
Mas precisarei me arriscar mais.
Daniel comeu pouco. Deixou quase toda a lasanha, as batatas gratinadas e o vinho tinto italiano na geladeira para que seus amigos tivessem um jantar especial. Na porta do refrigerador deixou uma nota, presa com um ímã: *"Queridos Jaime e Adriana, Buon appetito!"*.

Juntou suas coisas, arrumou a bolsa de viagem e preparou-se para sair. Em vez de um bilhete, enviaria mensagens de texto, individualizadas, para Jaime e Adriana. Pelo celular — enquanto funcionasse.

Para Jaime teclou, mais ou menos, a mesma nota que havia escrito na madrugada anterior (e depois rasgado), sem mencionar a banheira cheia e a bagunça. Deixaria tudo em ordem. Acrescentou apenas, no final e depois de agradecer ao amigo pela curta acolhida: *"Cuidem um do outro, você e a Adriana. Beijos, Daniel"*.

Para Adriana, resolveu escrever uma mensagem especial:

"Adriana, contrariando Vinicius de Moraes — sou matemático e não poeta —, vejo entre você e o Jaime um amor imortal e, também, infinito. Como nunca encontrei outro igual. Uma singularidade. Fico feliz por ter presenciado o surgimento dessa chama primordial e, de certo modo, contribuído para ela. Mandei uma mensagem para o Jaime, explicando que devo me ausentar uns dias, por conta de um projeto confidencial do Instituto de Matemática. Mas em breve estarei de volta e, aí, eu explico melhor. Cuidem um do outro, você e o Jaime. Beijos, Daniel".

Enviou as mensagens simultaneamente, saiu e bateu a porta do apartamento, que se trancou automaticamente. Pegou o carro no estacionamento e tomou a direção da Zona Oeste; enfrentaria o trânsito — e talvez algo mais —, mas precisava regressar ao apartamento da Barra. Necessitava estar sozinho naquela noite.

Quase duas horas depois, adentrava a garagem de seu condomínio. Não viu o Porsche Cayenne branco de Lara, nem o Range Rover preto de Karl. Estacionou seu Fiat Uno vermelho em uma vaga diferente (a mais distante e escondida que encontrou disponível), entre pilastras e encostada na parede. Naquele local não precisaria deixar a chave no contato — não atrapalhava a entrada nem a saída de ninguém. Tomou o elevador e desceu ao térreo.

Que bom! Meu amigo está na portaria, pensou. *Taí um cara maneiro.*

— Oi, Edmundo, tudo bem aí?

— Oi, Daniel, mais ou menos, né? Tirando a confusão que tivemos com o suicídio daquele rapaz no sábado. Que coisa triste! Como pode? Ele se *estabacou* na calçada. Considerando tudo, acho que o bafafá foi é pequeno. Li uma nota pequena no jornal e na internet, mas não vi nada na TV. Drogas... Parece que estão abafando o caso.

O jovem condômino assentiu, pesaroso. *"Drogas", sei...*

— Edmundo, e aquela mulher da cobertura, a Dona Lara, você tem visto?

— Nada, sumiu! No domingo mesmo veio uma pessoa e levou o Porsche embora. Ontem ligaram para o prédio e queriam falar com ela. Não atende. Nem telefone nem interfone. Não está, desapareceu.

— Estranho, né? — disse Daniel.

— Pois é — respondeu Edmundo. — Mas quem esteve te procurando foi o antipático do marido dela, o Dr. Karl. Só para mim, perguntou duas vezes por você. Mas agora ele não está. Quer que eu te avise quando o Dr. Karl chegar?

— Ele não é doutor, Edmundo. Não, não tenho a menor vontade de falar com esse cara. Se te perguntar, diga que não me viu, tá bem?

— Tranquilo — respondeu o porteiro, com uma piscadela cúmplice. — Também não tenho prazer nenhum em falar com ele.

A dor de cabeça de Daniel estava voltando. Mais forte.

A ansiedade pelas próximas horas, a tensão com a notícia de estar sendo procurado ou um ataque furtivo de Karl?

Subiu até o décimo andar, rezando para não encontrar o vizinho no elevador. Desceu cautelosamente, olhando para os lados, e entrou rapidamente no apartamento. Tinha muitas providências a tomar. Por via das dúvidas, deu um retoque na nuca, com mais uma gotinha do "Tiaré". Passou o trinco na porta e tomou outro Tylenol.

Abriu o computador e começou a pesquisar sobre a EMC, a Ejeção de Massa Coronal. Realmente, as atividades solares se encontravam próximas ao seu ponto mais alto, no Máximo Solar (que se alternava com o Mínimo Solar em ciclos aproximados de onze anos). Um aumento na intensidade dos campos magnéticos fora detectado, e havia grande quantidade de manchas escuras na superfície da estrela.

Eu vi, no telescópio solar de Lara!, lembrou-se.

Descomunais ejeções de massa, provenientes da coroa solar, estavam sendo expelidas em direção à Terra. Em contato com o campo magnético do planeta, essas ejeções causavam tempestades geomagnéticas. Uma dessas tempestades atingira a atmosfera terrestre no último sábado, causando problemas em estações elétricas, satélites e redes de comunicação. O sistema de monitoramento SOHO/LASCO havia detectado, no Sol, outra EMC de grandes proporções no domingo (ele viu as fotos do coronógrafo no site). Viajando a mais de um milhão de quilômetros por hora, a expectativa era de que a nova tempestade geomagnética atingisse a magnetosfera terrestre naquela terça-feira à noite. Alertas de possíveis problemas com satélites, celulares e redes elétricas estavam sendo emitidos.

Como eu não pensei nisso antes? É claro! Por isso o interesse especial de Lara nas atividades solares. O telescópio solar na varanda, as imagens no celular e no computador...

Daniel foi até o banheiro do apartamento e olhou a jacuzzi.

É pequena, mas me apertando eu caibo nela. Já vou deixar preparada.

Fechou o ralo, abriu a torneira e deixou a água fria correr. Colocou o snorkel e o pequeno frasco do "Tiaré" ao lado da banheira. Dirigiu-se para a cozinha e encheu de água todas as panelas e vasilhas que encontrou. Encaixou as que cabiam no congelador, como um quebra-cabeça tridimensional.

Vou precisar de bastante gelo, o dia está meio quente.

A dor de cabeça não cedia.

Anoitecia quando seu celular deu um toque: mensagem recebida de Jaime. Notou que o sinal da operadora estava mais fraco.

Ouviu a gravação:

"Olá, Daniel! Poxa, que surpresa é essa de ser chamado para um projeto confidencial do Instituto? Devem estar tentando encontrar um modelo matemático para o Fluminense bater o Flamengo. [Risos...] Mas, falando sério, é o que costuma acontecer com os gênios. Boa sorte com o projeto! Dê notícias, assim que puder. Obrigado pelo jantar italiano, estava tudo delicioso. Estamos aqui, a Adriana e eu, 'jiboiando' a lasanha até agora. Ah, a Adriana insistiu e acho que vamos conseguir antecipar nossa viagem para a Espanha. Ela quer ir na despedida de solteira da Rosa, em Madri. Vão sair fantasiadas nas ruas, as malucas. A Rosa vai fazer duas despedidas, uma em Madri e outra em Barcelona. Se, quando você voltar, a gente não estiver no Rio, é porque já estamos em Madri. Ou em Barcelona. Mas nos falamos pelo celular, se eles ainda estiverem funcionando, claro. Você também tem o telefone fixo dos meus pais na Espanha. Abraços, amigo. E cuide-se! A Adriana está te mandando um beijo".

Ao longe, ele ouviu a voz de Adriana entrar na gravação:

"Beijo, Daniel... e obri... obrigada..."

"Obrigada...", pensou Daniel, pesaroso.

Sou eu que devo agradecer a você, Adriana. E me desculpar. Não tive a intenção de confundi-la. Superpoderes implicam super-responsabilidades. Eu deveria protegê-la, e não atazaná-la!

Olhou para a tela do celular. O sinal da operadora se reduzira a uma mísera barrinha.

A força de sinal da operadora está caindo rapidamente, preciso me apressar.

Daniel passou no banheiro e mexeu na água da jacuzzi; precisava ser esfriada. Foi até a cozinha e esvaziou o congelador. Havia criado grandes blocos de gelo em formas para lá de variadas. Figuras geométricas espaciais, poliédricas e não poliédricas, arredondadas em panelas e potes plásticos. Despejou tudo na banheira. As formas flutuavam parcialmente na água, como mini-icebergs. Em breve derreteriam. Despiu-se completamente.

Foi para a sala e repassou se havia deixado tudo em ordem (manteve-se longe do janelão da sacada — não queria dar um espetáculo, que alguém o visse nu). Sentia um inexplicável nervosismo, que não sentira na véspera. Juntamente com a dor de cabeça, naquela altura, sua fiel companheira.

Pensou em Adriana e em Jaime.

Amigos, boa viagem para vocês também. Eu queria poder ter lhes contado mais sobre o que está acontecendo comigo — na verdade, eu tentei. Mas eu não poderia expô-los a forças que eu mesmo desconheço. À fúria de Karl.

Nesse momento, Daniel ouviu uma voz grave e soturna dentro de sua mente:

"BOA NOITE, DANIEL!"

Um arrepio percorreu a espinha do jovem, e os pelos de seu corpo se eriçaram. Sem roupas, sentiu-se desprotegido, e a noite subitamente pareceu-lhe fria. Pareceu-lhe também ouvir uma campainha.

Em minha mente ou na porta?

Daniel foi até o olho mágico e perscrutou o hall do elevador do outro lado da porta. Nada, não havia nada.

De repente, deslocando-se lateralmente, o rosto de Karl apareceu no visor, colado à porta. Uma imagem aterradora. E Daniel "ouviu":

"Você pretende viajar, garoto?"

— O... o que você deseja? — perguntou Daniel, trêmulo e em voz alta; não queria Karl em sua cabeça.

"*Você me chamou... Abra a porta!*", Karl ordenou, sem falar.

A mão direita de Daniel começou a se mover para a maçaneta, e ele surpreendeu-se ao constatar que ela parecia ter vontade própria.

Não!, pensou, segurando o braço direito com o esquerdo e dando um passo atrás. *Não vou abrir.*

Sentiu uma ventania (*de onde?*), como se estivesse atrás de uma turbina de avião. Foi arremessado para trás, com força, e caiu sentado junto à porta de vidro da sacada, que estava fechada. Mais um pouco e a teria quebrado, atravessado. *Karl quer me atirar do prédio!*

Daniel levantou-se e começou a caminhar, com extrema dificuldade, contra o vento. Ao mesmo tempo, tentava contra-atacar:

Retroceda, Karl, você não vai se apoderar da minha mente!

Cada passo era uma batalha individual, e ele alternava avanços e retrocessos. Até que o vento pareceu amainar. Então ele começou a ouvir estrondos contra a porta, cada vez mais fortes. *A porta não vai aguentar...* As luzes da sala piscavam continuamente, e o celular estava sem sinal. Foi o tempo que ele precisou para correr até o banheiro. Despejou o restante do frasco do "Tiaré" na jacuzzi, colocou o snorkel e meteu-se debaixo da água fria. Fechou os olhos e pensou em Lara.

Na banheira, evitava pensar em Karl. A água em torno do seu corpo proporcionava um ambiente silencioso e, apesar do frio, facilitava a concentração. Fixou a imagem de Lara em sua mente e procurou se abster de qualquer outra sensação. Sequer contava os segundos, um exercício que, inevitavelmente, o traria de volta à realidade daquele apartamento. Apenas respirava fundo através do snorkel e procurava esvaziar a mente de qualquer pensamento. Exceto a lembrança do rosto de Lara. Desejava seguir aquele rosto, ir atrás de sua dona.

Foi então que ele começou a sentir.

Seu corpo magro parecia esticar-se infinitamente, e ele já não sentia as paredes da jacuzzi. Pernas e braços não encontravam os limites das bordas, e era como se ele escorregasse em um tobogã interminável, sugado por uma força impossível de ser contida. Cada vez maior e com mais velocidade. Estava de olhos fechados, mas sua retina ia sendo impregnada de brilhos e luzes; a sensação era de vertigem. Naquele momento, perdeu a percepção das fronteiras do seu corpo: ele era do tamanho do Universo. Apenas uma consciência, contínua, imortal, inacabável. Na imensidão desse mesmo Universo, viajava sem noção de tempo, espaço ou destino.

Aos poucos (ou muito tempo depois, não podia precisar), começou a sentir o corpo novamente, ainda que suas extremidades parecessem a anos-luz de distância. Gradualmente, seus átomos se reagrupavam após a assombrosa dispersão, e ele sentia que adentrava novamente um tipo de tobogã, no sentido contrário. Estava sendo recomposto, empurrado, e intuía que um despertar se aproxima.

E ele despertou.

Uma fenda cilíndrica, helicoidal, formou-se no espaço. Tinha cerca de dez metros de comprimento por três de diâmetro. Quase invisível no meio, mas perceptível nas extremidades — como aros flutuantes de pixels iluminados. Através da fenda, deslizando por uma rampa de quarenta e cinco graus, Daniel foi devolvido ao chão em sua forma física original. Foi ejetado delicadamente e em pé, todavia, e ainda tonto pela viagem caiu de joelhos ao aterrizar. Estava seco, mas continuava totalmente nu. Olhou para os lados e não reconheceu onde estava. Algumas pessoas próximas o observavam com curiosidade. Acima dele, naves de diversos tamanhos e formatos cruzavam o céu. Um céu verde e vermelho, com três luas esmaecidas e dois sóis brilhando.

ARQUI PÉLAGO

PARTE II

Daniel Santoro estava nu. As pessoas ao seu redor vestiam túnicas predominantemente brancas, embora houvesse aquelas de cores diferentes. Caminhavam sossegadamente de um lado para outro e, em alguns grupos, conversavam animadamente, mas em voz baixa. Um dos homens olhava diretamente para ele, evidenciando curiosidade; os outros demonstravam indiferença à sua chegada. Daniel agachou-se e abraçou os joelhos, tentando preservar minimamente a intimidade. Mas era impossível, não havia onde se esconder.

O "Tiaré", pensou. *O perfume... está em toda parte!*

Olhou para cima e viu que novas fendas cilíndrico-helicoidais se formavam e se aproximavam do solo (na verdade, conseguia ver nitidamente apenas o aro iluminado na extremidade inferior da fenda). Os aros verticais e inclinados, a aproximadamente quarenta e cinco graus do chão, surgiam e desapareciam. Tinham tamanhos diferentes; estimou que os maiores ultrapassassem cem metros de diâmetro. Pessoas e equipamentos saíam e entravam — se materializavam ou evaporavam — nas auréolas inclinadas, que logo desvaneciam.

Deu-se conta de que aquilo devia se tratar de algum tipo de "estação de viagem". Estava em um gigantesco espaço aberto e plano, triangular e sem construções; o piso, perfeitamente liso e brilhante, tinha algo de translúcido, de vitrificado.

Como um grande cristal, pensou Daniel.

A temperatura do solo, assim como a de todo o ambiente que o circundava, era extremamente agradável. Os prédios mais próximos situavam-se a, pelo menos, um quilômetro de distância. Surpreendeu-se ao descobrir, atrás de si, uma torre iluminada e altíssima, que subia diretamente para o céu de duas cores. Identificou um par de torres iguais ao longe, uma em cada um dos dois vértices restantes da estação: à esquerda e à direita, delimitando o descomunal triângulo onde se encontrava. Daniel não conseguia divisar até onde as torres subiam; suas pontas se perdiam nas alturas e simplesmente desapareciam.

Será que atingem a parte avermelhada do céu?, pensou. A camada vermelha ficava muito acima da verde.

O piso sob ele estava iluminado em um pequeno círculo, como que para sinalizar a recente chegada do viajante. Uma iluminação cênica de teatro ao contrário: o canhão de luz vinha de baixo, do chão.

Onde eu estou? O que eu faço?, ele pensou. Estar agachado era incômodo, mas levantar-se, sem roupas, seria infinitamente pior.

O homem que o observava, calvo, negro e bastante velho, abandonou seus interlocutores e aproximou-se dele, que seguia de cócoras.

— *Krsdfv icdcsdx dfprdlvrpls fxfbtyrfgrvhs* — ele disse.

— Co... como? — perguntou Daniel.

O ancião, portando uma das raras túnicas azul-claras dali, segurou o braço do jovem agachado e o ajudou a colocar-se em pé. O ar sereno que emanava acalmou Daniel, que, entretanto, continuava tentando se esconder, cruzando os braços à sua frente. Então, o homem levantou sua mão esquerda à altura do rosto, a palma voltada para cima. E uma túnica branca *materializou-se* entre seus dedos. A túnica foi entregue a um Daniel boquiaberto, estupefato — e agradecido.

Daniel vestiu rapidamente a túnica pela cabeça, e ela se ajustou com perfeição ao seu corpo; confortável, tinha as mangas curtas e seu comprimento chegava um pouco abaixo dos joelhos. O tecido era leve e macio, mas ele não conseguiu identificar se era algodão ou alguma matéria-prima sintética.

Ela é feita de... ar?, perguntou-se.

O velho levantou a mão direita e encostou a ponta de dois dedos na testa do jovem, que hesitou. Esboçou recuar a cabeça, mas o ancião sorriu de forma desarmante.

Ele quer se entrelaçar *comigo? Ou se apoderar da minha mente? Não, ele não parece ser como Karl...*

Os dedos grossos e enrugados insistiram e ficaram ainda por cerca de dez segundos apoiados sobre a testa do visitante recém-chegado. Afinal, o homem falou:

— Olá, o meu nome é Thomas. E o seu? — perguntou, através de uma enxurrada de consoantes e sons guturais, como Daniel jamais ouvira. Lembrava muito a estática de um rádio mal sintonizado.

Surpreendentemente, porém, entendeu tudo o que escutou.

Acabo de aprender um novo idioma.

— Olá, meu nome é Daniel — respondeu o jovem, com os mesmos ruídos de estática, cheios de consoantes. Os sons vieram naturalmente, conforme ele falava.

— Bem-vindo a Miithera, a capital do Arquipélago. Estamos falando em *krpsnc*, nosso bom idioma insular — informou Thomas. E complementou em português, com sotaque brasileiro: — Mas podemos conversar igualmente no seu idioma, se você preferir.

— Si... sim, prefiro... Obrigado.

Thomas pediu a Daniel que o acompanhasse e manteve-se calado durante o início da caminhada.

Daniel olhava para os lados e para cima, formulando teorias de onde poderia estar. *Arquipélago, ele disse. Lara estará aqui?*

De repente, Thomas quebrou o silêncio.

— Quer dizer então, Daniel, que você está vindo da Terra... Terceiro planeta do Sistema Solar, Via Láctea?

Caramba! Ele fala português melhor que o Jaime. E que história é essa de "Terra, Sistema Solar, Via Láctea"? Parece um carteiro identificando um endereço: "número, rua e bairro". Nós estamos entrelaçados? Não ouço os seus pensamentos. Ou ele se apoderou de minha mente? A propósito, nós NÃO ESTAMOS na Via Láctea?

— Sim, eu venho da Terra — respondeu Daniel, confuso. — Mas como... onde...?

Dessa vez, Thomas riu com gosto, sacudindo os ombros arqueados. E seguiu falando, com seu português impecável:

— Calma, Daniel, são muitas as perguntas, e elas serão respondidas a seu tempo. Não, não estamos entrelaçados, e tampouco me apoderei de sua mente. Existem outras formas de sincronizações específicas. Eu apenas capacitei a nossa comunicação. Você aprenderá.

— Capacitou?

— Sim, plantei o krpsnc em sua mente. *Plantar* é a palavra, e não *implantar*; é *você* quem germina o conhecimento e colhe o seu idioma nativo para a minha. Por segurança, aproveitei e busquei mais informações a seu respeito. Sou o Guardião desta Estação Trincadora e um conceptor, mas nos últimos três séculos terrestres fui um instrumentalizador. A propósito, não estamos na Via Láctea, mas sim na galáxia Priimeva, do outro lado do Universo. A doze gigaparsecs da Terra.

Três séculos terrestres? Quantos anos tem esse homem? A idade do seu velho acompanhante o intrigou, mas ele achou melhor não perguntar. *Estação Trincadora, conceptor, instrumentalizador? Calma, Daniel, aos poucos...*, repetiu para si mesmo. *Você aprenderá.*

— Eu ouvi 12 gigaparsecs? — perguntou Daniel, sem saber ao certo quanto a medida significava. Tentava se lembrar.

Estudei isso!, pensou. Estava em algum lugar de sua memória.

— Sim, equivalentes a 39 bilhões de anos-luz. Anos terrestres, bem entendido — Thomas respondeu.

Uau! Um ano-luz corresponde a aproximadamente 9,5 trilhões de quilômetros. Portanto, 39 bilhões de anos-luz são, mais ou menos... 370 bilhões de trilhões de quilômetros! O número 370, seguido de mais 21 zeros... de quilômetros, calculou Daniel. *Estou bem longe de casa!*

Uma onda (estava mais para um vagalhão) de medo lembrou-lhe que talvez tivesse tomado decisões intempestivas. Irrefletidas. Procurou controlar-se. *Eu só queria encontrar Lara*, pensou.

— Este sistema solar... — começou a falar o terráqueo.

Thomas o interrompeu:

— Nosso sistema, na verdade, é bissolar: duas estrelas suficientemente distantes entre si para manterem órbitas estáveis. Veja... o Sol Primário, e aquele outro, o Sol Secundário. Nosso sistema é circumbinário. Nossos dias primários têm duração parecida com os seus, dependendo do estágio da translação, mas nossos anos são bem mais longos.

— E essas luas?

— Não são luas, são planetas, nossas "ilhas": *Nariihwe*, *Omiidhys* e *Vordhiin*. Os demais planetas habitados do Arquipélago. Nosso sistema binário tem ainda outros doze planetas, mais distantes e não habitados. Um complexo e delicado equilíbrio, gravitacional, magnético e atmosférico, que tem nos permitido existir há mais de seis bilhões de anos; um bilhão de anos a mais que a Terra e o seu sistema solar. Pense em nós como seus irmãos mais velhos.

— Seis bilhões de anos! Há quanto tempo surgiu o... *homem moderno* no Arquipélago? — perguntou Daniel, interessado.

Apesar do choque inicial e das incertezas quanto ao seu futuro naquele mundo, as descobertas eram fascinantes. Lembrou que os primeiros hominídeos da Terra tinham surgido havia cerca de sete milhões de anos, adquirindo um "comportamento moderno" fazia apenas cento e cinquenta mil anos.

— "Homem moderno"... Um conceito interessante! — disse Thomas. — O que você chama de *homem moderno* surgiu em Miithera há cerca de dez milhões de anos terrestres. Pela primeira vez, antes de vários e amargos Reinícios, quando sempre recomeçamos do zero...

E depois disso, subitamente taciturno, se calou.

Reinícios, pensou Daniel. *Vários... e sempre recomeçando do zero. Essa civilização deve ter sofrido! Talvez por isso sejam ainda tão parecidos com os humanos da Terra. Pelo menos fisicamente.*

Caminhavam lado a lado, e naves voavam silenciosamente sobre eles. Dirigiam-se para uma impressionante construção reticulada, sem janelas e totalmente translúcente. O formato assemelhava-se ao casco de um navio emborcado, apoiado sobre colunas que pareciam feitas de alabastro. Ao lado, outro edifício tinha torres altas como um castelo e era encimado por um domo espelhado. *Uma catedral?*

Daniel olhou para os pés de Thomas e viu que o ancião usava sapatilhas. Mas ele próprio seguia descalço (e não estava na praia!).

Será que eu peço?, pensou.

— Senhor, se possível... será que... — falou Daniel, apontando para os próprios pés descalços, que seguiam perfeitamente limpos.

O Guardião balançou a cabeça afirmativamente e mais uma vez levantou a mão esquerda à altura do rosto: um par de sapatilhas brancas, delicadamente bordadas, materializou-se sobre seus dedos.

— Isso é... magia? — murmurou Daniel, ainda pasmo com as materializações. O murmúrio soou como uma pergunta.

— Não, é ciência! A ciência, além de nossa compreensão, *parece magia* — replicou Thomas, em um tom professoral e entregando as sapatilhas ao jovem viajante. — Vou lhe revelar o segredo por trás da "magia do Arquipélago": além do nitrogênio e do oxigênio, nossa atmosfera também tem um gás artificial que nós, humanos de Miithera, criamos.

O "Tiaré de Doña Yolanda", a gardênia do Taiti, pensou Daniel.

— O "Etherii" — disse Thomas. — Um gás artificial, criado a partir do *diizormorfio*, nosso elemento químico de número 789. A Lua, o satélite da Terra, também tem o 789, embora o seu povo ignore isso.

A Terra só conhece 118 elementos químicos, lembrou Daniel.

— O Etherii é capaz de interagir com as ondas cerebrais eletromagnéticas e com partículas subatômicas — prosseguiu Thomas. — A partir dessa interação, os ilhéus do Arquipélago podem, em graus diferentes, operar transformações nas ondas e partículas em seu entorno. O que permite sincronizações mentais diversas. E também o controle sobre elementos físicos, inclusive transmutando e recombinando átomos. É bastante útil, por exemplo, para materializar uma túnica ou um par de chinelos. Ou desmaterializá-los... O que pode ser bem perigoso!

Pode ser ciência..., pensou Daniel, embasbacado. *Mas que tem cara de magia, rabo de magia e jeito de magia... isso tem!*

— Chegamos — disse o Guardião. — Você será recebido por Gusk, o Preceptor do Arquipélago. Ele é habilitado em seu idioma e está muito curioso para conhecê-lo.

Por dentro, o edifício era ainda mais impressionante do que por fora. O ambiente, com exceção das grossas "colunas de alabastro" (*não deve ser alabastro*, pensou Daniel), era diáfano e iluminado pela abundante claridade exterior e por brilhos internos. Luzes emanavam do piso cristalino e das escadarias que alternavam cores suaves.

Um homem ainda mais velho que Thomas, com a pele acinzentada, uma vasta cabeleira branca e um queixo proeminente, os recebeu no meio do salão. Vestia uma brilhante túnica dourada e tinha um jovem empertigado, trajado de branco, ao seu lado. Thomas deu alguns passos atrás para deixar o visitante da Terra em destaque.

— Seja bem-vindo, Daniel! Eu sou Gusk, o Preceptor do Arquipélago e Governador de sua capital, Miithera. Dou-lhe as boas-vindas também em nome dos Governadores de Nariihwe, Omiidhys e Vordhiin — disse ele em um português impecável. Depois, inclinou levemente a cabeça. — E este é Ian, meu Assistente.

A saudação lembrou vagamente uma reverência japonesa. A figura do Preceptor transpirava sabedoria e venerabilidade.

— Obrigado... senhor! — respondeu Daniel, sem ter ideia de como se dirigir ao governante-mor de todo um sistema planetário, talvez o mais avançado do Universo. Curvou-se e inclinou muito a cabeça.

O Preceptor continuou:

— Estávamos aguardando a sua chegada, Daniel. No momento em que você a iniciou a sua viagem, ainda na Terra, passamos a monitorar a fenda espacial aberta em nossa Estação Trincadora. Ela o trouxe até aqui através do que vocês, curiosamente, chamam de buraco de minhoca... Particularmente, estou bastante curioso para saber como um *terráqueo*, de 19 anos terrestres, conseguiu interagir com o nosso *Etherii diizormórfico*.

— Eu também não sei bem, senhor. Apenas comecei a sentir um perfume de flores vindo de um apartamento vizinho ao meu, no andar de cima. Na Barra... (achou ridículo citar o nome do bairro carioca, em outra galáxia). E coisas estranhas começaram a acontecer comigo.

— Do apartamento de Karl!? — disse Gusk, mais afirmando que perguntando e olhando para Thomas e Ian.

Ele sabe de Karl... Saberá também de tudo o que ele fez? E de sua esposa, Lara?

— Sim, de Karl! Ele matou um rapaz inocente na Terra, tentou matar também sua esposa, Lara, e passou a me perseguir. Imagino que para fazer o mesmo. Presenciei o momento em que Lara fez a *viagem*. Sem que ela soubesse. E decidi segui-la.

— Por quê? — questionou Gusk.

Daniel se mexeu, incomodado, e franziu a boca. A pergunta direta se justificava.

— Eu... só pensei que era o certo a fazer. Karl matou uma pessoa cruelmente e, do modo como o fez, jamais será responsabilizado. Agora vinha atrás de mim. Lara era a única pessoa que tinha as respostas para as minhas dúvidas e estava sendo igualmente ameaçada pelo marido. Achei que precisava de minha ajuda. Gostei da Lara e confiei nela... E acho que ela também, por algum motivo, confiou em mim. Chegamos a... entrelaçar as nossas mentes... — disse Daniel, envergonhadíssimo. Com as faces queimando, sentiu que ruborizava. *Meu Deus!*

Gusk voltou a olhar para Thomas e Ian, dessa vez de modo divertido. Thomas sorriu, e Ian manteve-se inexpressivo.

— Bem, Daniel, você certamente percorreu uma longa distância para vê-la — arrematou o Preceptor. — Entre, Lara!

E Lara adentrou o grande salão, com uma túnica muito branca, bordada e curta, que destacava suas pernas poderosas. Estava fresca e deslumbrante como sempre, como ele a vira da última vez. A trezentos e setenta bilhões de trilhões de quilômetros dali.

Lara tinha um sorriso largo estampado no rosto. Demonstrava surpresa e alegria por reencontrar seu vizinho da Barra da Tijuca, na Terra. E, de longe, gritou o nome dele:

— DANIEL!

Ela vai me cumprimentar com um aceno de cabeça, à moda de Miithera, ou com os dois beijinhos do Rio de Janeiro?

No meio do caminho, Lara parou e olhou para Thomas.

— Sim, Lara, ele já passou pela descontaminação na Trincadora — disse o Guardião da Estação. — Está limpo.

Lara, então, aproximou-se e envolveu Daniel com os braços. Demoradamente. Ele retribuiu o abraço apertado e gostoso.

— Seu maluco! Como você conseguiu me seguir até aqui? — perguntou ela com um misto de espanto e satisfação.

— Depois da festa do sábado, eu me escondi no banheiro da suíte de vocês. Você precisava de ajuda! Chamei mentalmente o deputado Sarmento para interromper o ataque de Karl. Depois, eu... vi o que você fez... — sentiu-se corando — até afundar e desaparecer na banheira. Reproduzi tudo na segunda-feira, e não funcionou. Repeti no dia seguinte e... aqui estou.

— Mas sem a ionização... — começou Lara, mas, confusa, parou.

— Depois do sábado, o Sol... o *nosso único Sol* (olhou para Gusk, Ian e Thomas, como que para explicar) produziu outra EMC. Na terça à noite, tivemos uma nova tempestade geomagnética, que, pelo jeito, criou as condições para a viagem. Felizmente! Karl já estava forçando a minha porta e me atacando. Acho que queria me atirar do prédio.

Lara e ele não estavam entrelaçados, mas, naquele instante, Daniel teve a certeza de que ambos se lembravam de Nicolas.

Ela pareceu emocionada.

— Senhores... Este é o fantástico rapaz que eu conheci na Terra e que me surpreendeu com sua capacidade de interação com o Etherii. Fiz um relatório sobre ele, assim que retornei ao Arquipélago. Daniel mais parece um de nossos bons ilhéus, desgarrado e vivendo na Via Láctea. Talvez para compensar os maus que foram enviados para lá — acrescentou Lara com ironia.

Pegou na mão de Daniel e prosseguiu:

— Me salvou pelo menos em uma ocasião e demonstrou coragem e lealdade em várias outras. Eu me sinto agradecida e gosto muito dele. Seria ótimo, naturalmente se o nosso Preceptor concordar, se ele pudesse passar algum tempo entre nós...

Daniel enrubesceu de novo. Não estava acostumado a receber elogios de mulheres espetaculares, ainda mais diante de líderes interplanetários. E pareceu notar um breve ar de contrariedade em Ian.

O Preceptor subiu a mão, e um bracelete metálico, largo e semitransparente, materializou-se sobre seus dedos. Parecia ser feito de um tipo de plasma, pois cores suaves se moviam lentamente, como nuvens, ao redor de sua superfície curvada. Daniel olhou rapidamente para o grupo e viu que Ian usava algo semelhante em seu pulso direito; e Lara também, no braço esquerdo. Gusk e Thomas não usavam nada.

O Preceptor entregou o bracelete a Daniel e disse:

— Use isto. É um amplificador-comunicador e vai ajudá-lo em sua jornada de aprendizado no Arquipélago. Eu também gostaria que você passasse algum tempo entre nós. Claro, se puder. Aprenderemos mutuamente, meu jovem, inclusive sobre o estado evolutivo dos terráqueos, que podem estar vivendo um novo alvorecer. Estou designando Lara como a sua guia; Thomas, como o seu mentor; e Ian, como o supervisor geral. Ele assegurará que eu esteja a par de tudo.

— Obrigado, senhor — Daniel agradeceu com sinceridade. Sentia-se acolhido e protegido. — Será uma honra!

Lembrou-se das maçantes aulas de Matemática e dos repisados ensinamentos de assuntos já lidos e conhecidos.

Integrais elípticas e séries hipergeométricas, humpf... Esqueça! Aqui, sim, começa um mundo de novos conhecimentos.

O Preceptor se retirou, e o grupo se desfez. Lara fitou Daniel nos olhos, e ele se deu conta de quanta falta sentira dela.

— Vamos, Daniel, quero te apresentar a Capital... Miithera! — disse Lara. — Thomas cuidará do resto. Ele é o melhor, mas preciso te contar algumas coisas antes. Poxa, estou tão feliz por você estar aqui...

Uma vez mais, ela adiantou a cabeça para a frente (como fizera naquela noite, no outro lado do Universo). Ele espelhou imediatamente o movimento, aproximando-se dela.

Vamos nos entrelaçar de novo..., pensou Daniel.

Mas, dessa feita, em vez de tocá-lo na testa, ela encostou os lábios nos dele. Lara lhe dera um delicado beijo.

Ela me deu um... selinho?

— Obrigada, Daniel! Por tudo... — ela disse.

Do outro lado da Preceptoria, Lara mostrou a Daniel o firmamento bicolor de Miithera, os dois sóis e os três planetas. Apontou também os modernos prédios de cristal em formatos variados, arcos, vias, viadutos e ascensores. Esferas semitransparentes de metal plasmático (como do bracelete) voavam muito abaixo das naves maiores. E acima de imponentes pássaros multicoloridos.

— São pássaros reais — explicou Lara.

Daniel viu pessoas entrando e saindo das esferas pousadas no solo, atravessando suas paredes de plasma. Nada de portas ou janelas.

Deve ser o meio de transporte local. Carros para quê?

Estavam em um lindo parque suspenso, com um grande lago ao centro. No meio dele, um jorro contínuo de água despencava do céu como uma cascata permanente, brotando de uma auréola flutuante a cinquenta metros de altura.

— Este é o meu mundo — disse Lara, rodopiando com a mão levantada, como que oferecendo uma rápida panorâmica ao visitante.

— Você nasceu neste planeta, na Capital? — perguntou Daniel.

— Não, eu venho de Nariihwe, aquela "ilha", que é como chamamos os planetas cercados de Etherii por todos os lados — disse Lara, apontando o planeta esmaecido no céu. — Mas vivo em Miithera faz tempo. Nariihwe é como uma segunda capital do Arquipélago. Menor que Miithera, mas se parecem muito. Ali... no meio... está Omiidhys.

— E aquela "ilha" à esquerda? Aquele planeta pequeno... Como se chama mesmo? Vord... — perguntou Daniel.

— Vordhiin. E não é pequeno. É o maior planeta de todos, mas está mais longe — respondeu Lara. — Esse é bem diferente dos outros.

— Diferente? Por quê?

— Porque ele não tem Etherii em sua atmosfera e está proibido de usá-lo. Parte de Vordhiin é um planeta-presídio. Karl veio de lá.

— Planeta-presídio? — repetiu Daniel, surpreso.

— Apenas uma pequenina parte. É o nosso planeta mais populoso. Sua magnetosfera não favorece a interação com o Etherii. Nem a sua criação. Em compensação, tem muita água e uma lindíssima e bem protegida atmosfera azul. Vordhiin se parece bastante com a Terra.

— E este céu aqui em Miithera? Todo colorido?

— É igual em Nariihwe e Omiidhys, Daniel. Nosso campo magnético é muito complexo... E nossa atmosfera, altamente ionizável. O verde, na parte mais baixa, é o oxigênio excitado por elétrons. Acima dos cem quilômetros é o nitrogênio que dá o tom avermelhado. Ah, e temos quatro polos magnéticos! Para a utilização do *Etherii diizormórfico* é excelente, mas apenas uma porção de cada um desses três planetas é habitável. Felizmente, nessas estreitas áreas habitáveis, temos total estabilidade, consolidada em bilhões de anos.

Vale a pena? Ter o Etherii Mágico e não usar todo o planeta?

— Lara, o Thomas me disse que é um *conceptor,* mas que já foi um instrumentalizador — disse Daniel. — Você é o quê?

— Eu sou uma mentalizadora, uma "túnica branca", o nível mais baixo da escala de interação com o Etherii. Os ilhéus são, em sua maioria, mentalizadores. Poucos são instrumentalizadores e, menos ainda, são conceptores, o nível mais alto. Mas continuo aprendendo. Aprender é a essência do Arquipélago. Por isso, nosso líder é um Preceptor.

Daniel olhou a própria túnica branca. "E Karl?", perguntou.

— Karl é uma história à parte — disse Lara. — Apesar de ser de Vordhiin, é um conceptor extremamente poderoso. Felizmente a Terra não tem Etherii em sua atmosfera, e ele não consegue usar poderes recombinantes e de transmutação. Apenas seus poderes mentais e telecinéticos, com uma pequena gota de Etherii. O que já é perigosíssimo. Ele trabalhou nas minas de diizormorfio, nos planetas remotos.

— Os outros doze planetas... — disse Daniel.

— Sim, os planetas não habitados do Arquipélago. De onde extraímos o principal componente para a produção do Etherii e outros minérios essenciais. Vordhiin é o principal supridor de mão de obra para as minas de diizormorfio. Também repõe as populações das ilhas-sob-o-Etherii: Miithera, Nariihwe e Omiidhys.

Daniel pareceu confuso, e Lara seguiu explicando:

— Nesses três planetas, a taxa de crescimento natural é negativa: menos nascimentos que mortes, apesar da longevidade dos ilhéus. Há milhares de anos, o Conselho do Arquipélago criou o "Mentapeamento", um processo que mapeia, periodicamente, a capacidade interativa de seus habitantes. O Mentapeamento, feito em Vordhiin, identifica aqueles com melhor adequação para interagir com o Etherii. Os vordhiinians elegíveis, e que tenham interesse, podem então passar a viver em Miithera, Nariihwe ou Omiidhys.

— Foi o que aconteceu com Karl? — perguntou Daniel.

— Uhum — fez Lara. — Foi desse modo que Karl chegou em Nariihwe e se desenvolveu como um conceptor. Mas lá arrumou alguns "amigos" que gostariam de mudanças no Poder Central e passou a tramar contra o nosso Preceptor. A pedido de Gusk (claro, por ser eu uma nariihwian), me aproximei de Karl. Quando ele fugiu para a Terra, me arrastou com ele à força. E acabei descobrindo seus planos.

— Você descobriu... os planos de Karl? Que planos?

— Sim, ele quer fabricar o Etherii na Terra. E mudar a atmosfera terrestre. Chama esse projeto de "Creador". "Criador", em espanhol.

A cabeça de Daniel girava. Nem em seus sonhos mais malucos poderia imaginar a verdadeira história por trás do pacato casal da cobertura na Barra. A cobertura perfumada da Barra da Tijuca.

Karl quer mudar a atmosfera da Terra! E Lara é uma agente.

Lembrou-se do que seus pais, Francesco e Assumpta, agora tão distantes, diziam quando ele ainda usava calças curtas:

"Você realmente nunca conhece bem os seus vizinhos...".

Sentiu medo por sua família, por seus amigos e pelo povo da Terra, tão preocupado com suas fronteiras artificiais e afazeres comezinhos. Agora um *Creador*, metido a Deus, queria recriar o planeta.

— Ele conseguirá fazer isso? — perguntou Daniel, angustiado.

— O Etherii é extremamente difícil de ser produzido, principalmente se as condições geomagnéticas não forem adequadas. Além de muitos frascos de Etherii, Karl levou diizormorfio puro para a Terra. Com um nanograma desse elemento, o 789, pode-se fabricar um gigantesco volume de Etherii. E, uma vez produzido em quantidade, o gás Etherii se autorreproduz e começa a se juntar à atmosfera. Karl ainda não conseguiu desenvolver o Etherii verdadeiro, mostrou-me algumas amostras de péssima qualidade... A atmosfera da Terra é hostil ao Etherii, não ajuda. Mas ele diz que está chegando perto.

"Ele diz que está chegando perto."

— Bem, mas a atmosfera da Terra é o que é, não, Lara? — argumentou Daniel, esperançoso.

Lara fez uma careta, sem conseguir ficar feia.

— Mais ou menos, Daniel. Temos alguns fatos a considerar... A Terra está próxima do Máximo Solar, e a inversão de seus polos magnéticos está se acelerando. Dez vezes mais rápido do que se imaginava! Em algum momento, suas bússolas apontarão o Sul como o polo magnético. Essa transição está provocando turbulências e enfraquecendo o campo magnético... e a sua proteção contra os ventos solares e as crescentes EMCs. Karl acredita que, em breve, a atmosfera terá ionização suficiente para a produção de seu precioso Etherii terrestre. Em quantidade suficiente para que o gás comece a se autorreproduzir.

— E então...? — perguntou Daniel, com medo de perguntar.

Lara apenas olhou para ele e, depois, para o planeta Vordhiin. Não estavam entrelaçados, mas não foi difícil para ele ler a mente dela.

Ele quer levar as pessoas de Vordhiin para a Terra, com Etherii..., pensou Daniel. *O que acontecerá com o meu planeta? Ele se tornará o Preceptor do Sistema Solar, na Via Láctea, é isso?*

— Lara, por que o Arquipélago não intervém? Não envia uma missão à Terra e prende Karl? Gusk não pode concordar com isso...

— Gusk não concorda! — respondeu a nariihwian. — Eu tentei trazer Karl de volta para Miithera. Vivo! Para um julgamento e, certamente, uma prisão perpétua em Vordhiin. Mas eu falhei. Aqui, no Arquipélago, não existe a pena de morte há milênios. E Gusk é terminantemente contra nossa intervenção direta em civilizações mais atrasadas, como é o caso da Terra e de Glis.

Glis... Mais um planeta habitado?, perguntou-se Daniel. Não desviaria, porém, o foco da Terra — depois investigaria o assunto.

— Mas você se aproximou de Karl, como uma agente infiltrada, a pedido do Preceptor, não? Vocês *fizeram* uma intervenção na Terra!

— Minha ida para a Terra não foi planejada. Já fomos a causa do extermínio de espécies, ao desviarmos, involuntariamente, a órbita de asteroides que se chocaram contra planetas. Ao transmitirmos vírus, suscitarmos guerras e interferirmos na linha do tempo; sempre acidentalmente e com as melhores intenções, claro! — disse Lara com ironia. — Hoje trincamos fendas espaciais, apenas. Nada de espaço-tempo. Viagens no tempo foram desastrosas e proibidas há milênios. Também sofremos com nossos erros... e quase fomos extintos. Tivemos de reiniciar nossa própria civilização, algumas vezes. E aprendemos. O que Karl deseja fazer na Terra é um crime abominável, mas, se Gusk interviesse pela força, estaria cometendo outro crime. Talvez pior.

Caminhavam agora em silêncio e envoltos em seus próprios pensamentos. Daniel se recordava de ter lido sobre a iminente inversão dos polos e o enfraquecimento do campo magnético na Terra; e torcia para que Karl estivesse errado e bem longe de alcançar seus objetivos.

Mas ele está... longe? Resista, Terra! Por favor, resista!

Lara decidiu quebrar o silêncio pesado e provocou:

— Afinal, Daniel, você aprendeu a falar alemão? — disse ela, rindo gostosamente.

— Não! Essa história de novo? Eu quase enlouqueci... Eu realmente conversei em alemão com você naquele dia?

— *Natürlich!* Claro que sim! Mas não aprendeu, pegou as palavras "emprestadas" de minha mente. Agora vai aprender.

Lara apoiou a ponta de quatro dedos de sua mão direita na testa do amigo e disse: "Encoste o seu bracelete no meu".

Daniel obedeceu, e as cores plasmáticas dos amplificadores-comunicadores sincronizaram-se. Vinte segundos depois, ela disse:

— Pronto, plantado. Agora você já está fluente em português, espanhol, krpsnc e... alemão!

— *Bist du sicher?* Tem certeza? — perguntou Daniel em alemão.

— *Jawohl! ¡Sí señor!* — riu Lara. — Aproveitei e atualizei meu espanhol. Em breve você saberá mais idiomas que o seu papa, o Santo Padre, lá no Vaticano... Vamos, Thomas está nos esperando no Ginásio Anexo do Educandário — disse Lara, puxando Daniel pela mão.

O sol primário começava a se pôr, mas o sol secundário permanecia bem acima do horizonte.

— Nunca escurece aqui?

— Estamos chegando ao final do dia primário, mas hoje não vai escurecer. Em algumas épocas do ano bissolar, sim, escurece.

Lara caminhou de mãos dadas com Daniel até uma grande esfera de metal plasmático semitransparente e, sem soltar o amigo, atravessou sua superfície arredondada, que se abriu como uma parede de gel, a engoliu e voltou a se fechar.

Daniel podia vê-la no interior da esfera, com o braço ainda estendido para fora. Agarrada à sua mão, Lara o puxava para dentro.

— Anda, menino... Vem! — dizia ela.

Então ele prendeu a respiração e se atirou contra o plasma frio, que o engolfou rapidamente. Teve uma breve sensação de umidade e, em um segundo, estava dentro da esfera. Em pé e junto a Lara.

A esfera fez uma rotação de setenta graus para a frente, e de repente Daniel estava flutuando dentro do casulo, com as pernas esticadas, como se estivesse deitado de bruços sobre uma espreguiçadeira. Não sentia a gravidade, mas seu corpo estava firme e centralizado ao lado de Lara — não oscilava para cima e para baixo como um astronauta em órbita. Tinha uma perfeita visão de todo o exterior da esfera, em todas as direções, e seguia ouvindo o onipresente som da cachoeira que vinha de fora.

Quais equações matemáticas provariam que isto é possível?

— Isto aqui é um esferante — disse Lara. — São bem melhores que os carros da Terra, não enfrentam trânsito, não têm pneus furados e não poluem. E a vista é linda. Aproveite!

A esfera plasmática elevou-se a trinta metros do solo e partiu, suavemente e sem ruídos. A posição, quase horizontal, em que Daniel se encontrava dava-lhe a sensação de estar — literalmente — voando, com uma fantástica visão de tudo o que se passava abaixo, ao seu redor e acima. Onde, bem longe, transitavam as naves maiores.

Miithera era fascinantemente moderna; uma profusão iluminada de edifícios altíssimos, feitos com cristais (e metais) translúcidos, e viadutos emaranhados abraçando a cidade. Uma urbe verdadeiramente vertical. À direita, quatro prédios ainda mais altos tinham o formato de funis invertidos, e Daniel reparou que esferantes pousavam sobre o que parecia ser um heliponto. Supôs que algumas das construções retangulares abaixo eram prédios residenciais, pois estavam no final do dia primário e ele distinguia muitas pessoas (a maioria delas com túnicas brancas, umas poucas com túnicas cinza e apenas duas vestidas de azul) recolhendo-se em unidades menores.

Os ilhéus caminhavam isoladamente ou em grupos. E alguns deles usavam um disco deslizante sob os pés, flutuando rente às vias.

As crianças devem adorar isso. Mas onde estão as crianças?

O esferante que os transportava desviava-se, com facilidade, de quaisquer obstáculos, subindo e descendo suavemente, e Daniel notou que a cidade tinha muitos lagos e áreas verdes.

E azuis! E vermelhas! E amarelas! E roxas!

Claro, por que apenas o verde? Dane-se a clorofila!, pensou Daniel com bom humor.

Olhou para o lado e viu as três titânicas torres da Estação Trincadora onde aterrizara, iluminadas por cores em movimento.

O mesmo material plasmático, concluiu.

Não conseguia ainda divisar se as torres atingiam a atmosfera avermelhada, que mudara de tom após o pôr do sol primário. Mas ele não queria perguntar no momento. Desejava apenas desfrutar a viagem e absorver cada detalhe da incrível visão urbana de Miithera.

Se eu pudesse, tiraria fotos e selfies e as mandaria para Jaime e Adriana. Amigos, estou na Capital! No Arquipélago! Em Priimeva!

— Vamos descer, estamos chegando — disse Lara.

— Não, mais uma volta apenas... por favor... Ao redor da Estação Trincadora — pediu Daniel.

O esferante, que já iniciara sua descida, voltou a subir e acelerou em direção à torre mais próxima. Contornou-a em um raio bastante aberto e se dirigia agora para a segunda base. Iria fazer uma volta completa em torno da Trincadora.

Lara sorria. Estava feliz por ter o terráqueo perto de si de novo, e lhe agradava mostrar as belezas de seu mundo. Como faria um guia turístico aos pés do Cristo Redentor, no Rio de Janeiro.

Ademais, pensava também nos poderes de Daniel:

O esferante obedeceu a ele, e não a mim.

Pousaram ao lado da entrada do Ginásio Anexo do Educandário. Parecia o ginásio poliesportivo de um colégio de ensino médio. Um ginásio grande e coberto, como aqueles usados em ocasiões especiais.

As demais construções do Educandário, entretanto (e acompanhando o estilo da cidade), eram marcadamente transluzentes, embora com formas mais retas e tradicionais. Naquele complexo, havia poucos ambientes opacos, realmente reservados. O ginásio era um deles.

A privacidade não parece ser uma preocupação por aqui.

Através da parede transparente de uma sala de aula, Daniel viu um grupo de ilhéus, de túnicas brancas, reunidos com uma mulher elegante, de cabelos grisalhos e vestindo uma roupa cinza (era certamente uma túnica, mas a peça era ricamente bordada e tinha detalhes que, até o momento, ele não vira). A mulher tocava a testa das pessoas, uma a uma. Estava acompanhada de uma figura jovem e andrógina, trajando uma túnica azul. Essa pessoa apenas observava.

Daniel olhou para Lara.

— O nome da instrumentalizadora é Miranda. Está ministrando aulas aos mentalizadores, plantando conhecimentos e avaliando aquele grupo. Deve ter algum vordhiinian por lá! Ela foi minha professora e me ensinou muitas coisas, inclusive o alemão — disse Lara rindo. — Ao seu lado, de azul, está Angel. Um enorme poder... equiparável ao de Thomas. Está ajudando no Mentapeamento.

— Err... Conceptor ou conceptora? — perguntou Daniel.

— Você precisaria se entrelaçar com Angel para descobrir... — respondeu a nariihwian sorrindo, e o terráqueo sorriu de volta.

— Não existem crianças em Miithera?

— Sim, mas são poucas e não estão aqui. Este é um educandário para crescidos. Vamos? Thomas está nos aguardando. Não é de bom-tom deixar o seu mentor esperando.

E Lara empurrou o antigo vizinho até a entrada do ginásio.

No interior do ginásio de paredes opacas e teto iluminado, Thomas, o Guardião da Estação Trincadora de Miithera, aguardava o casal. Ian, o Assistente do Preceptor, estava ao seu lado.

Não é uma quadra poliesportiva, pensou Daniel, sentindo a falta de traves de gol, redes ou tabelas de basquete. Era apenas um espaço quase vazio, com um pé-direito bem alto e um mobiliário parco e esquisito: bancos, um biombo negro, esferas coloridas (de diferentes tamanhos e apoiadas em pedestais) e um pequeno tanque cheio de... água?

— Bem-vindo ao Mentapeamento, meu jovem — disse o ancião, com um sorriso bondoso no rosto.

— Bem-vindo, *terráqueo* — falou Ian.

Era a primeira vez que Daniel escutava a voz de Ian e a achou um tantinho afetada. Talvez tivesse apenas estranhado a entonação com que foi chamado de "terráqueo", mas pareceu-lhe notar ali um certo desdém. Menosprezo ou desconfiança?

Existe "xenofobia interplanetária"? Deve ser coisa da minha cabeça... Preciso aprender a bloquear a minha mente. Lara disse que se pode fazer! Não é bom que a leiam sem o meu consentimento.

— Obrigado, Thomas; obrigado, Ian — respondeu o terráqueo (*sim, sou da Terra, com orgulho*, pensou). — Estou aqui para aprender...

— Ótimo, ótimo! — disse o Guardião. — Hoje faremos apenas uma rápida avaliação. Você deve estar cansado por causa da viagem e terá necessidades físicas... Fome, sede... talvez precise atender a algum "chamado da natureza". Também somos humanos, rapaz. Apenas muitíssimo mais velhos. Quer ir a um banheiro?

— Eu estou bem, obrigado — respondeu Daniel. — Mas, se possível, eu aceitaria um copo d'água.

— Gelada?

— S... sim, por favor.

— Há, com gás ou sem gás? — perguntou o ancião.

Caramba!, pensou Daniel.

— Sem gás, por favor — respondeu.

Thomas levantou a mão, posicionando-a como se segurasse um copo — e um lindo copo de cristal, cheio de água gelada, efetivamente se materializou entre seus dedos. Entregou-o ao jovem.

Vai demorar para eu me acostumar com isso, pensou Daniel, fascinado, pegando o copo da mão de Thomas.

Bebeu a água com vontade e fez menção de devolver o copo vazio. O Guardião balançou a cabeça negativamente e estalou os dedos. O copo desapareceu da mão de Daniel (instintivamente, o terráqueo cerrou os dedos em torno do repentino vazio formado). O copo de cristal, de fato, se desintegrara.

Um estalar de dedos... Meu Deus! Esse poder nas mãos de Karl...

— A água estava muito boa, obrigado — disse Daniel educadamente.

— Apenas moléculas combinando dois átomos de hidrogênio e um de oxigênio. Geladas — respondeu o Guardião. — É uma das coisas que o Etherii permite, a alguns de nós, fazer: transformar e recombinar átomos. Vamos descobrir o que você consegue... e o que não consegue realizar. O que é isso na sua mão e no seu braço?

Thomas referia-se aos cortes, cicatrizando mas ainda aparentes, de Daniel. *Lembranças de um poder intermitente.*

— Uma briga na Terra. Não me saí muito bem e fui ferido por um canivete — explicou Daniel com sinceridade. Seria arriscado mentir.

— Ótimo, ótimo! — disse o Guardião.

Como "ótimo"? Meu mentor é definitivamente um otimista.

Thomas explicava agora como conduziria o Mentapeamento.

— Vou avaliá-lo, Daniel, e também a Lara, que, como você, chegou recentemente da Terra. Depois de três anos terrestres, e tendo convivido nesse período com um poderoso conceptor, é bom que ela, uma mentalizadora, passe por uma reavaliação. Também será interessante compará-los. Por favor, tirem os seus braceletes. Não vale usá-los aqui.

Daniel olhou para Lara, que balançou a cabeça afirmativamente e sorriu. Tiraram os braceletes de plasma, e Lara os deixou sobre um dos bancos próximos.

Ian, de longe, observava tudo em silêncio. Mantinha seu amplificador-comunicador no pulso, mas cobria-o com a outra mão.

Thomas caminhou até o canto esquerdo do ginásio e desapareceu atrás do biombo negro. Depois voltou a sair e posicionou-se à frente da divisória. Atrás dele, *outro Thomas* saiu..., colocando-se ao seu lado.

E outro... e mais outro. Não paravam de sair. Ao todo, vinte "Thomas" se perfilaram diante do biombo, encarando o casal.

Então eles falaram, juntos e em uníssono, como em um jogral:

"Somos uma ilusão. Apenas um de nós é real e capaz de se conectar com vocês. Abram suas mentes e encontrem o seu verdadeiro mentor. Libertem-se da ilusão".

Isso é novo!, pensou Lara. Nunca havia visto nada parecido.

Vinte mentores e apenas um é real, pensou Daniel. *Deve ser um teste de pré-qualificação. Eu não posso errar!*

Lara e Daniel perscrutaram os "Thomas idênticos" por um bom tempo e fizeram suas escolhas. Individualmente e calados. Um a um, os "Thomas excedentes" foram desaparecendo, restando apenas o penúltimo que saíra de trás do biombo.

— Muito bem, ambos acertaram! — parabenizou o Guardião e mentor. — Tentemos outra coisa...

Thomas fez um gesto, e Daniel e Lara viram-se separados e sozinhos, transportados, cada um deles, para um quarto circular com seis portas. Em cada um dos quartos, um Karl furibundo entrou por uma porta. As experiências eram individuais: Daniel não sabia o que acontecia no quarto de Lara, e vice-versa. Mas em ambos os cômodos havia um Karl sedento por vingança diante da porta. Arremetendo com a mesma ferocidade contra ambos. Simultaneamente.

É uma nova ilusão, pensou Lara, lívida.

No outro aposento, Daniel, aterrorizado, pensou o mesmo: *Eu não estou aqui, é como um sonho lúcido. Preciso despertar, sair por uma das portas... Mas qual?*

Karl urrava e atacava Lara em um quarto. E Daniel, no outro.

Ergueu-os no ar, atirou-os contra a parede e começou a tentar desmaterializá-los; cada átomo de seus corpos parecia prestes a se desintegrar. Estavam apavorados, e a dor era insuportável.

Daniel e Lara haviam se levantado e tentavam escapar. *Por qual porta?* Cada um deles, à sua maneira, lutava mentalmente contra seu próprio Karl. Precisavam manter-se inteiros, fugir. Poderia tratar-se de uma ilusão, mas o sofrimento era autêntico. Seus corações batiam furiosamente, e a decomposição e a morte pareciam iminentes.

Então (primeiro aconteceu com Daniel e depois com Lara), seus respectivos cômodos começaram a lhes parecer familiares. O de Daniel, exceto pelo formato arredondado, assemelhava-se ao seu quarto de infância, no bairro de Madureira; o de Lara, à vivenda de sua mãe, em Nariihwe. Muito antes de Karl entrar em suas vidas. E ambos, quase que simultaneamente, identificaram a porta de saída de seu tormento.

Preferindo enfrentar seus medos internos a lutar contra um algoz imaginário, escolheram sair por onde o terror havia entrado. Caminharam em direção à porta imediatamente atrás de Karl, ignorando-o altiva e completamente.

E, separados, deixaram as câmaras irreais que os aprisionavam.

20

Thomas aproximou-se do casal com uma expressão levemente consternada. Balançava a cabeça pelada como a pedir perdão.

— Desculpem-me pela dor... mas vocês se saíram muito, muito bem! — disse o Guardião. — Os poderes relacionados à sugestão e à ilusão são fundamentais para os mentalizadores. Agora, uma coisa bem menos traumática... Por favor, sentem-se.

Daniel e Lara entreolharam-se e, para lá de aliviados, suspiraram. O reencontro imaginário com Karl havia sido perturbador.

Ela está bem!, pensou ele. *Ele está bem!*, pensou ela.

Sorriram, algo nervosos. E sentaram-se.

De pé, Thomas tocou simultaneamente em suas testas, como fizera anteriormente para plantar o idioma krpsnc na mente de Daniel. Mas dessa feita, passou mais tempo com as mãos enrugadas apoiadas sobre eles. Em silêncio e com os olhos fechados; uma mão em cada cabeça. Depois de muitos minutos, abriu os olhos, recolheu os braços e falou devagar:

— No mesmo período de tempo, consegui transferir quarenta e um novos idiomas para você, Lara, e trinta e nove para você, Daniel. Eu diria que houve um empate técnico.

— Nada mau, Daniel — disse Lara, sorrindo. — Pronto, você já fala mais línguas que a Sua Santidade, o papa do seu planeta.

Maravilhado, Daniel vasculhou a própria mente e constatou que conseguiria se comunicar nos principais idiomas da Terra e mesmo em algumas novas línguas extraterrestres, como o dialeto vordhiinian e o glisian (*e eu nem sei onde fica o planeta Glis*).

Thomas continuou.

— Também apaguei completamente de minha mente dois idiomas da Terra: Lara, devolva-me o idioma *urdu*. Daniel, devolva-me o *cantonês* — disse Thomas, baixando a cabeça e oferecendo-a para ser tocada.

O casal sob escrutínio colocou-se em pé e tocou conjuntamente na testa do Guardião. Daniel não sabia ao certo o que fazer, apenas desejava ardentemente que Thomas aprendesse a língua falada em Cantão, Hong Kong e Macau. Enviava-lhe mensagens mentais no idioma, comandando o aprendizado. Passado um minuto, retiraram as mãos.

— Não, não consigo falar em urdu, mas consigo falar em cantonês. *Sem dúvida... "Mou ji..."* — proferiu Thomas com a entonação decrescente e baixa no final das duas palavras chinesas. Ele sorria.

Daniel sentiu-se feliz, mas desconcertado com a falha da amiga.

— Mas, Lara, há pouco você plantou em mim o idioma alemão.

— Você fez isso sem o seu bracelete, Daniel. É bem diferente!

— Ela tem razão — disse Thomas. — Precisamos confirmar, mas você pode ser um... instrumentalizador, com poderes superiores aos de um mentalizador, incluindo os de transferência e cura. Como um professor ou um médico. Ou os dois! Me mostre a sua mão ferida.

Daniel estendeu a mão direita, com a palma voltada para cima.

— Quero que você a regenere ao seu estado original, como era antes do corte — falou Thomas.

— Eu já quis tanto fazer isso na Terra... — lamentou Daniel.

— A Terra não tem Etherii em sua atmosfera. Tente novamente. Comande a regeneração de sua mão. E, se quiser, aproveite e conserte também esse dedo esquisito, com a ponta no formato de... nádegas!??

— Não, no dedo eu prefiro não mexer... (*Jaime, toca aqui!*)

Daniel concentrou-se e franziu o cenho; olhava fixamente para a palma da mão. Aos poucos, a vermelhidão em torno do ferimento começou a clarear e o corte, a diminuir. Em segundos ela estava regenerada, perfeita. Para sua alegria, a de Lara e a do Guardião.

Thomas resolveu encerrar a sessão de Mentapeamento.

— Amanhã continuamos. Vamos buscar o seu *teto*, rapaz. Descobrir até onde chegam os seus poderes. Agora vá descansar.

De longe, Ian observava tudo. Estava pensativo e agastado.

— Preparado para mudar a cor da sua túnica, Daniel? Espero que goste do cinza — gracejou Lara, devolvendo o bracelete ao amigo e recolocando o seu próprio no braço (o bracelete se expandia e encolhia).

— Então é isso? Eu sou um instrumentalizador?

— Aparentemente sim... Mas eles vão continuar os testes para conhecer a real extensão dos seus poderes. O seu "teto", como disse Thomas. A classificação em três níveis apenas é uma simplificação e tanto. Existe uma substancial diferença na capacidade de interação dos ilhéus com o Etherii, mesmo dentro de cada nível.

— Mas quais são os poderes normais de um instrumentalizador?

— Os mesmos de um mentalizador: conexão telepática e bloqueio, entrelaçamento, capacidade de sugestão e ilusão, antevisão... acrescidos de outros.

— Quais são os outros? — perguntou Daniel curioso.

— Bem, isso varia bastante — disse Lara. — Mas o instrumentalizador também pode ter os poderes de transferência, plantio e colheita de conhecimentos, renovação celular e cura. Além do poder do esquecimento. Mais raramente, alguns deles têm poderes de levitação e telecinese, que é a capacidade de mover objetos a distância.

— Foi isso que Karl fez com você no dia da festa na Barra?

— Sim... — respondeu Lara, perturbada pela lembrança. — Mas lembre-se de que Karl é um conceptor, como Thomas. Além de todos os poderes que eu te falei, ele tem muitos outros. Os conceptores têm a capacidade de recriar a realidade física à sua volta, transmutando e recombinando átomos, materializando e desmaterializando coisas. Transformando ondas em partículas e vice-versa. Escolhendo não liberar energia ou, sim, liberá-la. As capacidades de um conceptor como Thomas ou Karl são brutais. Felizmente, Karl está em um planeta sem o gás Etherii na atmosfera. Os poderes dele estão limitados. Por enquanto...

— E Gusk? Em que categoria se enquadra?

— Gusk não se enquadra. Os poderes dele estão além do nosso conhecimento. Tecnicamente ele é um conceptor, mas é muito superior aos outros em cada uma de suas capacidades e é imensamente sábio. É o grande mestre de todos. É o nosso Preceptor... e aprendemos com ele. Temos sorte em tê-lo como o líder do Arquipélago!

Lara interrompeu as explicações e, como já se habituara a fazer, puxou o amigo pelo braço até o esferante.

— Vamos, Daniel, quero levá-lo para comer alguma coisa rápida. Você deve estar faminto... — disse Lara. — Ou você acha que nós, "alienígenas", não comemos? Depois, vamos para minha vivenda para descansar. Você será meu hóspede.

Lara conduziu o esferante e o pousou no topo de um dos altíssimos edifícios em forma de funil invertido que ele já tinha visto. Havia outros veículos pousados ali. Desceram até o andar de baixo por uma laje que se deslocava, verticalmente e sem engrenagens, através de um poço no meio do prédio. Saíram em um mirante.

Apesar do fim do dia primário, ainda havia alguma luz natural; o sol secundário seguia impávido no firmamento. Daniel estimava estar a mais de mil metros do solo, e a vista de Miithera, daquela altura, era de tirar o fôlego. Uma exuberância luminescente de formas e vias suspensas entrelaçadas. A capital do Arquipélago era uma grandiosidade urbanística e administrativa, uma megametrópole intergaláctica.

Então esse é o futuro da humanidade? Após vários Reinícios...

— A vista é linda! — exclamou Daniel impressionado.

— Sim, é ainda mais bonita no escuro, quando os dois sóis se põem. Espero que goste de cozinha molecular, você conhece?

— Um pouco. Os pais de Jaime me levaram a um restaurante em Ipanema, para eu conhecer. Gostei, embora tenha estranhado comer gema de ovo com gosto de feijoada — respondeu Daniel, rindo.

— Aqui, teus sentidos realmente te confundirão — disse Lara.

E ela não poderia estar mais certa.

O restaurante possuía uma central dispensadora, que lembrava uma enorme máquina de sorvete expresso com diversos bicos. Sobre cada bico, um pequeno orifício se iluminava quando alguém se aproximava. Tudo muito rápido e sem filas.

Lara foi na frente e parou diante da dispensadora. Um feixe de luz foi projetado sobre sua testa e ela pareceu ser escaneada. Abaixo do bico, uma portinhola abriu-se e um bonito prato vazio avançou. O alimento quente, em forma de uma pasta consistente, começou a sair do bico em diversas cores e formatos; o prato girava e ia sendo preenchido. Em segundos, o jantar quente estava servido. E o cheiro da comida era fantástico.

Daniel assistiu a tudo e, com muita fome, fez igual. O feixe de luz escaneou sua testa enquanto ele salivava: pensava em uma especialidade italiana, uma que a sua mãe preparava. E logo recebeu seu prato (também ganhou uma colher) com uma deliciosa massa cremosa cheirando a *risotto alla caronara*. A comida, embora tivesse a aparência de uma musse, era consistente e tinha textura.

Até pedaços de bacon? Mamma, está tão gostoso quanto o seu...

— Isso aqui é delicioso! — exclamou Daniel.

— Foi você quem fez... — respondeu Lara. — A dispensadora apenas captou os sabores que te dão mais prazer. E é muito saudável, o seu corpo só absorverá o necessário.

Foram sentar-se de frente para o mirante, como um casal de universitários tomando milk-shakes no final da tarde. Daniel observava as naves sobrevoando Miithera (uma delas descia sobre uma faraônica construção romboide) e as montanhas brancas brilhando ao fundo.

São montanhas de neve? Ou de cristais?, pensou Daniel.

— Lara, qual a idade de Thomas, você sabe?

— Humm... mais de 600 anos terrestres, com certeza.

— E de Gusk?

— Ninguém sabe ao certo, mas acho que quase mil anos.

Daniel olhou longamente para Lara, com ares pensativos.

De súbito, Lara pareceu em pânico e amuada.

— Nem ouse, Daniel... perguntar a minha idade. Tem certas coisas que não mudam, mesmo depois de milhões de anos. Você não faria isso com uma mulher na Terra — disse ela, entre séria e divertida.

Ele riu. *Por sorte, a coisa na Terra vem mudando*, pensou.

— Tá, vamos falar de outro assunto. Que planeta é esse, Glis?

— É o outro planeta habitado que conhecemos, bastante parecido com a Terra e com Vordhiin em termos atmosféricos e geomagnéticos. Só conhecemos seis planetas habitados por humanos em todo o Universo. Glis está a meio caminho da Terra. Fomos nós que levamos a vida humana para Glis e para a Terra... Milhões de anos depois, quando o Arquipélago estava em risco, dizimado por guerras internas, pandemias e uma inteligência artificial descontrolada, tivemos de buscar humanos em Glis para repovoar nosso sistema bissolar. Foi um dos Reinícios... Hoje, Glis, tristemente, está à beira de seu próprio extermínio.

— E vocês não vão agir?

— Autodeterminação, lembra-se? Aprendemos com o passado.

— Você falou em vida humana... Vocês encontraram outros tipos de vida? Em outros planetas? — perguntou Daniel.

— Sim, formas de vida mais simples e algumas mais complexas e agressivas. E, infelizmente, vários tipos de vírus — respondeu Lara.

Terminaram sua refeição molecular (também haviam tomado sorvetes e sucos) e olhavam para o horizonte verde-avermelhado e para os outros planetas habitados do Arquipélago. Daniel sentia-se satisfeito e cansado. Refrescara-se em um banheiro esquisitíssimo — os assentos dos vasos sanitários eram auréolas brilhantes, como que para transportar os dejetos orgânicos ou reciclá-los. *Em que parte do Universo eles jogam essas coisas?* Agora ele ansiava por uma boa noite de sono.

— Vamos indo, Daniel? — perguntou Lara.

— É, acho que preciso dormir... — respondeu ele, dando-se finalmente por vencido e tentando controlar um bocejo.

Pegaram o esferante. Daniel, exausto e flutuando de bruços, lutava para não fechar os olhos durante o voo. Mas cada novo ângulo de Miithera trazia inéditas informações visuais que o mantinham desperto. Viu, assim, quando se aproximaram de um conjunto de vivendas sobrepostas em zigue-zague, e quando a nariihwian pousou o veículo suavemente em um parque repleto de flores, bem ao lado.

— Venha, minha vivenda é logo ali no térreo. Mas não espere nada parecido com a cobertura da Barra da Tijuca — disse Lara.

Daniel sorriu e ainda ouviu dela: "Não vá dormir agora!".

Uma porta abriu-se automaticamente ao detectar a aproximação da moradora. *Ou foi Lara quem abriu?* Eles entraram.

A vivenda de Lara parecia ser espaçosa, mas não de maneira exagerada. Era, acima de tudo, *clean*. Despojada, com cores claras (com o branco predominando) e impecavelmente limpa. Uma das laterais era toda ocupada por uma imensa tela que projetava imagens de relaxamento. O teto integrava-se às paredes e essas, ao piso da sala, em curvas suaves, sem ângulos retos. Os móveis — mesa, cadeiras, sofás e estantes — seguiam o estilo arredondado e eram delineados por filetes iluminados em suas bordas. As duas grandes janelas hexagonais, que davam para o exterior, tinham persianas blecaute.

— Bem-vindo, Daniel... *¡Mi casa, tu casa!* — disse Lara, chamando alguém, em seguida, no idioma insular:

"*Rgk! Rgk!*"

Mãe!?, pensou Daniel, surpreendido. Entendera perfeitamente a palavra, repetida duas vezes em krpsnc.

Uma mulher idosa, de cabelos grisalhos e olhos claros, entrou na sala. E uma criança a seguiu.

— Daniel, esta é minha mãe — disse Lara. — E este é meu filho... e de Karl.

Ian estava apoquentado na Preceptoria e pensava em Daniel.

O terráqueo, um garoto de 19 anos terrestres... Um instrumentalizador?

Lembrou-se de quando fora escolhido por Gusk, fazia já um bocado de tempo. O Preceptor visitara Omiidhys e o conhecera, recém-saído da adolescência, em um educandário para "jovens promissores". A escola preparava mentalizadores para níveis superiores de interação. Com muita paciência, dedicação e estudos, alguns deles se tornariam instrumentalizadores ou, até mesmo, conceptores.

Outros, não.

O convite viera após a final de um concorrido torneio, contra todas as expectativas, vencido por ele. A mãe de Ian tinha falecido, depois de uma rara e malsucedida regeneração celular, e Gusk oferecera ao órfão omiidhian a cobiçada posição: Assistente Pessoal do Preceptor, o Primeiro Assistente do homem mais poderoso do Arquipélago.

Embora, de início, se esforçasse e estudasse nas oportunidades disponíveis (não eram tantas, o trabalho administrativo na Preceptoria era demandante), Ian não conseguira ainda agregar novos poderes interativos àqueles básicos de um mentalizador. Com o tempo, desistiu definitivamente dos estudos, optando pela Política. E concluiu que não poderia afastar-se jamais de seu bracelete-amplificador.

"Calma, meu jovem. Os poderes levam décadas ou séculos para se manifestar", ouvia dos mentores que tentavam encorajá-lo.

Mas não para esse terráqueo, ele pensava agora, enciumado.

Estando tão próximo do Poder, Ian já vira muitas coisas, inclusive as chispas de admiração nos olhos do velho Preceptor sempre que se deparava com um jovem talento. Chispas que ele, Ian, tivera de extinguir; uma a uma. Até o momento, invariavelmente com sucesso.

Karl bem que poderia ter nos livrado desse terráqueo enxerido.

Gusk encontrou seu Assistente no corredor e perguntou:

— Ainda aqui, Ian? Como foi a primeira avaliação daquele jovem da Terra?

— É cedo para dizer, Preceptor — respondeu Ian. — Aparentemente ele tem algumas competências de transferência e cura. Mas não sei... Me parece que esconde alguns segredos, inclusive de Lara. Deixou escapar que se envolveu em uma briga de facas na Terra... E a maneira como *fugiu* de Karl... Será que fugiu mesmo? Ou Karl se apoderou de sua mente, e o terráqueo está aqui infiltrado? Acho que a prudência recomenda que fiquemos de olho nele, senhor.

— Sim... — respondeu Gusk, pensativo e coçando o queixo comprido. — Faça isso, faça isso! E vá descansar.

Gusk recolheu-se aos seus aposentos no Anexo Residencial da Preceptoria. Estava muitíssimo mais cansado do que queria admitir e, principalmente, mais do que demonstrava em público. Ao ver-se sozinho, suas costas arquearam, e ele sentou-se em sua velha poltrona carmim, uma que ele não ousava reformar, mesmo com seus formidáveis poderes. Aquela poltrona era a preferida para os exercícios de reflexão e entendia as costas dele, o peso que elas sustentavam.

O Preceptor pensava no destino dos quatro planetas habitados do Arquipélago — Miithera, Nariihwe, Omiidhys e Vordhiin — e também nos dois remotos, em galáxias distantes de Priimeva: Glis e Terra.

Sabia que uns poucos governantes locais tinham o objetivo oculto de mudar a capital do Arquipélago para Nariihwe. Também queriam substituir o Preceptor quando ele demonstrasse fraqueza. O que não estava longe de acontecer. Uma aliança espúria entre alguns nariihwians e vordhiinians rebeldes levara ao surgimento de alguém como Karl, que agora ameaçava a Terra.

A conspiração foi ferida no passado. Mas ela estará morta?

Gusk voltou seus pensamentos para Glis e seus habitantes, tão castigados por guerras, pandemias e mudanças climáticas. Agora enfrentavam uma inteligência artificial nefasta: as criaturas voltavam-se contra seus criadores. O Arquipélago também passara por isso e estabelecera limites rígidos para a utilização da IA. À inteligência artificial, preferiram a interação da mente humana com o Etherii.

Talvez Glis precise em breve de um Reinício. Se ainda for possível.

Sua política de não interferência era, reservadamente, questionada pelos mais jovens. Ele, porém, sabia o que algumas intervenções haviam causado no passado e mantivera-se irredutível. Até o momento.

Mas a chegada de um terráqueo mentalizador a Miithera...

O velho líder levantou-se com dificuldade de sua poltrona e levitou até seu leito, no piso suspenso. Fazia séculos que não usava as escadas ou os ascensores. Exausto, deitou-se em sua cama no centro de uma imensa cúpula. Estava cercado por um domo espelhado que permitia a visão do mundo exterior. De lá, ele via uma parte de seu amado Arquipélago e de Priimeva — seu leito estava no centro do Universo.

Gusk piscou, e a cúpula escureceu.

A hipótese de que o terráqueo seja um infiltrado de Karl não é de todo descabida. Mas Thomas saberá avaliar o garoto. Meu bom e velho amigo Thomas...

E com os problemas do Universo sobre os ombros, o Preceptor adormeceu.

Thomas preocupava-se com a saúde de Gusk. Fora, por séculos, seu amigo e médico-instrumentalizador, ajudando-o em sua complexa regeneração celular. Mas sabia que o Preceptor, vencedor de tantas batalhas, perdia, aos poucos, a inexorável guerra contra o tempo. Os predadores farejavam a oportunidade e começavam a se aproximar.

Cuidado, conspiradores! Nosso Preceptor já teve adversários maiores e mais poderosos do que vocês. E onde eles estão hoje? Um a um foram presos ou... aniquilados.

Não escapara ao Guardião notar o brilho nos olhos de Gusk, ao deparar-se com o jovem e surpreendente terráqueo.

Ele se revitaliza com a energia natural da juventude; nunca deixará de ser um professor, um mestre, pensou.

Lembrou-se que, em sua própria juventude, fora Gusk que o desenvolvera como um instrumentalizador. E, depois de muito tempo, como um conceptor. Algo que jamais imaginou conseguir. Por isso, também ele, Thomas, estava impressionado com o terráqueo que atravessara o Universo e chegara ao Arquipélago, através de uma fenda trincada na Estação de Miithera. De uma maneira totalmente intuitiva.

Dezenove aninhos terrestres... sob uma atmosfera pouco ionizada e sem o Etherii. E já um instrumentalizador?

O ancião de túnica azul caminhava pela via residencial próxima à sua vivenda e coçava a careca distraidamente. Foi quando percebeu que, no sentido oposto e sobre um aerodisco, Ian deslizava em sua direção. Ele vivia perto dali, nos prédios mais altos da colina.

— Boa noite, Thomas — disse o Assistente da Preceptoria, apesar de ainda estar claro. — Caminhando para relaxar?

— Boa noite, Ian — respondeu o Guardião. — Não... apenas continuo preferindo minhas longas caminhadas a subir nesses brinquedos. Parece que hoje estamos todos nos recolhendo mais tarde.

— Sim, dias movimentados, não? Primeiro, a chegada de Lara. Agora, a desse terráqueo... Pensei muito sobre isso, e alguma coisa não se encaixa... Estou preocupado.

— Com o quê? — perguntou Thomas.

— Bem, Lara tem um filho com o vordhiinian... e passou três anos terrestres com ele. Ele pode ter se apoderado da mente de Lara *e* do terráqueo. Todos conhecemos os dons assombrosos de Karl.

Na Terra, Karl seguia focado em sua imparável missão e havia acabado de chegar à garagem de seu prédio, na Barra da Tijuca. Era tarde da noite. Estacionou o Range Rover preto e tomou o elevador, apertando o botão do décimo primeiro andar. Pensou um pouco e pressionou também o botão do décimo. Parou primeiro no andar do vizinho e, segurando a porta do elevador, escrutinou mentalmente o apartamento por trás da grossa porta azul-marinho, de número 102.

Nada..., constatou. Soltou a porta do elevador e subiu mais um andar, entrando em seu apartamento pela porta 112.

A cobertura vazia, sem a presença de Lara, parecia maior; seguramente mais solitária. Karl serviu-se de um generoso copo de uísque e caminhou até a varanda no final da sala. Fez correr a porta de vidro blindado e saiu para respirar a brisa do mar. Era noite de lua cheia.

Este planeta tem a sua beleza... Mas precisa de Etherii!, pensou.

Karl debruçou-se perigosamente sobre o parapeito da sacada e espiou o andar de baixo. Desejava encontrar o tal vizinho de "QI 162".

Não está aqui. Sumiu, desapareceu... Ele e Lara TAMBÉM estavam entrelaçados? Eu adoraria lhe perguntar pessoalmente.

O pensamento atingiu-o como uma potente descarga elétrica, dilatando suas pupilas e alterando sua respiração. Era o ódio em estado puro, e ele chutou o telescópio solar de Lara, jogando-o ao chão.

Ela voltou ao Arquipélago? Mas... para ser presa? Ou montou aquela cena toda para despistar e ainda está na Terra? Escondida com algum de seus "novos amigos"? Eu devia ter matado a ordinária quando tive a chance!, Karl ruminou. De todo modo, ele agora estava sozinho.

Pegou o celular e viu que um contato seu, preferencial, estava on-line, conectado à internet. Enviou-lhe uma mensagem. "Pode falar?"

Bip! O aviso eletrônico do celular retornou quase imediatamente. *"Sí"*, leu na tela de seu aparelho e chamou o número.

— Comodoro, como está, meu amigo? Desculpe o horário, mas queria lhe contar sobre minha conversa com o Dr. Rudson. Sim, o "Rosbife". Ele me apresentou alguns planos para acelerar o nosso projeto.

Nada é mais importante que o Creador, ponderou. *E todas as contas serão ajustadas. A seu tempo!*

No Leblon, no apartamento dos Arroyo Sanchez, Adriana e Jaime arrumavam as malas para a viagem à Espanha, subitamente antecipada. Jaime tivera um trabalhão para mudar os voos, mas afinal tinha conseguido. E estava animado. Adriana, ao contrário, estava calada e taciturna, apesar de ser aquela a sua primeira viagem internacional.

— Ô Adriana, você me pôs fogo para antecipar o nosso voo para Madri e agora está aí toda borocoxô, jururu — reclamou Jaime.

A tentativa de beijar o ex incomodava Adriana, e ela não entendia por que tinha feito aquilo. Felizmente Daniel a tirara do surto, evitando um mal maior. E ela, entre confusa e envergonhada, resolvera apressar a viagem para desanuviar a cabeça. Fugir.

O que é isso, Adriana? Você tem certeza que o Jaime é o amor da sua vida! Não tem dúvida nenhuma disso! Não é mesmo...?

— Eu estou bem, é só uma enxaqueca. Você tem um Tylenol aí?

Jaime olhou para ela preocupado e apontou a gaveta da mesinha de cabeceira dos pais: "Ali".

— Obrigada — disse ela. — O que será esse projeto confidencial do Instituto de Matemática, para onde nosso amigo foi às pressas?

Seu namorado espanhol deu de ombros e balançou a cabeça.

— Não sei mais do que você, Adriana. Mas é um reconhecimento para ele, não? Daniel tem uma mente superdiferenciada.

Jaime não sabia quão perto estava da verdade.

No Arquipélago, Daniel surpreendia-se ao descobrir mais facetas da verdade, enquanto Lara dava continuidade às apresentações:

— Esta é minha mãe, Euterpe... e este é meu filho, Arthur — disse ela, falando em krpsnc.

A cabeça de Daniel dava voltas. *Um filho com Karl! Isso muda alguma coisa? A relação entre eles é mais forte do que eu imaginava.*

A conversa ocorria no idioma insular.

— Muito prazer, meu nome é Daniel — disse ele em krpsnc.

— Daniel é meu amigo e veio da Terra — explicou Lara à família.

— O prazer é nosso — respondeu a mãe, com um ruído de estática. Apesar da idade avançada, era uma senhora bonitona.

O terráqueo se agachou, pondo-se na altura de Arthur. Apoiou a mão no ombro do menino e o olhava de perto, carinhosamente.

Deve ter uns 6 anos de idade e, sem dúvida, é filho do Karl. Mas, para a sorte dele, excetuando-se os olhos negros, lembra mais a mãe.

O menino devolvia-lhe o olhar de uma forma estranha e em silêncio. Daniel levantou a cabeça e perguntou para Lara:

— Ele é muito fofo! Quantos anos ele tem?

E Lara respondeu:

— Arthur tem 22 anos terrestres.

Daniel engoliu em seco e levantou-se imediatamente.

— Err... 22 anos terrestres? — repetiu, como que para conferir se entendera corretamente o krpsnc.

— Sim — respondeu Arthur com voz de criança. — Para ser ainda mais preciso, vou completar 23 de seus anos terrestres depois de amanhã. E você, terráqueo, quantos anos tem?

— Humm... 19 anos — disse Daniel, perplexo e envergonhado.

Lara pôs mão na boca, mas não conseguiu esconder o riso. Diante da insólita situação, Daniel acabou rindo junto.

Daniel estava sozinho em um improvisado quarto de hóspedes, na vivenda de Lara. As persianas blecaute, baixadas, evitavam a entrada da claridade. Seria a primeira "noite" que passaria fora de seu país, de seu planeta, de sua galáxia. Depois da viagem quântica e de um dia intenso, cheio de surpresas, tudo o que ele desejava naquele momento era um sono normal e reparador. Deitou-se de lado, olhando para a parede com uma grande tela de imagens tridimensionais e definição real. A tela e todas as luzes, exceto aquelas azuladas nos delicados filetes dos rodapés arredondados, foram desligadas para compor um ambiente noturno e aconchegante. Como era seu hábito fazer, Daniel começou a rememorar os acontecimentos do dia, dessa vez em Miithera, mas logo caiu no sono.

Um sono profundo e sem sonhos.

Aos poucos, a luz azulada dos filetes ficava mais clara e intensa; sua cor mudara para o branco, e o quarto ia ganhando luminosidade. O terráqueo encontrava-se na iminência de despertar e imaginou estar em sua cama, na Barra da Tijuca. A tela na parede acendeu-se, ainda escura, e passou a emitir ruídos de mar, de ondas quebrando na rebentação, do vento soprando e do farfalhar de folhas de coqueiro. Daniel tentou aferrar-se ao sono gostoso, mas as janelas começavam, gradualmente, a permitir a entrada da iluminação natural do sol primário.

Abraçado pela luz, ele despertou.

Tomou-lhe um certo tempo reconhecer onde estava, como alguém que acorda de uma anestesia: estava em outra cama, em outro quarto, em outro mundo. Levantou-se e caminhou até o banheiro (faltava-lhe um nome melhor). Uma auréola iluminada, a quarenta centímetros do chão e flutuando sobre um cilindro transparente, como o que vira no *fast-food*, era sem dúvida o vaso sanitário.

Mas e o chuveiro?

Localizou um nicho que adentrava a parede do banheiro e esticou o braço procurando uma torneira. Não encontrou nada, mas, no alto, uma auréola iluminou-se e passou a despejar um jato contínuo de água morna. Despiu-se e meteu-se dentro do nicho. A água não espirrava para fora e desaparecia imediatamente ao tocar no piso.

Xampu seria bom..., pensou — e uma espuma perfumada misturou-se à água. Ensaboou-se com gosto. *Agora apenas água, por favor.*

Em cinco minutos, terminava o banho e pensava em como se secar; não via uma toalha por perto. A auréola sobre sua cabeça mudou de cor, e a água em seu corpo evaporou-se rapidamente. Em segundos, estava seco. Mas perfeitamente hidratado.

Daniel voltou ao seu quarto pensando em vestir a mesma túnica da véspera — estranhamente ela não sujava nem amarrotava. Mas encontrou, sobre a cama, uma pilha com três novas túnicas e (felicidade!) roupas de baixo.

Obrigado, Lara.

Embora todas as túnicas fossem em tons de branco, elas variavam na textura, no comprimento e no estilo: mangas, golas, bolsos e bordados. Ele escolheu a mais simples, com um bolso lateral na cintura.

— Bom dia, dorminhoco! Teve um sono do outro mundo? — gracejou Lara, ajeitando seus longos cabelos soltos para trás.

— Bom dia. Eu simplesmente desmaiei — disse ele. — Acho que nunca dormi tão profundamente. Mas estou me sentindo... novo!

— Foi a viagem quântica que te deu esse sono todo e, de certo modo, você *foi renovado*. Você foi desmaterializado e, depois, materializado de volta. Digamos... *reconstruído*.

— Sim... Obrigado pelas roupas, Lara. Estava me sentindo estranho sem... cueca — riu Daniel. — Onde estão Dona Euterpe e Arthur?

— Foi minha mãe quem deixou a roupa no seu quarto. Ah, sinto muito, só tínhamos peças de vestuário na cor branca. Esta é uma casa de mentalizadores. E uma dica: não a chame de "Dona". Jamais! Ela é mais vaidosa que eu. Eles estão tomando o café da manhã, tipicamente insular, e querem te pedir um favor.

— O que estiver ao meu alcance, Lara — disse Daniel.

— Eles não estão acostumados a hospedar um instrumentalizador, ainda mais um da Terra... Gostariam que você, diretamente, plantasse o seu idioma na mente deles.

— Claro! Tomara que funcione.

Daniel seguiu Lara até a sala de refeições e viu a elegante anciã e a "criança de 22 anos" com pratos e alimentos coloridos diante deles (o cheiro era ótimo, mesmo dos singelos biscoitos). Não usavam braceletes de plasma e olhavam o terráqueo com interesse.

— Bom dia, Don... err... Euterpe — falou Daniel em krpsnc, corrigindo-se a tempo. — Bom dia, Arthur... Euterpe, obrigado pelas roupas! Foi muito gentil da sua parte.

A vaidosa senhora inclinou levemente a cabeça e sorriu, demonstrando satisfação pelo agradecimento recebido. Apesar da idade, seus dentes eram perfeitos. Como os de Lara.

— Posso? — perguntou Daniel, encostando a ponta dos dedos da mão esquerda em sua testa. Levantou a mão direita e fez o mesmo na testa de Arthur.

Ambos fecharam os olhos em sinal de assentimento, e Daniel concentrou-se em *plantar* seu idioma materno nos dois ilhéus.

Colham o português do Brasil. Falem como cariocas!, comandou.

Arthur foi o primeiro a falar, com sua voz de criança: *"Mermão, essa parada é maneira"*. A avó, Euterpe, concordou: *"Já é... Valeu!"*.

Daniel olhou para Lara, que gargalhava e apertava a barriga.

— Acho que vou ter de dar uns retoques — ele disse.

Terminaram o desjejum insular juntos, e o terráqueo aprendeu mais sobre a vida em Miithera. Comeram carboidratos e proteínas deliciosas, e Daniel quis saber que tipo de carne era aquela. Lara, Euterpe e Arthur explicaram que no Arquipélago não se consumiam alimentos de origem animal. Os animais eram criados livres em hábitat natural apenas para estudos; que incluíam a replicação molecular de sabores, aromas e texturas. As cópias sensoriais eram perfeitas, porém mais nutritivas e saudáveis. *E, claro, sem culpa... Estou em um paraíso vegano!*

Thomas pedira a Lara que levasse Daniel mais cedo ao Ginásio Anexo do Educandário, para que pudessem dar continuidade ao Mentapeamento. Assim, os dois caminhavam agora para o esferante estacionado ao lado da vivenda.

O terráqueo mantinha-se em silêncio, e a nariihwian percebia que ele tentava ser discreto. Mas estava incomodado.

— Vai, Daniel, pode perguntar! — Lara provocou.

— O quê?

— Ora, o quê... Sobre Karl. Sobre o nosso filho, Arthur.

— Eu não quero me meter, Lara. Sei que vocês eram casados na Terra. Eu só achei... estranho — disse Daniel.

— As pessoas daqui que não sabem de toda a história também acham estranho. Eu conheci Karl há muito tempo, quando ele foi morar em Nariihwe, após seu Mentapeamento. Ele era bem diferente na época: um instrumentalizador que cuidava da saúde de meu pai... infelizmente, além do ponto de regeneração celular. E de muitos outros ilhéus. Com o tempo, virou um conceptor poderosíssimo. Acabamos namorando e eu engravidei. Algo cada vez mais difícil de acontecer, sob a atmosfera de Etherii. Mas os vordhiinians são extremamente férteis.

Atento, Daniel fitava os olhos claros de Lara. Ela continuou:

— O anúncio de uma gravidez é sempre muito comemorado em Nariihwe, Miithera e Omiidhys, mas Karl ignorou a chegada do filho e só se preocupava com os políticos que tramavam a substituição do Preceptor. Estava deslumbrado com seus novos e extraordinários poderes. Talvez por haver trabalhado nas minas de diizormorfio, sua mente tenha se desenvolvido mais rapidamente, não sei... Mas, sob o Etherii, Karl viu seus poderes crescerem absurdamente. Acabou cegado pela ambição e desejou, ele próprio, tomar o lugar de Gusk.

— O lugar de Gusk... — murmurou Daniel.

— Sim, e queria uma atmosfera de Etherii em Vordhiin, mesmo que, para isso, necessitasse mudar sua magnetosfera e exterminar metade da população do planeta. Algo parecido com o que quer fazer na Terra. "Evolução e seleção natural", dizia ele friamente. Sob o Etherii, sentia-se um deus! Em Vordhiin ou nas minas, não era ninguém.

Lara fez uma pausa. Relembrar o passado era doloroso.

— E então? — Daniel a incentivou.

— Então — continuou Lara — eu o denunciei. Contei pessoalmente a Gusk sobre os conspiradores e os planos genocidas de Karl. Foram todos presos e confinados no Complexo Prisional de Vordhiin. Esse sempre foi o segredo mais bem guardado daquela tentativa de golpe. Karl nunca soube disso, mas, hoje, deve desconfiar... Meu pai faleceu, Arthur nasceu, e me mudei para Miithera com minha mãe e meu filho. Quase vinte anos terrestres depois, Karl e dois insurgentes conseguiram fugir. Tentavam reavivar o movimento. O Preceptor me pediu que eu me infiltrasse no grupo, e eu o atendi. Tinha absoluta confiança em Gusk, e ainda tenho... Deixei Arthur com minha mãe e fui atrás de Karl. Mas foi *ele* quem me achou. O plano dele era fugir para a Terra com seus comparsas, a partir da Estação Trincadora de Nariihwe... E queria que eu fosse com eles. Informei Gusk, e ele exigiu que os traidores fossem capturados. Vivos! Queria apanhá-los na Estação Trincadora. E me pediu para estar lá, para ajudar. A ideia de Gusk era enganá-los, queria que a fenda espacial, aberta na Trincadora, devolvesse os três conspiradores, diretamente, ao Complexo Prisional de Vordhiin.

— Onde Karl não poderia usar seus poderes — disse Daniel.

— Exato! — confirmou a nariihwian. — Nem ele nem os outros.

— E o que deu errado? Por favor, Lara, não pare agora...

— O que desconhecíamos, então, era que a Guardiã da Estação Trincadora de Nariihwe era simpatizante do movimento rebelde e desobedeceu, no último minuto, às ordens do Preceptor. Duas fendas foram abertas simultaneamente. Karl me puxou para dentro de uma delas, carregando uma boa quantidade de Etherii acabado e diizormorfio puro. Na segunda fenda, entraram os outros dois conspiradores... que nunca chegaram à Terra.

— Por quê? Eles foram presos? — perguntou Daniel.

— Não, as fendas foram trincadas às pressas e sem os ajustes necessários. Eles acabaram entrando em uma fenda espacial não controlada. Perderam-se no espaço-tempo e se dispersaram no Universo. Estão mortos. Hoje, a antiga Guardiã da Estação Trincadora de Nariihwe ocupa a cela que um dia pertenceu a Karl. E Gusk explicou ao Conselho, finalmente, que eu agia a seu pedido. Que fui sequestrada! Foram três anos, Daniel, três anos... Até que eu tivesse a chance de retornar ao Arquipélago. E eu falhei em trazer Karl de volta.

O jovem terráqueo ouviu o espantoso relato em um silêncio respeitoso e se emocionou. Sentiu um misto de admiração, pena e ternura pela linda nariihwian.

Ela ficou três anos longe de seu filho, convivendo com um homem que claramente abomina, um assassino, um potencial genocida.

Imaginou o dia a dia de Lara na Terra, sozinha com Karl. Refém de uma mentira, e sem ter a quem recorrer. Tendo que fingir todo o tempo... Simular uma cumplicidade inexistente e irrestrita lealdade ao poderoso conceptor vordhiinian. Lara era uma sobrevivente! Percebeu que sua interlocutora também se emocionara, e não sabia ao certo o que dizer. Então resolveu simplesmente abraçá-la. Um abraço apertado, demorado e solidário.

— Você não está mais sozinha... — acabou falando afinal.

Lara sorriu e ternamente afagou o rosto dele, púbere e imberbe.

— Eu sei... eu sei. Eu já não me sinto mais sozinha, meu querido... instrumentalizador.

Um instrumentalizador... Como Karl, quando ela o conheceu.

Estavam parados em frente ao esferante e ela o recordou: "Vamos, meu bem, precisamos ir". Atravessou a superfície arredondada de plasma, e ele a seguiu, sem precisar ser puxado. O veículo girou lentamente e os colocou na horizontal; de bruços, em posição de voo.

— Você dirige — disse Lara, recuperando a alegria no sorriso.

— Perfeitamente, madame! — replicou ele de maneira espirituosa, como se fosse um motorista da Terra.

O esferante elevou-se no ar e disparou em direção ao Ginásio Anexo do Educandário, onde Thomas os aguardava.

O que me reserva este mundo?, perguntou-se Daniel.

23

Thomas voltava caminhando do Educandário e os encontrou na entrada do ginásio. Daniel viu que ele conversara rapidamente com dois adolescentes, que agora se dirigiam para a escola.
Adolescentes? Que idade terão realmente?

— Bom dia, Lara. Bom dia, meu jovem. Espero que tenha dormido bem. Temos muito trabalho hoje pela frente — disse Thomas. — Vamos entrar. Ian chegou cedo e já deve estar lá dentro.

De fato, Ian já estava dentro do ginásio e, pela primeira vez, sorriu ao ver o terráqueo. Acenou de longe com a mão, agitando-a de maneira amigável. Daniel retribuiu. *Talvez eu tenha tido uma primeira impressão equivocada.* Lara olhou para Ian e o cumprimentou rapidamente com a cabeça. Thomas começou a falar:

— Bem, Daniel, ontem iniciamos o seu Mentapeamento e identificamos manifestações de poderes de transferência, sugestão, ilusão e cura. Hoje tentaremos avançar.

Thomas caminhou até o outro lado da quadra, onde estava o Assistente do Preceptor. Aproximou-se de uma grande esfera, de aproximadamente um metro de diâmetro, que repousava sobre um pedestal baixo. Ergueu a mão, sem tocá-la: ela moveu-se lateralmente e caiu pesada no chão. *CLANK!* O barulho era de metal e foi muito alto. *Uma bola de demolição?* Thomas manteve a mão levantada e a bola de ferro maciço elevou-se no ar, como um balão de gás hélio. Depois, flutuou vagarosamente até o meio da quadra, onde estacionou. A dois metros de altura.

— Vou me desconectar da esfera, Daniel... Não a deixe cair, segure-a no ar! — gritou o Guardião, recolhendo gradualmente o braço.

O terráqueo concentrou-se, concentrou-se... e a bola despencou, provocando um estrondo assustador ao chocar-se contra o piso (que tremeu, mas não sofreu nenhum arranhão). Ele sentiu-se frustrado e olhou para o seu mentor, que balançava a cabeça em sinal de desaprovação. Ao lado do ancião, Ian deixou escapar um leve sorriso. Envergonhado, Daniel evitava voltar-se para Lara.

— Não, não... Você tem de *querer*! Tem de se *apoderar* da matéria dessa esfera — disse Thomas. Ato contínuo, atirou a mão para a frente, como que fazendo um gesto de "vá embora".

A bola de demolição ganhou impulso e disparou, rolando estrepitosamente pela quadra em direção ao terráqueo. Daniel, em pânico, sentiu o chão tremer e viu a enorme massa de ferro se aproximando. Em segundos, seria atropelado como um pino de boliche. Esmagado.

Pare... eu comando! Pare agora!, pensou o aprendiz, mostrando a palma da mão, com firmeza, para o enorme globo em movimento.

E a pesadíssima bola de ferro parou abruptamente, como se tivesse sido brecada pelo pé de um gigante invisível — a meros quarenta centímetros do seu alvo.

Daniel suspirou aliviado, sorriu e olhou para Lara. Orgulhosa, ela lhe devolveu o sorriso e falou em voz baixa: "Parabéns... ah, você está com as pupilas dilatadas".

Acho que foi o medo, pensou ele.

— Muito bem! O problema foi adequadamente resolvido, meu jovem. Mas você poderia, também, ter feito apenas... isto — disse Thomas calmamente. E, em seguida, levitou.

O Guardião elevara-se verticalmente e pairava no ar, flutuando a um metro e meio do chão. Depois deslizou suavemente em direção a Daniel, que o observava encantado. Já lera muito a respeito de levitação, mas nunca imaginou que um dia testemunharia o fenômeno. E, muito menos, que seria desafiado a reproduzi-lo.

Daniel concentrou-se e desejou imensamente flutuar. Começava a aprender que, sob o Etherii, quase tudo girava em torno de uma vontade férrea e verdadeira, de uma fé inabalável em suas capacidades.

Ordenou mentalmente que seu corpo fosse perdendo peso, até tornar-se mais leve que o ar de Miithera. E começou a sentir os pés descolando do chão (sentiu inclusive um friozinho na barriga durante a ascensão). Subiu devagar, em estado de relaxamento, e parou no mesmo nível de seu mentor. Aproximou-se dele, deslocando-se para a frente. Os dois flutuavam no meio da quadra, a um metro de distância um do outro, e olhavam-se com mútua curiosidade. *A sensação de flutuar é ótima.*

— Daniel, como se chama sua mãe? — perguntou Thomas.

Vamos bater papo no ar? Mas Daniel respondeu: "Assumpta".

"Assumpta...", repetiu Thomas. Em seguida convidou:

— Vamos descer?

Desceram. Daniel tentou olhar para Lara em busca de aprovação (*ou de aplausos?*), mas o homem de azul diante dele monopolizava sua atenção. E queria seguir com os testes.

— Daniel, faça-me esquecer o nome da sua mãe. Eu não vou resistir, estou sem bloqueios — pediu o Guardião.

— Mas eu acabei de falar...

— Sim, faça-me esquecer.

O terráqueo se concentrou no que desejava: que seu mentor esquecesse o nome "Assumpta", que o varresse de sua mente — como se jamais o tivesse ouvido. Então Daniel comandou, em voz alta:

— Esqueça!

Thomas demorou-se fitando seu pupilo. Parecia algo desorientado, mas exibia um sorriso satisfeito.

— Meu jovem, eu gostaria muito de conhecer a sua mãe um dia, seja lá como ela se chame...

O Guardião decidiu fazer uma pausa, e Daniel teve a oportunidade de buscar o olhar de Lara. Ela estava lá. Ao mesmo tempo fascinada e fascinante, sorria em sinal de aprovação e batia palminhas silenciosas. Daniel olhou também para Ian, mas o Assistente do Preceptor mirava a enorme e pesadíssima bola de ferro inerte na quadra, aparentemente absorto em seus próprios pensamentos.

— Daniel, lembre sempre que esquecimentos induzidos podem não ser definitivos — disse Thomas. — Mas é inegável que você é um instrumentalizador completo. Aos 19 anos de idade terrestres... Parabéns! Em minha longa vida, ainda não havia visto um caso semelhante, embora a literatura do Arquipélago sobre o Etherii mencione a possibilidade. Vamos começar com uma providência básica.

O Guardião fez um gesto, e a túnica de Daniel tingiu-se de cinza.

— O... obrigado — disse Daniel, sem jeito. Olhou para sua túnica e confirmou que era a mesma que ele já estava usando, o comprimento, as mangas, o bolso. Tudo. Apenas a cor havia mudado.

— Esses poderes trazem consigo uma grande responsabilidade, é importante que você saiba disso. E que os use com sabedoria. A *sabedoria* é a qualidade mais valorizada no Arquipélago. *Ser*... e não *ter*!

O ancião estava próximo de Daniel e o fitava dentro dos olhos.

Até onde vão os poderes desse jovem terráqueo?, pensou. Era recomendável não avançar depressa demais, mas, como um Guardião do Arquipélago, ele estava curioso. *Talvez apenas mais alguns testes.*

— Venha comigo — pediu, encaminhando-se para o tanque com o líquido transparente. — Vamos testar sua capacidade de recombinar átomos e moléculas.

Ian olhou para o Guardião, sobressaltado. Lara também demonstrou surpresa, ameaçou falar algo, mas resolveu se calar.

— Acalmem-se, vocês dois! — disse Thomas para a pequena audiência mentalizadora, de branco. — Será uma prova monitorada, e a faremos de um modo bastante simples. Daniel, esse tanque contém água... H_2O. Diminua a vibração das moléculas, faça com que percam energia térmica e transforme essa água em um bloco de gelo maciço.

Transformar essa água toda em gelo? Como?

Daniel inspirou fundo, para inalar o máximo possível de Etherii, e se concentrou. Desejava fortemente esfriar aquela água (e não precisar entrar nela!) e mentalizou: *Água, vire gelo! Por favor... vire!*

Nada. O conteúdo do tanque seguia mais fluido que nunca.

Continua líquida! A água me "ignorou"... Não sei fazer isso!

Então, lembrou-se das palavras de seu mentor e começou a pensar na água de outra maneira: como moléculas, formadas por átomos de hidrogênio e oxigênio. Imaginou as moléculas, dispersas e vibrando, e *determinou* que elas parassem de vibrar e se ordenassem (disciplina!) em uma forma rígida e cristalina. Sentiu calor em torno dele, e a superfície da água no tanque tornou-se esbranquiçada: uma fina camada de gelo se formara, como em um lago durante um inverno rigoroso.

Gelo! De maneira precipitada, o terráqueo sorriu. Thomas, porém, meteu o braço dentro do tanque e rompeu com facilidade a fina camada de gelo, alcançando a água fria (todavia ainda líquida) debaixo dele. Retirou a mão encharcada, secou-a em sua túnica azul e fez:

— Humm...

Fosse um lago e eu tivesse decidido patinar... morreria afogado, pensou Daniel, entendendo que não tirara a nota máxima na prova.

— Vamos tentar novamente com outra composição química — disse o ancião. — Vá seguindo as minhas instruções.

O Guardião apontou o dedo para uma esfera cinza-escura, cor de chumbo, apoiada sobre outro pedestal. Era bem menor que a "bola de demolição" que, poucos minutos antes, quase atropelara Daniel: tinha cerca de vinte centímetros de diâmetro. Thomas levantou a mão, e a esfera subiu junto.

— Segure essa esfera no ar. Não deixe, de modo algum, que ela caia. Ela é leve, não é feita de chumbo, mas de grafite... Carbono puro. Assuma o comando.

Daniel obedeceu, pensou e ordenou: *Esfera, não caia!* Ela manteve-se, efetivamente, flutuando no ar. Aguardando as instruções de seu novo mestre-condutor.

— Agora, eu quero que você aplique uma pressão máxima nesse grafite e o esquente ao máximo. Lembre-se: você desconhece "o máximo"; pode bem ser o infinito... Reestruture todos esses átomos de carbono na forma de um... diamante.

Um diamante? De vinte centímetros?, pensou o terráqueo.

A esfera, que pairava no ar, deu um solavanco e ameaçou cair.

Concentre-se!, disse a si mesmo. *E você, esferinha querida, fique aí!*, voltou a ordenar à massa de carbono sob o seu controle.

Daniel levantou as mãos e as posicionou na frente do seu rosto, as pontas dos dedos se tocando e formando um círculo. Através dele, via a pelota escura de grafite, flutuando a dois metros de distância. Depois, começou a estreitar as mãos, a entrelaçar seus dedos, imaginando que comprimia e esquentava infinitamente aqueles átomos de carbono, transferindo-lhes uma inimaginável quantidade de energia. E ordenava que a esfera, com o calor e a pressão, se transformasse em uma estrutura rígida e cristalina. O exercício tomou-lhe cerca de trinta segundos; então a bola de grafite que pairava no ar começou a girar lentamente sobre o próprio eixo. Aos poucos, uma parte da massa cinza-escura começou a mudar de cor e de consistência. Tornara-se mais clara e adquirira uma aparência translúcida. A transformação avançava, mas foi interrompida ao atingir metade da esfera. Ali, ela parou de girar.

— Mantenha-a no ar, rapaz — disse o Guardião, aproximando-se para examinar a peça. Ela se deformara, deixara de ser esférica, e a parte transformada em cristal era menor que o grafite remanescente. — Humm... parcialmente transformada em diamante. É um começo...

Lara e Ian aguardavam a avaliação da prova, com ansiedade. Daniel também, e ainda tinha de se preocupar em não derrubar o objeto amorfo que oscilava, pouco acima da cabeça de seu idoso mentor. Thomas deu quatro passos atrás e disse:

— Atenção agora, Daniel! Quero que você faça esse objeto... *desaparecer*. Apenas ele! Com cuidado, não vá desintegrar ninguém! Olhe *unicamente para ele*. E não pense em mais nada. Mantenha a calma.

As palavras do ancião não acalmaram o terráqueo, pelo contrário. Por algum motivo, lembrou-se da cirurgia de correção de miopia que sua tia Anna, de Piraí, fizera, havia muitos anos. O médico lhe dissera antes de aplicar o laser: "não mexa os olhos". Sua tia ficou nervosa e, segundo ela, foi exatamente isso que a fez mexê-los. *Um sufoco!*

Daniel imaginou sua vontade como um feixe de luz, e apontou seu "laser mental" para a massa flutuante. Não mirava nada mais e, principalmente, evitava ver o Guardião; ele estava próximo demais daquela coisa, meio grafite, meio diamante. (Além do que o corpo de um ilhéu, como o dos humanos da Terra, também devia ter muito carbono!)

Átomos de carbono sob o meu controle, SÓ VOCÊS... Desintegrem-se, libertem-se das estruturas que os aprisionam. Desapareçam!

O objeto passou a vibrar, e, pouco a pouco, suas partes mais escuras começaram a sumir. Logo, apenas uma pedra brilhante, a porção cristalizada da antiga esfera de grafite, flutuava — não por muito tempo. O portentoso diamante não se desintegrou nem se manteve suspenso no ar, mas despencou contra o piso do ginásio, espatifando-se em vários pedaços menores. Daniel lembrou-se que, apesar de sua dureza, o diamante não tinha lá grande tenacidade e podia quebrar-se com facilidade.

Taí o meu "teto"... Outra prova não concluída por inteiro.

— Humm... — voltou a fazer Thomas, como que refletindo e conversando consigo mesmo. Então disse em voz alta: — Bem, rapaz... você *não é* um conceptor.

Daniel não esperava que fosse, mas não pôde evitar certa decepção. Fazia muito tempo que desenvolvera a tendência de cobrar-se excessivamente em todas as suas avaliações. Um traço de personalidade que o incomodava, e sobre o qual já conversara com Adriana, com Jaime e até com a psicóloga da Montserrat Riovega, Doña Marisol.

— Sim... — começou a falar o terráqueo —, eu entendo...

Thomas o cortou.

— Você não é um conceptor... ainda. Mas manifesta todas as condições para tal. Precisa apenas de estudo, orientação e... treino. Teremos um programa para preparação de conceptores se iniciando nos próximos dias. Você está interessado?

O rosto de Daniel se iluminou, e ele olhou para Lara. Ela estava com as duas mãos juntas, como que rezando, a ponta dos dedos sobre os lábios e os olhos arregalados. Parecia maravilhada e balançava a cabeça afirmativamente. Ele olhou para Ian, e o Primeiro Assistente disse:

— Estou impressionado, terráqueo. E tenho certeza que nosso Preceptor também ficará. Você será muito bem-vindo... se puder ficar, é claro. Nem todos podem ou querem. A agenda é extenuante, quase cruel. Você tem os seus amigos, a sua família preocupada na Terra e...

— Sim! Sim! — interrompeu Daniel. — Eu tenho interesse.

Thomas decidira encerrar o dia e o Mentapeamento. Avisou que o jovem instrumentalizador receberia notícias sobre o início do programa e sugeriu que ele aproveitasse, enquanto isso, para descansar. Ainda não haviam decidido se os treinamentos seriam em Miithera ou Omiidhys. O Guardião tinha um encontro com o Preceptor e saiu apressado. Lara o seguiu até o lado de fora do ginásio — aparentemente, tinha algo para lhe falar. Do lado de dentro, Daniel ficara a sós com Ian. Entreolharam-se, e Ian se aproximou. De modo desajeitado (os dedos muito afastados), estendeu a mão ao terráqueo para cumprimentá-lo.

— É assim que se faz na Terra, não? O seu Mentapeamento foi mesmo admirável. Surpreendente. Parabéns, Daniel!

É a primeira vez que me chama pelo nome. E aparenta ter a minha idade. Bem, no Arquipélago nunca se sabe...

— Obrigado — disse Daniel, corrigindo aquele aperto de mão.

— Sabe? Eu sou um omiidhian. Se o treinamento para conceptores for em Omiidhys, terei prazer em lhe apresentar o planeta-ilha.

— Poxa, não sei o que dizer... Muito obrigado, Ian!

O Assistente fez um gesto, como que dizendo "isso não é nada", e olhou para o lado. Viu o grande diamante caído no chão, despedaçado. Foi até lá e pegou três fragmentos. Voltou com eles na mão.

— Isso foi realmente... impactante. Guarde-os como lembrança, para quando você for um conceptor pleno, ou para quando voltar para a Terra — disse Ian, despejando os três fragmentos de diamante no bolso da túnica de Daniel.

— Mas será que eu devo? Isto pertence ao Arquipélago... As pessoas matam e morrem por essas coisas lá na Terra.

— Bobagem, são seus! Foi você quem fez. E temos montanhas inteiras de diamante em Miithera. Aqui os diamantes não valem nada.

Lara voltou radiante e encontrou Daniel na porta, do lado de fora do ginásio. Ian já havia partido.

— Falei com Thomas, ele vai falar com Gusk... Está muito impressionado com a sua avaliação e com os seus poderes. Ele acha que o programa para conceptores será em Omiidhys, mas o Preceptor terá a palavra final. Omiidhys é nosso planeta-campus, onde ocorrem vários dos cursos de progressão interativa. A má notícia é que não poderei assistir ao programa com você. Apenas instrumentalizadores com potencial de transição, como é o seu caso, podem. Ou conceptores precisando de uma reciclagem. Eu sou uma simples mentalizadora — disse Lara, sorrindo e simulando uma exagerada humildade.

Daniel franziu a boca, desapontado.

— Você não pode assistir? Mas Ian se ofereceu para ir comigo, me mostrar o planeta...

— Bem, ele pode ir com você, acompanhá-lo. Ele é o Assistente do Preceptor. Mas também é um mentalizador, e não poderá assistir às aulas e aos treinamentos. Vamos ter de fazer algumas *compras* e preparar a sua mala. Acho que você vai viajar.

— "Compras"? Como em um hipermercado? Vocês têm... dinheiro aqui? — perguntou Daniel.

— Sim, não... e sim. *Sim*, temos centros de abastecimento, como um "hipermercado". Nem todos conseguem viver recombinando átomos e materializando (do ar) os itens necessários para atender às suas necessidades. Mas *não* usamos "dinheiro" nas ilhas-sob-o-Etherii. Aqui você pega apenas o que necessita, não existe riqueza ou pobreza. E levar produtos em excesso para sua vivenda gera um problema de espaço que, acredite-me, você vai querer evitar. Já em Vordhiin, *sim*, existe um meio de troca, que pode ser chamado de "dinheiro".

— E o trabalho?

— Todos estudam e trabalham em atividades diversas, como na Terra. Em Miithera, Nariihwe e Omiidhys trabalham também na fabricação fina do Etherii, a partir do diizormorfio puro trazido dos planetas remotos. Das minas. Apesar de se autorreproduzir, o Etherii precisa ser reposto continuamente. Nosso campo magnético não protege a atmosfera tão bem como acontece na Terra. Ou em Glis. Ou em Vordhiin.

— E nas minas de extração de diizormorfio? Trabalham somente vordhiinians?

— Praticamente. O trabalho nas minas é voluntário, mas é bem pago e bastante procurado pelos vordhiinians... que precisam de "dinheiro". Mas nem todos em Vordhiin sentem-se satisfeitos com isso. É um trabalho duro e alguns o consideram indigno. E odeiam o Etherii.

Não é o caso de Karl, que se recusa a viver sem o Etherii, pensou Daniel. *É como uma droga, uma dependência. Eu não teria essa relação com o Etherii, não importa quantos poderes ele me desse. Eu acho...*

— Ian me contou que vocês têm montanhas de diamante aqui.

— Sim. É apenas carbono, como o grafite ou o carvão. Os ilhéus do Arquipélago jamais entenderam o valor que se dá a isso na Terra — disse Lara, encolhendo os ombros. Em seguida apontou para o horizonte à sua direita. — Está vendo aquela montanha branca? Aquela, refletindo luz... atrás da construção em forma de pirâmide? *Toda ela* é um colossal diamante.

— Karl sabia do valor que isso tem na Terra?

— Sim, ele sabia, todos os ilhéus sabem. Ele levou algumas pedras com ele, mas acreditava que seu verdadeiro poder estaria no...

— Etherii — Daniel completou. E Lara assentiu.

É, o poder vale mais que o dinheiro, pensou o terráqueo.

Estavam no esferante e haviam sobrevoado uma montanha de diamante. Lara acabara de brincar: "Já que vocês, terráqueos, têm esse fetiche... Mas *essa daí* não está lapidada, por enquanto". Deslocavam-se pelos céus mais distantes de Miithera, ainda sobre um terreno arenoso e com poucas construções; voltavam à urbanização. Então, de repente, Lara falou, animada:

— Um centro de abastecimento! Vamos descer?

Um centro de abastecimento? Onde?, pensou Daniel. Tudo o que via era um descampado e alguns pequenos edifícios. No meio deles, um pequeno quiosque no formato de um disco voador, não muito maior que uma banca de jornal. *Onde está o hipermercado?*

Pousaram o esferante. Entraram no quiosque, e Daniel percebeu que Lara fora imediatamente identificada ao cruzar a porta.

— Olá, Lara, seja bem-vinda! — disse, em krpsnc, a voz de uma assistente virtual que não se via. O quiosque estava vazio.

A voz continuou:

— Olá, visitante. Não encontramos sua identificação neural. Você gostaria de se registrar?

Daniel olhou para Lara, não sabia o que era aquilo. A nariihwian esclareceu, em português.

— É um tipo de impressão digital neural, as características únicas de atividade cerebral de cada indivíduo. Eu acho que, por enquanto, você não precisa disso.

Lara, agora, dirigia-se à assistente virtual.

— Não é necessário, *Mamãe*. O visitante está comigo, e as entregas devem ser feitas em minha vivenda.

Daniel não se aguentou e riu até começar a chorar. Depois falou, com dificuldade: "*'Mamãe'* é um ótimo nome para uma assistente virtual que vai encher a sua despensa. *Na faixa*...". Lara ria junto, às gargalhadas. Afinal, se recompuseram.

— *Mamãe*, queremos ver malas de viagem.

A tela baixa e arredondada que cobria a metade dianteira do quiosque projetou imagens hiper-holográficas perfeitas à frente do casal. Pareciam reais. Uma passada de mão, e as imagens corriam, mostrando mais modelos, cheiros e texturas — elas podiam ser tocadas!

— Daniel, vá com calma. Lembre que tudo o que pedirmos *será* entregue em nossa despensa, dois minutos depois de sairmos.

— Gratuitamente, certo?

— Sim, gratuitamente. Mas precisa de espaço para guardar.

Passaram um bom tempo divertindo-se com Mamãe, e Lara aproveitara para fazer os pedidos necessários para sua família. Saíram com a sensação de que podiam ter se esquecido de algo. "Não tem problema", falara a nariihwian. "Temos milhares desses centros de abastecimento espalhados por Miithera e, se faltou alguma coisa, podemos pedir de casa", dissera ela, mostrando seu bracelete de plasma.

Mais um dia primário aproximava-se do fim, e eles começavam a sentir fome.

— Vamos jantar, Daniel? Nada de *fast-food* hoje.

— Eu queria te convidar para jantar, você escolhe um restaurante caro, e eu pago — disse ele em tom de brincadeira.

— Engraçadinho... — respondeu ela e lhe deu um beijo no rosto.

Ela o levou a um prédio, ao lado daquele onde tinham comido na véspera. O formato era idêntico ao outro, mas um pouco mais baixo e com muito mais brilho. Daniel sabia agora que esses brilhos podiam vir de diamantes verdadeiros. Lara pediu um menu degustação e os dois tiveram um jantar magnífico, com direito a uma bebida parecida com o vinho da Terra (mas era de Nariihwe). Escolheram uma mesa na parte interna do restaurante, para fugir à iluminação natural do dia, e sentaram-se frente a frente. Conversaram longamente sobre amigos, sobre o Arquipélago e suas respectivas famílias, em particular sobre Arthur. "Ele adora matemática, como você." Evitaram falar sobre Nicolas ou Karl. O problema existia, mas abordá-lo, naquele momento, estragaria o jantar. Riram muito e falavam agora sobre suas primeiras impressões como vizinhos, no condomínio da Barra da Tijuca. Daniel estava um pouco alto e sentia-se mais solto.

— Eu nunca poderia imaginar que aquela vizinha tão... — ele parou de falar e balançou a cabeça, como se quisesse reformular a frase.

— Tão...? — ela o incentivou a continuar.

Dane-se, eu estou em outra galáxia!, pensou Daniel.

— Tão linda... — disse ele, esboçando um sorriso tímido.

Lara sorriu de volta e o olhou fixamente.

— Fui eu que te achei bonito. Um rapaz bonito, educado e especial. E olhe, eu nem sabia ainda que você era um instrumentalizador...

Daniel corou e tentou disfarçar, escondendo-se atrás do copo com o vinho nariihwian. Mas o copo já estava praticamente vazio.

Um rapaz.

— Acho que está na hora de irmos, não? — disse Lara.

— S... sim, acho melhor — respondeu ele.

Retornavam à vivenda, e ocorreu a Daniel que eles jamais deveriam fazer aquilo na Terra. "Se beber, não dirija." Ela o tranquilizara, sorrindo: "É só não se confundir no destino pedido. O esferante voa sozinho e conhece bem o caminho". Chegaram à vivenda; as persianas blecaute estavam baixadas, o que indicava que a mãe e o filho de Lara já estavam recolhidos. Entraram silenciosamente, pé ante pé, evitando acordar alguém, e Lara acompanhou Daniel até seu quarto. Ele a olhou nos olhos e falou, sem jeito:

— Obrigado, Lara, o jantar foi maravilhoso. E foi ótimo conversarmos. Não me sentia assim, tão próximo de você, desde que... *nos entrelaçamos* na festa da Barra.

— Eu também. Mas aquilo foi necessário. Boa noite, querido.

— Boa noite, Lara.

A nariihwian deixou o quarto, e Daniel, ao lado de sua cama, não pôde evitar repreender-se: *Sério? Por que você foi falar sobre o entrelaçamento? Para forçar intimidade? Essa não é a sua praia, seu mané!*

Fechou a porta de seu quarto tocando a mão na parede, despiu-se e caminhou até o banheiro anexo. *Eu preciso de um banho...* Tomou uma ducha mais fria que o usual, limpou os dentes com o dedo e secou-se dentro do nicho, sob a auréola iluminada.

A auréola não vai me pentear?, pensou, ajeitando os cabelos com as mãos. *Vou buscar minhas encomendas. Apetrechos pré-históricos, como pente, pasta e escova de dentes. Já deve estar tudo na despensa.* Mamãe *deve ter se surpreendido com os meus pedidos.*

Daniel deixou o banheiro e dirigiu-se para o quarto. *Vou vestir uma túnica branca mesmo...* Mas não teve tempo.

— La... Lara?

A nariihwian estava parada em seu quarto, com a porta cerrada atrás de si. À meia-luz, ao lado da cama, assustadoramente perfeita. Usava uma túnica curta, leve, transparente e fechada pela frente como um quimono. E observava o terráqueo, despido e absolutamente embaraçado. Lara aproximou-se de Daniel, abriu sua túnica e a deixou cair atrás das costas — agora ela estava igualmente nua, mas dessa vez sem um snorkel. Então ela o beijou na boca, demoradamente, com os lábios entreabertos e as línguas se roçando. E sussurrou:

— Eu quero me entrelaçar com você, Daniel... Completamente.

Daniel acordou cedo e sozinho na cama, em meio a lençóis emaranhados. Ainda não podia acreditar no que havia vivido: Lara se entrelaçara com ele, e, em seguida, haviam se amado fisicamente. Ele sentira o próprio prazer e o prazer que Lara sentia — simultaneamente. Algo estupefaciente, vertiginoso, como ele jamais imaginou existir. Entendera afinal por que o entrelaçamento era tão valorizado pelos ilhéus.

Numa relação como essa, os átomos pulsam em sintonia! É impossível fingir, pensou o terráqueo. E sorriu com o pensamento.

Havia demorado para dormir, porque tinha medo de acordar na manhã seguinte e descobrir que tudo fora uma ilusão. Um lindo sonho plantado em sua mente. Acabaram dormindo abraçados.

Será que ainda estamos entrelaçados? Ele fez um teste. *Não...* Lara tinha se entrelaçado com ele especificamente para aquela noite.

Levantou-se, vestiu a túnica cinza e tocou na parede, abrindo a porta de seu quarto. Ouvia vozes vindo da sala de refeições. Falavam em krpsnc; as vozes de Lara e a de uma criança.

Uma criança que vai completar 23 anos.

Caminhou até eles, pensando em como deveria se comportar e no que dizer. Não precisou. Ao vê-lo, mãe e filho passaram a conversar em seu idioma, e Arthur foi o primeiro a falar com sua voz infantil:

— Bom dia, Daniel. Minha mãe me relatava o seu extraordinário Mentapeamento de ontem, enquanto fazíamos o desjejum. Tudo isso é muito incomum, inusitado e, francamente, fascinante.

Incomum é ouvir alguém, com a aparência de uma criança de 6 anos, falando dessa maneira. Preciso tomar cuidado para não responder em tatibitate. "Tá papando aí, tutu? Tá 'gotoso'? Papa tudinho..."

— Bom dia, Arthur. Bom dia, Lara...

Ela lhe devolveu um sorriso cúmplice.

— Dormiu bem, Daniel?

— Sim, sim — respondeu o terráqueo. Para disfarçar, voltou rapidamente a falar com o filho da nariihwian: — Imagine como tudo isso é estranho *para mim*, Arthur... Eu tenho apenas 19 anos, embora pareça muito mais velho que você.

— Isso é apenas controle celular. Aqui, retardamos ao máximo o envelhecimento celular, atrasamos o nosso "relógio interno". Crescer é envelhecer. O problema de demorar para crescer é apenas... não alcançar as coisas. Como essa jarra de suco! — reclamou Arthur, esticando-se todo. — Como um instrumentalizador, você tem o poder de retardar o envelhecimento. Em você mesmo e nos outros. Sob o Etherii, claro. Se você ficar aqui, não vai mais envelhecer por um bom tempo.

Eu... ficar no Arquipélago? Nunca pensei nisso!, disse agora a si mesmo.

Lara percebeu o incômodo do terráqueo e mudou de assunto.

— Daniel, suas "compras" chegaram. Estão na despensa desde ontem. Não avisei porque estávamos tão... cansados. Venha!

— Ah, legal! E Euterpe, onde está?

— Minha mãe é uma doula e saiu para acompanhar um parto. A chegada de um bebê é sempre motivo de festa para todos.

Não para Karl, pensou o terráqueo, evitando olhar para Arthur.

Entraram na despensa, um ambiente pequeno que estava lotado com os pedidos da véspera. À primeira vista, Mamãe não se esquecera de nada: roupas em vários modelos e tons de cinza, calçados confortáveis, rudimentares objetos de higiene pessoal, uma bolsa no estilo mochila. E os víveres que Lara havia solicitado. Tudo organizado.

Uma logística de dar inveja ao e-commerce *da Terra!*

Lara e Daniel estavam sozinhos na despensa; Arthur ficara na sala de refeições.

— Você está bem? — perguntou Lara.

— Acho que sim. Um pouco assustado, talvez. Eu jamais imaginei que pudesse sentir o que senti. Foi... maravilhoso! Foi um sonho?

— Não... foi amor — ela respondeu.

Ian estava na Preceptoria, trabalhando no encaminhamento dos despachos de Gusk. Anotava as providências que deveria tomar junto ao Subgovernador de Miithera e junto aos Governadores de Nariihwe, Omiidhys e Vordhiin. Entre uma longa lista de decisões, Gusk definira que a ex-Guardiã da Estação Trincadora de Nariihwe seguiria presa, e que Omiidhys hospedaria, efetivamente, o próximo programa de desenvolvimento de conceptores. O Assistente estava entretido com seus afazeres quando o Preceptor entrou em seu gabinete.

— Ian, esse jovem terráqueo, Daniel, vai se juntar ao programa de conceptores, não é verdade? Thomas esteve aqui e me contou que os seus poderes latentes podem ser... significativos.

— É verdade, Preceptor, vi algumas provas a que se submeteu, e de fato os resultados foram totalmente inesperados para alguém tão jovem, vindo de um planeta primitivo como a Terra. Continuam me preocupando, entretanto, as intenções desse rapaz...

— Por quê?

— Bem, Preceptor, o Guardião não viu. É um homem cândido e generoso, muito ocupado e com grandes responsabilidades na Trincadora. Mas eu vi... e acredito que deva relatar. O terráqueo passou por uma prova de transmutação do grafite em diamante, com 50% de êxito. Mas foi o suficiente para cristalizar um bloco, que se espatifou no chão. Eu vi quando o terráqueo, furtivamente, pegou três fragmentos do diamante criado e... os escondeu no bolso. Como se sabe, essas pedras, ainda que menores, valem uma fortuna em seu planeta. Acho que pretende levá-las com ele quando voltar para a Terra.

— Para enriquecer? Como Karl?

— Sim... como Karl! — respondeu o Assistente.

O Preceptor alisou o queixo proeminente e, pensativo, balançou a cabeleira branca.

— A ganância é um vício deformador, incompatível com a virtude da sabedoria. Sim, isso pode ser sério... Vou refletir sobre o caso.

Outro "Karl" na vida de Lara?, Gusk pensou. *Em nossas vidas?*

— Claro. O senhor deseja que eu o exclua do programa?

— Não, Ian. Mas eu quero que você o acompanhe na viagem para Omiidhys. E que se mantenha bem perto dele.

No íntimo de seu coração, o Preceptor não *queria* acreditar que Daniel representasse algum perigo, a despeito das desconfianças de seu Assistente. Sabia que sua boa vontade para com o jovem visitante vinha de um encantamento: a surpresa que sentira ao encontrar um terráqueo com tamanha capacidade interativa com o Etherii.

Uma civilização tão nova! Humanos ainda tão dependentes de máquinas e desconhecedores de suas reais capacidades mentais... Glis, com uma civilização humana muito mais antiga que a Terra, nunca revelara nada parecido. A ideia de um salto quântico na evolução da vida inteligente da Terra era fascinante. *Será o único por lá? Ou haverá mais terráqueos como ele?*

O relato de Ian, porém, o incomodava como um cisco no olho.

Essa coisa dos diamantes... Ian pode estar certo. Já me enganei no passado, com Karl! Thomas não me disse nada sobre isso. Dessa vez, não me deixarei enganar.

O Preceptor colocou dois dedos na testa e *chamou* o Guardião:

"*Thomas, meu querido amigo. Você viu o jovem terráqueo esconder pedras de diamante no bolso? Tive a informação — de Ian — de que isso ocorreu, o que, lamentavelmente, nos fez lembrar de Karl*".

O Guardião estava em seu trabalho na Trincadora. O movimento era intenso em função de um encontro tripartite de representantes das ilhas-sob-o-Etherii (Vordhiin não participaria). Muitas idas e vindas de grupos de administradores, discussões de planos sobre a transformação do diizormorfio e fendas espaciais se abrindo e fechando todo o tempo. Mas ele recebeu o chamado, tocando igualmente em sua testa com dois dedos da mão direita — o indicador e o médio. Ouvia a voz do Preceptor em sua cabeça e o via na sua frente — uma imagem exclusiva para ele. Um espectro.

"*Olá, Gusk* (em privado ou em conexões mentais, ele se dirigia ao seu antigo mentor chamando-o pelo nome), *não vi nada. Fiquei bastante tempo com o terráqueo, mas deixei o Ginásio antes deles. Não me pareceu que Daniel seja do tipo ganancioso, ou alguém que tenha uma agenda oculta. Mas nunca se sabe... Ian não terá se confundido?*"

"*É possível, Thomas. Esperemos que sim!*", disse o Preceptor.

Daniel se encontrava em seu quarto; as persianas suspensas, a porta aberta. Tentava se organizar tanto quanto possível *à moda da Terra*. Deixara sua escova de dentes, pasta e pente no banheiro, e colocara a mochila sobre uma das prateleiras contornadas com filetes iluminados. Dentro dela guardou algumas mudas de roupa, cuecas, calçados e um perfume cítrico — delicioso — que havia pedido. Mamãe havia acertado, 100%, o seu gosto. Trocara-se e vestira uma túnica cinza-clara, muito bonita e ainda mais confortável do que a anterior. As túnicas não se amarrotavam, tampouco ficavam sujas ou com cheiro, mas ele estava habituado a trocar de roupa. Gostava de fazê-lo. Ao dobrar a túnica que acabara de tirar, aquela que Thomas tingira de cinza, sentiu o volume dos fragmentos de diamante no bolso. Guardou-os em um dos compartimentos da mochila.

Não são muito brilhantes... Mas fui eu que fiz! Minha primeira transmutação. Mais ou menos bem-sucedida.

Sua cabeça, porém, estava no quarto defronte ao dele. Pensava em Lara e em quando poderia estar a sós com ela novamente.

"Foi um sonho?", ele perguntara. *"Não... foi amor"*, respondera a nariihwian. *Amor...* Lara se referia a ambos, a ela mesma, ou a ele? Ele próprio não sabia ao certo o que sentia. Mas estava desconfiado.

Talvez eu esteja mesmo me apaixonando de novo... Já era hora!, pensou, lembrando-se de Adriana.

Queria ter seguido na conversa, mas Euterpe chegara esbaforida, indo diretamente até os dois para contar as boas-novas. Interrompera assim a conversa reservada do casal em um momento crítico: "Vai nascer ainda hoje, as contrações estão aumentando. Mais uma menina em Miithera! Daqui a pouco vou para lá. Lara, me ajuda?". Daniel não tivera outro jeito senão voltar ao seu quarto. E espiar as duas de lá.

Euterpe e Lara estavam agora reunindo algumas coisas que ajudariam a futura mamãe e a bebê que estava a caminho. Toalhas, loções, perfumes, incensos e acessórios que Daniel desconhecia. A anciã guardava tudo em uma bolsa, que aos poucos ia se enchendo. Parecia que o parto ia ser à moda antiga.

Arthur saíra e pegara um esferante para ir até o Educandário. Daniel imaginou o filho de Lara, "uma criança", voando sozinho pelos céus de Miithera e sentiu certo desconforto. *Que bobagem!*

Lara observava sua mãe atarefada e sentiu orgulho. *Ela está velha, mas ainda é muito ativa*, pensou. Então olhou para Daniel e viu que ele contemplava as duas, de seu quarto. Decidiu chamá-lo.

— Você não quer dar uma volta comigo no parque? Estou vendo com o Thomas se consigo te levar, mais tarde, para um tour pelos planetas do Arquipélago.

— Uau! Um tour pelo seu sistema solar... Quer dizer, *bissolar*. Mas quanto custa uma viagem dessas? Eu mereço isso?

— Não custa nada, Daniel. Você precisa mudar o modelo mental da Terra. Vamos apenas entrar e sair de fendas espaciais, e fazer um voo panorâmico sobre os planetas. Nosso combustível é literalmente infinito. E gratuito. Só estamos checando se conseguimos uma nave na Trincadora. Falei para o Thomas que eu achava esse tour importante para a sua melhor compreensão do Arquipélago. E ele concordou.

— Caraca, que legal!

— Mas, primeiro, vamos até o parque. Caminhando.

Lara e Daniel se despediram de Euterpe e foram andando até o parque florido, próximo à vivenda. Lado a lado, os braços largados junto ao corpo, os dedos dela mal roçando os dele. De leve, acidentalmente, como se fossem um casal de amantes em um encontro furtivo.

Mas já estivemos entrelaçados..., pensou Daniel, lembrando-se da noite que passara com Lara. Obviamente ela não desejava tocá-lo em público. *Miithera deve ser mais provinciana do que eu imaginava. Uma nariihwian e um terráqueo juntos? O que o povo vai dizer?*

Ao chegarem ao parque, Lara puxou-o para trás de uma árvore e o beijou. Estavam escondidos e vigiavam, de longe, a entrada da vivenda. Outros beijos se somaram ao primeiro, e Daniel afogueou-se.

— Lara... — sussurrou ele. — O que estamos fazendo?

— Eu estive em sua mente, Daniel. E quero que você me ame como amou Adriana... Ela agora é de outro, mas eu... eu sou sua.

Daniel sentiu-se mentalmente desnudado.

— Você não podia fazer... — ele começou a falar e parou.

— Podia... e fiz — contestou Lara, e beijou-o novamente de um modo arrebatador. — *Esse* é o tipo de amor que eu quero pra mim.

Subjugado, Daniel sorriu. Sentaram-se em um banco, ao lado da árvore, e deram-se as mãos. Ficaram quietos. Estavam namorando.

— A distância pode ser um problema, moramos meio longe um do outro — disse ele, quebrando o silêncio. E os dois riram à beça.

Mas aí está uma verdade que vai nos pôr à prova um dia, pensou Daniel. *Minha nova namorada é um espetáculo, mas mora em outra galáxia. Ela é uma extraterrestre...*

Estavam ainda sentados e voltaram a ficar em silêncio, ouvindo os pássaros-reais; o canto deles era forte e encantador. Tinham o olhar perdido à frente, quando viram que a mãe de Lara saía da vivenda carregando sua grande bolsa de doula. Devia estar indo ajudar a vizinha que iria parir uma menina, na quadra de trás. Lara e Daniel, no parque, não tinham nenhuma vontade de interromper seu idílio romântico e seguiram sentados, ela com a cabeça no ombro dele. Passado algum tempo, Euterpe voltou, sem a bolsa, e entrou novamente na vivenda. *Deve ter esquecido alguma coisa*, pensou Lara; apesar de forte e ativa, ela começava a apresentar sinais de esquecimento, lapsos de memória. Pouco depois, Euterpe saiu novamente da vivenda e foi embora por onde viera. Lara olhou para Daniel, e ele a beijou demoradamente. Ela não precisou ler seus pensamentos.

— A vivenda está vazia. Você quer... voltar? — ela perguntou.

— Vamos! — respondeu ele prontamente.

Os dois se levantaram e começaram a andar em direção à residência de Lara. Estavam no meio do caminho quando viram Euterpe, novamente, assomando na esquina e voltando para casa. Encontraram-se na porta, e Lara e Daniel dividiram um olhar de frustração. *Eita!*

— Por que você fica indo e voltando da vizinha o tempo todo, mãe? — perguntou Lara, algo irritada.

— Era um alarme falso — respondeu Euterpe. — Talvez hoje, no final do dia... ou amanhã cedo. E eu não fico indo e voltando *o tempo todo*. Essas coisas, feitas naturalmente, não se controlam.

— Mãe, eu vi. Você saiu, voltou, *acabou de sair*... E agora está voltando, de novo!

— Você está ficando louca, Lara? Como assim, "acabei de sair"? Eu passei um tempão massageando as costas da Kira. E só estou voltando para casa agora!

Minha mãe está piorando, pensou a nariihwian com tristeza. *Será que Daniel conseguiria ajudá-la? Karl nos ajudou... por um tempo.*

A janela da torre mais alta da ala residencial da Preceptoria escureceu de repente. Um enorme e multicolorido pássaro-real acabara de pousar sobre o peitoril de pedra, debaixo da abertura em forma de arco. A imponente ave preenchia quase totalmente a única janela daquele recinto e tapava a entrada de luz natural. Observava o cômodo vazio e contraía a íris de seus olhos, nas laterais da cabeça e com visão de trezentos graus, ajustando-os à baixa luminosidade do local. Então deu um salto e voou para dentro da torre, pousando sobre o piso, ao lado de um divã abotoado. O pássaro agitou as grandes asas, e suas cores ganharam um tom cada vez mais dourado. Ele crescia rapidamente, e, de súbito, podia-se identificar: era um homem abaixado, encurvado e vestindo uma túnica dourada. Era Gusk.

O Preceptor levantou-se e esticou as costas, jogando-as para trás. Tinha ambas as mãos nos quadris.

Estou ficando velho para isso, pensou.

Gusk, no passado — havia séculos —, gostava de voar pelos céus de Miithera, livre e incógnito, em meio a outros pássaros-reais. Aprendera muito sobre seu mundo e sobre os habitantes do Arquipélago desse modo. Os ilhéus não eram fáceis de entender, e era sempre interessante observá-los por outro ângulo. Mas, com o passar do tempo, os desconfortos da transmutação começaram a pesar mais que o prazer de sentir o vento nas asas e no bico, mais que a curiosidade de compreender as insondáveis motivações humanas. Hoje, porém, ele abrira uma exceção. Podia ter pedido ajuda a Thomas, mas o Guardião estava tão enfeitiçado pelo jovem terráqueo quanto ele próprio.

O Preceptor recostou-se no divã e lembrou-se do que fizera.

O pássaro-real (os ilhéus de Miithera jamais imaginariam quão *real* era aquele pássaro) sobrevoara a vivenda de Lara por algum tempo. Gusk pôde ver, assim, quando Arthur partiu em seu esferante e, depois, quando Lara e Daniel saíram caminhando até o parque. Viu-os namorando, escondidos nas árvores. Ele estava transmutado em um pássaro, e não conseguiu evitar um grasnar de espanto: *Keeee!*

Ela está apaixonada pelo jovem instrumentalizador — e, dessa vez, ele não é de Vordhiin, mas da Terra. A história se repete, com novos personagens. Posso ainda confiar em Lara?, perguntou-se.

Então o Preceptor viu Euterpe sair da vivenda carregando uma bolsa. Sobrevoou as cercanias por algum tempo, acompanhou a caminhada da mãe de Lara até a vizinha e tomou uma decisão: pousou em um local deserto na virada da esquina. Depois, já transmutado em "Euterpe", voltou à residência da nariihwian. De longe, certificou-se de que o casal continuava no parque e avançou até a entrada da vivenda. A porta reconheceu a "moradora" e se abriu com facilidade.

"Gusk-Euterpe" entrou na sala e passou os olhos pelo ambiente, procurando qualquer coisa suspeita; não viu nada de mais. Dali passou para os outros cômodos, todos impecavelmente arrumados. Exceto um, que tinha a cama desfeita e os lençóis revirados. Com dois travesseiros.

Humm... claro, dormiram juntos aqui.

Gusk viu objetos estranhos no banheiro e, francamente, não sabia para que serviam. *Uma escova pequena, um tubo plástico com uma pasta branca.* Remexeu de leve algumas prateleiras e achou a mochila de Daniel. No lado interno da bolsa, dentro de um compartimento, tipo envelope, o Preceptor encontrou as três pedras de diamante, às quais Ian havia se referido. Seu Assistente estava certo.

Ah, Daniel... Isso é apenas curiosidade ou algo mais? Por favor, não me decepcione. Nem decepcione o seu povo na Terra!

Agora na torre alta, Gusk voltava a colocar dois dedos na testa.

"*Thomas, infelizmente, o relato de Ian é verdadeiro. O jovem terráqueo, de fato, guardou pedaços de diamante entre seus pertences. E não sabemos com que propósito. Eu conferi pessoalmente.*"

Na Estação Trincadora, o Guardião respondeu mentalmente:

"É uma pena, ele não me pareceu esse tipo de pessoa. Mas não estará tratando esses fragmentos como... suvenires do Arquipélago?"

O Preceptor demorou um pouco a responder.

"Pode ser... Mas três pedras? Thomas, acompanhe Daniel no programa de conceptores em Omiidhys! Não há ninguém em quem eu confie mais que em você. Passe temporariamente a Estação Trincadora para o Subguardião. Alek ficará feliz com a oportunidade."

Thomas assentiu de pronto e, diante das incertezas do Preceptor quanto ao jovem terráqueo, resolveu fazer-lhe uma consulta (ele não decidiria sozinho sobre um assunto de tamanha importância).

"Gusk, Lara me pediu uma nave, para levar Daniel em um tour. Quer lhe apresentar o Arquipélago. Em princípio, eu tinha achado uma boa ideia. Você quer que eu cancele?"

A imagem de Lara e Daniel, sozinhos em uma nave interplanetária, viajando por fendas espaciais entre as ilhas do Arquipélago, provocou desconforto em Gusk. Um véu de desconfiança baixara sobre ele.

"Não, apenas não os deixe viajar sozinhos. Vá com eles... e tente perscrutar, sutilmente, a mente de Daniel. E também a de Lara!"

"Assim será feito, tudo o que estiver ao meu alcance, meu Preceptor!"

A conexão mental havia sido terminada, e Thomas pôs-se a pensar no terráqueo e na nariihwian.

Posso entender a insegurança e as dúvidas de Gusk quanto ao terráqueo. Mas por que Lara? Ela também está sob escrutínio?

Lara desconectara-se de uma conversa remota com o Guardião e transmitia, naquele instante, as boas notícias a Daniel.

— Thomas confirmou! Teremos uma nave para o nosso tour pelo Arquipélago. Pediu para irmos até a Estação Trincadora daqui a pouco. Ele vai nos acompanhar na viagem. É até melhor, faz tempo que eu não piloto uma nave dessas. A única pena é não ficarmos sozinhos... — disse Lara, fazendo dengo.

Estavam a sós na vivenda e tinham acabado de se desgrudar, desenredando braços e pernas. Outra vez. Desta feita, haviam se amado fisicamente apenas (ou "colado moléculas", que era como os ilhéus se referiam ao amor físico feito na Terra), mas de uma forma igualmente abrasadora. Lara voltou a abraçar as costas de Daniel, que, suado, se refrescava tomando água gelada. A temperatura do planeta era regulada artificialmente na atmosfera, e mantida a vinte e três graus — sempre — nos ambientes fechados ou ao ar livre. Mas a temperatura amena não se aplicava aos momentos em que ele estava com sua ardente namorada extraterrestre. Que estranhamente não suava.

— Que ótimo! Vou poder descansar... na nave — ele brincou.

— Tá cansadinho, é? — Lara perguntou, mordiscando de leve o lóbulo da orelha direita do namorado.

— O Thomas... falou... daqui a pouco?

— Hum-hum... — fez ela, balançando a cabeça afirmativamente.

— Então acho que podemos ficar um tiquinho mais — disse ele, puxando-a pela mão.

Demoraram um pouco mais do que Thomas esperava, mas afinal estavam na Estação Trincadora, banhados e arrumados. Lara, feliz e com uma pele de bebê; e Daniel, extenuado mas ansioso pela viagem. Ela, de branco; ele, de cinza.

— Desculpe-nos, Guardião. Nos atrasamos um pouco... A culpa foi minha, senhor — explicou o jovem instrumentalizador. — Eu ainda me atrapalho com o chuveiro de Miithera e com outras modernidades daqui que não existem na Terra.

— Não tem problema algum, e, por favor, me chame de Thomas. Foi bom! Tive tempo de resolver alguns assuntos da Trincadora e passar o turno para o nosso Subguardião. Não precisamos visitar Omiidhys, já que você conhecerá essa ilha no programa de conceptores. Vamos nos ater a Nariihwe, de Lara; e a Vordhiin, de... De modo que... Vamos?

Ele ia falar "de Karl"? "Vordhiin, de Karl"?

— Claro! Vamos, né, Lara? — Daniel respondeu prontamente, tentando ajudar o Guardião. Não gostava de situações embaraçosas.

A nariihwian anuiu em silêncio e sorriu para ele de um modo estranho, excessivamente lânguida. Parecia embriagada. Thomas olhou para ambos, mas demorou-se mais *nele*. O terráqueo teve medo de que o Guardião desconfiasse de algo entre ele e Lara — da intimidade entre os dois. E que vasculhasse sua mente.

Não sei se já consigo bloquear minha mente. Se não, este é um excelente momento para aprender. E rápido!, pensou Daniel.

Thomas os conduziu até uma área extensa, totalmente vazia e próxima a uma das três gigantescas torres de metal plasmático que pareciam não ter fim. Em segundos, uma auréola com cerca de vinte metros de diâmetro iluminou-se e se abriu; e uma nave despontou de dentro dela, pousando suavemente diante do pequeno grupo. A nave tinha uma aparência minimalista, e seu formato lembrava um controle de videogame, liso e sem botões. Não era particularmente grande — tinha o comprimento aproximado de um avião executivo (embora mais alta e *bem* mais larga) — e parecia ser feita do mesmo material dos esferantes. Sem abri-la, o Guardião atravessou o que parecia ser uma porta chanfrada na frente da nave. Daniel e Lara o seguiram e foram igualmente engolfados pelo metal plasmático. Estavam dentro.

O interior da nave, de certa forma, lembrava uma cabine de avião, alargada. Duas fileiras com cinco assentos cada: capacidade total para dez ocupantes. A primeira fileira devia ser a de comando, pois tinha telas iluminadas à frente e os bancos altos apresentavam controles nos apoios de braço; coisas que não aconteciam na fileira de trás. Acima dos assentos dianteiros, via-se um feixe de luz, vertical e fino (como um laser, mas menos intenso e em um tom azulado), descendo do teto da nave. Cinco feixes de luz, um sobre cada banco. Mas que foram se apagando, um a um, poucos segundos após a entrada do grupo. Restou apenas um feixe iluminado: o do assento central. Exatamente onde o Guardião sentara. Com o facho de luz azul sobre a cabeça, ele havia assumido o controle da nave.

— Sente-se, meu jovem — convidou Thomas, enquanto Daniel, à sua direita, procurava um inexistente cinto de segurança.

— Quer sentar aqui, Lara? — perguntou o Guardião, apontando o assento vazio do seu lado esquerdo.

— Não, eu vou do lado de Daniel. Para ir lhe mostrando *as belezas naturais de Nariihwe* — respondeu a nariihwian de maneira insinuante e coquete, acomodando-se depressa ao lado do terráqueo que corou novamente.

O ancião, no comando da nave, apenas sorriu. Balançava a careca negra e lustrosa, que cintilava sob a cor azul.

Não é preciso entrar na mente de Lara para saber de certas coisas... Ela está apaixonada, como uma adolescente, pensou. *Mas ele... não consigo entrar em sua mente. Ele a está bloqueando, consciente ou inconscientemente. E é muito tímido.*

— Não tem cinto de segurança aqui? — Daniel perguntou.

— Relaxa — respondeu Lara. — A nave tem campos de força internos que cuidam de nós. E Thomas já se apoderou da nave; ela não fará nada, absolutamente *nada*, que ele não deseje.

O Guardião concordou com a cabeça, e uma nova auréola se abriu diante deles. A nave ergueu-se lentamente e começou a adentrar o aro de pixels iluminados. Ganhava velocidade aos poucos, mas de repente disparou para dentro da fenda, como uma fera desembestada. As paredes de plasma da cabine adquiriram a transparência de um vidro, mas eles nada viam ao seu redor, exceto nuvens, cores, luzes e brilhos passando de forma alucinante pela nave. *Somos nós, passando por tudo isso*, pensou Daniel, enterrado em seu assento e espremido pela brusca aceleração que desafiava a gravidade. A chamada "força G positiva". *Os campos de força internos não cuidam de nós tanto assim...*

Daniel olhou para Thomas e Lara, para ver se estavam tranquilos (a exemplo do que fazem os passageiros de um avião, em meio a uma turbulência, com a tripulação de bordo). *Ótimo, eles aparentam estar calmos.* Então as forças de aceleração começaram a amainar, luzes e brilhos tornaram-se menos vertiginosos e gradualmente cessaram.

A nave saía por uma fenda espacial, a cerca de mil metros de altura, e ganhava os céus de um planeta amarelado. Daniel não perdera a noção do tempo, como quando viajara da banheira do apartamento da Barra da Tijuca para Miithera. Nem tivera a estranha sensação de dispersão quântica do seu corpo, viajando nu pelo Universo. Estimava que a travessia da fenda não durara mais de um minuto. Mas só naquele momento percebeu que estava agarrado ao braço de Lara.

— Não vamos pousar, vamos apenas sobrevoar a parte habitável do planeta. Para que você possa conhecê-lo um pouco — disse o Guardião. — Você está bem?

— Sim — respondeu Daniel. — É *muito* melhor atravessar essas fendas espaciais dentro de uma nave. Sem passar frio, seco e... vestido.

Lara olhou de esguelha para ele, com malícia e cumplicidade.

Thomas estava focado em conduzir a nave, ao que tudo indicava, usando apenas a mente. A tela iluminada à sua frente mostrava imagens 3D incompreensíveis, e o velho piloto raramente tocava em qualquer controle. As paredes da cabine permaneciam transparentes em todas as direções, e a vista do planeta abaixo era magnífica.

— Bem-vindo a Nariihwe, Daniel, o belo planeta onde eu nasci. *Mi casa* — disse Lara, ligeiramente emocionada.

Daniel olhou para os lados e viu três torres altíssimas, parecidas com as da Estação Trincadora de Miithera.

A Trincadora de Nariihwe... Aquela, da ex-Guardiã simpática à causa insurgente que está presa em Vordhiin. No lugar de Karl.

Eles voavam abaixo das torres, e Thomas diminuiu ainda mais a altitude para que Daniel tivesse uma boa visão do planeta-ilha. O terráqueo logo percebeu construções modernas e cintilantes (*diamantes?*), várias delas assimétricas e romboides. Outras, ainda, se assemelhavam a formidáveis esqueletos de animais, recordando-lhe o estilo arrojado de um famoso arquiteto da Terra, um espanhol de Valência. A cidade que Daniel via era menos densa que Miithera. As edificações, mais espalhadas; os viadutos, menos espetaculares; e os prédios futuristas, mais baixos. Mas com muitíssimas construções em andamento — algo que ele não notara na Capital. Nariihwe era um canteiro de obras e uma empolgante metrópole. Não tanto quanto Miithera, era verdade, mas parecia que se esforçava imensamente para alcançá-la.

— Não é deslumbrante? — perguntou Lara.

— É, sim, Lara! É admirável e impressionante — respondeu Daniel com sinceridade. — E parece que estão em franco crescimento.

— Sim, o Governador de Nariihwe é muito... *ativo* — emendou Thomas, no comando da nave. — Veja, ali embaixo. É a Governadoria.

A Governadoria... onde talvez tenha se tramado, no passado, a substituição do Preceptor e a mudança da capital do Arquipélago. Daniel pensou na rivalidade que talvez ainda existisse entre Miithera e Nariihwe. *Milhões de anos não mudaram a natureza humana.*

Então resolveu mudar de assunto; e de pensamentos.

— A atmosfera é igual à de Miithera? — perguntou o terráqueo. — Essa cor amarelada do céu... Na Capital o céu é verde e vermelho.

— Na verdade, é bem semelhante. A cor amarela é a combinação do verde e do vermelho — explicou o Guardião. — Aqui as fases da atmosfera se misturam.

Dããã... mas é claro! Era só você ter pensado um pouquinho, seu trouxa, disse Daniel a si mesmo, arrependendo-se da pergunta. *Acordou burro hoje?*

Thomas acelerou a nave, e ela disparou — silenciosamente, sem trepidações e a uma velocidade alucinante. *Não há nada, nem de perto, parecido na Terra,* pensou Daniel. A viagem era muito agradável.

— Vamos mudar de cenário — disse o Guardião, e em poucos segundos a paisagem se transformou completamente.

Daniel olhou para baixo e viu algo admirável: o mar, de um azul escuríssimo (quase negro), cingindo a península erguida sobre um paredão, claro e íngreme, de pelo menos dois mil metros de altura. Uma colossal falésia branca. A região era uma assombrosa plataforma suspensa, salpicada de edifícios aglomerados e cercada por águas bravias, a dois quilômetros abaixo. Morar à beira-mar, naquelas terras, significava estar muito próximo a um titânico precipício. Mas a vista do planalto sobre o paredão vertical era linda. E muito exótica.

— Esse mar é sempre assim, Lara? — perguntou Daniel. — *Tão abaixo* do nível do solo? E com ondas tão altas? Onde estão as praias?

— Não existem praias nas áreas habitáveis de Nariihwe — ela respondeu. — Não como no Rio de Janeiro. Mas não é fantástico?

Daniel assentiu em silêncio, observando uma concentração de vivendas pegadas ao penhasco e muitos ilhéus caminhando por perto. Dali não conseguia ver se eram adultos pequenos ou crianças (sabia que eram poucas) brincando ao ar livre. *Cadê as redes de proteção?*

Lara teve um sobressalto e apontou uma pequena construção, branca e isolada das demais, no formato de um iglu. Estava agitada.

— Aquela! Aquela é a vivenda onde eu nasci, Daniel! Acho que por isso me acostumei a viver à beira do abismo — disse ela. E riu.

Sobrevoaram o planeta por mais algum tempo, e Thomas também mostrou ao terráqueo um pedaço da imensa área inabitável de Nariihwe: um deserto árido, castigado por dois sóis e com radiação em níveis letais. Apesar de inóspita, era uma bela paisagem e lembrou a Daniel o Deserto do Atacama, no norte do Chile. Paisagens marcianas e um deserto sem fim.

Esses ilhéus vivem apinhados em uma pequena parte do planeta. Um preço bem alto por uma atmosfera com Etherii, pensou Daniel. *Espero que a Terra nunca precise pagá-lo. E tampouco Vordhiin.*

— Pronto? Podemos zarpar para Vordhiin? O nosso planeta-ilha que não está sob o Etherii... *e nunca estará!* — enfatizou o Guardião.

Ele leu a minha mente?, pensou Daniel. *Bloqueio! Bloqueio!*

— Sim, vamos — respondeu, tentando disfarçar. — Estou curioso para conhecer esse planeta que se parece com a Terra.

Lara fez um muxoxo, incomodada. "Ah, então vamos... Mas que droga! Ficamos tão pouco em Nariihwe..."

O ancião sorriu e embicou a nave em direção ao sol primário, ganhando altitude vertiginosamente. Quando o planeta que ficara para trás começava a diminuir de tamanho, uma nova fenda espacial abriu-se diante deles, e a nave mergulhou em seu interior. Pouco depois, emergia na ionosfera de Vordhiin. Um esplendoroso planeta azul. Mas com mares e continentes em formatos estranhos ao terráqueo. Daniel suspirou emocionado e algo eufórico. Nunca havia visto seu próprio planeta do espaço, mas imaginava ser algo parecido com aquilo.

— Não vamos descer na Estação Trincadora de Vordhiin?

— Vordhiin não tem uma Trincadora — explicou Thomas —, por causa da inexistência de Etherii em sua atmosfera. Suas fendas espaciais são controladas a partir das Trincadoras de Miithera e de Nariihwe.

É possível enviar alguém para o solo de Vordhiin através das fendas, mas para sair dele... só a partir da estratosfera, ou acima. A região precisa estar carregada de elétrons, de átomos ionizados pela radiação solar. Como na ionosfera, onde estamos agora. E isso exige uma nave.

Claro, elementar, pensou Daniel. E perguntou:

— Nem peladão, usando uma banheira com água apavorantemente gelada e uma gota de Etherii?

Thomas riu com gosto. O terráqueo ficara traumatizado.

— Não, é impossível abrir fendas espaciais de saída ao nível do solo de Vordhiin. Só as de chegada, a partir de uma Estação Trincadora. Seu campo magnético é ainda mais protetor que o da Terra. Não há ionização atmosférica; o Etherii não funciona neste planeta-ilha. Assim, os vordhiinians não podem usá-lo. Nem mesmo tentar.

— Por isso Vordhiin é o local ideal para o nosso presídio. É um planeta à prova de fugas. Ou quase... — completou Lara, corrigindo-se a tempo e olhando cautelosamente para o Guardião.

Teoricamente, o Etherii também não deveria funcionar na Terra, mas funciona... ainda que parcialmente. Karl é a prova disso, eu vi!, pensou Daniel, preferindo, porém, permanecer em silêncio. Desfrutava a arrebatadora visão daquele lindo planeta azul, perdido na escuridão do espaço. O único do Arquipélago e, provavelmente, de Priimeva.

— Quis que você visse Vordhiin daqui, meu jovem, para mostrar como ele lembra o seu mundo. Vamos descer agora — disse Thomas.

O terráqueo já lera muito a respeito de reentradas em atmosferas densas; bólidos desembestados chacoalhando e tremendo descontroladamente. Quando as coisas não corriam bem, tornavam-se bolas de fogo e se desintegravam. Tudo aquilo ficara para trás naquele instante. A nave conduzida pelo velho Guardião perdia altitude, rápida e suavemente. Com uma estabilidade impressionante.

Caramba! Imagina a potência dos motores — que não se sentem — para manter esse controle contra a gravidade do planeta, pensou Daniel. *Parece que estamos descendo de... elevador! Só falta a musiquinha relaxante de fundo. Lá-lá-lá-lá. Se tivesse um ascensorista aqui (que, segundo a mamma, existiam nas antigas lojas de departamento), ele diria: "Oitenta mil* metros, camada da mesosfera: meteoritos em combustão. Alguém quer descer? Cinquenta mil metros, estratosfera: seção dos jatos supersônicos, balões meteorológicos... Descendo para doze mil metros..." *Jesus! Como eu me lembro disso?*

Foi nesse momento que Daniel teve uma epifania: ele lembrava-se, *cada vez mais*, de tudo o que havia aprendido, lido, ouvido ou visto. Como se estivesse passando por um processo de "superativação cerebral". Lembrava-se das maçantes aulas de Geografia do ensino fundamental (*argh!*), e do nome de todas as camadas da atmosfera da Terra. Com suas respectivas altitudes! E de muitas outras coisas.

Depois falo com Lara. Não quero parecer um hipocondríaco diante do médico: "E isso que estou sentindo agora? Também é normal?".

A nave se aproximava rapidamente da superfície vordhiinian, e Daniel sentia-se extasiado. A não ser pelos dois sóis, o planeta lembrava mesmo a Terra. Um lindo céu azul-claro, mares na cor turquesa, vastas extensões de terra, cadeias rochosas, nuvens.

O ascensorista imaginário seguia falando na mente de Daniel: *"Doze mil metros e descendo... Andar da troposfera: aviões, helicópteros. E... chegamos".*

— Aí está Vordhiin — disse Thomas —, nosso único planeta azul.

Voavam a cerca de mil metros do solo, e Daniel tinha uma ótima vista da paisagem: campos, modernos arranha-céus e condomínios, estradas e veículos que deslizavam sobre faixas desenhadas no chão. Sem condutores. Ao longe, uma montanha parcialmente explodida levava a crer que aquilo se tratava de uma pedreira, ou de uma mina. Abaixo deles viajavam drones sem hélices, tripulados e não tripulados. E, acima, enormes cunhas voadoras (*cargueiros?*) cruzavam os céus em um movimento retilíneo e uniforme, sem manobras bruscas.

Usam outro sistema de propulsão, nada comparável a esta nave, ou mesmo a um esferante de Miithera, pensou Daniel. *Aqui somos como uma mariposa ziguezagueando ao redor de tartarugas.*

Acercavam-se agora do que parecia ser o centro administrativo de Vordhiin. As construções se adensavam e se modernizavam. Grandes complexos envidraçados (*aquilo não é diamante!*) e muita gente caminhando pelas ruas, ocupada com os seus afazeres. Daniel esforçava-se para ver as pessoas. Thomas apontou uma pequena tela sobre o apoio de braço do terráqueo. Ao abrir os dedos sobre a tela, as imagens vistas através das paredes transparentes da nave se ampliaram. Aproximaram-se tanto que Daniel pôde ver o rosto dos ilhéus abaixo. Nem todos usavam túnica; ao contrário, havia ali uma profusão de modelos de trajes e cores. Quimonos, vestidos, saias, calças, mantas e sobretudos. Calçados e chapéus. O cardápio de vestuário em Vordhiin era diverso, rico e anárquico — como na Terra.

Ponto para Vordhiin, pensou Daniel. *Nada de túnicas monocromáticas. Assim é bem mais divertido.*

Thomas acelerou a nave, ela ganhou altitude e as imagens se embaralharam; tornara-se impossível distinguir alguma coisa na velocidade em que viajavam. O terráqueo vislumbrava apenas o mar, azul e extenso, que permanecia debaixo deles. Um minuto depois, a silenciosa nave teve sua velocidade novamente reduzida, e ele divisou um imenso vulcão à frente, no meio do mar. O vulcão extinto havia formado uma enorme ilha ao seu redor e exibia uma rica e verdejante vegetação. O que o distinguia, contudo, era a colossal dimensão de sua cratera — tinha o tamanho de uma cidade de porte médio. Aproximaram-se lentamente, subiram, e Daniel conseguiu entender: dentro da cratera, toda cercada por um altíssimo paredão de lava endurecida (íngreme, perfeitamente liso e impossível de ser escalado), havia um pequeno centro urbano, uma respeitável colônia agrícola e o que parecia ser um conjunto prisional. Pouquíssimos homens, armados e desinteressados, controlavam o local — ali, a vigilância era desnecessária.

A nave pairava sobre a cratera. Daniel deu um zoom nas imagens e viu rostos de colonos, homens e mulheres, olhando para cima. Rostos de tristeza e desilusão. Mas também havia os de revolta e ódio.

O Guardião apontou para baixo, circunspecto.

— O Complexo Prisional de Vordhiin. O inexpugnável presídio, quase sem guardas. Uma comunidade apartada... de onde é impossível fugir. E de onde Karl e outros dois, inexplicavelmente, fugiram.

Pensativa, Lara apenas balançou a cabeça.

Thomas ainda teve tempo de mostrar mais um planeta ao jovem visitante intergaláctico: o K11, o segundo planeta mais remoto no Arquipélago, utilizado para a mineração de diizormorfio. A aparência do planeta, desértico e cheio de crateras, lembrava a Lua da Terra, embora fosse maior. Sobrevoavam uma área parcialmente colonizada. Duas dúzias de pequenos assentamentos hexagonais se encaixavam como em uma colmeia: compartimentos estanques e totalmente vedados à irrespirável atmosfera exterior. Do lado de fora das bases, ciclópicas máquinas de perfuração, antenas de comunicação, tanques de armazenamento e naves (muitas naves), decolando e pousando, evidenciavam a intensa exploração de minério no K11. De longe, os dois sóis, inclementes, castigavam a superfície acinzentada do planeta.

— Este planeta não permite uma *habitatformação* — explicou Thomas. — As indispensáveis mudanças em sua atmosfera, na temperatura, na topografia e na ecologia que lhe possibilitassem abrigar a vida humana, de forma natural. Mas o pior mesmo, para as colmeias estanques e os colonos, são os meteoros que logram atravessar os escudos protetores. Já perdemos vários mineradores desse modo. Esse trabalho é pesado e perigoso.

Meteoros... Os bilionários da Terra que desejam colonizar a Lua e Marte precisariam ver isto, pensou Daniel. *Será que Karl trabalhou no K11? Não deve ter sido muito agradável.*

— Tudo começa aqui — continuou o Guardião — e nos outros planetas remotos. Com a exploração do diizormorfio. Que depois será processado nas ilhas-sob-o-Etherii e transformado. Aí está a origem de nossa "magia". O segredo dos poderes dos ilhéus sobre as ondas e as partículas. Dos ilhéus de Miithera, Nariihwe e Omiidhys, apenas. Claro!

— Poderes que todos desejam... — disse Daniel, reflexivo.

— Mas que nem todos podem ter! — complementou o ancião, olhando fixamente para o jovem terráqueo.

Os três voltaram a Miithera no início da noite — parcialmente iluminada pelo sol mais distante. Lara explicara a Daniel que, em alguns dias, o sol secundário começaria a se pôr logo após o primário. Com isso, começariam a ter noites escuras em Miithera (bem escuras, porque não tinham uma lua); em Omiidhys o ciclo já havia começado. Pela excitação da nariihwian, as noites escuras deviam ser bastante aguardadas.

Daniel agradecera ao Guardião, sinceramente e repetidas vezes, pelo tour interplanetário — que ele adorara. No que seriam umas quatro horas terrestres, ele conseguira visitar três planetas daquele fascinante sistema bissolar. E entender um pouco melhor o Arquipélago e seus ilhéus. Thomas voltara a sorrir e se despedira com um *teaser*:

— Acho que você vai gostar ainda mais do nosso programa de conceptores, em Omiidhys — disse ele, para estimular a curiosidade do terráqueo. — Haverá muitos jovens... bem, não tão jovens quanto você.

Daniel e Lara tomaram um esferante, e Thomas se dirigia agora para a Preceptoria — caminhando, como gostava de fazer.

Caminhar me ajuda a pensar. E eu preciso pensar muito.

O Preceptor o aguardava no edifício, praticamente vazio àquelas horas. O líder do Arquipélago, seu antigo mentor e amigo de séculos, exibia aquele inconfundível olhar de ansiedade, uma chama quase juvenil, a despeito de sua idade avançadíssima e enorme sabedoria.

Talvez sua força e sabedoria venham exatamente dessa chama, pensou o Guardião. *Uma lástima que, um dia, tudo isso se acabe.*

— E então, Thomas? — perguntou Gusk, afoito. — Conseguiu ler a mente do terráqueo? Com que objetivo guardou as pedras de diamante? Tem sonhos de riqueza e poder na Terra? Tenta nos prejudicar ou prejudicar seu próprio planeta? Está mancomunado com Karl ou foi apoderado por ele? Suas intenções são boas ou maliciosas?

O Guardião coçou a careca, demonstrando que raciocinava.

A efervescência de meu mestre... Que enxurrada de perguntas! Minhas próximas palavras terão grande impacto sobre o destino de Daniel. Não quero cometer uma injustiça contra esse garoto. Mas e se ele representar algum perigo que eu desconheço? Para o Preceptor, para o Arquipélago, ou para o seu distante planeta? O endosso de Lara sobre o seu caráter é suficiente? Ela está apaixonada... como já esteve por Karl. Que eu tenha sabedoria neste momento!

A impaciência do Preceptor era crescente.

"Thomas...?"

— Eu não consegui *ler... de maneira cabal...* a mente do jovem terráqueo — admitiu o Guardião finalmente. Estava meio sem jeito.

— Não conseguiu? Mas você sempre consegue...

Thomas interrompeu seu líder com um gesto delicado. Usava, como raras vezes o fizera antes, a prerrogativa da longuíssima amizade e da relação de confiança que se estabelecera entre ambos.

— Daniel é um caso atípico, Gusk. Eu posso *senti-lo*... mas não posso *lê-lo*. Diferentemente do dia em que ele chegou à Trincadora, quando eu pude ler diversos de seus pensamentos e sentimentos. Ele não chegou *bloqueado*. De alguma forma, aprendeu a bloquear a mente... intuitivamente. Não o ensinei a fazer isso. Ele desenvolveu a técnica sozinho. Em dois dias! Se eu precisasse definir o amigo de Lara em uma palavra, seria esta: *intuitivo*.

— Mas por que estará bloqueando sua mente? Do que ele tem medo? — perguntou o Preceptor.

— Quem não teria? — respondeu Thomas. — Um jovem terráqueo, de 19 anos terrestres, atravessa o Universo, fugindo de um criminoso, um poderoso conceptor que deseja matá-lo em seu planeta natal. Aterriza em uma nova galáxia, em um mundo totalmente diferente, onde conhece apenas *uma* habitante: a ex-esposa de seu arqui-inimigo. Inimigo esse que aguarda *ansiosamente* sua volta à Terra, para um ajuste de contas. E se envolve amorosamente com a mulher dele. Lara e Daniel estão... envolvidos. Você sabia disso?

— Sim, eu sabia — respondeu o Preceptor, pensativo.

— Eu, na túnica dele, não deixaria minha mente desbloqueada. Em um lugar onde desconhecidos, *muitos* desconhecidos, pudessem lê-la. Embora nem me lembre mais de como era ter a idade do nosso jovem visitante — ponderou o Guardião. — Só o que sei é que, nessa idade, eu não tinha manifestado uma fração mínima dos seus poderes.

— Mas você pôde *senti-lo*, não? O que sentiu a seu respeito?

— Gusk, eu não posso afirmar 100%... Mas eu tendo a confiar nele. Quando chegou em Miithera estava assustado e desprotegido. Pareceu-me uma criança tímida, embora atrevida; curiosa sobre superpoderes e super-heróis, algo que eu nem sei bem o que significa na Terra. Mas com bons sentimentos. Em nenhum momento senti agressividade, má índole, ganância ou dissimulação. Ao contrário, tive uma impressão bastante positiva dele. Mas...

— Mas...? — o Preceptor incentivou o Guardião a continuar.

— Mas não dá para ter certeza. A menos que nos *apoderemos* de sua mente. E ele já aprendeu a resistir. O que significa...

— Isso não! — disse Gusk com firmeza. — Não vamos arriscar a vida do garoto por causa de nossas inseguranças. Não somos como o vordhiinian, cruel e sorrateiro, que, *por falha nossa*, chegou à Terra.

— Mantemos, então, o terráqueo no programa de conceptores em Omiidhys? — perguntou Thomas.

— Sim, meu amigo, vamos dar a Daniel espaço para correr. Ou para voar... E espero que ele o faça da maneira correta. Também tenho expectativas quanto a esse rapaz e, em princípio, gosto dele. Espero que não nos decepcione. Esse é um programa no qual eu faço questão de estar no encerramento. Pessoalmente. Vamos ver se ainda mantenho a minha velha forma — disse o Preceptor, alisando o queixo avantajado. — Não conviverei com dúvidas.

Gusk tentará entrar sutilmente na mente de Daniel, pensou o Guardião. *Se não o Preceptor para consegui-lo, então quem? Espero que o jovem terráqueo não perceba e não resista. E que não tenha nenhuma agenda oculta. Ou o seu futuro será a morte... ou o Complexo Prisional de Vordhiin. Para sempre!*

Lara já estava na cama de Daniel quando ele terminou o banho. Estava coberta por um lençol apenas, e a vivenda encontrava-se vazia.

— Achei que você não se importaria. Estou com medo de ficar sozinha — disse ela em tom de gracejo.

— Humm, deixa eu ver... — brincou Daniel, levantando o lençol. — É, acho que não tem problema.

O terráqueo deitou-se ao lado da nariihwian, e ela aninhou-se, toda feliz, em seus braços magros.

— Querido, Ian nos chamou enquanto você estava no banho; acabou deixando o recado comigo. Pediu para te avisar que o programa de conceptores em Omiidhys vai começar em três dias. E deve durar dez dias. *Dez dias* sem te ver... — reclamou Lara, franzindo a boca e as sobrancelhas.

A expressão da nariihwian lembrou muitíssimo a Daniel a cara que Adriana fazia, sempre que contrariada (isso em outra vida, em outro mundo). *Ela está "mimetizando" Adriana ou eu estou "viajando"? Nós estivemos entrelaçados. Será que...? Não, sem paranoia!*

— Lara, você não pode, mesmo, ir comigo? *Mesmo?* — perguntou ele pela décima vez.

— Não posso, meu *amor*, eu já te expliquei. É só para potenciais conceptores. Nem uma *esposa* pode acompanhar o programa — disse Lara, usando as palavras "amor" e "esposa" de forma provocativa. Tinha um encantador sorriso nos lábios e também sorria com os olhos.

O sorriso de Adriana? Eu realmente estou ficando maluco!

— Entendi — assentiu Daniel, desapontado. — Você acha que Thomas, Ian e Gusk sabem que nós...

— Sim... que nós...? — provocou Lara, rindo. — Sobre Ian eu não sei dizer, mas eu estranharia muito se Gusk ou Thomas não soubessem. Eles são conceptores, e conceptores leem mentes desbloqueadas.

— Eu estou *tentando* bloquear a minha mente.

— E está conseguindo, terráqueo — replicou Lara, em um tom que mesclava seriedade e brincadeira (ele se esforçou, mas não soube identificar a intenção). — Já na mente desta mentalizadora aqui, Thomas deu um longo passeio. Eu senti e não resisti.

— Você estava... estranha, quando embarcamos na nave para o tour pelo Arquipélago. Estava falando meio mole, parecia embriagada. Ou drogada, sei lá.

Lara olhou para Daniel e o beijou demoradamente na boca. Depois colocou-se parcialmente debaixo dele e falou:

— Apenas excesso de ocitocina, o hormônio do amor, liberado por minha neuro-hipófise. Somado, é claro, à *invasão-não-tão-sutil* de minha mente, feita pelo nosso amigo Guardião. Certamente a pedido de Gusk. Minha mente, apaixonada, estava totalmente sem bloqueios. Gosto do Thomas, mas ele poderia ter pedido licença.

— Você realmente acredita que está apaixonada por mim, Lara?

— Sim. E você por mim! Eu sei. Nossas mentes já estiveram entrelaçadas. Mas você só vai se dar conta disso quando ficarmos longe um do outro por *dez dias*... Veja, só temos dois dias completos: amanhã e depois de amanhã. E *três noites,* contando esta, para matarmos antecipadamente a saudade. Ou a aumentarmos — disse ela, invertendo as posições e subindo sobre ele com a agilidade de uma ginasta olímpica.

Depois de conhecer Lara, a expressão "a mulher mais linda do Universo" ganhou outro significado para mim, pensou Daniel. *Assim como a expressão "o homem mais sortudo do mundo".*

— Então não temos tempo a perder! — exclamou o terráqueo, girando o corpo e colocando-se novamente por cima dela.

Brincavam, e Lara riu gostosamente. Também com os olhos.

Os dois dias completos — e as três noites — revelaram-se insuficientes, escoando-se rapidamente. Esvaíram-se entre longos passeios, voos espetaculares, comidas surpreendentes, conversas amenas e confidências (*sim, estamos namorando!*). Muitas risadas e múltiplos "emaranhamentos físicos" — a pedido de Daniel, desacompanhados de novos entrelaçamentos mentais. Ele dividira a preocupação com Lara, em tom de brincadeira. "Vou me acostumar mal. E desaprender a fazer isso do modo tradicional... quer dizer, tradicional para nós, simples terráqueos, sem os recursos do Etherii. Você vai me estragar e só vou conseguir *'colar moléculas'* com você... Esse é o seu plano, né?"

Lara concordara com a restrição em meio a risos, mas aparentemente tomara o assunto como um desafio: parecia querer mostrar a ele, em poucos dias, que, mesmo sem o entrelaçamento mental, ela era uma mulher incomparável. Como ele jamais encontraria outra igual em todo o Universo.

Ela é insaciável e encantadora. E tem razão, estou me apaixonando! Sentirei uma falta imensa dela nos próximos dias. E o pior: como voltar à Terra e passar toda a minha vida sem essa nariihwian?

Era a última noite que passavam juntos antes da viagem de Daniel a Omiidhys, e Lara pareceu ler os pensamentos do namorado. Não os lia realmente — ele havia aprendido a bloquear a mente —, mas a fisionomia do terráqueo revelava que algo mais fazia companhia ao casal. Havia um elefante no quarto. Lara resolveu quebrar o silêncio.

— Daniel, vou sentir sua falta. Será difícil nos separarmos.

— Eu também vou sentir. Demais! — ele disse com sinceridade.

— Você ainda se lembra da Adriana... como mulher? Sente falta dela? — perguntou a nariihwian de chofre.

A pergunta sem rodeios desconcertou Daniel. *O que responder? Se nem eu sei a resposta?* Decidiu responder com outra pergunta:

— Você sente falta do Nicolas?

Lara franziu a boca e as sobrancelhas, fitando-o com olhos subitamente frios. Mostrava contrariedade (*não, ela não está fingindo*).

— Isso não é justo, Daniel. Fiquei com o Nick, quando estava absolutamente só em seu planeta. Um refúgio dentro de uma prisão, um oásis no deserto. E ele se foi. Por culpa minha e de Karl. É assim que me lembro dele: como um amigo muito querido. E como uma perda...

Daniel arrependeu-se imediatamente. Fora um golpe baixo, e ele também se sentia, de alguma maneira, culpado pelo que acontecera ao personal trainer. *Nicolas morreu em meu lugar...* Ela seguia encarando-o — aguardava ainda a resposta da qual ele se esquivara.

É possível amar duas mulheres ao mesmo tempo? Bem, a Adriana eu NÃO POSSO amar.

— Eu vejo a Adriana exatamente da mesma forma: como uma amiga muito querida — disse ele afinal. *E como uma perda...*, pensou.

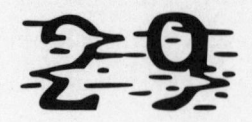

Daniel foi despertado por Lara, não pelos sóis brilhando no céu.

— Vamos, acorda, preguiçoso! O esferante está lá fora te esperando. É importante chegar cedo na Estação Trincadora. Você não vai querer que os outros instrumentalizadores fiquem esperando — disse a nariihwian dando-lhe um beijo ligeiro nos lábios. Com hálito de menta.

Ela exibia toda a sua beleza e frescor. Já havia se banhado, fizera tranças nos cabelos com delicados adereços e vestira uma túnica branca, bordada de dourado e bem curta. Mais curta que o usual.

Sonolento, Daniel arrastou-se da cama — dormira cerca de duas horas. *É o preço a pagar pela despedida que tivemos*. Entrou na ducha sob a auréola iluminada e ordenou, mentalmente, que a água viesse com bastante pressão; e fria. *Finalmente aprendi a usar esse negócio*, pensou. Saiu do banho e encontrou sobre a cama, já arrumada, sua túnica cinza preferida, limpa e dobrada, a cueca e um par de sapatilhas novas. Ao lado, sua mochila de viagem também já estava pronta, com todos os seus pertences impecavelmente organizados.

Lara já cuidou de... de tudo!

Saiu do quarto e se dirigia, com pressa, para a sala de refeições, quando quase atropelou Arthur. O filho de Lara cruzara inesperadamente à sua frente — tinha pouco mais de um metro de altura —, e Daniel simplesmente não o vira. Arthur assustou-se sobremaneira.

— Oops, cuidado! Nós vínhamos com a mesma velocidade, mas lembre-se, *crescido*, você tem muito mais massa que eu. Mais energia cinética. Eu sairia bem prejudicado dessa trombada. Bom dia!

— Desculpe — respondeu Daniel, sem graça. — Eu não vi você.

— Acontece... Ainda vai acontecer comigo por muitos anos. Não é tão ruim quando você se acostuma; e toma os devidos cuidados. Quer dizer então que hoje começa o seu programa de conceptores? Daniel, esse é um privilégio para poucos latentes. É preciso tempo, dedicação e sorte para conseguir uma vaga. Aproveite e não desperdice a oportunidade. A taxa de conversão de instrumentalizadores em conceptores plenos é, estatisticamente, bastante baixa. Mas quem sabe? Boa sorte! Você pode vir a ser o primeiro conceptor a pisar na Te...

Arthur interrompeu a frase, e Daniel adivinhou a lembrança que ocorrera ao seu interlocutor baixote: Karl, seu pai; *fora ele* o primeiro conceptor a pisar na Terra.

Lara já havia se aproximado, ouvira o final da conversa e decidiu acudir o filho.

— Vamos, Arthur, apresse-se! — disse ela. — Sua avó já foi na frente e está te esperando no Educandário. Ela quer usar o Centro de Rejuvenescimento de lá. Você sabe como ela é atrapalhada. Vai precisar da sua ajuda. Ah... e não esqueça de levar a mochila!

— S... sim, eu preciso ir — concordou seu filho. — De novo, boa sorte, Daniel! E até breve. Espero.

— Obrigado, Arthur. Valeu! Farei o meu melhor. Por favor, despeça-se de Euterpe por mim e agradeça a ela por toda a atenção e cuidados que teve comigo. Ela é genial, além de ser muito bonita! Não se esqueça de lhe dizer isso.

O pequenino nariihwian assentiu com a cabeça, ganhou beijos carinhosos da mãe em suas bochechinhas rosadas e deixou a vivenda. Carregava com dificuldade a mochila de estudos.

— A avó dele vai adorar ouvir o seu recado, Daniel. Ela é muito vaidosa. Você está se transformando em um sedutor de nariihwians, hein? Mas agora eu preciso cuidar de *você*, meu amor. Coma alguma coisa, rapidinho. Não dá pra saber quando você voltará a ter uma refeição em Omiidhys. Menino, você não tem muito tempo... Se apresse! — disse Lara com autoridade. De fato, um tanto mandona.

"Menino"? O desjejum já estava servido, e Daniel sentou-se à mesa amuado, enquanto Lara ultimava os preparativos para sua partida. Aquele

termo, "menino", tão comumente usado como um vocativo descontraído em conversas informais na Terra ("Menino, que calor!"), fizera aflorar um incômodo sentimento que ele tinha escondido no fundo da mente. Queria acreditar que Lara não usara a palavra no seu sentido literal. De todo modo, era uma situação estranha. Sua namorada-do-outro-mundo acabara de alimentar e de cuidar do filho (que, apesar de sua inusitada aparência, tinha 23 anos de idade; quatro a mais que ele próprio), e depois o mandara para a escola. Tal qual fazia de novo — agora com ele!

Ela está me tratando do mesmo jeito que trata o filho... Ela não me vê como um adulto? Como um homem?

— Daniel, você quer perder o programa? Vamos! — cobrou Lara, voltando do quarto e entregando-lhe a mochila. — Capriche e volte logo para mim, meu menino. De preferência, como um conceptor!

Do lado de fora da vivenda, um desconhecido o aguardava ao lado de um esferante. Era alto, extremamente magro e usava uma túnica branca, simples e comprida; quase arrastando no chão. Na Terra, ele aparentaria ter uns 40 anos. *Já, aqui, não tenho a menor ideia.*

— Bom dia, terráqueo! Meu nome é Samuel — disse o homem, quase esquelético, com uma voz áspera e desagradável. — Sou auxiliar de um dos assistentes de Ian, da Preceptoria e, como você pode notar, já estou habilitado no seu idioma. Ian havia se comprometido com o Guardião a levá-lo até o ponto de encontro dos viajantes para Omiidhys. Ele não pôde vir pessoalmente, então essa tarefa foi delegada a mim.

— Bom dia, Samuel, muito prazer! E obrigado por vir me buscar. Meu nome é Daniel. Posso pedir que você me chame pelo nome? Eu me sinto mais confortável assim.

— Claro, sem problemas... Daniel — replicou o assistente de Ian com uma pitada de mau humor.

Entraram no esferante e zarparam. Samuel respondeu com monossílabos a um par de comentários de Daniel; deixava claro que não estava a fim de conversar com o terráqueo de túnica cinza (seria uma corrida-sem-conversa). Seu silêncio, entretanto, dava espaço a divagações do jovem passageiro.

Auxiliar de um dos assistentes do Primeiro Assistente? Caraca! Lembra o inchaço dos governos na Terra..., pensou Daniel. A Capital tinha uma profusão de órgãos administrativos. Mas os miitherians não usavam dinheiro, portanto a ideia de mal-usar os cargos públicos como "cabides de emprego" não devia se aplicar ali.

Talvez as pessoas busquem apenas... se ocupar, em um mundo onde não existe escassez. Outras, possivelmente, busquem a proximidade com o Poder, com propósitos diversos. Às vezes, não declarados.

A ligeireza da conjectura fez com que ele se autocensurasse.

Vigie os seus pensamentos, Daniel! Você é um matemático e não entende nada de política. Menos ainda da organização social do Arquipélago. É por essas e outras que deve manter a mente bloqueada e a boca fechada: ninguém pode ser 100% transparente, o tempo todo, sem arrumar problemas para si mesmo. Ainda mais por aqui. Ou pode acabar no Complexo Prisional de Vordhiin. A comunicação verbal tem muitas limitações, mas, falando, só comunicamos o que desejamos. Já os pensamentos...

Daniel imaginou o que teria sido de sua relação com Jaime e Adriana se ele não tivesse conseguido ocultar dos amigos seus mais íntimos sentimentos. Por muitos anos. Até que ele, por fim, voltasse a se apaixonar. O que felizmente havia ocorrido — no Arquipélago.

Lara tem toda a razão. Vou sentir muito a falta dela!

O esferante se aproximava da Estação Trincadora, e uma concentração de túnicas cinza podia ser avistada lá embaixo (havia também uns poucos trajes na cor azul). Diferentemente do padrão que ele vira até então em Miithera, Daniel quase não identificava túnicas brancas naquele grupo, aglomerado ao lado de uma grande nave — redonda e muito maior que aquela que o levara para um tour pelo Arquipélago. Ela estava estacionada em uma área anexa à Trincadora, fora do campo delimitado pelas três torres de plasma, cujas cores brilhantes se movimentavam mais rapidamente que de costume.

Deve ter uns duzentos instrumentalizadores aí embaixo. E uns doze conceptores. É fácil identificá-los através desse sistema de cores. Serão todos professores do programa, ou alguns desses conceptores vão fazer a tal "reciclagem"?

— Chegamos! — informou o auxiliar-de-um-dos-assistentes-do-Assistente-do-Preceptor, desnecessariamente. O homem parecia aliviado após haver cumprido sua missão. Aliviado, não feliz. Mas tinha a expressão facial suavizada. Pousou o esferante ao lado de um dos poucos ilhéus que usavam túnica branca. Aparentemente, mentalizadores que organizavam a viagem para Omiidhys. Aquele ilhéu era Ian.

— Muito obrigado, Samuel — disse Daniel, pegando a mochila e preparando-se para atravessar a casca plasmática do esferante.

— É meu trabalho, terrá... Daniel — replicou o ilhéu, corrigindo-se a tempo e forçando um sorriso esquisito. — Quantos anos você tem?

Daniel estranhou a pergunta direta, vinda de alguém que não se interessara por nenhum tipo de conversa durante o tempo em que estiveram juntos. Mas já estava com metade do corpo do lado de fora do esferante e respondeu rapidamente:

— Eu tenho 19 anos. Terrestres. Me desculpe, Samuel, mas preciso ir. Mais uma vez, obrigado!

O jovem instrumentalizador ainda conseguiu ver o homem magérrimo fechando a cara novamente. E partir em seguida. *Acho que esse ilhéu não gostou de mim. Ou é assim mesmo, mal-humorado.*

Ian, ao contrário, aproximou-se de Daniel com um largo sorriso no rosto. Parecia estar de bom humor e falava em krpsnc, o idioma insular que, de início, soara como estática de rádio ao terráqueo. Agora, entretanto, Daniel podia comunicar-se perfeitamente na língua oficial do Arquipélago. A preferência por falar em português devia-se meramente à sua memória afetiva. Os sons da Terra lhe agradavam mais.

— Bem-vindo, Daniel! — disse o Assistente do Preceptor. — Estamos esperando por uns poucos participantes e pelo próprio Thomas, que chegará por último. Ele está passando a guarda da Trincadora ao Subguardião. Doravante, é melhor falarmos em krpsnc. É mais fácil do que plantar seu idioma na mente de todos os participantes. Embora eu imagine que muitos deles já estejam habilitados. Até o final do programa, certamente, todos estarão. Como o único humano de fora do Arquipélago, é natural que você e a Terra despertem curiosidade.

— Claro, sem problemas quanto ao krpsnc, eu acho. E obrigado por ter pedido ao Samuel para me trazer.

— Ele é ótimo, não? — perguntou Ian.

— Sim, ele foi fantástico — mentiu Daniel; e pensou: *Abençoada comunicação verbal.*

Todos haviam chegado afinal e encontravam-se embarcados. A bordo da grande nave sentaram-se 220 passageiros. Exatamente. Daniel contara o número de fileiras e os assentos em cada uma delas: 15 fileiras, com 15 assentos cada, lado a lado. A disposição dos assentos, em um formato quadrado, oferecia, portanto, 225 lugares. E cinco deles estavam vazios. Na primeira fileira, 14 ilhéus vestidos de azul: conceptores. Thomas no assento central, com o feixe azul sobre a careca reluzente, pilotaria a nave. Da segunda fileira em diante todos vestiam cinza: instrumentalizadores — exceto Ian, que, de branco, sentara-se à direita de Daniel.

Ian parecia ser muito conhecido — claro, era o Assistente do Preceptor! — e, apesar de ser um mentalizador, fora saudado com respeito e reverência por todos. Não fosse seu desejo pessoal sentar-se ao lado de Daniel, o lugar vazio da primeira fila estaria certamente ocupado por ele. Mas o Assistente de Gusk não queria isso. Ficaria tão próximo do prodígio terráqueo (*ou da aberração?*) quanto possível.

Há uma evidente hierarquia aqui, baseada em poderes, pensou Daniel, que notava olhares curiosos em sua direção. Para disfarçar, concentrou-se no monitor individual à sua frente.

— É você quem vem do planeta Terra, da Via Láctea? — perguntou, em krpsnc e sem cerimônia, o passageiro enorme sentado à esquerda de Daniel. Um monólito negro. — Meu nome é Magnus.

— Sim, receio que seja eu... Prazer, meu nome é Daniel.

Meu Deus, eu vou ser o centro das atenções durante os próximos dez dias, um "bicho raro" sendo observado. E eu detesto isso. Socorro! Onde estão o tapa-olho e o fone de ouvido? Por um momento, arrependeu-se de ter aceitado participar do programa de conceptores em Omiidhys. De ter se afastado da aconchegante e protetora presença de Lara. Sentiu uma primeira onda de saudades, exatamente como a linda nariihwian previra. *E ainda nem deixamos Miithera...*

Foi o tempo de concluir o pensamento, e a nave, no formato de uma cúpula de abajur, achatada e drapeada, ergueu-se silenciosa e verticalmente. As paredes e o piso ganharam a transparência de um vidro, permitindo a total visualização do exterior. A nave começava a se dirigir lentamente para o campo triangular onde as fendas espaciais eram trincadas (Daniel já aprendera que os ilhéus evitavam a expressão "espaço-tempo"; a dimensão temporal fora desativada nas estações trincadoras — compensada e anulada, seria bem mais preciso dizer — havia milhares de anos, e até mesmo o nome do fenômeno físico fora modificado). *Os ilhéus do Arquipélago também têm seus tabus.*

Ao passar pela primeira torre, a nave acelerou horizontalmente e, depois, subiu em um ângulo superior a quarenta e cinco graus. *ESTOL, ESTOL,* pensou Daniel, imaginando o que aconteceria a um avião na Terra, voando naquele ângulo de ataque. Mas ele estava calmo. *Nada como já ter experiência. Agora já conheço o roteiro.* Uma enorme auréola, algumas vezes maior que o diâmetro da nave, se abriu acima deles. *A entrada na fenda vai ocorrer distante do solo.* A nave adentrou o aro de pixels iluminados e disparou, atravessando vertiginosamente as já conhecidas cores, nuvens, luzes e brilhos que se embaralhavam. A força G da gravidade era quase imperceptível, e Daniel constatou que todos os passageiros estavam tranquilos. Ian até bocejava.

A nave saiu do outro lado, por uma fenda aberta à grande altitude. O que foi ótimo: tinham uma visão panorâmica do planeta e de sua atmosfera levemente esverdeada. Sobrevoavam uma área verde-escura, aparentemente de mata fechada.

Daniel quis se certificar, ampliando as imagens em seu monitor individual. *Sim, é mata.* Uma imensa floresta, mas em um terreno acidentado, montanhoso e com cavernas. Ali não se identificava civilização, não fossem algumas construções espaçadas umas das outras. Sempre no topo de altas montanhas. Nada de estradas ou trilhas terrestres. *Acesso a esses prédios, seguramente, só por via aérea.*

— Todo este grande continente chama-se *Biolocus* — explicou Ian, percebendo a curiosidade de Daniel. — É a reserva biológica de Omiidhys, destinada a estudos. Mantemos aqui espécies biológicas vivas, vegetais e animais de quase todo o Arquipélago. E alguns espécimes de fora dele. Cada uma dessas construções contém laboratórios e centros de pesquisa. Chamamos os centros de *Mineralium, Herbarium, Aquarium, Serpentarium, Hominidarium...* entre dezenas de outros.

— *Hominidarium?* De *hominídeos?* De fora do Arquipélago? Vocês mantêm humanos da Terra... ou de Glis... nesta reserva? — perguntou o terráqueo, sentindo um princípio de pânico.

Meu Deus! Onde eu vim parar?, pensou.

— Não, Daniel, não se preocupe — Ian riu. — Só animais irracionais vivem aqui. E livremente. A reserva reproduz o hábitat de cada espécie. Apenas para estudos observacionais, principalmente os comportamentais. No Hominidarium há somente espécies primitivas de primatas. Algumas delas já existiram na Terra e hoje estão extintas por lá. Como o *pithecus*.

— *O australopithecus...* — murmurou o terráqueo maravilhado, como quem acabava de se lembrar de um avô muito, muito longínquo. *Seria fantástico ver um*, pensou. *Se não estiverem nas cavernas.*

— Adicionalmente, no Hominidarium, pode-se observar, a distância, todos os planetas onde existem hominídeos, inclusive humanos.

— Inclusive os da Terra? — perguntou Daniel.

— Sim. E também os de Glis — respondeu Ian. — Mas não se entusiasme demais! Você não conseguirá achar sua família e seus amigos no Observatório. As imagens obtidas de Glis e da Terra são equivalentes àquelas que se veem de uma nave. Voando alto e sem ampliações.

— Entendo. O suficiente para acompanhar a evolução humana. De longe e sem interferências!? — disse Daniel, meio afirmando, meio perguntando. Lembrava-se de suas conversas com Lara.

— Exato, sem interferências. Idealmente... — respondeu Ian, de modo enigmático.

A nave acelerou de repente, e, como Daniel já vira acontecer, as imagens exteriores turvaram-se; também em seu monitor. Deviam estar viajando para outro ponto do planeta a uma velocidade alucinante, inimaginável na Terra. Por cerca de um minuto. Então o voo pareceu perder urgência, e eles começaram a descer lentamente. O terráqueo voltou a atenção novamente para seu monitor, para o piso e para as paredes transparentes da nave. À frente e sob seus pés, o cenário mudara totalmente: estavam sobre uma civilização, mas com suas próprias características.

Diferentemente de Miithera e de Nariihwe — Vordhiin era um caso à parte —, a "região civilizada" de Omiidhys (em outro continente; segundo Ian, eles haviam atravessado o mar) não lembrava em nada uma frenética metrópole. Sua aparência era a de um imenso e tranquilo campus universitário, com prédios baixos e parques, enfeitados por singelos chafarizes. Escassas naves se deslocavam vagarosamente pelo céu, e, no solo, parecia sobrar espaço: as construções eram dispersas e poucos ilhéus caminhavam sem pressa pelas ruas.

É outro ritmo. Acho que não ambicionam, como Nariihwe, tornar-se a capital do Arquipélago. Os omiidhians devem preferir uma vida mais simples, voltada aos estudos. Acho que vou gostar daqui.

— Eu nasci naquele povoado — disse Ian, sem grande entusiasmo (apontava ao longe uma concentração de casinhas simples) —, mas nunca me senti daqui. É diferente ser diferente... E solitário! Você deve saber... Lá na frente, aquela construção circular é o *Redondel*. Já aquela outra, em meia-lua, é a *Arena*. Aqueles prédios, à esquerda, formam a *Albergaria* e os da direita, o *Liceu*. Todo o complexo junto, o campus... é conhecido como o *Cognateneu de Omiidhys*.

— É impressionante! — exclamou Daniel. — E também é muito bonito. Tudo isso dedicado aos estudos?

— Sim. E às competições. Estamos no *Vale do Etheriisaber*. Foi aqui que eu venci o torneio que selecionou o Assistente do Preceptor — respondeu Ian, agora, sim, com orgulho. — Mas a rotina intensa na Capital me impediu de seguir me aperfeiçoando. Do contrário, talvez eu já estivesse com minha túnica cinza... ou azul, quem sabe?

— Bem, acho que vai ocorrer quando você menos espera... Veja o que aconteceu comigo — disse Daniel, meio sem jeito, e pensou: *Eu não sei se isso ajuda. Não sou muito bom em consolar as pessoas.*

30

Todos os passageiros já haviam desembarcado da nave, que pousara verticalmente no campus. Estavam agrupados em frente à Albergaria.

— Venham comigo, sigam-me — disse Thomas, caminhando até a Arena, uma grande construção em meia-lua que lembrava a disposição de um teatro grego (ou de algumas salas universitárias, embora fosse muito maior). Notava-se que o auditório em declive tinha um teto retrátil, mas estava aberto; deixava entrar a luz natural emanada dos dois sóis acima dele. E o adocicado cheiro de Tiaré. A Arena era simples e agradável. E, ao centro, já estava parcialmente ocupada por diversos ilhéus, quase todos de cinza — apenas dois de azul.

Eles devem ter chegado antes ou são daqui mesmo, de Omiidhys, pensou Daniel. *E sentaram-se todos juntos, como é costume na Terra.*

— Por favor, tomem seus lugares nas arquibancadas junto aos nossos anfitriões omiidhians — pediu Thomas. — Podem se misturar... Estamos aguardando a turma de Nariihwe. A nave deles já pousou, e eles estão desembarcando agora. Daqui a pouco, estarão aqui.

Os visitantes de Miithera se entreolharam, hesitantes. Afinal, uma ilhoa tomou a iniciativa: uma mulher de meia-idade foi sentar-se na extremidade direita da arquibancada semicircular. Foi rapidamente seguida por outro, e outra, e mais outro. Logo, todos os instrumentalizadores e seis conceptores, vindos da Capital, estavam acomodados no lado direito do auditório. Em grupo. Nenhum miitherian se misturou.

Daniel decidira esperar e ser o último a tomar seu assento, como fizera com Ian na nave que o transportara até ali.

É um comportamento de rebanho, procuram manter-se unidos em seus grupos. Igualzinho ao que acontece na Terra com pessoas de países, religiões ou idiomas diferentes, pensou o terráqueo com certo pesar. *Vou esperar. Não sou um miitherian nem um omiidhian. E nem mesmo um nariihwian, apesar de estar "casado" com uma*, pensou Daniel, fazendo o chistezinho consigo mesmo, da mesma forma como Jaime ou Adriana o fariam. *Se eles soubessem.*

A poucos metros, Ian conversava com um instrumentalizador que descera da arquibancada ao vê-lo chegar com o grupo de Miithera. O rapaz parecia ter a mesma idade do Assistente do Preceptor, ou talvez fosse apenas ligeiramente mais velho (em termos de *idade biológica*, aquela que retratava o envelhecimento aparente; as idades cronológicas eram impossíveis de serem conhecidas sem uma pergunta direta, e potencialmente indiscreta). Conversavam baixo e demonstravam intimidade; deviam se conhecer há tempos. Ian chamou Daniel.

— Daniel — disse Ian —, quero lhe apresentar meu amigo Hugo.

— Muito prazer — respondeu Daniel, cumprimentando o desconhecido à moda insular, com um breve aceno de cabeça. O jovem retribuiu o aceno, e Ian continuou a apresentação.

— Acabo de descobrir, Hugo me contou, que vocês dividirão o quarto. Os participantes do programa são sempre alojados de dois em dois, para facilitar os estudos, os treinos e para melhorar a integração.

Dividir o quarto?, pensou Daniel. *Arre! Não acredito! Preciso de meus momentos comigo mesmo. Eu gosto de ficar só!* Mas disse:

— Que ótimo... vai ser muito bom!

— Hugo é um omiidhian, como eu. Nos conhecemos desde crianças. Foi meu companheiro de quarto no torneio entre mentalizadores, para a seleção do Assistente do Preceptor. E perdeu para mim na grande final, não é mesmo, Hugo? — disse Ian, brincando com o amigo (ou atiçando-o?). — Veja você... poucos anos depois, transformou-se em um instrumentalizador com potencial para se tornar um conceptor. E eu sigo como um mentalizador... Como eu poderia estar hoje, se não estivesse afundado nos trabalhos da Preceptoria?

— Você já seria um conceptor, fofo. Sem dúvida! — Hugo respondeu à pergunta retórica de forma provocativa e com uma voz anasalada. — Se já não for um *conceptor latente*. Você sempre foi melhor que eu, Ian...

em *quase* tudo. Por isso é o Assistente de Gusk, e não eu. Prefiro me concentrar nas poucas coisas onde *eu* sou melhor. Daniel, querido, será maravilhoso tê-lo como companheiro de quarto. Vou me sentar, porque aí vêm os participantes de Nariihwe. Licença...

Ian deu um sorriso amarelo e balançou a cabeça, como que dizendo "Hugo não tem jeito mesmo".

— Daniel, eu me despeço aqui. Como você sabe, não vou assistir aos treinamentos. Aproveitarei minha presença em Omiidhys para tratar de assuntos administrativos. Mas vou me hospedar na Albergaria do Cognateneu e acompanhar o progresso do programa. Assim, estarei sempre por perto. Precisando, conte comigo. E boa sorte!

Daniel agradeceu e dirigiu-se às arquibancadas. Sentaria ao lado dos miitherians e próximo aos omiidhians, onde havia muitos assentos vazios. No caminho, pensou que, ao contrário de suas primeiras impressões, Ian se revelava atencioso e amigo. Fora injusto com ele.

Parece apenas um pouco ressentido, apesar de seu cargo superimportante, por ter ficado para trás em sua competição pessoal *contra outros "jovens" do Arquipélago. Deve ser difícil para ele ver os progressos de seu amigo de infância, enquanto trabalha ao lado do homem mais poderoso do Universo. Ele negligenciou seus poderes pessoais para se aproximar do Poder Absoluto.*

De seu assento, Daniel via os nariihwians se acomodarem e se adensarem no lado esquerdo da arquibancada em meia-lua — como ele esperava. Sua delegação era tão grande quanto a de Miithera. E ambas, muito maiores (praticamente o dobro) que a de Omiidhys. Agora, sentado, podia melhor examinar a audiência que atenderia ao programa. 90% dos participantes aparentavam ser mais velhos que ele; metade desse grupo, com muito mais idade. Nos 10% restantes havia pessoas que pareciam ser tão jovens quanto ele, talvez até um pouco mais. A mesma idade *aparente*. A distribuição entre homens e mulheres era equilibrada, ainda que não conseguisse estar completamente seguro sobre o gênero de alguns ilhéus (ou ilhoas) com aparência andrógina. Por curiosidade, Daniel prestou particular atenção nas nariihwians: queria ver se alguma das mulheres mais jovens do planeta amarelo rivalizava em beleza com Lara.

Humm... bonitas. Mas não se comparam à minha namorada ET que deixei em Miithera. Daniel, você é um grande pazzo!, pensou, lembrando-se da palavra italiana que aprendera com os pais. *Um doido!*

A massa dominante de ilhéus vestia cinza, e ninguém usava braceletes de plasma. Entre eles, contudo, alguns pontos azuis se destacavam: quinze conceptores estavam sentados em meio aos alunos. Misturados. Mas não Thomas, que se juntara a um pequeno grupo de conceptores no palco diante deles. *Os mestres.*

Os ruídos e as conversas da audiência foram diminuindo, e agora o silêncio reinava absoluto. Silêncio e ansiedade. Aguardavam.

De repente, um... gato? ou um cachorro? (um animal pequeno de quatro patas, que o terráqueo desconhecia — não vira nada parecido desde que chegara ao Arquipélago) saiu do meio dos mestres-conceptores e desfilou lentamente até o centro do palco. *O que é isso?*

— Este ano é um *dorkiimunz!* — alguém falou alto e riu animadamente atrás de Daniel.

Todos observavam a cena insólita, atentos. O animal, meio gato, meio cachorro, parou; olhava a plateia defronte e balançava o rabo. Era muito simpático. Então o dorkiimunz começou a tremer, como um telefone celular no modo vibração; cada vez mais forte e rapidamente. Num átimo, expandiu-se e se abriu, de dentro para fora, como uma flor. Um desabrochar instantâneo, uma explosão silenciosa. O pequeno animal transformara-se diante de todos, sem nuvens de fumaça ou outros truques de mágica, em um homem vestido de azul. Um conceptor.

A plateia caiu na risada, alguns aplaudiram e outros assobiaram. O homem que surgira da transmutação, um baixote roliço com cabelos brancos, bastos bigodes pretos e bochechas rosadas, também sorriu, e aguardou que o silêncio retornasse à Arena. Os alunos se aquietaram. O mestre bigodudo pôs as mãos na cintura e bradou:

— Bem-vindos ao Vale do Etheriisaber e ao Cognateneu de Omiidhys! Para quem não me conhece ainda, meu nome é Linus. Sou o Regedor do Cognateneu. Vamos tentar expandir suas capacidades interativas com o Etherii nos próximos dez dias. E faremos de tudo para evitar que vocês se transformem, definitivamente, em um dorkiimunz.

Os alunos riram novamente. O rotundo Regedor tinha uma poderosa voz de tenor, que soava exageradamente alta (para ser um tenor completo, faltava-lhe apenas o lenço). Ele continuou a apresentação:

"Como sempre, queremos fazer os treinamentos da maneira mais divertida possível... e efetiva! Assim teremos, também neste ano, um torneio para motivá-los: o *Torneio Dorkiimunz*. Queremos que vocês compitam com determinação, mas de forma leal e entre amigos. Por isso o *dorkiimunz* — um animal conhecido por sua esperteza, mas, ainda mais, por sua lealdade e companheirismo. Temos aqui, neste programa, 512 participantes, entre instrumentalizadores e... conceptores de nível básico. Os instrumentalizadores não devem se sentir intimidados em enfrentá-los! Vamos dividi-los em dois grupos de 256 alunos. Em homenagem aos planetas remotos, vamos chamá-los de 'K1' e 'K2'. Vocês terão, a partir de amanhã, ao final de cada dia de aula, disputas individuais dentro de cada grupo. Para efeito do torneio, *apenas*, as competições serão eliminatórias. Quem perder seguirá, é claro, praticando as habilidades aprendidas contra outros participantes do programa. Dentro do *Torneio Dorkiimunz*, entretanto, só permanecerão os vencedores de cada disputa. Serão oito disputas em cada grupo. Daí sairão dois finalistas: um do grupo K1 e o outro, do K2. A grande final será no último dia do programa, no Redondel, com a presença dos Governadores e do Preceptor. E, claro, com a tradicional festa de despedida!"

Um burburinho, advindo das arquibancadas, fez-se ouvir. Daniel notou que os times no auditório se entreolhavam, desafiadores.

Se queriam despertar o espírito de competição na turma, conseguiram. Já quanto ao companheirismo de um dorkiimunz, não sei.

Linus sorriu e fez um gesto com a mão. Pedia e obtinha silêncio.

"Um almoço leve os espera agora na Albergaria. Dirijam-se para lá e, primeiro, deixem suas coisas nos quartos designados. Vocês se hospedarão em duplas; os nomes estão na recepção. Assim como as instruções quanto ao programa, as definições dos mestres e dos locais das aulas, que começam nesta tarde. Ah... e claro... a agenda dos *duelos*: o primeiro deles amanhã, após o pôr do sol primário — e antes do secundário. Não se esqueçam de que estamos num ciclo de noites escuras em Omiidhys." E finalizou:

"Boa sorte a todos! Embora eu saiba que, ao final de cada dia, apenas um, em cada dois de vocês, terá sido bafejado por ela."

Daniel e Hugo se encontraram na porta do quarto que dividiriam, no segundo andar da Albergaria. Chegaram ao mesmo tempo, embora tivessem subido por escadas diferentes.

— Bem, exatamente como você antecipou — disse Daniel, entrando no aposento simples, mas confortável. Ainda se ressentia da necessidade de ter de dividir o quarto com um estranho.

— Sou *omiidhian*, querido. Um anfitrião. É mais fácil saber antes das coisas, e gosto de *saber* — falou Hugo. O som pareceu sair do nariz.

Ele fala, mesmo, desse jeito. Não era para provocar Ian.

— Acho que você se deu mal. Seremos companheiros de estudos e de treino, mas, você sabe... eu sou da Terra, tenho pouco a contribuir. Preciso aprender basicamente *tudo*!

— Não foi o que eu ouvi, bem ao contrário, menino bonito. Já escutei sobre os seus poderes de interação com o Etherii. A sua fama o precede aqui no Cognateneu. Ainda mais pela sua idade. Pelos padrões insulares, você é uma criança. Agindo como um adulto.

Daniel lembrou-se da idade de Arthur, o filho de Lara, e corou, contraindo os ombros. Entendia a que o omiidhian se referia.

— Eu também acho estranho, você pode imaginar. Até outro dia, eu nem sequer sabia se havia vida inteligente fora da Terra...

— Depois de melhor conhecer o Arquipélago e nossos ilhéus, vai continuar na dúvida. A propósito, eu estou no grupo K2, então imagino que você esteja no K1. Certo, criança?

— Sim, K1 — respondeu Daniel —, mas se você puder me cha...

Hugo o interrompeu:

— Você bloqueou sua mente, mas há certas coisas que eu não preciso ler. Vou chamá-lo pelo seu nome, Daniel... em público. Mas, se vamos ser amigos, você não vai se importar com a maneira como eu o chame em particular. Pode escapar, e não vou me tolher. E isso é melhor do que ser chamado de *terráqueo*, em tom pejorativo, como estão fazendo pelas suas costas. Ou não seremos amigos. Está bem... *criança*?

Daniel contraiu os ombros novamente e esboçou um sorriso.
— Está bem. Sem problemas.
"Terráqueo, em tom pejorativo", pelas minhas costas. Eu prefiro a franqueza! Depois de Lara, esse omiidhian sincerão pode se tornar meu primeiro amigo de verdade aqui no Arquipélago.

O almoço no refeitório, com aparência de taberna, acontecia em seis extensas mesas coletivas e em sistema de autosserviço — um bufê, com muitas opções, estava montado na extremidade oposta à entrada do salão. Apesar do grande comprimento das mesas, cada uma delas, isoladamente, não acomodava toda equipe de um planeta-ilha. Assim, aqueles que terminavam de comer levantavam-se com suas bandejas, dando lugar a novos estudantes que chegavam — viessem de onde viessem. Ali não tinha jeito, era obrigatório misturar-se. Talvez por isso, ou pelo grupo não ser majoritariamente de jovens, o barulho era menor do que se esperaria de uma cantina estudantil. A maior parte dos alunos comia em silêncio. Ou conversava em voz baixa.

Daniel e Hugo encontraram dois lugares vazios em uma mesa no centro do refeitório e sentaram-se lado a lado. Daniel — *o terráqueo* — imediatamente notou que vários olhares se voltavam para ele. Alguns, discretos. Outros, nem tanto, eram disparados de cabeças viradas.

— Não dê atenção, criança. Ignore — sussurrou Hugo ao ouvido de seu colega de quarto. — A curiosidade é um bicho de vida curta. Logo isso passará. Eu sei!

Daniel assentiu com um meio sorriso; dessa maneira agradecia ao omiidhian pelo conforto recebido. Na frente dele estava uma garota que exibia uma idade aparente entre 16 e 18 anos. Cabelos curtinhos e pretos; e os olhos, castanhos e amendoados. Na Terra, dir-se-ia que tinha traços orientais.

Bonita... mas, ultimamente, estou preferindo as mulheres mais velhas, ele pensou, brincando consigo mesmo. A lembrança de sua relação cúmplice com Lara fazia com que ele, em meio a tantos desconhecidos, se sentisse menos só. A recordação lhe fazia companhia.

O contato visual incentivou sua jovem observadora.

— Você é o Daniel, não é? — perguntou a garota diretamente, sem timidez. Vestia uma túnica cinza e decotada, mas praticamente não tinha busto. Ele gostou de ser chamado pelo nome.

— Sim. E você é a...

— Meu nome é Berta. Sou daqui mesmo, de Omiidhys.

Raios! Agora preciso dizer de onde sou. Não que ela não saiba.

— Eu não sou daqui. Venho de outra galáxia... da Terra.

— Humm... legal — respondeu ela de maneira casual. — Já vi um pouco da Terra, lá no Observatório do Hominidarium. Lembra bastante Vordhiin. Há milhares de anos.

Ela não pareceu particularmente impressionada. É bem melhor assim, pensou Daniel.

Então, num piscar de olhos, o jovem rosto de Berta se contraiu.

— Você... pegou o melhor companheiro de estudos deste programa! — irrompeu ela, dirigindo-se a Daniel em um tom acusatório. Sua voz, carregada de contrariedade e raiva. — Como conseguiu?

— Co... como? — ele perguntou, perplexo, olhando brevemente para seu colega de quarto. O omiidhian apenas seguia a conversa.

— Hugo foi meu mentor por muito tempo — continuou Berta —, antes que eu mesma me tornasse uma instrumentalizadora... recentemente. É um professor afamado em todas as nossas ilhas. Estou certa de que ele sairá daqui como um poderoso conceptor.

— Eu não sabia... — disse o terráqueo, e Hugo sorriu levemente.

— Então, Daniel, você também não deve saber... — retrucou Berta — que deixará o torneio amanhã mesmo, após ser derrotado já em sua primeira disputa. Para sua má sorte, *eu serei a sua adversária*!

Ian estava alojado na Albergaria em uma suíte individual, dois números adiante do quarto compartilhado por Hugo e Daniel. Furioso, andava de um lado para o outro enquanto pensava.

Que idiotice a minha! Não devia ter deixado que a escolha das duplas do programa ocorresse ao acaso. Ou não foi ao acaso? E se Linus, o Regedor, interveio a pedido de alguém? A pedido de Thomas? Ou pior... de Gusk? O terráqueo foi alocado com Hugo, justo com Hugo! O carente, ressentido e cada vez mais poderoso Hugo. O "Hugo-Boca-Mole", que costuma falar mais do que deve...

Andar em círculos não estava ajudando, e Ian decidiu afastar os fantasmas que o assombravam. Cobrou-se pragmatismo: não conseguiria mudar o passado, mas sempre poderia moldar o futuro. E ele tinha condições de fazê-lo — afinal, era o Assistente do Preceptor!

Ian usou seu bracelete e chamou a Trincadora de Omiidhys: uma imagem tridimensional se formou diante dele. Era o Subguardião local.

— Olá, Ian! — cumprimentou-o um jovem com barba rala. O holograma era de baixa qualidade. — Você me chamou? Posso ajudar?

— Olá, precisarei de uma fenda individual aberta, em instantes, aqui no Cognateneu, em meu quarto. Eu já aviso você.

O Biolocus... Onde novos futuros são construídos.

No Liceu, a sala de aula de Daniel — um amplo salão circular com a aparência de uma estufa de vidro (e o piso macio e firme como um tatame de judô) — tinha 32 alunos, e com isso o terráqueo deduziu que os participantes deviam ter se dividido em 16 turmas. Hugo e Berta estavam à sua frente. Thomas, em pé, postara-se no centro da sala, e os estudantes abriram a roda para lhe dar mais espaço. O Guardião da Trincadora de Miithera seria o mestre da turma naquela tarde. Pediu que todos sentassem no chão e cruzassem as pernas à moda dos indígenas americanos (ou dos praticantes de ioga). E começou a falar:

— Todos aqui são instrumentalizadores. Exceto você, Lark, que já é um conceptor, mas que necessita passar por uma reciclagem (sim, havia um homem pequenino, vestido de azul, quase escondido atrás do grupo). Então já têm domínio sobre os poderes de telepatia, bloqueio e sugestão; como também os de transferência, telecinese, levitação, esquecimento e de renovação celular. Não precisamos repassar tudo, mas este programa vai recapitular dois desses poderes: a telecinese e a levitação. Antes de tentarmos capacitá-los em novas habilidades. Nesta tarde, faremos uma sessão de *adensamento e ativação neuronais*. Nosso objetivo é duplicar a quantidade de neurônios em seus cérebros e ativá-los... da maneira correta. Ninguém aqui deseja multiplicar células desordenadamente, certo? Mas, quanto mais sinapses criarmos, melhor será a interação com o Etherii. Faremos basicamente exercícios de meditação e de comando celular.

Thomas interrompeu sua explanação, e, de pequenos furos espalhados pela cobertura do "salão-estufa", começou a sair um gás, esbranquiçado e adocicado: *Sssssh...* Logo ocupava todo o ambiente.

Gás de Etherii, concentrado. O cheiro está forte demais, está desagradável, pensou Daniel, com dificuldade para respirar.

O mestre-conceptor fez um sinal para que todos se acalmassem e retomou suas orientações. Falava aos alunos com uma voz suave e persuasiva, e agora se dirigia a cada um deles, individualmente:

— Feche os olhos, relaxe e respire profundamente... Cada um de vocês, deixe o Etherii fluir para dentro do seu corpo, de sua mente... Olhe para dentro de si, visualize seu próprio cérebro e aproxime-se, mais e mais... Entre nele... continue sua jornada. Veja o brilho... a tempestade de conexões elétricas de mais de 100 bilhões de neurônios interagindo... Alguns estão apagados. Ordene que os neurônios se dupliquem... que se adensem e se iluminem... Que se ativem. *Todos!*

O exercício era longo, e Thomas repetia as palavras seguida e lentamente. O perfume forte já não incomodava. Daniel, em transe, perdeu a noção do tempo. A voz do seu mestre parecia cada vez mais distante, e ele viajava dentro de sua própria mente. Estava em meio a uma maravilhosa e crescente tempestade elétrica de sinapses — e seu cérebro parecia cada vez mais iluminado.

Então, de algum lugar, a voz do Guardião soou mais alta e imperativa, chamando-o de volta. Ao que parecia, não pela primeira vez.

— Acorde, volte! Sua viagem interior precisa terminar — disse Thomas com autoridade.

Um a um, os participantes foram abrindo os olhos. Alguns bocejavam e se espreguiçavam; tinham cara de sono.

Nós dormimos sentados? Por quanto tempo?, pensou Daniel.

— O que podíamos fazer, está feito — afirmou Thomas. — A ativação neuronal é mais rápida, mas quanto ao adensamento... apenas dentro de algumas quinzenas conheceremos os resultados.

A fragrância exagerada, ocasionada pela concentração extra do Etherii, tinha se atenuado e voltara a ser agradável. *Felizmente!* Através das paredes transparentes do salão-estufa, Daniel notou que o sol primário já estava quase se pondo. Assim que o sol secundário também se fosse, seria noite escura em Omiidhys.

Passamos horas aqui. Algumas costas vão reclamar amanhã.

A noite chegou mais escura do que o terráqueo esperava. O planeta não tinha lua, e o Cognateneu não era uma metrópole iluminada como Miithera ou Nariihwe. Do lado de fora do Liceu, reinava o breu.

Daniel e Hugo caminhavam juntos, no escuro, em direção à Albergaria. Era uma boa distância, e eles avançavam lentamente e com cuidado. Não conseguiam ver um ao outro, o que facilitava para o terráqueo; ali podia falar sobre qualquer coisa e ruborizar à vontade.

— Você se sente diferente, Hugo? Eu me sinto — ele disse.

— Sempre me senti, criança — respondeu o omiidhian, fazendo um ruído indistinguível no escuro. Diante do silêncio de Daniel, reformulou: — Ah, você se refere à *ativação neuronal*?

— Sim, à sessão que acabamos de ter.

— Um pouco... Mas já fiz isso antes, inclusive como professor de jovens mentalizadores. Não tenho expectativas quanto a ativar ainda mais minha rede neuronal. Há um limite para isso.

— Fiquei surpreso de saber que você é um professor renomado no Arquipélago. Também dou aulas na Terra. De Matemática. Mas não sou famoso por lá — brincou Daniel. — Na verdade, sou famoso por ser bastante comum e desconhecido.

— Já fui muitas coisas, querido. Morei em todas as ilhas habitadas, estudei com grandes mestres, trabalhei nas estações trincadoras e, às vezes, piloto naves de carga. Mas realmente prefiro dar aulas. Não há melhor maneira de aprender.

— E Berta... ela é boa? — perguntou Daniel, especulando.

— Ela é excelente, maravilhosa! E vem crescendo rapidamente. Não espere uma disputa fácil amanhã. Ela é bonita, não?

— Sim. E parece ser muito competitiva também.

— Você tem namorada? Na Terra ou... aqui? — perguntou Hugo.

Bendita escuridão de Omiidhys!, pensou Daniel, sentindo-se na iminência de corar. *Se estivesse claro e eu pudesse ser visto... Mas, no escuro, quem se importa? Ninguém! Nem eu!* Então ele não corou.

— Eu já tive. Na Terra. Mas agora ela namora o meu melhor amigo — respondeu Daniel (*vamos nos concentrar apenas em relacionamentos da Via Láctea, por favor*).

— Que cruel! Eles estão conectados pelo *sétimo sentido*? Espero que os terráqueos lidem com a situação melhor que os ilhéus.

O *sétimo sentido*. Lara lhe explicara isso: o sexto sentido no Arquipélago, como na Terra, era a *intuição*. O sétimo, a conexão absoluta, o entrelaçamento mental. O entrelaçamento em estado permanente, na cultura insular, se confundia com o amor (que diferia muito de apenas "colar moléculas" fisicamente). Daniel recordou-se de como Karl "lidara bem com a situação".

— Já passou... E você? Tem alguém? — perguntou o terráqueo, meio por obrigação.

No silêncio da noite, Daniel pensou ouvir um suspiro.

— Já tive, criança. Mas não passou completamente... ainda. É complicado, mesmo com todo o nosso avanço científico. O Etherii pode intervir na mente, mas infelizmente não no coração.

Daniel podia entender o omiidhian. A matemática e os livros foram seu refúgio mental durante anos, enquanto tinha o coração aprisionado por Adriana. E por sua amizade com Jaime.

Tudo isso antes de Lara, pensou. *É óbvio.*

Solidarizava-se com Hugo. Precisava animá-lo.

— Você quer aprender meu idioma? — perguntou o terráqueo.

Ian voltara da reserva biológica do Biolocus diretamente para seu quarto na Albergaria. Uma comodidade. Usar as fendas individuais da Trincadora, em qualquer lugar de uma ilha-sob-o-Etherii, era um privilégio reservado exclusivamente às autoridades. Afortunadamente, ele *era* uma autoridade. E sentia-se mais tranquilo. A proximidade com o Poder Político lhe ensinara a importância de avaliar cenários e de desenvolver planos de contingência. Agora ele tinha um; embora preferisse não usá-lo. *Que venha o melhor, mas se vier o pior...*

Tomou um banho, trocou de roupa e saiu do quarto para ir jantar no refeitório, com os participantes do programa. Não havia almoçado e estava faminto. Descia pelas escadas, quando cruzou com dois instrumentalizadores que subiam com muita pressa, carregados de lanches e bebidas: Hugo e Daniel. Rindo e conversando de forma animada.

— Olá, Ian — disse Daniel —, vamos comer no quarto. Precisamos praticar para a aula de amanhã. *Telecinese.*

Hugo saudou Ian com um aceno de cabeça e um sorriso irônico.

— Que ótimo! Sim, sim... façam isso! — respondeu Ian. — Será um torneio disputadíssimo. Bons estudos e... uma boa noite!

Os novos colegas de quarto se despediram do Assistente do Preceptor e seguiram subindo os degraus. Falavam na língua do terráqueo.

Talvez não seja apenas um plano de contingência, afinal.

Naquela noite, Daniel e Hugo foram dormir muito tarde. Conversaram, longamente e sem pressa (no idioma materno do terráqueo, que o omiidhian adorara), e fizeram experiências de telecinese, como um preaquecimento para o dia seguinte. Passaram objetos um para o outro, sem nenhum contato físico. Apenas com a força da mente.

— Por favor, pode me passar a mesinha para eu apoiar a minha bebida? — pedira Daniel, de maneira provocativa.

— Claro, aqui vai... Cuidado com o pé, criança! — respondera Hugo, fazendo com que a mesinha, a distância, deslizasse velozmente em direção ao seu colega de quarto. Mas não chegou a tocá-lo; o terráqueo, mentalmente, ordenara que o móvel parasse diante dele.

— Vejo que você tem almofadas sobrando na sua cama... Posso pegar uma?

— Posso emprestá-la... por pouco tempo (e almofadas voavam pelo quarto, de um lado para o outro, atingindo-os no rosto enquanto eles gargalhavam desbragadamente).

Hugo, um mestre-instrumentalizador, usara sua maior experiência para dar dicas a Daniel sobre os poderes de telecinese. Como o terráqueo comprovaria depois, tais dicas eram uma antecipação dos ensinamentos que ele receberia no dia seguinte. Uma aula particular.

— Lembre-se, Daniel: mover ou parar objetos inanimados, sem desejo próprio, é relativamente fácil. Tudo se resume a aplicar-lhes ou retirar-lhes energia cinética, alterar seu estado de inércia natural. O mais difícil é usar a telecinese *contra uma vontade*. Tão grande ou maior que a sua. Contra *outros* poderes telecinéticos.

Daniel lembrou-se de Karl, novamente, na cobertura da Barra. Ele erguera Lara pelo pescoço, grudara-a contra a parede e a sufocara.

Lara e eu estávamos entrelaçados, e eu próprio me senti erguido e sufocado. Ambos indefesos, apesar do risco de morte. Não havia ali nenhuma vontade maior que a de Karl...

Ao final da tarde do dia seguinte, no encerramento do primeiro tema do programa, os conceitos sobre a telecinese já haviam sido repassados (e pequenos exercícios sido feitos) na sala de aulas ao ar livre.

Arvid, o mestre-conceptor responsável pela turma naquele dia, um nariihwian forte e de pele manchada como um dálmata, pediu a todos que se levantassem e abrissem a roda. Ele mesmo se encarregou de afastar mentalmente as cadeiras. Os participantes puderam ver então, debaixo deles, sob seus pés, um grande círculo desenhado no chão — atravessado por uma reta ao centro. O sol primário acabara de se pôr, e Arvid começava a explicar a primeira disputa do Torneio Dorkiimunz.

— O duelo de hoje é simples e não envolve risco físico. Nada de lutas. Não queremos que ninguém se machuque já no primeiro dia.

O nariihwian levantou a mão e materializou uma corda, não muito grossa. Esticou a corda dentro do círculo no piso, perpendicularmente à reta que o atravessava; todos notaram que, exatamente no meio da corda — o que significava também o centro do círculo —, havia uma pequena bola vermelha (pelo som que fizera ao cair, era pesada, como uma bola de beisebol). O mestre continuou:

— Uma brincadeira infantil. Um cabo de guerra... mental. Onde a idade, o gênero e a força física dos competidores em nada interferirão no resultado da contenda. As disputas serão um contra um. Qualquer "interferência externa" implicará a expulsão sumária de quem se intrometeu. Vencerá aquele que, puxando a corda sem tocá-la, trouxer a bola vermelha para fora do círculo. *Que comecem os jogos!*

Daniel e Berta formavam a última dupla daquela turma. Quinze duplas já haviam se enfrentado no cabo de guerra mental. Eram disputas breves: a corda esticava-se no ar sem que a segurassem, e a bola vermelha ia de um lado para o outro, dependendo da força mental, do poder telecinético de quem a puxava. A bolinha hesitava, flutuando entre os dois adversários, mas, de modo geral, acabava se definindo por um dos lados rapidamente. O penúltimo embate, contudo, entre Hugo e Lark (o pequenino conceptor, de nível básico e que passava por uma reciclagem), se mostrara distinto. O duelo fora muito equilibrado e durara quase dois minutos, alternando seguidamente as previsões de vitória. Mas afinal Hugo vencera — e eliminara um conceptor. O que não era pouca coisa. Os demais instrumentalizadores pareciam aliviados.

Agora, o terráqueo e a jovem omiidhian de cabelos curtos estavam em lados opostos do círculo e da corda inerte no chão; em breve a tensionariam em sentidos opostos. Berta, com seus olhos amendoados, fitava Daniel de modo desafiador, como a dizer "Hugo foi *meu* mentor! Você viu o que ele é capaz de fazer?".

— Podem começar! — disse o mestre-conceptor.

A corda elevou-se no ar e se tensionou. A "bola de beisebol" vermelha tremia a um metro e meio de altura, sobre o centro do círculo delineado no chão. Daniel puxava a corda mentalmente e sentia a forte resistência do lado oposto: Berta lutava ferozmente para levar a corda para o seu lado. A bola vermelha, no meio, oscilava entre os dois oponentes, indo e voltando. Vinte, trinta centímetros. Avançando e recuando. O *cabo* estava absolutamente retesado. Berta não cedia, e o embate já durava bem mais que todos aqueles que o antecederam. Três, quatro minutos. Então, no meio da disputa, Daniel refletiu:

O objetivo é trazer a bola vermelha para o meu lado, por que não me concentrar diretamente na bola, e não na corda?

Instantaneamente a corda, no lado do terráqueo, se afrouxou e a bola vermelha avançou *muito* em direção a Berta. Estava prestes a sair do círculo. Ele iria perder o cabo de guerra mental, sua primeiríssima disputa, e seria eliminado do torneio! Assustado, Daniel sentiu uma pequena onda de pânico atravessar seu corpo.

Não! Eu não posso, não quero perder! Estique a corda, estique a corda! Puxe! Puxe, seu otário!, pensou, zangado consigo mesmo.

A corda se estirou novamente, e a bola parou a centímetros da borda onde estava Berta, um tanto surpresa. Tornou a tremer. Então, estimulado pela adrenalina, ou pelo redobrado desejo de vencer (após ter flertado com a derrota), Daniel "puxou" a corda de volta e a bola veio junto — sem parar. A força mental aplicada pelo terráqueo foi tamanha que a omiidhian não resistiu. A corda voltou com tudo para Daniel, e a bolinha vermelha que a dividia ao meio o atingiu em cheio no peito. *TUM*. Um murmúrio correu pela audiência, impressionada com o desfecho inesperado da disputa. Inesperado também para Daniel.

Aiii... doeu muito! É dura! Parece mesmo uma bola de beisebol.

Mas ele estava feliz. E, pela aparência, Berta não estava.

— Muito esperto... — reclamou Berta. — Você só ganhou de mim porque usou a estratégia de afrouxar a corda, para, em seguida, puxá-la com tudo. Fui pega de surpresa e me desconcentrei. Mas, enfim... você usou as regras do jogo, e eu perdi. Parabéns!

Ela esticou a mão para cumprimentá-lo à moda da Terra, e Daniel correspondeu. *Onde ela aprendeu isso? Estão compartilhando os "costumes terráqueos" no Cognateneu?*

Aquilo de que era acusado não fora proposital, um estratagema. Mas podia, sim, ter influenciado o resultado. Acidentalmente.

— Me desculpe, Berta — pediu ele com honestidade. — Você pode não acreditar, mas eu não fiz de propósito. Para mim, esses poderes... Tudo isso é muito novo. Posso ter atrapalhado você, mas foi involuntário, eu juro! Houve um momento em que eu, *realmente*, achei que você fosse vencer. Você é muito, *muito* forte!

O elogio sincero desarmou sua interlocutora.

— Bem... eu sou muito nova. Na próxima vez estarei melhor. Agora só me resta torcer por você, Daniel. E por Hugo, o meu mentor, naturalmente. Já que perdi o Torneio Dorkiimunz, que tenha sido para o campeão. Ou para o vice, o que é mais realista — disse Berta, rindo marotamente; seus olhos oblíquos se fecharam ainda mais.

Daniel também riu. Agora que não haveria mais disputas com a jovem omiidhian, ele notou que Hugo tinha razão: Berta não era como Lara, uma mulher-de-parar-o-trânsito-interestelar, mas era realmente uma garota bonita. Muito bonita.

Naquela noite, no refeitório da Albergaria, os três jantavam juntos — Daniel, Hugo e Berta. E se divertiam à beça. Berta pedira, e Daniel a atendera: os três conversavam na língua nativa do terráqueo, o que causava estranheza aos demais alunos à mesa. Aqueles ruídos soavam estrambólicos aos ouvidos insulares, e o bate-papo entre os três parecia qualquer coisa, menos uma conversa que fizesse sentido. "Parece que o terráqueo e seus amigos estão cantando...", comentaram diversos ilhéus. Magnus, o gigante miitherian que viajara para Omiidhys ao lado de Daniel e tentara puxar conversa com ele, estava agora sentado junto a Berta, ocupando dois lugares à mesa. O colosso negro dirigiu-se à jovem omiidhian, em krpsnc, e lhe pediu:

"Você pode me habilitar nesse estranho idioma? Eu estou muito feliz e também quero cantar".

Berta olhou para Daniel, como que pedindo sua concordância.

— Claro. Dividir conhecimentos é multiplicá-los — respondeu o terráqueo com a voz um pouco pastosa. Tomara uma bebida deliciosa que parecia conter álcool. *É melhor eu parar de beber*, pensou.

Logo o português, o inglês, o espanhol, o francês, o chinês, o russo e uma dezena de outros idiomas da Terra se espalharam por aquela extensa mesa, que se transformara em uma espécie de Torre de Babel — muitos ilhéus haviam colhido apenas parte do pacote, e nem todas as línguas estavam sincronizadas. Magnus se encarregava de propagar os novos idiomas e a confusão; e ria sem parar. Aqueles que desejavam aprender as "línguas cantadas" do planeta Terra precisavam virar um copo de bebida — dos grandes — com ele.

Foi nesse momento que Ian entrou no refeitório; chegava para jantar e encontrou uma farra na mesa central. Acercou-se e percebeu que os ilhéus tagarelavam em idiomas da Terra, vários deles na língua materna do terráqueo. A chegada do mentalizador — e ninguém se esquecia disso —, o Assistente do Preceptor, aquietou um pouco a mesa. Como se os alunos tivessem se autoimposto o retorno às boas maneiras, voltavam a falar em krpsnc. Dois miitherians abraçaram Magnus e o conduziram para fora do refeitório, para tomar um pouco de ar fresco. Um estudante nariihwian, sentado à frente de Daniel, levantou-se da mesa apressadamente com sua bandeja; havia terminado.

— *Nhwskpq...* — balbuciou ele, retirando-se rapidamente. "Boa noite!", responderam os ilhéus à sua volta, em diversos idiomas.

Ian pegou um lanche e uma bebida e se dirigiu para o lugar recém-desocupado. Acomodou-se. Do outro lado da mesa, tinha Daniel diante de si. O terráqueo estava sentado entre Hugo e Berta.

— Bem, bem... que festa, hein? — Ian falou. — Parece que vocês tiveram um dia intenso e estão relaxando. Merecidamente! Já ouvi as novidades. Antes de mais nada, devo felicitar os vencedores da disputa de hoje, no cabo de guerra mental. Parabéns, Hugo! E parabéns, Daniel! Queria brindar com Magnus também, mas acho que ele já brindou bastante... E, Berta, eu sinto muito! Soube que foi um embate acirrado. Vocês dois, também (olhou para os alunos ao lado dele mesmo, à sua direita e à sua esquerda; ambos haviam igualmente perdido).

Berta e os ilhéus ao lado de Ian acenaram com a cabeça, em sinal de agradecimento pelo empático "sinto muito", mas permaneceram em silêncio. Foi Hugo quem falou:

— Obrigado, querido! *Você* poderia ter sido um dos vencedores da prova de hoje. Mas, ao deixar Omiidhys e seus amigos para trás, você preferiu outro tipo de Poder aos poderes do Etherii... Nada contra a Capital e as engrenagens do sistema. É que é preciso saber usá-las, e eu não sei. Como você faz tão bem... Em um cabo de guerra, eu estou certo de que você não puxaria o seu adversário, mas o empurraria. E ainda assim venceria, porque mudaria as regras.

Ian riu nervosamente.

— Hugo, Hugo... você sabe que regras não se mudam — disse o Assistente, evitando olhar diretamente para o amigo que, ao contrário, mirava-o fixamente e em silêncio, com um leve sorriso nos lábios.

Eu estou presenciando um climão aqui?, perguntou-se Daniel, notando que seu colega de quarto bebia o mesmo que ele próprio tomava (a mesma bebida com a qual Magnus se encharcara).

— Obrigado, Ian! — disse Daniel, entrando na conversa para desanuviar o ambiente (*eu sempre odiei torta de climão*). — Amanhã o tema será levitação, e eu não posso imaginar como será essa disputa. Não sei se minha sorte vai continuar...

— Depois de ter me eliminado, é melhor que ela continue — disse Berta, completamente embriagada e em português. — Senão, terráqueo, você está *fff... ferrado*!

Todos aqueles que estavam próximos, e puderam entendê-la, riram muito; exceto Ian, que olhava para Hugo, de esguelha e ressabiado.

O segundo dia de aula terminara, o sol primário desaparecera no horizonte e as provas do torneio ocorreriam, todas juntas, no Desfiladeiro do Rio Profundo, a dois quilômetros do Cognateneu.

Hugo, Berta e Daniel caminharam juntos e falaram pouco. A sessão fora cansativa, e eles tinham dormido mal na véspera. *Maldita ressaca!* Ao chegarem ao local das disputas, Daniel descobriu que, além de profundo, o rio era largo e comprido. A água corria, a cento e cinquenta metros abaixo deles, entre dois penhascos, dois paredões verticais entalhados na rocha. O desfiladeiro era um grande "cânion molhado", com uma corredeira de águas turvas e selvagens no meio dele.

Orientados pelos dezesseis mestres-conceptores, os 512 participantes se perfilaram, em duplas, ao longo do topo do penhasco à margem esquerda do rio (*na borda de um precipício!*); cada mestre supervisionando uma turma de 32 alunos. Daniel estava em uma das extremidades da imensa fila de competidores.

É gente demais! A chance de ganhar o torneio é de 0,2%. Só isso... Bom, hoje já dobrou: 0,4%. Viva!, pensou com ironia.

Então uma enorme imagem holográfica da cabeça de Linus, o Regedor, projetou-se sobre o rio e começou a falar. Sua voz de tenor reverberava por todo o desfiladeiro e fazia mexer seu farto bigode:

— Meus caros, *todos* participarão desta prova de levitação, independentemente dos resultados de ontem. Vencedores contra vencedores, perdedores contra perdedores. As eliminações, como vocês já sabem, valem apenas para o Torneio Dorkiimunz. A menos que tenhamos expulsões, desistências ou... baixas... por acidentes. Mas os mestres-conceptores estão aqui para tentar evitá-los.

Baixas? Ele está brincando, certo? Espero que sim!, disse Daniel para si mesmo, olhando para o rio no fundo do vale. Linus continuou:

— Assim, temos hoje apenas 256 concorrentes ainda no torneio; amanhã teremos a metade disso. A prova será disputada, um contra um, dentro de cada turma. Vocês já sabem quem enfrentarão e sairão aos pares. A dupla de adversários deve levitar até a encosta, o penhasco do outro lado do Rio Profundo (*a borda direita do precipício, Regedor!*), pousar, tocando no solo com os pés, e voltar. Uma dupla de cada vez, dentro de cada turma. Aquele que retornar primeiro para esta encosta, onde vocês estão agora... será o vencedor. Se alguém cair no rio, será resgatado — assim esperamos — pelo seu mestre-conceptor.

Daniel olhou para a mestre-conceptora que supervisionava sua turma naquele dia: uma mulher franzina, com os cabelos brancos como a neve. Ela sorriu de volta para ele. Um sorriso terno e bom, como aqueles que nos dão nossas avós. Hugo viu a cena e riu explicitamente.

— Eu te aconselho a não cair — sussurrou ele para o terráqueo.

As disputas ocorriam sem incidentes em todas as dezesseis turmas, agrupadas ao longo do penhasco na margem esquerda do rio. Dois adversários por vez, em cada grupo, levitavam e cruzavam o Desfiladeiro do Rio Profundo (naquele trecho, com mais ou menos cem metros de largura), pousavam sobre solo barrento da margem direita e retornavam o mais rapidamente possível. No grupo de Daniel, Berta acabara de regressar, com os pés sujos e mais de trinta metros de vantagem sobre seu adversário; vencera sua corrida aérea e, com isso, encerrava as disputas entre os perdedores da primeira rodada. Os embates agora seriam entre os vencedores da prova da véspera, aqueles que permaneceram na competição. Daniel formava, desta feita, a primeira dupla da segunda rodada do torneio, com Magnus. O colosso, quase sempre simpático (e, por isso, bastante querido pela turma), não exibia seu costumeiro ar bonachão. Estava com cara de poucos amigos e, mal-humorado, era assustador. Ele exagerara nos comes e bebes na noite anterior, e tudo o que mais desejava era vencer aquele garoto magrelo da Terra rapidamente — *pelo amor de Gusk!* — e ir dormir.

Acho que estou com sorte, pensou Daniel. *Esse cara não vai conseguir levitar. Ele deve pesar mais de duzentos quilos!*

Mas as *coisas-sob-o-Etherii* não funcionavam assim.

—Já! — disse a mestre-conceptora com aspecto de vovozinha.

Magnus elevou-se no ar, abruptamente, como uma pluma erguida por uma corrente de ar. E disparou. Não precisara de concentração nem de maiores preparativos. Pego de surpresa, Daniel precisou, ele sim, concentrar-se para subir aos poucos; e saiu bem atrás. *Tenho de correr atrás do prejuízo.* Ouvia o rio reboando debaixo dele, lá no fundo, mas evitava olhar para a água. Estava focado no homenzarrão à sua frente, que, flutuando em pé, deslizava como um grande balão empurrado pelo vento. Em breve atingiria a encosta do outro lado do rio. O terráqueo esforçava-se para ganhar velocidade — e aos poucos conseguia. Mas saíra muito atrasado. Magnus já havia pousado e iniciado o caminho de volta, e Daniel estava ainda a vinte metros de sua primeira parada. O terráqueo chegou, finalmente, à encosta da margem direita, pousou e afundou os dois pés na lama; depois elevou-se (dessa vez, de pronto) e passou a perseguir freneticamente seu adversário. A distância entre eles diminuía, mas a vantagem do titã ainda era excessiva. Não haveria tempo para uma recuperação viável — o final da prova se aproximava. Ele precisava urgentemente de uma superaceleração, ou seja, de um milagre. Então Daniel lembrou-se dos esferantes de Miithera: eles viajavam inclinados para a frente.

Perdido por um, perdido por mil! O pior que pode acontecer é eu cair de cara no rio. Bem... e morrer. Espero que "vovó" esteja atenta!

O terráqueo se inclinou, colocando-se na posição horizontal, e a sua velocidade triplicou. Ele disparou em direção ao paredão da margem esquerda que marcaria o final da disputa. Magnus estava a menos de trinta metros de concluir a prova e olhava repetidamente para trás, para monitorar o adversário na sua cola. Ao virar a cabeça mais uma vez, constatou que Daniel acelerara muitíssimo; estava bem próximo e iria ultrapassá-lo em segundos. Assustado, o homenzarrão tomou uma má decisão: pensou *vou fechá-lo*, mas fez pior. Voando horizontalmente como um super-homem, o terráqueo já estava meio corpo à sua frente. Ao invadir abruptamente a "raia aérea vizinha", o gigante chocou-se contra as pernas de Daniel, provocando uma enorme trombada. A metros da chegada ao topo da encosta. Desequilibraram-se os dois.

Aiii... Caraca! O grandão aí é louco? Nós vamos CAIR!

Mas, a duras penas, Daniel retomou o controle de seu voo e pousou. Magnus não teve a mesma sorte: desgovernado, despencou em queda livre rumo às turbulentas águas do Rio Profundo.

Nem todos os participantes do programa souberam de imediato o que acontecera, mas o episódio repercutiu em todo o Cognateneu. Os alunos daquela turma (e sua veneranda mestre-conceptora) eram os únicos que podiam testemunhar e dar detalhes sobre o caso; e o fizeram prodigamente. As notícias correram feito rastilho de pólvora:

"Foi um acidente na prova de levitação. Magnus provocou uma colisão ao fechar o terráqueo, que vinha em alta velocidade; tentava não ser ultrapassado, mas isso já estava acontecendo e ele não percebeu. A trombada foi inevitável. O terráqueo se recuperou da pancada, sabe-se lá como... e conseguiu pousar sobre a encosta esquerda do rio, no local combinado de chegada. Enquanto isso, Magnus iniciou um mergulho descontrolado para o Rio Profundo. Como já estava muito próximo do penhasco, Magnus logo desapareceu da vista de todos — a mestre-conceptora não conseguia ver o que estava acontecendo abaixo da borda do precipício e não pôde agir. Mas o terráqueo, sim, conseguiu: viu a queda de Magnus e o resgatou antes que ele atingisse a água e as pedras. Nosso amigo estava caindo de costas, e *Daniel* (esse é o nome do herói terráqueo), com incrível rapidez, conseguiu trazê-lo de volta e em segurança. Uma tremenda demonstração de reflexos... e de poderes. Magnus ainda está assustado, mas sente-se bem e diz ter dois sentimentos em relação ao incidente: *arrependimento* e *gratidão*."

A partir dali, Daniel deixou de ser apenas "o terráqueo" e ganhou um nome no Cognateneu. Ganhou também a admiração de muitos ilhéus, em particular de quem já havia deixado o torneio, e a atenção apreensiva de seus próximos adversários. Ganhou também um grande amigo: Magnus (apelidado pelo grupo de "urso miitherian").

— Eu lhe devo a minha vida, Daniel. Acho que nem os poderes regenerativos de mil conceptores teriam conseguido me salvar daquela queda, das pedras, da correnteza. Me perdoe a estupidez! Agi por puro reflexo e julguei estar fazendo uma manobra *"ishperta"* — desculpara-se o "urso miitherian", em bom português e com sotaque carioca. — Você tem a minha gratidão e a minha amizade eternas!

— Por favor, esqueça as desculpas, Magnus. Mas eu aceito de bom grado a sua amizade — respondera Daniel. — Você também tem a minha. Pode estar certo!

O episódio não ficara circunscrito ao Cognateneu. Usando seu bracelete-comunicador, Lara contatara o terráqueo em uma chamada hiper-holográfica. Daniel estava sem seu bracelete plasmático e a atendera no Comunicatório (uma possibilidade no Arquipélago para todas as ilhas-sob-o-Etherii, o que excluía Vordhiin). *E, infelizmente, também a Terra.*

— Você está bem, meu amor? Eu soube do que aconteceu na disputa de hoje. Meu coração ficou apertado — disse Lara.

Como ela soube? Eu estou em outro planeta! Quem a avisou?

— Estou bem, meu amor — respondeu ele. — Só com *muita* saudade. Com vontade de... ficar com você.

A voz da nariihwian tinha um efeito mágico sobre ele, um doce feitiço que o enchia de desejos. Lara riu.

— Eu também, meu querido. *Meu herói*. Mas não posso te desconcentrar. Me sentiria culpada. Você está em um programa de estudos importante e em uma competição difícil. Aprenda e vença. E, *depois*... me aguarde!

Daniel pensou: *Tá certo! Como diria Dona Assumpta, primeiro a obrigação, depois a diversão.*

Naquela noite, Daniel foi parabenizado exaustivamente durante o jantar; menos por Ian, que não aparecera. Os mestres-conceptores, que jantavam em um salão separado no Liceu, foram ao refeitório da Albergaria e fizeram questão de cumprimentá-lo. Linus, o Regedor, fora o primeiro — e Thomas, o segundo. Tudo muito formal. Quando os mestres-conceptores partiram, o ambiente se descontraiu. Berta lhe deu um beijo no rosto, e isso provocou risos e um princípio de algazarra nas mesas (principalmente porque Magnus também tentou beijá-lo — repetidas vezes). Hugo, que igualmente tinha vencido sua disputa de levitação, mas de uma maneira avassaladora e sem incidentes, divagou sobre a importância de ter amigos verdadeiros.

— Uma necessidade universal. Em particular, no Arquipélago!

Depois do jantar, já recolhido, Daniel esticou-se em sua cama; estava cansado, mas feliz. Sentia-se querido. Tinha sua mãe, tinha seu pai (bem, do jeitão dele) e tinha amigos, em duas galáxias distintas.

Será que Albert Einstein tinha tantos amigos? Dona Assumpta, Adriana, Jaime, Rosa, Don Miguel, Doña Yolanda, Jaime, Lara, Hugo, Berta, Magnus, Ian... Lara... Adriana... Lara... Adriana... Lara...

E, como se contasse carneirinhos (na falta de mais carneirinhos, começava a repeti-los), adormeceu. Um sono agradável e cheio de sonhos: ele era um super-herói e salvava sua namorada e o mundo de um poderoso vilão alienígena. E, claro, usava uma máscara e uma capa.

Os dias curtos de Omiidhys e as competições no Cognateneu voavam. Hugo, Daniel e Berta (*uma pena Berta já estar fora do torneio*) venciam seguidamente. Assim como dois dos conceptores que, na condição de alunos, reciclavam seus poderes naquele programa desenhado para instrumentalizadores.

Thomas, sempre ocupado, se aproximara mais do terráqueo depois da quase fatalidade na corrida de levitação.

— Você está indo muito bem, Daniel. Nós estamos impressionados. E quando digo *nós*, me refiro também a Ian, que precisou viajar para Nariihwe e Vordhiin. Mas deve voltar hoje.

— Obrigado, mas não esperem muito nas semifinais. A cada segundo, sinto me aproximar mais do meu *teto*. Como se isso acontecesse em aproximações infinitesimais. E com esses conceptores no torneio...

— Ah, é... você gosta de matemática. Não se deixe impressionar pelas cores das túnicas, meu jovem. Quem teme perder já está vencido.

— Não são as cores. São as coisas assombrosas que vi os conceptores fazerem por aqui. Na Terra, com esses superpoderes, eles seriam semideuses. Ou deuses completos. Claro, se nós tivéssemos...

— Se vocês tivessem o Etherii em sua atmosfera.

— Sim, e *felizmente* não temos. Karl já me pareceu suficientemente poderoso sem isso. E perigoso!

O Guardião balançava a cabeça pensativamente.

— Daniel, não vou minimizar o problema. Karl é efetivamente um conceptor muitíssimo poderoso. E desconheço quem poderia derrotá-lo em uma disputa sob o Etherii; com exceção de Gusk, claro.

— Você chegou a medir forças com ele?

— Sim, uma única vez. E não me saí nada bem... Mas não se preocupe: nem todos os conceptores são como ele. Principalmente os conceptores que estão neste programa, em reciclagem. Aproveite os temas em estudo e as disputas. São interessantíssimas. E, de toda forma, trata-se apenas de um torneio.

Os estudantes, de fato, passaram por matérias e disputas interessantíssimas, e Daniel começou a registrá-las em um tipo de diário:

Dia 4: *Invisibilidade* – Prova: "Queijo Roubado" – Adversário vencido: Drago, um miitherian, meia-idade aparente. Restam 64 competidores. Probabilidade de vencer o torneio: 1,56%.

Dia 5: *Intangibilidade* – Prova: "Corrida Através de Paredes" – Adversária vencida: Emmnuella, uma nariihwian, aparentando a mesma idade de L. (Obs.: Apenas a idade! Que saudade!). Restam 32 competidores. Probabilidade de vencer o torneio: 3,12%.

Dia 6: *Transformação* – Prova: "Escultura Mental" – Adversário vencido: Erik, um vordhiinian!, idoso, transferido para Miithera após um Mentapemento. Restam

16 competidores (2 deles, conceptores). Probabilidade de vencer o torneio: 6,25%.

Dia 7: *Materialização/Desmaterialização* — Prova: "Materializações e Desmaterializações de Objetos Inanimados" — Adversária vencida: Radha, uma omiidhian, idade aparente de 15 anos (Obs. 1: venci materializando três deliciosas trufas de chocolate, receita da Dona Assumpta!). Restam 8 competidores, apenas 1 conceptor — o outro foi eliminado por Hugo (Obs. 2: Hugo é especialista em eliminar conceptores. Fantástico!). Probabilidade de vencer o torneio: 12,5%.

Dia 8: *Liberação de Energia/Ondas de Choque* — Prova: "Sumô Mental" — Adversário vencido: Leon, outro miitherian parrudo, idade aparente de 45 anos. Restam 4 competidores. Na próxima rodada, eu pego um conceptor! Probabilidade de vencer o torneio: 25% (Obs.: Nesta altura, apenas um número. Tendo um conceptor e Hugo pela frente, a chance real varia entre pouca e nenhuma).

Deixou prenotado em seu "diário" os temas das próximas duas rodadas. Ele os preencheria depois; com os desdobramentos.

Dia 9: *Bloqueio/Apoderamento Mental*

Dia 10: *Transmutação (Seres Vivos) Grande Final no Redondel*

Daniel estava curioso, e ao mesmo tempo preocupado, quanto à disputa de apoderamento mental. Sabia (também ouvira de Karl) que a recusa de uma mente em ser apoderada poderia resultar na morte daquele que resistia. E ele enfrentaria um conceptor. *Ferrou-se!* Debaixo da casca amigável, dócil e tímida, que o jovem terráqueo exibia, havia uma personalidade oculta — que ele conhecia bastante bem.

Não gosto que me forcem, eu tendo a resistir. Ainda que me dê mal. Na marra, não vai! É mais eficiente quando me pedem. De preferência, com um "por favor". Seu Francesco tem alguma culpa nisso.

Mas seu verdadeiro pavor estava na prova seguinte: *transmutação — de seres vivos*. A ideia de reordenar células, o DNA, complexas estruturas vitais, de animais ou dele próprio, lhe deixava em pânico (por duas noites seguidas tivera pesadelos sobre o assunto: em um deles, se transformava em uma enorme barata, como em *A Metamorfose* de Franz Kafka; acordara suando em bicas). Sabia que o Arquipélago, apesar de seu impressionante avanço científico, não criava a Vida. As transmutações de seres vivos apenas mudavam formatos físicos que já carregavam uma vida preexistente.

O que a Beata Jerusa, mãe de Adriana e "minha ex-sogra", pensaria disso tudo? Absurdo: bruxaria ou pior. Coisa do cão, do cramulhão. "O mundo está acabando. Espera pra ver."

Por recomendação de Hugo, passara a semana tentando transmutar as flores que eles levavam para o quarto na Albergaria. As flores transmutadas pelo omiidhian — lírios para rosas, e depois para uma espécie totalmente desconhecida na Terra — desabrochavam lindas e viçosas. As do terráqueo viravam vegetais amorfos como aspargos cozidos; e morriam. A transmutação malfeita *tirava-lhes a vida*. Daniel cogitou retirar-se do torneio, mas reconsiderou.

É cedo demais. Nem sei se chegarei à final. Esse é um problema para o Daniel do futuro. E ninguém me obrigará a tentar uma transmutação que eu não queira *fazer. Prefiro desistir! Pode ficar tranquila, Beata Jerusa. Minha ex-sogrinha.*

— O que você tanto escreve aí, *menino*? Faz séculos que eu não vejo ninguém escrevendo à mão — perguntou Hugo, exagerando, mas demonstrando curiosidade. O omiidhian, aos poucos, ia substituindo o termo "criança" por "menino", talvez porque o terráqueo, a seus olhos, estivesse crescendo; afinal, ele era um dos quatro semifinalistas do Torneio Dorkiimunz. Já era um progresso.

— Nada de mais, bobagens. Apenas gosto de anotar coisas, para me lembrar delas no futuro. Pra não me esquecer — respondeu Daniel.

— Eu não tenho essa preocupação. Infelizmente... — suspirou Hugo. — Tenho dificuldade para esquecer. Vamos jantar? A disputa de hoje, de liberação de energia, exauriu minhas forças. As ondas de choque daquela *monstra vordhiinian* me deixaram moído. Foi a minha disputa mais cabeluda até o momento. Ela bem que podia ter ficado em Vordhiin. Foram mentamapear a mulher, pronto! Fêmea violenta!

Daniel riu gostosamente. Lembrou-se de Leon, seu próprio e enorme adversário na prova. A vordhiinian parecia sua irmã gêmea.

— Você ganhou. Isso é o que importa.

— Todo dolorido e sem energia... *Monstra!* — Hugo xingou novamente e fez uma careta engraçadíssima, esticando a língua para fora.

O terráqueo explodiu em gargalhadas e precisou deitar na cama para buscar a respiração. O omiidhian também desatou a rir.

— Hahaha... Calma, Hugo... hahaha... Calma! — pedia Daniel (também a si mesmo). Com dificuldade, foi se recuperando. — Não faça mais isso... Hugo... hahaha... Olha, vou te dar um presente. Não há nada melhor para recuperar as energias, no Universo, do que as trufas de chocolate da minha mãe.

Daniel levantou o braço direito, e uma caixa artesanal de trufas de chocolate (claro, à moda da Dona Assumpta) materializou-se sobre a palma de sua mão. As trufas tinham um aspecto divino.

— Obrigado, menino! Posso lhe dar um abraço? — perguntou Hugo, sensibilizado e abraçou o jovem sem esperar pela resposta.

Daniel devolveu o terno abraço e advertiu o amigo:

— Mas coma depois do jantar, para não perder o apetite. Como te diriam a Dona Assumpta e todas as mães do mundo.

Hugo sorriu melancolicamente, e pareceu ao terráqueo ver os olhos do omiidhian se umedecerem. *Ele está... chorando? Está triste ou se emocionou?* Daniel tentou sutilmente perscrutar a mente do colega, naquele momento fragilizado (sua intenção era ajudá-lo), mas encontrou um sólido bloqueio pela frente. Intransponível.

— Vamos descer, Daniel querido, só vou me refrescar no banheiro, trocar esta túnica surrada e já saímos.

Do lado de fora do quarto, no corredor pouco iluminado da Albergaria, Ian descolava o ouvido da porta. Ouvira tudo com perfeição: as conversas, os risos e a intimidade cúmplice entre os dois. Pela primeira vez, depois de muito tempo, voltara a sentir ciúmes de Hugo. E a sensação era horrorosa. Dificilmente suportável.

Os colegas de quarto desceram juntos para o refeitório e foram saudados pelos estudantes que já estavam comendo. A turma havia se dividido em grupos de torcedores para as semifinais — e o clima estava polarizado. Quase todos torciam contra Taeg, o conceptor remanescente ("um mestre infiltrado, disfarçado de aluno", criticavam) metido em um torneio feito para instrumentalizadores. O que significava uma grande torcida para o terráqueo — na próxima rodada somente. Hugo era considerado o favorito para o título. Favoritíssimo. Inclusive por Daniel. Além do mais, o omiidhian era muito querido por todos. Talvez por causa de seu jeito despachado e por não ter papas na língua.

Ao verem Hugo e Daniel chegando juntos, rindo e conversando como velhos companheiros, começaram as brincadeiras. Uma voz feminina, alta e poderosa, se destacou. A mulher gritara do fundo do refeitório em tom de pilhéria:

— Estou cismada. Vejam, dois dos possíveis finalistas na maior sintonia, na maior paz. Não se desgrudam. São colegas de quarto e de estudos. E ambos são semifinalistas! Humm... até agora deu certo, mas combinar resultado não vale, hein? Eu quero é sangue nos olhos!

Risadas e apupos se somaram ao alarido já existente. O grupo, obviamente, estava animado diante da proximidade do encerramento do curso. E excitado pelas finais do Torneio Dorkiimunz.

Que diferença em relação aos primeiros dias!, pensou o terráqueo. *Agora estão demasiadamente à vontade. Parecem as aulas que eu dava no cursinho de pré-vestibular. Uma zorra.*

— A *monstra vordhiinian* que me moeu todinho — sussurrou Hugo para Daniel, que, em pé, tomava um copo de água gelada. — E ela quer sangue nos olhos. Assim eu acabo me apaixonando...

Daniel quase explodiu em uma nova gargalhada, que, felizmente, foi contida a tempo. Um fio de água, porém, escorria pelos seus lábios apertados, que ameaçavam se abrir e cuspir tudo para fora. Ao tentar sufocar o riso, engasgou-se. Começou a ficar aflito.

— Calma! Calma, menino... — disse Hugo em voz baixa, batendo-lhe carinhosamente nas costas e rindo. Sentia-se culpado.

Os alunos sentados às mesas riam junto, mas não sabiam exatamente por quê. Pelo comentário sarcástico da vordhiinian com voz de contralto, ou pela reação de Daniel? Talvez estivessem apenas com vontade de relaxar e se divertir.

Então, outra pessoa também gritou. Uma voz esganiçada, igualmente do fundo do refeitório, mas de outra mesa.

— Colegas de quarto e semifinalistas? Isso me lembra um certo torneio para Assistente do Preceptor, muitos anos atrás...

Hugo empalideceu, enquanto Daniel já se recuperava. Ambos esticaram a cabeça para ver de onde vinha aquela voz familiar. Em meio a um mar de túnicas cinza, o traje branco, alvíssimo e ricamente bordado com detalhes dourados, era facilmente identificável.

Ian.

— Esperem, eu vou aí me sentar com vocês! — gritou o mentalizador e Assistente do Preceptor. Depois olhou para os instrumentalizadores à sua volta. — Estou certo de que vocês me darão licença.

Hugo e Daniel se encaminhavam para a ponta dianteira de uma mesa relativamente vazia, onde Berta e Magnus já se encontravam acomodados. Ian (que, ao contrário de todos os demais presentes, usava seu grosso bracelete de plasma) os alcançou.

— Você não costuma fazer esse tipo de graça — disse Hugo a Ian. — Fazer insinuações não é o seu estilo. É mais o meu. Você não tem medo, Primeiro Assistente? Pode não ser apropriado para alguém de tão alto escalão. Da Capital, da Corte.

Eita! O climão, de novo. "Olha o climão chegando aí, geeente!", pensou Daniel. Por algum motivo lembrara-se do bordão carnavalesco. Talvez fossem saudades do Rio de Janeiro. Ou da Terra.

— Você viajou, Ian? — perguntou o terráqueo. — Thomas contou que você estava fora. Que bom que pôde voltar! Sentimos sua falta.

Hugo revirou os olhos, e Ian respondeu de maneira cabotina:

— Sim, estive em Nariihwe, resolvendo alguns assuntos administrativos. Maçantes, mas urgentes. Também estive em Vordhiin, analisando algumas apelações criminais, antes de remetê-las a Gusk.

O assunto despertou o interesse de Hugo.

— Você esteve no... Complexo Prisional de Vordhiin? — perguntou o omiidhian — Conversou com presos?

— Com alguns — disse Ian. — Preciso analisar as apelações. São muitas. Várias delas sem a menor chance de prosperar. Não posso sobrecarregar nosso Preceptor.

O colega de quarto de Daniel silenciou. Parecia pensativo e incomodado. Manteve-se assim até o final do jantar.

— Vou dar uma caminhada antes de dormir. Comi demais... — disse Daniel ao terminar sua refeição. Na verdade, queria ir até o Comunicatório, ver se conseguia falar com sua Lara através de um hiper-holograma. Magnus e Berta já haviam saído; era a oportunidade ideal.

— Eu vou com você. É uma excelente ideia! — exclamou Ian.

Droga! Lá se vai minha oportunidade.

Providencialmente, porém, Hugo quebrou seu longo silêncio.

— Há... Ian, você pode deixar a sua caminhada para depois? Eu gostaria de falar com você.

— Claro, Hugo. Será ótimo! Faz tanto tempo que não conversamos... — respondeu o Assistente do Preceptor.

Obrigado, Hugo!, pensou Daniel. *Sim, acertem-se, sejam quais forem as suas arestas do passado, suas divergências. Ou convergências.*

A conversa hiper-holográfica com Lara fora deliciosa. Ela ficava, do mesmo modo, tremendamente bem em uma imagem 3D sensorial: macia e cheirosa. Abraçaram-se como se ela estivesse ali fisicamente. A linda nariihwian estava orgulhosa de seu namorado terráqueo.

— Você sairá daí um conceptor, e aposto que vencerá o torneio! Gusk me disse que você está indo muito bem.

— Gusk? Sério? Você fala com ele tão frequentemente?

— Acho que mais do que se esperaria da relação entre o Preceptor de todo o Arquipélago e uma simples ilhoa com poderes básicos. Uma mentalizadora. Sinto que ele me vê como uma filha.

— Uma retribuição à sua lealdade, Lara.

— Sim, acho que é isso.

A chamada terminara com confissões melosas de saudades, juras de amor e promessas de que, em breve, compensariam o "longo" período de afastamento. Desafiavam-se. "Você vai ver só..." Ao que o outro respondia: "Não, quem vai ver é você".

Daniel deixara o Comunicatório, ao lado do Liceu, e agora caminhava de volta à Albergaria. A iluminação era quase inexistente, mas ele aprendera a se localizar muito bem no Cognateneu. A noite escura e a brisa agradável ajudavam-no a viajar em sua imaginação. Pensava nos "desafios" que trocara com Lara e sorria para si mesmo.

Nessas provas ela não é fácil de ser batida, mas eu vou tentar...

Não tinha a menor ideia do que o futuro lhe reservava, mas a sensação não era de todo ruim. Sempre fora metódico, viciado em leitura, planejamento, algoritmos e árvores de decisões. Um velho para a sua idade. *Hoje, estou ao sabor dos ventos... de Etherii. Do outro lado do Universo!* A lembrança não lhe despertava medo, mas saudades.

Quando verei meus pais novamente? E Jaime? E Adriana? Eles já devem estar na Espanha, pensou. *E Adriana achava que a Europa era muito longe!*

O corredor do segundo andar da Albergaria estava na penumbra e vazio, e Daniel tentava não fazer ruídos. Era tarde, e ele não queria incomodar ninguém. *Já deve ter muita gente dormindo.* Aproximou-se da porta de seu quarto, pé ante pé, e preparou-se para abri-la. Mas, ao ouvir uma conversa em voz baixa, parou.

Ian está aí? Ainda estão conversando? Ele apurou o ouvido.

— Eu já avisei, Ian! Não suporto mais... [inaudível] ... mãe... [inaudível] ... fuga de Karl e o filho de Lara... [inaudível] ... telepatia de sussurro... [inaudível] ... se eu abrir a boca... [inaudível]

— Não me ameace, Hugo!... [inaudível] ... amor e ódio... [inaudível] ... o terráqueo... [inaudível] ... prisão perpétua... [inaudível]

Eles estão discutindo... não consigo ouvir! Hugo está ameaçando "abrir a boca"? Estão falando sobre a fuga de Karl... Mãe... de Arthur? Lara? O que é "telepatia de sussurro"? Por que Ian está envolvendo "o terráqueo" (eu!) em um assunto de... amor e ódio? O que eu tenho a ver com isso? E que papo é esse de prisão perpétua? Existe uma trama contra mim?

Daniel sentiu um frio repentino na barriga. Alguma coisa podia estar acontecendo pelas suas costas, e as pessoas podiam não ser exatamente o que pareciam. Ele era um estrangeiro por ali, e sua ignorância sobre o Arquipélago era imensa. Então lembrou-se de que, sob o Etherii, dispunha de novos recursos: por exemplo, a invisibilidade e a intangibilidade (saíra-se bastante bem nas duas provas). E decidiu-se.

Me desculpe, Hugo! No Arquipélago, em um programa de conceptores, aja como um conceptor...

O terráqueo se concentrou e foi ganhando transparência, olhou para suas mãos, depois para as pernas, e já não as via. Tornara-se invisível. Em seguida, tocou de leve na porta à sua frente, e sua mão a atravessou suavemente. Depois, o braço.

Com licença, rapazes, estou entrando. Preciso entender melhor essa conversa... Para minha tranquilidade. Ou não.

Infelizmente, aquela não seria uma noite tranquila. Ao atravessar a porta do quarto, totalmente invisível e em silêncio absoluto, Daniel encontrou Ian sentado em sua cama e comendo uma trufa de chocolate (receita exclusiva da Dona Assumpta). Hugo voltava do banheiro e enxugava os olhos com a manga de sua túnica.

— Ian, me prometa que conseguirá esse indulto! Que Gusk concederá esse perdão. Você me deve... Por você, fiz coisas das quais me arrependo muito. Se pudesse voltar no tempo, não as faria novamente.

— Um pouco tarde para arrependimentos, não? E as viagens no tempo estão proibidas, lembra? Humm... isto está bom! Foi presente do terráqueo bonitinho? — perguntou o Assistente do Preceptor.

Hugo não se deu ao trabalho de responder. Caminhava rapidamente pelo quarto, como que tentando se acalmar. Passou raspando por Daniel, que se espremeu contra a porta (era impossível manter-se intangível todo o tempo). Não foi atingido por um triz.

Ufa!, pensou. *De que adianta estar invisível e ser atropelado?*

— Nunca é tarde para se arrepender — disse Hugo.

— Nem para se desgraçar, inutilmente. E arrastar os outros com você. Humm... isto está *realmente* muito bom! Como é mesmo o nome? Trufas de chocolate? Tem certeza que não quer? Pegue uma, o terráqueo fez com tanto carinho...

— Não tenho fome. E deixe Daniel fora disso, Ian! É um bom garoto e está longe de seu planeta. Não precisa dos *nossos* problemas.

— Claro, e você já o adotou como seu... pupilo. Colocou-o sob as suas asas. Não seria a primeira vez. Veja, Hugo, o terráqueo não ter problemas depende mais de você do que de mim. Assim como Lara, Arthur... e todas as pessoas que você quer proteger. Afetos do presente e do passado. Daniel sabe da confusão em que Lara está metida? Sabe da confusão em que *ele mesmo* está se metendo? Aposto que não! Ela está usando o terráqueo, como fez com Karl. Enquanto lhe interessou. Você não vai querer vê-los presos por toda a vida, não é mesmo, querido? O seu novo amigo? — perguntou Ian, aproximando-se de seu amargurado interlocutor e acariciando seu rosto.

Encostado à porta e invisível, Daniel observava toda a cena.

O que eu tenho a ver com isso? Lara, Arthur, eu? Presos...?

Hugo afastou-se.

— Eu não sei, Ian. Tudo isso... Omiidhys, o meu trabalho, tornar-me um conceptor... você. Tudo parece ter perdido sentido. Gostaria de ter a vida simples e honesta do jovem terráqueo. Acho que não conseguirei me segurar por muito tempo mais. É melhor você ir embora. Daniel já deve ter conversado com sua namorada na Capital... com Lara, e vai aparecer a qualquer momento. Pressinto isso fortemente.

Daniel assustou-se e examinou as próprias mãos; queria ter certeza de que continuava invisível dentro do quarto.

Caramba! Como eles sabem que eu estava conversando com Lara? E como sabem que estamos juntos? Ele leu a minha mente? Não existem segredos no Arquipélago! Ou talvez eles existam em excesso.

Ian aprumou-se e, com uma expressão de apatetada incredulidade, olhou para Hugo longamente.

— Você não faria isso... Eu não acredito em você — desafiou o Assistente do Preceptor. Abriu a porta silenciosamente, olhou para os dois lados do corredor e deixou o quarto contrariado.

Ao sair, pensou: *Eu queria NÃO acreditar, mas e o risco? "Vida simples e honesta..." Humpf! Maldito terráqueo!*

Ian não viu, mas Daniel saiu atrás dele.

Aquela seria a noite mais longa que o terráqueo já passara no Arquipélago, uma noite totalmente insone. Depois de ouvir a estranha conversa entre os omiidhians, Daniel disse a si mesmo: *Agora, sim, eu preciso caminhar. E pensar muito!*

Andou demoradamente pelo campus grande e escuro, imerso em conjecturas e reflexões. Sentia-se perdido e sozinho.

Hugo e Ian? Arthur e... LARA? Estão todos envolvidos em uma trama? Também são conspiradores? (Pensar em um possível envolvimento de Lara era o que mais lhe doía.) *Não faz sentido! Eu vi o que aconteceu no apartamento de Karl, na Terra. Como sabem da minha relação com Lara? Para quem Hugo pede um indulto? Do que se arrepende tanto e faz com que Ian se sinta ameaçado? O que é essa telepatia de sussurro, da qual nunca ouvi falar? Que revelação pode nos desgraçar a todos — a mim, inclusive —, arrastando-nos para a prisão?*

A caminhada não estava ajudando, e ele começava a se cansar. Mas não tinha vontade de voltar ao quarto e confrontar o colega de estudos. Apesar de tê-lo defendido perante Ian, Hugo mantinha segredos que podiam envolvê-lo. E Lara. E Arthur. E o próprio Ian.

E sabe-se lá quem mais... O pior é não saber em quem confiar, com quem conversar, o que fazer. Falarei com Thomas... ou, melhor, diretamente com Gusk, depois de amanhã. No Redondel. Quero voltar pra Terra, para os meus números e livros! Estou cansado deste mundo-sob-o-Etherii. Suas intrigas e seus superpoderes já não me interessam.

Daniel chegou tarde no quarto, e Hugo ainda estava acordado. Aparentemente o esperava.

— Nossa, Daniel, eu já estava ficando preocupado com você... Você tem aula e uma disputa de semifinal amanhã. Sabia disso?

— Sim — respondeu o terráqueo monossilabicamente.

Disso eu sabia, pensou.

Amanhecia, e Daniel não conseguira pregar os olhos. Como uma ideia fixa, repassara tudo o que ouvira — dezenas, talvez centenas de vezes —, imaginando diferentes hipóteses e suas possíveis implicações. Mas não chegara a qualquer conclusão que fizesse sentido.

— Você está com uma aparência péssima. Parece cansado. Não dormiu bem? — perguntou Hugo, preocupado.

— É... não dormi, não. Estou com um pouco de dor de cabeça.

— Você quer que eu... — ofereceu Hugo levantando sua mão direita, como que para tocar na cabeça de Daniel.

O terráqueo recuou abruptamente.

— Não... não precisa, obrigado. Acho que necessito apenas de um bom banho. Eu desço mais tarde.

O omiidhian olhou-o com certo abatimento. Pelo visto, também não havia dormido muito bem.

— Claro. Tome um banho morno. Ajuda a dilatar artérias e vasos sanguíneos. E descanse um pouco. Temos algum tempo livre agora pela manhã. Vou ao refeitório com Berta e Magnus. Primeiro resolva suas coisas. Depois você se junta a nós — disse Hugo, deixando o quarto em seguida.

Resolver minhas coisas... Como?

Lara estava esperando que ele a chamasse pela manhã. Dissera-lhe, na véspera, que queria lhe dar um beijo naquele dia (*delicioso*, prometera ela), através de um hiper-holograma sensorial. Um beijo praticamente real. De boa sorte, para a semifinal.

Mas ele não ia chamá-la.

O dia tinha se arrastado. O mestre-conceptor da vez, um baixote de nariz imenso e voz monótona, falava devagar. O terráqueo tivera de se segurar para não tombar da cadeira. Hugo e Berta, sentados na outra extremidade da classe semicircular (Daniel chegara atrasado e não conseguira ficar próximo a eles), o olhavam e cochicharam: "Nosso jovem amigo não está nada bem". O assunto em questão, *bloqueio e apoderamento de mentes*, era fascinante. Mas o tom monocórdico da exposição e o cansaço não ajudavam. Agora a aula findava — aleluia! —, e o sol primário acabara de se esconder.

— Bem, é isso! Terminamos aqui — disse o mestre narigudo, subitamente com mais entusiasmo (*o problema dele é dar aulas*, pensou Daniel, *ele não gosta*). — Daqui a pouco, teremos as semifinais... e dois dos semifinalistas são desta classe: Hugo e Daniel. Hugo enfrentará Lizandra, e Daniel se medirá contra Taeg. Alguma última pergunta sobre *bloqueio e apoderamento de mentes*?

Daniel levantou a mão.

— Tenho uma pergunta... — disse o terráqueo. — Na disputa de hoje, nós, os semifinalistas, tentaremos nos *apoderar* da mente um do outro, certo? Mas não sei se quero fazer isso. Ou se permitirei que entrem em minha mente. Essa resistência não pode resultar em... morte?

O mestre pareceu surpreso e o fitou de uma forma esquisita.

Ele está estranhando a pergunta, ou a minha resistência em ter a mente apoderada? Deve estar achando que tenho coisas a esconder... Ou será apenas que já falou disso enquanto eu dormia na aula?

— Você tem razão — disse o conceptor. — Quando há resistência contra uma força maior, uma força com o poder de superar o bloqueio, que fique bem entendido... a mente apoderada contra a sua vontade pode, sim, morrer. Na verdade, é bastante provável que aconteça. Isso diferencia o apoderamento forçado do entrelaçamento e do compartilhamento voluntário.

O assunto renovou o interesse da classe. Ele continuou:

— Mas fique tranquilo, Daniel. E você também, Hugo. Vocês não terão as *suas* mentes apoderadas. *Vocês* tentarão se apoderar de *outras* mentes. De "mentes complacentes". Deverão arrancar-lhes segredos.

Hugo, muito sério, assentiu com a cabeça, como se soubesse do que o mestre-conceptor falava.

Arrancar segredos dos outros, mantendo os seus... Bom para você, né, Hugo?, pensou Daniel, sem deixar de notar que o omiidhian também parecia estranho naquela tarde. *Consumido, essa é a palavra!*

Estará atingindo aquele limite a que se referiu em sua conversa com Ian? Está prestes a "abrir a boca", seja lá o que isso queira dizer?

Thomas seria o juiz das duas semifinais que aconteceriam na Arena. Os alunos do programa acomodaram-se nas arquibancadas e estavam agitados. Agora não se separavam mais em grupos: miitherians, nariihwians, omiidhians e vordhiinians estavam todos misturados.

É preciso admitir que o programa e este torneio funcionaram para entrosar a turma, pensou o terráqueo. *Lá está Thomas no palco da Arena... Falo com ele agora sobre minha decisão de voltar para a Terra? Não... É melhor esperar até amanhã, no Redondel. Independentemente dos resultados de hoje. Todos estarão lá... Thomas, Linus, Ian (segundo entendi, com convidados ilustres de cada planeta-ilha). E os mais importantes para mim: Lara e Gusk!*

Ian, de branco, estava na fila da frente, no centro da arquibancada. Um lugar de honra, ao lado do Regedor do Cognateneu. Com um sorriso, ele acenou para Daniel, que devolveu a saudação e pensou: *Falso! Eu devia ter seguido minha primeira impressão.* Lembrou-se das palavras de Don Hidalgo, da Montserrat Riovega: *!Bucéfalo afectado!*

Thomas começou a falar. Como sempre, a acústica era perfeita.

— Bem-vindos às semifinais do Torneio Dorkiimunz! Hoje conheceremos os dois participantes deste programa que disputarão a grande final de amanhã, no Redondel. Lembro a todos, com a presença dos Governadores. E neste ano, também, com a especialíssima e muito honrosa presença de nosso Preceptor. Não é mesmo, Ian?

Ian assentiu magnanimamente e sorriu com falsa modéstia. Sim, *ele* era o Assistente Pessoal do líder de todo o Arquipélago. O único ali que conhecia e influenciava a agenda de Gusk. E talvez — por que não? — o próprio Gusk. *Ah, o verdadeiro Poder... Tremei, instrumentalizadores e conceptores!*

— Sim, o Preceptor virá, eu posso assegurar!

Thomas continuou:

— Muito bem! Hugo e Lizandra... Taeg e Daniel... Venham para o palco — pediu o Guardião da Trincadora de Miithera. — Vocês dois, à minha esquerda... e vocês, à minha direita. Pronto.

Os olhos da audiência da Arena estavam grudados nos acontecimentos que se desenrolavam à frente.

— Entrem, venerandos mestres Benjamin e Esdras, por favor.

Daniel viu adentrarem o palco os dois ilhéus mais velhos que ele já encontrara no Arquipélago. Os dois anciãos, admiravelmente encarquilhados e vestidos de azul, andavam encurvados com o auxílio de bengalas. Cada um deles com idade suficiente para ser o pai de Gusk.

Alguns dos alunos nariihwians, nas arquibancadas, levantaram-se em sinal de respeito. Depois, voltaram a sentar-se.

Eles devem ser famosos no planeta de Lara, pensou Daniel.

— Os mestres-conceptores Benjamin e Esdras, de Nariihwe, nos brindaram durante *séculos* com sua sabedoria e ensinamentos. São mestres nas artes do bloqueio e do apoderamento. Após tantos anos, desenvolveram "mentes complacentes": diante de uma tentativa de apoderamento mental, são capazes de oferecer uma resistência extraordinariamente forte, mas não traumática. Têm lindas mentes flexíveis. Se apoderadas, não correm risco de morte. Queremos que eles estejam entre nós por muito tempo ainda!

— Eeeu também queero... — disse o ancião Benjamin com uma voz frágil e trêmula. — E aacho que estou falando igualmente em nome do meu companheiro aqui. Não é mesmo, Eesdras?

Gargalhadas nas arquibancadas. Em meio ao alvoroço, ouviam-se gritos de apoio.

— Sim! Sim! — Thomas também riu gostosamente.

— Sim, todos queremos... Nossos mestres aceitaram, gentilmente, testar os dons de apoderamento dos semifinalistas deste ano. Lizandra e Hugo, vocês ficarão com o mestre Benjamin... Taeg e Daniel, com o mestre Esdras. Um de cada vez, tentem apoderar-se da mente de seus mestres e arranquem um segredo deles. Venerandos mestres, não permitam, de jeito nenhum, que estes alunos abelhudos o façam.

Lizandra, a jovem miitherian, e Taeg, o conceptor em reciclagem, colocaram-se, respectivamente, à frente de Benjamin e de Esdras. Iniciavam a tentativa de perscrutá-los — à força. Hugo e Daniel, respeitosamente, posicionaram-se dois metros atrás.

— Vamos, apoderem-se de suas mentes! Queremos conhecer seus segredos mais íntimos... — provocou o Guardião.

Lizandra e Taeg concentraram-se ao máximo e, quase que simultaneamente, fecharam os olhos. Benjamin e Esdras faziam caretas que vincavam ainda mais seus vetustos rostos. Via-se que resistiam.

Silêncio total na Arena. A tensão permeava a atenção.

Estão conseguindo?, perguntou-se Daniel. *Não dá para saber.*

Ele estimava que cerca de cinco minutos já haviam se passado, quando Thomas interrompeu a prova.

— Está bem, já é o suficiente! Podem se desconectar. Mestres e competidores, guardem os resultados com vocês. Por enquanto. No final da prova, os compartilharemos com todos. Hugo e Daniel, tomem seus lugares.

Daniel colocou-se à frente de Esdras. Ao fazê-lo, notou que o ancião, encurvado e apoiado em sua bengala, trocava olhares discretos (e suspeitos?) com Hugo. *Eles se conhecem?* Era possível, o omiidhian lhe contara que também trabalhara em Nariihwe. E que tivera mentores admiráveis. Hugo desviou o olhar e posicionou-se à frente de Benjamin.

Será que eu tomo isso como uma pista? Espero que a minha "intuição" me ajude, pensou Daniel. *Mais uma vez.*

— Podem começar! — instruiu Thomas.

Daniel concentrou-se e olhou para o macróbio mestre diante de si. Ele era pequeno e mantinha a cabeça baixa; não restava alternativa ao terráqueo senão olhar para sua calva ressequida e repleta de manchas senis. Preferiu fechar os olhos.

Eu vou entrar, Mestre Esdras! Por favor, não resista... Revele-me os seus segredos, passe-me o filme de sua vida.

A voz de Thomas os trouxe de volta para suas próprias mentes e para o tempo presente.

— Acabou, acabou... Desconectem-se!

Os venerandos mestres suavam e pareceram respirar aliviados.

— É hora de conhecermos os resultados... Mestre Benjamin, Lizandra, venham para a frente, por favor — pediu o Guardião. — Conte-nos, Lizandra, o que você conseguiu descobrir.

A jovem miitherian parecia envergonhada e ruborizou. *Ela fica vermelha como eu*, pensou Daniel. *Mas Lara nunca cora. É difícil saber se está mentindo.*

— Eu... eu não consegui entrar... me apoderar da mente do Mestre Benjamin. Encontrei o seu bloqueio... intransponível. Sinto muito!

— Não há motivos para envergonhar-se, minha jovem — disse Thomas. — Muitos séculos de experiência a separam de Benjamin. Ao contrário, temos de lhe dar os parabéns!

Das arquibancadas, os estudantes concordaram e a aplaudiram educadamente. Sem grande entusiasmo.

— Mestre Esdras, Taeg... por favor, venham para a frente.

Os dois conceptores, professor e aluno, estavam ambos vestidos de azul, mas tinham uma abismal diferença de idade. Apresentaram-se.

— Diga-nos, Taeg, o que você descobriu?

O aluno-conceptor pareceu tão embaraçado quanto a jovem instrumentalizadora que o antecedera, mas não corou.

— Não muito. O bloqueio do Mestre Esdras estava muito forte, mas consegui sentir que... ele tem tido dores excruciantes nas costas.

A plateia de estudantes explodiu em risos e algumas vaias. A torcida contra o aluno-conceptor (um *intruso* no programa) parecia ter valido a pena. Sentiam-se vingados. Daniel não estava de bom humor, mas também achara a situação engraçada e não pôde evitar um leve sorriso. Assim como todos que estavam no palco; Esdras, inclusive.

— Bem — disse Thomas —, isso não é exatamente um segredo, certo? Mas vamos aguardar as próximas *revelações*. Obrigado, Taeg!

Hugo e Benjamin se adiantaram, e Daniel redobrou a atenção — queria ouvir muito bem as descobertas do omiidhian. Ainda que, ressabiado (pelo que ouvira) e desconfiado (pelo que não ouvira), admirava o colega e resistia à ideia de, sem conhecer todos os fatos, renunciar à sua única amizade no Arquipélago. Com Lara era diferente.

Se ela estiver me escondendo algo, será bem mais doloroso.

— Hugo, diga-nos o que descobriu sobre o Mestre Benjamin. E cuidado com o que vai dizer... — disse Thomas, de forma espirituosa.

Sinalizando com a cabeça, Hugo levou alguns segundos para falar. Mantinha o semblante fechado. Então deu o seu depoimento:

—Eu não conhecia o Mestre Benjamin, quer dizer, não pessoalmente. Apenas sua fama interplanetária como o nosso maior linguista vivo. Tive hoje o privilégio de estar, ainda que por pouco tempo, dentro de uma das mentes mais brilhantes do Arquipélago. Dela colhi o krpsnc antigo e mais uma dezena de dialetos insulares, todos eles extintos. Que creio poder falar agora, no mesmo nível do nosso mestre. Tive também acesso às suas recordações mais profundas e fui *"apresentado"* à sua mãe, Agatha, que em sua memória permanece uma mulher jovem e bonita, de cabelos longos, negros e ondulados. Que deixou este mundo, *um dia* depois de ele começar a estagiar na Secretaria de Ensino de Nariihwe. A conversa que o menino Benjamin teve com a mãe, no seu primeiro dia de estágio, está gravada até hoje em sua mente. Palavra por palavra. Os séculos não apagaram — nem apagarão — essa lembrança. Ela disse: "*Min* (era assim que ela o chamava, de criança), hoje é o dia mais feliz de minha vida, e eu agradeço todas as noites pelo privilégio de ser sua mãe. Meu filho amado... não existe no Universo missão mais nobre que semear conhecimento. Conte comigo, sempre!" No dia seguinte, sozinha em sua vivenda, ela sofreu uma queda e faleceu. Infelizmente, não havia ninguém por perto para socorrê-la.

Hugo terminou a narrativa — que se assemelhava muito à sua própria biografia — e, ao olhar para o lado, viu Benjamin emocionado e com o rosto coberto de lágrimas. "Min", agora um provecto e venerável mestre-conceptor, avançou com dificuldade até o omiidhian e o abraçou. Sua voz já não tremia, e ele falou em krpsnc antigo:

— Ainda que eu me lembre todos os dias, sem exceção, das palavras de minha amada mãe... é muito difícil *escutá-las* novamente da boca de outra pessoa. E, ao mesmo tempo, é um bálsamo. Obrigado!

Ninguém presente na Arena entendeu o que o ancião dizia. O krpsnc antigo estava extinto no Arquipélago desde o Segundo Reinício. Mas Hugo respondeu igualmente na língua morta:

— Acredite-me, Mestre Benjamin, eu também sei o que é a dor de ter perdido a mãe precocemente. No meu caso, foi o amor maravilhoso... de uma mulher maravilhosa, que me salvou.

O ancião se afastou de Hugo e se dirigiu a Thomas e à plateia.

— Este poderoso instrumentalizador (ou eu já deveria chamá-lo de conceptor?) esteve efetivamente em minha mente, contra meus vãos esforços para impedi-lo. O danado se apoderou da minha mente e colheu parte de minha sobrevalorizada erudição e de minhas mais ternas lembranças. Com maestria! E ainda deu um jeito na minha voz...

Aplausos efusivos e assobios se ouviram das arquibancadas, e, no palco, Daniel também aplaudia. Thomas anunciou:

— Parece que já temos um finalista. Parabéns, Hugo!

Isso foi verdadeiramente impressionante!, pensou Daniel. *Não, ele não é apenas um finalista. É favoritíssimo para a final de amanhã. Falando sério? Não serei eu, um simples nerd da Terra, quem irá vencê-lo. Não neste mundo tão estranho.*

— Daniel, é a sua vez — disse Thomas. — Descreva-nos o que viu.

No palco, o terráqueo adiantou-se, olhou para os lados e depois para a plateia. Acabou pousando o olhar no Assistente do Preceptor, que sorria enigmaticamente. *Ian aplaudiu a vitória de Hugo de uma maneira fria e burocrática. Não ficou feliz. Acho que não está torcendo para ele.* Então respirou fundo e começou a falar:

— Bem, eu também não conhecia o Mestre Esdras... Vocês sabem que eu sou da Terra, o terceiro planeta de um sistema solar a doze gigaparsecs daqui. Não conheço quase ninguém no Arquipélago e, pensando bem, conheço muito pouca gente no meu planeta também.

Gargalhadas nas arquibancadas. O favoritismo era do omiidhian, mas o jovem terráqueo, aos poucos, ganhava a simpatia da turma. Que, além de tudo, torcia para que ele batesse Taeg, o "conceptor-intruso".

Daniel continuou:

—Eu não sabia muito bem o que fazer, o bloqueio do venerando mestre era muito forte e eu preferi evitar um confronto direto... Eu perderia. Tentei entrar em sua mente, não como o jato poderoso disparado contra um muro, mas como a água que suavemente desliza entre as pedras e sutilmente vai se infiltrando em suas minúsculas frestas, em seus poros. E consegui entrar... parcialmente. Talvez não o mesmo tipo de acesso que teve Hugo à mente do Mestre Benjamin. Eu não saberia dizer. Mas eu *estive* dentro da mente do Mestre Esdras e também encontrei um mundo maravilhoso de conhecimentos. Imaginem, para um *terráqueo* como eu... Então, como se eu estivesse em uma antiga e magnífica biblioteca — metaforicamente falando —, busquei o "livro" mais empoeirado e escondido em sua mente, um segredo que pudesse servir como prova de minha visita. Identifiquei uma área de pesquisa do Mestre Esdras sobre a qual eu nunca escutei absolutamente nada em minha curta estada no Arquipélago: a telepatia de sussurro... A possibilidade do emaranhamento mental, de uma conexão telepática a distâncias ilimitadas — mesmo que os conectados não estejam sob o Etherii. Essa pesquisa teórica, aparentemente, nunca foi divulgada.

— Nunca foi divulgada porque era uma bobagem teórica, ora! — apressou-se Esdras em responder. Parecia irritado. Excessivamente. — Foi um tempo perdido, um desgaste e uma investigação inútil. Acabei descartando os estudos.

Sim, mas não antes de passá-los a Hugo, pensou o terráqueo. *Eu vi em sua mente, mas não preciso relatar isso.*

Daniel olhou discretamente para Hugo e para Ian. Hugo parecia surpreso e Ian, assustado. Branco como sua requintada túnica; finalmente tirara aquele sorriso superior e condescendente do rosto.

Não quero me meter nesse vespeiro, pensou Daniel. *Não sei qual o problema dessa tal telepatia de sussurro, nem por que a mencionaram em sua discussão no quarto. Mas não me interessa. Isso é com vocês. Logo voltarei pra casa!*

O Guardião da Trincadora de Miithera interveio, algo constrangido. Esdras, o venerando mestre-conceptor, se aborrecera com a exposição de sua infrutífera pesquisa e precisava ser resguardado.

— Bem, bem... isso não vem ao caso — disse Thomas. — A telepatia de sussurro é um conhecido conceito teórico sobre um possível emaranhamento quântico-mental... que permitiria a comunicação telepática, sem limites de distância. Mesmo sem o Etherii. Essa possibilidade já foi descartada em centenas de estudos. O importante aqui é sabermos do Mestre Esdras: o terráqueo esteve em sua mente?

— Humpf... sim, esteve. E aparentemente meteu o nariz onde não devia! — respondeu o ancião ranzinza. Thomas assentiu.

Aplausos gerais entre os alunos, embora claramente menos entusiásticos que aqueles dirigidos a Hugo. Também no palco o terráqueo era aplaudido. No assento de honra, Ian reassumira sua máscara de Assistente do Preceptor. A boca exibia um sorriso canhestro, que não combinava com seu olhar gelado.

Num show de calouros da Terra, eu teria pego o segundo lugar, pensou Daniel. *Eu não me importo (sim, eu me importo, por causa de Lara... sentirei imensamente sua falta). De qualquer jeito, amanhã eu volto pra casa.*

Após o último e animado jantar no Cognateneu, Daniel e Hugo voltaram ao quarto que dividiam na Albergaria. Mudos e taciturnos.

Algo mudou entre nós. Eu sinto; ele sente, pensou Daniel.

Dessa vez, foi o omiidhian quem decidiu romper o silêncio.

— Então, menino... Daniel. Amanhã é o grande dia?

A que ele se refere? À disputa final, ou entrou *em minha mente e sabe que eu quero voltar para a Terra?*

— Assim parece — respondeu o terráqueo. — Mas eu não acredito, sinceramente, que possa vencê-lo. Não estou preparado. E, a bem da verdade, tampouco me interessa muito ganhar o torneio. Não mais. Sem querer ofender.

Hugo franziu a boca, num arremedo de sorriso.

— Eu entendo perfeitamente. Foi assim que me senti muitos anos atrás, com Ian. Era extremamente importante *para ele* vencer o Torneio do Assistente do Preceptor; não para mim. Foi o melhor resultado para ambos. Eu não queria me mudar para a Capital; ele, sim.

— Você... o deixou vencer?

Hugo fez uma longa pausa, sem responder. Olhava-o de modo estranho, quase terno. Depois perguntou:

— Você quer vencer, Daniel? Para mim, muito em breve, não fará diferença. Posso fazer com que vença...

— Não! — respondeu o terráqueo com veemência. — Não, eu não quero que você faça isso!

A generosidade do omiidhian, entretanto, desarmara Daniel e ele resolveu arriscar-se um pouco mais; seguiria seus instintos (ainda que, talvez, começasse a pisar em um terreno minado).

— Hugo, me conte o que está acontecendo! Estou preocupado com você... Eu vi na mente do Mestre Esdras... Ele passou pra você os estudos sobre a *telepatia de sussurro*, a "telepatia-sem-o-Etherii", não foi? Ele mentiu, não se trata apenas de uma teoria descartada. Você está metido em problemas?

— Mais do que você possa imaginar, meu bisbilhoteiro e querido amigo — disse o omiidhian muito sério. — Tomei decisões erradas para ajudar pessoas de quem eu gostava... e acabei prejudicando a pessoa que mais amo. A pessoa que mais amor me dedicou.

— I... Ian?

Hugo deu um sorriso triste e sacudiu a cabeça enfaticamente.

— Não! O amigo que conheci, de pequeno, não existe mais. Foi tomado pela ambição. E perdemos completamente nossa cumplicidade mental. *Isso* era tudo o que tínhamos. Não, me refiro a outra pessoa...

— Eu queria ajudar. Não quer me contar os seus problemas?

— Não por enquanto, Daniel. Eu não quero arrastá-lo para as minhas encrencas. Como já fiz inadvertidamente com outras pessoas. Apenas esteja ao meu lado amanhã, no Redondel. E vença, pela Terra! Eu estou preso, meu amigo. Mas em breve me libertarei.

Todas as aulas do programa já haviam sido dadas. Aquele dia estava reservado para a disputa que definiria o vencedor do Torneio Dorkiimunz e para a cerimônia de conclusão do curso de formação de conceptores. Fazia tempo que o Preceptor não acudia a uma final no Cognateneu de Omiidhys, e Linus, o seu Regedor, não iria — é claro — perder a oportunidade de caprichar na festa. O grande embate ocorreria ainda pela manhã; com os dois sóis a pino.

O terráqueo naquela noite desmaiara na cama; só despertara ao alvorecer (estava morto de sono por causa da noite anterior, quando não havia conseguido pregar os olhos). Levantou-se descansado, tomou uma ducha e deixou o colega de quarto dormindo — aparentemente, daquela vez, era ele quem precisava de um repouso extra.

Deve ter passado boa parte da noite lutando contra seus demônios internos. Espero que consiga vencê-los, pensou Daniel, dando-se conta de que tinha sentimentos conflitantes pelo omiidhian: gostava de Hugo, mas quem, de fato, era ele? A resposta talvez revelasse também quem eram as outras pessoas à sua volta — Lara em particular. E que tipo de perigos ele podia estar enfrentando, sem saber.

Daniel desceu para o refeitório (quase vazio naquele momento), fez seu desjejum e saiu para caminhar pelo campus. Sozinho. Em pouco tempo, começariam a chegar os visitantes das outras ilhas — inclusive sua namorada nariihwian e Gusk. Ele precisava pensar.

O terráqueo caminhou para longe. Queria evitar o bochicho, a aglomeração e as conversas informais que normalmente antecedem os grandes eventos. Sentia-se desconfortável com isso — mesmo na Terra. Agora, no Arquipélago, a situação era pior. Não sabia mais em quem confiar e não estava com disposição para socializar com os ilhéus. Sua ideia era voltar ao Liceu um pouco antes de começar a disputa, quando o Redondel já estivesse cheio, com todos sentados (inclusive Lara e Gusk). Participaria da prova — perderia, quase que certamente — e depois falaria com o Preceptor. Agradeceria a todos pela oportunidade e pediria para retornar ao seu planeta natal imediatamente. Para Goiânia, para a chácara de seus pais. Para longe de Karl.

Sim, esse é o plano, pensou Daniel. *É o mais racional a fazer.*

Mas sabia que seu coração, mal curado de uma relação complicada com Adriana, podia ser um destruidor de planos. E ele já começava a reclamar, de novo.

Lara, nunca mais voltarei a vê-la...

— Por onde você andou, Daniel? — perguntaram Magnus e Berta, quase que simultaneamente. — Já estão todos no Redondel. O Preceptor também! E os Governadores... Linus está desesperado!

— Mas eu *não estou* atrasado, estou?

— Não, não está — respondeu Berta —, mas o Regedor queria ter te apresentado a todos os *figurões*. Você é da Terra e está na final do torneio. Na final! É uma celebridade entre os mandatários das ilhas. Eles estavam curiosos... Agora não vai dar mais tempo.

Bingo! Primeira parte do plano concluída, pensou o terráqueo, imaginando os muitos constrangimentos dos quais se poupara. "*Eles estavam curiosos...*", repetiu para si mesmo. E respirou aliviado.

Entraram no Redondel, a arena circular com piso arenoso e arquibancadas, que lembravam uma praça de touros da Espanha — lá na Terra. *Don Miguel, amigo de toureiros, de "artistas matadores", iria gostar. Espero não ser o "touro do dia". Tampouco morrer.*

Linus estava no centro da arena e tinha Hugo a seu lado. O Regedor do Cognateneu acumulava, por certo, as funções de mestre de cerimônias e juiz da grande final. Lançou em Daniel um olhar gélido, quase de ódio, como que dizendo: "Onde diabos você estava?".

Acho que eu joguei água no seu chope, né, Regedor bigodudo? Me desculpe, eu não nasci para salamaleques.

Daniel olhou para as arquibancadas lotadas e, pela cor das vestes dos ilhéus, localizou o que deveria ser a tribuna de honra do Redondel; onde ficavam *os figurões*. Era relativamente pequena. Ali quase todos eram conceptores e usavam o azul, com poucas exceções.

Uma única túnica dourada e brilhante se destacava na parte mais alta da tribuna: Gusk! E, ao seu lado, Ian e... Lara.

O terráqueo saudou a tribuna, inclinando levemente a cabeça e mantendo-a baixa. Percebeu alguns acenos de volta: Thomas, Arvid, Benjamin, Esdras. Mas evitou contato visual com Lara (ela seguramente teria seus olhos postos nele). Não queria encarar a nariihwian, enfrentá-la.

Não posso me preocupar com Lara ou com Ian. Não agora. Hugo me pediu para vencer. Pela Terra.

Daniel foi até o centro do Redondel e se colocou ao lado de Hugo. Saudou Linus com a cabeça; o Regedor retribuiu com um grunhido, depois pôs um sorriso no rosto e caminhou em direção à tribuna.

De uma cara furiosa ao rei da simpatia... em segundos.

O terráqueo olhou para seu colega de quarto — em breve, seu adversário — e viu que ele estava pálido. Em voz baixa, perguntou:

— Você está bem, Hugo? Conseguiu dormir?

— Um pouco... agora de manhã — respondeu o omiidhian. — Desci correndo, achei que fosse me atrasar. Até descobrir que *você* tinha sumido. Eu podia ter dormido um pouco mais!

— Mas comeu alguma coisa? Fez o desjejum?

— Sim, menino. Deliciosas e energéticas trufas de chocolate. Elas salvaram a minha vida! Quando puder, parabenize sua mãe.

O filho de Dona Assumpta sorriu e pensou com seus botões: *Talvez eu dê seu recado pra ela hoje mesmo.*

Hugo continuou:

— Daniel, lembre-se: *vença* esta disputa! Esforce-se, você conseguirá! Faça-o pelo seu planeta, pelo seu povo. Mostre a todos do que os terráqueos são capazes. Depois do torneio eu vou falar com Gusk e, sinceramente, não sei o que vai acontecer... Veja, vai começar.

Não, Hugo, ainda não! Espere um pouco!, pensou Daniel. *Me deixe primeiro falar com Gusk, voltar pra Terra! Se Ian estiver certo, essa sua conversa com o Preceptor vai desencadear... uma catástrofe!*

— Senhores, senhoras... — A poderosa voz de Linus retumbou no Redondel. Os bigodes do homem, como em frenesi, tremiam.

Lá vem discurso. Que porre!, pensou Daniel. Estava preocupado com o que havia escutado de Hugo. *Ele vai falar com Gusk, após a final.*

— Uma oportunidade, um privilégio... — continuava o Regedor, mas o terráqueo não prestava atenção no que ele dizia.

Eu devia ter insistido para que Hugo me contasse o tal segredo, ontem à noite.

— ... nosso Preceptor, uma inenarrável honra...

Eu tentei, ele não quis. Saberia o que fazer agora, como agir.

— ... futuro do Arquipélago. Nossos bravos combatentes, à beira de se tornarem conceptores; mas haverá apenas um vencedor... os senhores e as senhoras decidirão...

Eu vou pedir para ele esperar. Não fazer isso aqui no Cognateneu!, pensou o terráqueo, aproximando-se do omiidhian.

— Um dorkiimunz e um pássaro-real... sorteio...

Vou lhe contar que pretendo voltar pra Terra. Hoje!

Mas não houve tempo. Linus terminara seu longo discurso e, voltando-se para os dois finalistas, interrompera a iniciativa de Daniel.

— Vocês estão prontos? — perguntou o Regedor.

Prontos para o quê, meu Deus? Eu nem ouvi o que ele falou...

Hugo assentiu.

— Sim, estamos.

Daniel olhou para seu adversário, como que pedindo ajuda. O omiidhian apertou os lábios e balançou a cabeça. Disse em voz baixa:

— Você consegue, criança.

— Daniel, por sorteio, foi determinado que você deve se transmutar em um... *dorkiimunz*! — comunicou o Regedor. — Parabéns, terráqueo, que fortuna! O símbolo do nosso torneio. Assim, Hugo, você deve se transmutar em um *pássaro-real*!

Eu preciso me transformar em um dorkiimunz? Nem sequer consegui transmutar uma flor, pensou o terráqueo, lembrando-se dos "aspargos cozidos, molengas *e mortos*" que produzira. Deu uma volta completa em torno de si e passou os olhos pelo estádio lotado. Viu a massa de espectadores vestidos de cinza: colegas instrumentalizadores do programa, ansiosos como torcedores de futebol. Passou a vista também por uma mancha branca de convidados mentalizadores. Terminou seu giro voltando-se novamente para a tribuna. Finalmente reunira coragem para encarar sua musa, trajando humildemente uma túnica alva, em meio a um mar azul de poderosos conceptores. Próxima a Gusk, ela parecia angustiada. *O que você fez, Lara? Você está me* usando?

— PODEM COMEÇAR! — berrou Linus a plenos pulmões.

Daniel fechou os olhos. *Nossa Senhora da Lampadosa... me ajude!*, pensou, lembrando-se da igreja que, de criança, frequentava com seus pais no Rio de Janeiro, próxima à Praça Tiradentes. Começou a se concentrar. Intuitivamente. Um *flash* dos aspargos cozidos... Ele afastou o pensamento. *Pela Terra!* Ele precisava fazer aquilo.

Mas nem conheço direito um dorkiimunz! Só vi aquele no qual o Regedor se transformou. A mistura fofa de um gato com um cachorro...

O silêncio no Redondel era absoluto, como se ele estivesse sozinho (ou rezando, na nave da Igreja de Nossa Senhora da Lampadosa). Ouvia apenas a própria respiração. Profunda e um pouco acelerada.

Nada... Só um leve formigamento nas mãos, nos braços, nas pernas. Espero que não seja um infarto.

Silêncio, um longo silêncio. Nada ainda.

Então ele ouviu o som muito alto: *Keeee! Keeee!* Assustou-se, e um arrepio lhe atravessou o corpo como uma lança.

Já? Eu me transmutei em um dorkiimunz?

O terráqueo abriu os olhos e se examinou. Apalpou-se para confirmar. Não, não. Ele continuava sendo um bípede, um humano de túnica cinza, com as pernas finas expostas. E pouquíssimos pelos.

Eu não consegui.

Keeee! Keeee! O som cortante, de novo. Vindo do alto.

Daniel olhou para cima e viu um enorme e multicolorido pássaro sobrevoando o Redondel. Lindo. Seu poderoso grasnado lembrava o de uma gaivota, com o bico um pouco menor. Mas ele era grande, com a imponência de uma águia-de-cabeça-branca. E suas asas exibiam uma rica paleta de cores, onde reinavam o azul e o dourado — brilhando sob os dois sóis do Arquipélago.

Hugo, um pássaro-real... Você conseguiu!

O silêncio entre os espectadores deu lugar a uma explosão de aplausos e gritos. "Viva!" "Bravo!" "Hugo, Hugo, Hugo..." Estavam em Omiidhys, e a maior parte da torcida convidada era local. O omiidhian vencera em casa e o terráqueo, derrotado, também aplaudia.

Você mereceu, Hugo, meu... amigo? Eu atingi o meu teto. Dessa vez, "Primeiríssimo Assistente", fez-se justiça e venceu o melhor, pensou Daniel, olhando rapidamente para Ian na tribuna. Ele aplaudia burocraticamente, sem demonstrar emoções. Uma esfinge.

Inevitavelmente, os olhos do terráqueo encontraram-se com os de Lara. Ela aplaudia e sorria tristemente, de uma forma indulgente. Parecia querer dizer (ou ele precisava ouvir): *"Está tudo bem, Daniel; não fique triste... Você foi ótimo! Pouco importa que não seja um conceptor. Você ainda é meu homem, não um menino. Eu não estou te 'usando'... Não acredite nas coisas que ouviu. São intrigas. Não fiz nada de errado. Nem Arthur. Nem você. Ninguém fez... Não corremos riscos. Não passaremos o resto de nossas vidas no Complexo Prisional de Vordhiin. Eu te amo! Não volte pra Terra! Não ainda... Não vá embora! Fique comigo! Não me deixe! Não me deixe! Não me deixe!"*.

Perturbado, Daniel chacoalhou a cabeça. Tentava aquietar a mente e o coração. Não necessariamente nessa ordem. *Eu queria tanto que ela, realmente, tivesse me dito tudo isso.* Mas eles não estavam conectados. A palavras reconfortantes vinham dele mesmo.

Infelizmente.

— Temos um vencedor do Torneio Dorkiimunz! — tonitruou a voz do Regedor, sobrepondo-se à ovação presente. — E é uma cria da casa, de nosso planeta-ilha. Um talentoso Omiidhian!

A plateia, que já começara a se acalmar, irrompeu em novos aplausos. O pássaro-real dava voos rasantes sobre o Redondel e passava cada vez mais próximo dos espectadores — nas arquibancadas e na tribuna. Em determinado momento, quase tocou na cabeça de Ian.

— Desça, pássaro-real! Desça, Hugo! Você receberá o troféu, diretamente das mãos de nosso Preceptor! — gritou o Regedor.

Por favor, Hugo, apenas receba o troféu. E nada mais.

O lindo pássaro-real fez uma derradeira volta sobre o estádio, mais ampla, chegando a sair muito de seus limites. Então, de longe, começou a voltar em linha reta, planando e perdendo gradualmente a altitude — pousaria, pleno e consagrado, no centro do Redondel.

Mas Daniel notou primeiro; Linus, depois; e logo muitos perceberam. O pássaro-real — Hugo — não regressava em uma trajetória estável: seu voo era caótico, desgovernado. O omiidhian, transmutado em ave, balançava demais e batia as asas freneticamente. Aproximava-se com visível dificuldade para se manter no ar. Como um pássaro ferido.

O que está acontecendo? Ele vai conseguir pousar?, pensou o terráqueo, apreensivo. Apreensão compartilhada por quase metade do estádio — por aqueles que conseguiam ver o voo destrambelhado.

"Ohhh...", pôde-se ouvir das arquibancadas.

Então o "pássaro-Hugo" atingiu o solo da arena com força; uma aterrissagem desastrosa. Como um avião avariado, sem trem de pouso nem sustentação suficiente, o pássaro-real despencara de barriga. De uma altura de vinte metros. "*Keeee...*" "*Keeee...*", grasnou de dor. Veio deslizando, girando em torno de si e levantando poeira, até o centro do Redondel, fazendo um montinho de areia aos pés do terráqueo.

38

Daniel ajoelhou-se ao lado do grande pássaro-real. Era um animal magnífico, mesmo ferido, sangrando e com uma asa deslocada. Ele arfava. Condoído, o terráqueo afagou carinhosamente suas penas, tentando aliviar seu sofrimento. "Calma, Hugo... você vai ficar bem", falou em voz baixa. O Regedor, consternado, também se agachou e disse: "Volte, rapaz, volte... eu ajudo você". E o pássaro, lentamente, com dificuldade, transmutou-se de volta à sua forma humana.

Os acontecimentos que se desenrolavam no centro do Redondel projetavam-se acima da arena — uma imagem tridimensional imensa e com o som perfeito. O estádio, angustiado, acompanhava tudo em silêncio. Em um plano fechado, tinham uma visão próxima e detalhada dos três, como em uma novela: Hugo, o protagonista; Daniel, o antagonista; e Linus, o coadjuvante. A aflição que pairava no ar era quase palpável, pesada como uma cúmulo-nimbo.

Hugo estava agora deitado no chão, com a cabeça apoiada sobre os joelhos de Daniel. O omiidhian tinha o braço quebrado, canhestramente virado para trás, e a túnica cinza manchada de sangue. Mas o que mais preocupava Linus eram as fraturas e as hemorragias internas.

— Não se preocupe, Hugo... — disse o Regedor. — Nós vamos curá-lo desses traumas, dessa queda.

Hugo respirava com dificuldade, e veias azuladas começaram a saltar em suas têmporas. Esforçava-se para falar:

— Não... o problema não foi a queda... a queda foi uma consequência... Eu fui... envenenado.

"Ohhh...", ouviu-se novamente das arquibancadas.

— Como, envenenado? — perguntou Linus, atônito. — O que você comeu? Onde, no refeitório?

— Nã... não, eu comi apenas... uma trufa de chocolate da Terra... materializada pelo... Daniel. É o veneno que... está me matando... Receio já ter ultrapassado o... ponto de regeneração...

"OHHH...", ouviu-se novamente das arquibancadas, dessa vez muito mais alto. *O terráqueo! Ele não era apenas o antagonista, afinal. Era o vilão, claro! Como nos deixamos enganar pelo estrangeiro? O vilão com carinha de menino, que quis se livrar do seu adversário no torneio. Assassino! Assassino! Assassino!*

Daniel arregalou os olhos, em pânico: "O quê?".

A agitação espalhou-se por todo o Redondel e chegou, naturalmente, à tribuna.

— Preceptor, o terráqueo envenenou Hugo! Envenenou! — disse Ian, quase histérico (seu cabelo, sempre impecável, despenteara-se). — Precisamos prendê-lo imediatamente. Bem que desconfiei dele!

— Isso é um absurdo! — disse Lara. — Eu não acredito nisso.

— Claro que não acredita! — replicou o Assistente do Preceptor, em tom acusatório. — Você está envolvida com ele, se entrelaçando com ele, *colando moléculas* com ele, e fazendo sei lá mais o quê... com ele. Talvez também devesse ser presa. Para averiguações.

— Calma, vocês dois... Eu vou lá pessoalmente — disse Gusk, levitando do seu assento e flutuando em direção ao centro da arena do Redondel.

Ian olhou com desprezo para Lara.

— Sua nariihwian idiota! Talvez o terráqueo tenha lhe feito um favor... Boa sorte com o seu filho! — disse-lhe Ian. Em seguida, saiu da tribuna, descendo rapidamente as escadas (a pé; ele não levitava). Queria acompanhar os acontecimentos lá embaixo. De perto.

No meio da arena, invadida por ilhéus dos serviços de apoio (mentalizadores), Linus tentava todos os seus poderes de cura, sem sucesso. O maior problema de Hugo era, sim, o envenenamento: raras e potentes toxinas privavam suas células de oxigênio. Sistemicamente. Ele respirava cada vez com mais dificuldade. Daniel, mesmo em choque, passava a mão na testa suada do amigo, ajeitava seus cachos e repetia:

— Você vai ficar bom... eu não envenenei você...

— Eu... huff, huff... não foi... você... huff, huff... *foi ele*... Abaixe a cabe... — balbuciou o omiidhian, sem conseguir completar a frase; ele estava morrendo. Com extrema dificuldade, levantou o braço que ainda funcionava e encostou dois dedos na testa do terráqueo.

E Daniel conheceu a verdade.

Ian, como todos os presentes, também ouvira as palavras que tinham o poder de mudar destinos e raciocinava rapidamente:

"Fui envenenado com uma trufa de chocolate da Terra", essas poderiam ter sido as suas últimas palavras... Hugo bem que podia ter morrido naquele instante; eu me livraria dos dois de uma vez! Ou morrido na queda, imediatamente. Mas aquele "foi ele"... Acalme-se, Ian! Ninguém sabe quem é "ele", ou o quê... Hugo podia estar se referindo ao doce que o terráqueo materializou. E ele vai morrer em segundos...

O veneno do Luchrurgidão do Biolocus era indetectável, sem antídotos e letal. Levava suas vítimas a um estado além das possibilidades de cura e de regeneração celular. Era morte certa.

Mas, quando Hugo tocou na testa do terráqueo, o Assistente do Preceptor se desestruturou — o plano começava a desandar.

Ele está se... conectando com Daniel? Terá tempo de plantar suas memórias na mente do terráqueo? Terá forças para isso?

Muito nervoso, Ian assistiu à chegada de Gusk ao centro do Redondel, logo após a morte de Hugo. O terráqueo tinha uma expressão pesarosa e estranha. Mas definitivamente não demonstrava temor; ao contrário, parecia iluminado por uma revelação. Procurava alguém na tribuna — e não era Lara. Nem Gusk, que já estava ao seu lado.

Maldito terráqueo! Está buscando por mim, tentando me localizar, pensou Ian com medo.

Logo, o medo do burocrata omiidhian daria lugar ao pânico. Ele viu e ouviu (como todos os presentes no Redondel) o terráqueo dizer a Gusk: "Preceptor, Hugo acaba de falecer. Foi assassinado... Mas, antes, me transferiu suas memórias, memórias que o atormentavam. Ele desejava reparar um erro e uma injustiça do passado, e teve a nobreza de evitar que outra injustiça fosse feita hoje. Comigo! Por favor, apodere-se de minha mente e descubra por si próprio. Eu não vou resistir, absolutamente. Vasculhe *tudo... O senhor é muito bem-vindo!*".

É o fim da linha..., pensou Ian.

Daniel conhecera a *verdade de Hugo*, primeiro — depois, foi a vez do Preceptor. Mas Gusk quis, antes de mais nada, conhecer também a *verdade de Daniel*. Colheu as imagens, as recordações, os diálogos, as emoções, tudo o que o terráqueo vivera na Terra. Sua família, seus amigos, sua vocação para a matemática, seu QI (*o que significa um QI?*), suas paixões (Adriana e Lara), suas inseguranças adolescentes, sua relação e problemas com Karl. Depois, passou a vasculhar sua estada no Arquipélago. Havia se comportado adequadamente. Nenhuma agenda oculta, nenhuma grande ambição pessoal, típica dos adultos. Tinha ainda o coração de um menino. Guardara os diamantes transformados como suvenires, apenas. Sentia uma verdadeira afeição por Hugo; as trufas de chocolate materializadas haviam sido um presente sincero.

O Preceptor varria a mente do terráqueo em ordem cronológica, dos acontecimentos mais antigos até o tempo presente.

Nada que o desabone, sempre nos contou a verdade. Fico feliz por isso... e por ele. Eu gosto desse jovem e fiz bem em apostar nele, a despeito das infundadas desconfianças de Ian. Ocasionadas talvez por ciúme ou inveja.

Em seu escrutínio, entretanto, Gusk sentira que os últimos dois dias tinham sido particularmente difíceis para o terráqueo; encontrara nele sentimentos de desconfiança, medo, angústia e solidão. Voltou a vasculhar a mente do terráqueo, agora sua memória mais recente, inclusive aquela recém-impregnada com a transferência que Hugo lhe fizera antes de morrer. Com isso, vascularia também *a mente de Hugo*. Como se ele ainda estivesse vivo, na sua frente.

O que descobriu o deixou horrorizado.

— Encontrem Ian — ordenou o Preceptor enfurecido ao Regedor do Cognateneu e ao Governador do planeta-ilha —, imediatamente! E tragam-no até mim. Agora!

Por conta própria, chamou o Guardião da Estação Trincadora de Omiidhys. O homem magro, de cabelos grisalhos e compridos até a cintura, apareceu tridimensionalmente diante dele. Parecia assustado.

— Sa... salve, Preceptor.

— Hamilton, feche imediatamente a Trincadora e o espaço aéreo de Omiidhys! Emiti uma ordem de prisão contra o meu Primeiro Assistente, Ian...

— Preceptor... perdoe-nos... Ian acaba de utilizar uma fenda individual, aberta no Cognateneu, e viajou... Para a Terra.

Ian sabia que seu tempo no Arquipélago se esgotava rapidamente. Inexoravelmente.

É o fim da linha, voltou a pensar. *Desta linha!*

Ao antever o que aconteceria no Redondel, o ainda Assistente do Preceptor correu para a Albergaria e invadiu o quarto de Hugo e de Daniel. Abriu a mochila do terráqueo e roubou as suas três pedras de diamante (sabia exatamente onde elas estavam, desde que estivera naquele quarto dois dias antes). Iria precisar dos diamantes. Pelo menos no começo, até que a sua vida se estabilizasse.

Se quiser mais diamantes, faça outros, terráqueo! Parece tão fácil pra você... Tem muito carvão na Terra!

Olhou a cama de Hugo e sentiu uma certa melancolia ao ver os pertences do amigo de infância sobre o lençol perfeitamente esticado. Uma muda de roupa, sapatilhas e uma bolsa surrada que ele se recusava a trocar (um presente que ele, Ian, lhe dera antes do Torneio para Assistente do Preceptor, muitos anos atrás). Sobre a mesa de cabeceira, ao lado, repousava a caixinha de papelão com as últimas duas trufas de chocolate que Daniel materializara.

Uma pena. Eu até comeria mais uma, se elas não estivessem, agora, embebidas em veneno de Luchrurgidão... Estavam deliciosas antes disso.

Retornou ao próprio quarto e guardou os diamantes em sua pequena mala de viagem. Pegou também um frasco de Etherii líquido e separou algumas roupas. Não precisaria de muitas — para onde iria, teria roupas novas. E uma vida nova.

Chamou o Subguardião da Trincadora local. O holograma do jovem de barba rala apareceu, quase que imediatamente. Ele tinha inveja de Ian. E medo também.

— Abra uma fenda individual para mim. Para a Terra... Você já tem as coordenadas registradas. Agora! Ordens do Preceptor.

O Redondel já estava quase vazio quando Daniel conseguiu encontrar-se com Lara. A festa de conclusão do programa no Cognateneu tinha sido irremediavelmente estragada (mas entraria para a história de Omiidhys: um herói omiidhian fora morto, assassinado, após vencer a final de um grande torneio local). Emocionado, Daniel correu para sua amada. Abraçou-a e, depois, a beijou. Na frente de todos; não voltaria a esconder seus sentimentos pela nariihwian.

— É nossa sina presenciar mortes em festas? — perguntou ela, acariciando o rosto do terráqueo.

— Parece que sim... mas precisamos mudar isso — respondeu ele, sentindo remorsos (*meu Deus... eu estava decidido a abandoná-la*). — Lara, me desculpe!

— Por quê? Por ter perdido a final? Não seja bobo... *Você foi ótimo! Eu te amo!*

As palavras que eu tanto queria ouvir. Ditas espontaneamente.

— Não é isso... Hugo plantou em mim as suas lembranças, transferiu-me suas memórias, antes de morrer. Sei tudo agora sobre ele, e de suas relações com Ian e com a ex-Guardiã da Trincadora de Nariihwe. Também sei de Arthur, de Karl e... de você. Eu duvidei de você, não sabia em quem confiar. Me perdoe... E *tudo* o que descobri há pouco, já é do conhecimento de Gusk. Permiti que ele se apoderasse de minha mente. Talvez aconteçam um indulto e alguns novos expurgos por aqui.

— Pois eu não sei desse *tudo*, meu amor. Acho que sei apenas de uma parte. Ou imaginava saber. Coisas que se referiam ao Arthur e me preocupavam. Por favor, me conte... *tudo*!

39

— Você não me contou que Hugo foi professor, o mentor de Arthur — disse o terráqueo.

— Por pouco tempo. Arthur teve vários professores... e mentores. Omiidhians, nariihwians e miitherians... Alguns deles participaram deste programa. Não vi maior importância nisso, e não queria que essa informação o influenciasse. Você iria *competir* com Hugo.

— Está certo. Mas isso é importante para você entender como os fatos estão interligados. Você sabia que Hugo e Ian, no passado, estiveram entrelaçados *em estado permanente*? Incorpórea e imaculadamente conectados pelo sétimo sentido? Suas mentes foram uma coisa só por um bom tempo.

— Muita gente comentava, mas ninguém sabia ao certo. E, na verdade, não se dava grande importância a isso. Os ilhéus do Arquipélago podem parecer enxeridos às vezes, mas nem sempre o são.

— Entendo — disse Daniel. — O problema é que Hugo foi obcecado por esse absoluto emaranhamento mental com Ian. E, por ele, fez coisas assustadoramente erradas... A pior delas envolvia Arthur, o que poderia, naturalmente, respingar em você.

Com uma expressão agoniada, Lara sentou-se e forçou o namorado a fazer o mesmo. Deitou seus olhos azul-translúcidos sobre ele e ficou em silêncio. Suas pupilas, muito contraídas, quase sumiam.

— Me conte... TUDO! — implorou ela, quando conseguiu falar.

Daniel respirou fundo; era uma longa história. Procuraria utilizar as palavras do próprio omiidhian, implantadas em sua mente:

— Hugo teve uma infância difícil e sofrida... Perdeu os pais cedo — uma situação parecida com a que viveu Ian, seu melhor amigo. Ao perder a mãe, vagou de educandário em educandário, de emprego em emprego, de ilha em ilha. Até que foi parar em Nariihwe, onde começou a trabalhar com Olena... a ex-Guardiã da Trincadora de lá, hoje presa em Vordhiin. Olena encantou-se com o jovem órfão. Ele era brilhante e delicado. Feroz, mas gentil. Olena detectava naquela personalidade incomum um altíssimo potencial, com apenas uma carência: a falta de amor materno. Justo ela, que não tinha filhos. A amizade entre eles cresceu, e, com o tempo, acabaram "se adotando" mutuamente. Completavam-se e se preenchiam: um filho para uma mãe; uma mãe para um filho. Mas não contaram nada a ninguém. Eles se bastavam.

"Olena ensinou-lhe tudo sobre as estações trincadoras e a pilotagem de naves, dava-lhe amor e conselhos... enquanto ele ia desenvolvendo notáveis poderes de interação com o Etherii. Hugo fez bicos como transportista e trabalhou nas quatro ilhas (transportava muito para Vordhiin). E nas três trincadoras. Mas suas grandes paixões eram as aulas, sua 'mãe de coração' e, claro, seu amigo Ian."

— Olena, a antiga Guardiã da Trincadora de Nariihwe? A simpatizante dos conspiradores? — perguntou Lara, embasbacada. — Ela era *mãe adotiva* de Hugo?

— Assim ela se considerava, e Hugo também. Em privado. Era a única família que ambos tinham... E, não, ela não era simpatizante dos conspiradores. Mas chegaremos lá — respondeu Daniel. E continuou:

— Ian atormentava a vida de Hugo, e, durante o Torneio para Assistente do Preceptor, a proximidade entre eles se intensificou... Suas mentes se entrelaçaram de novo, mas agora em estado permanente. Ian desejava ardentemente ir para Miithera, e Hugo *deixou* que ele o vencesse na final. O que foi péssimo para a relação dos dois. Na Capital, Ian se deixou cegar pelo Poder Político. Relegou os poderes do Etherii a um segundo plano e priorizou acercar-se de ilhéus influentes. Hugo, o pobre órfão, definitivamente não estava nesse grupo.

"Com o tempo, Ian começou a se sentir tão importante... Gente poderosa conversava *com ele*, reservadamente, sobre uma 'futura e necessária' substituição do velho Preceptor. Quando essas 'conversas inocentes' adquiriram contornos de conspiração, Karl e seus comparsas foram presos (você conhece bem essa parte), mas a ideia de uma sucessão forçada, de um rejuvenescimento e descentralização do Poder no Arquipélago não morreu. Para avançar de fato, entretanto, era fundamental a libertação de Karl e dos outros dois líderes do movimento, presos no Complexo Prisional de Vordhiin. Era o momento de Ian agir."

— Safado, sem-vergonha! — exclamou Lara, e Daniel seguiu:

— Ambicioso, Ian queria ser o grande protagonista dessa história, o agente de mudanças que viabilizaria o ressurgimento de um movimento que levasse à efetiva substituição de Gusk. Que papel seria reservado a ele nesse novo Governo? Governador de Omiidhys? "No mínimo", ele pensava. Então começou a assediar seu amigo Hugo, que, precisamente naquele momento, pesquisava sobre a telepatia de sussurro, a telepatia sem necessidade do Etherii. Hugo, então professor de Arthur, fizera experimentos, a partir das teorias do Mestre Esdras, e descobrira que uma conexão telepática *de sussurro*, embora raríssima, *poderia* ocorrer entre pais e filhos (ou entre filho e pai) — desde que as mentes envolvidas fossem altamente desenvolvidas. O que era o caso de Arthur... e de Karl. Hugo já testara Arthur sob hipnose. Seu filho, Lara, conseguiria, sim, se conectar com o pai dele, sem o Etherii. Desde que quisesse, obviamente. Mas ele não queria.

— É claro que não! Arthur nunca quis saber de Karl... que nunca quis saber dele — disse Lara, agitada. Era evidente que colocar os nomes de Arthur e de Karl na mesma frase a incomodava como uma câimbra.

Daniel pegou a mão da namorada para tranquilizá-la. Mas precisava avançar:

— Hugo compartilhou essas informações com Ian, que viu aí uma oportunidade para a fuga de Karl, o vordhiinian, e de seus dois cúmplices presos — um nariihwian e um miitherian. Como um omiidhian, Ian imaginou-se integrando o *quadrunvirato* que dirigiria o Arquipélago após a deposição de Gusk: um representante de cada planeta-ilha. Um governo de iguais. Então desenvolveu um plano e o apresentou ao seu amigo. De início, Hugo se recusou a levá-lo a sério. Mas foram tantas e tão persistentes as investidas de Ian (e súplicas e promessas e chantagens emocionais e ameaças) que Hugo acabou cedendo. Participou ativamente do plano de fuga de Karl — a primeira fuga bem-sucedida na história da prisão de Vordhiin... E, ao fazê-lo, cometeu um crime grave, envolvendo Arthur até a raiz do cabelo!

— Nosso Preceptor do Céu, nos ajude! — disse Lara.

O terráqueo achou a invocação bem estranha. *Mas a Beata Jerusa a acharia ainda mais. Uma blasfêmia.* Ele continuou:

— Como um piloto transportista, Hugo fazia viagens regulares a Vordhiin, algumas delas para entrega de suprimentos no Complexo Prisional. Alguns dias antes da fuga, em meio a uma enorme encomenda, deixou também uma caixa no depósito central do presídio, identificada apenas como "esterco orgânico". Dentro dessa caixa — na verdade, *três caixas* acopladas — havia balões meteorológicos, tubos de *gás fószio* (que, segundo aprendi da mente de Hugo, é dez vezes mais leve que o hélio e fortemente atraído pelo ozônio) e roupas de astronauta, com oxigênio. Cada uma das caixas transformava-se no cesto de um balão meteorológico, com capacidade de subir para a estratosfera a mais de mil metros por minuto. Em medidas terrestres.

— Mas... a caixa... Como é que eles sabiam? — perguntou Lara com os olhos arregalados.

— Aí é que está. Eles não sabiam. Ian e Hugo precisavam de Arthur — disse Daniel, explicando em seguida:

— A título de um tratamento terapêutico, para superar o abandono paterno, Hugo propôs um exercício hipnótico a Arthur: uma fantasia onde ele tivesse perdoado o pai... e o ajudasse a fugir da prisão de Vordhiin. "Imagine que você está se comunicando com o seu pai, você o perdoou... ajude-o, guie-o, passo a passo." Ele deveria instruí-lo sobre a localização imaginária de uma caixa imaginária. Um código — "tudo muito imaginário" — para acesso seguro ao depósito (que Ian conhecia e informara a Hugo), o dia e o momento da fuga (a primeira noite escura daquele ciclo bissolar), como utilizar as caixas, os balões, o gás fószio, as roupas de astronauta. Como nenhuma pista deveria ser deixada para trás... Hugo ia ditando o roteiro e Arthur, sob hipnose, se concentrava em sua "fantasia". Na verdade, sem saber, enviava mensagens telepáticas *de sussurro* a seu pai. Depois do "exercício", Hugo usou seus poderes de esquecimento e apagou essas memórias de Arthur.

— Que desgraçados esses dois! E que me perdoe o falecido! — exclamou Lara. — Daniel, esses acontecimentos não foram *totalmente* apagados da mente de Arthur. Não definitivamente... Ele me contou, quando voltei para Miithera, que tinha sonhos recorrentes com isso. Sonhava que tinha ajudado o pai a escapar da prisão, mas não sabia como. Isso o angustiava e *me* angustiava. Temia que *meu pequeno* pudesse ter se metido em uma grande encrenca. O que aconteceu depois?

— Karl e seus jovens comparsas fugiram na noite indicada, em uma noite escura, em seus balões meteorológicos... e foram colhidos por fendas abertas na estratosfera, a partir da Trincadora de Nariihwe.

— Olena também participou disso? — perguntou Lara.

— Não foi Olena quem abriu as fendas... Foram Hugo e Ian, sem que ninguém soubesse. Para todos, Karl e seus amigos haviam evaporado misteriosamente. Como em um truque de mágica. Mas eles estavam escondidos em Nariihwe, planejando sua fuga para a Terra.

— Até que eu achei Karl, ou, melhor, fui achada... — disse Lara.

— Sim, e alertou o Preceptor. Quando Gusk ordenou que a Trincadora aguardasse o momento da fuga para transferi-los diretamente para o Complexo Prisional de Vordhiin, Olena *tentou* obedecê-lo. Seguiria, como sempre, as ordens da Capital. Mas Hugo, a seu lado...

— Mudou as coordenadas... para a Terra?

— Sim, num impulso, mudou as coordenadas de destino. Apressadamente! Karl e você, arrastada por ele, viajaram para a Terra. Os outros dois, o miitherian e o nariihwian, entretanto, nunca chegaram. Dispersaram-se quanticamente pelo espaço-tempo. Na confusão, Hugo se atrapalhou com os controles e não fez os ajustes necessários.

— E ela não entregou Hugo?

— Não, ela assumiu a culpa por completo — respondeu Daniel. — Gusk desconhecia o que ela sentia por Hugo... Para dar maior credibilidade à história, Olena se declarou uma "simpatizante dos conspiradores" e foi presa. Todo o tempo, ela protegeu seu *filho de coração*. "Eu sou uma velha", ela dizia, "mas você tem toda uma vida pela frente." Hugo se mortificava por isso. Queria confessar e iria fazê-lo.

— E Ian o matou. Para impedi-lo...

— Sim, e agora fugiu para a Terra. Vai se juntar a Karl, aquele monstro! O que me enlouquece... Agora, serão *dois monstros* em meu planeta. E Ian sabe muito de mim, de nós, de minha família.

Lara se pôs reflexiva.

— Então, querido, chegou a hora de *nós dois* também voltarmos para a Terra — disse a nariihwian. — Acho que consigo convencer nosso Preceptor. Não se trataria, *e-xa-ta-men-te*, de uma intervenção. Nós já estávamos lá!

— Era exatamente o que eu estava pensando, mas estava com receio de pedir. Obrigado... meu amor.

A conversa entre Gusk, Lara e Daniel começara com um monólogo. O Preceptor ainda estava inconformado com a traição sofrida. Furibundo, caminhava de um lado para o outro e alisava o queixo.

— Tratei Ian como um filho, confiei nele, deleguei-lhe alguns dos assuntos mais importantes do Arquipélago... — falava Gusk, mais para si mesmo que para seus interlocutores. — E Hugo? Foi um fraco! Que lástima, um ilhéu tão talentoso... Mas, ao fim e ao cabo, eu tenho pena dele. Vi em sua mente, Daniel, o que ele sofreu desde a prisão de Olena. Remorsos, é claro! Poucas dores maltratam tanto quanto isso. O que acontece com esses jovens? Acho que estou, *mesmo*, ficando velho...

Daniel e Lara entreolharam-se. Mantinham-se em um respeitoso silêncio diante do desabafo do Preceptor. Ele continuou:

— Então vocês querem regressar para a Terra? Vocês sabem que é mais fácil ir do que voltar, não?

Lara engoliu em seco, e Daniel sentiu-se um pouco culpado. Para ele, era um retorno à casa, mas para ela... E tinha a questão de Arthur, de Euterpe.

— Sim, Preceptor — disse a nariihwian, decidida. — Precisamos ir, pelo menos por um período. Karl e Ian, juntos na Terra...

— Eu me preocupo com minha família lá — reforçou Daniel. — Nunca passei tanto tempo sem dar notícias aos meus pais. Eles são idosos, estão sozinhos. Vão acabar indo me procurar no apartamento onde eu vivia no Rio de Janeiro. Vizinho ao de Karl...

— E vocês vão, *justamente*, para lá? Para esse... Rio de Janeiro? — perguntou Gusk. — Karl deve estar esperando.

Daniel e Lara entreolharam-se novamente. A preocupação fazia sentido, e eles já haviam discutido sobre isso. O terráqueo respondeu:

— Não, queremos aterrizar em outro lugar, de modo que a vantagem da surpresa esteja do nosso lado, não do lado dele. Ou deles.

Outro lugar..., pensou o Preceptor. Então ele levantou a mão: uma pedra de diamante bruto e uma grossa aliança de ouro se materializaram sobre seus dedos. Olhou para Daniel.

— Eu sei que foi Ian quem lhe disse para guardar os diamantes e, afinal, os roubou de você. Tomem, levem essas coisas. Vão precisar de recursos. E, se puderem, mandem-me Ian de volta. Vivo... Estaremos prontos para recebê-lo. Assim como, há tempos, esperamos por Karl.

Daniel e Lara agradeceram com um aceno de cabeça, e Gusk retribuiu com um sorriso triste.

— Eu desejo a vocês uma viagem segura. Boa sorte na Terra... e boa sorte para a Terra! Lembrem-se que vocês serão sempre bem-vindos no Arquipélago. Voltem quando quiserem. Ou quando puderem.

O Preceptor levitou e virou-se de costas. Flutuava encurvado, afastando-se lentamente em direção aos dois sóis. E nunca parecera tão velho e alquebrado.

MADRE

PARTE III

40

As luzes do café em frente ao lindo jardim tropical da Estação de Atocha, a principal estação ferroviária de Madri, começaram a piscar repetidamente, como se ocorresse uma oscilação de energia na região. No antigo edifício de passageiros, sob a grandiosa nave construída em ferro e vidro, os frequentadores do café, a contragosto, levantaram os olhos de seus celulares. Alguns deles se assustaram.

!Mierda! ¡Me cago en la leche!, pensou o médico espanhol.

Passados alguns segundos, entretanto, a energia voltava a se estabilizar. Aparentemente nenhum problema mais sério na estação, o que significava o cumprimento dos rigorosos horários dos trens. Naquele instante, em toaletes espaçosos (e pagos) da estação, materializavam-se, em silêncio, dois viajantes vindos do outro lado do Universo. Deixaram seus luxuosos *aseos* separadamente.

Daniel e Lara encontraram-se no café do jardim tropical, em frente a uma cerrada fileira de palmeiras altas. Ambos trajavam jeans e camiseta (as túnicas haviam sido aposentadas), e ele trazia uma bolsa-carteiro pendurada no ombro. Estavam no verão europeu, e fazia calor.

— Bem-vinda de volta ao meu planeta, moça... — disse Daniel, sorrindo. — Eu queria muito te pagar um *café cortado* ou um *latte*, e te apresentar Madri e a Espanha. Mas eu não conheço a cidade... nunca estive fora do Brasil. Também não tenho dinheiro. Infelizmente, aqui, sim, isso é importante.

— Ora, moço... *Eu* conheço esta cidade. E já, já resolveremos a questão do dinheiro. Me empresta o meu frasco de... "perfume de Tiaré"? Queria passar um pouco.

Daniel olhou para Lara com desconfiança (*não vamos roubar ninguém, certo?*, pensou), mas a atendeu. Aplicou outra gota em sua própria nuca. Os dois riram e ganharam a Plaza del Emperador Carlos V. No céu, brilhava apenas *um* Sol. E o terráqueo sentiu-se feliz com isso.

No Rio de Janeiro, Karl Meier coordenava uma videoconferência com o Dr. Rudson, o cientista de ascendência inglesa, e uma outra pessoa que não se identificara na chamada (participava como ouvinte, em silêncio e com a câmera desligada, sob o nome *Guest02*). Karl parecia extremamente irritado, e o cientista tentava se explicar.

— As técnicas de espectroscopia mais vanguardistas e sofisticadas nos levam até um certo ponto apenas. Precisamos de mais tempo... Identificamos na amostra original elementos químicos com espectros totalmente desconhecidos e trabalhamos por aproximação, por tentativa e erro... experimentando substituições na formulação. Em alguns momentos chegamos bem perto. Fizemos bons progressos, mas...

— Mas o resultado é inaceitável, MEDÍOCRE! — interrompeu Karl (a qualidade da chamada não era ruim, mas ele berrava). — Tudo o que temos é uma cópia imprestável, uma imitação barata! Estou cansado de desculpas. Em um mundo recheado de imbecis e incompetentes, pensava ter encontrado alguém diferente...

Dr. Rudson emudeceu e, mesmo através de uma tela de celular, podia-se perceber que ele empalidecera. Considerou protestar, indignar-se. Mas recuou. O cientista tinha medo de Karl. Medo suficiente para não enfrentá-lo; mais que suficiente para não se demitir impulsivamente. Não seria seguramente uma *separação amigável*, e ele temia as consequências. Rudson gostaria de saber quem era a outra pessoa, incógnita, na videoconferência. Mas sua pergunta inicial a respeito fora solenemente ignorada, e ele não ousava repeti-la. O mistério o deixava ainda mais nervoso. Continuaria tentando se explicar.

— Nós... nós estamos estudando uma... estamos fazendo...

— Também estou farto dos seus gerúndios, doutor. Trabalhem 24 horas por dia se necessário! O que eu quero ouvir é "está feito!" — cortou Karl, encerrando abruptamente a conversa com o cientista. Desconectou-o sem prévio aviso ou despedidas. Ele não estava exatamente feliz, mas não tão zangado, furioso mesmo, como se mostrara ao *Dr. Rosbife* (assim chamava o homem pelas costas).

Essas broncas mantêm o Rosbife "motivado"! Ele precisa disso.

Esperou um pouco para certificar-se de que o cientista não participava mais da videoconferência.

— O *Dr. Rosbife* disse que está fazendo "bons progressos". Conseguiu ouvir tudo, meu amigo? — perguntou Karl.

— ¡*Por supuesto que sí!* — respondeu *Guest02*. — Você já falou também com Lorenzo?

— Sim, pedi a ele alguns contatos na Europa, para expandir as atividades da KMCom. Preciso de facilitadores, de multiplicadores. De homens de confiança. Mas ele me pareceu muito velho... doente.

— Ele está! Seriamente doente.

— Eu poderia fazer alguma coisa?

— Creio que não, Karl... Já pensamos, na M. A., em substituí-lo. Talvez pelo Milton Sorto... Mas se você encontrar o Lorenzo, acho que vale a pena tentar. Se *você* não puder salvá-lo, ninguém mais poderá.

Karl terminara a videoconferência que fizera de dentro do seu carro, blindado e com vidros escuros, e agora retomava o caminho para seu apartamento na Barra da Tijuca. Enquanto dirigia, pensava em sua extenuante agenda para o dia seguinte.

Preciso de ajuda... mas não de qualquer ajuda. Milton Sorto é um idiota! Preciso de um exército de mentes superiores. Com capacidade de alguma interação com o Etherii. Não posso fazer tudo sozinho. Preciso de homens de confiança. E de mulheres de confiança!

"*Mulheres de confiança*", *humpf*... O pensamento o irritou. Sentia-se cansado e faminto. Chegaria em casa — uma cobertura luxuosa, desarrumada e deserta — e teria de preparar, ele mesmo, alguma coisa para comer. Sozinho como um gato na chuva. Ou pedir a refeição através de um aplicativo de celular e esperar. No Arquipélago, sob o Etherii, simplesmente materializaria um suculento ensopado vordhiinian. Mas tais coisas não funcionavam na Terra. Por enquanto.

Onde você está, Lara? E onde você está, vizinho?

Dedicou longos minutos aos seus "exercícios de ódio", imaginando o que faria com os dois quando os encontrasse. *Matá-los? Certamente. Mas antes gostaria de vê-los sofrer. Não gastaria muito tempo nisso... Eu não tenho paciência, tenho prioridades.*

Ele estava chegando em seu condomínio e, de longe, viu o último andar do prédio com as luzes acesas. *Esqueci de apagar a merda da luz*, pensou. *Ou será que... Lara...?* Fez descer seu Range Rover lentamente pela rampa da garagem e sondou o ambiente em busca de algum carro desconhecido — ou já conhecido. O Fiat Uno vermelho continuava lá. Nada diferente das últimas semanas. Karl estacionou seu veículo no lugar de sempre e tomou o elevador. Parou no décimo andar, um antes do seu (uma nova rotina adquirida desde o sumiço de Lara), e encostou o ouvido na porta do apartamento 102. Silêncio absoluto. Nenhuma onda cerebral, nenhuma oscilação eletromagnética de origem humana. Nada. *Vazio! Onde está você, seu geniozinho de araque?*

Karl mandou o elevador de volta para o térreo e subiu para o décimo primeiro andar pela escada — alcançaria seu apartamento discretamente. Caminhava em silêncio e, ao chegar, olhou para a luz sob a fresta de sua porta; acercou o ouvido novamente.

Sim, há uma atividade cerebral aí dentro... Apenas uma! E não tem pinta de ser um assaltante. É como se estivesse com a mente bloqueada. Lara... é você?

Num misto de raiva e ansiedade (ou contentamento?), Karl digitou rapidamente a senha numérica na fechadura eletrônica da porta — 86734446, os números que formavam a palavra *Vordhiin* — e entrou.

Não conseguiu disfarçar a surpresa e o desapontamento.

— IAN? Que diabos você está fazendo aqui?

Karl e Ian passaram quase toda a noite acordados, conversando.

— Lara nos contou que vocês chegaram sozinhos na Terra — falou Ian. — Você nunca soube de *nada* dos outros dois?

— Chegamos sozinhos — confirmou Karl, para a frustração do omiidhian. — Imaginava que eles tivessem sido presos no Arquipélago, até você me dizer agora que não. Mas então foi pior, eles estão mortos.

O ex-Assistente de Gusk fizera questão de dar ao vordhiinian acesso total à sua mente. Para que Karl estivesse seguro de que sua inesperada chegada não integrava um plano da Capital para capturá-lo. Nem poderia ser diferente: Ian não tinha ninguém na Terra — apenas o conceptor. Karl era seu novo líder e ele, Ian, demonstraria sua mais absoluta lealdade ao futuro Preceptor daquele sistema solar. Fragilizado, Ian se adaptava. Já não pensava em um quadrunvirato no Arquipélago, nem na prestigiosa posição de Governador de Omiidhys (dois dos pretendentes ao quadrunvirato já não ambicionavam nada). Seu crescimento viria com o tempo. Desde que ele se mantivesse fiel a Karl. Se ele tivesse sabedoria e paciência.

Eu mereço um reconhecimento. Não é muito aspirar viver neste planeta como um rei. Bem... como um vice-rei.

Relatar oralmente os recentes acontecimentos no Arquipélago era mais difícil que a simples transferência mental, mas Karl insistia no reforço verbal. Queria detalhes, repassar os eventos. Ian falava sobre os inesperados poderes de Daniel, sobre o torneio e sobre a morte de Hugo. Evitava novas informações sobre a relação entre o jovem terráqueo e a ex-esposa de seu novo mestre. Karl já colhera o suficiente de sua mente, sabia que Daniel e Lara haviam se tornado amantes. Isso bastava. O ex-Assistente do Preceptor não queria irritá-lo ainda mais.

Eles colavam moléculas feito coelhos, um horror..., pensou sem querer. Para em seguida agradecer o fato de Karl já ter deixado sua mente e não ter tido acesso a essa imagem.

O vordhiinian, aparentemente, estava mais interessado nos poderes do terráqueo.

— Em uma escala de um a dez, Lara como um e Hugo como dez, como você classificaria os poderes desse Daniel? — perguntou Karl.

Ian pensou um pouco. Depois cravou:

— Seis. Ele não é um conceptor completo, mas é um instrumentalizador bem forte. Com *algumas* habilidades de conceptor. E pode estar evoluindo neste momento. Thomas esteve treinando o terráqueo, e Gusk se encantou com ele.

— Dois velhos decrépitos!

— Sim... — complementou Ian cautelosamente. — E Hugo também começava a "adotá-lo". Além de querer contar a Gusk tudo o que fizemos... Ele queria salvar Olena; eu *precisava* intervir.

— Fez muito bem em intervir! — disse Karl. — Uma pena que não tenha dado certo. Lamento pelo Hugo... Reconheço a ajuda que ele nos deu e sei que vocês tinham uma forte conexão. O que exigiu ainda mais coragem de sua parte. Ele se perdeu em sentimentalismos. Você fez o que precisava ser feito. Esqueça o velho! Esqueça o Arquipélago! Considere isto o seu *Reinício Pessoal*. Temos muito trabalho pela frente. Eu vou *adaptá-lo* à Terra, e você será o meu braço direito.

Ian sorriu satisfeito. Ouvira afinal as palavras que esperava. Seus poderes na Terra, carente de Etherii e de ionização, eram pífios. E a porcaria de seu bracelete-amplificador não servia para nada. O plasma que o constituía simplesmente "morrera", virara um pedaço de metal velho e inútil. Ele precisaria de tempo para se adaptar. E sobreviver.

— Conte comigo, Karl! Você sempre pôde contar — reforçou Ian. *Lealdade absoluta*, pensou de novo. *Serei o seu braço direito!*

— Então você acha que os dois, Lara e Daniel, vão voltar para a Terra? — perguntou Karl.

— Sobre Lara, eu não sei dizer. Ela tem o... fi...filho — gaguejou Ian (*ops, assunto sensível*) — e a mãe vivendo em Miithera. Mas, quanto ao terráqueo, estou certo que sim. Ele voltará.

— Como você sabe disso?

— Ele é bastante apegado aos pais. Bem, talvez não tanto ao pai, mas à mãe, sim! Falou dela no Arquipélago: *Dona Assumpta*, aquela das trufas de chocolate. Ele a idolatra. Não vai deixá-la, sabendo que eu vim para cá e que certamente me juntaria a você... Mas os velhos de Daniel não moram no Rio de Janeiro, e não tenho ideia de onde vivem.

— Eu também não. Mas vou descobrir...

Em Madri, Lara caminhava rapidamente pelo Paseo de Recoletos. Subia a avenida no sentido norte. Daniel, um passo atrás, esforçava-se para acompanhá-la; perdia tempo admirando a cidade sobre a qual já ouvira tanto. O antigo aluno da Montserrat Riovega estava sem fôlego, mas não pela pernada de meia hora. Estava emocionado por ver, ao vivo e em cores, os lugares que conhecia apenas através de livros, de documentários e de relatos de seus amigos hispânicos. Lugares distantes que habitavam sua fantasia desde criança — quando, então, não podia imaginar o que significava *realmente* a palavra "longe".

Haviam passado pelo belo Real Jardim Botânico e pelo impressionante Museu do Prado, com sua conhecida fachada neoclássica (e que, juntamente com o Thyssen-Bornemisza e o Reina Sofia, formava a mundialmente famosa tríade de museus espanhóis).

— Vamos, Daniel... Pare de virar esse pescoço. Você vai ficar com torcicolo — disse Lara, olhando para trás e rindo.

— Eu queria parar aqui, entrar nesses lugares... Don Miguel e Doña Yolanda falam tanto deles...

— Sem dinheiro, meu amor? Vamos resolver primeiro as coisas práticas? Ali na frente está a rua de Serrano; precisamos chegar nessa *calle* antes que o comércio comece a fechar. Essa rua tem muitas lojas que compram ouro, casas de penhores, essas coisas... Acho que conseguiremos vender lá a aliança que Gusk nos deu.

Lara exibiu a mão direita com a grossa aliança de ouro brilhando no dedo anelar.

— Sniff... *Casada* há tão pouco tempo... Aqui na Espanha, usa-se na mão direita, você sabia? E já vou perder a minha aliança.

Daniel riu gostosamente e pegou a mão de Lara, entrelaçando seus dedos aos dela.

— Eu prometo te comprar outra aliança quando puder. Mas provavelmente será bem mais fina.

Na rua de Serrano entraram em uma loja que se identificava como uma *casa de empeños*, uma casa de penhores, mas que também anunciava comprar ouro. A bons preços.

— ¡Buenas! — saudou o dono da loja, um homem calvo e de óculos. — ¿Cómo puedo ayudaros?

O homem já devia ter entrado em seus setenta anos, era magro (embora tivesse uma barriga protuberante) e seus olhos, ampliados por grossas lentes, eram extremamente vivos. Lara tomou a dianteira e estendeu a mão para mostrar a aliança ao comerciante. Falou com ele em um espanhol perfeito.

— Boa tarde, eu gostaria de avaliar isto aqui... É ouro maciço — disse ela, tirando a grossa aliança do dedo e colocando-a sobre o balcão envidraçado com uma força maior do que pretendia. A peça era pesada, e o choque do metal com o vidro produziu um tilintar alto e estridente.

— Vocês querem vender ou penhorar? Fazemos as duas coisas aqui. Se quiserem vender, pagamos mais.

— Sim, vender — respondeu Lara. — Não precisamos mais dela.

O comerciante pegou a aliança e a examinou atentamente. No meio da avaliação, deu uma olhada desconfiada em Lara e Daniel. Avaliava-os igualmente.

— Um minutinho... — disse ele, e foi sentar-se de costas junto a uma escrivaninha atrás do balcão. Fazia novos testes e pesava a peça. Parecia confuso com os resultados e repetiu os testes por três vezes. Por fim, balançou a cabeça (como se não estivesse entendendo nada) e voltou com a aliança de Gusk na palma da mão.

— Bem, é ouro de primeiríssima qualidade... mas não consegui identificar exatamente a liga. Até parece ouro puro, mas, pela dureza, seria impossível. Estou assumindo que seja ouro de 18 quilates, 75%... E só posso pagar pelo peso, não pelo trabalho de ourivesaria... Aliás, maravilhoso! Mil euros... é o que eu posso pagar. E isso porque *eu* sou o dono desta loja. Ao contrário do que vocês vão encontrar na maioria das casas na região.

— Parece justo — disse Lara, olhando para Daniel; ele assentiu. — Fechado!

O homem sorriu e pensou: *Vou ter um bom lucro neste negócio.*

— Muito bem — disse ele. — Para finalizar, preciso apenas dos seus documentos. Vocês são espanhóis, não? O DNI, por favor.

Documentos? E agora?, pensou Daniel. *Viajamos pelados para o Arquipélago e não trouxemos documentos de lá. Não temos nada...*

Virou-se para Lara e observou que seus olhos claros se escureciam — as pupilas se dilatavam muito. Então ela falou, imperativa:

— Você já viu os nossos documentos e tem tudo anotado, guardado na gaveta de sua escrivaninha. Você não se lembra? Sim, você se lembra! Agora falta apenas você nos pagar. Em dinheiro, se possível em notas de 50 euros.

O comerciante hesitou, piscou repetidas vezes e foi até sua oficina privada nos fundos da loja. *Sim, é claro, eu já peguei todos os dados do simpático casal.* Abriu o cofre e voltou com um maço de 20 notas. Colocou-as em um envelope.

— Aqui está, senhora. Foi um prazer fazer negócio com vocês.

— Obrigada, igualmente. Passe bem! — respondeu Lara, dando a mão ao seu acompanhante. — Vamos, amor?

Daniel se despediu do espanhol com um breve aceno de cabeça e encaminhou-se com Lara para a saída da loja. Mas, antes que alcançassem a rua, o comerciante deu um grito e os chamou. O tom esganiçado de sua voz denotava a urgência da situação.

— Ei, vocês!

— S... sim? — disse Daniel. Ele e Lara voltaram-se para trás.

O homem calvo segurava a aliança entre os dedos. Tinha a boca entreaberta e o olhar confuso. Parecia atordoado.

— Vocês podem me passar o nome e o endereço do ourives que fez essa aliança para vocês? Eu teria um grande interesse em conhecê-lo! Grande mesmo...

Lara sorriu e respondeu:

— Sinto muito, não será possível! Ele mora *bem* longe daqui.

Daniel e Lara acomodaram-se em um quarto com cama de casal do Hostal DiosLeGuarde, um tipo de pensão bem mais acessível que um caro hotel na região da Castellana. A habitação era pequena, mas felizmente dispunha de ar-condicionado, telefone e banheiro privativo. O check-in na minúscula recepção do hostal acontecera de maneira parecida com o que ocorrera na *casa de empeños*.

— Vamos pagar antecipadamente por três noites... — dissera Daniel. — Você não precisa de nossos documentos ou de um cartão de crédito! Já preenchemos os nossos dados (não, não haviam preenchido as fichas; deram apenas dois nomes falsos: Romeo e Julieta).

A dona do hostal, uma mulher de Salamanca (o nome da pensão vinha de seu povoado), carrancuda e com os cabelos escrupulosamente penteados para o lado, concordara com o olhar vidrado. "*¡Perfecto!*"

Agora no quarto, Lara e Daniel descansavam debaixo dos lençóis. O ar-condicionado estava excessivamente frio, mas nenhum dos dois se atrevia a deixar a cama para ajustá-lo. Tinham saudades físicas um do outro e haviam acabado de *colar moléculas*, emaranhando-se à moda dos terráqueos e dos ilhéus que optavam por não se entrelaçar mentalmente. No momento, entretanto, conversavam. E brincavam.

— Está frio, desliga um pouco o aparelho... — pediu Lara.

— Ah, eu não vou sair daqui, não... Aqui está quentinho. Vai você — replicou Daniel, empurrando-a de leve para provocá-la.

Lara resistiu e agarrou-se ao lençol. Se ela caísse da cama, levaria o lençol junto.

— Vai, Daniel! Você nem precisa sair da cama... Use os seus poderes de telecinese. Desliga aquele botão!

— Eu já tentei. Não consegui.

— Não? Ah, sim... Foi porque você suou, e tomamos banho — disse Lara, aquela que não suava. — Espera...

A nariihwian esticou-se toda e abriu a bolsa-carteiro que estava pendurada ao lado da cama. Pegou um dos dois frascos de dentro dela e o abriu cuidadosamente. Molhou a ponta do dedo e o encostou na testa de Daniel. Depois, para economizar o precioso líquido, esfregou o mesmo dedo em sua própria testa.

— Vai, tenta agora.

Daniel concentrou-se. *Click*. O botão desligou-se de pronto, e o ar gelado parou de sair através das aletas do velho condicionador de ar.

— Não vou mais tomar banhos na Terra — gracejou Daniel.

— Não faça isso! Eu volto para Miithera — retrucou ela.

Os dois riram e se beijaram de leve; depois, ardentemente. *Por favor, não sem ar-condicionado!*, pensou Daniel. *Está um calor terrível lá fora...* Ficaram apenas abraçados. E calados, imersos em seus pensamentos: havia coisas importantes a decidir e muito por fazer.

Foi Daniel quem rompeu o breve silêncio.

— Tá certo enganar as pessoas desse jeito, "Julieta"? — perguntou. Apesar de feita a Lara, a pergunta marota parecia destinada a ele mesmo. Como se examinasse a própria consciência.

— Não estamos fazendo nada de errado, querido — respondeu ela, decidida. — Apenas não apresentamos documentos... porque não podemos, não os temos. E é mais seguro não usarmos nossos nomes. *Vendemos* a aliança de ouro que Gusk nos deu. *Pagamos* por esta hospedagem. Nossas *sugestões plantadas* não prejudicaram ninguém...

Daniel lembrou-se do beijo que Adriana lhe dera no apartamento de Jaime, no Leblon. Antes de sua partida para o Arquipélago. Depois de uma "sugestão", plantada inadvertidamente por ele.

Espero não tê-la prejudicado, pensou. Olhou seu dedo com a ponta amassada e a estranha cicatriz ("*Dedo-bundinhaaa...! Dedo-bundinhaaa...!*"). *Nem te criado problemas, Jaime. Me desculpe, amigo, eu não tive a intenção. Não conscientemente...*

— É isso, você tem razão — falou Daniel afinal. — Vou ligar para a casa dos pais do Jaime, aqui em Madri. Nós precisamos de ajuda.

— Você se lembra do número deles, amor?

— Depois da ativação neuronal em Omiidhys, eu me lembro de tudo. Mesmo das coisas que eu gostaria de esquecer.

— *Si... si... ¡Gracias!* — disse Daniel, desligando o telefone.

Lara olhava para ele com os olhos arregalados.

— E então?

— Eles não estão aqui. Estão todos em Barcelona. Mas a funcionária da casa me disse que Jaime deve voltar para Madri amanhã. De AVE, o trem de alta velocidade. Achei estranho...

— Por quê?

— Porque o casamento de Rosa, sua irmã, será em Barcelona.

— A menos que tenha acontecido alguma coisa, um imprevisto — argumentou Lara.

Daniel pensou em Don Miguel e preocupou-se. A saúde dele não andava bem. *Tomara que não seja isso.*

— Bem, já vamos descobrir, ela me deu o telefone da *finca* de Jordi, o noivo de Rosa. Estão todos hospedados lá. Eu vou ligar...

Discou o número 0 para conseguir uma linha externa, mas, ao discar o prefixo 93, de Barcelona, a chamada caiu. Por três vezes seguidas. As ligações interurbanas estavam bloqueadas.

Lá vamos nós de novo..., pensou Daniel. E ligou para a dona do hostal, a salamanquina de cara fechada que ficava na recepção.

— Aqui é Romeo, o hóspede do quarto 11. Preciso que a senhora nos libere uma chamada para Barcelona.

— As chamadas interurbanas e internacionais são pagas à parte, no cartão de crédito.

Daniel concentrou-se, e suas pupilas se dilataram (Lara notou).

— Não as nossas... As nossas a senhora vai liberar e cobrar do depósito que fizemos. Lembra-se? Estou certo que sim! Não ficaremos as três noites. E, se necessário, pagaremos a diferença em dinheiro.

A salamanquina emudeceu por alguns segundos e disse afinal:

— S... sim. Claro que eu me lembro. Foi o que lhes prometi! A linha já está disponível. Sem restrições. Desculpem-me o incômodo.

Daniel sorriu para Lara e levantou a sobrancelha. Ela podia ouvir o som característico da linha liberada. Com o ar-condicionado desligado, a temperatura do quarto começava a subir de novo. Daniel olhou para o aparelho do outro lado do cômodo; o botão que o acionava repetiu o ruído que fizera antes: *Click*... e uma lufada de ar frio os alcançou de imediato. Em seguida, encarou a nariihwian e, com outro comando mental, arrancou-lhe o lençol de cima, deixando-lhe apenas a pele arrepiada a cobrir seu corpo perfeito. Pega de surpresa, ela não tivera tempo de se agarrar ao tecido que a protegia; o lençol voou rente ao teto, chocou-se contra a parede e caiu ao chão.

Lara sorriu de volta, apaixonada pelo "marido". Era fascinante vê-lo ganhar confiança. E adaptar seus poderes à atmosfera da Terra. *Meu menino, meu homem...* Ela o puxou pelo braço, e ele desligou o telefone. "Agora à moda de Lara... entrelaçamento completo!", pediu. "Vamos aproveitar que estamos *sob-uma-gota-de-Etherii*."

Sim, depois eu ligo para Jaime, pensou Daniel. *E para meus pais. Ainda é muito cedo no Brasil. E temos ar-condicionado novamente.*

— ¡Hola, Jaime!, é você? Aqui é Daniel... Está me escutando?

— Daniel? Sim, sou eu, Jaime! ¡Hostias! ¿Dónde estabas, hombre? Estávamos aflitos por notícias suas. Sua mãe ligou para a minha, preocupadíssima. Falei pra ela do seu projeto confidencial no Instituto de Matemática, sobre o qual eu *nada* sabia, claro! Procurei acalmá-la e acho que consegui. Um pouco...

— Minha mãe... ligou para a Espanha? Ela está bem?

— Sim, e seu pai também, embora zangado. E nessa eu dou razão pra ele! Você está bem? Onde está? No apartamento da Barra?

— Eu estou bem, mas não no Rio... Estou em Madri.

— ¿En Madrid? Você está de sacanagem comigo, Daniel!

— Não, Jaime, é uma história longa e complicada. Eu preciso falar com você pessoalmente. Por telefone, não dá...

Silêncio do outro lado da linha.

Será que ele está achando que a "história complicada" envolve Adriana? Terá ela lhe falado sobre o... beijo?, pensou Daniel. *Ela vai entrar em pânico! Preciso lhes dar alguma coisa mais... Pouca.*

— Estou apaixonado, meu amigo, e vim para Madri com uma... *namorada*. Quem sabe não assistimos ao casamento de Rosa juntos?

— O casamento de Rosa... — repetiu Jaime em voz baixa. — Daniel, você tem certeza que está bem? Sabe que dia do mês é hoje?

A pergunta o pegara desprevenido; e era óbvia como uma tijolada. Ele devia ter checado. Fez as contas mentalmente. Viajara no dia 25 de junho e passara no Arquipélago... 16 noites?

— Dia 10? Ou 11 de julho?

— *Dia 30 de julho, Daniel!* O casamento da Rosa foi na semana passada... Amanhã estamos voltando, a Adriana e eu, para Madri. De AVE. Depois de amanhã embarcamos para o Brasil. Aulas... lembra-se?

Droga! Estamos em 30 de julho... Claro, os dias eram mais longos no Arquipélago. Trinta e cinco dias! Minha mãe deve estar desesperada. E meu pai também, ainda que sua primeira reação seja de raiva.

— Então, Jaime... quando eu lhe contar tudo o que aconteceu comigo neste último mês, você vai entender. E meus pais também, eu acho... Vou esperá-los, amanhã, na Estação de Atocha, está bem? Que horas chega o AVE de vocês?

— Saímos da Estação de Sants no primeiro trem do dia, às 5h50 da manhã. Chegaremos em Atocha às 8h52 — disse Jaime.

— Estarei lá, esperando. E acompanhado.

— Amigo, seja lá quem for essa *chica*... levou a sua cabeça para o mundo da lua. Você está me parecendo muito diferente!

Daniel riu.

— Eu estou, sim, diferente. E minha... *namorada* levou a minha cabeça para bem além do mundo da lua.

Desligaram, e Daniel olhou para Lara. Séria, ela disse apenas:

— *Esposa*, Daniel... *Esposa*.

O telefonema de Daniel para seus pais tinha sido ainda mais complicado. Dona Assumpta continuava preocupadíssima (pelo jeito, Jaime superestimara sua capacidade de tranquilizar uma *mamma italiana*, por natureza, dramática). Depois de se identificar e de jurar que estava bem, várias e várias vezes, foi difícil para Daniel começar a falar. Primeiro, precisou ouvir a mãe:

— Você quer nos matar do coração, *figlio ingrato*? Mais de um mês sem dar notícias! Com o celular desligado! Você tinha dito que nos visitaria durante as férias da faculdade... Seu pai está furioso, não quer falar com você agora! (Mas acho que está apenas magoado... No fundo é uma "manteiga derretida", pior que eu.) Eu liguei pra mãe do Jaime... ainda bem que eu tinha o telefone da Doña Yolanda no "estrangeiro". Jaime disse que você estava metido em alguma coisa secreta... Agora você diz que está na Espanha! Por que não nos avisou? Custava dar um telefonema? Nossa Senhora da Lampadosa! Estava com medo de que tivesse acontecido alguma coisa com você... Achei que eu fosse morrer! E o seu pai também...

Daniel conseguira, afinal, encontrar uma brecha na torrente de lamúrias da mãe e reassegurou, pela décima vez, que estava bem. Explicou que os eventos foram inesperados, que o assunto era longo e *sigiloso*, mas ele prometia contar tudo, pessoalmente, quando fosse a Goiânia. Muito em breve! As aulas iriam esperar. Precisaria, antes, falar com Jaime e Adriana, no dia seguinte. E o mais importante: arrumaria um novo telefone celular e lhes informaria o número. Doravante estariam em contato todo o tempo. Dia e noite!

— Desculpe, *mamma*, tê-los feito passar por isso... Sei que é difícil, mas... procure acalmar o *babbo*. Quando eu explicar, tenho certeza que vocês vão entender. Mesmo ele!

Daniel já ia desligando o telefone, quando lhe ocorreu fazer uma última pergunta à sua mãe:

— *Mamma*, ninguém perguntou a vocês... por mim? Por telefone ou pessoalmente? Ninguém me procurou aí em Goiânia?

— Não, Daniel. Por quê? Você está esperando alguém?

— Espero que não, *mamma*. Espero que não.

Eram quase oito e quarenta da manhã. Daniel e Lara, na saída de passageiros da Estação de Atocha, aguardavam a chegada do trem de alta velocidade vindo da Estação Sants de Barcelona. Em doze minutos, nem mais nem menos. Daniel mal podia conter a expectativa.

Como será que Jaime... e Adriana... vão reagir, vendo Lara ao meu lado? Nossa! E eles acham que ESSA será a maior surpresa do dia. Meu Deus, há tanto para contar... E para provar!

Depois do telefonema para seus pais na noite anterior, Daniel convidara Lara para jantar. Tinha fome e queria caminhar, conhecer a cidade. Saíram com a bolsa-carteiro a tiracolo (*se soubessem o que carregamos...*) e andaram pelo arborizado Paseo de la Castellana e por algumas de suas ruas transversais. Acabaram jantando em uma marisqueria simpática, simples e com bons preços; até venderem o diamante que levavam na bolsa, suas finanças necessitavam de moderação. Pediram lagostins com arroz, tomate, salada de atum e batatas fritas. E um vinho tinto de Rioja, excelente e não muito caro. Divertiram-se bastante e voltaram ao Hostal DiosLeGuarde no início da madrugada — com a barriga cheia. Daniel não estava acostumado a jantar tão tarde. *En Madrid, como los madrileños*, pensou. Dormiram uma hora depois.

Acordou na manhã seguinte com sono e um pouco cansado. Preferiria ter tomado um *esferante* para Atocha, mas isso infelizmente já não era uma opção — era uma coisa de outro mundo. *Uma pena, a visão aérea de Madri deve ser linda.* Tomaram um táxi, e agora, na estação, ele aguardava ansioso pela saída dos amigos. Lara, a seu lado, também demonstrava inquietação. Mas de uma maneira diferente. Daniel percebeu que, antes de deixarem o hostal, Lara passara mais tempo que o habitual em frente ao espelho do banheiro. Cuidava dos cabelos (fazia tranças!), da pele e tentava se embelezar com os parcos recursos de que dispunha. Sem a menor necessidade; ela estava deslumbrante.

Ela quer parecer bem para os meus amigos ou tudo isso é por causa de... Adriana?

— Veja, Daniel... são eles! —disse Lara, agitada. Fora a primeira a avistá-los.

Ao longe, o casal recém-chegado de Barcelona vinha de mãos dadas e arrastava duas maletas com rodinhas. Olharam em direção à saída e identificaram Daniel — apenas ele. Ao vê-lo, acenaram e fizeram festa a distância. Mas, à medida que se aproximavam, uma crescente expressão de estranheza desenhava-se no rosto de ambos.

La... Lara? Lara Brun? Aquela vizinha do Daniel? A da festa na cobertura da Barra? A mulher daquele cara... o tal de Karl Meier?

Daniel notou que Jaime e Adriana pararam por alguns segundos, entreolharam-se e cochicharam algo entre eles. Depois retomaram o passo em direção ao amigo. Chegaram com um sorriso amarelo.

— Amigão! Que bom te ver aqui! E... Lara... que surpresa! — disse Jaime, tentando transparecer naturalidade. Sem sucesso.

Adriana apenas observava com dois olhos atentos, verdes e arregalados. Aguardava a resposta do ex-namorado.

— Olá, amigos, tudo bem? — disse Daniel, abraçando Jaime e dando um beijinho em cada face de Adriana (ela continuava muda). — Bem, vejo que vocês se lembram de Lara... minha vizinha.

— Hum-hum... — Lara pigarreou. Era uma reprimenda.

Daniel sorriu, puxou-a pela cintura e a beijou de leve nos lábios. Lara aproveitou a ocasião, pendurou-se em seu pescoço e pousou a cabeça em seu ombro. Marcava assim o território, bem marcado.

— Minha ex-vizinha. E agora, minha namo... minha *esposa*! — corrigiu Daniel a tempo.

— *Esposa?* — repetiram Jaime e Adriana, em uníssono. Os olhos de Adriana, ainda mais abertos, pareciam os de uma gata assustada.

— Calma! Calma, amigos! Nós vamos explicar tudo... Espero que vocês possam dedicar algum tempo para nos ouvir. Eu garanto a vocês que hoje será o dia mais inacreditável de suas vidas. E ainda assim, desta vez, vocês vão acreditar!

Jaime estava com um BMW 530i alugado e fizera questão de que Daniel e Lara fossem com eles para a casa de sua família, nos arredores de Madri. "A casa está vazia, meus pais vão passar um bom tempo em Barcelona... Venham com a gente!", insistira ele. Adriana, relutantemente, concordara. Antes, passaram no Hostal DiosLeGuarde, para que "Romeo" acertasse as contas com a salamanquina. Mas não havia mais nada a ser pago: as diárias não utilizadas cobriam, com folga, as pequenas despesas e os telefonemas da curta estada no hostal.

Estavam agora na mansão dos Arroyo Sanchez em Aravaca, um bairro a noroeste da cidade, a nove quilômetros do centro de Madri e próximo ao Palácio da Zarzuela, residência oficial dos reis da Espanha.

— Você poderia dispensar a funcionária da casa, Jaime? Apenas por hoje? — pediu Daniel.

— Dispensá-la por hoje? Por quê? É a única funcionária que está aqui... E é uma excelente cozinheira! Você *pensa* que a *paella* da Doña Yolanda é a melhor... mas não é! Precisamos mesmo disso?

— Sim, por favor! É importante. Você já vai entender...

Jaime olhou para Lara. Ela franziu os lábios (como fazia Adriana) e balançou a cabeça. Com o gesto, reforçava o pedido de Daniel.

— Está bem, está bem... Isso está cada vez mais misterioso. *Un minutillo*, só um minuto... — disse Jaime, levemente contrariado. Depois deixou o ambiente e foi falar com a cozinheira.

Na sala, sentados em um grande sofá defronte da lareira, ficaram apenas Daniel, Adriana e Lara; além de um leve perfume de Tiaré no ar e de um silêncio constrangedor em todos. Sem Jaime presente, ninguém falava, e as duas mulheres se mediam. Adriana, de uma maneira mais discreta; Lara, de forma escancarada.

Climão, pensou Daniel. *Mas... por minha causa?*

Jaime voltou, afinal, trazendo uma bandeja com quatro copos de refrescos gelados. *Gaseosas*. Pousou a bandeja sobre a mesa de centro.

Graças a Deus, ele voltou.

— *¡Listo!* Pronto! Falei com a Magdalena... Ela já saiu. O que vocês estavam conversando?

Silêncio. Nada... Jaime precisava intervir.

— Alguém quer uma *gaseosa* de laranja? São ótimas! Lara? Adriana? — perguntou Jaime, levantando-se para servi-las. — Daniel?

— Pode deixar que eu me sirvo — respondeu Daniel.

Prontamente, um copo de refresco gelado, transpirando gotículas d'água, ergueu-se no ar e flutuou em sua direção. Suavemente, Daniel o apanhou com a mão. Jaime e Adriana assistiram à cena, estupefatos. Lara apenas sorriu.

— *¡Caray!* M... mas que truque é esse? O que é isso? — perguntou Jaime embasbacado. — Você virou *mágico*?

— Sim, Daniel... O que é isso? — ecoou Adriana sobressaltada; olhava para o ex-namorado e sua "esposa". *A perua aí deve estar envolvida nesse showzinho. É assistente de palco dele? Tem toda a pinta...*

Daniel leu o pensamento de Adriana (*e seguramente Lara também, porque, de repente, parou de sorrir*).

— Então, amigos... ganhei a sua atenção? O que vocês acabam de ver não é um truque de mágica nem magia: é ciência, além da nossa compreensão. É parte da história que vocês ouvirão agora. Ah... e, por favor, tentem controlar seus pensamentos. Nós podemos lê-los!

— Sim, *nós dois* podemos! — confirmou Lara, voltando a sorrir enigmaticamente para Adriana. — E o showzinho deve continuar.

A narrativa que se seguiu durou mais de três horas. E foi permeada por variadas demonstrações de telepatia, sugestão, ilusão e comandos mentais por parte de Lara e Daniel (e dele, somente, vieram novas e espetaculares manifestações de telecinese).

— Escreva um número entre 1 e um bilhão... Nove dígitos. E leia-o para você mesma, mentalmente, algarismo por algarismo, devagar... — disse Daniel para Adriana.

— Peraí... peraí... Pronto! — replicou ela, escondendo o extenso número no meio de um livro. — Pode falar.

— 879.256.127, esse é o número.

— Sim, exato! *Isso é espantoso!* E perigoso...

Depois de repetirem a experiência com um trilhão, foi a vez de Lara se exibir para Jaime.

— Você quer se levantar... Mas não vai conseguir. Você está colado no sofá!

E o forte e pobre Jaime se contorceu no sofá por dez minutos, tentando em vão se levantar; safar-se de uma poderosíssima cola imaginária aplicada sob suas nádegas pela nariihwian. (Habilmente, Daniel formara duplas mistas, *mulher-homem* — seguia seu instinto e preferia que, por ora, Lara e Adriana não se conectassem diretamente.)

Objetos voaram pela sala, móveis foram arrastados mentalmente, e Daniel curou Adriana de uma torção no pé que a incomodava havia dias. Também apagou uma pequena cicatriz que ela carregava no ombro desde pequena. Lara falou em catalão com Jaime (melhor do que ele mesmo, que tinha apenas noções do idioma) e em euskera, o idioma próprio do País Basco. Leu ainda livros da biblioteca de Don Miguel, em latim, e adivinhou as datas de aniversário da família.

Os amigos de Daniel pareciam mais que embasbacados. Estavam estupefatos, assombrados. Não havia dúvida de que se encontravam diante de fenômenos impressionantes. Os maiores que já haviam presenciado e para os quais não tinham explicações plausíveis.

Se isso fosse revelado ao mundo..., pensaram Jaime e Adriana quase juntos. *E analisado por cientistas... Pobre Daniel e pobre Lara!*

Ainda assim, a despeito da farta demonstração de poderes sobre-humanos que testemunhavam, custava-lhes crer na história de uma *viagem intergaláctica para o outro lado do Universo*. Em um "Arquipélago e suas ilhas mágicas", nas materializações e transmutações que Daniel descrevera vividamente, mas que infelizmente não conseguia reproduzir diante deles (o Etherii é insuficiente, e a atmosfera terrestre não ajuda...). Resistiam em acreditar — genuinamente — que Karl fosse um alienígena maligno conduzindo um hediondo plano contra a Terra, para tornar-se o Preceptor do Sistema Solar. Tudo parecia um delírio, uma imensa teoria conspiratória. Como existiam tantas na internet. Não era necessário Jaime e Adriana verbalizarem seu ceticismo. Era preciso crer — e eles, claramente, não criam. Suas reticências e sua falta de fé podiam ser sentidas. Daniel olhou para Lara, decepcionado.

E aí? Eles querem acreditar, mas não acreditam... Não conseguem! O que eu faço para convencê-los?, ele perguntou mentalmente à nariihwian. *Um entrelaçamento?*

"*Com Adriana? Nem pensar!*", *respondeu* Lara telepaticamente, enquanto franzia a boca. "*Transferência... Plante as suas lembranças na mente deles. De seu período no Arquipélago. APENAS o que interessa... Não vou ensinar essa garota a 'colar moléculas à moda de Lara'!*"

Daniel assentiu com um sorriso e aproximou-se de seus amigos, com as mãos levantadas.

— Posso? — perguntou. Sem esperar pela resposta, tocou simultaneamente na testa de ambos e fechou os olhos.

Então, Jaime e Adriana viram. E acreditaram.

Daniel e Lara, a sós, entreolhavam-se na espaçosa sala da mansão dos Arroyo Sanchez. Jaime havia pedido licença ("Me desculpem, preciso molhar o rosto...") e subira para seu quarto; Adriana o seguira rapidamente. Com toda a certeza confabulavam. Pouco depois desciam a imponente escada de mármore. Vinham de mãos dadas e exibiam um meio sorriso. Daniel os conhecia; estavam preocupados, mas decididos.

— Adriana e eu conversamos — disse Jaime —, e nossa modesta opinião é que vocês *não* deveriam voltar para o Brasil por enquanto. Karl certamente está esperando por isso... Fiquem um tempo em Madri, aqui vocês estarão seguros! Até decidirmos o que fazer... Nós ficaremos com vocês. Vamos trancar a matrícula na faculdade e pensar com calma em nossos próximos passos.

— Jaime... eu... seus pais... — começou Daniel.

Foi prontamente interrompido pelo amigo:

— *Hermano*, é apenas um semestre. E muita coisa está em jogo, não? Nem em um milhão de anos aprenderíamos lá o que vimos hoje aqui. Só não podemos contar para meus pais... Por causa dos seus problemas no coração, meu pai vai passar uma temporada na *finca* de Jordi, em Barcelona. Para descansar e ficar próximo de Rosa. Minha mãe, é claro, ficará com ele. Não seria uma boa ideia envolvê-los agora. Estaríamos por nossa conta em Madri. Melhor assim, acho. Mas eu tenho algum dinheiro guardado em um banco daqui. É pouco, mas...

Desta feita, foi Daniel que o interrompeu, meneando a cabeça e alcançando sua bolsa-carteiro. Dela tirou uma pedra grande e brilhante.

— Acho que dinheiro não será um problema. Isto aqui é um diamante. Foi Gusk, o Preceptor do Arquipélago, quem o *materializou*... e nos deu, antes de voltarmos para a Terra. Não sei avaliar, mas deve valer muita, muita grana. A questão apenas é... vendê-lo...

Jaime segurou a pedra com as duas mãos e a girou, maravilhado. Era um diamante bruto, mas seu brilho era notável. Adriana debruçou-se igualmente sobre a pedra. Parecia fascinada.

— Isto deve valer milhões! — exclamou ela.

— No Arquipélago não vale nada — retorquiu Lara com um toque de acidez.

Daniel e Jaime trocaram um sorriso cúmplice (*quando elas se entenderão, afinal?*), e seguiu-se um momento de reflexão. Todos pensavam no problema da venda do diamante. Por fim, foi Jaime quem falou, um pouco envergonhado:

— Acho que sei quem pode nos ajudar com isso... Meu tio Rafa.

Daniel pareceu surpreso.

— Tio Rafa? Aquele irmão do seu pai? O advogado? Que está rompido com a família há anos? Ele foi no casamento de Rosa?

— Não, não foi... Eles continuam rompidos e não se falam; meu tio vive em Luxemburgo. Pelo que sei, é um especialista em paraísos fiscais e branqueamento de dinheiro, compra e venda de joias, obras de arte, essas coisas. Ele, com certeza, saberia onde vender essa pedra de maneira discreta e como montar um esquema para que pudéssemos usar o dinheiro. Meu pai sempre me disse que, infelizmente, ele é muito bom nisso. Que é o cara certo para fazer coisas erradas. *Chanchuios*...

— Mas não faremos nada de errado, vamos apenas vender a pedra. *Nossa pedra* — contestou Daniel.

— Sim... e de onde ela veio? Como justificar a entrada de milhões em sua conta bancária? Uma conta que você não tem. Você nem tem documentos aqui na Europa.

Daniel pensou por um instante. Jaime tinha toda a razão.

— E você confia nele? — perguntou Daniel.

— Não... Mas sei que ele gosta de dinheiro, tem as conexões certas, e não me ocorre outra alternativa. A menos que estilhacemos o diamante em mil pedaços para vendê-los aos poucos, de modo que não chame tanto a atenção. E andemos com dinheiro vivo no bolso. É trabalhoso, mas talvez seja mesmo melhor. Pode ser que ele nos engane...

Lara entrou na conversa.

— Você consegue trazer seu tio para Madri? Ponha-o na minha frente, e eu me assegurarei de que ele não nos traia e faça o que deve ser feito. Ele será excepcionalmente bem pago pelo seu serviço, mas não lhe ocorrerá, jamais, nos enganar.

Jaime, Adriana e Daniel olharam para Lara com respeito reverencial. Ela era a mais *velha* do time (*experiente* seria o termo mais adequado). E o seu tom de voz não deixava a menor dúvida: ela falava a sério.

Rafael Sanchez estava em sua casa em Capellen, a doze quilômetros da cidade de Luxemburgo, quando recebeu a surpreendente ligação de seu sobrinho Jaime, de quem se lembrava apenas como criança. Nos tempos em que ele e seu irmão *mayor* ainda se visitavam. E se falavam. Tudo isso mudou desde a descoberta, por parte de Miguel, de que seu irmão *menor* se especializara em lavagem de dinheiro. E que entre seus clientes havia inclusive narcotraficantes. O Dr. Rafa não escolhia clientes; apenas o tamanho dos bolsos.

O diálogo entre ele e Jaime havia sido rápido e algo embaraçoso, artificialmente íntimo. Chamaram-se de *tio* e *sobrinho*, mas não havia afeto entre eles. Jaime evitou falar da saúde de seu pai e, depois de alguma conversa fiada, apresentou o real motivo da ligação: necessitava dos serviços profissionais do tio para um grande negócio, potencialmente de milhões de euros. Falava em nome de uma amiga, uma jovem herdeira e futura sócia. Tudo deveria ser feito celeremente e com a máxima discrição — a especialidade de Rafa Sanchez. *"O nome da mulher?"* "Lara Brun". *"Humm... sobrenome alemão... Ela fala alemão?"* "Ela fala diversos idiomas, inclusive espanhol, português, alemão, francês e, possivelmente, o luxemburguês." A comunicação não seria um problema. Mas a reunião com Lara Brun deveria acontecer, necessariamente, em Madri. Nas próximas setenta e duas horas. Ou ela buscaria outras opções.

De início, a necessidade de uma viagem tão apressada incomodara o advogado, que considerou declinar da proposta. Contudo, ao ver a foto da mulher, enviada por Jaime, mudara de ideia.

Afinal, sempre tenho assuntos a tratar em Madri, mentiu para si mesmo e para o sobrinho — não tinha *nada* a fazer na capital espanhola nos próximos meses. A verdade era que ele sempre gostara de dinheiro e de mulheres bonitas, preferencialmente de forma combinada.

Ademais, será um prazer fazer algo para Jaime que o meu puritano irmão desaprovaria. "Desencaminhá-lo." E ainda ganhar uma boa grana com isso! Ah, se ele soubesse... Talvez um dia eu mesmo lhe conte... Quando estivermos em meio a uma acalorada discussão sobre moralidade. Ou quando ele me expulsar de sua casa novamente.

Na casa dos Arroyo Sanchez, Daniel terminava um experimento. Na ausência de uma balança de precisão, encontrara na cozinha um copo medidor graduado e o enchera de água. Ao colocar o diamante dentro do copo, o nível da água subira cerca de 60 mililitros. Isso significava que o diamante, em formato irregular e no tamanho de meia bola de tênis, tinha um volume aproximado de 60 centímetros cúbicos. Uma rápida pesquisa na internet mostrou-lhes que a densidade do diamante era de 3,5 gramas por centímetro cúbico. Assim, tinham agora uma boa ideia do peso da pedra preciosa:

$$\text{Volume} \times \text{Densidade} = \text{Massa}$$
$$60 \text{ cm}^3 \times 3{,}5 \text{ g/cm}^3 = 210 \text{ g}$$

Mais de 200 gramas! Considerando que um quilate equivale a 0,2 grama... Mais de MIL quilates (ou mil "carats")!

Uma nova pesquisa revelou que um diamante bruto, apenas 5% maior e encontrado em Botswana — o "Lesedi La Rona" (ou "Nossa Luz", na língua tswana) —, fora vendido por uma empresa canadense por um valor acima de cinquenta milhões de dólares. Sabiam que trabalhando com o Tio Rafa, com pressa e sem mostrar a cara, jamais alcançariam algo parecido.

Mas já tinham um ponto de partida para não serem *muito enganados*. E o dinheiro, diante de tudo o que sabiam, não era o problema principal. O problema principal era Karl.

No Rio de Janeiro, da cobertura da Barra da Tijuca, Ian admirava o mar à sua frente, alto e agitado. Ondas ruidosas arrebentavam com violência e tomavam toda a extensão da praia. O barulho ininterrupto assemelhava-se ao rugido de um animal enfurecido desejando se libertar. Um singelo cartão de visita para extraterrestres.

A Terra tem seus encantos, pensou o omiidhian, segundos antes de sentir a aproximação de Karl. Um certo desconforto atravessou-lhe a espinha. *Medo?* O vordhiinian vinha com um aspecto sombrio e trazia um envelope nas mãos.

— Ian, esta carta chegou para o meu vizinho há uma semana. O porteiro do prédio *gentilmente* resolveu cedê-la para mim... Mas não vai se lembrar disso. É dos pais do garoto. Aqui, no remetente, está o endereço deles. Vá para Goiânia e os vigie de perto. Vou lhe arrumar documentos. Uma vez que você ainda não está adaptado à ausência de Etherii na atmosfera, perfumar-se com ele pode não ser suficiente para um interrogatório mental efetivo. Talvez você tenha de *interrogar fisicamente* os velhos. Arrancar-lhes informações... de qualquer maneira! Causar-lhes dor e, no limite... — Karl interrompeu a frase de maneira sugestiva. — Algum problema nisso?

— Não, de jeito nenhum — respondeu Ian de pronto, ao mesmo tempo que imaginava quão horripilante deveria ser um "interrogatório físico" onde respostas inexistentes precisassem ser... *arrancadas*.

Karl já adaptara o ex-Assistente de Gusk para as coisas da Terra, plantando em sua mente quase todo o conhecimento humano acumulado pelos terráqueos contemporâneos. Ian poderia agora comunicar-se, dirigir, viajar, utilizar celulares, a internet e dinheiro. E tudo o mais que um jovem com sua idade aparente deveria dominar. Mas Ian tinha a expressão de quem não sabia exatamente como fazer um "interrogatório físico". Parecia desconcertado com a ideia.

Eu o ensinarei a endurecer-se... Molengas não sobrevivem na Terra, pensou o vordhiinian.

— Se o rapazote aparecer por lá, mate-o imediatamente! E me avise depois — disse Karl. — Não perca a oportunidade...

— Hum-hum... E se... Lara, porventura, aparecer? — pigarreou e perguntou Ian.

Karl pensou por um breve instante e respondeu:

— Se Lara aparecer, me avise primeiro. Serei *eu* a matá-la... lentamente.

Na Avenida Corrientes, no bairro do Microcentro em Buenos Aires, o comodoro Agustín Lang estava animado em seu escritório de campanha do PPCA: Partido Progressista Conservador Argentino. As últimas pesquisas de intenção de votos indicavam uma consolidação significativa de seu nome como candidato favorito para a próxima eleição presidencial do país — em outubro do ano seguinte. Os argentinos queriam mudanças!

Está logo ali... Será a coroação de uma vida diversa e brilhante. Mentes superiores devem comandar! Os adultos, como as crianças, necessitam de autoridade... ainda que nem todos se deem conta disso. E resistam. As massas necessitam de um guia, de um pai (embora alguns o chamem de "ditador"). EU, Agustín, serei o pai de todos!

O comodoro Agustín Lang, um homem calvo e pequeno que se aproximava dos setenta anos, deu um sorriso e caminhou até a janela de seu escritório, de onde podia ver o Obelisco de Buenos Aires, o imponente monumento branco localizado no cruzamento das avenidas Corrientes e 9 de Julho. Erguido na Plaza de la República em 1936, em comemoração ao quarto centenário da fundação da cidade, o obelisco lembrava ao ex-militar, agora político, que a Argentina já tivera a sua *belle époque*, e Buenos Aires fora considerada a grande metrópole do continente sul-americano, "uma Paris meridional".

Até começarem as sucessivas crises: o sindicalismo, a subversão, a corrupção, o populismo, o "politicamente correto"... Mentes inferiores, preguiçosas e covardes, escondendo-se atrás de comitês, sem um rosto. Mas felizmente esses governos fracassaram... Os argentinos estão cansados de "decisões cole-

giadas". Um camelo é um cavalo desenhado por um comitê! O líder, e só ele, deve desenhar o cavalo.

A carreira militar era afinada com suas crenças sobre disciplina e cadeia de comando: superiores mandam, subordinados obedecem; por isso Agustín Lang, com seu porte físico inexpressivo, ingressara na *Fuerza Aérea Argentina*, havia muitos e muitos anos. Ele desejava comandar. Ainda que, para isso, precisasse seguir ordens, por um tempo... Lá, acabou por se revelar um piloto talentoso e destemido (como pôde demonstrar na Guerra das Malvinas, a bordo de um A-4 Skyhawk). Também se revelou um homem de personalidade difícil, mas extremamente inteligente e ambicioso, que ascendeu rapidamente na hierarquia militar: tenente, primeiro-tenente, capitão, major, vice-comodoro e, finalmente, comodoro. Não subiu mais por um motivo tolo: arrumou uma inimizade gratuita com um brigadeiro que viria a se tornar o chefe do Estado-Maior da Força Aérea.

"Esse velho, o Maximiliano, é um estúpido", dissera ele para um major, seu subordinado direto, em uma festa de final de ano para oficiais. "Não tenho paciência com gente burra!"

O então tenente-brigadeiro Maximiliano poderia ser velho, mas não era surdo, e Agustín, embalado por um copo de uísque, fora descuidado. Ao aproximar-se por trás para saudá-lo, o prestigioso comandante ouvira os comentários ofensivos na íntegra. A coisa se espalhou, e o dano estava feito, além de qualquer possibilidade de reparação. A partir dali, a carreira militar do comodoro Agustín Lang estagnou, e em pouco tempo ele percebeu que seria melhor ir para a reserva e redirecionar suas ambições para outras coisas. Por exemplo, para a política e a iniciativa privada. Em particular, para a *Mens Altior*, uma sociedade secreta da qual ele era cofundador. *Mens Altior*... uma ordem de *mentes superiores*. Como a dele e a de poucos afortunados.

Agora, mais de uma década depois, constatava que fizera boas escolhas — se tudo desse certo, no próximo ano iria tornar-se o presidente do país e, claro, o comandante supremo de suas Forças Armadas.

Uma pena que o brigadeiro Maximiliano já não esteja entre nós. Seria ótimo humilhar novamente sua pouca inteligência, sua mente inferior —

dessa vez, pela frente, dizendo-lhe a verdade na cara. Obrigado, Max, a sua mediocridade foi o incentivo que me faltava e me trouxe até aqui. Você era quase tão burro quanto o Milton Sorto!

O telefone celular vibrou e tocou em seu bolso a abertura da *Marcha Militar de Franz Schubert*. Era o tom reservado para que ele identificasse as chamadas da M. A., da Mens Altior.

Não se importava de atender. O escritório fora varrido contra escutas eletrônicas. A segurança era uma obsessão sua. Talvez a maior.

Olhou para a tela do celular e viu as iniciais de um membro relativamente novo, embora brilhante: K. M., e a ligação vinha do Brasil.

44

Três dias depois da surpreendente chamada telefônica que lhe fizera seu sobrinho, o Dr. Rafael Sanchez, o *Tio Rafa*, estava frente a frente com a misteriosa herdeira sobre a qual conversaram. A foto que Jaime lhe enviara não fizera justiça completa à beleza da mulher: Lara Brun era *ainda mais* estonteante, mais fascinante que a imagem que ele havia recebido em seu celular. No quente verão madrilenho, ela trajava um elegante vestido branco, curto, cavado e justo, e acabara de cruzar as pernas. Parecia recém-saída do banho (ou de algum filme noir dos anos 1980) e exalava um exótico perfume floral. Tropical. Insular.

Esse perfume me é familiar... Gardênias, talvez? Acho que estou apaixonado. Que bela estrutura óssea! Quero me casar com essa mulher... Rafael Sanchez era assim: apaixonava-se e desapaixonava-se com a mesma facilidade. O advogado alisou novamente seus fartos cabelos, cuidadosamente penteados para trás e tingidos de preto — ele, que já deixara a meia-idade havia alguns anos, tinha horror ao grisalho. Estava impecavelmente vestido com um terno azul-marinho muito bem cortado, camisa listrada e gravata vermelha, de seda italiana. Sentia calor e, discretamente, limpou uma gota de suor que se formara em sua testa. Já nela, não via nenhum sinal de transpiração. *Uma deusa, plena e consciente de seu poder sobre os homens* — ele pensou.

Estavam no espetacular jardim de mil metros quadrados do Gran Meliá Palacio de los Duques, uma magnífica construção do século dezenove, situada bem no centro de Madri. Tomavam ambos um mocaccino gelado, embora ele tivesse preferido pedir um champanhe. Lara, entretanto, tinha pressa e não estava com disposição para enfrentar as investidas amorosas do Tio Rafa. Ela já lhe explicara o objetivo da reunião e o que esperavam dele.

— Lara, você é espanhola? O seu espanhol é perfeito! Me fale de você... — pediu o advogado em tom galanteador.

— Dr. Rafael, vamos deixar clara uma coisa — disse Lara, sem meias-palavras. — O senhor será *excepcionalmente bem pago*, inclusive para não fazer perguntas. Quando digo "excepcionalmente bem pago", quero dizer... 30% do valor da venda do diamante. E mais as custas de abrir uma empresa de fachada para que possamos usar o dinheiro sem utilizar nossos nomes, com segurança. Sem contraoferta. É pegar ou largar.

— 30% é bem razoável. E, de certo modo, sacia a minha curiosidade. Eu sou a pessoa certa, tanto para a venda do diamante como para a criação dessa empresa, digamos, de conveniência... em algum paraíso fiscal. Você vai *amar* os meus serviços, a minha discrição e a minha experiência... Sabe, eu sou a prova viva de que a experiência supera, frequentemente e com vantagens, a inaptidão decepcionante da juventude. Tantos jovens inexperientes, afoitos, que não sabem o que fazer... na hora H... Me refiro a jovens advogados, é claro.

Rafael Sanchez proferira a penúltima frase vagarosamente, mirando com acinte a sua interlocutora dentro dos olhos. Lara sustentou o olhar e sorriu de forma delicada. Pareceu ignorar a insinuação sexual. Pegou sua bolsa Louis Vuitton e, de dentro dela, tirou uma caixa simples de papelão pardo. Olhou para os lados. Estavam relativamente sozinhos, nenhum garçom por perto. Abriu a caixa e mostrou o conteúdo ao tio de Jaime.

— Este é o diamante... peso aproximado: 210 gramas. Uma pedra semelhante foi vendida por mais de cinquenta milhões de dólares.

O advogado segurou o fôlego e imediatamente deixou de pensar na mulher. Sonhava agora com os 30% daquela hipotética venda: quinze milhões de dólares. Mas voltou rapidamente à realidade. Era preciso gerenciar expectativas; as dele, mas principalmente as dela. *Sempre haverá a oportunidade de um ganho extra... para mim.*

— Minha senhora... senhorita, talvez...? Enfim... Você sabe que, dadas as condições em que venderemos essa pedra, dificilmente alcançaremos um valor nesse nível.

Sim, eu sei..., pensou Lara. *Mas VOCÊ, "Tio Rafa", talvez não saiba em que condições essa venda deverá ser feita.*

— O senhor acredita nos astros, Dr. Rafael? E na quiromancia, a leitura de mãos? Qual o seu signo?

— *Grrr...* Sou de Leão — gracejou ele, arreganhando os dentes como um predador prestes a atacar sua presa. *Humm... vamos tornar essa conversa mais... pessoal*, pensou. *Já era hora, boneca!*

A enigmática mulher pegou na mão direita de Rafael Sanchez. No dedo anelar do espanhol, um rubi brilhava como o sangue de um pombo; era o anel de formatura do advogado. O toque suave dos dedos longos de Lara provocou arrepios pelo corpo do homem. *Espanto? Excitação? Quem é a "presa", afinal?* Mas ela não soltou sua mão. Ao contrário, virou-lhe a palma para cima e a puxou com firmeza para si.

— Eu vou ler os próximos capítulos da sua vida... e dizer exatamente o que você vai fazer... e, principalmente, o que *não vai fazer*. E você obedecerá!

O tratamento de *senhor* fora abandonado. As pupilas de Lara dilataram-se, e o negro invadiu o azul-translúcido. Ela estava na cabeça de Rafael Sanchez, e não a deixaria até que estivesse tudo resolvido.

— Não, *mamma*, está tudo bem! Você fez o correto, foi o que eu pedi para você falar. Não se preocupe, eu volto a ligar... Sei que o *babbo* ainda deve estar chateado, mas manda um beijo meu pra ele.

Daniel desligou seu novo telefone celular. Apesar de pedir para a mãe não se preocupar, ele próprio estava angustiado.

— Jaime! A Lara já voltou? — gritou ele, caminhando até o pátio ajardinado da casa, em estilo arabesco. Lá encontrou o amigo.

— Não, Adriana deixou-a no Meliá, na Cuesta de Santo Domingo, para o encontro com meu tio e foi fazer algumas compras. Depois iam se encontrar em Pozuelo. Devem estar chegando daqui a pouco. Algum problema com a Dona Assumpta?

— Alguém ligou para lá, me procurando... Minha mãe contou que a voz parecia ser de um jovem, mas que era estranha e afetada. Ele disse que era um "amigo" meu. Minha mãe respondeu que fazia tempo que não tinha notícias minhas, que achava que eu estava viajando, mas que poderia anotar o recado se ele quisesse. O cara não quis. Nem deu o nome. Falou que talvez fosse para Goiânia e queria saber se eu estava por lá, porque gostaria de me fazer uma visita. *E não pediu o endereço*. Nenhum amigo meu, exceto vocês, tem o telefone ou o endereço de meus pais. Meu Deus, estou achando que era Ian!

— É muito estranho mesmo — concordou Jaime. — Não poderia ser... Karl?

— A voz de Karl é inconfundível. Assustadora, sim; cavernosa, sim; afetada, não. E ele não tem a voz de um jovem. Era Ian! Eu falei de meus pais para Ian no Arquipélago... Mas ele já pode, claro, ter se juntado a Karl. Caramba, Jaime, eu tenho de tirá-los de lá!

— Calma, amigo! Sim, acho que devemos fazer isso. Urgentemente! Vamos trazê-los para Madri. Eu vou buscá-los. Você não tem documentos aqui, não conseguirá viajar sem passaporte. Nem eles. Eu tenho algum dinheiro disponível e financio toda a operação, sem precisarmos pedir nada nem inventar uma desculpa para os meus pais.

Daniel abraçou seu "amigo-irmão". Estava emocionado. Muitos irmãos não eram tão amigos.

— Obrigado, Jaime, mas até parece que você não conhece o *Seu Francesco*... Você jamais conseguiria arrastá-lo pra cá! Sou eu que preciso ir. Mas eu aceito a grana emprestada... Em breve, você sabe, poderei pagá-lo.

Jaime balançou a cabeça. O amigo não estava entendendo todas as dificuldades da empreitada.

— Não se trata só de dinheiro, Daniel. Você não tem um passaporte, você não tem uma *saída* do Brasil nem uma *entrada* na Espanha. Essas coisas levam tempo para se ajeitar. E nós temos pressa!

Daniel pensou um pouco. Então perguntou:

— Os passaportes dos seus pais estão aqui nesta casa? Você pode me emprestar? E o seu também... Só por alguns dias?

— Sim, sim e sim! Os passaportes estão aqui. Meu pai não poderá viajar de avião por um bom tempo; ordens médicas. E o meu passaporte também está à sua disposição. Mas você quer... *falsificar* os documentos? Se passar por mim? Eu sou bem mais bonito que você! — disse Jaime em um tom zombeteiro (embora a preocupação fosse absolutamente pertinente). — Nós não somos nada parecidos.

Daniel enfim relaxou um pouco e sorriu.

— Tenho certeza que muita gente nos aeroportos não concordaria com isso.

Lara e Adriana chegaram duas horas depois. Após a reunião de Lara com o Tio Rafa, encontraram-se no El Corte Inglés de Pozuelo de Alarcón e fizeram juntas algumas compras. A nariihwian, em particular, precisava de roupas locais, e Adriana prontificara-se a emprestar-lhe seu cartão de crédito. Mas também acabou comprando algumas peças para si mesma. A estada na Espanha se antevia bem mais longa do que o inicialmente previsto, e ela precisava de reforços.

Ao verem as *chicas*, joviais e contentes, entrando com as sacolas da famosa rede de lojas de departamento, Jaime e Daniel sorriram. Elas eram lindas, uma loira e a outra morena — passariam facilmente por modelos com uma pequena diferença de idade —, e podia-se imaginar o efeito que causavam andando juntas nas ruas.

Parece que o gosto pelas compras, de alguma maneira, sempre acaba por unir as mulheres, pensou Daniel.

Jaime abriu os braços longos e as saudou com entusiasmo.

— ¿Habéis ido de compras, eh?

— Só umas coisinhas pra Lara... e pra mim, claro! — respondeu Adriana.

Daniel não quis contar de imediato sobre o provável telefonema de Ian para seus pais e a consequente necessidade de ele viajar para o Brasil e buscá-los. (Lara desejaria acompanhá-lo, e ele tencionava ir só; seria mais simples que explicar, *também*, a história do "casamento" aos seus ressentidos progenitores.) No momento, ele estava ansioso por saber do encontro de Lara com o tio de Jaime. A obtenção de recursos financeiros facilitaria muito a vida deles.

— Como foi com o Tio Rafa? — perguntou Daniel.

— Humm... Um coroa charmoso, perigoso... mas muito malandro — respondeu Lara. — Com certeza, iria nos enganar.

Jaime deu uma risadinha e encolheu os ombros largos.

— Uma síntese perfeita de meu tio.

— E agora? Ele não vai nos enganar? — insistiu Daniel.

Lara olhou para Daniel com um sorriso enigmático nos lábios (e nos olhos).

— Querido, você pode ser um instrumentalizador muito forte ou um pré-conceptor e eu, uma mera mentalizadora. Mas eu sou mulher. *Eu estou na cabeça dele!* Estou no comando. Ele não vai nos enganar! O diamante já está com ele, e determinei que a venda não deve ser feita para criminosos, como, por exemplo, narcotraficantes. Que ele venda a pedra rapidamente, se necessário com um grande desconto, para um bilionário discreto, um colecionador. Ele ficará com 30%. A título de adiantamento (que será depois adicionado à sua comissão), *amanhã* teremos cartões de crédito provisórios em nome do seu escritório de advocacia em Luxemburgo, com um limite de até quatrocentos mil euros. Isso deve dar para nos virarmos, enquanto ele providencia a venda do diamante e a abertura de uma empresa de fachada.

Adriana estava com os olhos arregalados. Lara não havia lhe antecipado o relatório do encontro.

— Quatrocentos mil euros! Estamos ricas... Vamos voltar para o El Corte Inglés, Lara!

Todos riram muito com a repentina excitação de Adriana. Inclusive ela mesma.

— *¡Bien hecho!* — disse Jaime. — Muito bem!

— Sim, parabéns, Lara! — complementou Daniel. — Viu, Jaime? Acho que vou te pagar a minha viagem para o Brasil antes do esperado.

Lara parou imediatamente de sorrir.

— Viagem para o Brasil? Como? Quando vamos?

— *Eu* vou, Lara! — disse Daniel. — Amanhã. Faço uma escala em São Paulo e depois vou para Goiânia. Preciso tirar os meus pais do Brasil, trazê-los pra cá. Não será uma missão fácil, principalmente por causa do meu pai. Ele é duro na queda.

Daniel contou-lhe sobre a suspeita de que Ian estava no encalço de seus pais (provavelmente atrás *dele* — e mancomunado com Karl). Quanto mais tempo no Brasil, maior risco eles corriam. A coisa era urgente, e a viagem seria rápida.

— Então, se Karl e Ian estão juntos, mais um motivo para eu ir também, amor — contestou Lara. — Você pode precisar de ajuda...

Mas Daniel estava decidido e foi firme.

— Não, Lara. Toda a história... já será muita coisa para a cabeça de meus pais. Não preciso apresentá-la como minha namorada ou *esposa* neste instante. Preciso apenas convencê-los a vir comigo para Madri. Eles são pessoas simples, nunca saíram do país. Meu pai ama o seu trabalho, não vai querer deixar o emprego para trás. Talvez eu tenha de *forçá-los* a vir... mas eu não gostaria de fazer isso.

Lara, em silêncio, repassava os argumentos de Daniel e visivelmente lutava consigo mesma. Por fim e a contragosto, concordou:

— Está bem, mas cuide-se, por favor! Se precisar... *conduzi-los mentalmente*, faça-o. Não deixe de trazê-los. É para o bem deles. Como eu posso ajudar daqui?

Daniel abraçou-a carinhosamente e a beijou de leve nos lábios. Adriana e Jaime observavam a cena atentamente.

— Acho que você pode ajudar, sim, Lara. Aqui! Primeiro, é preciso finalizar o negócio com o Tio Rafa. Não o perca de vista, muita coisa depende disso. Depois, estive pensando: não seria o caso de tentarmos treinar os nossos amigos na interação com o Etherii? Não conhecemos o potencial deles e, em algum momento, precisaremos confrontar Karl e Ian. Toda ajuda seria bem-vinda...

Jaime e Adriana se entreolharam, mas foi Jaime quem se atreveu a perguntar:

— Vocês acham que podemos ter... poderes? Como os de vocês?

— É difícil saber; algumas pessoas têm, outras não — disse Lara. Em graus diferentes. É preciso muito treino e diversas provas. Poderíamos acabar destruindo a sua casa.

— E um galpão? — perguntou Jaime. — Seria melhor?

— Como, um galpão? — replicou Lara.

— Temos um galpão vazio em Majadahonda, para alugar, a dez quilômetros daqui. Um lugar muito sossegado e sem vizinhos próximos. Poderia ser o nosso centro de treinamento — disse Jaime.

— Pode funcionar. Só precisamos ver como seus cérebros interagem com o Etherii, *se é* que interagem... — ponderou Lara, olhando mais para Adriana; ela ajeitava seus bonitos cabelos negros.

Era a vez de Daniel assistir à cena, pensativamente.

Seria ótimo descobrirmos que Jaime e Adriana também têm poderes na presença do Etherii. Precisaremos de toda ajuda possível! Por outro lado, é melhor eu voltar a erguer os meus bloqueios mentais...

Ian hospedara-se em um pequeno motel à beira da BR-153, a Rodovia Transbrasiliana: o Motel Ilha Verde. Apresentara como documento uma falsa carteira de motorista (dados corretos, mas a foto trocada) que o identificava como Alexandre Augusto Sibipiruna. Entre tantas opções, o Ilha Verde lhe chamara a atenção pelo nome (afinal, Omiidhys, seu planeta natal, era uma ilha com a atmosfera esverdeada — *Não seja sentimental, Ian!*). Além de tudo, o singelo motel estava estrategicamente localizado entre Goiânia e Anápolis, bastante próximo ao sítio dos pais de Daniel.

O omiidhian estabelecera uma rotina para a vigilância da família Santoro: três vezes ao dia dirigia seu SUV Usuhan prateado, alugado no aeroporto para o "Sr. Sibipiruna", até o alto de uma colina com vista para a propriedade e passava cerca de quarenta minutos esquadrinhando o sítio com um potente binóculo. Em torno das dez da manhã, depois do almoço e no final da tarde, enquanto ainda havia luz natural para a observação. *Ridículo! Apenas* um *Sol...* Duas horas por dia dedicadas à vigilância, mais os deslocamentos de ida e volta de dez minutos cada. Três horas, somente. O resto do tempo era dedicado à leitura, à internet e à melhor compreensão do primitivo mundo novo que o cercava. E de seus esquisitos *habitantes-coladores-de-moléculas*.

Três horas por dia, para ver se consigo localizar o maldito terráqueo! Antes de tentar uma extração mental, e depois partir para um inevitável, possivelmente inútil e hediondo... "interrogatório físico" dos velhos. O mais provável é que Daniel nem tenha voltado ainda. Se é que vai voltar... É um instrumentalizador! E o novo queridinho de Gusk!

A ideia de torturar o casal de idosos era abjeta e lhe revirava o estômago. Mas a alternativa de desagradar seu irascível chefe era bem pior. *Antes eles do que eu!* Enfim, era um método largamente utilizado na Terra. Lera isso estudando a história do planeta. Na internet...

Selvagens!, pensou.

No dia seguinte, em torno das oito da noite, Daniel descia sozinho de um táxi na área de embarque do Aeroporto de Madrid-Barajas. Pedira aos amigos para não o acompanharem e se despedira de todos em Aravaca. "Será uma viagem rápida", dissera. Na verdade, a questão da documentação o preocupava, e ele não os queria por perto no caso de uma confusão. A presença de Lara, Jaime e Adriana só complicaria a situação. "Viajaria leve" — trajava jeans e tênis, uma camiseta polo e um blazer simples, apenas pela comodidade dos bolsos. Na mochila a tiracolo, duas mudas de roupa, acessórios de higiene, um pouco de dinheiro em espécie, mais dois passaportes, um cartão de crédito corporativo da LuxLawLux Sanchez, de Luxemburgo, e um vidrinho de perfume. O mesmo que ele estava usando.

Caminhou pelo aeroporto, olhando fascinado para o teto de bambu ondulado finamente integrado às estruturas metálicas. *Que maravilha!*, pensou. Dirigia-se aos balcões de check-in da Ibéria.

Primeira barreira... Calma, Daniel!

— Boa noite, voo para São Paulo, Brasil, das 22h20, por favor... — disse Daniel. — Destino final: Goiânia.

— *¡Por supuesto! Su pasaporte, por favor...*

Daniel acenou com a cabeça e buscou o passaporte no bolso interno de seu blazer. Antes de entregá-lo à funcionária da companhia aérea, abriu-o na página que continha a foto de seu dono e deu uma última espiada: um jovem forte e simpático, com cabelos negros e encaracolados. Ele, Daniel, era pequeno, magro, loiro e tinha cabelos lisos.

Ai, ai...

— *¡Gracias!* — disse a atendente de check-in, pegando imediatamente o documento.

Eu sou a pessoa dessa foto! Eu sou a pessoa dessa foto! É assim que você vai me ver!, Daniel *comandou* mentalmente.

A funcionária titubeou um pouco e olhou várias vezes para a foto e para a pessoa que tinha diante de si. Demorava-se...

Eu sou essa pessoa!, reforçou Daniel, telepaticamente. *Você não vê? A foto é idêntica a mim...*

Por fim, ela sorriu e começou a digitar as informações em seu terminal de computador.

— Perfeito, Sr. Jaime Arroyo Sanchez. Voo IB 7065 confirmado, embarque às 21h10, portão 16. Aqui está o seu cartão, assento 7C, classe executiva. Tem bagagem para despachar?

Daniel respirou aliviado.

— Não, só esta mochila de mão. Será um bate e volta.

Agradeceu e afastou-se do balcão. Tinha tempo para um café antes de embarcar, uma pequena recompensa para aliviar a tensão e para testar o cartão de crédito da LuxLawLux. A primeira barreira fora vencida.

Mas... e a imigração, a Polícia Federal? Será que eles têm um sistema automático de reconhecimento facial? Posso iludir uma pessoa, mas uma máquina..., pensou, repentinamente apreensivo.

Naquele mesmo momento, no Brasil, Ian, com o binóculo na mão, iniciava a terceira e última sessão diária de sua enfadonha missão de espionar a "casa dos velhos".

Essa merda de sítio deve ser o lugar mais visitado de Goiânia!

Mas isso não iria durar. Informado sobre as infrutíferas vigílias, Karl dera-lhe novas instruções através de uma sucinta mensagem gravada — em *krpsnc*. Enviada para o seu celular pré-pago. Para um ouvido terráqueo, pura estática: "Qxpkrnczlrjrfkcsrtpkzxkspspqwpzxqkgqk" (Siga para a etapa 2, amanhã à noite. Se não funcionar, siga imediatamente para a etapa 3 e informe resultados! K.).

Estava claro: a etapa 2 era a tentativa de uma extração mental, de um *apoderamento*. Mas ele *não era* um conceptor. Não sabia se conseguiria fazê-lo. Já a etapa 3... sim, poderia ser executada, apesar dos resultados incertos. Ian preferia apenas que não fosse ele o executor.

Bem, tenho mais quarenta minutos de observação, talvez um pouco mais, dependendo desse solzinho solitário e mixuruca. Por favor, terráqueo, apareça! Pelo bem de seus velhos...

As portas do Boeing 777-300 já estavam se fechando, e Daniel se acomodava na espaçosa poltrona da classe executiva. Um luxo: cinema a bordo, amendoins e um copo de suco de laranja (não quis o champanhe), antes mesmo de começar a viagem. Mandara uma mensagem carinhosa para Lara e seus amigos, informando que tudo funcionara *a la perfección* e que iria decolar em breve. Para Dona Assumpta, sua *mamma* querida, confirmou igualmente que já estava no avião e deveria chegar ao sítio no dia seguinte, sábado, em torno das dez da manhã. Finalizou com um "Amo vocês". Após enviar as mensagens, desligou o celular. Queria relaxar e aproveitar as onze horas de voo noturno até o aeroporto de Cumbica, em São Paulo, onde faria a conexão para Goiânia. Se possível, queria dormir. Precisava muito de descanso e paz. Tudo o que ele não teria quando encontrasse seus pais.

Ah, Seu Francesco, você deve estar tão furioso comigo...

Fechou os olhos enquanto o avião começava a taxiar na pista.

Bem que meus superpoderes poderiam ser usados em mim mesmo: "durma!", eu diria, e pimba!, cairia no sono. Mas não é assim.

Então, alternativamente, começou a divagar, repassando sua passagem pela imigração antes de embarcar na aeronave; como em um videoteipe. Não enfrentara nenhum tipo de escaneamento facial computadorizado. O oficial da Polícia Federal, um gorducho de meia-idade, simplesmente apanhara o passaporte e o levantara, aberto, à altura do rosto de Daniel. Comparara cara e foto, com os olhos semicerrados, e, por fim, meneara a cabeça. Sim, claramente batia. Depois devolveu o passaporte e comentou:

— ¡Ah, eres uno de nosotros! ¡Buen viaje, Jaime!

Daniel lembrou-se dos passaportes ("emprestados" de Don Miguel e Doña Yolanda Sanchez) que ele carregava em sua mochila para o Brasil. A ideia era usá-los para evitar a burocracia e levar seus pais rapidamente para a Espanha. Depois, em segurança, ele cuidaria de regularizar a documentação — inclusive a dele. Talvez precisasse de um advogado. *O Tio*

Rafa? Ainda pensou: *Será que eu conseguiria ter passado pela imigração usando o passaporte de Doña Yolanda?* Imaginou o pobre oficial da imigração, mesmerizado, dizendo-lhe *"¡Buen viaje, Señora Sanchez!"* e não conseguiu evitar um sorriso.

Foi seu último pensamento consciente antes de cair num sono profundo. O Boeing 777-300 roncava os motores, disparava na pista e iniciava a decolagem, ganhando os céus de Madri.

Francesco Santoro estava calado. Sua esposa e companheira de tantos anos, a pequenina Assumpta, ao contrário, estava elétrica. Havia passado todo o dia na cozinha (para ela, as demonstrações de amor materno passavam sempre pelo estômago). Ela já preparara seus tradicionais *tortelli* como prato principal, feitos de massa caseira, e os deliciosos *cannoli* para a sobremesa. Agora se ocupava dos *arancini*, bolinhos de arroz, recheados com molho vermelho de carne e queijo, empanados com massa de farinha e água. Um prato típico da Sicília. Deixaria tudo pronto e fritaria no dia seguinte.

— *Domani,* Fran! É amanhã que chega o nosso Daniel. Estou tão, *tão* contente! Você não está? — perguntou Assumpta ao marido, na tentativa de animá-lo.

Francesco resmungou algo, e ela, atarefada, não entendeu direito o que ele falara.

— O quê?

— Eu disse que você é uma tonta! Que perdoa o descaso de teu *figlio* muito facilmente. Ele não está nem aí para nós. Mais de *um mês* sem dar um telefonema, nem responder os nossos recados, nossas mensagens de preocupação, nossa carta... Um desrespeito! E perdendo aulas — disse Francesco, com mau humor. — Ah, sei... Ele estava muito ocupado. *Na Europa*, e nem o Jaime sabia dele! Não sei com que dinheiro ele viajou... Na idade dele, isso certamente significa que está se metendo em encrencas!

— Calma, homem! Ele disse que vai explicar tudo. Amanhã vocês conversam. Mas depois de comermos, por favor... Tudo fica mais fácil quando estamos de barriga cheia. E você não vai arruinar nosso almoço de *tortelli*!

— Ah, pode ter certeza, nós vamos conversar! — finalizou Francesco. E saiu para consertar a porta do galpão de ferramentas, que estava se abrindo sempre que batia um vento mais forte.

No sábado de manhã, bem cedo, Ian fora acordado pelo bipe de uma mensagem gravada em seu celular. Breve e em krpsnc:
"Pwrqtk". Traduzindo: "Hoje! K."
Apenas um lembrete — às cinco da manhã! Ele não dorme?
O celular de Karl também era pré-pago, e ambos haviam sido adquiridos em nome de Alexandre Augusto Sibipiruna, um homem jovem, porém obeso e diabético, recém-falecido de infarto. Mortos eram os melhores candidatos a ter seus documentos falsificados: não costumavam reclamar. Karl simplesmente aparecera com a carteira de motorista pronta com a cara de Ian na foto. Perfeita. Ian ficou tentado a perguntar "como?", mas desistiu.
Não é da minha conta, e Karl não gosta que lhe façam perguntas. Apenas que lhe deem respostas.
Ian deixou o celular de lado e tentou voltar a dormir. "Visitaria" os velhos por volta das sete da noite e faria o "interrogatório". Pronto! Nunca torturara ninguém... pelo menos não fisicamente. Mas para tudo havia sempre uma primeira vez.
À noite, apenas. Até lá, não vou me preocupar com isso. Agora, o que eu preciso é relaxar, passar um dia agradável, dormir...
O sono, felizmente, começava a voltar com força, e seu último pensamento foi: *Terráqueo, terráqueo, onde você está?*

Algumas horas depois, Daniel desembarcava no Aeroporto de Goiânia. Quase perdera a conexão no Aeroporto Internacional de Guarulhos (também chamado de Cumbica), em São Paulo, devido ao tempo fechado. A região, naturalmente úmida em função dos lagos e da vegetação ao redor, ficava a 750 metros acima do nível do mar. Ali a temperatura mais baixa durante a madrugada formava nuvens próximas ao solo: neblina. O que frequentemente prejudicava a visibilidade pela manhã. *"Cumbica"*, em tupi-guarani, significava "nuvens baixas".

Que ótimo lugar para instalar um aeroporto! Deviam ter perguntado antes aos índios tupis-guaranis, pensou Daniel com ironia.

Saíram com atraso, mas, no final, tudo dera certo. Depois da decolagem, o voo havia sido tranquilo: uma hora e quarenta minutos depois, ele aterrizava em Goiânia. O sítio não era longe do aeroporto, e ele pegou um táxi. Chegaria a tempo para o almoço.

A comida seria certamente fantástica. Mas ele estava ansioso mesmo era com "A Conversa". Já havia ensaiado A Conversa, em sua mente, dezenas de vezes. E ela saía mais confusa e inacreditável a cada tentativa. A expectativa de dividir os acontecimentos com seus pais e a obrigação de convencê-los a sair às pressas do Brasil tiravam-lhe totalmente o apetite. Sentia uma bola de concreto no estômago. A reação de seu pai, em particular, o preocupava muito. Quando pequeno, de tanto ver seu *babbo* ficar vermelho de raiva, chamava-o de "brabo". Seu Francesco era assim. E estava *brabo* novamente.

Ele não vai acreditar, mesmo com infinitas demonstrações de poder, que estão correndo perigo! Ele ama seu trabalho, seu sítio, seu país. Eu não queria, mas... talvez eu tenha mesmo que controlar sua mente. Pelo menos até chegarmos à Espanha. Mas... e depois?

O pensamento o desagradava, mas qual a alternativa? Deixá-los expostos no Brasil? Sutilmente, ele abriu o frasco de perfume floral e fortemente adocicado que trazia consigo; passou uma gota do líquido em sua nuca. O taxista o observou pelo retrovisor e pensou: *Maricas!*

Daniel apenas sorriu.

Karl estava frustrado com a falta de progressos de Ian. Mas não podia culpá-lo de todo. De momento.

Se o moleque ainda não voltou, não há muito que fazer. Mas será que não voltou mesmo? Certeza? Ian que se vire, com seus limitados poderes... Não quero saber se o pato é macho, eu quero ovo!

Olhou o celular pré-pago que usava exclusivamente para comunicar-se com o omiidhian. Nenhuma mensagem nova. Apenas um "Entendido, chefe", em resposta à sua ordem anterior.

Ian é inteligente, mas também é constrangedoramente subserviente. Pelo menos, até que tenha a oportunidade de mostrar suas garras. Então o gatinho pode se transformar em um leão. Gusk teve sua prova disso! Cría cuervos y te sacarán los ojos[1]..., *se diz aqui na Terra.*

— É melhor para você não me trair, mentalizadorzinho — Karl falou em voz baixa para o apartamento vazio. — Do contrário, nada nem ninguém neste Universo poderá salvá-lo.

Começou a andar de um lado para o outro. Analisava a situação.

Talvez eu tenha um bom lugar para usar essa obediência toda e o seu desejo de poder... devidamente monitorado. Lorenzo Martell está velho e doente, pensou. *Em breve, precisará ser substituído, inevitavelmente. E Milton Sorto é um imbecil e imprestável...*

Decidiu-se afinal. Pegou o outro celular, aquele de seu uso rotineiro, e fez uma ligação internacional. Para Portugal.

---

1 Crie corvos e eles lhe arrancarão os olhos. (Tradução livre)

— Lorenzo, meu velho... Como você está? Melhor de saúde, espero... Não, o que é isso? Você ainda estará entre nós por muitos anos! Fazia algum tempo que eu estava para te ligar. Você conhece a minha agenda. Mas tenho falado com Agustín... Preciso te encontrar em minha próxima viagem para a Europa. Em algumas semanas, devo viajar para Biarritz, na França. Vou buscar pessoalmente o novíssimo jato Clarke X-Reacher que comprei para a KMCom. Depois disso, posso passar aí em Portugal. E claro, o avião, desde já, está à sua disposição e de nossa irmandade. Quando precisar... Eu sei, amigo, eu sei que já temos vários, mas eu quero ajudar... Precisamos falar sobre a Mens Altior, reforçá-la. Engrossar nossas fileiras aí, no Velho Continente. E acho que você vai *adorar* um jovem que eu quero te indicar, depois que ele fizer um servicinho para mim, aqui no Brasil...

Lorenzo Cordero Martell desligou o telefone e deu um sorriso melancólico e saudoso.

"Nossas fileiras", pensou. *Já tivemos* nossas fileiras... *Em nossa Espanha, à época do Generalíssimo Franco. Que me estimava como a um filho, o filho homem que ele nunca teve. Em outros tempos...*

Lorenzo caminhou, com ajuda de um andador, até a varanda de sua casa branca e azul-turquesa, arejada e de frente para a praia de Faro, no Algarve. Aquela praia era tida como um cartão-postal do sul de Portugal devido às suas águas límpidas, belas formações rochosas e pela flora exuberante. Lorenzo vivia nessa mesma casa desde 1976, ano em que deixara Madri. Poucos meses depois da morte de Francisco Franco, o caudilho da Espanha entre 1936 e 1975. Agora, tanto tempo depois, tudo parecia esmaecido. Até mesmo a Mens Altior, a fraternidade secreta que ele criara com seu amigo Agustín, reunindo tantas *mentes superiores*: pensadores, cientistas, líderes políticos (e alguns criminosos sofisticados e bilionários sem escrúpulos). A missão da M. A. era simples e, podia-se dizer, amoral: o acesso ao Poder. *Se mentes superiores não governarem o mundo... então quem?* A medíocre "ética do bem" jamais seria pré-requisito para uma mente superior — ao contrário, impunha-lhe limites indesejáveis. Os fins *sempre* justificaram os meios. Mandatória na irmandade era a *Lealdade* entre seus membros, em particular aquela dedicada aos seus grão-mestres.

Agora, a Mens Altior se preparava para prescindir da honorável orientação de Lorenzo Martell. Ele sabia e não se importava. Não viveria para sempre e não tinha herdeiros para substituí-lo à altura (Milton Sorto, o "menos ruim", era uma besta!). Sua jornada neste mundo, uma fantástica alternância de vitórias e derrotas, chegava ao fim. Ele estava cansado.

Se quiser, de fato, vir para Portugal e me encontrar, Karl, é melhor se apressar! Não garanto estar aqui por muito tempo...

A vinte quilômetros de Madri, em Majadahonda, Jaime, Adriana e Lara, naquele momento, visitavam o galpão dos Arroyo Sanchez. Uma construção coberta, com mezanino e cerca de dois mil metros quadrados, que já abrigara um depósito e uma empresa de comércio digital. Agora estava vazio (apenas uns poucos móveis, sofás perdidos na enormidade da área e uma cozinha operacional), à espera da finalização de um novo contrato que vinha se arrastando há meses. Os pretendentes à locação, revendedores dos veículos Aston Martin, se diziam interessadíssimos no negócio, mas não batiam o bendito martelo — aparentemente ainda discutiam com a centenária fabricante britânica em Gaydon, Warwickshire.

— O lugar é ótimo... realmente bem discreto e sem vizinhos próximos — disse Lara. — Podemos treinar à vontade por aqui, sem sermos incomodados. Ou observados. Vocês querem começar?

— A... acho que sim... — respondeu Jaime, não muito convencido de estar pronto.

— Quanto mais cedo, melhor! — complementou Adriana, ansiosa. — E aí? Já posso me perfumar?

— *Figlio mio*, que saudade! — gritou a mãe de Daniel, assim que o viu descer do táxi, já dentro do pequeno sítio da família. Correu até ele e, agarrando seu rosto, deu-lhe beijos estalados nas duas faces. Alternadamente e repetidas vezes. *Mwah, mwah, mwah, mwah!*

— Calma, *mamma*... Está tudo bem! Eu estou bem — disse Daniel, algo sem fôlego. O dia estava muito quente e o sol, escaldante.

Ufa, que calor... Que inverno é este? Em Goiânia simplesmente não existe inverno!

Afastou-se com delicadeza e ajeitou rapidamente os cabelos que Dona Assumpta, em sua afetuosa arremetida, havia alvoroçado. A mãe aproveitou para avaliá-lo com seu infalível olho clínico.

— Você emagreceu... — disse ela, com um misto de preocupação e reprovação. — Você precisa passar uma temporada com a gente aqui, ganhar peso. Vai começar hoje... Estou fazendo *tortelli*, *braciola*, *arancini* e, para sobremesa, vamos ter *cannoli*.

É claro que emagreci, pensou Daniel. *Lara é bastante... demandante. Quanto à temporada em Goiânia... eu sinto muito,* mamma, *nossos planos não poderiam ser mais diferentes.*

— *Cannoli*, que delícia! Mas eu não preciso engordar, de volta, tudo de uma vez, né, *mamma*? — brincou Daniel. Então calou-se por alguns segundos e perguntou: — E o *babbo*, está aqui?

Ela suspirou.

— Ele está no galpão de ferramentas. Está arrumando a cerca. Ainda está zangado, *figlio*. É teimoso como um bode, um *testa dura*. Na verdade verdadeira, acho que está magoado... Por fora parece uma fera, mas no fundo é uma maria-mole. Sofre mais que eu. Fale com ele, conversem. Mas hoje à noite, ou amanhã, por favor. Não vamos estragar o nosso almoço de família... Ele te ama muito!

Me ama muito? Pode ser... Mas sempre substituiu palavras de amor por "críticas construtivas". Talvez tenha passado a vida escondendo sentimentos. De mim e dele mesmo. Agora não poderá mais...

Daniel, de toda maneira, já tinha pensado em adiar A Conversa para o dia seguinte, mas tudo dependeria da vontade de Seu Francesco. Muitas vezes, seu pai não se aguentava dentro das calças e introduzia assuntos incômodos nas horas mais impróprias. Como diziam, ele "punha o elefante pra arrumar a cristaleira".

— Vou tentar, *mamma*. Vou lá cumprimentá-lo e ver se ele precisa de alguma ajuda com a cerca.

— Isso, filho, vai lá ajudá-lo! Ele gosta disso... Vou pra cozinha. Mais uma hora e vai estar tudo pronto. Me dê sua bolsa, eu levo suas coisas pra dentro.

Daniel percebeu que a mãe olhava para sua mochila com estranheza — na verdade, ele leu seu pensamento: *"Que bolsa pequena! Quantas mudas de roupa ele trouxe? Se precisar, tem as roupas do Fran, mas elas ficam enormes pra ele"*. Daniel virou-se para os fundos do sítio e começou a caminhar até o galpão de ferramentas. Andava devagar, buscando inspiração para o encontro com seu pai. Notou que transpirava demasiado e sua camiseta começava a colar no corpo.

Que calor danado!, pensou, lembrando-se que no Arquipélago a temperatura era agradável e constante. Ou talvez fosse o nervosismo.

— *Babbo!* — chamou Daniel, entrando no galpão de madeira. Rústico, mas espaçoso e bem organizado.

Seu pai estava de costas e inclinado, organizando a maleta de ferramentas necessárias para reparar a cerca na face oeste do sítio. Virou-se abruptamente e emitiu um breve gemido de dor.

— Aaai... Ah, é você, Daniel...

Ele está com problemas no nervo ciático, tem dor na perna, leu Daniel. *Perna esquerda.* Em seguida, perguntou:

— Você... está bem, pai?

— A sua mãe e eu ainda estamos respirando... se é o que você quer saber... E você, como tem passado?

Meu Deus, começou... Ele está sendo irônico, quer me castigar!

— *Babbo*, eu vim para me desculpar e lhes explicar...

Seu pai o interrompeu, levantando a mão (aquela mão forte!).

— Daniel, eu prometi à sua *mamma*: nada de discussões antes do almoço. Depois você nos conta a sua... *história*.

Francesco verbalizara a palavra "história" de forma enviesada, mas Daniel leu perfeitamente seu real significado: *"as desculpas que vai nos contar para justificar a confusão em que está metido e, também, o descaso para com os seus pais"*. Os dois guardaram um breve silêncio; sabiam que uma discussão estava anunciada. Inevitavelmente.

— Preciso comprar um rolo de arame farpado e grampos galvanizados no Armazém do Vilarinho — disse Francesco —, aqui perto. É para a cerca. Quer ir comigo?

— Vou, sim, mas... e sua perna? — perguntou Daniel.

— O que tem a minha perna?

— O nervo ciático...

— Não tem nada de errado com a minha perna! Eu preciso é de exercício. Vamos? — disse Francesco, irritado. Em seguida, pensou:

Assumpta é uma boca-mole! Pedi pra ela não falar nada sobre a minha perna e o ciático inflamado. Ela me prometeu! É só o filho chegar e ela dá com a língua nos dentes...

Daniel franziu a boca e olhou para baixo. Sentia-se culpado. Mas ele iria curá-lo, quando começasse a lhes mostrar seus superpoderes.

No galpão de Majadahonda, em Madri, Lara prosseguia com os Mentapeamentos rudimentares de Jaime e Adriana. Testava-os tanto quanto possível. Ela não era uma conceptora poderosa como Thomas, tampouco tinha sua experiência. Nem mesmo era uma instrumentalizadora talentosa como Daniel. Mas fazia o seu melhor e sabia que algum progresso poderia advir de um treinamento intenso — com o tempo. No Arquipélago, o desenvolvimento interativo com o Etherii acontecia ao longo de décadas... ou séculos. Os poderes demoravam a se manifestar. Mesmo sob uma atmosfera favorável.

Quanto tempo nós temos?, pensou.

Num primeiro momento, os resultados dos Mentapeamentos dos amigos de Daniel foram bastante modestos. Adriana parecia ter alguma capacidade premonitória que ela mesma — infantilmente, mas demonstrando grande orgulho — atribuíra à sua intuição feminina.

Está mais para uma cabeça oca..., pensou Lara. Mas Adriana tinha certamente a mente mais aberta, o que podia revelar-se uma aptidão. Ou um perigo.

Quanto a Jaime, ele parecia praticamente imune aos efeitos do Etherii. Simplesmente não conseguira ativar suas ondas cerebrais.

Devido ao fuso horário, eles estavam cinco horas à frente do Brasil, e a tarde em Madri ia terminando. Lara propôs que fossem descansar e continuassem com o treinamento no dia seguinte.

Será Daniel o único humano da Terra com tamanha capacidade interativa com o Etherii?

Naquele final de tarde, a TVE, a prestigiosa Televisão Espanhola, exibiu um programa sobre a inversão dos polos magnéticos da Terra. Estimava-se que tais inversões em relação aos polos geográficos aconteciam a cada 250 mil anos, e que a última ocorrera 780 mil anos atrás. A próxima, portanto, estava bastante atrasada. Mas estudos muito recentes — tinham sido concluídos na semana anterior — mostravam que os polos começavam a se inverter a uma velocidade 10 vezes maior que o esperado. E, antecedendo essa transição, previa-se que o campo magnético da Terra enfraqueceria rapidamente, tornando-se cada vez mais irregular e perdendo sua capacidade de proteger o planeta contra as tempestades solares. O processo era iminente e inexorável.

Lara chegou a tempo de ver o final do programa.

Mais íons na atmosfera terrestre. Como Karl previu...

Era uma da tarde em Goiânia quando Daniel e seu pai deixaram o sítio em direção ao pequeno, porém bem fornido, depósito de ferragens e materiais de construção: o Armazém do Vilarinho. Uma caminhada curta de vinte minutos para ir, mais vinte minutos para voltar. O dono do armazém era um português corpulento, havia quatro décadas radicado no Brasil. Os quarenta anos no país sul-americano não haviam suavizado seu forte sotaque lusitano, mas o integraram totalmente aos brasileiros, particularmente aos daquela região. Era um dos poucos comerciantes locais que ainda trabalhavam com o sistema de caderneta, a venda fiada, baseada na confiança do lojista em seus clientes. O pagamento só ocorria no final do mês; assim, não era necessário levar dinheiro para as compras. Uma comodidade.

— Vamos tirar as camisas, Daniel? — dissera Francesco, antes de saírem. — Vamos ficar encharcados de suor. Na volta, tomamos uma ducha fria e comemos.

— Claro, *babbo*. Aproveito e tomo um solzinho... Tô precisando.

Assim, Francesco e o filho, ambos sem camisa, subiam a rodovia BR-153, a Transbrasiliana, caminhando pelo acostamento de cascalho, no sentido de Anápolis, rumo ao norte. À margem deles, grandes arbustos e árvores esparsas, de raízes profundas, exibiam seus galhos retorcidos: a vegetação típica do cerrado goiano. Daniel lera a mente do pai e pensava consigo mesmo: *Ele quer aproveitar a caminhada para ter uma conversa-de-pai-pra-filho comigo. Não vai se aguentar, esperar para me dar uma lição de moral depois. Bem, seja o que Deus quiser...*

Agora, à beira da estrada pouco movimentada naquele sábado, caminhavam lado a lado. Em silêncio. Mas Daniel o ouvia.

"Como esse menino está magro... e pálido. Não está comendo? Será que está metido com drogas?"

De soslaio, Daniel olhou para o pai, à sua esquerda, e suspirou. Sentia-se desconfortável por invadir sua mente. Mas as leituras lhe chegavam espontaneamente. Era quase como se escutasse sua voz. Talvez a genética facilitasse a telepatia. *Como na telepatia de sussurro.*

Notou que Seu Francesco estava mais grisalho e cansado. A idade finalmente lhe chegara. Também mancava sempre que apoiava o pé esquerdo no chão. Daniel não se atreveu a lhe falar novamente de seu nervo ciático, mas sentiu pena de seu velho pai.

Dentro de algumas horas, babbo, *eu vou curá-lo...*

Com o calor e a caminhada, ambos suavam profusamente. Faziam uma verdadeira sauna ao ar livre. Os carros que passavam por eles logo pareciam imagens trêmulas quando se distanciavam. Manchas embaçadas pela névoa que se desprendia do asfalto fervente.

— Está quente hoje, não? — disse Francesco afinal.

Pobre Seu Francesco, que dificuldade para iniciar uma conversa!

— Está quente, sim, *babbo*.

— Estava quente assim lá na Espanha? Lá é verão, né?

Enfim, lá vai...

— Sim, mas em Madri é um calor diferente. O verão lá é seco, a gente não sua tanto — respondeu Daniel.

— Você ficou lá... todo esse tempo?

— N... não... Eu estive, na maior parte do tempo, em outro lugar...

— Onde, Daniel?

— *Babbo*, é uma história complicada... Podemos falar depois do almoço, com calma? Eu preferia contar tudo pra vocês dois *juntos*.

— Ah, claro, claro... Eu também prometi pra sua mãe.

"Ele está me enrolando", pensou Francesco, e Daniel ouviu a frase de seu pai, perfeitamente.

— Eu devo me preocupar, filho? Você está... metido em alguma encrenca? Está doente?

— Não, não... Eu estou bem!

— Alguma mulher?

— *Paiii!* — disse Daniel, prolongando a palavra para lhe conferir ênfase. — Sim, tem uma mulher na história, uma... uma estrangeira... Mas se eu começar a lhe contar tudo agora, não vamos conseguir cumprir nossa promessa para a *mamma*, de conversarmos todos juntos, à tarde, lá no sítio.

— Ah, claro, claro... — repetiu Francesco; e se pôs em silêncio, digerindo a informação enquanto passava um ônibus do outro lado.

"Uma mulher... Pelo jeito, a coisa é séria! Bem, já era tempo de ele esquecer Adriana. Ele sofreu muito, eu sei. Mas... uma estrangeira? Ele vai nos deixar? Ela vai levá-lo pra Espanha? Dio mio! Esse bambino é tudo o que temos na vida, eu o amo tanto... Se ele soubesse... Tudo o que desejo é que ele seja um 'grande uomo' — honesto, trabalhador e... forte! Que saiba se defender neste mundo tão duro. Mas, acima de tudo, quero que ele seja feliz. Que saudades de quando eu o carregava no colo e podia protegê-lo... Tudo era mais simples então. Mas é isso... O bom pai é aquele que vai se tornando desnecessário com o passar do tempo."

Daniel ouvira tudo e sentiu seus olhos umedecerem (e não, não era o suor). *Meu* babbo *me ama... eu escutei...*

Francesco, em silêncio, seguia com suas reminiscências:

"Como quando fomos ao... [inaudível]... quatro anos e sua madrinha... [inaudível]... o golden retriever... [inaudível]..."

Daniel surpreendeu-se. A telepatia mostrava-se, de repente, falha, entrecortada. Começava a perder a conexão mental com seu pai.

Por quê?, perguntou-se. Mas logo em seguida intuiu: *O suor...*

Ele estava ensopado de suor e o Etherii estava se dissipando, sendo lavado de seu corpo.

Interessante..., pensou. *Vou precisar reforçar a dose antes de iniciarmos A Conversa.*

Daniel estava distraído, absorto nesse pensamento, e foi seu pai quem viu um ponto prateado surgir no horizonte. Brilhando sob o sol. Antes, trêmulo como uma miragem no deserto; depois, aproximando-se rapidamente. Vinha no sentido norte-sul, do outro lado da estrada, a uma grande velocidade.

Precisariam colocar um radar móvel por aqui, urgentemente, disse Francesco a si mesmo. *Isto está ficando impossível... Parecendo o Rio de Janeiro. Ou São Paulo!*

Então, para seu desespero, do nada — a estrada estava deserta —, o carro prateado invadiu a pista contrária, aquela cujo acostamento eles utilizavam. Na contramão. Pior, o bólido vinha na direção deles. Iria atropelá-los, inevitavelmente.

— *Cuidado, Daniel!* — gritou Francesco, empurrando o filho para fora do acostamento, na direção da mata.

Daniel foi pego de surpresa pelo grito e pelo empurrão. A perna esquerda de seu pai falhara e não lhe dera apoio para saltar para o lado, mas ele tinha braços poderosos: dera um empurrão no filho, forte o suficiente para lançá-lo para longe. Foi só então que Daniel, em pânico, viu o carro de cor prata, aparentemente desgovernado, se agigantar na frente deles. Em dois segundos seriam atropelados.

Pare, pare! Desvie! Desvie!, comandou Daniel, enquanto caía.

Uma espécie de cunha de energia pareceu formar-se debaixo do carro, porque ele decolou como se tivesse subido uma rampa invisível, apenas com as rodas do lado do motorista. O carro voou, girando em torno de seu próprio eixo, e capotou por oito vezes, provocando estrondos assustadores. Arrastou-se, espalhando fagulhas pelo asfalto, e parou cerca de 100 metros à frente. Os pneus para cima, em meio a uma espessa nuvem de poeira e fumaça.

Daniel levantou-se dos arbustos e correu até seu pai, que estava caído no acostamento. Ele tinha sangue no alto da cabeça e na testa. Fora atingido pela roda traseira do carro. Os olhos, semiabertos, pareciam confusos. Perdidos.

— *Babbo, babbo!* Você está bem?

Daniel ajoelhou-se e abraçou o pai. Limpou como pôde o sangue de sua testa com a palma da mão e começou a procurar os ferimentos em sua cabeça. Queria curá-lo!

Cure-se, pai! Cure-se! Por favor!

Tentou imaginar as células de seu pai se regenerando, os neurônios se reconectando, o sangue refluindo, correndo apenas por onde deveria correr. Queria desesperadamente curá-lo, mas ele parecia estar além do ponto de regeneração. E seus poderes de instrumentalizador visivelmente minguavam. Arrependeu-se imediatamente por não ter levado consigo todo o frasco de Etherii.

Eu me banharia com ele...! Até a última gota!

— *Babbo! Babbo!* — pranteou Daniel, agarrando-lhe a mão.

Seu pai devolveu o aperto de mão, e os dedos de ambos se entrelaçaram com força. Naquele momento, eles se conectaram de alguma forma — talvez um resquício de Etherii, ou não —, porque Daniel sentiu uma onda de amor como nunca experimentara antes na vida. Não era só o amor que ele sentia pelo seu pai, mas o amor infinito que apenas os pais sentem pelos filhos. Ele sentia o amor de seu pai.

Francesco balbuciou alguma coisa, e Daniel, entre lágrimas, se aproximou dos lábios do pai para ouvir o que ele dizia:

— Eu... eu te... amo muito... *figlio*... E você já é... um gran... um grande homem...

Daniel chorou baixinho por muito tempo no acostamento da Rodovia Transbrasiliana. Ele estava dilacerado. Durante todo esse tempo tentou curar seu pai; depois tentou ressuscitá-lo, inclusive com massagens cardíacas. Tudo em vão.

Mesmo Gusk, no Arquipélago, não cria o sopro da vida, lembrou.

Era irremediável, o seu pai se fora.

— Me perdoe, *babbo*...

Ele só se deu por si quando foi abordado pela Polícia Rodoviária e por paramédicos que desceram de uma ambulância. Alguém vira o terrível acidente e acionara a emergência.

— Levante-se, rapaz, venha — disse uma policial, de maneira carinhosa. — Deixe o paramédico atendê-lo.

O jovem, vestido de branco, tomou o pulso de Francesco, fez alguns testes e acenou com a cabeça negativamente.

Outro policial e outra paramédica estavam junto ao carro capotado, com as rodas para cima. Um SUV prateado. Ambos acenaram para seus colegas com o dedo polegar virado para baixo. O motorista do Usuhan tampouco havia sobrevivido.

Voltaram com um documento de identificação do condutor.

— O carro é alugado, e encontrei uma arma no porta-luvas. O nome do motorista é... Alexandre Augusto Sibipiruna.

Não, não é..., pensou Daniel. *O nome dele é Ian, e ele é um maldito assassino.*

Daniel, dolorosamente, caminhou até o carro prateado, virado com as quatro rodas para cima. Os paramédicos haviam tirado o condutor das ferragens e ele jazia na pista, ao lado ao veículo. Preparavam-se para removê-lo, e Daniel aproximou-se apenas para confirmar se ainda havia alguma vida naquele corpo, um dia habitado pelo infame ex-Assistente do Preceptor do Arquipélago. Ele não tinha dúvidas. Sabia que se tratava de Ian. Naquele átimo de segundo, ao disparar o comando para o carro, ele se apoderara da mente do omiidhian.

A contragosto, Daniel olhou para aquele rosto, desagradavelmente familiar. Estava agora machucado, inerte, sem vida.

Olá, Ian, seu assassino! Que belo fim de carreira para alguém tão ambicioso, não? Não bastou o que você fez com Hugo em Omiidhys? Foi Karl, seu novo chefe, quem te mandou vir atrás dos meus pais, para chegar até mim, não foi? Ele está por aqui? Não importa... EU vou encontrá-lo! E quanto a você... espero que arda em um inferno quente como o núcleo de um Sol! Nosso ou do Arquipélago, tanto faz...

— É incrível que esse sujeito tenha perdido o controle do carro neste trecho da estrada, novo e reto... Ele devia estar voando. Você o conhecia? — perguntou o policial, tomando notas.

— Não — respondeu Daniel. — Jamais o vi neste mundo.

A estrada fora fechada, e os corpos das duas vítimas fatais — atropelado e atropelador —, levados para o Instituto Médico Legal de Goiânia. Os carros impedidos de passar avolumavam-se, e curiosos começavam a se aglomerar com celulares nas mãos. Muitos filmavam. Logo, uma câmera de TV apareceu. Buscava imagens impactantes para tentar ganhar alguns pontos de audiência.

— Você está bem, rapaz? Quer que eu te leve até o hospital ou para algum outro lugar? — perguntou a policial, uma mulher jovem, forte e empática.

— Eu estou bem... Mas se vocês puderem me dar uma carona até nosso sítio... É aqui perto. Preciso avisar a minha mãe.

Três horas antes, no Ilha Verde, Ian estava irrequieto. Pensara em tirar o dia de folga para relaxar e dedicar-se às pesquisas na internet, seu hobby preferido desde que chegara à Terra. Programara-se para sair do motel no início da noite. Teria tempo, inclusive, para um sono mais prolongado pela manhã, um bom banho e um almoço no meio da tarde. Mas não conseguira dormir mais que trinta minutos.

E se eu fizer uma última tentativa de vigilância? E se eu der sorte e o terráqueo aparecer hoje? Seria tão mais simples que... torturar os velhos. E depois sacrificá-los.

Meia hora depois, decidiu-se e saiu com seu SUV.

Na Transbrasiliana, perto do sítio, avistou dois homens sem camisa caminhando no acostamento, do outro lado da rodovia.

Aqueles são... Daniel e seu pai?

Não estava seguro, era preciso certificar-se. Fez um retorno na estrada e voltou, passando novamente pelos dois descamisados, desta feita de perto, à sua direita. Observou-os com atenção. Viu-os pelas costas, de lado e, depois, pelo retrovisor. Estavam distraídos, e o veículo tinha uma película escura nos vidros. Ele não fora notado.

Sim, é o terráqueo, sem dúvida. Que sorte!

Então Ian acelerou o carro. Desapareceu mais uma vez no horizonte e buscou um segundo retorno à frente — voltaria à sua rota original, no sentido norte-sul, para Goiânia. E iria colhê-los de frente.

Uma pena, Daniel. Nunca mais nos veremos... Adeus!

48

Uma semana depois do assassinato de Francesco, Daniel e sua mãe aterrizavam na Espanha — com os passaportes de Jaime e de Doña Yolanda. Não havia tempo para burocracia: Dona Assumpta não poderia mais seguir vivendo no Brasil, e *ninguém* poderia saber onde estavam.

Daniel, agora, desejava ardentemente encontrar Karl — mas em seus termos, uma vez que sua *mamma* estivesse em segurança. Ele avisara os amigos em Madri sobre a terrível tragédia sucedida em Goiânia, logo depois de conversar com a mãe. Para a revolta, a consternação e a tristeza de todos.

A Conversa finalmente havia ocorrido. Infelizmente, não como havia sido planejada. Em meio às lagrimas de ambos, e com um nó na garganta, Daniel contara tudo à sua mãe. Pacientemente. Com as mãos entrelaçadas às dela. Por fim, encostara carinhosamente a própria cabeça na testa de Dona Assumpta, transferindo-lhe mentalmente suas lembranças e experiências dos últimos meses. Ele queria que ela visse... Ainda que não houvesse essa necessidade — Dona Assumpta, desde o início, acreditara em cada palavra dita pelo filho. Como sempre.

Apesar da evidente dor da perda, da viuvez (*que palavra cruel!*), ela se mostrara forte. Tão forte como uma muralha romana que resistia aos açoites de mil batalhas. Ela ainda tinha um filho para cuidar. A pequenina mulher vestira-se imediatamente de preto e ficaria assim por um longo tempo, respeitando o luto e as saudades do companheiro:

— Enterrar o marido parece ser a sina das mulheres sicilianas. Eu vou com você, para onde você for, *figlio*. Não tenho mais nada que me prenda aqui...

O sepultamento de Francesco havia sido rápido e triste. Daniel e sua mãe cuidaram das providências básicas, como quitar as dívidas de caderneta e contratar um caseiro para o sítio, oferecendo-lhe moradia e pagando-lhe antecipadamente por um ano de trabalho.

"É o genro de Dona Gertrudes, muito religioso... Gente boa e de confiança", explicara Assumpta.

As primeiras investigações apontavam que o atropelamento havia sido acidental, talvez um mal súbito do condutor, mas ainda buscavam a real identidade do motorista e a origem do revólver Taurus, calibre 38, com cano raspado. Já haviam descoberto que o tal Alexandre Augusto Sibipiruna não poderia ter morrido duas vezes. Nem comprado o celular pré-pago que eles encontraram. Haviam conseguido desbloqueá-lo, mas nada de interessante fora encontrado, apenas um par de mensagens de áudio com estática somente. Imprestáveis. Tratava-se evidentemente de um bandido ou um fugitivo, ainda não identificado. As pesquisas de suas impressões digitais e dos registros fotográficos brasileiros não deram em nada. Ele simplesmente não existia.

Não necessitariam de novos depoimentos do filho ou da viúva.

Mensagens de áudio com estática somente..., pensara Daniel. *Posso imaginar quem as enviou.*

A notícia do "acidente" aparecera em alguns jornais e canais de TV locais, e em uns poucos vídeos na internet. As imagens chocantes do filho desolado na Transbrasiliana, as fotos de seu pai, morto na estrada, e as do misterioso motorista que conduzia o veículo sob falsa identidade, também falecido, estavam disponíveis na rede. Mas não viralizaram. Estavam lá apenas para quem tivesse interesse em vê-las.

Como Karl Meier, por exemplo.

Esse Ian é um idiota, pensou Karl Meier, na imponente sede envidraçada da KMCom no Rio de Janeiro, de frente para a Lagoa Rodrigo de Freitas. *Ou melhor, era um idiota. Uma missão tão simples... E ele chegou a sonhar em ser o Preceptor do Arquipélago... Humpf! É melhor eu desparecer por uns tempos, tirar umas férias. Pelo menos, ficarei com os diamantes dele... E com o seu Etherii!*

Juntou alguns papéis em uma pasta executiva e chamou uma de suas duas secretárias.

— Annemarie, eu vou viajar por uns tempos e ficarei inacessível por telefone. Também não posso revelar onde estarei. Mas terei acesso, esporadicamente, aos meus e-mails e ligarei duas vezes por semana para pegar os recados mais urgentes. Direcione os assuntos rotineiros para o Fonseca. E chame o motorista, eu estou descendo. Vou passar no meu apartamento para fazer a mala. É só, pode se retirar!

A mulher, bonita e impecavelmente vestida, assentiu em silêncio e deu três passos para trás antes de lhe virar as costas, como se estivesse diante da realeza. Aquele homem a deixava em pânico.

Karl se dirigiu apressadamente para o elevador. Não vira Lara nas imagens do acidente. Daniel devia ter voltado sozinho do Arquipélago. *Eu nunca mais a verei*, pensou; e o pensamento o incomodou.

Foi você, não foi? Foi você, garoto, quem matou Ian? Esse negócio de "mal súbito" não me convence. Talvez eu tenha te subestimado em um primeiro momento. Ficarei mais atento agora. Bem, saiba que Ian era um mentalizador medíocre, um barnabé cujas maiores competências eram o seu puxa-saquismo sem limites, sua ambição idem e sua vocação para trair. Você deve estar com ódio de mim, não é mesmo? Melhor seria sentir medo! EU minerei diizormorfio *com as minhas mãos, menino. Você nunca enfrentou um verdadeiro mestre do Etherii...*

No Aeroporto de Barajas, em Madri, Daniel e Assumpta foram acolhidos por abraços pesarosos e solidários de Jaime e Adriana.

Lara, sem saber muito bem como agir, ficara de lado. Daniel tomou a iniciativa e a abraçou. Depois virou-se para a mãe.

— *Mamma*, esta é Lara, meu *amor do outro mundo*, de quem eu lhe falei. Ela deixou a família, seu filho, Arthur, no Arquipélago... para me acompanhar.

Dona Assumpta aproximou-se da nariihwian e a abraçou ternamente. Seus olhos pequeninos estavam marejados.

— Eu imagino como deve ter sido difícil para você, querida... Mães são mães em qualquer lugar do Universo. *Grazie* por amar tanto o meu filho. E cuidar dele... Meu Deus, você é, mesmo, *muito* linda!

Lara sorriu tristemente, meio sem jeito.

— Obrigada, senhora... acho que foi ele, até agora, quem cuidou de mim. Ele salvou a minha vida! Eu sinto muito... pela sua perda.

— Eu também, minha filha... Posso lhe chamar de filha, não?

— Claro que sim! Eu vou adorar... Uma mãe em cada galáxia! — respondeu Lara, abrindo ainda mais o sorriso.

Todos riram um pouco, juntos. Um riso tímido, melancólico, mas que lembrava que a vida precisava triunfar sobre a morte. Era preciso seguir em frente e olhar o futuro. *Mas sem esquecer o passado.*

— Vamos indo? — perguntou Daniel. — Precisamos planejar nossos próximos passos... Vocês vieram de carro? Será que cabemos todos juntos?

— Vocês só trouxeram essas malas? Dá e sobra. O porta-malas é grande — respondeu Jaime. — Vamos, Dona Assumpta, vocês devem estar cansados... Nossa casa fica a vinte minutos daqui. Acho que a senhora vai gostar do seu quarto. Tem uma vista linda e arborizada.

— Para mim, Jaime, a parte mais importante da casa é a cozinha — disse Assumpta. — O Daniel me contou que Doña Yolanda está com seu pai em Barcelona. Estimo as melhoras de Don Miguel! Por favor, deixem-me cuidar de vocês... Assim eu ocupo a cabeça e não penso tanto no meu Francesco.

Na mansão dos Arroyo Sanchez, Dona Assumpta finalmente se recolhera para descansar, após muita insistência de seu filho natural e dos outros três, "adotados".

Os quatro estavam agora na sala de estar e conversavam livremente. Daniel voltara a chorar copiosamente ao relembrar os acontecimentos de Goiânia. Depois, mais calmo, pedira para não falarem mais sobre seu pai. Preferia falar sobre o futuro: era imprescindível que livrassem a Terra de Karl — de um jeito ou de outro! Inclusive para que a morte de Seu Francesco não tivesse ocorrido em vão.

Em respeito à dor do "namorado-marido" (*namorido*), Lara guardou para si suas reflexões: *Melhor que seja do jeito certo, amor... Vivo! Entregue às autoridades do Arquipélago, para ser julgado pelos seus crimes. Como deseja Gusk, o nosso Preceptor.*

— Eu estou com Daniel! — exclamou Adriana impulsivamente. Esse cara não pode continuar espalhando o mal neste planeta, que nem mesmo é o dele... Maldito alienígena!

— Adriana...! — repreendeu-a Jaime de imediato.

— Me desculpe... Lara. Não me referia a você, naturalmente — disse Adriana, ruborizando. — Falei sem pensar.

— Está tudo bem. Eu também me sinto revoltada, mesmo não sendo da Terra — condescendeu a nariihwian. Entretanto não conseguiu evitar o pensamento provocativo:

Mas a "minha sogra" me adorou... e me chama de filha. Ela te chamava de filha? Pelo que "li", acho que não...

O grupo ficou em silêncio por uns instantes, então Daniel mudou de assunto.

— Alguma notícia do Tio Rafa, sobre a venda do diamante? Seja lá o que formos fazer, vamos precisar de recursos.

Lara sorriu, triunfante.

— Na verdade, sim, amor. O Tio Rafa tem sido *um fofo* comigo e já achou um comprador para a nossa pedra, um colecionador. Bilionário e discreto. Depende de nós aceitarmos o preço. O tal ricaço oferece vinte milhões de dólares pelo diamante, apenas 40% do que poderíamos conseguir se tivéssemos mais tempo. Mas o dinheiro seria integralmente depositado na conta da empresa que o Tio Rafa está abrindo para nós. Sem perguntas, nem encargos.

— Menos os 30% de comissão do Tio Rafa, certo? — perguntou Daniel. — Seriam catorze milhões de dólares líquidos. Menos, claro, o adiantamento que ele nos fez...

— Sim, e menos também as custas de abertura da empresa. Mas isso não é caro. Será uma empresa no Panamá. Ele acha mais seguro. Em uma semana teríamos tudo pronto: a empresa, o dinheiro e os cartões. Para crédito, débito ou saque.

— Então, por mim, eu topo — disse Daniel. — E vocês?

— Nós três já achávamos que deveríamos aceitar a proposta — disse Lara. — Esperávamos apenas por sua decisão. Afinal, o diamante é seu. Gusk o deu para você.

— Não, Lara. O dinheiro que vier da venda desse diamante será usado para nos livrarmos de Karl. Esse foi um presente de Gusk para a Terra... Agora que minha mãe está segura, eu preciso voltar para o Brasil. Ir atrás dele!

Estavam todos sentados, mas foi Jaime quem se levantou de supetão.

— Ir pro Rio? Você está louco, amigão? Sua cara está na internet, o acidente foi mostrado na TV. Ele sabe que você voltou. E que, depois do que Ian fez, você deve querer vingança. Aquele maníaco está te esperando no apartamento da Barra, bem acima do seu...

Lara balançou a cabeça, concordando com o raciocínio.

— Jaime está certo, Daniel. Você sabe que estarei do seu lado, qualquer que seja a sua decisão. Inclusive se quiser voltar mesmo para o Brasil. Mas acho que precisaríamos surpreendê-lo, tirá-lo de sua zona de conforto. Talvez atraí-lo até aqui... Ele ainda não sabe que eu também voltei do Arquipélago. Você poderia me usar como isca...

— Não vou fazer isso, Lara — disse Daniel. — É perigoso demais, e prefiro que ele continue sem saber se você está aqui ou no Arquipélago. Assim podemos surpreendê-lo juntos. Mas pode, sim, ser uma boa ideia atraí-lo até Madri... Aqui, estamos em superioridade numérica. Claro, se vocês dois, Jaime e Adriana, estiverem dispostos a...

— Nós estamos mais do que dispostos — atropelou Adriana, falando também por Jaime. — Vamos chutar a bunda gorda desse alienígena filho da mãe! Ops... desculpe, Lara! De novo.

Adriana falara em tom de brincadeira, e dessa vez todos riram, inclusive a nariihwian. Mas, logo em seguida, Daniel acrescentou:

— Então vamos desenvolver um plano, e caprichem, vocês dois, no treinamento com o Etherii... O jiu-jítsu de Jaime pode ajudar, mas vocês não têm ideia do que um conceptor é capaz de fazer. Mesmo na Terra. E, segundo me disseram, Karl é um dos mais poderosos do Universo. Bem, seguramente o mais poderoso deste sistema solar!

Nas duas semanas seguintes, os treinamentos com Adriana e Jaime seguiram intensos no galpão de Majadahonda. Daniel se incorporara como uma espécie de orientador adjunto. Assistia Lara na tentativa de desenvolver as habilidades dos amigos, mas faltava-lhe experiência. Nunca tivera alunos na disciplina Interação com o Etherii. Para ele, tudo era natural, intuitivo. Difícil de explicar. Ele simplesmente... fazia acontecer. Lara se mostrava mais paciente e efetiva. Afinal, ela *era* do Arquipélago, estudara muito para aprender e criara um filho por lá.

Como ensinar as pessoas a terem... intuição? É mais fácil ensinar-lhes Matemática e Lógica, pensava Daniel.

Adriana demonstrava algum progresso, com pequenas manifestações de ilusão e telepatia. Já os poderes ativos de Jaime eram bem mais modestos, com uma capacidade de sugestão praticamente nula. Lara, contudo, havia feito uma descoberta interessante: a mente de Jaime era altamente suscetível aos entrelaçamentos passivos. Nessa área, ele era extremamente responsivo à influência do Etherii. E mais: ela, Lara, conseguia entrelaçar-se com Jaime, controlar sua mente, de uma forma que o próprio Daniel não lograva fazer (ainda que o entrelaçamento entre eles não fosse ruim). Já Adriana obtinha melhores resultados conectando-se com Daniel, e não com a nariihwian.

É claro! Quem, além de ninguém, se surpreende com isso?, pensara Lara, algo incomodada.

Quanto a poderes de telecinese ou de levitação... *zero*.

Vai lhes custar décadas tornar-se — quem sabe? — mentalizadores. Para se transformarem em instrumentalizadores, como Daniel, séculos...

Sem garantias. Mas eles não têm todo esse tempo, nem nós. E receio que tampouco a Terra, não como hoje ela é conhecida...

Ao contrário de Adriana, entusiasmada com seu treinamento, Jaime mostrava-se frustrado com sua falta de progressos práticos. Ele queria preparar-se para a luta; sabia que, em algum momento, teria de se defender. Ou atacar! Não deixaria Daniel sozinho, e Karl precisaria ser enfrentado. Ele não estava pronto para isso.

Tentando compensar sua pouca interação com o Etherii, Jaime mergulhara em seu notebook, buscando informações sobre Karl Meier na internet. Nisso ele era bom; assim como nos esportes! Redobrara os treinamentos físicos: fazia musculação e aeróbica nos equipamentos de ginástica da casa e praticava boxe e jiu-jítsu em uma academia de artes marciais, em Pozuelo, de dois faixas-pretas brasileiros. Queria manter-se em forma (engordara desde a chegada de Dona Assumpta), ficar ainda mais forte. E Daniel não era o melhor parceiro para treinos pesados.

Seria legal treinarmos juntos, mas meu amigo não nasceu para confrontos físicos. Sua arma é o seu QI... com uma gotinha de Etherii.

A operação de venda do diamante e a abertura de uma empresa de fachada, para a movimentação dos recursos advindos da transação, haviam sido concluídas. A empresa Jadala Investments (a contração das primeiras letras de: Jaime, Adriana, Daniel e Lara), com sede na fascinante e discreta Cidade do Panamá, nascera com um capital aproximado de catorze milhões de dólares. Em caixa. À disposição do quarteto para financiar sua cruzada contra Karl.

— O Tio Rafa fez um ótimo trabalho — disse Lara —, considerando o prazo. Também, com os contatos que ele deve ter...

Daniel e Adriana concordaram. Jaime permaneceu circunspecto. Em sua cabeça, um plano começava a se desenhar.

Naquelas duas semanas eles haviam tentado descobrir o paradeiro de Karl. Sem sucesso. Através de uma chamada VoIP (*Voice over Internet Protocol*), usando uma VPN (*Virtual Private Network*), sem possibilidade de rastreamento, Adriana ligara para a KMCom e se identificara como uma jornalista de negócios que gostaria de entrevistar o Sr. Karl Meier. "Ele está no exterior, sem previsão de retorno", fora a informação recebida. "Mas se a senhora me passar seus dados de contato..." A ligação caíra. A internet tinha dessas coisas.

Depois Daniel, usando o mesmo sistema VoIP, ligara para Edmundo, o simpático porteiro do condomínio da Barra da Tijuca.

— Daniel! Caraca, tu não morre tão cedo...

Essa é a ideia. Já meu pobre pai, meu babbo...

— Ainda hoje de manhã, eu falei de você com o Miltinho, da manutenção. Você não volta mais pra cá, não? Decidiu entregar o apartamento? Tem um monte de contas aqui te esperando... O síndico estava te procurando, e daqui a pouco cortam a luz.

As contas, é verdade! Tinha me esquecido delas. Mas isso não é uma prioridade agora. Por favor, senhores credores, entrem na fila...

— Estou em Foz do Iguaçu, de férias — mentira Daniel, descaradamente. — Aproveitando e fazendo umas comprinhas no Paraguai. O meu vizinho chato, aquele da cobertura... parou de me procurar?

— O figurão antipático? Parou. Ele não está por aqui, não. Disse que ia viajar pro exterior, faz umas duas semanas. E não voltou ainda. O carrão dele continua na garagem.

A informação coincidia com a do escritório da KMCom. Pelo menos oficialmente, Karl Meier não estava no Brasil.

Para disfarçar, Daniel também perguntara de Lara.

— E a mulher dele, aquela... loira?

— Ih, essa então sumiu de vez! Vai ver, ele foi atrás dela... Me fala, rapaz, o que uma mulher daquela, de cinema, viu num cara desse? Só pode ser dinheiro, né?

Edmundo, aos poucos, ia se soltando. Ele gostava de Daniel e, claramente, ignorava o "acidente" de Goiânia. Um mero atropelamento regional não tinha grande espaço na mídia nacional. A concorrência entre as más notícias era acirrada.

Daniel permitira-se rir um pouco (e a nariihwian também). *Lara atraída pelo dinheiro de Karl... Seria uma explicação tão mais simples...*

— É, deve ser isso — respondera ele, emendando em seguida:

— Edmundo, você me faz um favor? Tranquilize o síndico e vai separando as contas pra mim. Se quiserem cortar a luz, não se preocupe; deixe que cortem. Depois a gente religa. Ainda fico um tempo por aqui, entre Foz de Iguaçu e Ciudad del Este. Quando voltar, eu acerto tudo. Com o condomínio, com a companhia de energia, gás, com todo mundo. Inclusive as multas.

— Você é quem manda.

— E escolhe aí um presente... Te levo quando voltar. Vai...

— Ueba! Tá falando sério? Então me traz um rádio portátil com TV digital? Pra eu acompanhar os jogos do meu Mengo campeão.

Os donos da recém-criada Jadala Investments estavam reunidos na casa dos Arroyo Sanchez em Aravaca, e chovia fino em toda a Madri. Haviam acabado de jantar — tarde, como era costume dos madrilenhos —, e Dona Assumpta já se recolhera. "*Buona notte...* meus filhos!"

Jaime permanecia reflexivo. Então suspirou e decidiu falar:

— Eu estive pensando... Talvez o meu tio Rafa pudesse ainda nos dar uma última ajuda. Ele foi bem em sua primeira missão e esteve tão sintonizado com Lara...

Adriana, Daniel e Lara olharam para Jaime, intrigados. Tudo isso era absolutamente verdadeiro.

— Como? — perguntou Daniel. — Como o Tio Rafa poderia voltar a nos ajudar?

— Eu estava em dúvida se deveríamos usá-lo de novo — disse Jaime. — Mas, diante da situação, acho que pode ser a solução perfeita para atrair Karl até Madri, sem que ele suspeite. Vejam... meu tio tem muitos clientes. Não apenas narcotraficantes interessados em lavar dinheiro, empresários sem escrúpulos ou ricaços que se escondem nas sombras. Alguns de seus clientes são bem sérios e conhecidos. Mas, entre os *não-tão-sérios*, ele também atende políticos que precisam de *chanchuios*, de um *caixa 2* para financiar suas campanhas. Para o seu...

— Para o seu *marketing político*! A *menina dos olhos* de Karl e da KMCom — completou Daniel, repentinamente empolgado.

O quarteto fechou-se em torno da ideia. Debruçaram-se sobre o plano, e toda a madrugada acabou sendo dedicada ao seu desenvolvimento:

1   Lara convidaria o Tio Rafa para uma nova visita a Madri. Ele iria, sem dúvida. Acabara de receber seis milhões de dólares em sua conta bancária e ainda estava fascinado pela linda mulher que o contratara.

2   Daniel, dessa vez, estaria presente. O *apoderamento* da mente do Tio Rafa deveria ser perfeito. Certas lembranças e nomes precisariam *sumir* (e outras lembranças, *criadas*). Um roteiro bem ensaiado.

3   Dr. Rafael Sanchez, advogado da LuxLawLux Sanchez, de Luxemburgo, ligaria para a KMCom e pediria uma reunião — uma primeira consulta — com o Sr. Karl Meier, em Madri. Quando possível. Sobre marketing político, uma prospecção e uma possível campanha eleitoral.

4   O cliente do Dr. Rafael, um mundialmente conhecido bilionário asiático, não queria se expor, antes de saber se suas pretensões políticas tinham chances de êxito. Preferia manter-se incógnito no momento, mas participaria da reunião, se confirmada. Se possível, num domingo.

5   Pela primeira consulta e pelo inconveniente do deslocamento do Sr. Karl Meier até Madri, o cliente do Dr. Rafael Sanchez havia autorizado a LuxLawLux a fazer um pagamento antecipado à KMCom no valor de um milhão de dólares, assim que confirmada a referida reunião.

6   Por último, a reunião não era urgente e poderia ser encaixada em uma próxima viagem do Sr. Karl Meier à Europa. Caso não houvesse nenhuma viagem planejada, o cliente do Dr. Rafael poderia enviar um jato executivo transcontinental para apanhá-lo no Brasil.

O plano era exequível e suficientemente apetitoso para atrair a atenção de Karl. Lara o conhecia bem: ele gostava de poderosos.

— Ganhar influência política também na Ásia? E conectar-se com mais um bilionário, mundialmente famoso? Ele virá!

— Vamos torcer para que seja logo — disse Daniel. — Agora eu *quero*, eu *preciso* me encontrar com Karl! Você liga para o Tio Rafa amanhã cedo, Lara? Por favor? Vamos acelerar as coisas!

Dois dias depois, Lara e Daniel encontravam-se com o Tio Rafa no Gran Meliá. E *instruíam-lhe* mentalmente sobre o que fazer e o que falar. Palavra por palavra. O nome "Lara" desaparecia de sua vida, e surgia o codinome "Bela", alguém que ele nunca encontrara antes.

Uma semana depois, Karl Meier, avisado pela KMCom sobre o inusitado convite, fez uma rápida pesquisa sobre a LuxLawLux Sanchez, de Luxemburgo.

Humm, que escritório sedutor... E de Luxemburgo! Alguns de seus clientes poderiam ser membros da Mens Altior, uma oportunidade de network com gente que realmente interessa... à MINHA causa.

Dez dias depois, Karl retornava o recado do Dr. Rafael Sanchez.

— Alô, Dr. Rafael Sanchez? Aqui é Karl Meier falando. Sim, da KMCom... Eu recebi o seu recado... Estou na França no momento e tenho outros compromissos rápidos na Europa, mas eu poderia me reunir com vocês em Madri no próximo dia 23, domingo, pela manhã. Se estiver okay para você e o seu cliente. Hum-hum... ótimo. Minha secretária vai coordenar os detalhes com a sua e lhes enviar os dados de nossa conta bancária para o depósito antecipado. Sim, claro... Será um prazer! Não, não precisarei de transporte. Usarei meu próprio avião.

Um milhão de dólares pela oportunidade de me encontrar pessoalmente com Karl, pensou Daniel. *Com o verdadeiro assassino de meu babbo... Mas valerá cada centavo!*

Lara, ao seu lado, não tinha tanta certeza.

50

Karl apanhara seu novíssimo jato executivo, um reluzente Clarke X-Reacher, em Biarritz, no sudoeste da França. Embora a tecnologia disponível na Terra não o impressionasse (ele era um ilhéu; ainda que muitos esnobes das ilhas-sob-o-Etherii frequentemente se esquecessem de que Vordhiin também fazia parte do Arquipélago), esse jato bimotor, de alcance intercontinental, o agradara bastante.

Confortável e rápido — velocidade máxima de 1.100 quilômetros por hora — e com uma autonomia de voo de 10.200 quilômetros. Voos diretos, sem escalas, para a Europa e para os Estados Unidos. Vai me ajudar muitíssimo. Nada mau para um ex-minerador de diizormorfio...

Karl contratara dois experientes pilotos que o levariam para qualquer lugar do mundo, a qualquer momento. A peso de ouro: com um contrato de dois anos que lhes garantiria uma aposentadoria precoce. Era o momento de estreá-los — o avião e seus pilotos.

Agora, após um voo tranquilo com menos de duas horas de duração, o novo X-Reacher da KMCom acabava de pousar no Algarve, Portugal, e desfilava seu perfil prateado, com vinte e seis metros de comprimento, na pista do Aeroporto Internacional de Faro.

Hora de reencontrar meu velho amigo Lorenzo. Não podendo lhe dar boas notícias, é melhor não dar notícia nenhuma...

Karl fora liberado por um dos homens armados que faziam a segurança da casa — gente da Mens Altior — e aguardava na varanda, sob os três ventiladores de teto. Suas pás de palha giravam lentamente e estavam quase parando. Talvez apenas o vento as movesse.

Um homem velho e pálido se aproximou, apoiando-se sobre um andador. Caminhava encurvado, com extrema dificuldade, e parecia muito doente.

— Karl Meier! Que honra recebê-lo aqui em casa... Você parece ótimo! Mais jovem ainda do que na última vez que nos vimos — disse ele, com uma voz frágil e cansada.

Karl forçou um sorriso.

— Lorenzo Cordero Martell! Você também não parece tão mal quanto diz.

O velho não se deu ao trabalho de tentar acreditar.

— Você é talentoso, Karl... Mas sempre foi um grande mentiroso. Eu lhe garanto, meu amigo: meus dias estão acabando... De todo modo, será bom tê-lo em casa por um tempo. Temos vários assuntos a discutir. Você passará também o final de semana aqui?

— Até sábado. Assim, descanso um pouco. Mas eu voo para Madri no domingo, bem cedo. Para uma reunião de negócios. Potencialmente interessante também para a Mens Altior.

Uma formosa jovem de cabelos pretos e ondulados, aparentando pouco mais de vinte anos, aproximou-se deles em silêncio. Trajava um vestido florido e curto e segurava uma bandeja com duas taças de vinho branco.

— Excelente! A Maria vai cuidar da gente, não é, Maria? Você gosta de polvo à lagareiro? — perguntou Lorenzo.

— Não estou seguro de já ter provado — respondeu Karl. — Mas tenho certeza que vou gostar.

À noite, durante o jantar — um elogiado polvo, servido com bastante azeite e acompanhado de batatas ao murro —, Lorenzo inclinou o corpo cambaleante para a frente e perguntou a Karl:

— E aquele jovem que você queria me apresentar, para a Mens Altior? Que eu iria adorar... depois de fazer um servicinho pra você no Brasil? Eu fiquei curioso.

Karl piscou rapidamente os olhos, enquanto tomava um gole do vinho tinto servido, um macio de Portimão.

— Humm... excelente vinho! Aveludado, encorpado... um aroma frutado muito agradável... — disse Karl, oscilando a taça. Sem pressa.

Lorenzo Martell o observava, com os olhos embaçados. Aguardava pacientemente pela resposta. Karl, por fim, continuou:

— Ah... *aquele* jovem... Esqueça! Foi um erro meu de avaliação. Revelou uma desapontadora incompetência, e o risquei de minha vida.

Riscou-o de sua vida, literalmente, *Karl?*, pensou o velho. *Ou de qualquer vida?*

A doença de Lorenzo, acrescida à sua avançada idade, tornara-o fraco para a bebida. O vinho o derrubara e, no final do jantar, antes que eles pudessem desfrutar a sobremesa, o velho Grão-Mestre já estava lutando contra um sono incontrolável em sua cadeira de espaldar alto. Tentava manter os olhos abertos e enrolava a língua ao falar.

— Bem, Karl, acho melhor eu me recolher... Amanhã conversamos. Chega esta hora... Ó Maria! — chamou ele, subindo o tom de voz sem conseguir propriamente dar um grito.

A jovem que os servira aproximou-se novamente, e Karl notou a semelhança de seus traços com um dos homens que guardava a casa. *Deve ser filha do "soldado"*, pensou. *Bonitinha... Não, melhor não!*

— Maria, me leve para o quarto, *sí*? — pediu Lorenzo. Depois de tantos anos em Portugal, ainda carregava algum sotaque e misturava o português e o espanhol — Boa noite, Karl!

A moça o ajudou a levantar-se e lhe passou o andador. Depois, acompanhou-o até seu quarto e o acomodou na cama. Cobriu-lhe apenas as pernas com um lençol; ele não precisaria de cobertores. Voltou em seguida, pediu licença ao convidado e retirou-se, deixando-o só.

Karl esvaziou sua última taça de vinho e provou a sobremesa: pastéis de Belém, feitos com massa folhada e nata. Fantásticos! Em seguida, levantou-se e caminhou, silenciosamente, até o quarto onde dormia o Grão-Mestre europeu.

Lorenzo, Lorenzo..., pensou ele. O velho ressonava alto. *Será que eu consigo ajudá-lo?* Karl tinha uma gota de Etherii aplicada à nuca, mas estava na Terra, e o clima espacial registrava uma horrorosa calmaria.

"Células defeituosas", cessem sua multiplicação desordenada!

Próximo à cama, ele posicionou ambas as mãos sobre o corpo enfermo, como se usasse uma técnica Reiki, sem tocá-lo. Concentrou-se profundamente por longos minutos e, por fim, desistiu.

Sinto muito, meu velho... Receio que isso esteja além do ponto de remissão. E não vou lhe dar outra má notícia: nós tínhamos o substituto perfeito para você. Melhor que o Milton Sorto! Não temos mais...

Os dias transcorreram tranquilos na Praia de Faro, com muito sol e alguns banhos de mar. Karl e Lorenzo conversavam e trocavam reminiscências. Também discutiam o futuro da Mens Altior.

— Por que você mesmo não assume o meu lugar como Grão-Mestre, aqui na Europa... quando eu me for? — perguntou Lorenzo.

— Não é a minha cara, Lorenzo — respondeu Karl. — Não neste momento. Acho que posso ajudar mais a fraternidade trabalhando dos bastidores. Como um homem de marketing, colocando as ideias e as pessoas certas nos lugares certos. Um dia... talvez. Então precisarei de *todo* apoio. Mas você ainda ficará com a gente por muito tempo!

Dessa vez, Lorenzo esforçou-se mais para acreditar.

— De fato, estou me sentindo melhor de uns dias para cá. Desde que você chegou. Hoje à tarde farei uma tomografia de corpo inteiro, um PET Scan. Vamos ver o que o médico nos diz...

— Me avise quando tiver novidades, amigo — disse Karl.

Os dois mantiveram-se em silêncio, contemplando a rebentação das ondas, até seus pensamentos serem interrompidos pelo toque do telefone. Maria atendeu a chamada e, sem seguida, dirigiu-se a eles.

— É o comodoro Agustín, em seu telemóvel. Está a ligar da Argentina. Disse que tinha marcado uma conferência com os senhores daqui a uma hora e queria saber se era possível antecipá-la. Para agora mesmo. Problemas políticos estão a mudar a sua agenda...

Lorenzo e Karl se entreolharam. Depois assentiram:

— Já vamos atendê-lo!

— "Problemas políticos"... — repetiu Karl.

— Serão cada vez mais frequentes, com certeza — disse Lorenzo. — Se Agustín for eleito, precisaremos de um novo Grão-Mestre para a Mens Altior, também na América do Sul.

Na manhã de domingo, dia 23, Karl Meier despediu-se de Lorenzo Martell e foi para o aeroporto de Faro. Seu novíssimo X-Reacher o aguardava, abastecido e pronto para decolar, rumo a Madri.

— Cuide-se! — dissera Karl ao amigo. — Me avise, assim que souber dos resultados.

Lorenzo anuiu e, então, falou:

— Você ainda é jovem, mas... sabe o que mais incomoda na velhice? Mais que as dores? Mais que a própria finitude?

Karl fez que não, com a cabeça.

— *A solidão*, enquanto você aguarda o fim... O vazio que se sente diante da inevitável descontinuidade. Arrume *outra* mulher (uma que não o traia), tenha um filho com ela e mantenha-os perto de você. Ou se arrependerá como eu. Acredite-me!

Eu já tive um filho, com Lara! E não preciso de outra *mulher; preciso é acertar as minhas contas com essa...*, pensou Karl, em seu jato privado. Ele era o único passageiro a bordo, e a luxuosíssima cabine estendida do X-Reacher parecia ainda maior (ele dispensara a contratação de um terceiro tripulante, um comissário ou uma comissária de bordo, apenas para servi-lo).

Arthur deve estar em Miithera com a mãe... Um dia, eu voltarei para buscá-lo. Depois de me transformar no Preceptor deste sistema solar! Depois de inundá-lo de Etherii... Uma coisa de cada vez.

O comandante do avião avisou pelo rádio interno:

— Sr. Karl, recebemos autorização da torre de controle. Somos os próximos da fila e estamos iniciando os procedimentos para a decolagem. Por favor, afivele seu cinto de segurança. O tempo está firme, o céu claro e sem nuvens. A previsão é de um voo tranquilo e sem turbulências. Nossa chegada ao Aeroporto de Madrid-Barajas está prevista para as 8h40.

Karl apertou o cinto e recostou-se na poltrona de couro branco, com o logotipo em relevo da KMCom. As telas multimídia à sua frente continuavam ligadas, passando as notícias mais recentes de uma estação local de TV. Ele fechou os olhos para relaxar.

Preciso "mudar o chip", concentrar-me na reunião de Madri. Talvez consiga fazer mais um presidente... E trazê-lo para a Mens Altior. Para a fraternidade, a minha fraternidade!

O avião taxiava e se dirigia para uma pista secundária, faria uma decolagem mais curta.

Quando voltar ao Brasil, encontrarei Daniel, "o instrumentalizadorzinho terráqueo", humpf. No Rio, em Goiânia, onde ele estiver. Usarei a Mens Altior, o deputado Sarmento, o que for necessário. E o esmagarei como uma formiga! Ele não pode estar longe. Necessito tirar esse problema da frente e me concentrar na fabricação do Etherii.

Nas telas multimídia, o noticiário exibia outra reportagem sobre a iminente inversão dos polos magnéticos da Terra e a perspectiva de uma maior ionização da atmosfera. Mas o jato ganhava velocidade na pista, e as telas se apagaram automaticamente.

Não tem problema. Eu já sei disso!

Em Madri, os últimos dias haviam sido frenéticos para *"La Resistencia"*, nome sugerido por Adriana para batizar o quarteto, e prontamente aceito pelos outros três. Uma vez confirmada a reunião com Karl Meier, diversas providências precisavam ser tomadas: a definição do local onde se encontrariam, como neutralizar e imobilizar o vordhiinian, onde mantê-lo e como enviá-lo de volta ao Arquipélago — de preferência, vivo, como desejava Gusk.

"Violência extrema, só em uma situação extrema", combinaram. E, nesse caso, o assunto ficaria a cargo de Jaime e do seu poderoso jiu-jítsu: um mata-leão ou um triângulo de pernas que o desacordasse... Ou algo menos técnico como, por exemplo, seu taco de beisebol.

Tentariam antes meios mais sutis: iriam dopá-lo, limpar sua nuca com álcool isopropílico ("ele sempre aplica o seu... 'perfume' na nuca" — informara Lara) e amarrá-lo. Daniel fizera testes, e o álcool isopropílico era bastante eficiente em diminuir os efeitos do Etherii. Depois o levariam para o galpão de Majadahonda, lhe dariam um banho completo e o manteriam trancado, acorrentado e isolado na sala-cofre. Até que não houvesse nele qualquer resquício de Etherii. Por fim, aguardariam as condições atmosféricas ideais — uma forte tempestade solar — para enviá-lo, desacordado, de volta ao Arquipélago. A banheira já fora providenciada, e Lara o acompanharia para guiar a viagem.

Uma mistura de sentimentos os invadia: ansiedade, medo, excitação. Para Daniel, também o desejo de vingança (uma prisão perpétua no Complexo Prisional de Vordhiin *seria* uma excelente vingança!). Mas, acima de tudo, compartilhavam um sentimento de urgência: era preciso livrar a Terra daquele monstro o quanto antes.

Através do Tio Rafa, alugaram, por um dia, um escritório de seiscentos metros quadrados no último andar da torre leste do Edifício Hoyo-Huarte (conhecido, informalmente, como *"La Hache"*), uma construção pós-modernista com duas torres envidraçadas, interligadas ao meio por uma gigantesca ponte espelhada. O resultado, no formato de uma colossal letra H a céu aberto, destacava-se de forma espetacular no horizonte madrilenho. No Complexo de Azca, no centro econômico e financeiro da cidade.

A reunião seria num domingo, e o edifício estaria relativamente vazio. Assim sendo, o heliponto da torre leste, imediatamente acima do escritório, também fora reservado, com exclusividade por toda a manhã, para facilitar o transporte dos participantes da reunião. Karl não se impressionava com luxo, mas era adepto da praticidade; ele apreciara a comodidade e tomaria um helicóptero no aeroporto de Barajas.

Às oito horas da manhã de domingo, Daniel, "Lara-Bela", Adriana e Jaime (equipado com três poderosas drogas depressoras do sistema nervoso central, cordas, algemas, álcool isopropílico e um taco de beisebol) já estavam no escritório alugado. Rafael Sanchez também estava lá. Bastante mesmerizado, é verdade, mas estava.

La Resistencia repassava o plano, ponto a ponto. O que incluía revisar, reforçar e bloquear a mente do Tio Rafa, contra eventuais ataques de Karl. O vordhiinian, certamente, tentaria sondar a mente do advogado, "representante de um misterioso bilionário asiático", assim que ele se apresentasse. Karl não gostava de surpresas.

Daniel assumira a mente do Tio Rafa. Mais que apenas entrelaçada, a mente do tio de Jaime fora apoderada. Karl seria recebido pelo corpo de Rafa Sanchez, mas estaria, de fato, *"conversando"* com Daniel. Já Adriana, que também falaria com Karl, estava apenas parcialmente entrelaçada com Lara. (*Fazer o quê, né, querida? Sei que eu não era a sua primeira opção...*) O suficiente para ser monitorada a distância.

Eles estavam prontos.

Às nove, ouviram ao longe o barulho das pás de um helicóptero se acercando da torre leste. O momento se aproximava.

Os quatro se abraçaram formando um círculo, como fazem os jogadores de um time de basquete antes de uma final. Ao lado deles, o Tio Rafa tinha o olhar vidrado. Estava em *stand-by*, em modo de espera.

As últimas palavras motivacionais:

— Todos sabemos o que fazer! — exclamou Daniel. — Hoje, libertaremos a Terra desse monstro! Pela memória de Nicolas, pela memória de *Seu Francesco*, meu *babbo*... A seus postos! Vamos!

— Vamos! — repetiram todos.

Adriana foi para a recepção (não seria reconhecida, Karl nem olhara para ela na festa da Barra da Tijuca; de todo modo, usava uma peruca loira e era outra pessoa), e o Tio Rafael dirigiu-se para o heliponto para receber o dono da KMCom. No meio do caminho, os olhos do advogado ganharam vida e brilho, como um aparelho eletrônico recém-carregado com pilhas novas: ele acabara de ser *religado*.

Daniel, Lara e Jaime desapareceram.

Do helicóptero de aluguel, contratado em Barajas, Karl olhava para as duas torres gêmeas, abaixo deles. Havia um heliponto sobre cada uma delas. Um, azul; o outro, vermelho.

— Qual dos dois? — ele perguntou.

— *El rojo*, o vermelho... Torre Leste — respondeu o piloto, apontando com a cabeça.

Pousado o helicóptero e desligado o rotor, as pás ainda giravam velozmente. Karl aguardava um pouco para descer.

— Me espere aqui, okay? Não sei quanto tempo vai demorar a reunião. Se a coisa for se estender, eu aviso.

— Perfeitamente — disse o piloto. — Eu aguardo aqui.

Nesse momento, um homem, presumivelmente com mais de 60 anos, de terno azul-marinho e fartos cabelos pretos (*tingidos?*), apareceu no heliponto. Com uma mão, segurava os cabelos tentando não se despentear; com a outra, acenava para o helicóptero.

Bem, vamos lá..., pensou Karl, um pouco cansado. *Podem me acusar de tudo, menos de não ser trabalhador. Mas, um dia, todo o esse esforço físico será substituído por quase infinitas capacidades mentais. Vamos ver como esse bilionário pode me ajudar... Mais do que eu a ele.*

— *¡Bienvenido!* Bem-vindo, Sr. Meier, eu sou Rafael Sanchez, advogado. Ao seu dispor.

— Obrigado! Muito prazer — respondeu Karl, estendendo-lhe a mão calejada, forjada nas minas de diizormorfio.

Tio Rafa retribuiu o cumprimento, e Daniel lembrou-se, no ato, do fortíssimo aperto de mão que quase lhe quebrara os dedos no apartamento de Lara. Na verdade, *sentiu* novamente a própria mão espremida (felizmente, ao contrário daquela noite, não durara muito tempo). Também sentiu o perfume de Tiaré exalado pelo vordhiinian.

Ele está armado, pensou Daniel. *Mentalmente armado.*

— Vamos descer, Sr. Meier, nosso cliente está a caminho. Ele está vindo de carro — disse o Dr. Rafael — e faz questão de se apresentar pessoalmente.

Na recepção do escritório, uma jovem bonita, loira e de olhos verdes, saudou os dois cavalheiros.

— *Buenos dias, Dr. Sanchez... Buenos dias, Sr. Meier.* Poderiam me acompanhar até a sala de reuniões, por favor?

Os três seguiram por um caminho tortuoso e, no último corredor, cruzando a porta de uma divisória, entraram em uma sala espaçosa. Exceto por aquela divisória, todas as demais paredes da sala eram de alvenaria, inclusive a que ficava oposta à entrada. Essa exibia pilastras de sustentação do prédio e duas imensas janelas de vidro que iam do chão ao teto. Uma vista espetacular da cidade, com privacidade total. No meio do ambiente, uma mesa de madeira nobre e catorze cadeiras de espaldar alto: seis de cada lado, mais as duas de cabeceira. Apenas uma porta de entrada (*ou de saída...*, notara La Resistencia).

— Os senhores aceitam alguma coisa? Água, café?

— Sr. Meier? — perguntou Dr. Rafael, cedendo gentilmente a preferência ao visitante.

— Apenas água gelada. Com gás, por favor — disse Karl.

— Para mim, água *sem* gás. E café também. Com adoçante, por favor. Na minha idade, é preciso cuidar do nível de glicose no sangue — replicou Dr. Rafael, com um sorriso simpático.

O consultor olhava fixamente para o advogado. Estava intrigado.

Por que não estou conseguindo entrar em sua mente? Bem, ele é advogado, isso explica alguma coisa... Cada humano da Terra é diferente. Esse pode demandar mais tempo... mas ainda vou entrar!

Karl escolheu uma cadeira na lateral esquerda da mesa, próxima à cabeceira e de frente para a porta — acostumara-se, havia tempos, a não sentar jamais de costas para portas ou janelas. Como os mafiosos. O advogado escolheu a cadeira do lado oposto, de frente para a dele, e de costas para a entrada da sala. Claramente, reservava a cabeceira para seu cliente bilionário.

Bem, o cara da grana pagou um milhão de dólares por esta reunião, pensou Karl. *Tem esse direito! Isso o fará sentir-se o homem mais poderoso desta sala. Ah, se ele soubesse...*

— Podemos nos tratar informalmente? *"¿Puedo tutearle?"*, perguntou o advogado. — É bem possível que venhamos a trabalhar juntos.

Karl deu de ombros.

— Claro, por que não? Eu também prefiro. No Brasil e no mundo do marketing, somos bem informais.

— Ótimo, Karl! Pode me chamar de Rafael. Ou Rafa. Esqueça esse negócio de "doutor". Essas coisas criam uma falsa imagem de importância... que nós, diante da vastidão do Universo, não temos.

Eu concordo inteiramente. Vocês não têm!

Rafael Sanchez continuou:

— Gosto muito do Brasil, Karl. Das praias, principalmente... Veja esse seu bronzeado... Que inveja! E vocês estão no inverno! Esse sol é do Rio de Janeiro?

— Não... É o sol da Praia de Faro, em Portugal. Passei uns dias lá, na casa de um velho amigo. No Rio de Janeiro, ironicamente, eu não tenho tempo para ir à praia. E estou passando uma temporada fora do Brasil. Não devo voltar para lá tão cedo.

— Eu entendo a que você se refere — disse o advogado, sorrindo. — Trabalho e lazer dificilmente se misturam...

Buzzz Buzzz... O celular de Karl vibrou, e ele olhou para a tela.

— Me desculpe, essa eu preciso atender — disse ele, caminhando para a porta.

Do lado de fora da sala, começou a falar. Relativamente baixo, mas perfeitamente audível para o Tio Rafa (e para Daniel).

— Olá, Lorenzo, sim, cheguei bem... Daqui a pouco entrarei naquela reunião. Ah, sim? O PET scan... Já saíram os resultados? E o que o médico disse? Sei... sei... Hum-hum... Sei... Lamento ouvir isso! Você estava se sentindo melhor... Achei que a minha visita tivesse ajudado. Bem, com essas coisas, nunca se sabe. Está certo. Mais tarde eu te ligo, e conversamos melhor. Abraços.

— Está tudo bem? — perguntou Rafael Sanchez, assim que Karl voltou à sala.

— Sim... bem, mais ou menos — respondeu Karl, distraído. — Era aquele amigo de quem eu lhe falava, o dono da casa em Faro. Ele está com câncer, e aparentemente não há mais o que se possa fazer. Uma pena...

O advogado balançou a cabeça e fez um silêncio respeitoso, enquanto Adriana entrava na sala com uma bandeja, levando uma xícara de café e os copos de água gelada — *sem gás* e *com gás*. Para o Dr. Rafael e o Sr. Meier, respectivamente. Era importantíssimo não trocar os copos.

— Aqui estão, senhores... as suas águas... e o seu café — disse a jovem recepcionista, de cabelos loiros e lisos.

Beba essa água, Karl!, pensaram Daniel e Lara, juntos. Sem poder assistir ao que estava acontecendo, Jaime, ao lado deles, apenas apertava seu taco de beisebol.

— Obrigado — disse o Tio Rafa para a jovem mulher, levando o copo d'água aos lábios. Karl não disse nada, mas acenou com a cabeça, igualmente sinalizando seu agradecimento.

Então ambos beberam suas águas — *sem gás* e *com gás*. Adriana havia se retirado.

"Ele bebeu, ele bebeu tudo!", comemorou Daniel, tentando controlar seu entusiasmo e manter a voz baixa. Lara e Jaime vibraram juntos. "Daqui a pouco vamos tirar o Tio Rafa de lá..."

Dez minutos já haviam se passado, e, dentro da sala, Karl demonstrava cansar-se da conversa sobre amenidades.

— Esse seu cliente... demora ainda para chegar? — perguntou. Ele estava pálido e começava a suar. Havia tirado o blazer. — Se for demorar muito, talvez seja melhor eu ir embora... e remarcarmos.

Ele está impaciente... Não podemos perdê-lo! Hora de tirar o tio de Jaime daí, pensou Daniel.

Rafael Sanchez sacou o celular do bolso e olhou para a tela.

— Não, acaba de chegar... Um minuto, por favor. Eu vou recebê-lo e já volto com ele — disse o advogado, levantando-se da mesa.

Vá embora, Tio Rafa. Volte para Luxemburgo e esqueça tudo o que se passou por aqui! E, ainda que você não possa entender o porquê, muito obrigado! Em meu nome e em nome de "Bela"...

Na sala de reuniões, Karl Meier sentia-se cada vez pior, fraco e desorientado. Agora, apesar do ar-condicionado e de ele estar sem paletó, suava profusamente. Seu corpo vordhiinian e o Etherii travavam uma luta interna contra algum mal desconhecido da Terra.

Ele nunca desmaiara antes, mas sua vista estava escurecendo...

Adriana passou em frente à entrada da sala, e Karl gritou:
— Moça, me traz outra garrafa d'água, rápido! Eu não me sinto bem... — disse ele, apoiando os dois cotovelos na mesa e baixando a cabeça. Tinha os olhos fechados, as mãos entrelaçadas e a camisa, debaixo das axilas, empapada de suor.

Claro, trarei uma garrafa... com álcool isopropílico, pensou ela.

Adriana voltou com uma garrafa pequena de água mineral. De vidro. Mas em vez de H_2O, *água*, ela trazia C_3H_8O, *isopropanol*. Por trás, Adriana aproximou-se de Karl, imóvel, e viu sua nuca exposta.

É agora!, pensou Adriana.

Nãããoo!, pensou Lara, a vinte metros dali. Inutilmente; ela não tinha o controle da mente de sua *entrelaçada* de ocasião. *Sua burra!*

A namorada de Jaime abriu a "garrafa de água", e o cheiro forte do álcool isopropílico imediatamente espalhou-se pelo ar.

Tome um banho de álcool... seu babaca! Seu monstro!

O braço de Adriana acelerou-se, mas não conseguiu concluir o movimento que tencionava fazer — foi interrompido no ar por uma garra de ferro. Os vapores penetrantes do isopropanol haviam alertado o vordhiinian e o ajudado, por um momento, a se recompor. Ele olhou para ela, confuso. Sua mão enorme a segurava pelo braço, como se ela fosse uma boneca. Adriana estava imobilizada, e, com o tranco, a garrafa com o álcool isopropílico caíra e seu líquido se espalhara pelo carpete. Pior ainda, a peruca que ela usava saíra do lugar. Uma mecha de cabelos pretos apareceu-lhe formosamente desenhada na testa, sob as longas madeixas loiras.

— Eu... eu estou reconhecendo você. Você é amiga daquele... pirralho! Você estava na... na festa — disse ele, arrancando, com a outra mão, a peruca loira da jovem e revelando sua cabeleira negra.

Depois, olhou o copo vazio à sua frente — ele bebera daquele copo — e entendeu tudo: fora drogado. *Ou envenenado!*

Merda!, pensou, atirando Adriana ao chão com brutalidade.

Lara, que assistia à cena através dos olhos da garota, gritou:

— Karl descobriu tudo! Jogou Adriana no chão!

"Vamos, vamos! É hora de entrar!", disseram Jaime e Daniel.

Dentro da sala de reuniões, Karl apoiava-se em pé contra um dos paredões de vidro. Cambaleante, ele pressionou, com força, a palma da mão em sua região pélvica, logo abaixo do umbigo. Depois, puxou a mão para cima, deslizando-a por sua barriga até a altura do peito.

Preciso expelir essa droga... Retirá-la do meu corpo, de minhas células, do meu sistema nervoso. Regenerar-me!, pensou Karl.

Então ele vomitou. Um vômito abundante, que trazia de volta seu café da manhã e as porcarias que ele consumira naquele dia. Bem no instante em que Daniel e Jaime, com seu inseparável taco de beisebol, avolumavam-se na porta da sala. Com a chegada dos dois, o perfume adocicado do Etherii reforçou sua presença no ambiente (competindo com o isopropanol derramado e nauseabundos odores gástricos).

— Olá, assassino! — disse Daniel. — Que bom vê-lo sofrer...

Mas a golfada fizera com que Karl, imediatamente, se sentisse melhor. Em segundos, seu olhar mudara. Ele estava de volta.

— Ora, ora... — disse o vordhiinian, com sua voz cavernosa. — O gavião não precisou ir atrás do ratinho... O ratinho veio espontaneamente se oferecer ao gavião.

Daniel e Jaime continuavam parados na porta da sala, lado a lado. Encaravam-no. Então, por trás deles, entre os ombros dos dois, surgiu a cabeça de uma mulher...

— Lara! — exclamou Karl, surpreso e com um sorriso sarcástico. — Você voltou pra mim? Que saudades, querida! Então serão dois ratinhos, em vez de um. Bem... quatro.

No fundo da sala, Adriana recuperara-se do tombo e tentava alcançar o outro lado da mesa, para juntar-se a seus amigos. Karl frustrou-lhe o objetivo: alcançou-a e, sem tocá-la, usando uma força invisível, puxou-a de volta. Ela voou para trás, se encaixando de costas contra o corpo do vordhiinian. Seu pescoço fino, enlaçado pelo braço forte de seu captor; a cabeça e seus longos cabelos, pendendo para o lado.

— Solte ela! — bradou Jaime, correndo com seu taco de beisebol em direção aos dois.

Vinha pelo lado direito da sala, contíguo à porta de entrada, e não completou metade do percurso planejado. A mais de três metros de distância de Karl, foi arremessado, por cima da mesa, contra as cadeiras do outro lado — com extrema brutalidade. Bateu a cabeça na pilastra que dividia as duas paredes de vidro e caiu desacordado. Nocauteado. Fora de combate. Seu taco de beisebol voara para longe.

— Terráqueos... — disse Karl com desdém.

— Solte-a! — ordenou Daniel, de maneira firme. — O seu problema é comigo!

Ato contínuo, Daniel levitou, erguendo-se a cerca de um metro e meio do chão. Flutuava junto à entrada da sala, próximo ao teto, e via seu oponente de cima. Estendeu ambas as mãos e produziu uma forte ventania em torno de Karl e Adriana. Um intenso redemoinho. De certo modo, exibia seus poderes tentando impressionar o adversário, intimidá-lo. Mas não podia machucá-los.

Adriana está com ele...

— Solte ela! — repetiu, ainda mais incisivo. Buscava entrar na mente do vordhiinian, evitando assim a necessidade de um confronto físico. *Se eu conseguir me apoderar de sua mente...*

Incomodado pelo vento e pelos cabelos esvoaçantes de sua refém, Karl piscava sem parar. Também sentia a tentativa de invasão de sua cabeça. Repeliu-a, mas com um esforço descomunal e inesperado. Na verdade, ele estava bem mais que impressionado.

O que esse terráqueo, mal saído das fraldas, tem de especial? Esses seus poderes... É melhor acabar logo com isso!

O fator psicológico representa boa parte do caminho da vitória, na maioria dos combates. Os animais-alpha da Terra sabiam disso; os do Arquipélago também. E Karl Meier *era* um alpha; e um conceptor.

— Não, *eu* sou o seu problema... — Karl disse a Daniel, soltando o pescoço da garota (Adriana, entretanto, não se moveu... aparentava estar em estado de choque).

Em seguida, Karl também levitou no fundo da sala, afastando-se do redemoinho. E disparou pulsos de energia contra o terráqueo, jogando-o para trás. Daniel sentiu os golpes como se eles fossem desfechados por um punho grande e poderoso. O punho de um minerador.

— Humm! — fez com a garganta, acusando a dor das pancadas.

"Você, terráqueo, não pode me vencer. Submeta-se à minha vontade! Entregue-me a sua mente..." A mensagem de Karl chegava alta e clara na cabeça de Daniel. E tentava arrebatá-lo.

Daniel lembrou-se da prova de *Sumô Mental*, no Cognateneu de Omiidhys, contra Leon, o miitherian gigante. A lembrança o reanimou.

Você quer brincar de liberar pulsos de energia, Karl? Pois tome alguns de volta...

Com os braços novamente estendidos, Daniel disparou múltiplas ondas de choque contra o vordhiinian... e o arrojou contra a parede, no fundo da sala.

Sim, eu posso!, pensou Daniel, comemorando.

Karl estava aturdido pela dor e pela surpresa. Mas ele havia sido forjado na adversidade e não desistiria tão facilmente. De maneira reativa e destrambelhada, disparou um jato contínuo de energia contra seu oponente. Queria esmagá-lo contra a parede; Daniel respondeu da mesma maneira.

Fluxos contínuos de energia, de lado a lado. Ação e reação. Os dois defrontavam-se, medindo forças e flutuando sobre a mesa de reuniões, cada um sobre uma cabeceira. A situação criara um equilíbrio instável, de grande tensão, e eles começaram a girar sobre a mesa, no sentido anti-horário. A seguir assim, inverteriam suas posições (completados cento e oitenta graus, Daniel se aproximaria de Adriana; e Karl, de Lara, na porta da sala). Mas não chegaram a fazer isso. Após girarem noventa graus, Daniel tinha o paredão envidraçado às suas costas (próximo a Jaime, caído no chão e desacordado), e Karl estava a meio caminho da porta de saída. De onde Lara acompanhava a luta e somava-se a Daniel, na tentativa desesperada de controlar a mente do ex-marido.

Nesse instante, os poderes do vordhiinian mostraram-se dominantes, e o equilíbrio de forças se rompeu: em um impulso inesperado, Karl conseguiu sobrepujar o terráqueo, atirando-o contra a imensa janela às suas costas. Daniel não flutuava mais por conta própria. A um metro do chão, estava agora prensado, com as costas coladas contra a imensa janela de vidro — Karl tentava arremessá-lo para fora do prédio —, e se debatia furiosamente tentando escapar. O vidro era grosso e resistente, mas fazia ruídos (*criii...*) e se romperia a qualquer momento.

Estamos a cento e cinquenta metros de altura! Se o vidro se quebrar, eu conseguirei... levitar lá fora, ao ar livre?, perguntou-se Daniel, agoniado. *Acho que não...*

A mesma dúvida cruzara a mente de Karl, e ele não desejava se arriscar. Então o vordhiinian fez algo diferente; e absolutamente aterrador. Ele pousou no piso da sala, levantou o braço e *materializou* uma pistola automática, na palma de sua mão.

Meu Deus! Ele está materializando objetos... na Terra! Recombinando átomos. E vai atirar!, pensou Daniel.

Mortos não voam, disse Karl para si mesmo.

Lara observava a cena e, em pânico, atirou-se contra o ex-marido, agarrando e mordendo a mão que segurava a arma. Karl deu um urro de dor, soltou a pistola e jogou a nariihwian no chão.

— Sua cobra traiçoeira! — berrou ele, furibundo. — Você finalmente vai ter o que merece...

Lara estava de barriga para cima. Karl debruçou-se sobre ela e a imobilizou, apertando a mão ferida contra o peito da ex-esposa. Uma pressão absurda, que a grudava no chão e não permitia que ela respirasse. Mas algo pior acontecia. Ela podia sentir.

— *Cof! Cof!* Ka... Karl... — balbuciou Lara, começando a tremer freneticamente, como que tomada por um ataque de epilepsia.

Ao direcionar sua atenção a Lara, Karl descuidara-se momentaneamente do terráqueo. Foi a oportunidade de que Daniel precisava para se desvencilhar do vordhiinian. Desceu ao chão e viu o ataque que Lara sofria, do outro lado da mesa. Não havia tempo para correr até lá.

Daniel concentrou-se. O taco de beisebol de Jaime, caído no fundo da sala, ergueu-se e voou, como um míssil, contra a cabeça de Karl. *TUM!* Ao mesmo tempo, a porta da sala trancou-se.

O vordhiinian conseguira desviar-se da pancada — o suficiente para não morrer —, mas ainda assim havia sido atingido pelo porrete. Um corte abriu-se em sua cabeça, e um filete de sangue começou a escorrer. Ele estava ferido e completamente grogue. Desnorteado, sentia-se exposto; não poderia seguir lutando.

Maldito terráqueo! Eu preciso... fugir. E ele... trancou a porta!

Cambaleando, Karl apoiou-se na grossa divisória e começou a adentrá-la. *A intangibilidade: atravessar paredes...* E o vordhiinian a atravessou, desaparecendo para o outro lado. No chão, Lara continuava tremendo feito vara verde; os espasmos eram assustadores, mas pouco a pouco pareciam diminuir.

Daniel agachou-se rapidamente ao seu lado e começou a alisar-lhe a testa suada e os cabelos claros.

— Calma, Lara, você vai ficar bem! Você salvou a minha vida... Vai dar tudo certo — disse ele sem muita convicção.

Adriana olhava a cena com uma expressão vazia, e Jaime começava a voltar a si. Do alto do prédio, ouvia-se o barulho do rotor de um helicóptero. Estava de prontidão, prestes a partir.

— Onde... onde eu estou? — perguntou Jaime ao amigo. — Nós conseguimos? Conseguimos prender a besta-fera?

— Ele foi ferido, Jaime, mas fugiu... Deve estar subindo para o heliponto, neste momento — respondeu Daniel, com a cabeça de Lara apoiada em seu colo.

Lara parecia respirar melhor, e os tremores iam se espaçando. Seus olhos se abriram pela metade, e com a voz fraca ela falou:

— Da... Daniel... você viu o que ele já consegue fazer? Eu estou melhor... e Jaime e Adriana estão comigo. Karl está ferido... Aproveite, vá atrás dele. Não deixe que ele fuja... Senão ele voltará mais forte. E leve essa pistola com você... Se preciso... *atire nele*!

Daniel olhou para Jaime e Adriana. Jaime balançou a cabeça, ele concordava com a nariihwian.

— Pode deixar, nós cuidamos de Lara... Vá atrás dele, Daniel! Acabe o serviço!

No topo da torre, o helicóptero estava pronto para partir. Ao deixar a sala de reuniões, Karl, trôpego e desorientado, enviara uma mensagem ao piloto: "Ligar motores, estamos saindo". Agora, depois de um esforço maior que o esperado e com uma breve parada para respirar, chegava finalmente à aeronave.

O piloto se assustou.

— O senhor está bem? Tem sangue na sua testa...

— Estou bem! Só bati a cabeça, de leve. Vamos! Para o Aeroporto de Barajas...

O helicóptero começava a se levantar, quando Karl viu Daniel chegar ao heliponto. Caminhava diretamente para a aeronave, com a mão direita para trás e a esquerda estendida para eles.

— Aquele jovem, senhor... Parece querer alguma coisa...

— Continue subindo! – ordenou Karl.

O piloto acionou a alavanca, aumentando a potência e mudando a inclinação da aeronave para fazê-la subir. Em vão.

— Senhor, não consigo subir... Parece que algo está nos puxando para baixo. Acho melhor descermos. Podemos estar presos...

— *Suba!* — comandou Karl, verbal e mentalmente.

O helicóptero rateou muito e dançou de lado, mas afinal subiu. Do alto, Karl olhava para o heliponto. Daniel seguia lá, encarando-o e escondendo alguma coisa atrás das costas. *A pistola...*

O vordhiinian respirou aliviado e enviou uma nova mensagem de texto. Dessa vez, para os pilotos de seu jato X-Reacher:

"Estou no helicóptero. Decolamos assim que eu chegar."

Em minutos, recebeu a resposta:

"Perfeitamente. Apenas o senhor de passageiro?"

Karl pensou um pouco e, por fim, respondeu:

"Não, seremos dois passageiros."

— Ele fugiu, o miserável fugiu! — disse Daniel, decepcionado, ao voltar à sala de reuniões. — Eu não poderia derrubar o helicóptero, nem atirar neles... O piloto não tinha nada a ver com o assunto.

Jaime, ao lado de Lara, devolveu-lhe um olhar de compreensão. Haviam perdido... Era momento de fazer um inventário da derrota.

O espanhol estava totalmente recuperado (tinha a cabeça dura), e Adriana voltara à normalidade. Perdera o ar catatônico que a imobilizara durante a luta e, agora, procurava ajudar como podia. Trouxera água para todos e, ajoelhada ao lado de Jaime, refrescava a testa de Lara, ainda estendida sobre o carpete. O estado da nariihwian, entretanto, era preocupante: tinha febre com calafrios esporádicos, respirava rápido e... suava.

Nunca vi Lara suando..., pensou Daniel, que continuava tentando curá-la. Sem resultados. Ele não sabia o que ela tinha.

— Gente, ela precisa de assistência médica — disse ele afinal. — Eu não estou conseguindo...

Adriana colocou-se de pé, resoluta.

— Eu vou buscar ajuda, Daniel. Chamar uma ambulância... Continue cuidando dela. E você, Jaime, cuide de Daniel!

Em seguida, saiu correndo para a recepção do escritório, onde estava seu celular.

— Da... Daniel — chamou Lara, a voz baixa e trêmula. Seu olhar vagava de um lado para outro, demonstrando confusão mental.

— Sim, meu amor — respondeu Daniel. — Eu estou aqui. Calma. Adriana foi buscar ajuda. Daqui a pouco chegará uma ambulância, você será socorrida...

Lara agitou-se.

— N... não! Eu não quero...

Daniel e Jaime entreolharam-se.

— Como, querida? Por quê?

— Eu não sou da Terra. Não quero... médicos daqui examinando o meu corpo... Eu não vou morrer... *agora*. Eu sei o que está acontecendo comigo.

Na recepção do escritório, Adriana pegou seu smartphone — um modelo de última geração — e abriu a página de aplicativos, de serviços de internet. Havia dezenas deles: hospitais, ambulâncias e urgências, meios de pagamento, comida, compras, transporte etc. Um extenso cardápio de opções, todos à sua disposição.

Preciso fazer isso rápido, ela pensou. *Não temos muito tempo.*

Então Adriana clicou em *transportes*.

Pediu um táxi urgente para o aeroporto, tomou um elevador e desceu.

Na sala de reuniões, Daniel e Jaime olhavam para Lara, preocupados. Procuravam entender.

— Como assim? "Não vou morrer... *agora*?" Quando você vai morrer? O que está acontecendo com você, Lara? — perguntou Daniel, aflito. — Por favor, me diga!

Lara juntava forças para falar.

— Eu já vou melhorar, meu amor... por um tempo. E depois... creio que piorarei... Rapidamente. Desconfio que Karl tenha me atacado a nível celular... e me *desrejuvenescido*. Ele pode fazer isso, cuidou de meu rejuvenescimento durante muitos anos. É como um código... e ele tem acesso a ele. Eu vou envelhecer de forma acelerada... Até morrer...

Daniel emudeceu e a mirou, entristecido. Acabara de notar, no canto dos olhos azul-translúcidos da nariihwian, pequenas rugas... que, até então, ele jamais havia visto.

A caminho do aeroporto de Madrid-Barajas, no assento de trás de um Seat Ibiza preto, Adriana fechou os olhos e recostou a cabeça no banco.

Ela estava com uma tremenda dor de cabeça. O motorista do aplicativo queria conversar. Ela, não.

— *¿Brasileña?* Hã, eu fa... falo *un poco* de português. Em que *aerolínea* você vai viajar? Iberia? Latam?

— É um voo privado, um jato executivo... Não se preocupe, eu vou te orientando.

É só seguir a voz dentro da minha cabeça... Ela é quem está me guiando!, pensou.

Seguindo a voz, Adriana saberia exatamente o que fazer.

Daniel e Jaime estavam perplexos. Vinte minutos haviam se passado, e Lara finalmente adormecera. A febre cedera, e ela parecia efetivamente melhor. Jaime e Daniel arrumavam a bagunça do escritório. Não precisavam de mais problemas, além dos que já tinham.

— Você acha, Daniel, que isso que a Lara falou... pode ser verdade? — perguntou Jaime. — Você esteve lá, naquele... Arquipélago.

Daniel encolheu os ombros, desolado.

— Eu não sei, Jaime... É um mundo muito diferente. Mas você teve demonstrações do que esse Etherii pode fazer. Mesmo na Terra!

— Sim. O que fazemos agora? Levamos Lara pra casa? Cuidamos dela lá? — perguntou Jaime.

— É o que ela quer, você ouviu — respondeu Daniel. — E, de todo modo, ela *está* melhor. Vamos deixá-la descansar mais um pouco, e depois a levamos. Precisamos avisar Adriana para suspender o pedido dessa ambulância que não chega. E, por falar nisso...

— Onde está Adriana? — complementou Jaime.

Adriana estava a bordo do X-Reacher da KMCom. Calada e com os mesmos olhos mesmerizados que exibira no escritório alugado em Azca. Karl também estava lá. A dor de cabeça que o vordhiinian sentia era torturante — *pelo menos parou de sangrar* —, e ele não tinha especial interesse na garota. Assim, fê-la sentar-se na outra extremidade da cabine. *Longe!* Ele já havia entrado em sua mente (na verdade, a controlava todo o tempo) e extraído o que realmente lhe importava:

nomes, lembranças e planos. Também descobrira que tinham conseguido recursos financeiros com a venda de um diamante, presente de Gusk, e que o tal Rafael Sanchez não tivera culpa na armadilha que lhe montaram. O instrumentalizador terráqueo apoderara-se da mente do pateta.

Essa cabeça de vento foi a primeira namorada de Daniel. E ainda há uma forte conexão entre eles. Agora está com aquele fortinho ridículo, o do taco de beisebol. Que sorte a minha! Voltaremos a nos encontrar, terráqueo. Mas, desta vez, EU tenho algo que você quer. Nosso encontro será nos meus termos. "La Resistencia"... que piada!

O celular de Adriana, nas mãos de Karl, vibrou mais uma vez: ligação de Daniel. Apesar da dor, o vordhiinian sorriu. Dava-lhe prazer não atender à chamada e imaginar a aflição do outro lado da linha. Muitas chamadas já haviam sido tentadas nos últimos minutos, e perdidas: Jaime, Daniel, Jaime, Jaime, Daniel.

Estão desesperados. Deram-se conta de que a perderam.

No histórico de chamada dos dias anteriores, entretanto, havia também registros de conversas com... Lara.

Lara, aproveite a sua vida e a sua beleza — enquanto duram.

— Iniciando os preparativos para a decolagem — anunciou o comandante do avião, através do rádio.

Karl arrancou o chip do celular de Adriana e o destruiu. Também tirou a bateria.

Me desculpe, Daniel, você não saberá onde a sua querida ex-namorada está, até que eu esteja pronto. Até que eu lhe permita vê-la. E essa será a sua última visão.

Passava do meio-dia na mansão dos Arroyo Sanchez, e o ambiente era de desespero. Eles não conseguiam contato com Adriana, e agora seu celular estava desligado.

— Ele a levou, Daniel! Ele a levou! — repetia Jaime, com voz de choro. — Veja, a nossa conta no aplicativo de táxi é conjunta... Adriana foi para o aeroporto, atrás de Karl! Ele a raptou... Ou seja lá como se chame isso no Arquipélago.

Lara ainda estava abatida, mas havia melhorado significativamente; comera alguma coisa e agora estava recostada no sofá da sala.

— Ela foi abduzida, Jaime — disse a nariihwian, desanimada. — Karl se apoderou de sua mente e a tem totalmente controlada. Neste momento, a vida de Adriana pertence a ele... É um estalar de dedos.

Diante da gravidade dos fatos, Dona Assumpta, dessa vez, recusara-se a ser poupada. Ela queria participar.

— Meu Deus, temos de avisar a polícia, a mãe dela, a Beata Jerusa. Eu sou mãe... eu sei.

Daniel tentava demonstrar calma — em meio ao caos, alguém precisava fazê-lo. Mesmo sob aquele insuportável estresse, procurava pensar. (Talvez, por dentro, ele fosse o mais desesperado de todos. Afinal, tratava-se de Adriana. *De Adriana*.)

— *Mamma*, não podemos fazer isso. Todas as câmeras mostrariam que Adriana foi atrás de Karl por decisão própria. Para todo efeito, ela *não foi* raptada. E mais... Tendo-a apoderada, ele pode matá-la a qualquer instante, inclusive a distância. Fazendo-a pular de uma ponte, por exemplo... Como a pobre Beata Jerusa poderá ajudar? Ou a polícia? Karl não fará nada contra ela, agora. Ele precisa dela viva, como uma isca. É a mim que ele quer. Precisamos é encontrar o desgraçado!

— Mas como, Daniel? Onde? — perguntou Jaime. — Ele falou que não volta tão cedo pro Brasil...

— Não foi só isso que ele falou para o Tio Rafa — disse Daniel, pensativo. — Acho que vamos precisar de suas habilidades como *hacker amador*, Jaime. Mais do que do seu jiu-jítsu afiado...

— Do que você está falando?

Daniel procurava organizar seus pensamentos. Relembrar o que ouvira... palavra por palavra.

— Karl falou para o Tio Rafa, ou seja... *para mim*, que havia passado uns dias na praia, na casa de um velho amigo, em Faro, Portugal. Uma pessoa doente, aparentemente em estado terminal. Acontece que ouvimos mais... Referiu-se a uma tomografia, um PET Scan... E também o nome da pessoa que lhe ligou: *Lorenzo*. Assim, em espanhol... e não *Lourenço*, em português. Karl foi visitá-lo, com seu avião! Com um grau de amizade desses...

— Ele deve saber onde Karl está! E Adriana! — concluiu Jaime, repentinamente esperançoso.

— Sim, acredito que sim — concordou Daniel. — Jaime, descubra quem é esse Lorenzo, o amigo doente de Karl, que tem uma casa em Faro. Não devem existir muitos. Descubra o que puder sobre ele.

— É pra já! — disse Jaime, exercitando os dedos e disparando para o andar superior da casa, onde tinha seu poderoso notebook e uma rede de internet dedicada e protegida. Ele descobriria tudo!

¡*Para salvarte, mi amor!*, pensou Jaime, e então lembrou-se do trecho de um poema que Daniel aprendera na Montserrat Riovega e escrevera para Adriana, quando os dois ainda namoravam: *"Si nada nos salva de la muerte, al menos que el amor nos salve de la vida..."*.

Eram quatro da tarde quando Jaime desceu a escada, correndo. No caminho, gritava ofegante:

— Daniel, Lara, Dona Assumpta (*La Resistencia* recrutara oficialmente a veterana *mãe-de-todos*)... Acho que eu consegui.

Jaime sentou-se no meio do maior sofá da sala, com o notebook no colo. Daniel e Lara sentaram-se à sua esquerda. Dona Assumpta, do outro lado.

— Vejam, vejam... — mostrou Jaime na tela de seu notebook. — Encontrei apenas nove "Lorenzos" na região de Faro e cercanias.

— Nove? — perguntou Assumpta. — Mas como vamos saber...

— Não reclamemos, Dona Assumpta — respondeu Jaime pacientemente. — Existem centenas de "Lourenços". Mas o que importa vem a seguir... Dos nove "Lorenzos", seis são jovens demais para serem *velhos amigos* de Karl...

— Ainda restam três — disse Lara.

— Sim, mas, dos três, apenas um está se tratando de câncer... registrado no hospital local de Faro: Lorenzo Cordero Martell.

— Você entrou no banco de dados do hospital? Os dados são estritamente confidenciais... — disse Daniel. — Como você fez isso?

— Melhor você não saber — respondeu Jaime —, para não se tornar cúmplice... De todo modo, não são os dados mais confidenciais que consegui a respeito de Lorenzo Cordero Martell. Na *deep web* consegui informações ainda mais interessantes sobre ele.

— O quê?

— Dizem que ele é o Grão-Mestre, na Europa, de uma sociedade *pra lá de discreta*, em outras palavras, uma ordem secreta. Com ideias e ideais fascistoides e a crença na existência de uma casta intelectualmente superior. Chamam-se a si mesmos de *Mens Altior*...

— *Mens Altior*? Mente superior?

— Sim... *Mente Superior*... em latim.

— Como a de Karl! — exclamou Daniel.

— Hum-hum... Também consegui o endereço desse Lorenzo.

— Me dê, Jaime! Eu preciso *visitar* essa mente superior.

— Claro, mas seja rápido. Esse amigo de Karl pode se achar intelectualmente superior, mas não é imortal. E, segundo entendi de seu prontuário médico... ele não tem muito tempo.

34

Daniel conseguira um voo direto de Madri para a capital do Algarve, em Portugal. Assim, no dia seguinte, às 10h20, ele desembarcava no Aeroporto Internacional de Faro, bastante movimentado no verão. Comprara o bilhete a preço de ouro — ou de diamante.

Ao chegar, reforçou seu "perfume de Tiaré" e agora estava em um táxi, a caminho da casa de Lorenzo Martell. Pensando na melhor maneira de pedir-lhe, ou tomar-lhe, as informações de que necessitava. Não o avisara de sua visita. Enfermo, o velho amigo de Karl certamente se encontrava em casa. Era melhor aparecer de surpresa.

Envolto nas lembranças dos últimos meses, Daniel sentia-se péssimo e carregava nas costas o peso do mundo.

Todos à minha volta se prejudicaram: Nicolas, Hugo, meu babbo *(e minha* mamma, *claro), Lara, Adriana, Jaime...* A curiosidade não matava apenas o gato, mas também as pessoas queridas à sua volta.

Daniel olhou para seu dedo com a ponta bojuda e um vinco no meio. A estranha cicatriz que tantas gozações provocara. *Dedo-bundinha... Dedo-bundinha...* Jaime tinha um dedo igual na mão esquerda.

Eu vou trazê-la de volta, amigo. Vou trazer Adriana de volta pra você... Nem que seja a última coisa que eu faça!

O Corsa se aproximava do endereço, e Daniel viu um casarão branco e azul-turquesa. Alto e todo avarandado. Embora tivesse frente para a praia, na parte voltada para a rua a casa era fortificada e cercada por muros. Por trás do portão gradeado, um segurança à paisana.

Não é propriamente um sinal de boas-vindas...

Daniel pagou o motorista, desceu do táxi e caminhou com naturalidade até o portão. O segurança levou a mão à cintura.

Ele está armado.

— Bom dia, meu nome é Daniel Santoro. Eu tenho uma reunião com o Sr. Lorenzo Martell. Ele está me esperando.

O segurança, um sujeito forte e com cara de poucos amigos, tirou um papel do bolso e olhou as anotações.

— Não tem nenhum Daniel Santoro aqui. Vai-te embora!

Daniel insistiu.

— Não está escrito aí... Você não está se lembrando? Ele falou com você a meu respeito... Daniel Santoro! Pediu que, quando eu chegasse, você me acompanhasse pessoalmente até ele. Lembrou agora?

O segurança pareceu confuso. Então assentiu com a cabeça e abriu o portão.

— S... sim... desculpa, pá! Segue-me.

Daniel seguiu o homem até a entrada da casa e o via por trás. Observou que no cinto, às costas, o segurança carregava uma segunda pistola, provavelmente uma Glock com carregador estendido, para dobrar a capacidade de tiros. Enorme. No caminho, passaram por um segundo segurança, igualmente armado; acenaram um para o outro. Dois seguranças depois, por fim, eles chegaram.

Por que tantas armas aqui? Estão esperando... uma guerra?

— Ó Maria... Dom Lorenzo está a dormir? — perguntou o segurança.

— Penso que não, está na açoteia... a descansar — respondeu a jovem, muito parecida com o homem que lhe fizera a pergunta.

Daniel e seu acompanhante armado entraram na sala. Nas paredes, espadas e rifles (antigos e modernos) pendiam ao lado de fotos esmaecidas e artigos de jornal, emoldurados como quadros: do Generalíssimo Franco, dos seus feitos e de seus homens.

Ele é um fã do antigo ditador da Espanha!

Tomaram um elevador e subiram para um terraço ensolarado, que substituía parte do telhado, no topo da casa; uma construção bastante frequente no Algarve, mesmo nas residências mais singelas.

O que não era, absolutamente, o caso *daquela* casa.

No meio do terraço, debaixo de um ombrelone, havia um homem velho. De costas. Sentado em uma poltrona alta e contemplando o mar. A seu lado, um andador; sobre uma mesa pequena e próxima, bebida gelada e um sino. O homem mirava o horizonte quieto, absorto em seus pensamentos. Não notara a chegada dos dois.

— Estou entregue, obrigado — sussurrou Daniel para o segurança. — Pode ir agora. E vigie bem aquele portão!

O homem armado assentiu em silêncio e se afastou, obediente.

Daniel aproximou-se do velho, por trás. Em silêncio.

Esse é o homem... que me contará onde Karl está. E Adriana. Eu não tenho tempo a perder... Creio que será melhor abordá-lo já com a sua mente apoderada, pensou Daniel.

O resultado não foi exatamente o esperado.

Consigo "arranhar" a sua mente. Mas não entrar, me apoderar dela, comandá-la. Ele está... bloqueado?

Lorenzo ouvira alguma coisa — ou sentira o perfume do Tiaré —, porque, tão alto quanto sua fraca voz permitia, ele perguntou:

— Karl? Karl? É você, Karl? — virando, em seguida, a cabeça branca para trás.

Parecia confuso. O olhar típico de um homem doente e, possivelmente, apresentando os primeiros sintomas de Alzheimer.

Se for isso... Como entrar na cabeça de uma pessoa com o mal de Alzheimer?, pensou Daniel, subitamente preocupado.

— Quem... quem é você? — perguntou o velho assustado, esticando o braço e procurando o sino sobre a mesa.

Daniel foi mais rápido e, com a mão, afastou o sino.

— Não, Sr. Lorenzo, por favor... não chame ninguém. Eu só quero lhe falar — disse Daniel, ao mesmo tempo que pensava: *Você me conhece, você me conhece! Você se esqueceu disso?*

— Eu conheço você? — disse o velho, titubeando. — Eu não tenho certeza... Eu não me lembro... Quem é você?

Talvez eu possa arrancar-lhe algumas informações, pensou Daniel, *mas não controlar a sua mente. Nem ele pode. Suas lembranças são desconexas, confusas. Mais parecem delírios. Onde está Karl? É isso que me interessa, Lorenzo. Mostre-me onde está Karl... E Adriana!*

Nada.

Daniel decidiu mudar de estratégia. Precisaria *conversar* com o velho, ganhar sua confiança.

— Eu tenho uma *mente superior*. Usei-a para chegar até o senhor, e não quero lhe fazer nenhum mal. Ao contrário, quero apenas ajudar... e servir. Desejo... entrar para a Mens Altior, Grão-Mestre! Juntar-me a outras mentes superiores, como a sua, cercar-me de iguais. Sinto-me só. Como me disse uma... pessoa, certa vez: "É diferente ser diferente... E solitário".

Não foi uma "pessoa"..., pensou Daniel. *Foi Ian, o assassino que matou meu pai, e que também morreu por isso. A serviço de Karl, o facínora-mor. É ele quem está com Adriana! Ajude-me...*

Lorenzo Martell pareceu incomodado e guardou um prolongado silêncio. Depois repetiu em voz baixa:

— "É diferente ser diferente. E solitário." Interessante! Também é verdadeiro e triste. A solidão é triste. Ah... a Mens Altior, eu já ia me esquecendo. Minha cabeça... Quem... quem lhe contou mesmo sobre isso? — perguntou Lorenzo.

— A uma mente superior, não é preciso que lhe contem nada, Grão-Mestre. Nós descobrimos, usando a inteligência — desconversou Daniel. — No caso, eu soube da Mens Altior através de Karl Meier.

— Karl... — repetiu Lorenzo, franzindo o cenho.

Pela primeira vez, Daniel tinha acesso aos *sentimentos* de seu enfermado interlocutor. E o sentimento era um misto de mágoa e de raiva. Não... era mais que isso. Era ódio! De quem? Por quê?

De Karl! O Grão-Mestre está com... ódio... de Karl. Isso é muito bom, é ótimo! Mas por quê?

Daniel resolveu seguir sua intuição. De novo.

— Meu nome é Daniel Santoro, sou do Brasil e tenho apenas 19 anos. Eu gostaria de entrar para a Mens Altior! Eu seria útil a vocês...

— E o que o faz acreditar nisso, rapaz? Que você tenha uma *mente superior*? Muitos já me disseram isso, no passado, e se revelaram... nulidades. Já não me lembro de quantos...

Daniel nada disse. Apenas apontou o dedo para o sino sobre a mesa, e o cone de bronze deslizou vagarosamente até a mão encarquilhada de Lorenzo. O Grão-Mestre arregalou os olhos.

— Assombroso! — ele disse. — Não é um truque de mágica?

— Quer ouvir o sino tocar? —perguntou Daniel.

— Não, não... eles subiriam até aqui, e seríamos interrompidos. De que país você é mesmo?

— Brasil — repetiu Daniel.

— Ah, sim! Você já havia me dito... E qual o seu nome?

— Daniel, Daniel Santoro.

— Ah... Daniel. Isso você não havia me dito!

Sim, eu acabei de dizer... faz um minuto, pensou Daniel. Agora que tinha a atenção de Lorenzo, resolveu ser direto.

— Grão-Mestre, eu também gostaria de me encontrar com Karl Meier. O senhor saberia me dizer onde ele está agora? Exatamente? Passar-me seu endereço atual, seu celular?

Lorenzo fechou os olhos e abanou a cabeça negativamente. Mais uma vez, Daniel captou um sentimento de raiva emanando do velho.

— Nunca se sabe, exatamente, onde Karl está. Principalmente quando não quer ser encontrado... E ele já trocou, novamente, o número de celular. Mas eu sei que ele voou para a Argentina. De todo modo, meu jovem Danilo...

— Daniel — corrigiu o jovem.

— Sim, sim, Daniel, claro... Você já me falou uma vez — redimiu-se Lorenzo. — De todo modo, você deveria ir para Buenos Aires se quiser mesmo entrar para a Mens Altior. E procurar Agustín Lang. Comodoro Agustín Lang. Ele é o Grão-Mestre da sociedade na América do Sul e provavelmente, em breve, o será para todo o mundo. Eu estou cansado... e doente. Fale com ele. Vou recomendá-lo para as provas de iniciação. E um conselho: seja discreto, bem mais do que foi hoje. Nós somos uma sociedade *muito* discreta, acredite-me! Não gostamos de intrometidos. Talvez ele consiga colocá-lo em contato com... Karl.

Outra vez, o semblante fechado e a atmosfera pesada.

— Farei isso, Grão-Mestre. E obrigado pelo seu tempo e pelos conselhos. Estou indo. Não vou mais importuná-lo. Tenha um bom dia! — disse Daniel, baixando a cabeça em sinal de reverência.

Depois virou as costas e começou a caminhar para o elevador. Lorenzo Martell o chamou:

— Ei, Da... Dan... Rapaz!

Daniel voltou a cabeça para escutar um último comentário:

— Gostei muito do seu perfume, meu jovem. Muito mesmo!

"*Hola*, Agustín. Acabo de receber a visita de um jovem — Daniel Santoro é o seu nome — usando o Etherii *legítimo*... Sim, do Arquipélago. Tentou entrar na minha mente, mas não lhe permiti totalmente, eu acho... Fiz-me de senil e consegui entrar, um pouco, *na dele*. Nunca subestime um tantã... Ele tem poderes expressivos e quer se juntar à Mens Altior. Falei que o procurasse em Buenos Aires. O pior, querido Agus, foi o que eu descobri. Nosso Ian, meu filho, o único que eu tive, veio finalmente para a Terra e... morreu... A serviço de Karl. O miserável não me contou nada! Provavelmente, também não deve ter contado a Ian que eu estava aqui. Vivo, solitário e desenganado. Esse Daniel vai procurá-lo. Quer encontrar Karl. Eu também queria! Se fosse mais jovem e forte... Jamais perdoarei aquele vordhiinian nojento. Ainda que *jamais*, no meu caso, signifique apenas um punhado de dias."

BUENOS AIRES

PARTE IV

Em Buenos Aires, o comodoro Agustín Lang desligou o telefone. Repassava a conversa que acabara de ter com seu velho — agora muito velho! — amigo, Lorenzo Martell.

Karl não deve ter contado a Ian que Lorenzo e eu chegamos na Terra... Inteiros, não desintegrados como Lara deve seguir acreditando (o vordhiinian lhe escondia a verdade). Ian morreu sem saber de quem era filho. Seu pai não era um desconhecido. Foi próximo dele e queria abraçá-lo! Contar-lhe a verdade afinal, sem colocá-lo em perigo. Ele... Lorenzo... ainda vive. Mas, agora, também vai partir sem rever o filho. Depois de um século e meio de espera... Karl sempre foi um FDP! Que pena tanto poder em uma mente tão egoísta. E que perigo!

Agustín sentou-se em sua poltrona predileta e acendeu um cigarro. O primeiro, depois de um mês sem fumar. Ele precisava largar o vício, estar em sua melhor forma física para a campanha presidencial.

Mas, naquele momento, merecia um cigarro.

Entre morosas tragadas, saboreava as recordações de sua outra existência; e de sua posterior adaptação à vida na Terra. Tanto tempo depois, os acontecimentos ainda estavam nítidos em sua cabeça...

Agustín, um miitherian, e Lorenzo, um nariihwian, desenvolveram uma sólida amizade no Arquipélago, alicerçada em uma convicção em comum: o Preceptor estava ficando velho e ultrapassado — deveria ser substituído! Ambos eram instrumentalizadores destacados na Capital e conheciam diversos ilhéus (particularmente nariihwians) que concordavam com eles. De uma maneira sutil e cautelosa.

Embora fosse pequeno, Agustín tinha um ego enorme. E uma personalidade autocrática. Não ter vínculos, familiares ou afetivos, que o distraíssem ajudava-o a dedicar-se integralmente à política.

A situação de Lorenzo era distinta. Ele tivera um relacionamento ocasional com a mãe de Ian, em Omiidhys — e desconfiava ser o pai da criança gerada por ela. De início, não se dera ao trabalho de confirmar. Nem ele nem ela. Nem a criança nem ninguém. Para todos os efeitos, Ian não tinha pai. Até se transformar no Assistente do Preceptor.

Então a coisa mudou.

É meu filho omiidhian que está na Preceptoria!, Lorenzo, orgulhoso, passou a pensar, sem estar seguro de ser realmente o pai de Ian. E a se interessar pelas ideias revolucionárias de Agustín sobre o Poder.

Embora transitassem em altas esferas, conversando com políticos das três ilhas-sob-o-Etherii, foi ironicamente em um poderoso conceptor de Vordhiinin — Karl — que os dois amigos acabaram apostando suas fichas. (Ajudara o fato de o vordhiinian confidenciar a Lorenzo: "Ian é seu filho; 100% de certeza! Comparei os códigos genético-neurais dos dois. Um a um". Mas não contaram a Ian. Lorenzo escolheria o momento certo para fazê-lo, sem expô-lo a Gusk.)

A proximidade com Karl catapultara a conspiração para um outro nível. O vordhiinian era ambicioso e persuasivo, e as coisas evoluíam para um golpe — logo, os conjuradores apertariam o gatilho. Substituiriam o velho Preceptor por um quadrunvirato: quatro ilhas, quatro governantes. Então, de repente, Gusk descobriu tudo e enviou os três para a prisão de Vordhiin. Ian, o quarto conspirador, conseguira permanecer oculto. Ainda jovem, já era um mestre em andar pelas sombras.

— Eu vou tirá-los da prisão — prometeu o Assistente do Preceptor ao infelicitado trio. — Vocês têm a minha palavra!

E Ian cumpriu a sua promessa. Com a ajuda de Hugo, de Arthur e da telepatia de sussurro.

A fuga para Nariihwe ocorrera às mil maravilhas (a primeira e única, em milhões de anos), mas uma longa permanência dos conspiradores no planeta-ilha amarelo era insustentável: as forças de segurança de Gusk vasculhavam todo o sistema bissolar. Eles precisavam deixar o Arquipélago. O planeta Glis era a primeira opção. Eles escolheram a segunda: a Terra. Hugo, amigo de Ian, assumiria a Estação Trincadora de Nariihwe e se encarregaria de tudo.

Mas algo de muito errado aconteceu.

Quando agentes da Capital chegaram à Trincadora (avisados por Lara, *agora* eles sabiam), uma tremenda confusão se estabelecera na torre de comando. Duas fendas espaciais foram trincadas, simultaneamente. Uma delas, inadvertidamente, de espaço-*tempo* Foi nessa que eles, Agustín e Lorenzo, entraram. Essa dimensão estava interditada no Arquipélago havia milênios... Usar essas fendas desintegrava e dissipava seus viajantes no Universo. Mas eles, Agustín e Lorenzo, chegaram ao planeta azul, o terceiro do sistema solar. Sozinhos.

Onde estão Karl e Lara? Não conseguiram viajar, devem ter sido presos na Trincadora... Seguramente!

O detalhe que eles desconheciam totalmente (e lhes custou uma eternidade descobrir): eles haviam voltado no tempo, chegando à Terra cento e cinquenta anos antes de Karl e de Lara.

Agustín e Lorenzo chegaram à Terra em 1870, na pequena cidade de Tigre, na Argentina, então uma pequena aldeia assentada sobre uma ilha do delta do Rio Paraná. Escaparam de cair na água por dois metros, materializando-se próximo ao solo e caindo em um matagal atrás do porto. Cada um com seu frasco de Etherii. Na queda, o frasco de Lorenzo se abrira, perdendo quase metade de seu conteúdo.

— Cuidado, Lorenzo! — disse-lhe Agustín em krpsnc. — Você não vai querer chegar neste mundo estranho sem o seu Etherii.

O miitherian estava certo. Foi o Etherii que os ajudou em seus primeiros minutos na Terra. E depois, ao longo de muitas décadas. Até que o precioso líquido (o de Lorenzo primeiro) começasse a acabar.

Da pequena aldeia de Tigre, eles foram para a capital do país, Buenos Aires — trinta quilômetros ao sul — e fixaram residência por lá. Na *Paris da América do Sul*, como a cidade de Buenos Aires era chamada, os dois ilhéus aprenderam sobre os costumes locais e o conhecimento acumulado pelos humanos da Terra. Aprenderam idiomas e tornaram-se poliglotas.

Foi um tempo feliz. Com seus poderes insulares, de interação com o Etherii, enriqueceram rapidamente, conquistaram influência, amigos e mulheres. Esbaldaram-se com bebidas e jogos (gostavam de vencer e venciam continuamente).

A autorregeneração celular, proporcionada pelo Etherii, evitava que os instrumentalizadores envelhecessem. O benefício, entretanto, trazia um inconveniente: de tempos em tempos, Agustín e Lorenzo precisavam se mudar, começar uma nova vida, do zero. Novas identidades, novas relações, novas ocupações. As pessoas não entenderiam por que aqueles dois não envelheciam, enquanto o tempo implacável agia sobre todos os demais. Em uma dessas mudanças, Lorenzo conheceu uma linda e jovem espanhola, uma galega de nome Mariña, então de férias na Argentina. Apaixonou-se e decidiu acompanhá-la de volta à Espanha. Moraria com Mariña na Galícia.

— Chegou a hora de nos separarmos, Agustín — dissera Lorenzo ao amigo, agora vivendo na cidade de Rosário.

— Mas, Lorenzo, não vai dar certo. Ela envelhecerá, e você não! Quantas vezes isso já aconteceu?

— Dessa vez é diferente... Eu amo essa garota. Se eu preciso recomeçar, que seja ao lado de uma linda mulher.

— Então, boa sorte na Europa! E economize o seu Etherii. Você já não tem muito...

A profecia de Agustín se mostrara correta: com o passar dos anos, Mariña perdeu sua juventude. Junto, perdeu a beleza. E então perdeu Lorenzo. Os amigos — um na Argentina, o outro na Espanha — mantinham contato através de cartas. Mas chegaram a visitar-se umas poucas vezes; as viagens de navio eram longuíssimas.

Em 1936, Lorenzo juntou-se à Frente Nacionalista, liderada pelo general Francisco Franco, e participou da Guerra Civil Espanhola. Em Córdoba, mais de trinta anos depois, Agustín ingressava na Escola de Aviação Militar da Força Aérea Argentina. Dela, saiu como alferes. Mas logo ascenderia a postos maiores, em uma meteórica carreira militar, impulsionada pelo período da ditadura e pela Guerra das Malvinas. Foi o mais jovem oficial promovido a comodoro na história do país.

Ao longo de cento e cinquenta anos, o miitherian e o nariihwian testemunharam avanços significativos dos humanos na Terra. Inúmeras invenções e descobertas: telefone, lâmpada elétrica, avião, automóvel, televisor, energia nuclear, computador, a chegada do homem ao espaço (isso em particular os divertira muito; sempre que se viam, faziam diversas piadas a respeito), a biociência e a internet.

Juntos, com o propósito de reunir poderosos e mentes superiores, planejaram a criação da *Mens Altior*, uma sociedade secreta que já nascia com representação na Europa e na América do Sul (depois, viria a ter ramificações também na América do Norte e na Ásia).

Mas, agora, chegavam ao crepúsculo de suas vidas e sem uma gota de seu "perfume encantado". O Etherii se acabara; mais cedo para Lorenzo. Agustín Lang e Lorenzo Martell não mais assumiriam novas identidades. Cristalizaram-se em seus últimos personagens.

Sem o Etherii, Lorenzo, em Portugal, envelhecera rapidamente. E adoecera. Já Agustín, em Buenos Aires, com mais líquido diizormórfico (ele cogitara dividi-lo com o amigo, mas logo abandonou essa ideia ridícula), conseguira retardar seu próprio envelhecimento. Ainda tinha fôlego para uma grande empreitada (ou duas, se conseguisse mais Etherii). Para começar, seria o próximo presidente da Argentina!

Uma luz de esperança se acendera na cabeça de Agustín quando Karl Meier o localizara em Buenos Aires, havia dois anos, através de uma reportagem no *Clarín* sobre o polêmico político do Partido Progressista Conservador. A matéria trazia uma grande foto do comodoro, e Karl o reconhecera de imediato.

— Vocês chegaram na Terra, que surpresa! Eu achei que você e Lorenzo tinham sido presos, ou se dissipado no cosmo. Caramba, Agustín... você está *muito* velho! — dissera Karl ao reencontrá-lo.

— Velho, sim; velhaco, nunca! — replicara e sorrira o miitherian. — Já eu, pensei que você e Lara tivessem sido presos na Trincadora, cento e cinquenta anos atrás. Você está com a *mesma* cara, safado! É ótimo vê-lo de novo, e sentir o seu perfume... Estava com saudades...

Karl entendera a insinuação.

— Bem, eu não posso lhe dar o meu Etherii... É o meu tesouro. Mas você pode me ajudar a *fabricá-lo*, aqui na Terra. Já imaginou, Agustín? Uma infinita quantidade de Etherii? Para inundar a atmosfera deste planeta e transformá-lo em uma *Nova Miithera*? Podemos formar um *triunvirato*: você, Lorenzo e eu... A propósito, Lara não precisa saber, por ora, que nos reencontramos, okay? Prefiro assim. Mas para fabricar esse Etherii, eu necessito, sim, de ajuda, de muita grana e de pessoas de confiança. De mentes superiores!

— Grana e *mentes superiores*? Acho que sei onde encontrá-las...

Agora, recostado na poltrona mais confortável da sede do PPCA em Buenos Aires, Agustín Lang punha fim à sua recaída tabagista e às reminiscências. Tivera uma vida longa e rica — em duas galáxias distintas. Mas ele queria mais, muito mais. Para Karl, pouco tempo havia se passado desde aquele dia, na Estação Trincadora de Nariihwe. Desde a conturbada fuga do Arquipélago em direção à Terra. Para ele e Lorenzo, entretanto, um século e meio ficara para trás. Eles haviam adquirido uma enorme experiência (sobre o caráter das pessoas, inclusive). Experiência que só a maturidade traz. Chovia em toda a cidade, e ele já não sabia se ter reencontrado o poderoso e ambicioso conceptor, recheado de Etherii até a tampa, fora um golpe de sorte... ou muita falta dela.

— Bom dia, Lara... Vamos levantar, preguiçosa? — disse Daniel à namorada, acordando-a com suavidade. Com um beijinho no cocuruto e outro na nuca. Ele chegara de Portugal tarde da noite.

O casal estava acomodado na suíte de hóspedes da casa de Aravaca, e as cortinas das janelas tinham sido deixadas propositalmente abertas. O sol de Madri nascia cedo naquela época do ano, Daniel queria pular da cama junto com ele. Na verdade, mal conseguira pregar os olhos desde o malfadado encontro com Karl. Jaime estava pior. Os dois eram assombrados o tempo inteiro pela abdução e o sequestro de Adriana e pelo ataque a Lara. O pesadelo era vivido de olhos abertos.

Não sei bem ainda o que acontecerá com Lara, mas a vida de Adriana corre um risco imediato. Karl pode matá-la quando quiser...

Não havia meio minuto a perder. Era preciso encontrá-la e resgatá-la. E, para isso, era imprescindível localizar o vordhiinian.

Se confirmarmos que o X-Reacher da KMCom está mesmo na Argentina, precisarei ir pra lá. Também temos de saber mais sobre esse tal "comodoro" e a Mens Altior. Nós não podemos falhar dessa vez. Não com a vida de Adriana em jogo!

O pensamento de que eles poderiam ter descoberto, ao menos, *em que país* Karl estava (certamente com Adriana!) enchera-o de esperança. Era preciso, porém, uma comprovação.

Lara estava de costas para Daniel. Ela demorara para pegar no sono e, antevendo a claridade da manhã, colocara uma grande máscara tapa-olhos para dormir.

— Huuuuuummmm... — fez a nariihwian, espreguiçando-se na cama e virando-se de frente para o namorado.

— Acorde, Lara... temos muito que fazer — disse ele, tirando gentilmente a máscara de seu rosto. — Deixei Jaime lá ontem à noite, desmaiado com seus remédios. Mas preciso falar com ele ago...

Daniel bem que tentou, mas não conseguiu evitar a expressão de surpresa. E de tristeza.

Dona Euterpe?, ele pensou.

Lara estava ficando absurdamente parecida com a mãe! Ainda era uma mulher bonita, mas, em poucos dias, envelhecera muitíssimo. A pele em torno dos olhos, até recentemente lisa como a de uma bebê, estava coberta por rugas. As pálpebras e as bochechas haviam cedido, e pequenos vincos formaram-se sobre sua boca, que se curvara para baixo.

— O que foi, meu amor? — perguntou Lara, a meio caminho do pânico. Ela intuía que tinha problemas.

— Na... Nada, querida... Você dormiu bem?

Lara não respondeu. Saltou da cama e correu para o banheiro. Voltou com o rosto coberto de lágrimas.

— Eu estou envelhecendo, Daniel, milhares de vezes mais rápido que o normal! Vou morrer em poucos dias... Aquele miserável do Karl não me matou de uma vez porque queria que eu passasse por isso... antes! Para me punir, me torturar. Ele quer que você me veja velha e feia... e quer que *eu* me veja velha e feia — disse Lara, desesperada. Em seguida, pôs-se a chorar compulsivamente.

Daniel a abraçou, sem saber o que dizer, o que fazer.

Lara... Adriana... Meu Deus, o que eu faço? Fico na Espanha ou vou pra Argentina? Eu não sou onipresente, pensou Daniel.

— Será... meu amor... que eu não consigo interromper esse processo? Cancelar esse "desrejuvenescimento"? — perguntou Daniel. — Eu sou um *instrumentalizador*, eu tenho os meus poderes.

Lara abanou a cabeça tristemente.

— Não, meu menino... Você pode muito, mas não pode tudo. Eu nunca havia lhe contado a minha idade... por vaidade. Eu sou vaidosa, não sei se você percebeu.

Ambos se permitiram um pequeno sorriso, repleto de melancolia. E a Daniel não lhe escapou perceber que ela voltara a chamá-lo de "meu menino". Lara continuou:

— Eu tenho 140 anos terrestres de idade, Daniel... Ainda que até outro dia, eu sei, não parecesse... Eu vou, ao longo dos próximos dias, recuperar minha idade real... Até morrer. Você conhece alguém vivo na Terra com 140 anos de idade?

— Mas se nós conseguíssemos interromper o processo, *hoje*? Você ainda está linda... Eu te amo e não me importo com a sua aparência — disse Daniel, com os olhos marejados.

Lara olhou para ele, enternecida. Estava emocionada. Alisou seu rosto como uma mãe faria com o filho. E enxugou as próprias lágrimas e as de seu jovem "namorido".

— Obrigada, meu menino... Mas, se eu ficar na Terra, com certeza estarei morta em pouquíssimo tempo. Minha única chance... talvez... é voltar para Miithera e procurar por Gusk, antes que eu esteja além do ponto de regeneração celular.

— Você acha que Gusk conseguirá interromper o processo de envelhecimento? Ou revertê-lo? — perguntou Daniel.

Lara deu de ombros. Ela não tinha certeza.

— Sinceramente, eu não sei. Talvez consiga interrompê-lo. Gusk é o humano mais poderoso do Universo. Se *alguém* pode fazê-lo... é ele, o Preceptor do Arquipélago.

— Somente Gusk... — repetiu Daniel, como se estivesse pensando em voz alta.

— E Karl — complementou Lara.

— Karl? Ele é assim... tão poderoso quanto Gusk?

— Não é esse o ponto. Foi Karl quem codificou as minhas células para o rejuvenescimento, no Arquipélago. E depois, em nossa luta no *La Hache*, as recodificou para o "desrejuvenescimento". Ele tem a chave de acesso a elas. Se ele quisesse, poderia desfazer a maldade que fez, mas certamente não quer...

— E se eu conseguisse entrar na mente de Karl... e *fazê-lo querer*... desfazer o seu envelhecimento acelerado? Talvez até mesmo... revertê-lo? Apoderar-me de sua mente?

Lara olhou para Daniel de uma forma meiga, porém cética.

— Eu adoro o seu voluntarismo, meu querido, mas você acredita *mesmo* nessa possibilidade? — questionou Lara. — Você viu os poderes que Karl está desenvolvendo... E o que fez com a gente. Com os quatro!

Daniel cedeu à realidade.

— Então... além de Karl, mais ninguém?

— Mais ninguém, lamentavelmente — respondeu Lara. — Exceto Gusk. *Talvez...*

Daniel estava quase convencido, mas a ideia de perder sua esposa extraterrestre o deixava inconsolável.

Eu vou perdê-la, para sempre! Quando eu mais preciso dela... Lara, eu te amo...!

— Lara, eu te amo...! — repetiu Daniel, agora em voz alta; uma voz premente e angustiada. Não era a primeira vez que o dizia, mas seguramente jamais o sentira tão profundamente.

Ah, a iminência da perda...

— Sou eu que te amo, meu menino — replicou Lara. — E, por muito tempo, achei que isso não voltaria a acontecer. Que eu não me apaixonaria de novo.

— Eu preciso de você... — insistiu Daniel.

— Eu também, eu também. E preciso, igualmente, que você precise de mim — respondeu a nariihwian.

Lara deitou a cabeça no peito de Daniel, como costumava fazer em sua vivenda, nas noites claras de Miithera. Acariciava seu rosto. Os dois ficaram em silêncio por cerca de dez minutos, envoltos em seus próprios pensamentos. Misturavam as doces lembranças do passado com o medo do futuro. Um futuro incerto e aterrador.

Daniel planejara contar a Lara todos os detalhes de sua rápida viagem a Portugal, feita no dia anterior: o encontro que tivera com Lorenzo Martell em Faro, a conversa sobre a Mens Altior e o comodoro Agustín Lang, suas desconfianças sobre os dois e a possível ida de Karl (e de Adriana?) para a Argentina.

Precisamos um do outro;
senão nós, quem há de nos entender?

Agora, porém, vendo-a tão fragilizada, indefesa e com um problema catastrófico pela frente, reviu seus planos. Não falaria nada.

Não te trarei novos problemas, Lara. Não seria justo. Agora, eu e Jaime estamos sós. Você, amor, precisa se concentrar em... sobreviver!

A vilania de Karl produzia perversidades diversas.

— E como você vai conseguir voltar para Miithera, Lara? — perguntou Daniel, rompendo o silêncio. — Tem de haver um alinhamento de fatores... não é isso? As tempestades solares, a ionização da atmosfera... Não é como marcar uma viagem de avião com dia e horário predeterminados. Uma viagem da Terra para o Arquipélago, para ser bem-sucedida, pode levar muito tempo, certo? Até que as condições sejam todas favoráveis...

Lara confirmou, balançando a cabeça. Daniel notou um enxame de fios brancos entre seus cabelos loiros.

— Sim — disse ela com ar desanimado. — Você está certo! Não sei quando e nem mesmo se eu conseguirei. Por isso, diversos banhos me esperam. Frios, infelizmente. Preciso tentar todos os dias! Talvez quatro ou cinco vezes ao dia. Não posso me dar ao luxo de aguardar uma *supertempestade solar*. É melhor que eu comece logo! Eu não posso morrer, meu querido. Não agora... Preciso voltar para Arthur e para minha mãe. Não quero que eles pensem que eu os abandonei, que não saibam o que aconteceu comigo. E eu não tenho muito tempo...

Daniel, por fim e com os olhos úmidos, concordou. Ouvir a própria voz despedindo-se da nariihwian era como ter as entranhas rasgadas. Por ele próprio. Como em um *haraquiri*, um *seppuku*.

— Sim, Lara... volte para o Arquipélago... E viva, por favor! Apenas me deixe, entre os seus banhos gelados, tentar reverter esse maldito processo de "desrejuvenescimento". Eu... não posso ter mais perdas além das que já tive. Sem você, eu não sei o que fazer...

Lara pegou as mãos de Daniel e o encarou longamente.

— Você, meu amor, deve ir atrás de Karl e salvar Adriana. O mais rapidamente possível. Se Karl sentir que Adriana perdeu a utilidade para ele, não hesitará em livrar-se dela. Ele não carrega peso morto. Resgate-a, tire-a dele... e fuja! Você não precisa enfrentá-lo. Não deve! Eu sempre estarei ao seu lado, mesmo a doze gigaparsecs de distância.

Daniel assentiu, desolado. Estava prestes a chorar.

— Minha *esposa*... Obrigado! Você sempre cuidou de mim.

Lara encostou sua testa na dele, sorriu e falou baixinho:

— E esse foi o melhor trabalho do mundo... meu *marido*.

Daniel abraçou a nariihwian com força. Não queria soltá-la mais. Dessa vez, era ele quem soluçava.

Daniel não contara a Lara — doravante iria poupá-la de novas preocupações —, mas agora contava ao amigo:

— Jaime, esse Lorenzo Martell não é daqui... Certeza! Ele deve ser um ilhéu... do Arquipélago. Meu palpite é que seja um dos dois comparsas de Karl, que fugiram com ele da Trincadora de Nariihwe. Esse tal de Agustín Lang, da Mens Altior na Argentina, deve ser o outro...

— Você não conseguiu entrar na mente dele?

— Apenas superficialmente. A princípio pensei que ela estivesse bloqueada, mas que também podia ser o Alzheimer... O homem está velho e doente. E, aparentemente, com um princípio de demência. Depois, achei que ele pudesse estar tentando me enganar. Curiosamente, tive acesso apenas às suas lembranças mais recentes; ao contrário do que acontece com o Alzheimer. As mais antigas pareciam apagadas. Ou bem enterradas.

— Ele é *muito* mais velho que Karl, certo? Vai ver, está batendo pino na descida. Mas essa diferença de idade... ¿*Cómo puede ser?*

— Humm... talvez eles tenham sido colhidos, acidentalmente, por uma fenda espaço-tempo... com a dimensão temporal ativada. A Trincadora estava uma confusão naquele dia. Havia muitas mãos sobre os controles. Se isso ocorreu, eles podem ter chegado na Terra décadas antes de Karl e de Lara. Essa seria uma explicação possível... Jaime, você precisa descobrir tudo sobre esse Agustín Lang!

— Deixa comigo! Você acha que Karl *e Adriana* estão mesmo na Argentina? — perguntou Jaime ansioso. Seus olhos estavam inchados e vermelhos; ele capotara com os remédios, mas não descansara.

— Eu não sei, amigo. Por isso precisamos descobrir se o avião de Karl foi realmente pra lá. Se você puder...

— Eu vou conseguir! — assegurou Jaime. (Encontrar o avião não seria complicado; já a localização de Karl...) — Isso que esse Lorenzo falou... que vai te recomendar para a Mens Altior. Você confia nele?

Daniel encolheu os ombros.

— Não, eu não confio. Mas nós não temos muitas opções. No final de nossa conversa, eu deixei Portugal com duas certezas apenas...

— Qual a primeira?

— Ele faria qualquer coisa para ter um pouco do meu Etherii... Agustín Lang, provavelmente, sente o mesmo.

— E a segunda?

— Por algum motivo... eu ainda não sei qual, no final da reunião Lorenzo Martell estava odiando Karl Meier.

Encostado à porta do banheiro da suíte, Daniel imaginava o que Lara fazia lá dentro: ele ouvira, antes, o barulho da água descendo pelos canos e enchendo a banheira. Por respeito e para não atrapalhá-la, decidira não entrar.

A qualquer momento, ela desaparecerá da minha vida.

Estava dividido quanto ao que sentia: metade dele queria que ela conseguisse voltar ao Arquipélago, a outra metade desejava que ela falhasse. Que a porta do banheiro se abrisse de repente e ele a visse maravilhosa, secando seus lindos cabelos com uma toalha minúscula.

Por favor, um dia mais...

Você é um egoísta!, pensou sobre si mesmo, reprovando a parte de seus sentimentos que desejava que ela permanecesse na Terra. Ele processava suas dubiedades enquanto aguardava, ansioso, o resultado da primeira tentativa de viagem da nariihwian.

Cerca de quinze minutos depois, Lara abriu ligeiramente a porta do banheiro e, pela fresta, deu uma espiada no quarto. Ao ver Daniel, suspirou e voltou a fechá-la.

— Lara, Lara — chamou Daniel. — Você está bem?

A porta se abriu novamente, e Lara saiu para o quarto devagarzinho. Vestia um roupão de banho extragrande (de Jaime), algo que ela nunca usara antes. Era evidente que desejava esconder o corpo.

— Ainda estou aqui. Podemos fazer agora aquela sua tentativa de interromper meu "desrejuvenescimento". Se você quiser... Daqui a pouco voltarei para a banheira. E à tarde também.

Daniel sorriu feliz ao vê-la. Estava aliviado. Temporariamente.

— Sim, sim... Venha. Deite-se aqui, eu vou cuidar de você.

Lara caminhou até a cama e deitou-se com as pernas juntas e o cinto bem apertado, assegurando-se de que o roupão não deixasse nenhuma nesga do corpo exposta.

— Isso, assim... Relaxe, feche os olhos...

Antes de fechar os olhos, a nariihwian sorriu e disse:

— Tomara que funcione, meu amor, mas se não funcionar, por favor, não fique mais torcendo atrás da porta para que a viagem não aconteça, tá bem? Vai dar uma volta... Não sei como é no futebol, mas no seu caso a torcida *tem* influência no resultado do jogo.

Daniel sorriu de volta, sem graça.

— Tá bem, eu posso fazer isso. Mas não vai ser preciso! Daqui a uma hora, você já estará muito mais jovem. Você vai ver...

Uma hora depois, Lara estava muito mais velha.

Daniel cuidava, com Jaime, da Crise A ("A", de Adriana). A Crise L (de Lara) tristemente parecia se encaminhar para uma única solução: a volta da nariihwian a Miithera — desde que ela conseguisse. Daniel continuaria empreendendo esforços para tratá-la entre os banhos, mas evitaria estar próximo dela durante suas tentativas de viagem. Na linha de frente, *La Resistencia* estava agora reduzida a ele e Jaime apenas. Dona Assumpta cuidava da retaguarda.

Jaime trazia notícias que poderiam ajudar na Crise A.

— Consegui... Descobri a matrícula do X-Reacher da KMCom. Um jato com essa identificação pousou no aeroporto de Ezeiza, em Buenos Aires, *no mesmo dia* em que Karl fugiu com Adriana daqui. De Madri. Tenho agora o transponder do bicho monitorado. Ele pode até fugir, mas não se esconder.

— No mesmo dia... Sim, em um voo direto, sem escalas, e indo para trás no fuso horário, é possível — disse Daniel. — Bem, está confirmado:

eles estão na Argentina! Lorenzo Martell não mentiu quanto a isso. A questão é... onde?

— Lorenzo também não mentiu quanto ao tal de Agustín Lang, *comodoro* Agustín Lang — disse Jaime. — Não foi difícil levantar informações sobre ele. Ele é uma pessoa pública. Ex-militar, 70 anos, piloto brilhante, teve uma carreira meteórica durante e após a ditadura argentina. Agora é político, líder do PPCA: Partido Progressista Conservador Argentino. Um partido muito pouco progressista e extremamente conservador. Candidato à presidência (com grandes chances, dizem as pesquisas) de seu país nas eleições do próximo ano. O marketing político de sua campanha está sendo turbinado... adivinhe por quem... Pela KMCom! Não se sabe muito, entretanto, sobre seu passado. Ele é bastante lacônico quanto a isso. É até estranho, parece que só apareceu no mundo após o ingresso na Escola de Aviação Militar... Qual a idade aparente de Lorenzo?

— Humm... — fez Daniel, pensando. — Eu diria que em torno dos 95 anos.

— Pois é, a diferença de idade entre eles é grande. Ou Agustín se conservou muito mais; ele está excepcionalmente bem para a idade que afirma ter. Mas o mais interessante está em algumas informações que não são de domínio público...

— Na *deep web*?

— *Deep web, dark web, hacking groups*... Existem rumores de que ele fala mais de cinquenta idiomas e faz parte uma fraternidade de pessoas com inteligência superior. Que prega um tipo de supremacia intelectual. Nesse meio, ele seria conhecido como Poliglota.

— Estão se referindo a *Mens Altior*, claro — disse Daniel. — Poliglota. Não é difícil para um ilhéu aprender mais de cinquenta idiomas sob a influência do Etherii. Ele *é* do Arquipélago!

Jaime concordou, sinalizando positivamente com a cabeça.

— Irmão, eu vou para Buenos Aires! — disse Daniel, decidido. — Vou atrás desse comodoro Agustín Lang, de Karl Meier e de Adriana. Mas neste momento precisamos nos dividir. Aqui, estou prejudicando as tentativas de Lara voltar para Miithera. Inconscientemente. Ainda que, conscientemente, eu me esforce para não fazê-lo. Temos duas crises simultâneas para administrar, Jaime. É importante que você fique em Madri. Que resguarde o nosso *quartel-general*. Pelo menos por enquanto. Para cuidar de Lara e de minha mãe...

— Não, Daniel, eu preciso ir! — rebateu Jaime, se contorcendo e com os olhos injetados. — Eu preciso encontrar minha Adriana, salvá-la. Cada dia que passa é um tormento pra mim. Não sei quanto tempo mais vou aguentar... Não muito!

— Você irá para a Argentina, Jaime! *SE* Adriana estiver lá... Mas, primeiro, é necessário localizá-la. O avião aterrizou em Buenos Aires, mas eles podem estar em qualquer outro lugar. Qualquer um! No Paraguai, por exemplo. Ou no Uruguai. É só atravessar o Rio da Prata... pegar um barco. Karl não vai se movimentar todo o tempo com um jato daquele tamanho. É muito *bandeiroso*, e Karl não é estúpido; ele sabe esconder seus rastros. Eu te mantenho informado... Quando eu souber, chamo você! Prometo! Eu já conheço a força do nosso inimigo, e a sua ajuda será mais do que bem-vinda: será fundamental. Calma, amigo... aguente só mais um pouco. Neste momento, Karl conhece o endereço desta casa, aqui em Madri. Conhece tudo o que Adriana sabe sobre nós, sobre você... sobre mim. Preciso que você se cuide. E que cuide de minha mãe... e de Lara, enquanto ela estiver aqui. Se necessário, use a arma que Karl materializou.

Desacorçoado, Jaime concordou.

— Encontre-a, Daniel... Por favor! — disse Jaime, levantando e exibindo a palma da mão esquerda.

Daniel correspondeu, erguendo a mão direita. Bateram as palmas abertas e os dedos anulares feridos na infância, produzindo um som baixo e característico: *Tap*. Uma única vez.

— *High One!* — disse Jaime.

— *High One!* Amigos e irmãos... para sempre! — respondeu Daniel. — Como sempre fomos.

Os amigos ficaram em silêncio por alguns instantes. Então Daniel falou:

— Vou ter de te pedir, novamente, o passaporte de Don Miguel emprestado, Jaime. Para viajar para Buenos Aires e, sabe-se lá, pra onde mais...

*La amistad es como un
trébol de cuatro hojas,
es difícil de encontrar y
es de buena suerte
tener uno...*[2]

---

2 "A amizade é como um trevo de quatro folhas, é difícil de encontrar e traz boa sorte ter um..." (Tradução livre)

58

Dois dias depois, em Buenos Aires, Daniel dava entrada no Gran Lapacho Amarillo, um hotel pequeno localizado nas imediações do Microcentro. O nome referia-se certamente à árvore (com quase quinze metros de altura e alguns buracos em seu tronco anormalmente grosso — os mais baixos preenchidos com cimento) que enfeitava a entrada do edifício. Isso porque o hotel, em si, não era nem grande nem suntuoso. Mas a simpática moça da recepção informara a Daniel que, em questão de dias, as flores do ipê se abririam como uma aquarela, uma explosão de amarelo. "*Che*, é o cenário mais bonito de Buenos Aires..."

O que interessava a Daniel, entretanto, era a proximidade do hotel com a sede do PPCA, o partido político do comodoro Agustín Lang. Ele grudaria no ex-militar até descobrir o paradeiro de Karl Meier.

Vou resgatar Adriana. Pago qualquer preço por isso..., pensou. Em seguida, pensou também em quanto não pagaria para salvar Lara. Ele amava a nariihwian e, para começar, já tinha aceitado o altíssimo preço de perdê-la — para que ela vivesse. "*Talvez...*"

Tomara que Lara consiga voltar pra Miithera. E que Gusk consiga frear seu "desrejuvenescimento". Mas, principalmente, evitar sua morte. Karl não poderia ter sido mais cruel com a mãe de seu filho!

Daniel baixara, em seu celular, um aplicativo que atualizava diariamente informações sobre o clima espacial, tempestades solares e as condições geomagnéticas da Terra. Uma coisa *meio nerd* e para aficionados. Uma erupção solar, acima da média, ocorrera no dia anterior — mas nada de espetacular. De todo modo, previa-se um pouco mais de ionização na atmosfera dentro dos próximos dias. Isso se outras erupções, fortes e contínuas, se somassem àquela da véspera. Ele olhou para o céu nublado. Era cedo e garoava. *Como saber?*

Deus, por favor, mande uma tempestade solar pra cá... rapidinho! Lara não tem muito tempo mais. Que não prejudique a Terra, forte só o suficiente para salvar a minha... eternamente linda namorada.

Daniel lembrou-se das despedidas que fizera em Madri, antes de embarcar para Buenos Aires. Ao se despedir de Jaime, tivera de renovar todas as promessas. "Fica tranquilo... eu te chamo. Se Karl e Adriana estiverem mesmo em Buenos Aires, eu te aviso. Aí você vai pra lá e me ajuda. Nós vamos encontrá-la e trazê-la de volta, juntos!"

Já com Dona Assumpta, tinha havido muito choro, quase tudo da parte dela; ela estava apavorada. A princípio, não queria deixá-lo ir. "Você é a única coisa que eu tenho nesta vida, *figlio*. Se te acontece alguma coisa, eu morro." Mas Assumpta era mãe e conseguia imaginar (ainda que o mero pensamento a desesperasse) a dor suprema de perder um filho, uma filha. Colocava-se no lugar da Beata Jerusa, a *mamma* de Adriana. Daniel era a *única* chance de ela ser resgatada com vida. No final, Dona Assumpta consentira: "Vá, *figlio*, e traga Adriana de volta. Mas apenas isso... Use a sua inteligência, não a força. Não enfrente Karl! Você não tem essa obrigação, não é a polícia do Universo... Se esse Preceptor, o tal de Gusk, quer mesmo o monstro preso, que venha buscá-lo pessoalmente. Vá pra Argentina e voltem — você e a Adriana — em segurança. Você tem a minha bênção. Que Nossa Senhora da Lampadosa te acompanhe! E me ligue todos os dias, sem falta. Eu já sei... eu me conheço. Meu coração ficará em suspenso o tempo inteiro, e só voltará a bater quando você me ligar".

Despedir-se de Lara, porém, tinha sido muito mais doloroso. Podia ser uma despedida definitiva — e ambos compreendiam isso.

— Lara... eu...

— Sim, Daniel, eu sei. Você está indo para a Argentina, atrás de Karl... e de Adriana. Vá, meu amor! É o que você deve fazer.

— Não sei se quando eu voltar... Mas eu preciso ir...

— E eu preciso retornar ao Arquipélago, querido — replicou ela. — Estou cada vez mais fraca. Minha vida se esvai em cada uma de minhas células... eu posso sentir. E quero estar ao lado de Arthur e de minha mãe, em nossa vivenda, em meu último momento. Torça por mim! Para que eu consiga fazer a viagem, antes de...

A nariihwian calou-se e o olhou como se já tivesse partido.

— Você vai conseguir! — exclamou Daniel. — E quando tudo isso acabar, meu amor, eu vou visitá-la. Nós ainda ficaremos...

— Juntos? Você e a sua namorada de 140 anos? — atalhou Lara com um sorriso melancólico, mas ainda maroto. — Não, meu menino. Nossa história chegou ao fim. É melhor guardarmos na memória as nossas lembranças mais doces, mais lindas. A chama, e não as cinzas.

Daniel a beijou com suavidade e sentiu seus lábios enrugados. Ele chorava, ela não. Ele queria eternizar o momento, ela queria partir.

— Por favor, vá agora, Daniel! Preciso voltar para os meus banhos gelados. Meu tempo está se esgotando. Lembre-se sempre de sua alienígena, que te amou mais do que qualquer terráquea conseguiria.

A última visão que ele teve de Lara foi a de uma mulher idosa em um roupão de banho, fechando a porta do banheiro delicadamente (embora de maneira decidida) contra seu rosto ainda adolescente, aparvalhado e coberto de lágrimas. O rosto de um menino.

Adeus!

Passava pouco das nove da manhã, e Daniel julgou que era cedo para aparecer na sede do PPCA. Queria ver se dava sorte e encontrava Agustín Lang por lá. *Seria o ideal; pegá-lo de surpresa!* Imaginou que por volta das onze horas suas chances seriam maiores. Sua habitação, de número 502, no quinto andar, dava de frente para a tranquila rua de entrada do hotel. Da janela, podia ver os raros transeuntes passarem apressados, agasalhados e fugindo do frio e da chuva fina.

Vou aproveitar e ligar para Madri.

— *Mamma*, tudo bem? Estou no hotel, aqui em Buenos Aires. Seu coração já pode voltar a bater — gracejou Daniel.

— *Figlio*, não brinca! Um dia você vai entender o coração de uma mãe. Você fez boa viagem? Conseguiu dormir? Já comeu? Tá frio aí?

— Está tudo bem, Dona Assumpta! Sim, está frio, eu já comi e descansei bastante durante o voo — respondeu Daniel com paciência, porém mentindo sobre o descanso. (Desde a abdução de Adriana e o "desrejuvenescimento" de Lara, ele apenas cochilava; não conseguia dormir por mais de vinte minutos seguidos, sendo constantemente despertado pela angustiante realidade.)

— Você vai ver aquele político argentino hoje? Aquele coronel?

— Comodoro, *mamma* — corrigiu Daniel. — Eu vou tentar, se ele estiver em Buenos Aires... Ele deve ter uma agenda bem intensa, está em campanha eleitoral. Mas não vai escapar de mim!

— Cuidado, *figlio*, você é a única coisa que eu...

— Eu sei, mãe, eu sei... Eu vou me cuidar — disse Daniel. — Por favor, procure se acalmar, está bem? Não posso ter mais essa preocupação agora. E você? Tem tomado os seus remédios? E Lara? E Jaime?

Dona Assumpta adorava que o filho se preocupasse com ela.

— Ah, pra minha idade... eu estou bem. Só preciso controlar a pressão. Lara, eu não vejo desde ontem à noite. Ainda não desceu pra comer. Deve estar de novo metida na banheira, a pobrezinha. E Jaime... *Ih, olha ele lá!* Está me chamando, parece que quer alguma coisa.

Naquele exato momento, Jaime vinha descendo a escadaria da casa correndo. Freneticamente. Saltando de dois em dois degraus, acenava e gritava para Dona Assumpta:

— Eu preciso falar com o Daniel! Me deixe falar com ele... — disse, já alcançando o telefone que lhe era estendido.

— Daniel, ela conseguiu! — disse Jaime, esbaforido. — Bati na porta, e ela não respondia. Entrei no seu quarto, depois no banheiro... O snorkel na banheira cheia de água fria, o frasco de Etherii, as roupas largadas... Ela deixou tudo para trás e foi embora, como veio ao mundo. Lara voltou para o Arquipélago!

"Lara voltou para o Arquipélago!"

Sentimentos desencontrados invadiram Daniel, contentamento e tristeza. A mulher que o "amara como nenhuma terráquea seria capaz", e se movera "sempre à beira do abismo", reencontraria a família e teria a chance de viver. Ou de morrer em casa... ladeada por sua mãe e pelo filho. Ela era o elo do meio, e esse elo se partiria. Mas em um ambiente de paz e amor. O derradeiro alento que todos deveriam ter.

Se Lara não tivesse voltado comigo para a Terra, continuaria jovem e feliz no Arquipélago. Fora do alcance de Karl. (E eu estaria morto!) Por que ela fez isso? É fácil entender por que EU me apaixonei por ela: uma mulher fascinante e envolvente — uma moça deslumbrante, com 140 anos de experiência! Mas e ELA... o que ELA viu em mim?

Sua compleição física era modesta, e ele era imaturo (embora as circunstâncias viessem acelerando seu amadurecimento). Faltavam-lhe experiência de vida e autoconhecimento, em particular de seus próprios sentimentos. E também faltava-lhe conteúdo, estrada. Como ombrear uma vivência de 140 anos? Mesmo sendo um instrumentalizador...

Sua experiência nas coisas do amor podia ser minguada, mas ele tinha duas certezas: (a) jamais esqueceria ou deixaria de amar sua linda esposa nariihwian, e (b) de um modo ou de outro, ele a perdera. Para sempre! (Prantearia depois... precisava se concentrar na Crise A.)

Agora somos apenas Jaime e eu nesta guerra. E vamos resgatar Adriana! Nenhum homem ou mulher ficará para trás... Nenhuma nova perda será aceita, pensou, com uma pitada de ironia e muito amargor.

Além de Nicolas, de Hugo, de meu babbo... e de Lara.

O comitê portenho da campanha do comodoro Agustín Lang ficava no mesmo edifício da sede nacional do PPCA, o Partido Progressista Conservador Argentino, na Avenida Corrientes. Na verdade, poder-se-ia dizer que o PPCA *era* Agustín Lang. A impressão de Daniel ao entrar no velho edifício, carente de uma boa reforma, era que tudo, absolutamente tudo, girava em torno da candidatura do ex-militar à presidência do país. Militantes com camisetas exibindo o rosto magro do comodoro, pôsteres, totens, TVs penduradas nas paredes e computadores ligados. Às onze da manhã, o ritmo de trabalho no comitê era frenético.

A eleição é apenas no ano que vem!, pensou Daniel, caminhando até uma atendente que lhe pareceu mais graduada.

— ¡Buenos días! — disse ele. — Eu gostaria de falar, por favor, com o comodoro Agustín... Ele está?

A mulher, uma falsa ruiva, olhou para ele de forma divertida.

É mesmo, garoto, gostaria de falar com ele? E quem você acha que é? O novo Papa argentino?, ela pensou. Em vez disso, respondeu:

— O comodoro está em Córdoba, só volta amanhã. Para o comício na Plaza de Mayo. Qual o seu nome, ele o conhece?

— Meu nome é Daniel Santoro, do Brasil. Não, ele não me conhece... Mas eu venho por indicação de um amigo em comum: Lorenzo Martell. É assunto de interesse do comodoro. E quero fazer uma *doação especial*. Talvez a mais generosa que ele já tenha recebido...

A ruiva tingida voltou a olhar para ele, intrigada. Ele ganhara sua atenção. Fez um bico com a boca e depois falou:

— De todo modo, ele só atende com horário marcado — disse ela. — Preencha essa ficha e deixe seu nome, dados de contato e assunto que deseja tratar. Todos os pedidos de audiência são analisados previamente por uma de suas assistentes pessoais...

Você é uma de suas assistentes pessoais, pensou Daniel após fazer uma varredura na mente da mulher. *Inclusive chegou a ter um caso com o comodoro. Apesar de ser casada.*

Daniel pegou a ficha, preencheu-a rapidamente e a devolveu. Não queria perder tempo.

— Aqui está! Mas não deixe de falar com Agustín Lang, diretamente. Lembre-se: meu nome é Daniel Santoro, da parte de Lorenzo Martell, de Portugal. Doação! O assunto é urgente, Roxanna...

A funcionária pegou a ficha, surpresa por ter sido chamada pelo nome — ela não se apresentara nem usava um crachá.

— Bem, a doação pode ser feita hoje mesmo, se você quiser...

Daniel apenas sorriu, deu-lhe as costas e saiu sem dizer nada. No meio do caminho, de um totem junto ao paredão cheio de fotos, pegou um calendário de comícios de Agustín Lang.

Quantas fotos... abraços e sorrisos. Esse cara está determinado a ser presidente, pensou Daniel enquanto passava os olhos pelas centenas de retratos do político, sempre simpático: o comodoro com trabalhadores, o comodoro com crianças, o comodoro com celebridades, o comodoro com outros políticos importantes...

O comodoro com Karl Meier.

59

"O mundo está prestes a virar de cabeça para baixo? Estamos abrindo o debate sobre a inversão dos polos magnéticos da Terra... e você, em casa, está convidado a participar!", anunciava o apresentador do programa de TV, transmitido ao vivo pela internet. "De um lado, temos aqui conosco o Dr. Mo Zhao Hon, PhD em geofísica, professor titular da Universidade de Zhejiang e líder do Grupo Laschamp-Lee de Pesquisas Geomagnéticas, que defende a tese de que a inversão dos polos magnéticos é iminente, potencialmente catastrófica para nosso planeta e que devemos nos preparar para ela. Apesar de seu brilhante currículo científico, não é uma unanimidade — pesquisas revelam que uma considerável parte da população não acredita em suas teorias. Do outro lado, temos a famosa escritora Sarah Rowell, que se especializou em assuntos de ciência e é autora do best-seller *Scientiaterrorismo: quando a ciência cria o terror*. Com mais de dez milhões de seguidores na internet, ela é uma crítica feroz de vários dos alertas disparados pela ciência — inclusive este que é tema de nosso debate de hoje. Em suas palavras, 'o objetivo da ciência frequentemente é espalhar o terror e, assim, controlar as pessoas'. Por essa e outras declarações polêmicas, é considerada uma das líderes daqueles que afirmam que os 'polos magnéticos estão apenas oscilando', e que eles *jamais se inverteram no passado ou se inverterão no futuro*.

Sejam bem-vindos ao programa, Sarah... e também Dr. Mo!

Dr. Mo Zhao Hon, o senhor poderia nos explicar suscintamente os motivos de suas preocupações?"

O cientista taiwanês, um homem alto e magro, ajeitara-se na cadeira confortável. Sentia-se, porém, incomodado; ao contrário de sua oponente, ele não gostava de exposição pública. Era discreto e fluente em inglês, mas tinha um sotaque fortíssimo.

— Bom, os motivos são claros. As reversões nos polos magnéticos, o norte magnético invertendo-se em relação ao norte geográfico, ocorrem a cada 200 mil ou 300 mil anos — disse o Dr. Mo. — A última inversão completa ocorreu há cerca de 780 mil anos... Estamos, portanto, bastante atrasados. Nossas pesquisas dizem que o processo já começou... e avança rapidamente. A magnetosfera da Terra, que nos protege das partículas trazidas pelos ventos solares e mantém a atmosfera no lugar, está se enfraquecendo constantemente, como já acontece com a Anomalia Magnética do Atlântico Sul, sobre o Brasil e a Argentina. Quando ocorreu a inversão completa, de Brunhes-Matuyama, há 780 mil anos e...

— Quem pode dizer, ao certo, o que aconteceu há 780 mil anos? — interrompeu Sarah Rowell, uma loira de meia-idade, cabelos armados e pernas bonitas, cruzadas sob um vestido preto deliberadamente curto; aqueles debates públicos eram seu momento de glória. — Em plena era glacial da Idade Chibana? Ora, Dr. Mo, quem presenciou uma inversão dos polos magnéticos que poderia ter confirmado isso? Um mamute com uma bússola amarrada na pata?

Gargalhadas espalhafatosas foram ouvidas de pessoas que não estavam enquadradas na cena. O cientista deu uma risadinha paciente. Ele já esperava provocações desse tipo.

— A senhora bem sabe que não é possível perguntar a um mamute, até porque eles já foram extintos... Mas fico feliz por ter mencionado a Idade Chibana, uma subdivisão da época do Pleistoceno. O nome é uma referência a Chiba, uma cidade japonesa. Sedimentos conservados em um penhasco localizado em Ichihara, no município de Chiba, permitem-nos identificar, com bastante precisão, o início da inversão dos polos magnéticos, em um tempo de glaciações que...

Sarah tinha seu discurso preparado e o interrompeu de novo:

— Uma hora são as glaciações, outra hora é o aquecimento global... Os dinossauros foram extintos por mudanças climáticas provocadas pelo movimento dos continentes, ou por um meteoro que se chocou contra a Terra? De repente, o buraco na camada de ozônio estava aumentando, ameaçando nos fritar a todos... Pânico, pânico! Agora o tal buraco está se fechando. Os pobres aerossóis não eram os culpados afinal! O bug do milênio, *que não ocorreu*, traria o caos aos computadores e ao mundo da informação (aviões foram proibidos de decolar). A inteligência artificial dominaria o mundo e causaria guerras nucleares; as pandemias trariam o extermínio da humanidade... Nada, nada confirmado! Esse é o problema da ciência atual... que eu abordo detalhadamente em meu livro *Scientia-terrorismo*, um termo que eu criei para definir a ciência que tenta incutir terror na população...

Sarah Rowell fez uma pausa em seu discurso e levantou o livro, displicentemente, exibindo a capa para a câmera. Ela continuou:

— Todas as grandes premissas são feitas a partir de "fatos" supostamente ocorridos há milhares ou milhões de anos, ou previstos para acontecerem muito, muitíssimo à frente. Bastante conveniente para os cientistas, não? As previsões de curto prazo, entretanto, se mostram frequentemente equivocadas. Quem prova que houve, de fato, essa inversão completa de polos magnéticos na Terra?

— O polo norte magnético se localiza atualmente no norte do Canadá — disse Dr. Mo —, já desviado do norte geográfico. Entretanto, a cada ano, ele se move cerca de cinquenta quilômetros em direção à Sibéria, impulsionado pelo movimento do ferro líquido dentro do núcleo do planeta. Nós não precisamos voltar tanto tempo atrás, senhora Sarah. Desde a última inversão completa, tivemos diversas "excursões geomagnéticas" que não acarretaram mudanças permanentes, mas desvios temporários, de curta duração. Às vezes completos! *Sempre* com comprometimento do campo magnético da Terra. Um desses desvios temporários ocorridos chama-se *Excursão Laschamp*...

— Sei, sei. Já ouvi falar... Há *apenas* 42 mil anos — cortou Sarah Rowell, em tom de deboche.

— Sim, a Excursão Laschamp. Uma análise baseada nos anéis do tronco de uma árvore retirada do fundo de um pântano da Nova Zelândia confirma o fenômeno. Os efeitos dessa reversão geomagnética foram devastadores. O brutal enfraquecimento do campo magnético da Terra (estima-se que ele estava com uma *vigésima parte* de sua força) expôs a vida terrestre a um perigosíssimo bombardeio de raios UV, tempestades solares, ionização atmosférica e mudanças climáticas. Várias espécies animais foram extintas, inclusive os marsupiais gigantes na Austrália e os neandertais na Europa.

— E nós, *Homo sapiens sapiens* (sim, duplamente sapiens!), também seremos extintos, no caso de uma hipotética inversão magnética completa? Com todo o respeito, o senhor é um *scientiaterrorista*!

— Não, eu não sou... Mas também não sou um *negacionista* — devolveu o cientista. — Eu não disse que a inversão magnética implicará a extinção de toda a espécie humana; pelo menos não por esse motivo isoladamente. Mas nós precisamos nos preparar. O enfraquecimento do campo magnético da Terra (e da proteção de nossa atmosfera) e o aumento das EMCs (as Ejeções de Massa Coronal) são fenômenos distintos que, combinados, podem trazer consequências inimagináveis para o nosso planeta. Em 1859, um astrônomo amador britânico, Richard Christopher Carrington, detectou uma chama anormalmente grande emergindo da superfície solar; uma Ejeção de Massa Coronal. Não se conhecia muito sobre as EMCs à época. Mas estima-se hoje que aquela ejeção, a maior registrada em 500 anos, tenha liberado uma quantidade de energia equivalente a 10 bilhões de bombas atômicas no espaço. Essa energia viajou e em 18 horas atingiu a Terra. O telégrafo, o meio de comunicação mais importante na época, simplesmente derreteu. Os cabos das linhas de transmissão dos sinais chegaram a incendiar-se devido às interferências eletromagnéticas. O mundo ficou incomunicável e levou uma década para reconstruir totalmente a infraestrutura telegráfica. A economia, é claro, sofreu diretamente as consequências. Agora eu pergunto: qual o efeito de novas EMCs, de tempestades espaciais brutalmente ionizadas, se encontrarem o campo magnético de nosso planeta com apenas 5% de sua capacidade de proteção da atmosfera? Nos dias de hoje, neste mundo hiperconectado e...

— O senhor pergunta — interrompeu Sarah Rowell —, mas estou certa de que já tem todas as respostas. A ciência sempre as tem; e, quando não tem... inventa. A ciência se financia através do catastrofismo. A "ci-ên-ci-a"... (A escritora separou silabicamente a palavra, fazendo simultaneamente aspas com dois dedos de cada mão para enfatizar o que verdadeiramente pensava.)

O cientista fechou a cara, e o moderador do debate sorriu. Sarah Rowell era garantia de polêmica. E de uma boa audiência.

— Não, não temos todas as respostas. E é isso que preocupa a comunidade científica — retorquiu o Dr. Mo. — Mas posso imaginar alguns cenários... Com a proximidade da inversão dos polos e o enfraquecimento de nossa magnetosfera, haverá um aumento brutal da radiação solar e da ionização de nossa atmosfera. Isso terá impactos negativos sobre a saúde das pessoas e efeitos imprevistos sobre o clima e nossas novas tecnologias. Precisaríamos torcer para que as EMCs fossem moderadas no período de transição, nada parecidas com aquela que provocou o Evento Carrington. Do contrário, satélites, redes elétricas, sistemas de comunicação e de navegação seriam afetados, como nunca se viu na idade moderna. Apenas para exemplificar: neste momento, temos mais de dez mil aviões no ar. No cenário descrito, eles voariam sem a orientação de satélites e seriam bombardeados por uma intensa radiação, em um ambiente excepcionalmente ionizado. O colapso do fornecimento de energia afetaria hospitais, a internet, *todo* o nosso sistema de comunicação e navegação (os satélites queimados despencariam), os bancos... Felizmente, o enfraquecimento da magnetosfera não é permanente. Completada a inversão dos polos, o campo magnético começará a se recompor, voltando a diminuir a radiação solar e a ionização da atmosfera. Dependemos de uma magnetosfera saudável para defender o planeta. Marte também já te...

— Marte? Desculpe-me tê-lo chamado de *scientiaterrorista*! — cortou Sarah Rowell, imprimindo em sua voz o maior sarcasmo que conseguia. — Mas o senhor me tranquiliza! Então, *se* ocorresse essa tão temida inversão dos polos, amanhã ou talvez dentro de algumas dezenas de milhares de anos...

— Está mais para *amanhã* do que para *dentro de algumas dezenas de milhares de anos* — pontuou Dr. Mo, interrompendo a escritora.

— Deixe-me terminar meu raciocínio! Sem *manterrupting* aqui, por favor! — rebateu a mulher, visivelmente irritada. — Continuando... *se eu puder... Se* ocorresse essa improbabilíssima inversão dos polos, para eu ir para a Antártida, bastaria seguir o Norte de minha bússola, e não o Sul? E, depois de toda essa confusão e discussão estéril sobre o campo magnético, a nossa preciosa atmosfera voltaria a ser como sempre foi, com a magnetosfera nos protegendo dos ventos solares?

— É o que esperamos: uma lenta normalização... depois do caos! Depois de muitas mortes e de um retrocesso de décadas, ou séculos, em nossa civilização — respondeu o taiwanês, de forma suscinta. Ele perdera a esperança de convencer Sarah Rowell.

A milhares de quilômetros, Karl Meier assistia ao debate e pensou: *Esta atmosfera* jamais *voltará a ser como sempre foi. Não se, nessa janela de oportunidade, eu conseguir inundá-la com o novo Etherii, fabricado aqui na Terra. E se ele conseguir se autorreproduzir...*

— Dr. Rudson, como é que estamos? Como vai o nosso *Projeto Creador*? — perguntou Karl Meier ao telefone (para não variar, demonstrava maus bofes). — Não tenho ouvido notícias suas.

O cientista do outro lado da linha engoliu em seco. Após cada ligação do empresário precisava tomar um coquetel de tranquilizantes e antiácidos para o estômago. Mas o melhor mesmo seria medicar-se antes da ligação, desde que ele soubesse com antecedência quando precisaria enfrentá-lo.

— Boa tarde, Sr. Karl, estava ainda preparando alguns *batches* para o senhor testar quanto às suas propriedades... especiais. Aquelas que apenas o senhor consegue testar. Não esperava falar consigo hoje.

— Não me interessa o que você esperava, Rosbife... Responda à minha pergunta! Como estamos?

— Estamos avançando, Sr. Karl... Desenvolvemos uma formulação capaz de se autorreproduzir dentro de condições laboratoriais ideais, muito específicas. Mas, ao se multiplicar, perde boa parte da estabilidade. Eu diria... cerca de 50%, em média. Começamos perdendo 75%, 80%, mas melhoramos o processo e...

— Uma perda desse nível é pornográfica! Expõe toda a sua incompetência... — interrompeu Karl Meier. — Totalmente inaceitável! Essa formulação... já é capaz de se *autorreproduzir ao ar livre?* — indagou Karl, subindo o tom de sua voz cavernosa.

Rudson sabia que uma resposta sincera irritaria ainda mais seu patrão. Por outro lado, mentir não era uma opção: essa fora uma das primeiras lições que ele aprendera.

— N... não, Sr. Karl, de momento, nenhum sucesso quanto à autorreprodução em um meio ambiente regular. Precisamos de um meio altamente ionizado para catalisar a multiplicação do diizormorfio. Por falar nisso... há...

— Quê? — grunhiu Karl Meier.

Ai, meus tranquilizantes e antiácidos, pensou Rudson.

— O... o... diizormorfio original... receio que precisemos de um pouco mais...

Karl Meier perdeu o resto da compostura que mantinha aquele escalda-rabo em decibéis razoáveis. Então trovejou:

— *MAIS diizormorfio?* Você é estúpido ou o quê? Vou mandar *VOCÊ* buscar pessoalmente o seu diizormorfio... na Lua! Sem um traje espacial ou tanque de oxigênio! Trate de arrumar as suas merdas antes que eu chegue aí! Na próxima semana visitarei o laboratório; faremos uma reunião presencial, e é melhor que você tenha o que mostrar...

Que dia da semana?, pensou o Dr. Rudson. *Para que eu possa tomar os meus remédios antes.*

O domingo em Buenos Aires amanhecera frio, mas sem chuva. Pela janela de seu quarto no Gran Lapacho Amarillo, Daniel podia confirmar: a persistente garoa fina se fora, e um sol fraco começava a aparecer por trás das nuvens esparsas.

Que dia agradável para um comício, não, comodoro Agustín Lang?, pensou Daniel. *Para que exatamente você quer ser o próximo presidente deste bonito país? Quais são as suas motivações, o que você tem em mente?*

O comício na Plaza de Mayo, o centro da vida política de Buenos Aires desde a época colonial, aconteceria após uma carreata saindo de Palermo, um bairro amplo e nobre, localizado na região nordeste da cidade (Palermo, reduto eleitoral do comodoro, abrigava boa parte das classes sociais de maior renda da capital portenha). Mas Daniel iria diretamente para a Plaza de Mayo, próxima à Casa Rosada, a famosa sede da presidência do país. Seria interessante ver o ex-militar em ação, exercendo seus dotes oratórios, dentro de duas horas.

Daniel aproveitou o tempo disponível para tomar um café reforçado no quarto e ligar para Madri. Conversou brevemente com sua mãe e mais longamente com Jaime, cumprindo sua dura missão diária de tranquilizá-los. Na conversa, aproveitou para colher mais informações sobre Agustín Lang e sobre o X-Reacher da KMCom, ainda estacionado no aeroporto de Buenos Aires-Ezeiza. O jato executivo de Karl, pelo menos, ainda não havia deixado o país — o que era uma boa notícia. Já encontrar o vordhiinian e Adriana era outro problema.

Depois, calçou um par de tênis, vestiu um jeans surrado e uma camiseta listrada e simples. Por precaução, levaria uma jaqueta leve e impermeável, para o caso de a chuva voltar, alguns pesos argentinos e mais nada. Ajeitou ele mesmo a cama, guardou sua mochila no armário, os documentos (incluindo o sempre providencial passaporte de Don Miguel) e o dinheiro no cofre, e saiu batendo a porta do quarto.

O importante não é eu estar bem-vestido, pensou. *Mas sim bem perfumado.*

Era próximo do meio-dia, quando a Plaza de Mayo finalmente se adensou, sem estar completamente lotada. Daniel calculava que ali deviam estar cerca de cinco mil pessoas, o que não necessariamente representava um desprestígio para o comodoro. *A eleição será apenas no ano que vem, e, na política, as coisas esquentam na reta final.*

De todo modo, não ter encontrado uma verdadeira massa humana, com centenas de milhares de simpatizantes, o tranquilizara. *Assim posso ao menos me movimentar, tentar chegar perto do homem. E, no final das contas, talvez ele não vença essas eleições.*

Em meio a bandeiras e bandeirolas, um palanque com potentes caixas de som havia sido montado na praça e tocava uma variedade de estilos musicais, incluindo alguns hinos militares. O evento primava por organização e segurança — aliás, excessiva: dezenas de homens de preto, usando óculos escuros e fones de ouvido com fio sanfonado, perscrutavam a praça, olhando o público com desconfiança. Enquanto isso, jovens uniformizados, garotas e rapazes, distribuíam folhetos e tentavam energizar a audiência. Das caixas de som, de forma intermitente, uma voz poderosa ecoava sobre a música de fundo:

— O comodoro está chegando... para mudar a Argentina! Aguardem, daqui a pouco! Agustín Lang, do Partido Progressista Conservador Argentino, precisa de vocês! E VOCÊS PRECISAM *DEEELE*!

E mais música...

Trinta minutos depois, subia ao palanque um homem pequeno, magro e calvo. A absoluta falta de cabelos (se os tivesse, provavelmente seriam brancos) disfarçava sua idade.

Ele é menor do que eu imaginava, pensou Daniel, que conseguira posicionar-se em um local próximo e ruim, na lateral do palco improvisado. Ainda assim, apinhado de gente. *Krtcqptzx! Olhe pra mim!*, enviou a mensagem telepática a Agustín Lang. Não era um comando, mas um pedido. Um convite. Em krpsnc.

De imediato, o ex-militar olhou à direita e localizou o jovem. Comum, de camiseta listrada e uma jaqueta jogada em cima. Perdido na multidão como o personagem indistinguível de um livro infantil. Por dez segundos, manteve contato visual direto com ele. Então sorriu.

O jovem sorriu de volta. Não conseguira *entrar* na mente do homenzinho, mas ele recebera o convite.

O comodoro abandonou a distração e avançou para o microfone, resoluto e bem-disposto.

— ¡*Buenos días, Buenos Aires!* — bradou com uma voz grave, dramática e empostada.

A multidão rugiu, devolvendo a saudação ao político. Bandeiras tremulavam, bandeirolas eram agitadas. O candidato sorriu e, com falsa modéstia, fingiu que esperaria o alarido diminuir naturalmente. Depois fingiu que, se não interviesse, a comoção duraria para sempre. Com as mãos, pediu calma e silêncio; daria início ao seu aguardado discurso.

— Meus irmãos argentinos... — começou.

Começou mentindo, pensou Daniel, com a mente devidamente bloqueada. *Você não é argentino! Nem sequer é da Terra... Você é um ilhéu do Arquipélago, como Karl. E aposto que o odeia — ou o teme — tanto quanto seu amigo Lorenzo.*

O discurso do comodoro Agustín Lang, para Daniel, havia sido decepcionante. Uma lenga-lenga de cinquenta minutos, uma oratória pobre e previsível, que escondia tintas neofascistas: a proposta de um Executivo forte que se insinuava acima dos outros Poderes; um chamamento à ordem e à disciplina com inspiração militar; fartas críticas à imprensa, aos intelectuais e à burocracia; o combate incansável à corrupção e aos inimigos da Pátria, em particular aos comunistas; e o imperativo da união em torno de uma causa comum — no caso, o desenvolvimento de uma grande nação, acima de quaisquer outras prioridades. Como liberdades individuais e bobagens politicamente corretas.

Aparentemente, as pessoas presentes na Plaza de Mayo concordavam com Agustín Lang, porque ele foi muito aplaudido, durante e ao final da interminável arenga. Mas o evento chegava ao fim. Talvez incentivada pelo vento forte que soprava e prenunciava a volta da chuva, ou simplesmente pela fome (já passava muito da hora do almoço), a multidão se dispersava. Os seguranças cercaram o comodoro, que agora dava rápidas entrevistas para a mesma imprensa que ele acabara de criticar. Naquele momento, não apertava mãos; tampouco segurava bebês ou tirava fotos com seus apoiadores.

Daniel aproximou-se por trás do ex-militar, e o círculo de seguranças em torno dele se abriu. Dessa vez Daniel não pedia, mas comandava, mentalmente:

Saiam da minha frente, me deixem passar!

Agustín Lang terminava uma breve entrevista a uma estação de rádio portenha, quando, atrás de si, escutou um ruído alto que, a ouvidos comuns, pareceria... estática de rádio.

— *Grpktcxg!*

Era o idioma krpsnc, e ele estava sendo chamado pelo nome.

O político virou-se rapidamente e deu de cara com o jovem de camiseta listrada e jaqueta.

— Olá, comodoro! Meu nome é Daniel Santoro e eu o procurei ontem, na sede do PPCA. Não sei se Roxanna lhe passou o meu recado...

Agustín Lang ficou encantado com a ousadia do rapaz, e ainda mais encantado com o doce perfume que ele usava. Os seguranças olharam para o chefe como a perguntar se deviam intervir. Ele os parou com um gesto de mão.

— Sim, sim... Daniel... o brasileiro. Ela me contou de você. Muito prazer! Parece-me que você falou em uma "doação generosa". Talvez eu tenha interesse, *dependendo* da doação... Agustín Lang não precisa de dinheiro — disse o comodoro, referindo-se a si mesmo numa terceira pessoa majestática.

— Talvez a minha doação não seja em dinheiro — replicou Daniel — *dependendo* do acordo a que chegarmos...

Os dois estudavam-se como em um jogo de poker. Ao mesmo tempo, tentavam vasculhar a mente um do outro; sem resultados.

— Lorenzo também me falou a seu respeito — disse Agustín, casualmente. — Do encontro que tiveram em Portugal. Comentou que você o impressionou substancialmente. E que, *talvez*, pudesse fazer parte da nossa... agremiação.

— Pode ser parte do acordo. Mas há mais... Estou seguro de que posso ajudá-lo. *Pessoalmente*. Deveríamos conversar. E rápido!

— Sim, precisamos conversar... Definitivamente! Mas não aqui nem agora, concorda? Onde você está hospedado?

— Estou no Gran Lapacho Amarillo.

— Eu conheço, é aqui perto — disse o comodoro. — Um bom hotel, mas a comida não é das melhores. Você ainda não almoçou, certo? Nem eu... Deixe-me convidá-lo para uma boa *parrillada*. A melhor de Buenos Aires. Por minha conta. Aí conversaremos com calma. Pode ser?

Quanto mais cedo, melhor, pensou Daniel.

— Claro, pode, sim.

O comodoro sorriu, satisfeito. Em seguida, dirigiu-se à única mulher de sua equipe de segurança. Forte e bonitona. Aparentemente era a chefe de todos os demais.

— Gabriela, leve nosso jovem amigo até o *Romina's* e peça uma mesa na sala reservada, em meu nome — disse ele. — Em trinta minutos, no máximo, depois de me livrar dessa gente, estarei lá.

Essa Gabriela está armada!, pensou Daniel. *Não importa, ela não pode me fazer mal... Já tenho o controle de seus miolos — ao contrário da mente do comodoro. Com ele, terei de negociar...*

Acomodado em uma das salas reservadas do Romina's (o restaurante devia estar habituado a receber clientes de perfil discreto, talvez políticos e celebridades), Daniel beliscava as entradas servidas: além da cesta de pães, manteiga e azeite, também havia empanadas e pequenas porções de *chorizo*, *morcilla* e *provoleta*. Ele não tinha fome, mas provar as iguarias da gastronomia argentina, enquanto pensava, ajudava a passar o tempo. O comodoro Agustín Lang estava atrasado. Mais de uma hora, além dos trinta minutos prometidos.

Exceto pelas entradas ocasionais do maître e do garçom que vinham atender o convidado VIP, a porta da sala de almoço, reservada e exclusiva, permanecia fechada todo o tempo. Na última vez que se abriu, Daniel observou que Gabriela, a chefe de segurança de Agustín, permanecia do lado de fora, guardando a entrada e cochichando em seu telefone celular. Ele não conseguiu ouvir a voz, mas sim seu pensamento:

"Que cagada... ¿Nada? Tal vez con la tecnología..."

Então a mulher aproveitou a porta aberta e entrou na sala.

— Sr. Santoro, o comodoro pede mil desculpas, mas surgiu um imprevisto e ele não poderá vir para este almoço conforme o combinado. Mas insistiu que o senhor provasse a incomparável culinária do Romina's, como seu convidado. Já está tudo pago, naturalmente.

Como esperado, pensou Daniel, sorrindo. *Naturalmente.*

— Ah... e ele também me orientou a lhe passar o número de seu celular pessoal. Pediu para o senhor lhe telefonar, assim que puder. Ele ainda tem interesse em conversar consigo. Muito interesse!

Novamente... como esperado.

Daniel agradecera polidamente, mas não provaria a *parrillada* do Romina's naquele dia. Também declinara da oferta de carona por parte de Gabriela para levá-lo de volta ao hotel. Sentia-se estufado com as deliciosas empanadas, e preferia caminhar sozinho pelas ruas de Buenos Aires. A cidade era charmosa e o agradara.

Em seu caminho para o hotel, passou novamente pela Plaza de Mayo, quase vazia. Nada lembrava o evento político da manhã, excetuando-se a decoração, a sujeira no chão e o palanque de madeira ainda por ser desmontado. O ar frio da cidade preenchia seus pulmões, e o exercício leve da caminhada o ajudava a pensar.

Comodoro Agustín Lang, não é apenas o seu discurso político que é previsível. Você também é, meu caro...

Daniel virou a esquina e já avistava o Gran Lapacho Amarillo. De um dia para o outro, diversas flores amarelas do grande ipê em frente ao hotel haviam desabrochado. Era realmente muito bonito.

— ¡*Buenas tardes!* — ele cumprimentou a moça da recepção, que tinha um ar assustado.

— ¡*Buenas!* — respondeu ela, mergulhando rapidamente a cabeça de volta em seus papéis.

Hoje ela não está tão simpática...

Daniel tomou o elevador e desceu no quinto andar. Dirigiu-se para a porta do quarto 502, abriu-a com cuidado e confirmou o que já antecipava: sua habitação estava de pernas para o ar. Havia sido totalmente revirada, vasculhada.

É muita cara de pau! Nem tentaram disfarçar...

Sua mochila estava jogada no chão, ao lado das roupas e dos pertences que anteriormente abrigara. Mas havia mais: a cama desfeita e o colchão arrancado do estrado, as gavetas e os armários escancarados, a TV torta da parede, todas as garrafas de água do frigobar esvaziadas, a caixa acoplada do vaso sanitário destampada, o cofre do quarto aberto.

Felizmente não levaram o passaporte de Don Miguel. Nem o dinheiro. "Agustín Lang não precisa de dinheiro..." Estavam desesperados atrás de outra coisa. E eu imagino do quê!

— Eu sinto muitíssimo, Sr. Sanchez... — desmanchava-se em desculpas a moça da recepção, referindo-se a Daniel pelo nome do pai de Jaime, Miguel Sanchez, o nome que fora registrado no hotel. — Eu... eu nunca vi isso acontecer aqui!

Você está mentindo, moça... Já viu isso acontecer, sim. Anos atrás! E voltou a ver hoje. Primeiro, Juan e um homem do comodoro procuraram por Daniel Santoro. O nome não estava registrado no hotel, e você não sabia a quem eles se referiam. Então te mostraram uma foto. E você abriu a porta para Juan. Para os dois. Por amor e dinheiro!

— O senhor deseja registrar queixa policial, fazer um boletim de ocorrência? Sumiu alguma coisa de valor? Podemos tentar uma indenização junto ao hotel, senhor... Sanchez.

Você sabe que meu nome não é esse. Mas não se lembrará disso, assim que acabarmos aqui. Voltarei a ser o Sr. Sanchez! Ah, e esqueça esse Juan, ele não quer nada sério com você. Você merece coisa melhor!

Daniel desejava apenas mudar de quarto, *para um sem escutas eletrônicas*. Estava feliz pela invasão ter ocorrido. O comodoro se revelara por completo: faria qualquer coisa por um pouco de Etherii.

— Não, não preciso registrar queixa... Não levaram bulhufas. Essas coisas infelizmente acontecem. Por favor, me arrume apenas outro quarto de frente para a rua, de preferência no quinto andar mesmo.

— Claro, agora mesmo! — disse ela aliviada, virando-se em seguida para a tela de seu computador. — Vejamos... ¡*Uy!* Que bom! Temos o quarto ao lado disponível. O hóspede do 504 acaba de fazer o checkout, e o serviço de limpeza está para liberar a habitação em nosso sistema. O senhor poderia aguardar no bar, tomar um aperitivo por conta do Gran Lapacho Amarillo? Creio que em quarenta minutos, no máximo, o seu novo quarto estará disponível. E nós mesmos nos encarregaremos de transferir sua bagagem e seus pertences para lá.

Daniel assentiu. "Obrigado!" Aproveitaria para fazer algumas ligações — uma delas, em especial.

— *¿Hola?*
— Comodoro Agustín Lang?

— Quem está falando? Daniel? Ou o Sr. Sanchez? — perguntou o ex-militar. — Você está na Argentina com uma identidade falsa, rapaz? Sabe que isso é um crime? E que eu tenho excelentes conexões com a Polícia Federal?

— Invadir o quarto de um hotel também é um crime, comodoro — rebateu Daniel. — Em qualquer lugar do mundo. E imagino que um "não argentino" concorrer à presidência da Argentina também seja ilegal... "Não argentino" e... "não terráqueo". Um extraterrestre, um alienígena do Arquipélago! Isso não deve trazer muitos votos... Mas eu não tenho nada a ver com isso, não estou aqui para brigar, para lhe causar problemas ou julgá-lo. Eu estou aqui para *ajudá-lo*. E posso ajudar!

O comodoro soltou uma gargalhada, ridiculamente forçada.

— Alienígena? Não sei do que você está falando. Você não está gravando essa palhaçada, está? O que você quer? Sempre estou disposto a falar com jovens, mesmo com aqueles em estado alucinógeno.

Resumidamente, Daniel queria Adriana e "alguma proteção e apoio logístico" da Mens Altior contra Karl Meier. Mas entendia as precauções do comodoro e seria cauteloso ao falar por telefone.

— Vou lhe dizer o que quero. Mas o mais importante, agora, é que, de sua parte, *o senhor* já revelou claramente o que deseja. É algo que eu tenho, e que eu estou disposto a ceder... Veja, comodoro, se me permite, o senhor está seguindo por um caminho errado. Não é preciso tentar me tomar à força o que tanto cobiça, vigiar-me. Isso é perigoso e, além de tudo, ineficaz. Como, acredito, já ficou provado, eu estou disposto a lhe *dar* o que deseja. Gostaria apenas de me juntar à sua... "agremiação", servi-la... e ser cuidado por ela. Estou tendo problemas com um de seus membros, digamos um "conterrâneo" seu, que tem uma pessoa inocente, uma garota importante para nós, sob sua influência... Uma influência absoluta, se é que o senhor me entende.

— Você deve estar se referindo ao... Sr. K, suponho.

— Sim, estou falando de K... Creio, comodoro, que eu deveria ser avaliado como um membro de sua... *agremiação*. Tenho certeza que posso servi-lo melhor que ele. E, em troca, ofereço ao senhor uma doação que K não pode equiparar. Isso é *líquido*... e certo. O seu "conterrâneo" está mais preocupado com seus próprios projetos e interesses. Eu não! Espero apenas contar com a ajuda da M. A. e do meu *líder* para encontrar K e trazer essa pessoa de volta. Não é pedir muito.

Do outro lado da linha, o comodoro fez um silêncio mais longo que o normal.

O comodoro está considerando a oferta, pensou Daniel, cruzando os dedos.

Então Agustín Lang disse:

— Me parece uma proposta justa. Vamos nos encontrar amanhã em Palermo, às quatro da tarde, para algumas avaliações e provas da... agremiação. Você pode ir?

— Claro! É só me dar o endereço — respondeu Daniel, animado. — Há... uma dúvida. Devo comparecer com perfume ou sem perfume? Não estou acostumado a trapacear em provas...

Novo silêncio.

O garoto é atrevido, mas, ainda assim, é um garoto. É difícil imaginá-lo confrontando Karl, pensou. O inebriante tema sobre o qual falavam o empolgara, e ele resolveu baixar a guarda. Ser mais explícito. *A bisbilhotice mais perigosa que existe não é eletrônica, mas mental!*

— Vá *com* perfume, mas evite demonstrações sobrenaturais e exibições desnecessárias. Levarei três pessoas comigo, e não queremos assustá-las, não é mesmo? Com você perfumado, eu mesmo me beneficiarei disso. Fazia tempo que eu só cheirava cópias baratas, umas porcarias locais, feitas por K. Mas passe pouco, rapaz, economize! Você vai precisar do frasco cheio se quiser *realmente* negociar comigo.

— Fique tranquilo. O frasco está bem cheio, eu acabei de chegar. E guardado em um local superseguro!

— Ah, tenho certeza disso! — replicou o comodoro com ironia. — Bem, nos vemos amanhã; seja pontual. Vou lhe passar o endereço... Memorize, não anote. Essa é a primeira regra. E mais duas coisas...

— O quê? — perguntou Daniel.

— Neste momento, eu não sei onde K está, mas posso descobrir, é claro. E não volte a chamar K de meu "conterrâneo". Ele não é. Ele é um maldito vordhiinian!

Já escurecera em Buenos Aires quando Daniel finalmente entrou em seu novo quarto, o de número 504, ao lado do outro que sofrera a invasão. A cesta de frutas sobre a mesinha era cortesia do hotel.

Para compensar o "incômodo"... Está tudo certo!

Daniel apagou a luz e caminhou até a janela que dava para a rua, escura como o breu. Apesar do frio, abriu o vidro. Um sopro gelado invadiu o quarto: trazia o agradável perfume (com toques frutais que lembravam a ameixa e a carambola) das flores do ipê-amarelo, logo abaixo, na entrada do edifício. *Tão perto e tão longe*, pensou.

Ele olhou para a árvore debaixo de seus olhos, o grande *lapacho amarillo* que emprestava o nome ao hotel, e se concentrou: de um dos buracos altos daquele tronco, estranhamente grosso, saiu um frasco com um líquido incolor em seu interior. O recipiente levitou, estável e suavemente, por entre a copa florida da árvore, até a janela escura do quarto 504, pousando firmemente nas mãos de seu mestre. Na penumbra, Daniel pensou: *É melhor dividir esse Etherii em dois frascos.*

Às 15h30 do dia seguinte, em frente ao Gran Lapacho Amarillo — o hotel e a árvore —, Daniel tomava um táxi em direção a Palermo, o endereço de seu destino devidamente memorizado.

— Calle Gastón Lucero, 420, GSS, em Palermo Chico, por favor — informara ele ao simpático motorista, que gostava evidentemente de conversar. Parecia feliz pelo sol ter finalmente se firmado e a temperatura subido.

— *Dale*, bairro de mansões e de gente com muita *guita*... Muito dinheiro...

Daniel sorriu, recostou a cabeça no banco traseiro e fechou os olhos. Precisava pensar e tinha pouco mais de vinte minutos para isso. Pela manhã, conversara novamente com a mãe e com Jaime: sem novidades em Madri. O que os atormentava estava na Argentina.

Mas estará em Buenos Aires? Jaime não conseguira na internet nenhuma nova pista sobre o paradeiro de Karl. E menos ainda de Adriana.

— *Che*, você é brasileiro, não? — falava o motorista sem esperar resposta. — Veja a situação política da Argentina... Uma bagunça! Tudo é referendo, consulta popular. Bando de gente frouxa! Esse ex-militar aí, o tal de Agustín Lang, parece ser um cara durão. Não sei muito da vida do comodoro, mas o meu voto, no ano que vem, vai para ele. Ele me parece ser um cara... diferente.

Você não imagina quão diferente ele é, pensou o brasileiro.

O Citroën C5, pintado de amarelo e preto, passou uma vez pela mansão enorme, com muros de cidadela. O motorista parecia confuso. No final da rua fez o retorno e voltou para conferir.

— *Che*, esta é a *calle* Gastón Lucero, e a casa aí, atrás desses muros, deve ser a que você procura. Mas está sem número. Pela lógica, a 420 só pode ser essa. A da esquerda é a 318 e a da direita, 532... O número deve ter caído.

— É, deve ser isso — disse Daniel, sem acreditar que o número tivesse simplesmente "caído". — Por favor, espere um minutinho.

Chegou o momento de conhecer essa Mens Altior...

Daniel desceu do Citroën e foi até um estreito portão de ferro no muro, que dava acesso à casa. O portão tinha uma fechadura digital — abria-se apenas com a digitação de um código — e um interfone ao lado. Daniel olhou seu relógio: 15h50. *Bem no horário!* Apertou o botão do interfone.

— Boa tarde, por favor, o número desta casa é 420?

— Quem quer saber? — respondeu uma voz seca do outro lado.

— Meu nome é Daniel Santoro, estou sendo esperado... para uma reunião dentro de dez minutos. Essa casa é a 420?

— Eu não sei de nada disso... Sou novo aqui. Se você é esperado, digite o código e entre.

Qual código?

— Mas que código eu digito? — perguntou Daniel.

— E eu é que sei? Se não souber o código, vá embora!

Daniel respirou fundo. Pegou seu celular e ligou para o número do comodoro Agustín Lang. Desligado.

Meu Deus, isso é uma grande confusão ou já é parte do "teste", uma prova de iniciação? Vou tentar...

Daniel digitou: 4-7-7 (G-S-S). *Essas letras estão no endereço que ele me deu.*

Bip! Acesso negado.

6-3-6-7-2-5-8-4-6-7 (M-E-N-S-A-L-T-I-O-R). *Bip!* Negado.

2-7-7-8-4-7-3-5-2-4-6 (A-R-Q-U-I-P-É-L-A-G-O). *Bip!* Negado.

4-2-0-4-7-7 (420 + G-S-S). *Bip!* Negado.

Daniel começou a se irritar. Já estava parado, na frente do portão, debaixo do sol, há mais de cinco minutos. *Mas que droga!* Resolveu apertar o botão do interfone novamente.

— Você ainda está aí? O que você quer, agora? — perguntou a voz grosseira e impaciente.

— Escute aqui, meu amigo — respondeu Daniel, abespinhado. — Eu fui *convidado* para vir aqui, para uma... reunião. O endereço que me passaram foi Calle Gastón Lucero, 420. E você nem mesmo me confirma se estou no número correto!?

— Você não sabe o código para entrar... apenas o número da casa. Não me culpe, isso é a raiz do problema. Vá embora antes que eu chame a polícia.

E você, vá pro inferno!, pensou Daniel, dirigindo-se de volta ao Citroën amarelo e preto. Falaria com Agustín Lang, quando ele o atendesse. No meio do caminho, porém, lembrou-se das palavras trocadas pelo interfone: *"420... o código... isso é a raiz do problema"*.

É isso, a resposta do problema! É um teste. Ele me deu uma dica importantíssima... 420 é a raiz — provavelmente quadrada — do código do portão... 420 X 420 = 176.400 (o código é 1-7-6-4-0-0)!

Daniel retornou apressado ao portão e digitou o código na fechadura digital: *Bip!* Acesso permitido. O portão de ferro se abrira.

A mansão da Mens Altior, por detrás dos muros, era impressionante. Uma grande construção circular, moderna e minimalista, com muitas janelas de vidro, embora estivessem quase todas com as persianas baixadas. Havia quatro carros estacionados junto à casa (a entrada de veículos era pela rua de trás). A porta principal estava entreaberta, o que Daniel entendeu como um convite para entrar. E ele entrou.

Por dentro, a casa era ainda mais surpreendente. Ao atravessar a porta, encontrou-se dentro de um hall enorme, com uma claraboia no alto e integrado com a sala de estar. Ela era finamente decorada e tinha pé-direito duplo. Um majestoso candelabro pendia do teto e dominava o centro do ambiente. Em volta da sala, um cinturão de portas fechadas, passagens para outros ambientes e duas escadas, que levavam ao segundo andar da mansão. Quatro das portas na parte térrea do grande hall circular eram bastante largas e equipadas com fechaduras biométricas — apenas. Sem teclados de digitação, indicando que os salões, por trás das portas, tinham acesso restrito e individualizado.

De alto-falantes ocultos, Daniel voltou a ouvir a mesma voz do interfone:

— Parabéns, rapaz! Você conseguiu entrar na casa... Deixe o seu celular sobre a poltrona vermelha e se apresse. Você está sendo esperado... e observado.

De novo isso?, pensou Daniel enquanto pousava seu celular sobre o assento de veludo carmim de uma poltrona pata de leão.

— Esperado onde? — perguntou ele. Sem saber para onde olhar, olhava para o candelabro. *Estou falando com um lustre gigante!*

— Você só tem *uma* chance... e *um minuto* para descobrir — respondeu a voz de lugar nenhum. — A partir de agora!

Um minuto, uma chance... Quatro grandes portas no andar de baixo, mais o andar de cima e todas as outras dependências da casa. Onde estarão eles? Pense, Daniel, pense... Calle Gastón Lucero, 420, GSS... O que é esse G-S-S? Gran Salón... Sur? *Grande Salão Sul? As portas são equidistantes, não estão identificadas. Podem indicar os pontos cardeais. Mas... indicam? E onde é o Sul? Por isso me tiraram o celular!*

Daniel olhou à sua volta e viu uma nesga de sol entrando por uma das janelas abertas e pela claraboia do hall de entrada.

São quatro da tarde, já dá para ter uma ideia de onde o sol vai se pôr... No Oeste, pensou, colocando-se de costas para a janela. A sombra de seu corpo, projetada no chão do hall da mansão, apontava, portanto, para o Leste; onde o sol nascera. O Sul estava à sua direita.

O Sul corresponde ao azimute noventa graus, no sentido horário, a contar do Leste.

O problema é que a conclusão lógica apontava para um "Sul provável" *entre duas* portas...

E agora? É a porta da direita ou a da esquerda? Pense!

Então Daniel lembrou-se que estava no Hemisfério Sul e que, no inverno, o sol nascia no Leste, é claro, mas um pouco desviado para o Norte. O Leste *verdadeiro* estava, por conseguinte, ligeiramente deslocado para a direita. Assim como o Sul verdadeiro.

É aquele salão, o da direita!

A quinze segundos de esgotar-se seu prazo de um minuto, Daniel caminhou decidido até a porta larga da direita e acionou a maçaneta. Ela estava fechada. *Droga!*

Mas, em seguida, se abriu.

O salão estava vazio, com uma pequena mesa no centro. Sobre a mesa, um *cloche* de prata, como aqueles usados em restaurantes caros. Para destampar os pratos teatralmente antes de servi-los.

— Parabéns novamente, Daniel! — disse a voz onipresente.

Já estão me chamando pelo nome. É um progresso...

A voz continuou:

— Você brincou de cubo mágico na sua infância?

— Sim, um pouco — respondeu Daniel com honestidade, enquanto olhava o teto. — Mas perdia a graça depois que você aprendia o método para resolvê-lo. Deixava de ser um exercício de raciocínio e visão espacial para ser um exercício mecânico, de agilidade das mãos...

— Perfeitamente. Por isso quisemos deixar a brincadeira mais interessante para você... Levante o *cloche* sobre a mesa.

Daniel obedeceu e levantou a tampa de prata: dois dodecaedros regulares, um maior e o outro menor, estavam sob o *cloche*. Como em um cubo mágico de Rubik, os poliedros eram articulados. Mas, em vez de seis faces quadradas, cada dodecaedro tinha *doze* faces, de cores diferentes e em forma de pentágonos. E estavam embaralhados.

— Platão considerava o dodecaedro o mais intrigante dos poliedros, representando, ele próprio, a ordem em meio ao caos do Universo — filosofou a voz. — A sua missão é reproduzir no dodecaedro menor a mesma disposição de cores embaralhadas do dodecaedro maior. Use-o como modelo.

— O quê? — perguntou Daniel, algo indignado (a indignação, na verdade, escondia um princípio de pânico). — Não é para simplesmente colocar cada uma das doze faces em uma única cor?

— Não, a sua missão já foi dada... E você tem dez minutos.

Meu Deus, doze faces, vinte vértices, trinta arestas... Quintilhões de quintilhões de quintilhões de possibilidades. O método das camadas de cores para a resolução do cubo mágico simplesmente não funciona aqui! Como reproduzir, em cada face do dodecaedro pequeno, a exata distribuição de cores do dodecaedro grande? Faces com doze cores... misturadas! E em dez minutos? Acho que vou ter que apelar...

Daniel olhou longamente para o poliedro grande à sua frente. Estudou-o detalhadamente e investiu na tarefa mais da metade do precioso tempo dado à sua missão. Então deixou-o de lado. Respirou fundo e fechou os olhos. *O Etherii...* No escuro, começou a girar o dodecaedro menor, antecipando e registrando cada movimento em sua mente. Em três minutos, tinha nas mãos uma cópia exata do mosaico de cores do poliedro maior — em cada uma de suas dozes faces.

Quando abriu os olhos, Daniel deparou-se com o comodoro e mais três homens encarando-o, espantados; todos bem mais jovens que o político — e dois deles, muito, muitíssimo maiores.

Agustín Lang abraçou-o demoradamente, e Daniel podia apostar que, mais que cumprimentá-lo, o ex-militar queria aspirar seu cheiro, seu perfume. O máximo que pudesse.

— Parabéns, Daniel, por sua mente superior! Seja bem-vindo à Mens Altior! Seu nome ainda precisa ser aprovado por uma assembleia, mas trata-se apenas de uma reunião *pro forma*. Eu, como Grão-Mestre, e meus conselheiros vamos indicá-lo. Estes são Facundo...

— Parabéns, Daniel! Logo você se tornará um "Mens-bro", que é como chamamos carinhosamente os membros-irmãos mais jovens da Mens Altior. Nosso Grão-Mestre já tinha me falado de você. Me desculpe ter sido tão duro — disse Facundo.

O homem da voz.

— Ora, provas são provas... Muito prazer! — respondeu Daniel.

Agustín continuou, e apontou os outros dois homens que estavam a seu lado. Os dois gigantes.

— E esses são Hernán e Guillermo. Irmãos fraternos de nossa sociedade, como você em breve passará a ser. Mas conte, desde já, com a gente... Para tudo! Eu pessoalmente me encarregarei do seu processo de adaptação e de aparar eventuais arestas dentro da irmandade. Os problemas da sociedade se resolvem dentro da sociedade. Aqui não há divisão, mas sim lealdade, colaboração, cumplicidade e, claro, absoluta confidencialidade. Você já provou poder fazer parte de nossa família. Agora lhe mostraremos as vantagens de fazer parte da Mens Altior. Eu vou encontrar quem você procura... E vamos trazê-la de volta!

O Grão-Mestre, também conhecido como Poliglota dentro da Mens Altior, interrompeu seu discurso normativo-motivacional, aproximou-se do ouvido de Daniel e cochichou, em krpsnc:

— E você cumprirá sua promessa ao seu Grão-Mestre, certo?

Esse terráqueo, Daniel, tem uma mente impressionante, pensou Agustín Lang, à noite, no seu apartamento em Palermo Hollywood. *Parece que o Etherii não desenvolveu apenas suas capacidades interativas, mas também ativou seus neurônios... Ele é inteligentíssimo! Até onde iria em Miithera? A questão é: ele pode me ser mais útil do que Karl? Seria ótimo livrar-me do vordhiinian; não confio nele há décadas (para o pobre Lorenzo levou mais tempo). Mas cuidado... Só de pensar nisso, você já corre perigo. Vigie a sua mente, Agus!*

Agustín levantou-se e olhou o corpo seminu de Gabriela em sua cama. Sua chefe de segurança dormia profundamente após ter colado moléculas com ele e, de modo irritante, insistir em relacionar aquilo ao amor. Ele preferia usar a expressão que aprendera noutra vida. Ela ignorava essa vida, mas achava a expressão muitíssimo engraçada.

Na Terra, jamais me entrelacei permanentemente. Desaprendi a amar, pensou o miitherian. *O Amor das ilhas-sob-o-Etherii... Aqui apenas "colamos moléculas". Física e temporariamente. É o suficiente!*

Curiosamente, lembrou que os franceses tinham uma expressão parecida: *"avoir des atomes crochus"*, "ter os átomos costurados" com alguém, mas isso se referia mais a uma boa química entre pessoas com pontos de vista comuns e afinidades. Figurativamente. Os franceses estavam perto da verdade — poeticamente —, mas a ciência da Terra era incipiente na arte de "costurar átomos". Muito menos entre seres vivos. Fluidos corporais (compostos de moléculas) podiam ser "colados", misturados facilmente; átomos, não — a menos que você estivesse dentro de um acelerador de partículas, um colisor de hádrons. O que não era propriamente uma ideia agradável.

Átomos, assim como as ondas eletromagnéticas, não podem ser costurados, entrelaçados ou modificados, a não ser sob o Etherii, refletiu Agustín. Depois considerou melhor esquecer aquela baboseira toda e focar os problemas mais urgentes. Com o tempo Gabriela entenderia. Ou não... Para ele dava no mesmo!

Tanto para decidir em tão pouco tempo... E sem errar! Mas uma coisa é certa: eu preciso do Etherii real. Karl que me perdoe... e que se vire com o terráqueo, pensou.

A resolução tomada o acalmara (odiava hesitações e antecipava as delícias de estar novamente sob os efeitos do Etherii original do Arquipélago). Então decidiu o último assunto pendente daquela noite: iria se permitir fumar mais um cigarro. O derradeiro. Para celebrar.

Às onze da manhã do dia seguinte, Daniel recebeu uma ligação entusiasmada do comodoro:

— Sou eu, Agustín — disse ele. — Acabo de falar com K! Ele está na Argentina... Me ligou de Rawson, capital da província de Chubut, mas a qualidade da chamada era péssima. Ele falava de um pequeno avião, um táxi aéreo, não de seu jato executivo. Estava para decolar e me propôs nos encontrarmos nesta sexta-feira, em um local próximo... a combinar. Reservei a semana para comícios no Sul do país, e ele também estará na região. Assim ficamos de definir um local do encontro, se as nossas agendas permitirem.

— Sexta-feira. Ele está na Argentina... — repetiu Daniel, ansioso. — Falou alguma coisa de... uma garota? Uma jovem bonita, morena, de olhos verdes. Ela está com ele?

O comodoro quase sentia pena de Daniel. *Uma jovem bonita... Esse vordhiinian é mesmo um sacana de carteirinha!*

— Não, ele não disse nada — respondeu o Grão-Mestre —, foi uma chamada rápida. Mas o mais provável é que ela esteja por perto, não? Escute, rapaz, precisamos tomar cuidado com K! Creio que você já sabe disso... Cá entre nós, eu também não confio nele. Não gosto dele. Ele é um homem tosco e cruel, um minerador ambicioso que ascendeu rápido demais na vida. Mas também é poderoso... e está obcecado por seus planos de vingança e em reproduzir, aqui, o poder que teve no Arquipélago. Essa jovem está, sim, em risco. Eu não mencionei o seu nome para ele, Daniel, nem vou fazê-lo. Mas na quinta-feira participarei de um comício em Comodoro Rivadavia, em Chubut, e, de lá, na manhã seguinte, voarei para encontrar-me com K. Posso lhe dar uma carona de avião. Mas é melhor você ir pensando em um plano... Minha recomendação é: pegue a garota e desapareça! Depois, com calma, ajeito a situação com K para que ele o deixe em paz. Garantindo, claro, que você fará o mesmo. Vou lhe ajudar a achar essa jovem! Nos encontramos no aeroporto de Comodoro Rivadavia na sexta-feira, às dez da manhã. E não se esqueça de levar o que me prometeu, *"the real thing"*, em um frasco bem fechado. Todo ele. Ah, um lembrete importante: dessa vez, chegue no aeroporto *sem usar perfume.* Você sabe, aviões pequenos são "alérgicos" a perfumes... *E esse perfume é meu!*

Daniel desligou o telefone, preocupado.

Até onde confiar em Agustín? Mas que alternativa eu tenho, sem saber onde Karl está? Esperar que ele apareça, um dia? Ele sabe que seu jato é rastreável; por isso está viajando em táxis aéreos, seguramente sob nomes falsos. Enquanto isso... Adriana... Eu não posso esperar!

Em todo caso, tinha uma certeza: o Grão-Mestre da Mens Altior falara a verdade ao dizer que não gostava de Karl. Sentira isso! Provavelmente o temia. Talvez a irmandade pudesse, de fato, ajudá-lo.

Também, não é difícil odiar o vordhiinian, refletiu Daniel, lembrando-se de todo o mal que ele causara. Inclusive à mãe de seu filho.

A lembrança da nariihwian no outro lado do Universo — talvez já uma macróbia moribunda — transformou-se em saudade; e a saudade, em uma excruciante solidão. Sentiu falta de seu *babbo*, de seu amor, de sua energia, *de sua coragem*. As perdas, inclementes, se acumulavam em camadas superpostas de dor. *Será que elas já acabaram?*

O medo o atingiu em cheio, como o soco do gêmeo na escola.

Dez minutos depois, do quarto 504 do Gran Lapacho Amarillo, Daniel ligou para Jaime. *Não, eu não estou sozinho*, disse a si mesmo enquanto olhava o dedo e aguardava o amigo atender.

— Jaime — falou Daniel, agitado —, sou eu novamente. Confirmado, Karl está na Argentina! E Adriana provavelmente também. Eu preciso que você venha pra cá. O mais depressa possível! Vou saber onde ele estará, com exatidão, na sexta-feira.

Daniel contou rapidamente o que ouvira de Agustín Lang, mas não queria desperdiçar mais tempo ao telefone — tinham de conseguir urgentemente um voo para Jaime, da Espanha para a Argentina, em plena alta temporada europeia. Quando se encontrassem pessoalmente, discutiriam mais detalhes e desenhariam um plano.

— Se você não conseguir o seu voo daí, de Madri, posso tentar fazer a reserva daqui, com uma "ajudinha do Etherii" — disse Daniel. — Acho que deveríamos nos encontrar na cidade de Comodoro Rivadavia. Então você precisará de dois voos: um para Buenos Aires e de uma conexão para Comodoro Rivadavia. Já vou reservar o hotel. Quero estar lá, assim que Agustín Lang chegar. E não se esqueça: traga o passaporte de Adriana... Para a nossa volta.

Na quinta-feira, ao meio-dia, Jaime desembarcava no Aeroporto Internacional General Enrique Mosconi, em Comodoro Rivadavia, a cidade mais populosa da província de Chubut, na Patagônia argentina. Não fora nada fácil, mas Jaime conseguira comprar seu voo, de Madri para Buenos Aires, sem a ajuda de Daniel. Enquanto esperava a resposta de dez agentes de viagem, lograra hackear um sistema comercial terceirizado da companhia aérea e forçara a compra de um assento já reservado, apagando a *tag* que bloqueava uma nova venda. Após uma ligação para a companhia aérea, pedindo a confirmação da reserva, o *overbooking* fora identificado. O mesmo assento havia sido vendido para os Srs. Taguchi e Arroyo Sanches. "Mil desculpas; vamos tentar encontrar um novo voo, em outro dia; ofereceremos um *voucher* de mil dólares pelo incômodo... blá-blá-blá..." O Sr. Jaime Arroyo Sanches não aceitara nenhum tipo de acordo; o Sr. Hiroshi Taguchi, sim, aceitara os mil dólares da companhia aérea... mais os dez mil dólares generosamente oferecidos pelo outro passageiro — em um contato direto. Já a conexão local na Argentina, de Buenos Aires para Comodoro Rivadavia, fora obtida sem problemas ou artifícios. Havia assentos sobrando.

Daniel aguardava o amigo, ansiosamente, no portão de desembarque. Fazia muito frio, e ele estava bem agasalhado (odiava o frio!). Jaime despontou na porta.

— Amigão, que bom te ver! Você fez boa viagem, afinal? — perguntou Daniel.

— Fiz, sim — respondeu Jaime —, graças ao Sr. Taguchi... Os japoneses são bem razoáveis. O comodoro Agustín Lang já está aqui?

— Está, mas incomunicável, em meio a um monte de reuniões pré-comício. Políticos, empresários, apoiadores... puxa-sacos de todos os matizes. Vamos pro hotel... Acho que você está precisando de um banho quente. A gente come alguma coisa e, então, discute um plano de como tirar Adriana das mãos e da mente de Karl. E também do país.

Jaime tirou de sua jaqueta o passaporte de Adriana e, esperançoso, mostrou-o a Daniel.

— Veja, eu trouxe...

Daniel deu um meio sorriso, tentando demonstrar otimismo.

— Fez bem, ela vai precisar!

Jaime abriu o passaporte e, de dentro dele, tirou uma folha de papel dobrada em quatro.

— Encontrei, no meio do passaporte de Adriana... É para você!

Por um segundo, Daniel empalideceu. *Uma carta? De Adriana?*

— O... quê? O que ela diz?

— Acho que é um bilhete *de Lara* para você... Não sei o que diz, deve estar escrito em krpsnc. Um monte de garranchos... Creio que Lara o deixou dentro do passaporte de Adriana sabendo que iríamos pegá-lo. Ela queria que você achasse o bilhete depois que ela se fosse.

Daniel e Jaime tomaram um táxi na saída do aeroporto e se dirigiram para o Hotel Candelária Austral. No caminho, Daniel pegou o bilhete de Lara e, com as mãos tremendo, o leu com atenção. Demoradamente. Depois o releu, duas vezes. Então começou a chorar copiosamente e teve de ser consolado pelo amigo.

No Candelária Austral, um hotel antigo do bairro de Pueyrredón, os amigos dividiam um único e espaçoso quarto. Daniel tinha feito o check-in para os dois na véspera, assim os dados de Jaime já estavam disponíveis na recepção. Ao chegar, ele só precisara mostrar seu documento e assinar a ficha de registro.

Jaime se banhara, e os dois haviam comido, em silêncio e sem muito apetite, uma merluza negra, prato típico da região. Agora estavam prontos para conversar.

— O que Lara te escreveu, Daniel? — perguntou Jaime.

— Eu não quero falar sobre isso agora — respondeu Daniel, com os olhos úmidos novamente. — *Sorry*, amigo... E, de todo modo, temos de nos concentrar em Adriana. E em Karl. Só podemos agir sobre o que está ao nosso alcance. Eu viajo com o comodoro amanhã...

— Certo! Desculpe. Vocês não sabem ainda para onde vão?

— Meu *Grão-Mestre* — começou a dizer Daniel, ironicamente — me explicou que ainda não sabe. Senti que ele falou a verdade. Combinará com Karl amanhã cedo por telefone, quando chegar ao aeroporto, e me avisará antes de embarcarmos. Imagino que não seja longe.

— Você vai *mesmo* dar o seu Etherii para ele?

— Metade dele... Não há outro jeito! Depois que ele me levar até Karl. A outra metade, vou deixar com você.

— Você não pode ir sozinho! Quero estar ao seu lado quando encontrarmos Karl.

— Eu não vou sozinho, Jaime. Tenho consciência de que preciso de ajuda. Da sua ajuda! Não basta sabermos onde Karl está. Precisamos achar Adriana. Em dois, teremos mais chances.

— Mas como?

— Assim que eu souber para onde vamos, eu te aviso. Contrate um táxi aéreo no aeroporto e me siga até lá. Vamos nos mantendo em contato todo o tempo. *La Resistencia* tem fundos para tanto, não?

— Claro que sim — respondeu Jaime —, podemos *comprar* um pequeno avião se quisermos... Mas como vamos nos manter em contato todo o tempo? Você não poderá falar comigo no celular, na frente do comodoro.

Daniel sorriu.

— Será melhor que isso. Antes de eu sair, iremos nos entrelaçar. Você verá com os meus olhos e ouvirá com os meus ouvidos. Assim saberá de tudo o que estiver acontecendo... inclusive quando eu descobrir onde está Adriana.

Os olhos de Jaime brilharam, mas foi um brilho fugaz. Logo em seguida voltaram a se anuviar.

— O entrelaçamento não vai funcionar, Daniel... O comodoro não quer que você viaje usando o "perfume", o Etherii.

— Ele não sentirá o perfume. Não vou passá-lo, vou *engoli-lo*. Uma gota apenas, diluída num copo de água gelada. Já fiz o teste com Lara, aqui na Terra. Para o nosso entrelaçamento mental, Jaime, será o suficiente. Mas para tudo o mais... infelizmente... não funciona.

— Uma coisa que gosto em você é a pontualidade — disse Agustín a Daniel, ao encontrá-lo no aeroporto na manhã de sexta-feira.

Eram dez da manhã, e, no inverno de Comodoro Rivadavia, o sol nascera fazia apenas pouco mais de trinta minutos.

— Que bom que você veio bem agasalhado, rapaz — disse Agustín Lang. — Nós vamos para o extremo sul da Patagônia argentina. Para Ushuaia, na Terra do Fogo, a mil quilômetros daqui. É lá que Karl está. Visitando aquele seu laboratoriozinho de me... meras cópias baratas.

— Ushuaia... — repetiu Daniel (para certificar-se de que Jaime o ouvira). *Vamos, amigão, venha atrás de mim!*, pensou.

— Isso, saímos daqui a pouco — replicou o político. — Estamos só esperando que abasteçam o avião. A viagem será um pouco mais longa do que eu imaginava... quase quatro horas. Mas chegaremos lá ainda com a luz do dia. Os dias são curtos em Ushuaia nesta época do ano. Ainda mais curtos do que em Comodoro Rivadavia. Em compensação, você vai ver paisagens esplêndidas e conhecer a cidade mais austral do mundo; a porta de entrada para a Antártida.

— Já ouvi falar e me parece excitante, comodoro — disse Daniel. — Mas, até que eu resolva o meu problema...

— Sim, claro. Entendo perfeitamente. Os negócios sempre vêm primeiro. Por falar em negócios... Você trouxe aquilo que combinamos? Para o seu Grão-Mestre?

Daniel abriu o casaco, grosso e com gola de pele, e mostrou o volume em um bolso grande na parte de dentro.

— Fique tranquilo. Está aqui.

— Ótimo, ótimo... — respondeu Agustín, exultante. — Vamos indo, nós vamos viajar naquela belezura ali.

O avião que o comodoro apontava era relativamente pequeno e parecia meio velho. Com uns onze ou doze metros de comprimento e, mais ou menos, quinze de envergadura.

Por isso as quatro horas de viagem. Isso é um bimotor turbo-hélice... Nada parecido com o jato X-Reacher de Karl.

— Você gosta de aviões, Daniel? De minha parte, nem preciso falar, não? Eu adoro voar. Como dizem por aí: eu "estou um político", mas, na verdade, "sou um piloto"... Aliás, sem falsa modéstia, um excelente piloto! Sempre foi assim, desde que eu vivia em... Miithera — confidenciou Agustín Lang, em voz baixa e com uma piscadela.

Aos poucos, ele vai se soltando, pensou Daniel.

— Aquele avião... — continuou o comodoro — é um dos meus preferidos. Comprei-o para a nossa campanha política e para a Mens Altior. É um Bastien-Martin M2 Archipel, fabricado em 1975. Motores a pistão Brown-Evans, 280HP. Velocidade de cruzeiro de duzentos e sessenta quilômetros por hora. Decola e pousa em qualquer pista de quatrocentos metros. Um verdadeiro "jipe com asas", ideal para voos regionais. Não dá problemas e é razoavelmente silencioso para a categoria. Resistente, autonomia de 1.400 quilômetros, baixo custo de operação e manutenção, fácil e gostoso de pilotar. Você sente a máquina na mão. Não como os aviões de hoje em dia, onde tudo é automático. Esse aí eu pilotei muito... *esse mesmo*, quando na ativa na Força Aérea. É equipado para vigilância e missões especiais. Tem escotilha dupla e larga, para o transporte de macas e resgates médicos.

"Archipel"... Significa "Arquipélago" em francês. Que coincidência, não...? Ele ama pilotar; por que diabos foi se meter na política?

— Fabricado em 1975... Esse avião voa todo esse tempo? Tem mesmo quase cinquenta anos? — perguntou Daniel.

— Sim, mas em um corpinho de vinte! Esse modelo é fabricado até hoje, assim não é difícil encontrar peças de reposição. Sua manutenção é impecável. Não faz muito sentido do ponto de vista econômico, mas não troco por um novo, por nada! Razões sentimentais...

— É o senhor quem vai pilotar?

Agustín Lang preparava-se para responder, quando ele e Daniel foram abordados por três homens; todos eles pesadamente encapotados e com rostos familiares.

— Bom dia, Grão-Mestre! Olá, "Mens-bro"! — disse o homem mais baixo, saudando Agustín e Daniel.

— Ah, chegou o comandante do nosso voo de hoje... Bom dia, Facundo! — saudou Agustín, de volta. — Respondendo à sua pergunta, Daniel, eu bem que gostaria de pilotar novamente esse M2 Archipel, mas o *capitán* Facundo, aqui, insiste em fazer as honras.

— Bom dia, Facundo — disse Daniel, um pouco surpreso. — *Capitán*? Você também é da Aeronáutica, é um capitão?

— Sim, mas agora sou da reserva; assim como o nosso Grão-Mestre e os *tenientes* Hernán e Guillermo, que você já conhece.

Os dois gigantes da mansão da Mens Altior também são ex-militares! Tenentes...

Hernán e Guillermo acenaram para Daniel e cumprimentaram-no com a cabeça, mas apenas Hernán falou:

— Fomos para a reserva. Optamos pela vida civil ao ingressarmos na Mens Altior. Achamos melhor fazer isso, para nos dedicarmos à irmandade em tempo integral.

Dedicação integral a uma sociedade secreta? Que tipo de "irmandade" é essa? Como eles ganham dinheiro, como são pagos? O que pode exigir tamanha dedicação?

Agustín interrompeu seus pensamentos.

— Bom, vamos indo, pessoal. Se chegarmos em Ushuaia às catorze e trinta, vocês conseguem voar para as Malvinas ainda hoje.

Os homens do Grão-Mestre subiram a bordo.

Malvinas?, pensou Daniel, subitamente cismado. *Por que iriam para as Ilhas Malvinas — ou Falklands?*

Intrigado, Daniel olhou para o comodoro, mas, no meio do intento, desistiu de perguntar qualquer coisa. Não era assunto seu, e ele já tinha mais com que se preocupar. Agustín Lang percebeu a curiosidade contida do jovem e lhe falou:

— Não é nada de mais... Trata-se apenas de aparar algumas arestas internas da Mens Altior. Como lhe expliquei que fazemos, de tempos em tempos, para restabelecer a perfeita harmonia da irmandade. Neste caso, em um arquipélago da Terra. Por sinal, argentino, ao contrário do que pensam e dizem os colonizadores britânicos. E, nesse arquipélago, Gusk não apita nada.

Por dentro, o Bastien-Martin Archipel parecia ainda menor. Originalmente desenhada para dez ocupantes — piloto, copiloto e mais oito passageiros —, a cabine interna de cinco metros de comprimento, por conta do espaço central vazio para o transporte de macas, tinha sido reconfigurada. Aquele modelo customizado levava apenas três passageiros, além do par de tripulantes: dois pequenos assentos de costas para o piloto e copiloto e um único assento voltado para a frente. Apesar dos elogios de Agustín Lang, a conservação interna do bimotor de 1975 não parecia ser das melhores. Os equipamentos revelavam a ação do tempo, as poltronas estavam gastas e um carpete azul, velho e manchado, recobria o assoalho metálico.

— Não se impressione com a aparência deste avião — disse Agustín Lang. — Já lhe disse... isto é como um jipe voador: o segredo de sua segurança e resistência está justamente na sua simplicidade.

— Se o senhor está dizendo... — respondeu Daniel, tentando se conformar.

O capitão Facundo assumiu o controle do M2 Archipel, do lado esquerdo do avião, e o tenente Guillermo apertou-se no assento à direita, o de copiloto. Na primeira fileira da ala dos passageiros, de costas para Guillermo, sentou-se Daniel, e, à sua direita, atrás de Facundo, o tenente Hernán. Na segunda fileira, de frente para Hernán e no último assento disponível, acomodou-se o comodoro Agustín Lang.

O comandante Facundo colocou seus fones de ouvido, fez uma rápida checagem nos instrumentos de bordo e avisou:

— Vamos decolar!

De longe, de um pequeno prédio anexo ao aeroporto, Jaime acabara de contratar junto a uma empresa de táxi aéreo — a Meposa Air — um voo para Ushuaia.

Vá com Dios, meu amigo, pensou ele. *Você não viajará sozinho. Estarei logo atrás de você...*

A decolagem tinha sido surpreendentemente rápida (*isto aqui decola de um quintal*) e agora já havia alcançado a altitude de nove mil pés, aproximadamente dois mil e setecentos metros. Viajariam à velocidade de cruzeiro, rumo ao Sul.

— Bem, agora relaxe e aproveite a viagem, Daniel. A vista aérea da Patagônia é deslumbrante — disse Agustín Lang (apesar dos motores, o isolamento acústico da cabine permitia que eles conversassem sem fones de ouvido; desde que falassem alto).

Relaxar como? Com esse colosso encapotado ao meu lado, ocupando uma poltrona e meia?

O permanente contato físico com os ombros, os braços e as coxas de Hernán incomodava Daniel sobremaneira; ele estava espremido e invejou o comodoro, em sua poltrona isolada e oposta à deles. Mas o dia estava ensolarado, eles voavam sobre um trecho de mar magnífico, e a bonita costa argentina estava ao alcance da vista.

Vou tentar relaxar...

Nos primeiros dez minutos de voo todos se mantiveram em silêncio. Depois, Agustín Lang pareceu aborrecer-se e decidiu puxar conversa com Daniel.

— Meu encontro com Karl será no hotel dele, o *Resort & Spa Royal Austral*, no Canal Beagle.

Daniel saiu de seu torpor e arregalou os olhos.

Jaime..., pensou, chamando o amigo.

— Karl tem um hotel em Ushuaia? — perguntou.

— Ele tem muitas coisas, rapaz — respondeu o comodoro. — Nem todas em seu nome.

— O senhor acha que aquela garota, de quem lhe falei, pode...?

— Acho, sim! — interrompeu Agustín. — Meus informantes me disseram que ele está acompanhado de uma mulher de cabelos negros, jovem e bonita. Acredito que esteja hospedada em algum quarto do hotel.

Ele tem lá um apartamento permanente, com decoração nativa, que não aluga nem divide com ninguém. E, claro, tem a suíte presidencial.

— Meu Deus! — exclamou Daniel.

— Pois é... Entenda isso como uma *degustação* oferecida pela Mens Altior. É melhor você ir pensando no que vai fazer quando chegarmos no hotel.

— Sim. Obrigado, Grão-Mestre!

Agustín Lang olhou para Daniel de forma divertida e falou:

— Você esteve, pessoalmente, com... Thomas, o chefe da estação... de viagens, não?

Ele está se referindo a Thomas, o Guardião da Estação Trincadora de Miithera. E está disfarçando... Não quer falar abertamente do Arquipélago.

— Sim, estive com ele. Foi meu mentor — respondeu Daniel.

— Isso explica muita coisa... Deve ter aprendido alguns idiomas com ele, imagino — replicou o comodoro.

Dezenas deles!, pensou Daniel. "Sim", falou.

— Você aprendeu o húngaro? — perguntou Agustín.

— *Igen!* Sim!

— Ah... que ótimo! Podemos conversar em húngaro, *la lengua del diablo*? Para treinar. Não tenho muitas oportunidades de praticar na Argentina.

Os homens da Mens Altior sorriram entre si. Já estavam acostumados a assistir ao "Poliglota" exibindo seus dotes multilíngues. A partir daquele instante, a conversa tornava-se reservada entre o Grão-Mestre e o jovem "Mens-bro". Ninguém mais a bordo falava "a língua do diabo".

Ele não quer que seus homens entendam nossa conversa, deduziu Daniel, respondendo novamente com um "sim":

— *Igen!*

Agustín Lang, já falando em húngaro, explicou que os homens da Mens Altior eram todos da Terra e não sabiam de seu passado ou da existência do Arquipélago. Então jogou uma pergunta na cara de Daniel:

— Você matou Ian, o ex-Assistente de Gusk? Você sabia que ele era o filho omiidhian de Lorenzo Martell?

A pergunta surpreendera Daniel a ponto de ele duvidar de seu próprio domínio do idioma húngaro. Ao mesmo tempo, a lembrança do assassinato de seu pai libertara novamente uma dor que ele tentava, a muito custo, domesticar. Em meio à dor, o assombro da revelação.

Ian era filho de Lorenzo Martell? Conspiravam juntos, mas acho que Ian não sabia disso. Estive na mente de Hugo — Hugo não sabia!

— Eu não matei Ian! — disse Daniel, irritado. — Foi *ele* quem, a mando de Karl, tentou me atropelar em uma estrada no Brasil. Eu apenas desviei seu carro... mas não o suficiente. E, por isso, vou me lamentar por toda a minha vida. Ele acabou matando meu pai! E também morreu ao capotar seu carro. Se quiser culpar alguém, culpe o próprio Ian, o executor. Ou Karl Meier, o mandante do crime.

— Calma, calma — contemporizou Agustín Lang. — Eu sei disso. E meu velho e querido amigo Lorenzo também sabe...

— Ele sabe?

— Ele teve um vislumbre de sua mente. O Etherii que você usava permitiu-lhe fazer isso. Karl Meier impediu que os dois se reencontrassem e que Lorenzo contasse a Ian, afinal, que era seu pai. Meu amigo vai deixar esta vida odiando o vordhiinian. E trata-se de uma questão de dias. Ou de horas. Soube que ele foi internado ontem à noite, em um hospital de Faro. Está em coma, e infelizmente o quadro é irreversível.

Sem saber exatamente o que dizer, Daniel preferiu manter-se em silêncio. Não tinha nenhuma simpatia por Lorenzo (muito menos pelo desgraçado do seu filho), mas não podia deixar de se compadecer pela situação do velho nariihwian. Depois, resolveu aproveitar o momento para melhor avaliar quanto poderia confiar no comodoro.

— Vocês são muito ligados? — sondou Daniel.

— Lorenzo e eu? Sim... conhecemo-nos há alguns séculos. Um século e meio, só aqui na Terra — respondeu o comodoro. — Eu vou sentir falta dele...

Então, meio como um tributo ao amigo que estava morrendo, meio para passar o tempo, Agustín Lang fez a Daniel um longo resumo da vida dos dois nos últimos cento e cinquenta anos, desde a fuga de ambos da Estação Trincadora de Nariihwe. Eles haviam mesmo viajado no tempo. O Etherii que Agustín trouxera havia durado mais, o de Lorenzo acabara primeiro. Jovens ainda, chegaram à Terra muitíssimo antes de Karl e de Lara, e até recentemente não tinham notícias deles.

Lara... Quanto ele sabe de Lara? Quanto Karl lhe disse? Será que o maldito lhe contou o que fez com ela? "Desrejuvenescendo-a" e matando-a lentamente?

Daniel julgou importante, para solidificar a relação de confiança que parecia se iniciar entre eles, falar ao comodoro de sua própria viagem ao Arquipélago. Contou-lhe ser o antigo vizinho do casal no Rio de Janeiro, falou do "perfume de Tiaré", de seus poderes intermitentes e das primeiras revelações que teve a respeito. Depois, falou da ajuda que deu a Lara durante a briga com o marido, e de sua surpreendente viagem ao Arquipélago. Por pudor e cavalheirismo, omitira os entrelaçamentos, mentais e amorosos, que tivera com a ex-esposa de Karl. Então contou-lhe sobre o torneio, o crime de Ian no Cognateneu (o assassinato de Hugo) e a fuga do Assistente do Preceptor para a Terra.

O comodoro Agustín Lang ouvia o relato de Daniel com grande interesse. Fazia mais de um século e meio que ele não tinha notícias de sua querida Miithera. Das intrigas da Corte, da Capital, do Arquipélago. Conversar com o terráqueo era como ouvir um jornalista contando-lhe as atualidades do outro lado do Universo.

— E Gusk? Deve ter ficado furibundo, não? — especulou Agustín Lang, com um sorriso malicioso. — Por favor, me dê mais detalhes...

Ele está se deliciando. Tanto tempo depois e ainda guarda mágoas do Preceptor, pensou Daniel.

— Furibundo? Um pouco, talvez... Mas acho que a melhor palavra seria... decepcionado. Gusk confiava muito em Ian.

— Para alguém que se julga capaz de ser o Preceptor de todo o Arquipélago, Gusk sempre foi crédulo demais.

Daniel permaneceu em silêncio. *Terreno delicado... eles queriam depor o Preceptor. Melhor não entrar em assuntos políticos. Gusk não precisa de um advogado de defesa. Estamos nos dando bem assim...* Em vez disso, preferiu continuar investigando a relação do Grão-Mestre com Karl.

— Esses sentimentos negativos que Lorenzo tem por Karl... O senhor, sendo amigo de Lorenzo, partilha deles? Por que aceitaram Karl Meier na Mens Altior?

— O ódio de Lorenzo por Karl é recente. Já a desconfiança, essa vem de longa data. E, sim, eu partilho dessa desconfiança. Não gosto de Karl nem confio nele. Nosso projeto conjunto no Arquipélago, de trocar o Preceptor, era coisa de jovens idealistas. Para mim, ficou no passado; para ele, provavelmente não... É importante lembrar que cento e cinquenta anos nos separam! Hoje, Karl representa mais uma ameaça do que uma oportunidade. Mas como dizia Lao-Tsé: "Mantenha seus amigos por perto e os inimigos mais perto ainda". A Mens Altior foi uma oportunidade perfeita para mantê-lo por perto. Participando da irmandade, Karl está sempre em nosso radar. E ele tem *realmente* uma mente superior. Eu conheci seus poderes de conceptor no Arquipélago. Sinceramente, não sei se Gusk conseguiria vencê-lo... Felizmente, aqui, na atmosfera pouco ionizada da Terra, eles foram reduzidos aos poderes de um instrumentalizador. Como os de Lorenzo e os meus próprios; quando estamos sob o efeito do Etherii, naturalmente.

Daniel assentiu e olhou pela janela do avião. Voavam há uma hora e meia, sempre sobre a terra. A vista era muito interessante.

— Viajaremos todo o tempo sobre a terra? — perguntou Daniel.

— Não — respondeu o comodoro. — Em meia hora sobrevoaremos o Puerto Santa Cruz. A partir daí o cenário muda completamente. Até Ushuaia serão mais duas horas sobre o mar. E, se tivermos sorte, veremos alguns icebergs.

Os homens da Mens Altior não abriam a boca, imersos em seus próprios pensamentos. Hernán, o grandalhão ao lado de Daniel, cochilava. Apesar de o pequeno avião estar lotado, a privacidade da conversa com o comodoro era total. Para ouvidos leigos, o húngaro era quase tão impenetrável quanto o krpsnc.

— Grão-Mestre — disse Daniel —, estou trazendo comigo metade de todo o Etherii que eu tenho. Se o senhor me ajudar a resgatar minha amiga Adriana, a jovem abduzida por Karl, ao voltarmos eu lhe darei a outra metade.

— Nós combinamos *todo* o Etherii que você tinha, agora — disse Agustín Lang, com uma expressão estudada e falsamente ofendida. Ele tinha certeza de que o jovem terráqueo faria algo parecido. Era toda a moeda de troca de que dispunha.

— Vou precisar de algum Etherii ainda, senhor — disse Daniel. — Até me livrar totalmente de Karl Meier. Não faço questão de ter poderes. Quero apenas viver a minha vida em paz, e que ele nos esqueça. Já tive perdas suficientes... O senhor sabe o que Karl fez com Lara?

O comodoro sinalizou que não, e Daniel lhe contou sobre a maldade feita pelo vordhiinian contra a ex-esposa. Ela morreria em questão de dias, se já não estivesse morta àquela altura.

Agustín Lang sacudiu a cabeça negativamente, em sinal de desaprovação. Mostrava assim que nem todos os rebeldes eram iguais.

— Esse é Karl Meier: cruel e implacável! Mas veja como é poderoso... Esse é um dos maiores poderes de manipulação celular que um conceptor (e instrumentalizador) pode ter. Desde que tenha acesso aos códigos celulares de sua "paciente", bem-entendido. É por isso que eu repito: ainda bem que Karl é incapaz de manifestar poderes, aqui na Terra, em sua máxima extensão. Da forma como está, ele ainda é... *controlável*. Mas imagine esse homem, por exemplo, com poderes de invisibilidade. Ou reorganizando átomos e materializando coisas...

— Ele já está fazendo isso! — interrompeu Daniel intempestivamente.

— Fazendo o quê? — perguntou o comodoro, repentinamente alarmado. Ele sentira um frio subir de seu cóccix até a nuca.

Daniel contou a Agustín Lang o que acontecera no escritório alugado em Madri, na luta que *La Resistencia* travara contra Karl.

— Ele materializou uma pistola automática carregada, do nada... Na palma da mão — garantiu Daniel. — E já atravessa paredes...

Agustín Lang empalideceu e recostou a cabeça em sua poltrona, meditativo. Parecia ter perdido o interesse em seguir conversando com Daniel, e não voltou a falar por quase uma hora.

Agustín Lang estava em silêncio, mas imerso em pensamentos: *Karl Meier está se transformando em um conceptor pleno. AQUI! Parem as máquinas! Isso muda tudo... Qual a extensão real de seus poderes? Eles se devem ao Etherii que trouxe do Arquipélago? (Além do que... "herdou" de Ian?) Ou à meleca sendo desenvolvida no laboratório de Ushuaia? Ele disse: "O céu sobre nossa cabeça, ionizado pela inversão dos polos, cada vez mais próxima, permitirá maior interação com o 'gás terrestre'". (Ele quer chamá-lo de "Ketherii", com K!) O que não disse... é que ELE se tornará o todo-poderoso Preceptor deste planeta, de todo este sistema solar. E odeia esse garoto. Ele se entrelaçou com Lara, que o traiu de variadas maneiras. O vordhiinian não vai perdoá-lo jamais... E eu... eu estou escolhendo o lado errado nessa briga.*

Com os olhos semicerrados, Daniel observava a súbita e enigmática quietude de Agustín Lang. Aparentemente dormia.

Por que o silêncio?, ele pensou. *O comodoro está descansando ou se assustou com os novos poderes de Karl? Acho que falei demais...*

Daniel olhou pela janela, e efetivamente o cenário havia mudado. Estavam agora sobre o mar, e ele avistava um primeiro bloco de gelo, brilhando sob o sol. Como um imenso diamante.

Então, inesperadamente, Agustín Lang abriu os olhos.

— Rapaz, me deixe dar uma cheirada nesse perfume que você está trazendo. Só pra matar a saudade... Me passe o vidro — disse o comodoro, *em espanhol*. Diante dos homens da Mens Altior, ele abrira mão da incompreensibilidade do húngaro a ouvidos leigos, e o tom de sua voz mudara completamente.

Todos os sentidos de Daniel entraram em alerta.

— Comodoro, me desculpe... Acho mais prudente não fazer isso aqui. O... perfume... está muito bem fechado e precisará ser aberto com cuidado. Quando chegarmos ao hotel... e nos encontrarmos com Karl, eu lhe entrego.

— Agradeço a sua preocupação, rapaz, mas eu serei cuidadoso. Vamos, me passe o vidro! — ordenou Agustín Lang rispidamente.

A agressividade na voz do Grão-Mestre soou como uma senha para os homens da Mens Altior. Todos, inclusive o piloto, viraram o pescoço e encararam o "rapaz" (de súbito, ele perdera o nome).

Não ouvi o "por favor" e não gosto que me forcem, pensou Daniel. Ah, aquela sua personalidade oculta que lhe complicava a vida...

— Comodoro, eu tenho problemas com autoridade. Por favor, não vá por esse caminho, vamos nos manter dentro do nosso acordo.

Agustín Lang deu uma risadinha de escárnio.

— *Uy...* Ele tem problemas com autoridade... Claro, é um maldito subversivo, um comunista! — disse o comodoro com a voz carregada de raiva. Em seguida, olhou por cima do ombro de Daniel e piscou.

O braço musculoso de Guillermo, que se virara para trás, envolveu o pescoço de Daniel e começou a estrangulá-lo com um implacável mata-leão. Não havia espaço nem condições de escapar. Hernán, ao seu lado, o espremia e imobilizava seus braços. O oxigênio começou a faltar em seu cérebro, e a sua vista a escurecer, escurecer... escurecer.

Daniel, Daniel! Meu Deus..., pensou Jaime, desesperado.

Seu próprio avião estava uma hora atrás do Bastien-Martin de Agustín Lang. Mas era mais rápido, e Jaime estimava que eles chegariam a Ushuaia não muito tempo depois. Praticante de jiu-jítsu, Jaime sabia que o mata-leão recebido por Daniel seria letal se o gigante atrás dele não afrouxasse o braço imediatamente.

Solte meu amigo, seu brutamontes estúpido! Solte ele, agora!, pensou Jaime com todas as forças. *Vamos, Daniel, acorde! Acorde!*

Dentro do Bastien-Martin, Daniel, aos poucos, recobrava os sentidos. Estava zonzo, e custou-lhe algum tempo tomar pé da situação: suas mãos estavam atadas por uma grossa abraçadeira de náilon, como uma algema descartável. Seus tornozelos também estavam juntos, amarrados pelo mesmo tipo de cinta plástica, daquelas rápidas, de dentes fresados. Ele estava imobilizado. Sentado à frente de Hernán, Agustín Lang olhava fascinado para o líquido transparente em um frasco que segurava com ambas as mãos.

Perdi o meu Etherii..., pensou Daniel, arrependido por ter falado demais. *O comodoro ficou com medo de Karl. Apavorado. Nossa "relação de confiança" ficou no passado. Agora, quem tinha medo era ele.*

— Para que isso? — Daniel perguntou em espanhol, exibindo as mãos amarradas.

— *Magyarul!* — respondeu Agustín Lang, em húngaro. — *Fale em húngaro!* Senão será amordaçado...

Daniel assentiu. O comodoro havia falado com ele, em espanhol, apenas para atiçar seus cães de guerra. Na verdade, queria mantê-los à margem da conversa — eles eram simples terráqueos e não deveriam se inteirar dos assuntos do Arquipélago.

— Grão-Mestre, o senhor vai me entregar a Karl, é isso? *Realmente confia nele? O que vai acontecer quando ele desenvolver seus poderes ao máximo? O senhor será dispensável! Como foi Hugo! Como foi Arthur! Como foi Ian! Como foi Lorenzo! Como foi Lara!*

— Isso é algo para eu me preocupar no futuro... — respondeu Agustín. — No momento preciso sobreviver. Os poderes de Karl já representam um perigo *no presente*. Talvez já não seja possível defender nossas mentes contra suas incursões. Sutis ou de apoderamento.

— Comodoro — apelou Daniel —, me ajude a ajudá-lo! Vamos então neutralizar Karl Meier. Juntos! Esse vordhiinian cruel, que deseja se transformar em um Preceptor...

Agustín Lang refletiu por um instante. *Eu já lutei contra um Preceptor e... perdi. E era bem mais jovem.*

— Você quer ajudar... — contestou o Grão-Mestre. — Então me ajude! Eu preciso da maior quantidade possível de Etherii de qualidade, originário do Arquipélago. Onde está o restante do seu Etherii, rapaz? Com sua mãe, Assumpta Santoro, ou com o seu amigo, Jaime Arroyo Sanchez, em Madri? Com a mãe de Adriana Vidal, em Niterói, ou está aqui na Argentina, em algum lugar seguro?

Ele sabe muito sobre a minha vida, pensou Daniel, aturdido.

— Grão-Mestre, o senhor não me deu, exatamente, uma amostra de amizade e confiança. Eu lhe dou *a minha palavra*: depois já resgatarmos Adriana, eu lhe entrego a outra metade do Etherii... pessoalmente! Na verdade, acho que representa um pouco mais que a metade.

Agustín Lang balançou a cabeça, meditativo. Aproximava-se o momento de uma decisão crucial. Uma nova encruzilhada em sua vida, como tantas outras que já tivera. *Eu não posso errar! Essa decisão é determinante para o meu futuro na Terra.* Então ele fez sua escolha: abandonou o húngaro e voltou ao idioma espanhol (era o momento de reagrupar seus cães de guerra). O comodoro agora vociferava:

— Você, rapaz, é um comunista detestável, um subversivo incorrigível! E os crimes que acaba de confessar são hediondos! Em outros tempos, em outra situação, deveria ser julgado e condenado por uma corte internacional. Mas hoje, aqui, eu o condeno sumariamente... à morte! Preparem esse delinquente...

— Mas que droga é essa? — esbravejou Daniel, debatendo-se, ao mesmo tempo que o tenente Guillermo, por trás, voltava a enlaçar seu pescoço.

—O COMODORO, O COMODORO!... — gritou Daniel. — Ele não é argentino... Ele é de outro plan...

A fala desencontrada de Daniel foi interrompida por uma violenta bofetada desferida por Hernán. A bofetada teve um efeito calmante sobre Daniel, que tonteou. Foi o tempo necessário para Hernán, com uma agilidade surpreendente para alguém do seu tamanho, melhor amarrar o prisioneiro (sim, de "Mens-bro", Daniel passara à condição de prisioneiro). O tenente passou uma longa cinta industrial — igualmente plástica e de dentes fresados — por entre os pulsos e os tornozelos do prisioneiro e puxou-a até o seu limite. *Ziiiiiip!* Daniel curvou-se sobre a própria barriga, com os braços entre as pernas e esticados até os pés. Depois Hernán passou outra cinta por baixo de seus joelhos, envolvendo as coxas e seus braços encaixados entre elas. *Ziiiiiip!* Daniel estava preso, enrolado feito um caracol, e mal podia se mexer. Exceto levantar a cabeça, próxima aos joelhos. E mirá-los com um olhar suplicante.

Agora já sei como Facundo, Guillermo e Hernán ganham a vida... Eles são assassinos da Mens Altior!

— Sua última chance, rapaz... — disse o comodoro. — Onde está o outro frasco?

— De água? — perguntou Daniel, erguendo a cabeça com dificuldade. — Como esse que o senhor tem em mãos? Eu lhe disse que, sem minha ajuda, o senhor jamais botaria as mãos no meu Etherii! Parece que nem no Arquipélago nem nos últimos cento e cinquenta anos neste planeta o senhor aprendeu alguma coisa...

Os homens da Mens Altior se entreolharam confusos e, depois, miraram o Grão-Mestre.

— Está delirando! Além de tudo, é um drogado... Ponham uma mordaça nele! — ordenou Agustín, sendo prontamente obedecido.

Agustín Lang estava envolto em seus próprios pensamentos; e dúvidas. *Este frasco contém mesmo... água? Ou é um blefe? Eu poderia até viver com metade do Etherii do terráqueo, mas... sem nada? Decisões, decisões...* O risco de acabar sem nenhum Etherii era demasiado grande. *Antes de me livrar dele, é preciso ter certeza!*

— Facundo, para o Leste! Vamos buscar águas mais profundas — disse o comodoro, fitando o "subversivo", amarrado e amordaçado.

Trêmulo, Daniel sustentou o olhar como pôde. Doía-lhe o pescoço. *Quer apostar, comodoro? Você só tem água nas mãos...*, pensou.

Vinte minutos depois, o comandante avisou o Grão-Mestre:

— Acho que aqui está bem, comodoro. As águas aí embaixo já são bem profundas. E temos de cuidar do combustível. Viajamos boa parte do tempo com vento de proa.

— Ótimo! Baixe a quatrocentos pés, Facundo. Vamos deixar que nosso convidado dê uma boa olhada no mar antes de seu mergulho. De bem perto.

O Bastien-Martin estabilizou-se, voando próximo ao mar. Hernán levantou-se de sua poltrona e caminhou pesadamente na frente de Daniel. Ele continuava totalmente amarrado e com a cabeça baixa — encurvado e enrolado como um tatu-bola. Ou um caracol.

— A escotilha, comodoro? — perguntou o tenente.

— Sim, pode abri-la... — respondeu Agustín.

Hernán puxou o carpete azul e puído, e, debaixo dele, revelou-se uma escotilha dupla. Apesar da estreiteza do avião, a abertura no piso era larga o suficiente para que, por ela, passasse um homem. Ou "um caracol humano". O gigante abriu a escotilha, e uma ventania gelada invadiu a aeronave. Dali em diante, para se comunicar, só aos gritos. Os homens, fascinados, olhavam o mar encapelado logo abaixo.

Minha Nossa Senhora da Lampadosa!, pensou Daniel. *Estou em um "voo da morte"... como no período da ditadura. Eles já fizeram isso antes... Muitas vezes! Por isso, o "valor sentimental" deste avião... Vão me atirar no mar, e serei apenas mais um "desaparecido". Jaime, salve Adriana e fuja! E contem à minha mãe o que me aconteceu.*

— AGORA É, *MESMO*, A SUA ÚLTIMA CHANCE! — berrou o comodoro. — Você vai me dizer onde está o outro frasco ou não? Senão...

depois de você... meus homens matarão a sua mãe... seu amigo Jaime... Adriana... Se Karl não a matar antes... Não restará ninguém para contar a sua história... FECHE OS OLHOS SE QUISER FALAR... E EU TIRO A SUA MORDAÇA!

Daniel manteve um olhar arregalado e desafiador. E nem sequer piscou. Parecia sorrir com os olhos. Como faziam Adriana e Lara.

Que merda!!!, pensou Agustín Lang. *Eu preciso ter certeza...* O comodoro destapou o frasco com o líquido transparente e o encostou no nariz. Apesar do vento forte, foi capaz de sentir o perfume adocicado do Etherii.

Ô delícia... É o Etherii mesmo! O desgraçado estava blefando.

—POSSO JOGÁ-LO, COMODORO?— gritou Hernán, excitado.

— VOCÊS GOSTAM DISSO, NÃO?

Os três homens da Mens Altior desataram a rir.

—PODE! QUE SE JUNTE AOS OUTROS...

Hernán caminhou até Daniel e o agarrou pela gola de pelos de seu grosso casaco. Jogá-lo pela escotilha aberta, bem à sua frente, seria tão fácil quanto rolar uma bola de bilhar com a mão até a caçapa.

No momento, entretanto, em que o tenente começava a erguê-lo, uma violenta turbulência atingiu o avião. Aparentemente o Bastien-Martin havia sido atingido por um vento lateral, ou de cima para baixo, porque Facundo perdeu momentaneamente o controle de voo. O avião despencou mais de oitenta metros, com um estrondo, e se inclinou para a esquerda.

— NÓS VAMOS CAIR... VAMOS BATER NA ÁGUA, SEGUREM-SE!— gritou o piloto.

Os homens sentados agarraram-se aos seus cintos de segurança, e Hernán quase caiu, ele próprio, pela escotilha. Chegou a ficar com uma perna para fora — salvou-o seu tamanho avantajado. Com o solavanco, uma boa parte do Etherii nas mãos do comodoro escapara do frasco e se espalhara pelo carpete, inundando a cabine com o perfume de Tiaré. Mas, afinal, o capitão Facundo conseguiu retomar o controle de voo, estabilizar o avião e ganhar alguma altitude.

O comodoro e Daniel encararam-se demoradamente. O terráqueo parecia querer dizer alguma coisa, mas não havia mais tempo para arrependimentos. E nem utilidade nisso: o Etherii era verdadeiro.

—POSSO JOGÁ-LO AGORA? — perguntou Hernán novamente. A excitação dera lugar à raiva: ele quase caíra pela escotilha!

— PODE, TENENTE — respondeu Agustín. —FAÇA AS HONRAS!

Estou perdido! É o fim...

Hernán agarrou Daniel pela gola e o ergueu como uma criança que se debatia. *Humpf... Agora ele não quer ir. Moleque birrento!*, pensou o titã. Depois o fez rolar sobre si mesmo, uma volta e meia, até cair pela escotilha. Olhando pela janela, eles o viram atingir o mar. E ser rapidamente engolido pelas ondas.

No avião que seguia o Bastien-Martin até Ushuaia, Jaime, impotente e em desespero, "assistira" à cena toda e não conseguira segurar o grito pungente:

— NÃÃÃO, Daniel, meu irmão! NÃÃÃO...

O piloto do táxi aéreo não entendeu nada, mas ele havia sido muito bem pago para voar até a Terra do Fogo. Aquele vinha sendo um dia de trabalho particularmente agitado.

Dentro do Bastien-Martin, com a escotilha fechada, os homens da M. A. também gritavam. Pareciam alucinados. O arremesso do comunista ao mar e o "quase acidente" haviam levado a adrenalina às alturas.

— U-hu! — riu o tenente Guillermo, o homem dos mata-leões — Você quase caiu no mar, Hernán. Que trapalhão!

Hernán gargalhou e Facundo riu, sem jeito. "Desculpem aí, pessoal, foi mau. Eu não sei o que aconteceu com o avião..."

— Quando voltarmos das Malvinas, com o nosso próximo "cliente" — continuou Guillermo —, será a minha vez!

Eles realmente têm prazer em fazer isso..., pensou Agustín Lang. *São como bárbaros, mas servem bem à Mens Altior. De todo modo, um fedelho da Terra não teria chances contra Karl...*

Já se aproximavam de Ushuaia, quando o celular do comodoro tocou. Era Karl Meier.

— Agustín, você já está chegando?

— Em vinte minutos. Tivemos alguns imprevistos, mas você vai gostar das notícias... Podemos reservar a sauna do hotel para nós? Seria um bom lugar para termos privacidade, sem o risco de ouvidos curiosos, escutas de inimigos políticos ou jornalistas. É chato dizer isso, mas sou uma celebridade na Argentina. E também faz um frio infernal!

— Vou fazer melhor que isso, Agustín... Vou mandar fechar todo o spa pra gente. Nos vemos lá.

O comodoro Agustín Lang desligou o celular e guardou seu precioso frasco de Etherii no bolso. Agora, infelizmente, pela metade.

Assim também relaxo! Estou precisando... Olhou pela janela do avião e viu o céu esverdeado, movendo-se de forma bruxuleante: a aurora austral, raríssimas vezes vista à luz do dia. *O céu está se ionizando.*

No spa do Resort Royal Austral, todo construído com madeira da região, o comodoro Agustín Lang olhou pela janelinha da sauna úmida. Karl Meier já estava lá e havia acabado de ligar o vapor. Agustín abriu parcialmente a porta e, de longe, cumprimentou o vordhiinian. Ele estava completamente nu e enrolado apenas em uma toalha.

— Olá, Karl. Vou só me trocar e já me junto a você.

O comodoro dirigiu-se ao vestiário, ao lado da piscina de choque térmico, em frente à sauna seca. A sauna seca estava vazia, assim como a piscina. Karl havia reservado o espaço das saunas, no piso inferior, e todo o complexo restante do spa, na parte superior, cercado por vidros. O vordhiinian devia ter se trocado lá mesmo, porque suas roupas estavam dependuradas em uma cadeira ao lado da piscina.

Nada como ser o dono do resort, não? Privacidade absoluta!

Agustín Lang, com seus setenta anos (aparentes) e alguns séculos (reais) de idade, era mais pudico. Além do mais, era uma figura pública e candidato à presidência da Argentina. Despiu-se reservadamente no vestiário, enrolou-se em sua toalha e, claro, trancou seu inestimável Etherii no armário. Depois, caminhou até a sauna úmida.

O comodoro entrou na sauna e, a contragosto — também ele conhecia "a morsa" de Karl —, apertou a mão do vordhiinian. *É sempre um desprazer!* Apesar de o vapor estar se avolumando, sentiu o perfume de Karl no ambiente. Não se lembrava de alguma vez tê-lo encontrado sem o Etherii na Terra (nem uma sequer). *Ao contrário de Vordhiin...* Sentou-se de frente para ele, do outro lado da cabine.

— Presidente! Comodoro! Grão-Mestre! — brincou Karl Meier, confiante (seu bom humor era um mau sinal). — Com quem falarei hoje?

— Apenas com Agustín, seu velho e bom amigo — o miitherian respondeu, sorrindo. — Desculpe o atraso.

— Não se preocupe, também tive um contratempo e acabei de chegar... Como vão os nossos comícios, para a nossa presidência?

A "nossa" presidência... Garoto terráqueo, acredite, foi melhor para você morrer!

— Vão bem! — respondeu Agustín. — Os de Córdoba e Rosário foram fantásticos. O de Buenos Aires poderia ter sido melhor.

— Precisamos trabalhar os portenhos!

— Sim, e não temos tanto tempo... Lorenzo sempre me disse que eles seriam os mais difíceis. Ele os conhece muito bem.

— Lorenzo... como ele está? — perguntou Karl.

— Desafortunadamente, não deve passar de amanhã. Ele está entubado e sedado. Recebendo tratamentos paliativos.

— Uma pena não podermos estar com ele neste momento. Você sempre esteve mais próximo dele. Eu não consegui... Será que ele está chateado comigo? — sondou o vordhiinian.

Tranque a sua mente, Agus!, pensou o comodoro. E respondeu:

— Não, claro que não!

Os dois amigos, ex-conspiradores do Arquipélago, mantiveram-se quietos por um tempo, e a sauna começava efetivamente a esquentar. A nuvem de vapor se adensava. Então Agustín perguntou:

— E você, Karl, como vai a fabricação local do Etherii?

— O Ketherii? — ele ria sempre que falava a palavra. — Cada vez melhor! Estive hoje com o Rosbife. Em breve, soltaremos a cópia 162 na atmosfera, para tentarmos a autorreprodução. Se a magnetosfera terrestre decidir afinal colaborar... Você viu como está o céu no Atlântico Sul? Se ao menos tivéssemos mais diizormorfio ou Etherii original...

Eu não tenho! Não tenho! Fique fora de minha mente!

Para disfarçar, o comodoro mudou de assunto.

— Você disse que teve um contratempo... A Mens Altior pode ajudar de algum modo?

— Eu não sei ainda, Agustín. Pode ser que, no futuro, eu peça a ajuda de vocês nesse assunto... Mas, por enquanto, eu acredito que as coisas estejam sob controle. As vantagens estão todas do meu lado. Eu trouxe uma pessoa comigo nesta viagem. Uma garota. E estive trabalhando na mente dela, para assegurar-me de que permaneça obediente. Ela é meu trunfo. Uma jovem bonita, de dezenove aninhos... Mas está exigindo mais esforço do que eu esperava. Ela tem uma mente bastante rebelde.

— Humm, parece que a fila andou... Temos uma nova e jovem Sra. Meier? — gracejou o comodoro. — Você finalmente deu a chave de seu apartamento Shelknam e de seu coração para outra mulher, que não Lara Brun? Já estão... *colando moléculas*?

— Não seja tolo, Agustín... Ninguém entra nesse apartamento Shelknam. Eu a coloquei no quarto de serviço de minha suíte presidencial aqui no Royal Austral. Simplesmente porque ela *está* a meu serviço. Ela é apenas uma isca, um peixe pequeno para atrair *um peixe maior*. Um peixe maior que não vai viver por muito tempo.

— Peixe esse que seria...

— Daniel Santoro. Meu ex-vizinho, o garoto da cobertura do Rio de Janeiro. A praga com quem Lara se envolveu... Ele a seguiu até o Arquipélago, e os dois voltaram juntos. Mas eu duvido que, a essa altura, ele continue a achá-la tão... atraente. A moça que está aqui comigo chama-se Adriana Vidal. Eles foram namorados no passado, o primeiro amor de ambos, e hoje são muito amigos. Talvez um pouco mais que amigos... Ele virá atrás dela, eu tenho certeza!

Era a deixa para Agustín Lang entregar seu presente ao futuro Preceptor. Ele garantiria, em grande estilo, uma valiosa gratidão.

— Ele já veio!

— Como assim? — perguntou Karl Meier.

— Eu vim para cá com o nosso Bastien-Martin. O M2, aquele, para *missões especiais*, com escotilha larga... que a Mens Altior vem usando há anos. Daniel Santoro me procurou e me pediu uma carona. Estava desesperado e queria vir para Ushuaia, acho que para tentar resgatar essa jovem. Espero não ter me precipitado, mas... digamos que, agora, ele esteja verificando a Anomalia Magnética do Atlântico Sul... no fundo do mar. Pessoalmente e sem equipamento de mergulho.

Karl Meier pareceu atônito.

— Você está falando sério, Agustín? Daniel está... morto? — perguntou Karl Meier, com uma felicidade quase infantil. Parecia uma criança que acabara de receber um brinquedo.

— Bem, se ele não está morto, é muito teimoso! Ou desenvolveu guelras, como o peixe que você mencionou. Faz mais de duas horas que o lançamos ao mar... Amarrado como um pacote do correio.

— Ah, que maravilha! — exclamou Karl, exultante. — Lara precisaria saber disso! Se os seus neurônios ainda funcionarem. Mas é provável que ela já nem se lembre dele. Ou de qualquer coisa...

O vordhiinian contou ao amigo o que se passara com Lara (seu "desrejuvenescimento") e Adriana no *La Hache*, em Madri, e pediu ao miitherian mais detalhes sobre a morte de Daniel. Em pormenores. E foi atendido. Mas, aos poucos, o regozijo foi dando lugar a uma preocupação prática: Adriana se transformara em um estorvo desnecessário.

— O que eu faço com essa menina, agora? — Karl perguntou.

Na cabine enfumaçada, Agustín Lang deu de ombros.

— Eu não sei... Você disse que ela é bonita. Por que não fica com ela pra você? Como sua namorada... Para substituir Lara.

Na cabine enevoada, Karl Meier já quase não podia ser visto, mas fez uma expressão de dúvida.

— É, poderia ser... Ela é bem bonita! E Lara, você me entende, é muito velha pra mim — disse ele, soltando uma risada cafajeste.

— Então... — provocou o comodoro, rindo também.

— Não — disse o vordhiinian, mudando de opinião —, pensando bem, ela vai ser um peso morto em minha vida. Ela é uma cabeça de vento; só vai encher o meu saco. É melhor eu me livrar dela!

— Bem, o avião foi para as Malvinas, pegar o cretino do Milton Sorto. Mas voltará para me buscar. Se você quiser, no caminho...

— Isso seria romântico! — interrompeu Karl. — Ela encontrar-se com seu ex-namorado no Atlântico Sul. Ela e o Milton Sorto!

Em meio ao vapor, os dois gargalharam demoradamente.

— Agustín, tem, sim, um favor que eu quero pedir à Mens Altior...

— Pode falar, Karl! O que pudermos fazer.

— Precisamos apagar *as digitais* desse episódio. Devemos eliminar não apenas essa garota tonta, Adriana, mas também seu atual namorado, Jaime Arroyo Sanchez. E a mãe de Daniel também. Ela está em Madri e se chama Assumpta Santoro. Vou lhe passar o endereço.

O comodoro Agustín Lang fingiu desconhecer os nomes. Na verdade, Facundo, Guillermo e Hernán já os tinham em seu radar. Começariam as execuções depois da missão das Malvinas.

— Nenhum problema, Karl. Considere feito!

— Obrigado, amigo. É bom tê-lo do meu lado! Você sabe, depois da traição de Lara, e com a morte de Ian... e agora Lorenzo... eu tenho me sentido bastante só. Se não estivéssemos tão suados, e pelados, eu lhe daria um abraço — disse Karl com uma risadinha.

O problema era que eles estavam suados, pelados e encharcados.

— Desculpe, Karl, eu nunca vou lhe abraçar — disse o comodoro.

Karl riu de novo, levantou-se, com a toalha na cintura, e foi em direção ao amigo, do outro lado da cabine. Mas, ao aproximar-se, através da espessa névoa de vapor, viu uma cena fascinante e aterradora:

Agustín Lang transformava-se rapidamente em Daniel Santoro. E tinha uma faca enorme na mão!

Duas horas e meia antes, na região conhecida como Anomalia Magnética do Atlântico Sul (ou AMAS), um raro fenômeno acontecia no terceiro planeta do Sistema Solar. E impactava um pequeno bimotor a caminho de Ushuaia. Naquele ponto, uma distorção do campo magnético da Terra abrira um concentradíssimo feixe de partículas ionizadas, trazidas pelos ventos solares. Os principais efeitos do fenômeno, entretanto, ocorreram dentro do avião, e não fora dele.

Dentro do Bastien-Martin, Daniel, amordaçado, encurvado e imobilizado pelas cintas rápidas de plástico, observava, com horror, o mar ameaçador através da escotilha aberta no piso. *Eu preciso de um milagre! Eles vão me matar e, depois, vão matar minha mãe, meus amigos, vão seguir matando...* E o milagre ocorrera — em duas etapas.

Primeiro, o comodoro Agustín Lang, desconfiado, abrira o frasco para conferir seu conteúdo. Algumas moléculas de Etherii se espalharam no ar, o suficiente para Daniel interagir com elas e tentar *efetivamente* derrubar o avião. *Morreremos todos! Vocês não vão seguir matando...* Daniel não conseguira derrubar o Bastien-Martin, mas seu ataque fora forte o suficiente para derramar Etherii no carpete.

Então, uma segunda etapa do milagre ocorrera. Dominado pelo pânico e pela adrenalina, Daniel conseguira uma proeza que nunca havia sido capaz de realizar, nem mesmo no Arquipélago: uma transmutação — *dupla e com transferência de corpos.* Ele assumira a forma de Agustín Lang, ocupando sua poltrona. E o comodoro assumira a forma de Daniel, colocando-se em sua infeliz posição: amordaçado, amarrado e prestes a ser atirado do avião.

Estou perdido! É o fim..., foram os últimos pensamentos do comodoro Agustín Lang antes de despencar no mar.

Às 15h20, o Bastien-Martin pousara em uma pista secundária do aeroporto de Ushuaia. Atrasado, com pouco combustível e com Daniel, transmutado em Agustín Lang. Um carro com um homem da Mens Altior o esperava na pista para levá-lo até o hotel de Karl Meier.

O "Grão-Mestre" despedira-se de sua tripulação, dirigindo-se todo encapotado para o carro de vidros escuros. Nos bolsos levava uma faca de caça submarina, com uma lâmina enorme e dorso serrilhado, e algemas plásticas, emprestadas do equipamento de bordo pouco convencional do Bastien-Martin. O termômetro marcava quinze graus negativos. No meio do caminho, entretanto, decidira voltar ao avião. *Eles não PODEM seguir matando!* Os três homens haviam descido para esticar as pernas e receberam do comodoro uma ordem direta:

— Partam, *agora*, para as Malvinas! Isso é uma ordem! (Verbal e mental.) Não há necessidade de reabastecer o avião, ele já foi reabastecido, lembram-se? Ignorem o marcador do combustível, ele está com defeito. E desliguem o rádio! *Saiam agora* e chegarão ainda hoje.

Ao deixar o carro, na porta do hotel, dera um *comando* ao motorista. "Esqueça que me pegou. Diga que eu não quis descer, que fiquei no avião e segui com os demais para as Malvinas!"

As Malvinas estão a mais de seiscentos quilômetros de distância. Pelos meus cálculos, em quarenta minutos eles terão uma pane seca. Irreparável. E Milton Sorto, que nem sei quem é, vai nascer de novo...

Com a consciência pesada (pouco) pela drástica decisão tomada, Daniel reconfortou-se rememorando um dos ensinamentos de Thomas. *"Cuidado, os esquecimentos induzidos podem não ser definitivos..."*

Me perdoem, Nossa Senhora da Lampadosa e Gusk! Os assassinos da M. A. poderiam se lembrar de seus alvos... Eu não podia arriscar!

Agora, na sauna a vapor do Resort & Spa Royal Austral, Daniel Santoro e Karl Meier estavam frente a frente, pela primeira vez sem nenhum Etherii para interferir. Essa era a ideia de Daniel: ele não queria medir forças mentais com o poderoso conceptor sob o efeito do Etherii. A última tentativa havia sido catastrófica. Fisicamente, o vordhiinian era atarracado e tinha uma força brutal nas mãos. Mas ele, Daniel, era jovem e possivelmente mais ágil (andara se exercitando com Jaime). E o mais importante: ele lograra entrar na cabine com uma faca escondida na parte de trás da toalha que trazia ao redor da cintura. A faca de caça era afiadíssima e pontuda. E tinha uma lâmina de aço inoxidável de dezoito centímetros. Não era pouco, o tamanho importava.

Mas que merda é essa? Como esse garoto conseguiu fazer isso? Aqui na Terra?, pensou Karl, com um misto de encantamento, inveja e apreensão. *E ele está armado!*

Daniel deu um passo para trás para bloquear a saída da sauna e levantou a faca enorme, com o dorso serrilhado. Estava com os olhos bem abertos e em posição de ataque.

— Acabou, *assassino*! Aqui não existem poderes mentais. Nem meus, nem seus... Você não tem como escapar. Eu não quero matá-lo, não me force a isso!

Karl deu um sorriso com os dentes arreganhados e resolveu testar a tese do terráqueo.

Congele, pirralho!, comandou o conceptor mentalmente.

Nada... A faca continuava em riste, movendo-se de forma ameaçadora, à altura do seu rosto e a um metro de distância.

Merda!, pensou o vordhiinian novamente.

— Vire-se de costas, Karl, e ponha as mãos para trás. Eu vou algemá-lo — disse Daniel.

Com uma das mãos, abriu a porta da cabine e pegou a algema plástica que deixara pendurada na maçaneta, do lado de fora. Voltou a fechar a porta.

Karl decidiu que era hora de negociar.

— Garoto, isto não vai acabar bem... Você sabe disso. Como vai me tirar daqui? Eu tenho dezenas de seguranças no hotel, lá em cima. Por que não fazemos o seguinte? Pegue a sua namorada e leve-a embora com você. Vamos colocar um ponto-final em nossas... *desavenças*. De minha parte, estou disposto a esquecer que você se intrometeu em minha vida, em meus negócios e com minha esposa. Eu gostei da Adriana! Leve-a com você, ela é muito bonita...

— Cala a boca!

— E olha... Ela gosta de você! Mais do que você imagina... Eu posso dizer, me apoderei da mente dela. Eu *sei* que ela gosta de você.

— Eu mandei você calar a boca! — vociferou Daniel.

— Adriana é... assim... como uma Lara de cabelos pretos. E olhos verdes. Só que bem mais jovem, claro. Principalmente agora...

O comentário corrosivo e absolutamente cruel do conceptor tirou Daniel do sério.

— Seu demônio assassino! Você matou meu pai e está matando Lara! — berrou Daniel, possesso, enquanto, com o cabo da faca, desferia um forte golpe no rosto do vordhiinian. Ele usara a base, o pesado pomo da faca, não a lâmina.

O golpe, de surpresa, atingiu Karl no olho esquerdo. Ele não conseguira se desviar e deu um gemido de dor. Recuou e baixou a cabeça.

— Aaaiii... — gemeu, colocando a mão sobre o local onde havia recebido a pancada. O conceptor não estava acostumado a sentir dor. Não precisava.

Em um relance, Daniel lembrou-se de seu embate com o ruivo do Morro do Jereba, o agressor daquela menina, quando ele próprio se ferira com os golpes de canivete recebidos. *Mas esta faca é bem maior, e eu a estou segurando do lado certo. Foi lá que tudo começou. Naquele momento, muita gente ainda estava viva...*

— Vire-se, vamos! Rápido! — repetiu Daniel, cheio de raiva. — As mãos para trás. Não me faça pedir de novo... Da próxima vez, eu enfio a faca em você! Assim, não preciso me preocupar com um plano para te tirar daqui.

Karl assentiu a contragosto e virou-se de costas, sem pressa e deixando as manzorras um pouco afastadas.

— Junte as mãos! — ordenou Daniel, aproximando-se.

Com a mão direita, ele encostara a ponta da faca nas costas nuas, suadas e peludas (*irc...*) do vordhiinian — à altura do rim. E, com a esquerda, tentava atabalhoadamente passar as algemas por aqueles punhos gigantes.

Eita, que mãos grandes!, pensou o terráqueo, atrás de Karl. *Mas ele não vai conseguir romper estas algemas. Isto aqui resiste a enormes cargas e...*

Então, de repente, uma dor forte e atordoante mostrou a Daniel seu equívoco e despreparo para atuar como policial. Ele se posicionara às costas de Karl (que mantinha a cabeça levemente inclinada para a frente), mas, buscando ajustar as algemas, estava demasiado próximo dele. Inesperadamente e com muita força, o vordhiinian jogara a cabeça para trás e, pela diferença de altura, acertara o terráqueo em cheio. No meio do rosto. *TUM*.

O quê? Como? Onde estou?

Atingido pela cabeça de Karl, Daniel sofrera um breve nocaute. Perdera por alguns segundos a consciência e despencara. Felizmente, recuperava-se rapidamente, mas estava caído no chão molhado, e a sua faca fora jogada para debaixo de um dos bancos. Com a ajuda de uma barra de apoio, levantou-se com dificuldade, a tempo de ver Karl Meier deixar a cabine correndo. Estava pelado e se dirigia para a cadeira onde estavam dependuradas as suas roupas.

Que visão do inferno!, pensou Daniel. E, igualmente nu, correu atrás dele. Rezando para não escorregar.

Karl procurava sofregamente, nos bolsos de sua jaqueta, pelo seu pequeno frasco de "perfume de Tiaré". A afobação, porém, o atrapalhava. O conceptor de Vordhiin queria voltar a usufruir dos poderes que o Etherii lhe conferia, de forma incomparável. E, para isso, era fundamental espargir um pouco do líquido no ar. Ou em seu corpo suado.

O instrumentalizador da Terra preferia, realmente, que ele não o fizesse. *Ele escolheu ir atrás do seu Etherii, em vez de pegar a faca na sauna*, pensou. *Mostra o quanto confia nos seus poderes...*

Daniel alcançou-o quando Karl, finalmente, localizara seu inestimável frasco. *Jaime, o que você faria agora em meu lugar?*

Antes que Karl abrisse o vidro, Daniel decidiu-se. Enlaçou o pescoço do vordhiinian por trás e aplicou-lhe um mata-leão, como o que tinha recebido do tenente Guillermo, no Bastien-Martin. Ele sabia *receber um mata-leão*, mas saberia *aplicá-lo*? O frasco cilíndrico com o Etherii caiu das mãos de Karl e rolou pelo chão, sem se quebrar.

O terráqueo e o vordhiinian tombaram juntos, ainda grudados e de barriga para cima. Faziam muita força e lutaram por vários minutos. Daniel, por baixo, seguia agarrado às costas de Karl, com o braço em torno do seu pescoço... mas, aos poucos, ia perdendo o encaixe. Ambos estavam suados e escorregadios. Pior, a mão de Karl, uma verdadeira garra de aço, alcançara os dedos de seu jovem oponente e ameaçava quebrá-los. Daniel afrouxou o golpe, e Karl aproveitou. Virou-se por cima do terráqueo e desferiu dois socos em seu rosto. Por sorte, fracos.

Uiii... Cara, eu sou muito ruim nisso, pensou Daniel, estatelado no chão e novamente seminocauteado.

Resfolegando, Karl levantou-se vagarosamente e olhou para Daniel com desprezo. O vordhiinian estava com o olho esquerdo totalmente fechado, resultado da pancada que recebera com o cabo da faca.

— Você... *puf, puf*... devia ter aceitado a minha proposta quando... *puf, puf*... pôde, seu merdinha! — falou Karl com dificuldade.

Ele está cansado, pensou Daniel meio grogue. *Esse é o problema de fazer tudo com a mente. Você perde o seu preparo físico...*

Karl começou a procurar seu frasco de Etherii e o encontrou à beira da piscina. Mais um pouco e ele o teria perdido. Arfando muito, agachou-se e pegou o frasco. Com o único olho bom, tentava ver se o seu precioso perfume ainda estava lá.

Karl não pode abrir esse frasco, de jeito nenhum, disse Daniel a si mesmo. Reunindo as últimas forças que tinha — *Babbo, me ajude!* — levantou-se, arrastou-se até o vordhiinian e, por trás, arrancou o frasco de Etherii de sua mão.

— Assim somos os Santoros! — exclamou.

— Por que você teima... *puf, puf*... em... não morrer, seu moleque? — berrou Karl, com ódio na voz e ainda arquejando. Virou-se, agarrou o pescoço de Daniel com ambas as mãos e começou a estrangulá-lo. À moda antiga, pela frente e em pé. Sem nenhuma técnica, apenas com a força bruta e anormal de suas manoplas. — Mas agora você *vaaai* morrer! No fundo... *puf, puf*... eu nunca deixei de ser um minerador de... diizormorfio.

Na beira da piscina, aquelas mãos de ferro garroteavam o pescoço de Daniel, que pressentia um novo desfalecimento iminente. *A escuridão... a escuridão...* Para defender-se, enfiou os dedos de sua mão esquerda no olho direito de Karl, seu único olho bom. Momentaneamente, o vordhiinian estava cego. Não enxergava nada. Mas seguia esganando sua presa. "Morra, moleque... *puf, puf*... Morra!"

Então, atrás deles, ouviu-se um grito. Trêmulo, mas resoluto.

— Kaarl, Kaarl... PARE!

Essa voz..., pensou Karl.

Essa voz..., pensou Daniel.

Uma senhora, uma mulher muito idosa (com aparentes 100 anos de idade) — de olhos claros e cabelos ralos e encanecidos —, despontava na entrada do espaço das saunas, vestida apenas com um roupão branco. Embora Karl, naquele instante, não pudesse vê-la.

Lara!

Então, deixando o roupão deslizar pelos seus ombros caídos, ela se despiu e correu, trôpega mas decidida, na direção deles.

— Abra o frasco, Daniel! — ela gritou. — Abra o maldito frasco!

A velhinha jogou-se de cabeça contra os dois homens atracados, e os três caíram nus na piscina de choque térmico. Engalfinhados, afundaram juntos na água gelada.

Una mujer no envejece
cuando se le arruga
la piel.
Sino cuando se le
arrugan los sueños
y las esperanzas.[3]

---

3 "Uma mulher não envelhece quando sua pele enruga; mas sim quando se enrugam seus sonhos e esperanças." (Tradução livre)

No piso superior, ao lado da entrada para a academia de ginástica (fechada, como todo o spa naquele momento) e por trás dos grossos vidros do corredor, Jaime conseguira, parcialmente, assistir às cenas extraordinárias que haviam se desenrolado no andar de baixo, no espaço das saunas. Aflito, vira os momentos finais da luta entre Daniel e Karl — bizarra, ambos estavam pelados! —, quando o vordhiinian tentava estrangular seu amigo. Os dois atracados à beira da piscina. Depois, atônito, assistira à chegada da velhinha que se jogara contra eles, desequilibrando-os e fazendo-os cair na água.

Aquela mulher era... Lara?

Ela caíra junto, e Jaime não vira ninguém voltar à superfície. Mas eles podiam estar logo atrás da borda. Dali não se conseguia ver muito.

— Daniel! Lara! — gritava Jaime, enquanto descia a escada apressadamente e rebocava Adriana; ela vinha puxada pela mão. — Vamos, Adriana, rápido!

Adriana, mesmerizada, atrapalhava a descida, retardava-a. Com o olhar perdido, tropeçava nos degraus. Mas ele não voltaria a soltá-la por nada no mundo; em qualquer mundo.

— Venha, meu amor! Mais rápido...

Finalmente chegaram ao espaço das saunas, e ele correu até a beirada da piscina de choque térmico: a água ainda estava agitada, turva e turbulenta, mas aos poucos ia se acalmando.

Daniel, Lara, vocês estão bem?, pensou Jaime, olhando de relance a namorada. *E você, Adriana, está bem?* Mas ela fitava o teto como se quisesse atravessá-lo. Jaime baixou os olhos de novo... *Voltem!*

— Por Deus, amor, me espere aqui! Eu vou pular, preciso salvá-los!

Mas as águas finalmente se aquietaram e ele constatou, sem sombra de dúvida: não havia ninguém dentro da piscina.

Uma semana antes, depois da partida de Daniel para Buenos Aires, Lara metera-se — pela segunda vez naquela noite — na banheira de sua suíte, na casa da família de Jaime em Madri. Mas não conseguia se concentrar. Mergulhada na água, tiritando de frio, ela refletia:

Não posso abandonar meu menino... Karl o matará! Preciso ficar aqui, ajudá-lo. Depois eu volto para Miithera. Se conseguir... Mas Daniel precisa acreditar que eu parti. Karl está cada vez mais poderoso; começar a invadir mentes bloqueadas é uma questão de dias! Sim, é melhor ninguém saber que eu continuo na Terra. Por ora! Para a nossa segurança. E, claro... para que Daniel não me veja envelhecendo.

Fora uma decisão complicada, porém, uma vez tomada, não havia possibilidade de retorno. *Mas como acompanhar os passos de Daniel a distância, longe dele?* Então Lara tivera uma ideia.

Jaime, depois de muitas noites insones, dormia profundamente em sua suíte (havia tomado um benzodiazepínico forte de Dona Assumpta). Pé ante pé, Lara entrara no quarto de Jaime. Ela tinha uma sintonia muito especial com a mente daquele garoto (como os longos treinamentos de Majadahonda haviam evidenciado). Ela lhe aplicaria um *entrelaçamento passivo*. Apenas *ela* veria as imagens vistas por Jaime e compartilharia de seus pensamentos. Nunca *ele* em relação a ela. Sem que ele soubesse ou sentisse, Lara se instalaria em sua cabeça. Furtivamente. Como um vírus de computador em uma partição secreta, ela coletaria informações de sua mente. O tempo todo.

E assim o fizera, tocando-lhe de leve na cabeça.

— Entrelaçado passivamente, querido — ela sussurrara.

Jaime jamais soubera disso. Nem Daniel. Mesmo quando ele e o amigo se entrelaçaram — totalmente — em Comodoro Rivadavia. Lara e Daniel usavam *partições distintas* da mente de Jaime.

Em seguida, Lara transferira algum Etherii para outro frasco, montara o cenário do banheiro como se tivesse partido para o Arquipélago e deixara a casa de Jaime clandestinamente. Levava consigo apenas uma pequena bolsa, algum dinheiro e o pequenino frasco de Etherii. Seu destino: Buenos Aires.

Quando Jaime descobrira, na Argentina, que Daniel iria para o Resort & Spa Royal Austral, na Terra do Fogo, Lara também ficou sabendo — no ato. Jaime alugara um avião particular para Ushuaia. Lara contratara *outro*.

— Tem um avião saindo para lá, daqui a pouco... — dissera o gerente da Meposa Air Táxis Aéreos. — Vocês não querem dividir?

— Não, eu gosto de viajar sozinha — respondera a nariihwian.

— Bom, eu nunca discuto com os clientes e muito menos vou discutir com a senhora... A senhora me lembra muito a minha querida avó. Foi ela quem me criou.

Aiii... Senhora, avó... Que tristeza!

Na torre do aeroporto de Comodoro Rivadavia, os controladores de voo comentaram: "Alguma coisa bem importante deve estar acontecendo em Ushuaia hoje. Já é o terceiro voo para a Terra do Fogo...".

Lara acompanhava, dentro da mente de Jaime, tudo o que ele mesmo *via* através de seu entrelaçamento com Daniel: a conversa com Agustín Lang, os homens da Mens Altior, a agressão ao amigo e sua imobilização, o quase acidente com o avião, depois uma confusão... e a "queda de Daniel" no mar (na verdade, do próprio comodoro Agustín Lang). Fora naquele momento que Jaime dera seu grito de horror. Lara, ao contrário, entendera de imediato:

Estamos vendo a queda de Daniel através de outros *olhos. Então aquele não é Daniel*, deduziu ela. *Ele conseguiu uma transmutação... dupla! Trocou de lugar com Agustín Lang. Isso, Daniel, parabéns! Que orgulho, meu amor!*

O avião de Jaime pousara no aeroporto de Ushuaia vinte minutos depois do Bastien-Martin da Mens Altior, que se atrasara. E o de Lara, dez minutos depois do de Jaime.

Jaime fora procurar por Adriana no hotel; e Lara, por Daniel e Karl, na sauna do spa. *Eu devia ter trazido maquiagem à prova d'água.*

Agora, no espaço das saunas no Spa Royal Austral, Jaime olhava desolado para a piscina vazia. Ele estava aturdido e frustrado. Havia chegado tarde demais.

Para onde eles foram? Resgatei Adriana, mas perdi Daniel e Lara. Para onde Karl levou meus amigos?

Adriana, aos poucos, ia voltando ao normal. Estava com um penteado e roupas diferentes. Parecia mais velha. Mas perdera seu olhar vidrado e vazio. Jaime a abraçou, deu-lhe um beijo carinhoso e a fez sentar-se junto a ele, em um banco comprido ao lado da piscina.

— Você está bem, meu amor? Você me reconhece? — perguntou ele.

Adriana, condescendente, sorriu com os olhos.

— Do que você está falando, Jaime? Você está maluco? — respondeu ela, com duas novas perguntas. — É claro que sim!

Então ela olhou para os lados e pareceu novamente confusa.

— O... onde nós estamos? Por que eu estou aqui? Nós estávamos no escritório... de Madri, com Daniel e Lara... O Tio Rafa... E Karl... Karl me atacou!

Jaime contou-lhe resumidamente o que havia acontecido. Ela fora abduzida por Karl. Mas estava segura agora. Karl havia desaparecido, e ela precisava descansar.

— E Daniel? E Lara? Onde eles estão?

Jaime encolheu os ombros e mordeu os lábios. Ainda estava preocupado com o estado emocional da namorada e não queria piorar a situação. *Mas como lhe contar? E o que lhe contar?*

— Vamos sair daqui, querida, vamos tomar um café... Eu vou te explicar tudo.

Adriana balançou a cabeça em sinal de concordância. Levantaram-se e caminhavam para deixar o spa. Nesse instante, ouviram atrás de si um farfalhar de águas na piscina.

Ffffwwwwhhhooohhhhhaaaa... Jaime e Adriana olharam imediatamente para trás.

Daniel emergira da água, engasgado e tossindo muito — *Cof! Cof!* —, e agarrara-se na borda da piscina. Estava aflito e ofegante. Aparentemente quase morrera afogado. Mas o que mais chamou a atenção de Jaime foi outra coisa: ele estava *sozinho*!

Jaime, Adriana e Daniel estavam agora aquecidos e secos, em frente à lareira do Resort & Spa Royal Austral, tomando um legítimo Pinot Noir da Patagônia argentina. "Cortesia do Sr. Karl Meier", explicara o gerente do hotel.

— Não sabemos onde o Sr. Meier está no momento, mas ele sempre exigiu um tratamento impecável para seus convidados; e a Srta. Vidal *é* convidada da suíte presidencial. O vinho é por conta da casa. Com licença...

— Ah, se ele soubesse... — disse Adriana, de todo recuperada.

Daniel havia explicado aos amigos o que acontecera:

"Quando caímos na água gelada, sob o céu ionizado de Ushuaia e de sua linda aurora austral, eu já tinha aberto o frasco com o Etherii. Estávamos agarrados, embolados. Éramos seis pernas e seis braços entrelaçados — um nó humano — e fomos todos para o fundo da piscina. Concentrei-me fortemente para que viajássemos para o Arquipélago, e Lara fazia o mesmo. Karl, seguramente, desejava o contrário — queria apenas sair da piscina. Mas, apesar de todo o seu poder, ele estava sozinho e cansado. E Lara e eu éramos um só. É diferente... Nós vencemos e fomos transportados até Miithera. A Capital estava preparada dessa vez! Gusk, o Preceptor do Arquipélago, estava com Thomas, o Guardião da Estação Trincadora, e nos recebeu pessoalmente — enquanto Karl era enviado diretamente ao Complexo Prisional de Vordhiin, sem tocar no solo de Miithera. Duas fendas espaciais se acoplaram, e ele pegou uma *conexão direta* para a prisão. Sem escalas... e sem o Etherii. Ele *jamais* sairá de lá! Por isso a abdução de Adriana se rompeu."

— Eu fico feliz por voltar a pensar com a minha própria cabeça. Ainda que seja uma "cabeça de vento" — disse Adriana, rindo e referindo-se à maneira como fora definida por Karl (Jaime fizera questão de lhe contar).

O namorado riu junto. Já Daniel apenas sorriu.

— Pelo mesmo motivo, Jaime, a sua conexão com Lara, seu *entrelaçamento passivo* com ela, também se extinguiu. Embora você não soubesse dele... Nem eu. O Arquipélago é bastante longe. Não é "logo ali", como falamos no Rio.

— E Lara? Como ficou? — perguntou o casal de amigos, quase ao mesmo tempo. Estavam obviamente preocupados.

Daniel respirou fundo antes de responder. Seu rosto mudara. Fora envolvido por um espesso véu de tristeza e abandono. De repente, parecia muito mais velho. Precocemente adulto.

— Gusk a avaliou e me disse que iria cuidar dela com carinho. Que eu não me preocupasse. Que ela ficaria bem...

— Você acha mesmo que ela vai ficar bem? — perguntou Jaime.

— Ela vai ficar — respondeu Daniel pensativamente (ele *precisava* acreditar nisso). — Embora, talvez, não com a mesma aparência de antes. O que pra ela pode ser bem difícil... Ela é muito vaidosa!

— E você... não pensou em ficar... no Arquipélago? — perguntou Adriana.

Daniel franziu a testa, reflexivo.

— Foi tudo muito rápido, e Lara *exigiu* que eu voltasse para a Terra, que cuidasse de minha mãe e de vocês. "Que cuidasse de nosso planeta", falou ela. Como se eu pudesse! Não queria que eu continuasse a vê-la naquele estado, e me disse que precisaria de *um tempo* para si mesma e para sua família. Que tinha certeza que um dia iríamos nos reencontrar. Mas que, nesse dia... "ela estaria linda e exuberante". Não houve espaço para negociação — disse Daniel, com os olhos marejados. — Me sinto como se tivesse tido um membro amputado. Incompleto. Talvez, por causa dos entrelaçamentos, a coisa seja ainda pior. Sentirei *muita* saudade dela! Ela não precisava se afastar...

— Eu entendo ela — disse Adriana. — Como mulher, acho que eu me sentiria igual.

Todos fizeram silêncio. Então Daniel falou:

— Quando eu me preparava para voltar, ela me entregou uma coisa e me disse para guardar de lembrança. *Isto!*

Daniel mostrava-lhes a aliança de ouro que Gusk lhes dera antes de eles voltarem juntos à Terra. A aliança que eles haviam vendido para uma casa de penhores, assim que chegaram, para ter algum dinheiro no bolso. Ele continuou:

— Eu não sabia, mas, quando nós recebemos o dinheiro do Tio Rafa, ela retornou à casa de penhores, comprou a aliança de volta e mandou gravar uma inscrição por dentro.

Adriana e Jaime olhavam, mas não entendiam aqueles símbolos.

— É *krpsnc... comprimido* — explicou Daniel com a voz embargada. — Está relacionado àquele bilhete dela, que você, Jaime, encontrou e me trouxe. Ali ela dizia que almas gêmeas, como retas paralelas na matemática, se encontram no infinito...

— Pelo amor de Deus, menino... e o que está gravado nessa aliança? — perguntou Adriana.

Ele enxugou uma lágrima que acabara de lhe brotar dos olhos.

"No amor infinito e imune ao tempo, foi onde encontrei o *meu* reinício."

Epílogo

A manhã de sábado mostrava-se magnífica em Barcelona. O sol estava ameno, e a Plaça Reial, com a sua linda fonte e imponentes palmeiras, não se encontrava muito cheia. Costumava ser mais movimentada à noite, quando lotava de turistas. Debaixo de suas sacadas, havia vários bares e restaurantes. Os três amigos escolheram um bar de *tapas*, de nome *"Illenc"*. "Ilhéu", em catalão.

Daniel acabara de abrir um pacotinho que recebera de Jaime e Adriana. Um mimo: uma máscara e uma capa colorida de super-herói. A brincadeira, infantil e carinhosa, o divertira muito.

La Resistencia não estava completa. Dona Assumpta estava visitando a fazenda da família de Jordi, com Rosa e os pais dela; Don Miguel se recuperava, dia a dia.

— Sinto muito — disse Jaime. — Meu pai vai começar a usar o passaporte dele novamente. Acho melhor você tirar o seu...

— Espero só usá-lo a lazer. Não a... "negócios" — respondeu Daniel. Ainda sentia a dor da "amputação" que lhe fora imposta. Da perda de Lara, da super-heroína que namorava o super-herói, de sua porção ilhéu. Do amor que ambos amaram amar. Sua mente estranhava a súbita solidão. Mas, pouco a pouco, se recuperava. Ajudava-o pensar que ela estava sendo bem cuidada, de um jeito como nunca ocorreria na Terra. E ninguém menos que Gusk lhe garantira que ela ficaria bem.

Fazia uma semana que eles haviam deixado os acontecimentos de Ushuaia para trás, mas havia sempre um ou outro detalhe para repassar. Os jornais argentinos noticiavam o desaparecimento de um pequeno avião Bastien-Martin: um dos principais candidatos às eleições presidenciais do país estava a bordo; uma pena. No Brasil, investigavam-se atividades ilegais de uma empresa de marketing chamada KMCom, envolvida em denúncias de corrupção junto a políticos. O proprietário era procurado e considerado um foragido da Justiça. Seu nome já havia sido incluído na lista vermelha da Polícia Internacional, a Interpol.

— A Interpol é boa, mas não vai achá-lo no Arquipélago... Como ele estará na prisão de Vordhiin, amigo? *Muy mal*, não?

— Sem o seu Etherii? Sim, deve estar se sentindo péssimo, e me odiando! E odiando Lara, Gusk, Miithera, a Terra e todo o Universo.

Daniel, Adriana e Jaime desfrutavam aquele momento, conversando como simples humanos da Terra e usufruindo gostosamente seus cinco sentidos. Apenas. Eram mais do que suficientes: a visão de um lindo dia, o som dos pássaros cantando, o gosto delicioso das *tapas*, o toque carinhoso dos amigos, o cheiro de...

De repente um perfume, forte e doce, começou a insinuar-se no ar, a marcar presença no bar. *Etherii...?* Eles se entreolharam assustados.

— Que perfume é esse? — perguntou Adriana, alarmada.

Os três amigos afastaram as cadeiras abruptamente e se levantaram sobressaltados. Depois relaxaram e caíram na risada.

O vendedor de flores, que se aproximara apenas para lhes oferecer um vaso de gardênias polinésias, ficou sem entender nada...

PIM

Apêndice

DEMONSTRAÇÃO DA SOMA DE RAMANUJAN (USADA NA TEORIA DAS CORDAS)

$$S = 1 + 2 + 3 + 4 + 5 + \ldots \text{ (tendendo ao infinito)} = ?$$

$$S_1 = 1 - 1 + 1 - 1 + 1 - \ldots = \frac{1}{2} \quad \text{(Soma de Cesàro)}$$

(Em qualquer ponto finito da série infinita S_1, a soma será, sempre, ou zero ou um. No infinito, tende para a média, $\frac{1}{2}$)

Tome-se outra série infinita arbitrária:

$$S_2 = 1 - 2 + 3 - 4 + 5 - 6 + 7 - \ldots$$

E multiplique-se por dois, somando-as de forma deslocada:

$$2S_2 = 1 - 2 + 3 - 4 + 5 - 6 + 7 - \ldots$$
$$+ \quad\quad 1 - 2 + 3 - 4 + 5 - 6 + 7 - \ldots$$
$$2S_2 = 1 - 1 + 1 - 1 + 1 - 1 + 1 - \ldots = S_1$$

$$2S_2 = \frac{1}{2} \quad \text{Logo, } S_2 = \frac{1}{4}$$

Considere-se, finalmente

$$S - S_2 = 1 + 2 + 3 + 4 + 5 + 6 + \ldots$$
$$- \ (* \quad \underline{1 - 2 + 3 - 4 + 5 - 6 + \ldots}$$
$$\quad\quad\quad 4 \ + \ 8 \ + \ 12 \ + \ldots$$

* Na série subtraída os sinais entre parênteses se invertem

$$4(1 + 2 + 3 + 4 + 5 + 6 + 7 + \ldots) = 4S$$

$$S - S_2 = 4S \quad\quad S - \frac{1}{4} = 4S \quad\quad -\frac{1}{4} = 3S \quad\quad \boxed{S = -\frac{1}{12}}$$

Esta obra foi composta em EB Garamond 12 pt e impressa em
papel Polen Natural 80 g/m² pela gráfica Paym.